JiNi
Oliver
2025

Copyright © 2025, Estêvão Maria Ferraresi

EDIÇÃO Leonardo Garzaro
ASSISTENTE EDITORIAL André Esteves
ARTE Vinicius Oliveira e Silvia Andrade
REVISÃO Viq Ayres, Celso Zuppi e André Esteves
PREPARAÇÃO André Esteves
IMAGEM DA CAPA © Grassmann, Marcello / Cabeça de guerreiro, s.d. Água-forte sobre papel, 24 x 16cm. Coleção Museu de Valores do Banco Central do Brasil.

CONSELHO EDITORIAL
Leonardo Garzaro
Vinicius Oliveira

Dados Internacionais de Catalogação na Publicação (CIP)

F374s
    Ferraresi, Estêvão Maria
      O segredo de Saint-Michel: renascimento / Estêvão Maria Ferraresi. – Santo André-SP: Rua do Sabão, 2025.
      424 p.; 16 × 23 cm
      ISBN 978-65-81462-99-4
      1. Ficção. 2. Literatura brasileira. I. Ferraresi, Estêvão Maria. II. Título.

CDD 869.93

Índice para catálogo sistemático:
I. Ficção : Literatura brasileira
Elaborada por Bibliotecária Janaina Ramos – CRB-8/9166

[2025] Todos os direitos desta edição reservados à:
Editora Rua do Sabão
Rua da Fonte, 275 - Bela Vista - 09040-270 - Santo André, SP.

www.editoraruadosabao.com.br
facebook.com/editoraruadosabao
instagram.com/editoraruadosabao
x.com/edit_ruadosabao
youtube.com/editoraruadosabao
pinterest.com/editorarua
tiktok.com/@editoraruadosabao

O SEGREDO DE SAINT-MICHEL

RENASCIMENTO

ESTÊVÃO MARIA FERRARESI

UM

"Escritores inventam vidas o tempo todo", pensou respirando fundo, tentando se convencer, mas, ainda hesitante, ficou se indagando se, na ausência do passado, de todo ele, poderia uma vida inteira ser inventada? Se não seriam todas, afinal, inventadas por nós mesmos. As mentiras que as pessoas contam para si e para os outros. Histórias fictícias, empobrecidas, do que realmente foi vivido, não mais que tentativas falhas de conter a realidade, que negativos fotográficos queimados pela luz do instante, reféns da fragilidade da memória e de sua incapacidade de represar a exatidão dos acontecimentos. Se a verdade sobre o passado seria sempre uma prisioneira do próprio tempo, perdida, inalcançável e, eventualmente, como tudo mais que existe, esquecida. Substituída por nós mesmos, no momento de sua captura, no instante em que a perdemos, por uma impostora, absolutamente inventada.

Resolveu que seguiria em frente mesmo assim. Que confiaria no que estava sentindo, pois se o presente era realmente o único fragmento legítimo da vida, por que o passado fazia tanta falta?

Meu nome é Stockholm. Sim, como a capital da Suécia. Que tipo de pais escolhem um nome como esse? Também fico me perguntando. Se ao menos me lembrasse deles. Talvez lhes perguntaria isso também. O sobrenome é Saint Peter. É um bom sobrenome, embora religioso. Soa estranho, quando você o diz em voz alta. E não combina com o nome. Mas quem se importa? Eles nunca combinam.

Bem, isso é tudo que eu tenho. E mesmo isso, provavelmente foi inventado. Em algum orfanato, também inventado. Que história perfeita seria ter vindo de um orfanato qualquer, batizado por alguma freira sem imaginação, sueca, é claro, mas a verdade sobre minha origem me escapa completamente. Stockholm Saint Peter. Tudo que tenho. Nada mais.

E às vezes eu gostaria que fosse apenas Peter. Tão pequeno. Fácil de falar, fácil de escrever. Fácil de esquecer.

Stockholm começou a escrever na primeira folha de um caderno de capa preta, todo novo e em branco, sem linhas, que havia encontrado no banco da estação no dia anterior, esquecido por alguém.

Fácil de esquecer, escreveu novamente.

Ficou aflito, pensando em como seria difícil começar um diário, escrever sobre si mesmo, com tantas partes esquecidas. Com tanto perdido. Quase tudo.

O vagão do metrô saiu abarrotado de gente da estação Wall Street. "Muito lotado para escrever", Stockholm observou as pessoas se apertando à sua volta e fechou o pequeno caderno ressabiado. Foi neste momento que decidiu que o caderno seria um segredo. Uma decisão estranha e impensada, guardar segredo sobre aquilo, um diário de sua vida. Um relato sobre o qual ele mesmo sabia tão pouco. Algo que se fosse além, quase tudo seria inventado.

Mas a verdade, ele mesmo compreenderia mais tarde, era que estava apenas se desafiando, porque sabia que qualquer segredo era sempre difícil de se guardar. Que jamais os teve. Ou não se recordava de tê-los. Resolveu que aquele seria seu primeiro. Ao menos o primeiro de sua vida em Nova York.

Neste dia ele completava vinte e três anos, mas, de todos esses anos, só tinha lembranças dos últimos três. Vinte anos esquecidos completamente. O dia foi inventado, como tudo mais. Não se lembrava e não tinha registros de seu nascimento. Seu único registro do passado era uma foto de um bebê num fundo branco. Nem tinha certeza se era ele mesmo. No verso, uma caligrafia borrada dizia apenas "Você é Stockholm Saint Peter".

"A mente encontrará o caminho", pensou melancólico, resistindo ao balanço dos vagões. James costumava lhe dizer aquilo, lembrando algo que já tinha lido em algum lugar, toda vez que argumentava que memórias como as dele, considerando a forma como chegara em suas vidas, dificilmente conseguiriam se manter nas sombras e que, eventualmente, se ele tivesse paciência, se lembraria de tudo, mas o apagão já durava três anos. Completava três anos naquele dia, o aniversário simbólico. Era 17 de fevereiro, o dia em que James o encontrou na margem congelada de um rio, coberto pela neve, quase morto. Em todo esse tempo, os únicos progressos foram lembrar de quase tudo que havia para se saber sobre o mundo e sua história. Stockholm poderia narrar a intimidade de Júlio César, mas não se lembrava de absolutamente nada sobre si mesmo. Era como se nunca tivesse existido antes daquele dia, mas estivesse vivendo desde o começo dos tempos.

Além disso, descobriu depois de alguns meses, acidentalmente numa livraria, que sabia falar francês. Mais uma pista do passado que não significava nada. "Seria francês?", se perguntava às vezes, mas não poderia dizer. Pelo menos não apenas em razão de falar a língua. Muitas nações falavam francês e ainda, como tantos, poderia tê-la aprendido.

Seguia em frente. Já se acostumara àquilo. Às vezes, tudo parecia um alívio. Uma outra vida. Sem passado. E a verdade era que se afeiçoara à vida que levava com James e Anna em Nova York. Se sentia feliz, do seu jeito, e à vontade nela.

Desceu do metrô logo depois da ponte do Brooklyn e seguiu para o trabalho na loja de sorvetes. O inverno castigava a cidade. Mais forte a cada ano, graças às mudanças climáticas acentuadas no começo do milênio. O vento invadia o Rio East vindo do oceano, corria sobre a superfície do Hudson, subia por Manhattan punindo os pedestres nas ruas. Permanecer nas margens do Rio East era insuportável, mas Stockholm não parecia se importar tanto com o frio. Seguia pelas ladeiras que levavam à margem do rio, sob as ruínas do que restou da imensa ponte do Brooklyn, quase imperturbável entre as pessoas que já se aglomeravam na região para seus passeios.

"Turistas!", resmungou para si mesmo, com ares de indignação. A implicância já era quase um ritual matutino. Não compreendia como o turismo sobrevivera à guerra.

Era uma decepção a alienação destas pessoas, saindo do que sobrou de seus países para prestar homenagens à nação que quase destruiu o mundo. Mas se rendia e agradecia a existência do turismo e dos turistas alienados, pois sem eles certamente não teria o emprego na loja de sorvetes.

— Bom dia, Stock! — Pietro gritou enquanto bocejava, de longe ainda, ao passo que despejava as lixeiras da sorveteira no contêiner.

— Bom dia, Pit! Como está? — Stockholm acenou distante e tímido. Mas o aceno foi em vão. O jovem Pietro já estava correndo e, tão breve o alcançou na rua, lhe deu um abraço que quase derrubou os dois.

— Tudo certo! — Pietro respondeu ainda no abraço sem jeito de Stockholm. — Como estão as coisas? Feliz aniversário!

— Obrigado, Pit! Bem, tudo como sempre. Metrô lotado. Turistas no caminho. Pelo menos está frio e isso deve prendê-los dentro das lojas — respondeu distraído enquanto pousava Pietro no chão.

Tinham quase a mesma idade e Pietro nem era tão baixo, com seu um metro e setenta, mas quase todo mundo parecia um anão ao lado de Stockholm e seus precisos dois metros de altura.

— Ouviu falar que vão reconstruir a ponte? — Pietro comentou enquanto entravam na casinha de madeira verde e branca, construída ali em 1922 como uma Fireboat e onde, desde o ano 2000, há mais de 60 de anos, funcionava a famosa Brooklyn Ice Cream Factory.

— Todo ano a mesma história — Stockholm debochou.

— É verdade desta vez. Meu pai comentou de manhã que as cidades de Roma e do Vaticano vão pagar a reconstrução. Como um presente para a cidade de Nova York. Disse que os refugiados italianos e os imigrantes como a nossa família sentem falta das pontes na cidade.

— Ora bem, veja isso? Isso faz bastante sentido! — Stockholm refletiu enquanto passava seu avental de linho azul-marinho sobre o pescoço e tomava seu lugar atrás do balcão que guardava em seu interior uma muralha de pirâmides de sorvetes coloridos. — Se alguém deve pagar essas contas, por certo que devem ser os romanos. Seria mais um perfeito *mea culpa*. "Sentem falta das pontes" — ironizou com a voz abafada. — Imagine isso! — deixou escapar dos pensamentos.

— Estou falando. Desta vez farão mesmo. Meu pai comentou que o novo Papa Saulo II fará o anúncio essa tarde! Imagine? O próprio Papa! E meu pai disse que ele praticamente nunca apareceu em público depois da morte do Papa anterior... — Pietro comentou entusiasmado, amarrando o seu avental. — Eu acho mesmo que nunca vi esse Papa novo... — Pietro refletiu para si mesmo e começou a falar dos benefícios de ter a ponte novamente e de se livrarem do metrô, das balsas e dos piratas do rio.

Mas Stockholm só pode ouvir até o Papa ser mencionado. "O Papa", pensou tomando distância, já perdido nas sombras do que não sabia. Stockholm sentiu a pele alva de suas bochechas mudar de cor, tomada pelo calor da emoção inexplicável que lhe acelerava o sangue nas veias. Começavam a ficar rosadas como fios de cobre e rapidamente iam assumindo a coloração avermelhada de sua barba. Vermelho opaco que acentuava o intenso verde de seus olhos e lhe revelava que havia mais do que compreendia ali, na corrente de suas reações. O Papa e a igreja estavam na lista de sobreviventes da guerra, juntamente com os turistas. Esta compreensão lhe escapava completamente, mas estava certo de que havia mais do que uma mera indignação pelo curso da história. Sua pele lhe entregava, mas a mente não lhe mostrava nada. Seria inimigo da igreja? Teria sido criado por padres? Abusado, como tantos meninos, talvez? Achava improvável, no entanto. Sobretudo em razão de seus sentimentos terem um endereço tão distante, uma via de emoções que não levava a uma igreja qualquer, mas ao próprio Vaticano.

"Por que odiaria o Papa?", pensava longe. E nada. Sem respostas. Só mais perguntas.

— O que acha? — Pietro perguntou novamente.

Já não sabia do que se tratava. Não queria magoá-lo. Se odiava quando fazia isso com as pessoas. Quando ia embora do momento, para dentro de si mesmo. "Pense rápido! Pense rápido", pensou batendo os dedos no balcão.

— Bom — coçou a cabeça fingindo pensar. — O que você acha?

— Ora! Acho importante. Tempos como esses. As pontes trarão segurança para as famílias que vivem na ilha. E como eu sempre digo, família é o mais importante. Família é o que... — Pietro se interrompeu de repente, mas, como sempre, tarde demais.

Stockholm queria que ele tivesse continuado a falar sobre sua imensa família de italianos. Mas Pietro ficou em silêncio. Sempre doía mais o silêncio, porque dizia alguma coisa indizível. Que lhe machucaria, por certo.

— Ora, desculpe, Stock — Pietro falou solenemente. — Sabe que você é um irmão para mim, não sabe? Que somos a tua família e do Jay. Certo?

Stockholm sorriu gentilmente. Não queria deixar aquilo durar. Abraçou Pietro de lado, sem dizer nada, e deu uma piscadinha. Já se acostumara com Pietro e sua família. E já se acostumara com sua própria condição de órfão, de "sem família", como costumava falar de si mesmo.

— A família que eu escolhi, sim! — Stockholm falou, novamente, sorrindo serenamente. Saída perfeita para aquelas situações. Deu um beijo no topo da cabeça de Pietro. No fundo era verdade.

O sino na porta entregou a entrada dos primeiros clientes, pegando Pietro de surpresa ainda em seus braços. Nem precisava ter tocado o sino, pois Stockholm já os havia percebido de longe, vindo em direção à loja, enquanto ainda falavam de família e das pontes.

— Sejam bem-vindos à Brooklyn Ice Cream Factory — os dois falaram juntos.

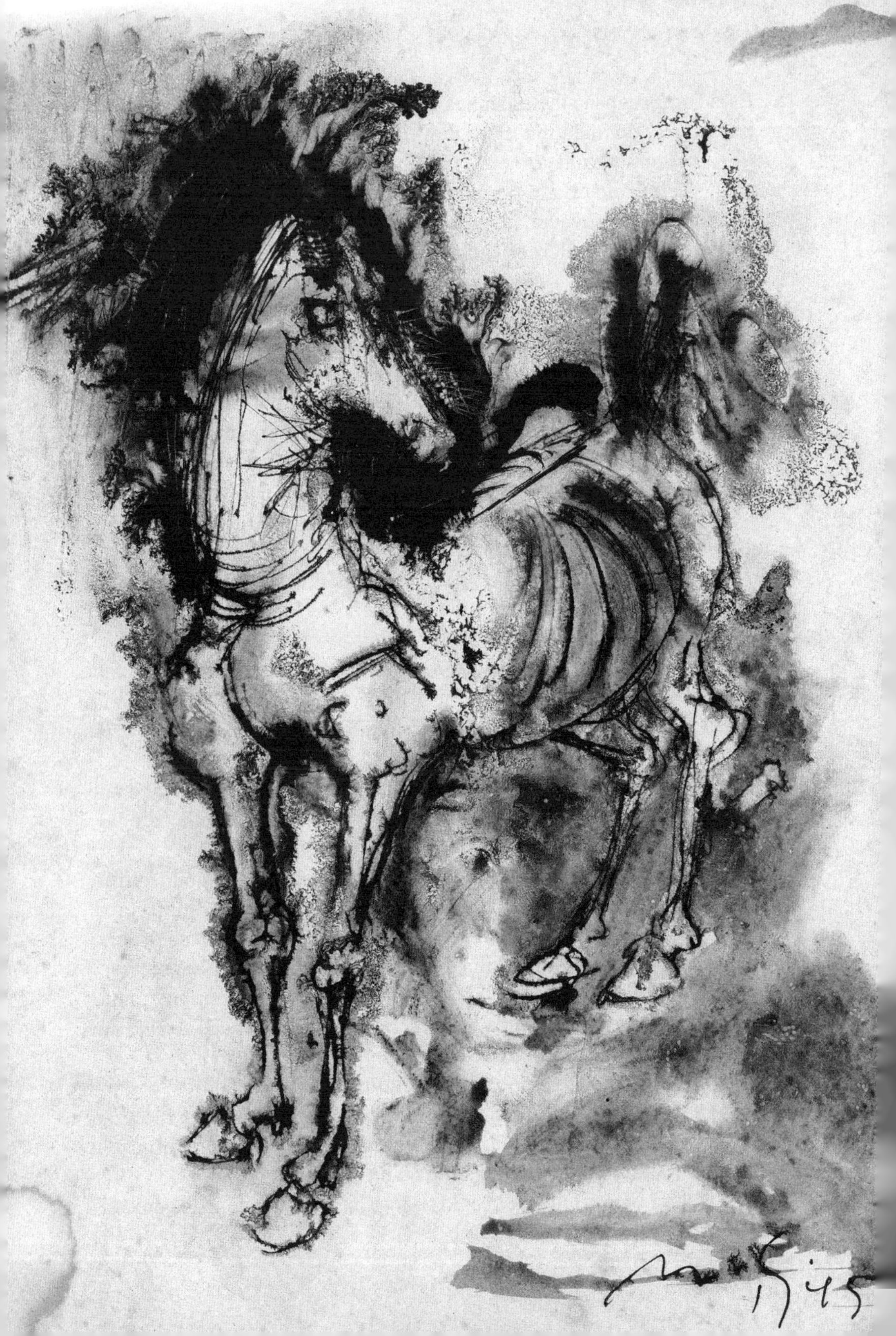

DOIS

Hoje é meu aniversário. Não é o dia em que eu nasci, por certo. Impossível que eu pertença aos alegres filhos da constelação de Aquário. Mas é o dia em que nasci para a vida que tenho hoje.

"É um dia importante", James costuma dizer, porque nunca se sabe quando a vida me dará outra chance, quando me deixará nascer de novo. Quantos não tinham tido essa mesma chance. Por isso comemoramos.

Hoje não será diferente, eu espero.

No fundo, James não faz ideia do que eu comemoro neste dia. Eu nunca lhe conto. Tenho medo de estragar tudo. Hoje, quando ele comemora minha vida, eu comemoro a dele e tudo que ele é, tudo que ele significa. O que significa para mim. Como me sinto. Como não suporto tê-lo. Como tenho certeza de que não o mereço. Quero desaparecer de tanto medo. Como sinto o peso insuportável do ar sobre meu corpo. Uma avalanche de tudo que não entendo, de tudo que não sei. James não faz ideia de como tudo me escapa aos sentidos quando ele está perto. Como ele me cega para tudo que me falta.

Não quero olhar.

Seu olhar... Seus olhos. Foram eles, desde o começo. Invadiram meu peito no instante em que abri os meus. No momento que despertei para essa vida que tenho hoje, pela primeira vez. Lá estavam eles. Duas amêndoas gigantes nas margens de cílios imensos, cheias de medo e de coragem.

Eu não sabia absolutamente nada. Quase não conseguia respirar. Não sabia onde estava. Quem era ele ou quem eu era. Não sabia por que estava tão frio. Mas já o amava. Só levou um segundo e eu percebi que aquilo era a única coisa que sabia. Que eu poderia viver naquele olhar para sempre.

Poderia o amor preexistir? Estar à espreita, esperando para nascer mesmo da escuridão e da morte? Uma coisa fora de nós, à nossa volta, respirando devagar nas sombras, esperando o momento. Um ser que nos possui e que se torna nós mesmos sem que percebamos. Sem avisos. Uma invasão sem presságios. Um vírus silencioso que se entranha em nossa essência. Que nos transforma.

Poderia o amor nascer do mais completo nada? De um piscar de olhos castanhos?

— De um piscar de olhos castanhos — Stockholm repetiu para si mesmo, perdendo o olhar nas margens do East e em meio à fumaça do calor de sua boca, das palavras que desafiavam o ar gelado do entardecer. Se deixou sem respostas olhando as águas escuras do rio. Sentindo o que escrevera no diário que começara pela manhã. Sentindo o inverno acariciar sua pele, invadir seus pulmões.

Estava sentado sozinho na madeira fria do píer do Brooklyn, com os pés lançados na direção da superfície suja da água. Parado à margem do rio, tocando a margem do passado mais remoto ao qual conseguia ir. Nas bordas da primeira lembrança de si mesmo. Tateando a escuridão em busca de mais, sem o amparo de luz alguma.

— O que mais? O que mais? — suspirou, cerrando os olhos. — Há mais, por favor!

O vento bateu na margem com mais força, como se tomado de convicções, e virou a página do caderno marcada por suas anotações, indo para a próxima, ainda vazia.

— Uma página em branco... Nada? Não há mais nada, Stockholm — falou baixinho, como quem conversa com o vento. Como quem sussurra segredos para si mesmo, pensamentos escapados pela boca distraída.

Respirou serenamente, triste como quase sempre, desceu a caneta no caderno, voltou à página em branco, regressando ao texto, e escreveu:

Num piscar de olhos castanhos, na noite de inverno de 17 de fevereiro de 2060.
Stockholm Saint Peter, 17 de fevereiro de 2063, Nova York.

Levantou-se e caminhou para o Carrossel de Jane, mais ao leste do píer. O vento balançava seus cavalos velhos. Atipicamente, estava fechado por causa do frio. Outro sobrevivente do Brooklyn e um lembrete para todos de que a guerra não conseguira encerrar a alegria dos brinquedos, das crianças. Stockholm passava horas admirando o carrossel funcionar, galopando crianças e adolescentes para cima e para baixo. Para cima e para baixo, feito ondas de gargalhadas. Feito a vida mesmo.

Tinha um significado especial para ele em razão de seu nome, "Jane". O Carrossel de Jane.

A única lembrança que sobrevivera ao apagão de sua memória. A única que encontrou uma forma de emergir das sombras por meio de um pesadelo que se repetia com frequência. Um nome que lhe assombrava as noites. Costumava pensar ser alguém que teria respostas. "Teria mesmo?", se questionava. Se não era alguém que devia buscar. Mas onde?

Toda vez a mesma cena. De sonhos ordinários de seu cotidiano, sentia o tapete fino de fios iranianos. A seda fina de tapetes feitos no Oriente Médio. Sentia seu toque suave em seu rosto. A pouca luz não revelava nada mais. Estava no chão, suplicando. Não se levantava. Não tinha forças e não queria ter. Suas próprias lágrimas umedeciam o tapete, e chovia lá fora. Os relâmpagos revelavam alguém sentado numa poltrona. Podia ver seus pés no extremo do tapete. Era ela. Jane. Apenas sabia que era ela que estava ali.

— Quem sou eu, Jane? — ele pergunta em francês, abafado por trovões.

— Você é um milagre! — ela responde, também em francês.

— Quem sou eu, Jane? — Stockholm pergunta novamente, como o rosnado de um cão acuado, pronto para explodir seu ataque, enlouquecido com a resposta confusa que acabara de ouvir.

— Você é um milagre. O milagre de um amor que se recusou a morrer. Que ninguém conseguiu destruir. Você é o futuro... — a voz sem rosto falara emocionada em algum ponto do cômodo escuro. Era rouca, emotiva. Não consegue falar mais nada.

Jane chora.

Ele chora também, mas seu coração subitamente se enche de raiva e, antes que possa protestar a resposta que não significa nada, um relâmpago e um trovão invadem as janelas e levam tudo embora para as sombras do passado, onde tudo mais repousa esquecido.

Nessa hora, acorda. Sempre acordava desesperado e chorava. Mas já não desabava mais de dor e angústia como no começo.

Nas primeiras vezes, o desespero era imenso. Seu choro acordava James, cujo sono era sempre leve. Precisava ser acalmado. Precisava falar.

James lhe fazia chá. Acordava todo suado. Era preciso tomar banho novamente. Ficava exausto. Ambos ficavam. Perdia o dia pensando naquilo.

Com o tempo, aprendeu a controlar tudo isso. Aceitava que era um sonho. Respeitava sua importância. O gosto do tapete, a única memória. Jane, o único nome. A chuva. As falas sem sentido. A língua francesa.

Não dizia nada, mas no fundo dizia. Ele realmente existiu antes desta vida. A voz emocionada de Jane. Sua resposta, cheia de amor. "Um milagre." Não era pouco. Era amado. Tinha a quem recorrer num momento em que a vida lhe levara o rosto ao chão, às lágrimas.

Entregou ao Carrossel de Jane esse seu pequeno passado. Enterrou-a ali nas margens do Rio East. Como uma semente que esperava que um dia brotasse e revelasse a que veio, deixada ali, para cima e para baixo, com suas luzes e risos, feito uma alegria que vai e volta, em círculos.

Decidiu acreditar que uma hora se libertaria daquilo, como aqueles cavalos selvagens e coloridos andando em círculos, que deviam romper os prados e ganhar o mundo. Que deviam correr, livres das celas do carrossel.

— Boa noite, Jane! — falou enquanto tomava o rumo da estação de metrô do Brooklyn. Era hora de ir para casa. Era o dia de celebrar seu amor, aquela vida com James, e seu piscar de olhos castanhos.

TRÊS

Nova York
17 de fevereiro de 2063

"Parabéns pra você, nesta data querida, muitas felicidades, muitos anos de vida!" A canção de todos os tempos ecoava alegre ao som de palmas pelo apartamento todo iluminado por velas e decorado com fitas coloridas e flores. Stockholm segurava suas emoções na entrada do apartamento, com a porta ainda aberta em suas costas.

Do alto de um banquinho, James batia palmas devagar e cantava parabéns. Sozinho, no meio da sala, dourado pela luz incandescente das velas, iluminado pela própria camisa de linho branco meio aberta. Seus olhos de amêndoa brilhavam numa mistura de alegria e luz de vela, marejados pela emoção da surpresa. James não era em nada uma pessoa comum, cuja presença passaria despercebida nos lugares. Tinha os cabelos meio dourados, raspados na lateral para acentuar um coque com o qual prendia o resto do cabelo para cima, como um samurai nascido no país errado. Seu rosto limpo, sem barba, e sua boca rosada talvez, seu nariz fino, a delicadeza de sua sobrancelha, se misturavam e se acentuavam criando um rosto quase andrógino. Traços finos, tirados do rosto encantador de sua mãe. Era alto como Stockholm, com um metro e noventa, mas não tinha o porte dele. Era magro e delicado, e sua maneira extravagante de se vestir, incomum, marcada ora por um misto de ciganos e piratas, ora drag, ora completamente desprovida de padrões de gênero, quase sempre lhe garantia a atenção das pessoas à sua volta. Era um artista em todos os aspectos, sobretudo na forma como via o mundo.

Sorria sozinho no alto do banquinho, exatamente como Stockholm achou que faria, mas aos poucos outras vozes foram surgindo por detrás de móveis e de portas da sala. Outras palmas.

Era uma festa surpresa.

Stockholm não conseguia acreditar. No canto perto da cortina, Pietro cantava alegremente os parabéns. Seus pais do lado, Dora e Ernesto Marino. Do lado, Jonathan, irmão mais novo de Pietro. Outros amigos daqui e dali foram chegando e mais palmas. E os gritos de "Surpresa! Surpresa!". Era a sua primeira festa surpresa. Nos outros anos, foram apenas ele e James. Anna, sua melhor amiga, com quem Stockholm compartilhava quase tudo que lhe ocorria, surgiu da cozinha com um bolo cheio de velas. As pequenas chamas acesas, tremulando em sua lenta caminhada pela sala, acentuavam sua pele aveludada e parda e os cachos escuros de seu longo cabelo. Iluminavam seu sorriso. Sobre a camada fina de chocolate, não havia números. "Não importa quantos anos tem", Anna insistia toda vez que Stockholm reclamava não saber ao certo sua própria idade. "Nós não temos o passado. E não temos o futuro. Tudo que temos é *hoy*", dizia com firmeza. *Hoy*, falava em espanhol, a língua de seus pais. "Hoje é tudo que temos." E estava lá, sobre a planície de chocolate do delicado bolo. Nada de números. Apenas três letras, cada uma carregando sobre si uma pequena chama acesa, *HOY*.

"Parabéns pra você, nesta data querida, muitas felicidades, muitos anos de vida!", cantaram todos novamente e o bolo chegou diante de Stockholm sob o aplauso carinhoso de seus amigos, nas mãos de Anna, a amiga que amava, e James, o homem que amava.

— Faz um pedido — alguém gritou.

"Fazer um pedido? Mas o que vai ser?", pensou desavisado, se deixando levar por uma leve onda de ansiedade.

— Olha lá o que vai pedir, hein! — Pietro gritou no fundo.

Fechou os olhos. Stockholm amava esse momento. Estes momentos que duram segundos, mas que parecem eternidades. Suspensos no limbo das decisões, como se o futuro do mundo de repente dependesse daquilo que será feito em seguida. "Não se pode pedir qualquer coisa. É um pedido mágico", pensou enquanto prendia o ar nos pulmões.

No fundo, sabia o que queria. O que mais queria. Mas tinha medo de pedir. Tinha medo de ser atendido e se arrepender. Então nunca fazia o pedido que assombrava seu coração. Hesitava. Pedia algo que fosse bom para todos. Algo como a paz mundial ou o fim da pobreza. Não queria ser egoísta com algo tão mágico.

De olhos fechados ainda e pulmões no limite da respiração, sentiu o calor de James e seus braços o envolvendo. Tudo mais à sua volta era silêncio, como se todos tivessem subitamente ido embora. Mas estavam bem ali, ele os podia sentir. Todos estavam esperando o sopro que apagaria as velas, quando James se aproximou de seu ouvido e falou serenamente como nunca:

— Não importa o que pedir, eu te amo e estou do seu lado. *Hoy* e sempre! — e se afastou para junto de Anna.

Era só o que precisava ouvir e sentir. Esse sopro quente de coragem.

"A paz mundial pode esperar apenas mais um ano", sorriu pensando consigo. "Eu quero me lembrar de tudo", desejou em seus pensamentos, soprando as três velas. Deixou rolar uma lágrima quente pelo rosto e se entregou aos aplausos e abraços dos amigos pela sala.

Era querido. Se surpreendia com aquilo. No fundo, não compreendia. Achava que ninguém poderia amá-lo assim, incompleto. Sem passado. Mas aquelas pessoas o aceitavam pelo que era agora. A grande maioria delas sequer sabia que ele não se lembrava de nada além daqueles três anos em Nova York. Viviam completamente no presente, ou no futuro. Stockholm não compreendia como elas nunca queriam saber nada. Pareciam viver uma época em que o passado devia, ou precisava, ser esquecido para que todos pudessem seguir em frente. Achava que aquilo era algum efeito colateral da guerra. O descaso com o passado, os anos para além de sua própria idade, séculos que para ele eram tão importantes. Stockholm cultuava o passado do mundo.

Comemoraram algumas horas com conversas e histórias, bebidas, comidas e o bolo. O *Hoy* era o lema de todos. O voto de todos. Os pais de Anna chegaram atrasados, mas trouxeram com eles um calor e uma alegria, que como mexicanos que eram, sempre carregavam consigo. Tão logo chegaram, um violão apareceu na sala e tudo virou música. Os amigos de James, americanos em geral que trabalhavam na galeria de arte que ele herdara de seus pais e onde também vendia suas telas, protestaram a infinidade de músicas em espanhol e foi preciso que o senhor Arturo Jimenez mostrasse suas habilidades com um velho folk irlandês e alguns clássicos dos Beatles para que todos se agradassem. Sua esposa, Marta Jimenez, conseguia entrar numa canção ou outra com sua voz pesada e dramática. No mais, se ocupara de estar com o senhor e a senhora Marino, pais de Pietro. Queria que estivessem à vontade como ela e seu esposo sempre ficavam na casa de James e Stockholm, a qual também era a casa de Anna. Suas famílias eram amigas há muitos anos, mas fazia apenas dois que Pietro começara a andar com Anna e James. "Tão logo Stockholm chegou da Europa, onde estudava História, para viver em Nova York", como acreditavam o senhor Ernesto Marino e sua família, que eram os donos da sorveteria onde Stockholm decidiu trabalhar quando chegou aos Estados Unidos.

Era o que achavam todos, pelo menos. Que ele chegara aos Estados Unidos. As reais circunstâncias da chegada de Stockholm eram um segredo que apenas Anna e James sabiam. Acharam melhor guardar aquela história entre eles. Pelo menos até saberem mais sobre o desconhecido que abrigaram em suas vidas. Em sua casa.

Era o plano desde o começo. No entanto, três anos depois, nunca souberam mais do que o que sabiam na primeira semana, e o desconhecido já era amado por todos como se vivesse ali desde sempre. Como se fossem amigos de infância.

Mesmo tímido e reservado, de poucas palavras, Stockholm conseguira conquistar a todos. Embora não tivesse memórias de si, carregava um senso crítico sobre as coisas e as pessoas, uma noção de justiça enraizada na simples observação atenta ao contexto das situações, e uma postura de respeito e tolerância pelos outros, que quando se manifestava, o que era raro, causava assombro e admiração nos amigos que por ora estivessem perto. Alguns se constrangiam ou não concordavam abertamente, outros tinham dificuldade de alcançar seu raciocínio. Suas ideias geralmente iam na contramão de um egoísmo de sobrevivência que dominou o mundo durante a guerra. "O pior legado da guerra", Stockholm dizia às vezes, ao se referir a esse individualismo que regia as vidas de seus conhecidos.

A festa corria alegremente, mas era dominada por outras vozes. Stockholm não era de falar quando havia mais de três pessoas perto. Achava que nunca era sua vez, e porque achava, ela de fato quase nunca chegava. Só ouvia. Mas a escuta por fim o cansava e preferia se retirar discretamente. Não seria diferente em sua primeira festa surpresa.

James precisou de apenas cinco segundos para perceber sua ausência. Ninguém mais percebeu e ele se ausentou discretamente também. O apartamento de James era um imóvel herdado de seus pais em um prédio histórico na cobiçada Central Park West, o Edifício Prasada. Era uma cobertura com dois andares e, como muitas na região, contava com um terraço cuja vista se debruçava sobre a floresta do Central Park, escura como uma mancha negra no meio das milhões de luzes de Manhattan. Um prédio que se erguia alto sobre as lâmpadas incontáveis das ruas, que se perdiam no horizonte e se misturavam com as luzes do céu noturno de Nova York em todas as direções.

O terraço era uma espécie de refúgio para Stockholm. Poucos meses depois de sua chegada, percebendo que Stockholm gostava dali mais que de qualquer outro cômodo do luxuoso apartamento, James montou ali um jardim, que agora floria em todo canto. Colocou móveis, esculturas e luminárias. Passavam horas ali olhando as estrelas, namorando sob a luz amena do sol que nascia além do Rio East, planejando futuros melhores que o instável presente.

Mas naquela noite, o inverno roubara o céu estrelado e da escuridão caíam apenas os primeiros flocos de neve que o dia frio havia prometido. Stockholm estava na beirada do terraço, indiferente ao frio intenso e à neve bucólica que pousava sobre sua camisa branca, quando James chegou à porta do terraço.

"Como é lindo", pensou enquanto o espreitava da porta, em silêncio.

— Nem tente me pegar de surpresa — Stockholm alertou sem se mover.

— Nem ia. Sei que é impossível — James deu os ombros, como se concordasse, mas tão logo mudou de ideia. — Vai vendo, Sr. Atento... Uma hora te mato de susto, você vai ver.

— Uma hora me mata de amor... — Stockholm se virou sorrindo, sedutor. — Como hoje.

Como grande parte dos introvertidos, não dominava muito bem seus próprios recursos de sedução, embora se esforçasse em se expressar nisso que considerava uma forma de arte, e de arma, na qual James se considerava um mestre. De qualquer forma, apesar de sua dificuldade, sua aparência incomum fazia a parte dela.

Encarou James do extremo do terraço com seus olhos verdes, charmoso e tímido. Seu olhar ia perdido na moldura desarrumada de sua barba vermelha, pincelada por fios de mel, e dos cabelos curtos, cuja cor era um mesclado em tons que iam do castanho ao loiro e ao vermelho, ninguém os sabia definir. Se escondiam, protegidos pela sobrancelha espessa, de cobre e bronze. A pele caucasiana, pontilhada de pequenas sardas que lhe davam ares de ruivo, era manchada apenas por uma marca de nascença no pescoço, vermelha, abaixo da orelha esquerda, no formato de uma fechadura medieval. "Quem guarda essa chave?", James costumava brincar, dizendo que ali passava a artéria que ia do coração ao cérebro, a carótida. Stockholm sempre lhe dizia que a fechadura estava aberta, que não tinha chaves. "Se existissem, seriam suas", completava, ganhando pontos e fazendo James ficar constrangido.

Stockholm era alto e estava sempre em forma, para a indignação de todos que sabiam a quantidade de besteiras e quilos de sorvete que consumia todos os dias. Sequer fazia exercícios e parecia ter saído de um quadro do Renascimento. "Se Sandro Botticelli o visse perambulando pelas ruas de Florença...", James costumava brincar, "*O Nascimento da Vênus* seria completamente diferente".

— Como *hoy*... — James deixou escapar, ainda na porta. Criava coragem para sair na neve, onde Stockholm permanecia sem preocupações. — Um dia destes, dei carona para um rapaz perdido na neve assim, muito parecido com você.

— Foi mesmo? — Stockholm perguntou no tom da brincadeira de sempre. — E como foi isso?

— Quer mesmo saber como foi? — James sorriu. Sabia que sim. Contar essa história no dia do aniversário inventado era quase um ritual.

— Sempre quero saber — Stockholm se virou para o Central Park. Queria ouvir apenas. Esperou na neve o começo da história que ele mesmo já ouvira algumas vezes. Aguardava em silêncio olhando as poucas luzes do Central Park, mas James não começava nunca. "Teria ido embora?", pensou de repente, mas foi surpreendido pelo calor e o perfume de James em suas costas. Suspirou aliviado, sentindo os braços do homem que amava envolvendo os seus.

— Era uma noite como essa mesma, nascida de um dia de muito frio — James apontou para os flocos de neve que iam caindo e sumindo na escuridão. — Um destes dias que não resiste à tentação de nevar ao entardecer. Eu estava retornando de uma exposição em uma galeria de arte parceira na Pensilvânia, na cidade de York. Exausto e estressado, mas feliz com o sucesso da exposição. Já estava há horas na estrada. Era muito tarde quando cheguei à região da Filadélfia, ao norte da cidade, quase em Trenton... O clima estava piorando a cada minuto e já começava a achar que teria que parar num hotel, mas eu decidi seguir. Dali para Nova York, mesmo com a neve, seriam mais duas horas apenas. Eu me lembro que estava enlouquecido para ir ao banheiro, pensando que se não parasse na Filadélfia para ir ao banheiro, ia precisar parar na estrada. E foi mais ou menos nesta hora, me consumindo neste dilema, que o trânsito parou. Não podia acreditar. A ponte da estrada I-95 que atravessa o Rio Delaware estava fechada. Dezenas de homens com lanternas, cachorros, drones, helicópteros e viaturas da polícia haviam ocupado a ponte. "Um acidente, com certeza, e dos feios, com essa neve", pensei. Ficamos uma meia hora parados até que finalmente nos sinalizaram um desvio ao sul, por uma estrada antiga, que também cruzava o Rio Delaware por uma ponte quase abandonada, a Burlington-Bristol.

— Não podia aguentar nem mais um segundo. Encontrei a ponte velha e parei o carro afastado do acostamento, escondido nas árvores das margens do rio, ainda antes de cruzá-la. Estava desesperado para fazer xixi. Estava tudo congelando. Tão frio que o rio estava praticamente congelado, de um jeito que se poderia fazer patinação artística. Devia estar nevando desde cedo ali, porque o branco da neve já tinha assumido toda a paisagem da margem. Me lembro de ficar encarando o rio, com sua superfície imóvel, congelada, imaginando minha cama quentinha, quando alguma coisa se moveu na margem do rio muito perto de mim. Eu devia estar a não mais que dois metros de você. Por certo já devia estar ali, inconsciente, camuflado pela neve. O movimento certamente foi um espasmo ou uma onda de água sob a camada de gelo e neve que atingiu a margem.

— Não sei o que me deu — James seguiu contando distraidamente. — Normalmente, sairia correndo. Em tempos como esse. Mas por alguma razão, ou porque ao se mover, eu achei que... Eu ainda não sei, honestamente. Que você poderia estar vivo. E como ia largar uma pessoa viva para morrer congelada? Resolvi tirar você da água. Nem sei de onde tirei forças. Você estava inconsciente e congelando, mas respirava com dificuldade e lentamente. Te arrastei até a caminhonete sem saber o que fazer. Como era pesado! Gordo, bola de neve...

— Eu nem sou tão pesado assim — Stockholm interrompeu com sua voz grave e meio rouca.

— Xiiiu! Não atrapalhe minha história... No momento em que te coloquei na frente dos aquecedores do carro — James seguiu contando, compenetrado em suas lembranças — e tentei te aquecer com o meu calor mesmo, com um abraço meio desajeitado, percebi que estava ferido. O sangue havia manchado suas roupas, mas estava camuflado pelas vestes todas pretas. Mas as minhas eram todas brancas. Abri o casaco pesado de couro que você estava usando e o collant térmico preto que todo mundo estava usando naqueles dias de frio e lá estava a origem do sangue. Você tinha levado um tiro no peito, bem no coração. A bala tinha atravessado e saído pelas costas, mas por alguma razão você não sangrava em nenhum dos dois buracos. "O gelo estancou", pensei. Imagina? Nunca vou entender como não sangrou até morrer.

— Mas o que me pareceu impossível — James se afastou do corpo quente de Stockholm um instante —, e até hoje não entendo o que aconteceu logo em seguida, foi que sua temperatura subiu rapidamente, como uma febre alta que corre a pele e nos faz delirar. Estávamos no banco de trás da caminhonete Dodge que eu usava para transportar minhas telas naquela época. Você ocupou o banco inteiro, até meio espremido, e eu estava sentado no assoalho do carro. A febre ou o calor do carro mudou a cor da sua pele, que estava cinza e sem vida, para um rosado parecido com o que está hoje. Foi nesse momento que eu percebi como você era bonito. Eu me lembro de ter me curvado levemente sobre seu rosto para ver se tinha algum outro ferimento na cabeça e passei a mão rapidamente em seus cabelos, que, mesmo com tudo aquilo que tinha passado, ainda eram sedosos como os de um bebê. Não parecia ter ferimentos na cabeça e fiquei te encarando por um momento, quando de repente você abriu esses imensos olhos verdes. Apenas abriu.

— Não teve outras reações. Parecia calmo, considerando tudo. Nem mesmo alterou o ritmo da respiração. Então olhou longamente nos meus olhos. Estranho e desconhecido, mas incrivelmente à vontade. Sem falar nada, sorriu e desmaiou novamente.

— Eu ainda estava atordoado pelo seu sorriso. Imagine, abriu os olhos e sorriu. Mas subitamente o bloqueio na ponte da Internacional 95 fez todo sentido. Drones, helicópteros. Era você. Era você que eles estavam buscando, claro. Não era acidente nenhum. Não chamam drones para atender acidentes. Entrei em pânico. "O que eu faço agora?", falei para mim mesmo, me engasgando. E o que eu fiz em seguida mudou minha vida para sempre, devo dizer.

Stockholm sorriu. Admirava esse lado travesso e revolucionário de James acima de quase tudo que sabia sobre ele.

— Eu já te disse que não sou um grande fã do trabalho de nossas forças de segurança? — James comentou sem esperar respostas. — Pois bem. Regra número um dos artistas que sobreviveram à guerra: "Arte sempre será trans". Transgressão e transgênera. É transparente. Não é arte se não transborda. É trânsito e é transformação. Arte é transversal! Sempre trans! Prometemos para nós mesmos que estaríamos sempre do outro lado do rio austero da norma. Do normal. Da regra. Da reserva e do conservadorismo. E se a parte mais suspeita do Estado, a nossa querida polícia, estava do outro lado do rio te procurando, então você só poderia estar do meu lado do rio... Do lado dos infames artistas, dos transgressores.

— Não precisei de cinco segundos para te cobrir com os panos que sempre carregava na caminhonete e voltar à estrada como se nunca tivesse saído. Mas então brotou um pânico. Tarde demais, claro. "É evidente que serei rastreado. Pneus saindo da estrada. A vala de um corpo arrastado no chão para fora do rio. Câmeras de vigilância na I-95. Quão fácil seria isso?", pensei. "Meu Deus, o que eu estou fazendo? E se não for um artista? E se for um criminoso?" Mas eu engoli o pânico. Já tinha feito! Era tarde demais. Se fosse um criminoso, já estávamos juntos nessa. Não podia simplesmente te jogar para fora do carro na estrada. Não depois daquele sorriso. E, honestamente, um criminoso não iria agredir o homem que o resgatou, me convenci sem muita certeza.

— Eu certamente não agrediria — Stockholm falou, maroto, com sua voz grossa, esfumaçando o ar com o calor de seu hálito.

— Mas naquela noite toda a natureza parecia estar do seu lado — James continuou atento à sua própria história. — Em segundos na estrada, fomos atingidos pela maior nevasca que a cidade da Filadélfia já tinha sentido em décadas. E com a neve incessante, evanesceram quaisquer possibilidades de chegarmos rápido a Nova York. Levamos cinco horas de um trânsito lento e tenso. Mas com a nevasca colossal também sumiram nossos rastros. No outro dia, o país inteiro falava sobre como a região da Filadélfia estava coberta por metros e metros de neve. Estradas fechadas em todas as direções. Aeroportos fechados. Delaware completamente congelado. Casas destruídas. "O caos do frio", a imprensa reportava. O drama da mudança climática que nos aflige todos os dias. Mas o acidente na ponte nunca fora reportado pela imprensa. Foi engolido pela neve. Engolido pelo congelamento nunca visto do Delaware. E para todos os efeitos, assim também foi você, engolido pelas profundezas do grande e profundo Delaware.

James parou um instante para lembrar de algo. Alguns detalhes já lhe escapavam com os anos. Continuou:

— Você dormiu por dois dias seguidos...

— E não vamos esquecer quem cuidou de você nestes dias de sono, por favor? — Anna comentou com sua voz carregada de sotaque e bem-humorada, já sentada em uma das cadeiras nas proximidades da porta que dava acesso ao terraço, fora do alcance da neve.

— Não vamos esquecer dessa parte... — Stockholm se virou sorrindo. — Foi o que me salvou, seguramente.

James lhe deu um golpe na barriga pelo deboche.

— Não combinamos de não ficar contando essa história em qualquer lugar? — Anna falou, séria. — Alguém poderia estar sentado nesta cadeira enquanto vocês faziam essa pequena volta ao passado.

— Combinamos! — Stockholm concordou. — Foi um descuido. Desculpe.

— Descuido foi deixar você dois dias nas mãos desta mulher — James provocou. — Mas alguém precisava se livrar da velha Dodge.

— E já não era sem tempo, é bem verdade — Anna concordou.

— Vendida! — James se virou discretamente, se encostando no parapeito ao lado de Stockholm, para poder olhar para Anna. — Vendida, cada parte dela. Virou ferro-velho nas mãos de artistas de sucata dos quatro cantos de Nova York. A velha Dodge! Carregou tantas telas e esculturas que finalmente virou arte ela mesma!

— Como minha mãe sempre diz: "Se vai fazer algo errado..." — Anna falou como se puxasse um lema de escoteiros.

— "Que seja perfeito!" — James terminou a frase e deu uma piscadinha de cúmplice para Anna. — E felizmente nunca foi procurada — James suspirou, se virando para o Central Park. — E nunca será... E nunca será! Graças à neve.

— Graças à neve! — falaram juntos, os três.

Ficaram nostálgicos. Compartilhar um segredo como esse os unia de forma profunda.

— Nossos convidados já estão começando a se organizar para irem embora — Anna comentou finalmente depois de algum silêncio. — Foi por isso que subi. Vocês querem se despedir de todos ou posso dizer que estão no meio de alguma outra coisa?

— Seria fantástico se pudesse agradecer a presença de todos — James comentou já bocejando de preguiça.

— Acho que vou pedir que minha mãe faça essa gentileza para nós... — Anna propôs.

— Não! — Stockholm protestou de repente. — Quero me despedir de todos. Oras. Imaginem? Minha primeira festa de aniversário surpresa e não agradecerei o carinho de todos. Vamos descer!

E desceram sem qualquer resistência. Stockholm os envolvia de tal forma que Anna e James nem faziam juízo de suas sugestões. Apenas acatavam com carinho e devoção, sem questionar nada. O amavam e o queriam feliz. Talvez um esforço para compensar o martírio do esquecimento. Talvez fosse fruto das circunstâncias de sua chegada, não sabiam dizer, ou alguma outra coisa que eles ainda não compreendiam.

"Poderia ser apenas amor?", Stockholm se perguntava em seus pensamentos quando percebia a demasiada proteção, mas também não tinha respostas. Tentava não abusar da atenção que lhe dispensavam, deste poder sobre eles.

Caminhando distraído pelo caminho para o andar abaixo, Stockholm se pegou pensando na relação entre James e Anna. Na união de suas famílias. A estranha circunstância que os atrelou. No tempo em que Arturo e Marta Jimenez emigraram do México para os Estados Unidos no começo do novo milênio, quando ainda eram crianças, alguns anos antes da construção do que ficou conhecido como a Grande Muralha do México. Uma barreira erguida em toda a fronteira com o México pelo governo americano, que praticamente encerrou o fluxo de imigrantes ilegais, não apenas do México, mas de toda a América Latina, para dentro dos Estados Unidos.

Dotados de enorme criatividade e força, suas famílias se estabeleceram em Nova York muito rapidamente. Não precisavam de muito. Eram pessoas simples. Viviam no Harlem de forma bastante modesta, sobretudo porque nessa época já não havia quase empregos, nem mesmo para os americanos.

Oriundos de gerações de costureiras, Marta e Arturo abriram um pequeno negócio juntos no Harlem, tão logo se conheceram e se casaram, no começo de 2019. Tiveram sorte e eram excelentes. O negócio fez sucesso entre os chamados hipsters e *influencers* digitais e acabou seduzindo também alguns integrantes daquela que se considerava a aristocracia de Nova York. Famílias tão antigas quanto a própria América, prosperando na selvageria do capitalismo que dominava o mundo no começo do terceiro milênio.

Mas seu sucesso foi cruelmente breve. O ano de 2025 trouxe a grande guerra e, com ela, uma crise econômica com precedentes apenas nos tempos da Grande Depressão. Um colapso súbito e imprevisível, à altura de uma Quinta-Feira Negra,[1] em que pequenos negócios foram levados como barcos de papel pela correnteza da chuva e grandes impérios empresariais afundaram com a derrocada de mercados internacionais como gigantescos cargueiros abandonados no meio do oceano. Poucos suspeitavam de como era frágil o equilíbrio econômico do mundo ou quão poderosos eram o medo da escassez e o egoísmo humano.

---

1 Como ficou conhecida a quinta-feira de 24 de outubro de 1929, quando ocorreu a queda da Bolsa de Valores de Nova York que desencadeou a Grande Depressão. O evento teve impacto dramático sobre a economia global e a vida das pessoas. (N. do E.)

Sem sustento e pressionados por uma onda de nacionalismo que brotou na América, eles fizeram tudo o que podiam. Pulavam de um bico para outro, sempre em relações informais de trabalho, em situações precárias. Continuamente sendo rejeitados por sua origem. Foi nesta jornada de sobrevivência que acabaram virando empregados da influente família Clayton. Um trabalho que se parecia, a princípio, com qualquer outro que tinham feito ao longo daquela crise: aquém de sua capacidade e no qual seriam, como tantos, invisíveis.

Descendentes de uma longa linhagem de abastados, os Clayton eram o oposto de tudo que se esperava de uma família de sua classe social. Envolvidos com o universo metalúrgico desde o século XIX, o jovem casal Clayton se despia de protocolos na intimidade de seu lar, onde o também jovem casal Jimenez agora se abrigava em afazeres diversos. Desprovidos de qualquer espécie de nacionalismo, ou patriotismo, os Clayton se consideravam cidadãos do mundo. Entendiam quão afortunados do acaso eram. Como o mundo era injusto. Reconheciam com clareza incomum os seus privilégios.

Não apenas não compartilhavam os preconceitos que se arrastavam há séculos no coração da América, como racismo, homofobia e xenofobia, mas iam além disso, apoiando artistas em todas as partes do mundo, investindo em galerias de arte, apoiando museus e óperas. Promoviam empresas com ideias futuristas, as startups, como os jovens que buscavam seu apoio chamavam seus negócios visionários. Acreditavam que o mundo devia caminhar rapidamente para um coletivo global e sustentável. Eles pertenciam ao futuro. Mas o futuro parecia não concordar com eles, pois muito em breve a guerra traria às ruas o pior do mundo.

A despeito das diferenças que os separavam, os casais Elisa e James Clayton e Marta e Arturo Jimenez, sob o mesmo teto, desenvolveram uma sólida amizade. Um amor, alguns diriam eventualmente, sem compreender realmente o que acontecia entre eles, mas percebendo que algo os unia. Nenhum deles sabia explicar o afeto que se desenvolveu tão rápido entre eles. Não pareciam querer entender. Apenas cuidavam uns dos outros como uma família que se escolhe. Um sentimento que cresceu imensamente quando Elisa e Marta engravidaram juntas e, no mesmo ano de 2035, no meio da mais longa guerra mundial da história, receberam em seu lar a menina Anna Jimenez e o menino James William Clayton. Filhos de uma época em que a recomendação era simplesmente não ter filho algum, pois o mundo parecia não comportar mais ninguém ou mesmo lhes oferecer qualquer futuro.

Os criaram juntos, como irmãos. A essa altura, os laços de empregados e patrões já não existiam há anos. Decidiram que seriam uma só família. James levou Arturo aos negócios. Faziam tudo juntos. Elisa levou Marta ao mundo do mecenato e das artes. Marta levou Elisa ao universo dos imigrantes e ao mundo da costura, que era sua paixão. Passaram a compartilhar a vida. Por mais que se acentuassem diferenças, tão visíveis, onde quer que fossem, pareciam uma família. Mas havia alguma coisa neles que pairava invisível, secreta, incompreensível aos olhos externos.

Surpreendeu a todos os amigos da família, mas, em sua intimidade, nada além daquilo faria mais sentido quando o casal Clayton faleceu em um ataque que derrubou as três principais pontes de Manhattan e seu testamento revelou que a fortuna da família Clayton havia sido dividida entre James e Anna, igualmente. O mesmo texto fazia do casal Jimenez os tutores de ambos até que atingissem dezoito anos de idade, e um *board* de gestores que já existia na empresa, conselheiros de James desde o tempo de seus pais, controlaria os negócios até que ambos pudessem interferir legalmente na empresa.

Quando atingissem a idade determinada pelo testamento, dividiriam a presidência do grupo de empresas. Mas era uma posição à frente dos negócios que James nunca assumiu. Seu coração pertencia ao perigoso mundo das artes. A liderança dos negócios foi ocupada com a força de uma leoa por Anna. Talvez tivesse sido ela quem nasceu do ventre de Elisa, os dois costumavam brincar entre si. James não podia concordar mais. Os pais de Anna eram tão amados por ele que James aprendeu a falar espanhol antes mesmo que Anna pudesse falar qualquer língua.

A verdade era que o estranho amor que uniu seus pais, seu respeito, sua tolerância pelo diferente, foram a verdadeira herança que ambos receberam. O verdadeiro legado que lhes foi deixado. E esse tipo de laço, enraizado na história de suas famílias, incompreendido, não dito, nascido nas trevas de uma guerra que parecia não ter fim, era inquebrável.

Em alguns momentos, como aquele no terraço, sob a fina neve do inverno, Stockholm quase se sentia parte daquilo, mas ele sabia, de alguma forma, que ninguém poderia ser. E lhe parecia justo. Uma saga tão impressionante. Não achava que estava à altura daquela história, quando sequer se lembrava de sua própria.

O frio do terraço deu seu lugar ao calor aconchegante da ampla sala onde seus amigos ainda se divertiam. Um calor misturado de velas e de carinho. Calor de um lar onde o amor costumava vencer preconceitos, corajosamente, mesmo nos tempos em que o medo varria o mundo.

Stockholm se sentia tão protegido ali que às vezes temia que tudo aquilo acabasse de repente. Queria tê-los consigo para sempre.

Aos poucos, foram se despedindo dos amigos e, com cada abraço de despedida, Stockholm se sentia mais feliz. Com cada carinho espontâneo, seu coração parecia ficar mais cheio. "Seu coração de diamante", Anna costumava dizer, fazendo referência ao ferimento em seu peito, o que ela acreditava se tratar de um prodígio da natureza e uma referência à pureza que Anna creditava ao seu coração, rara como os próprios diamantes o são. Mas Stockholm não achava nada disso. Se achava tão frágil quanto uma criança e quebrado. Tampouco se achava um milagre, como Jane também lhe dizia em seus sonhos, quem dirá uma pedra preciosa com as qualidades de um diamante.

Finalmente os convidados se foram e restaram apenas os três, entregues à tarefa de arrumar minimamente o apartamento. Enquanto recolhia taças e copos e carregava pratos para a cozinha, Stockholm se perdia observando os detalhes daquele lugar que ele considerava seu lar. O único lar que tinha conhecimento de ter tido. Um lar de mais de cem anos, onde o amor imperava sem oponentes.

Com o fim da guerra, aquele imenso apartamento ficara aos cuidados de Anna e James. Viviam juntos, os irmãos. Mesmo lar em que nasceram e cresceram. Onde também nasceu Elisa Clayton. Onde ela viveu até o fim da vida com James. Marta e Arturo decidiram eventualmente viver em outro imóvel na mesma rua, um apartamento menor e mais simples. "Fácil de cuidar", Marta argumentou aos protestos de seus filhos, com sua gentileza incorruptível. No fundo, não se sentiam mais necessários aos cuidados de James e Anna. Já tinham vinte anos e a guerra havia acabado naquele ano, 2055. O ano que ficou conhecido pelo mundo como o Renascimento de Irene, em alusão à deusa grega da paz. Todos precisariam aprender como seguir em frente. Refazer suas vidas. Além disso, e era algo que nunca confessariam, sentiam imensa falta de Elisa e James Clayton no apartamento. Estavam incompletos ali.

Mudaram-se no final do verão e, quando as últimas folhas do outono caíram e deram lugar ao inverno, todos já haviam se adaptado. Mudaram, mas nada mudou entre eles. Continuavam unidos como sempre. Com o fim da guerra, os irmãos mergulharam em suas carreiras e em esforços para recuperar o equilíbrio da economia e o ânimo das pessoas na América e no mundo. Quase não tinham mais tempo para ficarem juntos. Atolados em compromissos, Anna nos negócios da família, James na sua carreira como artista plástico e agora dono da galeria de arte fundada por sua avó materna, Arlene Clayton. A mesma galeria que fora cuidada por sua mãe durante toda sua vida.

Muito embora morassem no mesmo apartamento, tinham pouco tempo e, quando tinham, preferiam apenas conversar no terraço, quase sempre ao sabor de algum vinho. Pouco tempo, mas suficiente para que soubessem e compartilhassem quase tudo um do outro. Romances, dúvidas. Desafios da carreira. Desafetos.

Uma rotina intensa que durou quase cinco anos e só fora abalada na madrugada de 18 de fevereiro de 2060, quando James entrou pelo apartamento arrastando um homem de dois metros de altura, inconsciente e ferido.

Anna estava em casa, preocupada com a demora atípica de James. Sabia que ele tinha deixado York no meio da tarde e já invadia a madrugada sem notícias. Também já sabia da forte nevasca na Filadélfia, por onde James passaria, de forma que sua chegada foi um alívio. Um alívio que durou apenas alguns segundos.

James resumiu toda a história em menos de um minuto e pediu sua ajuda. Ele não entendia nada de primeiros socorros ou ferimentos de qualquer natureza. Na verdade, mal sabia o que fazer diante de uma gripe. Mas ela entendia. Ao longo da vida, já havia participado de diversos treinamentos militares e alguns envolviam socorro em combate, muito embora nunca tivesse se aproximado de qualquer conflito ou mesmo das zonas de guerra. "É um privilégio poder se defender, salvar a si mesmo e, talvez, salvar outros", o senhor James Clayton costumava dizer argumentando em sua defesa quando questionavam esses treinamentos.

Anna caminhou pela sala do apartamento com uma mão erguida, apontando com um dedo para cima, como o próprio Platão caminhando ao lado de Aristóteles nos afrescos de Rafael Sanzio que um dia ilustraram as paredes do Vaticano. Um gesto que fazia sempre que precisava decidir algo, levar o dedo ao céu, onde repousava o mundo das ideias que era tão precioso ao célebre filósofo. Também Anna buscava raciocinar alto, ganhar perspectiva e inspiração para decidir.

De tudo que Anna havia imaginado naquela noite enquanto esperava, de todas suas preocupações, nada sequer se aproximava do que James havia feito. Infinitamente mais racional que ele, Anna projetou dezenas de possibilidades em questão de segundos em sua cabeça. "Estamos perdidos!", pensou, e essa era sua conclusão definitiva. Já estava feito. Resolveu, entretanto, não dizer nada. Sem mais perguntas. Era hora de agir.

Compartilhavam quase tudo desde o nascimento. O amor dos pais. A casa. Os amigos. O dinheiro. As conquistas e, provavelmente, alguns amantes, mesmo sem saber. Poderia um crime ser adicionado a essa enorme lista de cumplicidades? Sequer se deram ao trabalho de discutir o assunto. Essa era uma daquelas horas em que precisavam "ser perfeitos", como sempre lhes ensinou a mãe de Anna.

— Deite ele no sofá e tire esse monte de roupas, rápido! — Anna falou energicamente, se retirando rapidamente para o interior do apartamento.

Quando voltou com uma caixa da Cruz Vermelha nas mãos, James já havia deixado o homem de cueca no sofá e o envolvido em uma manta que estava numa poltrona perto.

Anna prendeu seus cabelos em um coque, examinou o corpo do homem rapidamente e se debruçou sobre o ferimento do peito. Nunca havia visto nada como aquilo. Um ferimento tão preciso. "Foi certamente uma arma muito pequena", pensou, analisando o tamanho do ferimento. Uma bala convencional teria aberto um buraco maior dos dois lados. Mais assombrosa era a ausência de qualquer sangramento. Sem nenhum elemento de pressão ou sem proteção de ataduras, como o corpo conseguira estancar o sangramento dos dois lados? Anna se indagava intrigada enquanto seguia fazendo seu diagnóstico.

Não estivesse diante de ferimentos abertos, teria julgado que ele estava apenas dormindo. Respirava calmamente, o coração batia normalmente e sua temperatura estava absolutamente normal. Nada fazia sentido, mas fez os curativos mesmo assim e, se não poderiam ir a um hospital, sua única opção agora era esperar que ele despertasse. Colocou soro na veia do braço para que o corpo não desidratasse e pudesse se nutrir de alguma forma e foi se sentar na mesa onde James aguardava sentado, olhando para as paredes sem ver nada, exausto.

— O que foi que fizemos? — ela falou, entregando a cabeça à superfície da mesa.

"O que foi que fizemos?", James repetiu a pergunta em seus pensamentos. Não que não tivesse entendido a pergunta. Estava agarrado à sua construção e nela se deixando tomar pelo mais completo senso de gratidão e carinho por Anna. "Fizemos", ele pensou emocionado. Colocado assim, na primeira pessoa do plural, *nós. Nós fizemos*. Ela estava ali há meia hora apenas e já se considerava completamente parte daquilo. Sua cumplicidade parecia não conhecer limites.

— Acho que fizemos a coisa certa. Eu não sei — ele respondeu, pousando sua mão sobre a dela. — Fizemos o que nossos pais fariam, talvez. "Diante da morte...", como papai dizia? — James se indagou, tentando fazer a citação correta. — "É um privilégio salvar os outros."

Não era assim a frase, mas Anna compreendeu e relevou, lamentando sua memória precária. Era tarde e ele estava certo, como sempre, seu querido James Clayton. Seu segundo pai. Seu amigo. "O que é a coisa certa a se fazer, Anna, nas escolhas de vida ou morte?", James perguntava de tempos em tempos, em suas muitas conversas com Anna, a quem considerava sua filha. "Sempre escolher a vida", ele completava ou ela respondia. "Nunca escolher a morte, papá!", ela concluía.

— Espero que sim — Anna comentou, levantando a cabeça da mesa e encarando James com firmeza. — Mas não acabou ainda.

— Sim. Você está certa. Não acabou. Precisamos pensar no que vamos fazer agora — James comentou agitadamente, se levantando da cadeira e andando até o sofá para ver o estranho que abrigara naquela noite com mais calma.

— Nós não vamos poder dormir — Anna comentou sentada ainda, planejando seus próximos passos.

— Você notou como ele é bonito? — James comentou distraidamente. Finalmente podia vê-lo sob a luz da sala, agora com alguma tranquilidade e fora da penumbra do carro e da estrada.

— James! Você está me escutando? — Anna protestou se impacientando.

— Você notou isso aqui? — ele perguntou novamente, sem dar atenção.

— Claro que notei. É impossível não notar... Ele parece ter saído de um conto de fadas da Disney — Anna respondeu, tentando se acalmar. — Mas podemos nos concentrar por um momento aqui? Pode voltar para a mesa? Por favor?

— Ele tem um galo na cabeça — James comentou, se sentando de volta à mesa. — Eu não tinha notado. Não tem ferimento, mas ele definitivamente bateu a cabeça. Você notou isso?

— Sim — Anna respondeu. — Mas, quanto a isso, não há nada que possamos fazer sem os recursos de um hospital. Podemos apenas esperar.

— Espero que ele não morra — James suspirou.

— Ele não vai! — Anna falou enfaticamente. — Ele está apenas dormindo. Que é o que não poderemos fazer até que ele acorde e possamos lhe fazer algumas perguntas. Vamos ter que nos dividir. Eu ficarei com ele até meio-dia. Depois disso, preciso ir ao escritório ou, mesmo daqui, precisarei me projetar lá.

— Certo! Eu vou dormir agora e assumo ao meio-dia para que você possa trabalhar.

— Nada disso, James. Eu sinto muito, querido — Anna falou, pesarosa e amável. — Eu sei que deve estar exausto, mas você não poderá dormir. Precisamos nos livrar da caminhonete. Imediatamente. É isso que você fará durante a manhã. Ela não pode ser vista nunca mais. Ela deve estar cheia de evidências do nosso novo amigo.

— Mas não podemos apagar a caminhonete da história. Ela existe. Pertenceu ao papai... deve até estar em nossos nomes hoje. E deve ter sido filmada em algum momento na estrada.

— Claro. Não podemos apagá-la da história. Mas podemos apagá-la desta história pelo menos e rezar para a neve apagar o resto. Eu tenho amigos que podem fazer isso por mim. Gente que tem acesso a essas câmeras.

— Meus Deus! — James se assombrou. — Papai ficaria orgulhoso de você. Você vai dominar o mundo, sabia?

— Ahh! Oras! Cale-se e vá fazer o que estou pedindo, por favor. Eu ficarei com ele até você voltar.

— Mas e se ele acordar? O que vai fazer? — James parecia verdadeiramente preocupado. — Acho que eu sou o homem que devia ficar e vigiá-lo. Isso tudo é muito perigoso.

— Ora, isso é absurdo, não seja machista. Se ele acordar, "se" acordar — Anna frisou visivelmente cansada —, eu espero que ele acorde bem calminho e com vontade de continuar vivo. Caso contrário, eu sinto muito por ele e mais tarde estaremos os dois prestando esclarecimentos à polícia sobre mais esse assalto nesta cidade tão perigosa e como tivemos que nos defender.

Terminou de elaborar seu plano e foi até a escrivaninha, abriu uma gaveta e logo fechou novamente. Sacou de lá apenas uma lâmina fina, com a qual delicadamente prendeu o cabelo, e se sentou em frente ao sofá onde o homem repousava em sono profundo.

— Eu não poderia fazer nada disso mesmo — James confessou, surpreso consigo mesmo. — Acho que se ficasse com ele, provavelmente passaria o dia pintando seus traços numa tela. Michelangelo faria o mesmo, tenho certeza.

Estavam exaustos. Uma exaustão de emoção e de nervoso. Mesmo assim, riram juntos da cena imaginada por James. Sobretudo porque era verdade.

Eram mestres em rir em momentos de tensão para não se perderem um do outro. Para não esquecerem da alegria pela vida que compartilhavam. No enterro dos pais de James, uma cerimônia entupida de pessoas numa catedral em Manhattan, tiveram uma crise de riso quando o padre iniciou seu discurso com uma frase que usualmente se utiliza em casamentos e não em velórios. "Queridos amigos, estamos aqui reunidos para celebrar o amor de Elisa e James... Ah! Perdão! A vida de Elisa e James. Perdão", pediu desculpas, quase se engasgando, o padre desajeitado. No fundo, não era mentira e ele não estava errado. Sempre se poderia celebrar o amor de Elisa e James. No fundo, nem tinha graça, mas eles encontraram a graça um no outro, ao cruzarem os olhares ali diante do padre. Tiveram que ser contidos pelos pais de Anna e ameaçados de serem retirados da catedral.

Olharam-se por um longo momento, cada um de um lado do sofá onde o homem estava desmaiado, deram uma piscadinha e cada um foi executar sua parte no plano elaborado por Anna. Tarefas em que ambos tiveram sucesso. A velha Dodge foi completamente desmontada naquele mesmo dia. Suas peças, doadas a artistas no dia seguinte. Anna acionou amigos no submundo dos hackers, que invadiram o sistema da empresa que atendia o departamento de segurança das estradas. Descobriram que absolutamente nada havia sido gravado em nenhuma das câmeras das estradas que entravam e saiam da Filadélfia. Acharam que a nevasca havia causado alguma pane no sistema. Anna teve ainda o cuidado de verificar que havia câmeras em um pedágio afastado da estrada, próximo a York, e apagou todos os registros daquele dia. Num segundo pedágio mais próximo da Filadélfia, eles apagaram apenas pequenos fragmentos de poucos segundos da filmagem, cerca de cento e quarenta fragmentos com carros diversos, simulando uma pane de instabilidade na filmagem.

Tudo culpa da nevasca, seu amigo Connor Gilbert escreveu de volta ao atender seu pedido. *Te devo essa*, ela devolveu como mensagem pelo celular. *Não me deve nada!*, ele encerrou a conversa. No fundo, ela sabia que devia. Aquilo não era algo pequeno. Ambos sabiam.

A única coisa que não saiu como planejado foi o esperado despertar do homem no sofá. Ele atravessou dormindo profundamente o primeiro dia, a primeira noite e o segundo dia, imóvel, sob a vigília ora de James, ora de Anna. Revezavam para dormir um pouco, para comer.

Trocavam o soro que o alimentava. Colocaram música. Acharam que deviam acordá-lo em algum momento e até chegaram a lhe chamar e lhe dar algumas chacoalhadas, mas logo desistiram. Todos os sinais continuavam em perfeito estado. Respiração. Coração. Temperatura. Tudo normal, mas não voltava. Cogitaram se ele estaria em coma, mas não souberam o que fazer se ele estivesse. Combinaram de estudar um novo plano no próximo dia.

Na madrugada da segunda noite de vigília, acharam melhor ficarem juntos na sala para fazer companhia um ao outro e impedir que dormissem. Estavam mortos. Sua exaustão era tamanha que começaram a cogitar chamar a polícia pela manhã. Desistiram em seguida. Já tinham ido muito longe. Teriam que pensar em outra coisa. Não poderiam ficar ali para sempre, ponderavam estressados. Mas, atolados em suas próprias reflexões e planos para o dia próximo, os dois dormiram.

Dormiram tão profundamente que acordaram juntos no meio da manhã seguinte, ainda lesados por terem dormido, com uma voz masculina lhes chamando, grave, mas suave e carregada de uma delicadeza que perceberam rapidamente que não poderia ter saído de nenhum dos dois:

— Olá!
— Pessoal?
— Vocês estão bem?
— Olá! — chamou novamente o homem sentado no sofá diante deles, de cueca, meio envolvido em uma manta.

QUATRO

Nova York
17 de fevereiro de 2063

— Parabéns pra você, nesta data querida, muitas felicidades, muitos anos de vida — Anna cantarolou no ouvido de Stockholm, lhe deu um beijo nas bochechas rosadas e anunciou que amanhã os ajudaria a terminar de limpar a cozinha se quisessem. — Amanhã. Hoje não aguento mais ficar acordada. Para hoje, lhes desejo apenas boa noite!
James estava debruçado na pia, lavando a louça, enquanto Stockholm guardava coisas nos armários e aqui e ali encontrava taças perdidas pela casa.
— Boa noite, Anna! — falaram juntos enquanto ela desaparecia pelo corredor em direção às escadas, rumo aos quartos que ficavam no segundo piso.
Stockholm saiu novamente para a sala, deixando James sozinho por um tempo na cozinha, entregue à limpeza da louça da festa.
— *When evening falls so hard, I will comfort you* — James começou a cantar distraidamente. Tinha um apreço por músicas do século XX. — *I'll take your part, oh, when darkness comes... And pain is all, all around...*
— *Like a bridge over troubled water, I will lay me down...* — Stockholm cantou com sua voz grossa, roçando sua barba na nuca de James e lhe beijando com carinho. — Você sabia que está cantando uma canção de novembro de 1969?

— Uma velha canção de noventa e quatro anos, é isso mesmo? — James suspirou ainda de costas, com as mãos na louça, resistindo aos arrepios que a barba de Stockholm lhe causava na nuca. — Eu meio que gosto de velhas pontes, sabia? Elas me dão sorte.

— O senhor Paul Simon compôs essa canção tão rápido e tão sem pensar — Stockholm continuou falando baixinho — que quando terminou teve que admitir para si mesmo: "De onde veio isso? Não parece comigo!". Era um homem de bom senso e humilde, o Sr. Simon. Sabia que estava diante de algo que não compreendia. "De onde ela veio, então?" Eu mesmo costumo me perguntar quando ouço alguém cantando seus versos. Eu mesmo não tenho a resposta, é verdade. Mas eu gosto de pensar nela. Sobretudo nele, no Sr. Simon, que, diante de uma coisa tão linda, tão diferente que não poderia nem mesmo ter saído dele, que ele não reconhecia ou compreendia, que pertencia ao mistério do universo, mesmo diante de tudo isso, encontrou em si mesmo coragem para abraçá-la. Coragem para enfrentá-la, recebê-la em seus braços. Encontrou forças para mostrá-la para o mundo. Mas, acima de tudo, diante de algo tão lindo como essa canção e de algo tão lindo como você, James William Clayton, eu me encontro desafiado pelo mesmo mistério. Me pego buscando uma forma de encontrar a coragem para amá-lo. Amá-lo, simplesmente e sem medos!

— Oh, por favor, não faça isso comigo... — James se emocionou, com o olhar perdido na água que caía da torncira sobrc a louça.

— Como uma canção que possui seu compositor, sem rodeios, sem pedir permissões. Sem perguntas. E meu único desejo é ter em mim essa mesma coragem — Stockholm falou, fechando a torneira devagar e virando James para que ficassem de frente. — A coragem de te amar para sempre.

— Eu amo você — foi o que James conseguiu dizer no meio da emoção.

— Eu que amo você — Stockholm replicou num sussurro, com seus lábios já mergulhados no pescoço de James e os braços buscando tirar-lhe a camisa branca de linho.

Tão grande quanto o amor que sentiam, era a atração que tinham um pelo outro. Poderiam se devorar de tanto desejo. Uma paixão que brotou no momento que colocaram os olhos um no outro e que venceu até mesmo as primeiras barreiras da conturbada chegada de Stockholm em suas vidas.

Stockholm arrancou a camisa de James e sua própria roupa e já começava a descer suas mãos pelo corpo de James em busca dos botões de sua calça. Tudo nele era intenso. Sua respiração. Seu toque. Seus beijos. Suas mordidas.

— Vamos para o quarto? — James propôs entre um beijo e outro.

— O quarto está muito longe... — Stockholm respondeu sem pudores, encontrando os botões de suas calças e soltando-os. — Apenas relaxe, James... Anna está dormindo. Eu quero você agora. Aqui... — Stockholm sussurrou enquanto o erguia pelas pernas e o pousava num balcão que ele mesmo havia limpado e deixado sem nada em cima momentos antes. Correu seu corpo com beijos, soltou seus cabelos loiros do coque, lhe roubou a cueca, sem nem dar atenção às incertezas que James estava tendo e ele as conhecia. Não costumavam fazer sexo fora do quarto. Aquela seria a primeira vez.

— As camisinhas estão no quarto... — James começou a falar enquanto escapava dos avanços de Stockholm.

— Anna mantém camisinhas na caixa de chá que ninguém nunca toma... Logo atrás de você — Stockholm comentou, sorrindo e se divertindo com o espanto de James com sua agilidade e intenções. — Mas, honestamente, eu estou bem. Eu confio em você, James William Clayton.

"Você não devia", ele chegou a pensar, mas estava perdido demais para dizer. Stockholm tinha pensado em tudo já. James se sentiu como uma presa distraída, pega de surpresa na planície. Diante da astúcia do amante que lhe tinha nos braços, já não lhe restava nenhuma outra coisa a se fazer. Mais nada para perguntar ou restrições para impor.

Rendeu-se.

Rendeu-se completamente ao homem que desejava vorazmente lhe possuir ali no meio da cozinha, com o qual mantinha o maior amor que já sentira na vida. E o maior desejo. Único do qual não conseguiu se defender do assalto aos seus sentidos. Do assalto à sua razão. Único que cruzou suas barreiras e muralhas.

Stockholm se afastou um momento de James, dando um passo atrás, de surpresa, deixando-o sentado pelado no balcão. James se assustou. "Fiz algo errado?", pensou, inseguro. Stockholm sorriu, charmoso, em pé na sua frente.

— Mais alguma pergunta, senhor? — Stockholm provocou.

— Isso pode durar para sempre? — James perguntou, astuto.

— Está completamente em nossas mãos — Stockholm respondeu, descendo a cueca ao chão e dando um passo à frente de volta aos braços e pernas de James. De volta para dentro um do outro, de onde nunca mais queriam sair.

    Amaram-se de forma intensa e apaixonada no meio da cozinha, sem vergonhas e tomados pela adrenalina de serem pegos por uma sede noturna qualquer que pudesse ocorrer a Anna. Se levaram sem perceber para a sala, onde derrubaram luminárias e almofadas, e da sala finalmente foram ao quarto, onde só foram ser rendidos pelo sono quase de manhã.

***

    No meio da manhã, James deixou o apartamento para uma reunião na galeria com novos artistas que queria conhecer. Anna também saíra umas horas antes para o escritório. Apenas Stockholm dormia profundamente no apartamento da Park West. Havia combinado com Pietro de só trabalhar à tarde naquele dia, já pensando no que aprontaria com James na cozinha e prevendo que precisaria dormir até tarde. Era seu aniversário, afinal de contas, e Pietro, que já desejava ser padrinho daquela união, concordou solícito com seu plano.

    Uma claridade pálida cruzava as janelas do quarto, opaca e sem força. Brilhava apenas o suficiente para dizer que era dia, que o sol estava ali, escondido em algum lugar atrás do inverno. A neve que começara na noite anterior, quando estavam no terraço, ainda caía delicadamente sobre Nova York. Se amontoava nas calçadas. Alagava algumas ruas. Cobrava atenção dos pedestres. Atrapalhava o trânsito dos carros em alguns cruzamentos.

    Stockholm despertou de sua intensa noite ainda meio atordoado, preguiçoso. Poderia dormir o dia inteiro se fosse possível. Ainda estava sonolento, como quando não se sabe ainda se acordou ou se está sonhando. Quando ambos ainda são possíveis, porque não se tem nenhuma resposta da razão.

    De olhos fechados, balançava de um mundo para outro. "Está nevando ainda", pensou, assimilando a claridade opaca dos dias de neve, pendendo para a realidade dos acordados. "*Hoy* e sempre", ouviu dentro de si, de algum canto escuro, perto do ouvido. "*Hoy* e sempre", pensou, abandonando a neve e se entregando ao sonho.

    "Eu te amo e estou do seu lado. *Hoy* e sempre", James falou no escuro de seus pensamentos.

    "*Hoy* e sempre", Stockholm prometeu também.

"Não importa o que pedir", James falou, o encarando com seus olhos castanhos, e evanesceu no meio da neve.

Então acordou.

Estava estranho. Sentia o coração acelerado. Suava nos lençóis. Encarou o teto com seus imensos olhos verdes, já marejados, mas sentia um enjoo imenso. Fechou os olhos para tentar se acalmar. Tremia as mãos, sentia calafrios nas costas.

"Será que comi algo estragado?", pensou rapidamente, mas, muito mais rápido que a resposta, a verdade do que estava acontecendo lhe atingiu como um relâmpago. Um clarão destes que rasga o horizonte de escuridão, no céu chuvoso, veloz como a verdade normalmente atinge as pessoas, trazendo logo em seguida com ela o vácuo do silêncio interminável em que o céu e a terra, ambos, aguardam o som assustador da trovoada.

Havia se lembrado de tudo.

Tudo de uma só vez.

Sentia no peito o peso insuportável de um bloco de vinte anos de memórias, que não faziam mais sentido algum.

— Meu Deus! — falou sem ar e sem forças, se rendendo ao desespero que instantaneamente se convertera em lágrimas.

Num ímpeto, como em um salto para fora de si, virou para o lado da cama e vomitou no chão.

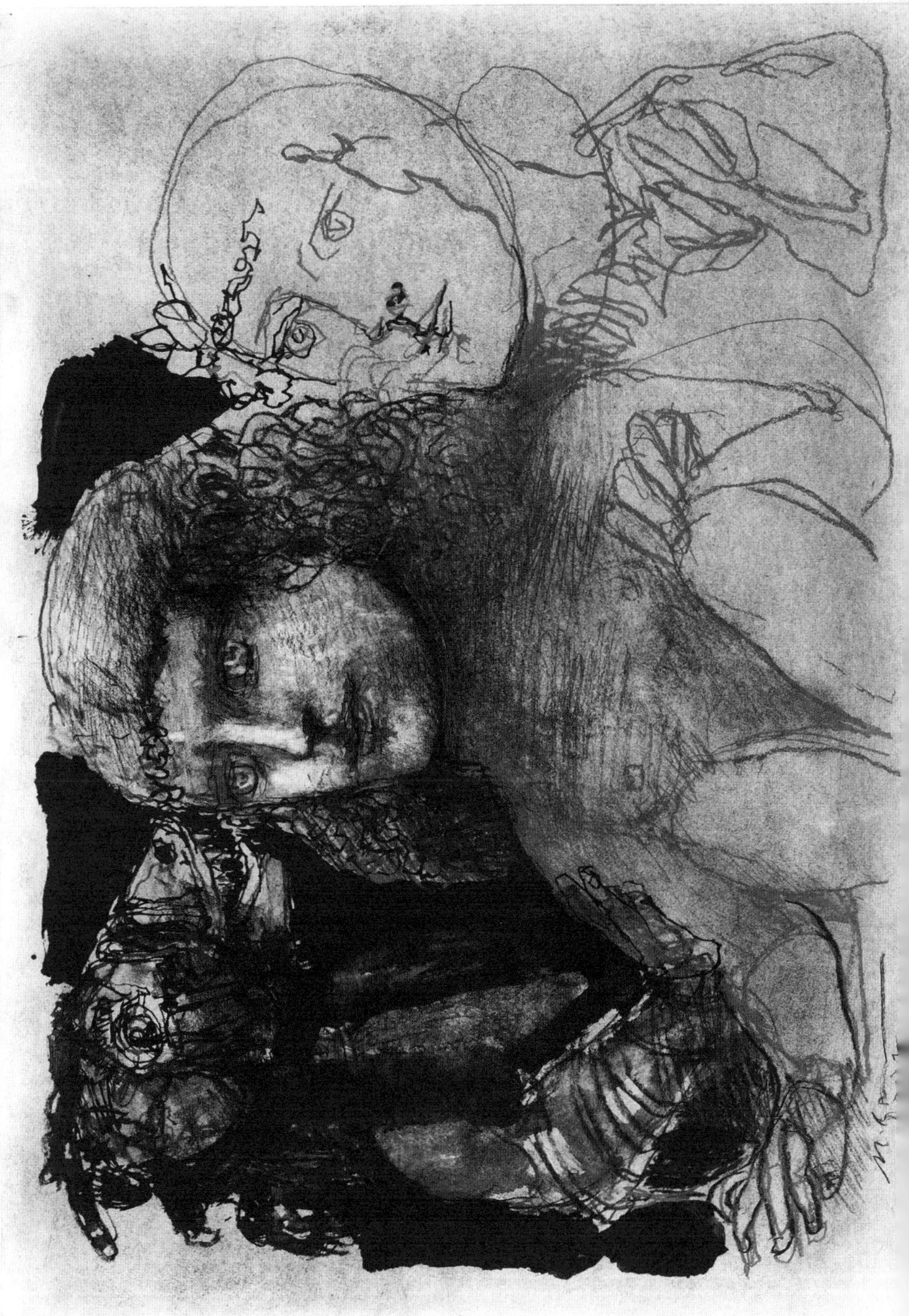

CINCO

Chicago
16 de fevereiro de 2063

O cheiro forte de café subiu com a fumaça da água quente que era derramada sobre o pó escuro dos grãos torrados. Flutuava no ar invadindo os pulmões dos homens e mulheres na aglomeração barulhenta do balcão da cafeteria. Cheiros que se misturavam com a aflição e a correria dos impacientes para começarem o dia com seus cafés. Bálsamo que surgia todos os dias como uma solução na luta para vencer o frio insuportável das ruas de Chicago. Chama de calor acesa nas mãos de pedestres por todos os cantos, exalando sua fumaça sedutora, despertando os sonolentos.

— *Latte macchiato*! Stone! — uma mulher gritou na ponta do balcão.

A atendente gritava, esticando o pescoço, na ponta dos pés, procurando o dono do copo fumegante na aglomeração, sem sucesso.

O agente Jefferson Stone, que parecia estar sempre à frente do tempo das coisas, numa postura quase felina e sem que a atendente o percebesse, aguardava um momento oportuno para se deixar encontrar, bem ali do lado dela, sem que isso pudesse causar algum susto e viesse a derramar a bebida.

— *Macchiato*! Stone! — gritou a atendente novamente e, por um momento, olhou para trás para checar sua lista de pedidos, pousando o copo fumegando no balcão por um instante.

Era sua oportunidade. Rapidamente, tomou o copo de suas mãos, protegendo-o do aglomerado de pessoas e se deixando encontrar pela atendente que já perdia a paciência.

— Stone aqui! Obrigado, Lenna! — falou, encarando a jovem atendente com seus olhos azuis de topázio e seu semblante sério. — Até amanhã!

— Sempre faz isso! — bufou estressada a atendente, observando o homem que se desviava da multidão de clientes, elegante com seu terno azul-marinho e agasalhos longos e escuros que vestira para se proteger da neve e do frio, se afastar do balcão e sair do café para a rua.

O frio estava intolerável, atingia seu rosto como um tapa duro, acentuado pelo vento e pela neve que caía há dias em Chicago, mas o trajeto até o trabalho não era uma caminhada longa. O agente Stone acreditava que era preciso reconhecer a força da natureza. Olhá-la nos olhos. Enfrentá-la em seus extremos. Achava que apenas assim poderiam vencer a natureza da própria humanidade. Ideias que ele quase não compartilhava com ninguém, pois no fundo era tímido, mas que já o tinham levado a escalar montanhas cobertas de neve na cordilheira dos Andes e mergulhar em cavernas subterrâneas da Indonésia.

Tinha quarenta e oito anos, dos quais dedicara os últimos dezoito à carreira como agente da Agência de Inteligência Internacional dos Estados Unidos, a AII, uma organização criada pelo governo americano durante a guerra e que engoliu setores diversos do Departamento de Defesa, diretorias de inteligência do Pentágono, setores do FBI, cuja atuação era doméstica, e a CIA inteira. Uma organização poderosa que lançava seu olhar para o mundo e em muito colaborou com os resultados da guerra e, eventualmente, com o fim dela.

Tudo corria como mais um dia tranquilo na Agência. O frio dominava os assuntos pelo corredor. Era a conversa fácil das manhãs, o clima, sobretudo em um lugar onde tudo era, de alguma forma, segredo de alguém, informação confidencial ou assunto de Estado. Conversar sobre os prejuízos do frio era absolutamente seguro.

Sentado na longa mesa de reunião da Sala George Washington, Stone aguardava o que parecia ser uma reunião infinita sobre o futuro da Venezuela e o surgimento de um novo grupo paramilitar perpetrando atentados terroristas por todo país. Falavam sobre as desvantagens dos agentes americanos em solo, frente ao esforço paramilitar venezuelano, e como, além de conhecerem melhor suas terras, a proteção da floresta dificultava tudo. Achava aquela longa intervenção americana no solo venezuelano, desde a tentativa de anexação, ocorrida em plena guerra da Rússia, até a operação em discussão na mesa, um erro com precedentes apenas no atentado contra Londres, cujas consequências superavam os olhares dos mais pessimistas, mas essa era uma conversa que Stone não teria mais e, no fundo, não achava que aquilo era problema seu, até que o incluíssem na missão secreta que estavam elaborando. Até isso acontecer, se acontecesse, achava melhor não comentar nada.

Terminaram decidindo levar o tema à presidente para decidir sobre a operação secreta no interior do novo estado. Stone não aguentava mais. Vinte e cinco pessoas participavam da reunião. Ele estava ali apenas para reportar o resultado de uma iniciativa da Agência com hackers recém-recrutados, alunos da Universidade de Illinois. Uma agenda sem importância comparada ao futuro da Venezuela, mas reportada mesmo assim ao próprio diretor Lewis e aos demais diretores da Agência, para que pudessem acompanhar seus resultados, o que, Stone acreditava, se dava apenas porque a operação tinha sido ideia do diretor.

A operação sequer era algo que todos concordavam. Muitos na mesa acreditavam que seus métodos feriam alguns protocolos de segurança da Agência, o que, para uma pessoa conservadora como Stone, era um atentado em si.

Os resultados da iniciativa eram sempre os mesmos, mas a cada mês Stone era obrigado a reportá-los aos diretores. Se sentia de castigo cuidando de crianças em detenção, quando poderia estar vivendo invisível em qualquer canto do mundo, trabalhando como espião.

O trabalho, entretanto, era bastante simples e contava com um grupo de cinco novos agentes oriundos de uma operação ocorrida no ano anterior. Os cinco adolescentes foram presos numa tentativa que obteve sucesso de invadir o sistema da Agência. A invasão era uma aposta de adolescentes, como uma corrida, mas foram pegos e presos pelos agentes da AII antes que pudessem fazer qualquer coisa. Depois de um tempo, fizeram um acordo com a Agência. Foram recrutados.

A ideia do diretor Lewis era um teste da seriedade e lealdade dos cinco jovens ao acordo que culminou no seu recrutamento como agentes. Tudo era confidencial para quase todos na Agência, exceto aquele grupo de diretores na mesa.

O grupo tinha como missão se debruçar sobre casos da AII fechados sem resposta que pudessem ser abertos por alguma falha da investigação. Stone teria abortado o projeto ali. Não concebia que a Agência considerasse que havia falhas nas suas próprias operações e investigações. Tampouco acreditava que infratores adolescentes pudessem encontrar tais falhas. E mais grave, mas era algo que nem protestava mais: conceder acesso a casos da Inteligência Internacional a pessoas de fora da Agência configurava traição ao Governo. Mas, como sempre, "não se esqueça de que eles também são agentes, agente Stone" era a resposta definitiva do diretor Lewis, que outrora encerrou seus protestos. Por alguma razão que lhe escapava, o diretor Lewis confiava naquele time de crianças. Mas ele não. E os tratava como tal.

Na ponta da mesa, os olhos escuros e atentos do diretor Michael Lewis monitoravam friamente todas as reações dos presentes na mesa a cada pauta. A cada decisão. Era um homem silencioso e extremamente sensato e respeitado por toda a Agência. Estava na Inteligência americana antes mesmo da criação da Agência, antes mesmo do início da guerra, e sua liderança à frente da AII já durava vinte e três anos. Antes, atuava na França, no coração da guerra, em missões sobre as quais as pessoas não sabiam nada. Era discreto com sua vida de forma geral e muitos chegavam a acreditar que ele tinha uma suíte em algum lugar da Agência, onde vivia sozinho, tamanhas a sua disciplina e dedicação. "Muito trabalho para fazer, senhores", passava pelos corredores alertando colegas e encerrando conversas informais. "A paz não se fará a si mesma", comentava adoçando a bronca.

— Stone, reporte, por favor — convocou finalmente a voz grave e meio rouca do diretor Lewis na ponta da mesa quando as pautas prioritárias finalmente se encerraram.

Stone se levantou, como praxe e mania sua, e encarou os presentes que estavam sentados. Sacou seus papéis de uma pasta preta e, sem nenhuma empolgação, começou seu relatório.

— Como todos sabemos, há dez meses um time de agentes especialistas em tecnologia e segurança virtual, vulgarmente conhecidos como hackers, tem trabalhado todos os dias sob minha supervisão, analisando alguns casos fechados sem resolução, buscando respostas ou pistas que possam ter sido abandonadas pelos agentes treinados pela AII. Vivemos uma guerra que durou mais de trinta anos e, diante disso, nos parece bastante natural que informações pudessem escapar aos agentes em cada caso. Essa é uma iniciativa do nosso estimado diretor Lewis que eu tenho o prazer de conduzir em seu nome.

Parou um momento para continuar. Todos os meses, fazia aquela introdução para explicar a iniciativa. O diretor Lewis esboçou um sorriso. No fundo, se divertia com a resistência de Stone. Reconhecia nele algo de si mesmo no que lhe parecia uma outra vida, de tão distante que figurava na memória. Stone seguiu sem dar atenção.

— Como temos visto a cada mês, os agentes da AII não deixam passar nada. Isso tem sido comprovado ao longo destes dez meses de trabalho, o que me deixa absolutamente orgulhoso de fazer parte deste time de agentes tão cautelosos. Um orgulho que foi abalado na tarde de ontem.

A sentença causou desconforto pela mesa. No canto, o diretor Lewis ouvia o relato de Stone e, ao mesmo tempo, fazia alguma anotação em um bloco de notas. Tinha essa capacidade de prestar atenção em tudo e continuar fazendo alguma outra tarefa. Stone seguiu, solene e protocolar como de costume.

— Ontem à tarde, nosso jovem time identificou dois vestígios em um caso fechado sem resposta que me pareceram, o primeiro, um ato deliberado de corrupção e, o segundo, uma quebra de nossa segurança. O caso em questão parece esvaziado de informações que justificariam as duas falhas apontadas pelos meninos, mas isso apenas reforçou minhas suspeitas de que estamos diante de algo sem precedentes na Agência.

A essa altura, a mesa já cochichava em seus extremos com dúvidas. Quebrando sua habitual concentração, o diretor Lewis parou de fazer suas anotações e observava o agente Stone com total atenção.

— Antes que eu vá além — continuou Stone —, existe uma observação que gostaria de fazer... — Mas foi interrompido pela mão elevada do diretor Lewis, para espanto geral, pois o diretor nunca interrompia ninguém e quase sempre não falava nada sobre as pautas, se limitando a concordar com o andamento ou dar uma instrução direta de modificação de condução da demanda.

— Como é o nome deste caso, agente Stone? — indagou o diretor Lewis com o semblante já preocupado.

— Me desculpe, diretor — Stone respondeu. — Não falei de imediato porque achei que se tratava de mais um erro no caso. O caso em questão está relacionado com uma outra operação sobre a qual não temos registro em nossos sistemas, o que talvez seja apenas uma duplicação equivocada de nomes — Stone buscou o nome na capa do processo. — Os nomes são Operação *Snowman* e *Opération Bereshit*, diretor — Stone falou, franzindo a testa diante do nome em francês. — Acredito que seja assim que se pronuncie. O segundo não significa nada para os nossos sistemas.

O diretor Lewis baixou os óculos e, por um longo momento, permaneceu em silêncio, com seu olhar repousado na direção de Stone, mas além dele, como se houvesse uma janela aberta atrás de suas costas. Coçou o nariz num inédito sinal de desconforto e permaneceu com a mão levantada, de forma a manter consigo a palavra na mesa. Todos aguardavam em suspense. Stone já começara a se preocupar com a situação.

Stone se impacientou e começou a falar novamente.

— Peço desculpas novamente, diretor, mas acredito que a minha próxima observação é muito importante...

— Eu que lhe peço desculpas, agente Stone, mas receio que não poderei permitir que continue — o diretor Lewis interrompeu mais uma vez, se levantando da cadeira e encarando a todos. — Atenção a todos. Essa é uma ordem. Retirem-se da sala todos aqueles que não possuírem Status X de acesso aos registros da AII. Imediatamente. Aqueles que não o possuem, eu os agradeço pelo seu tempo, e tão logo uma nova reunião dará continuidade aos assuntos não tratados nesta manhã.

Stone estava incrédulo. "Status X? Que diabos é Status X?", pensou rapidamente. Sua dúvida parecia a de todos na mesa, mas a seriedade do diretor Lewis não deixou abertura para questionamentos. Apenas o novo diretor de Infraestrutura se deu ao trabalho de interpelá-lo, indignado:

— Mas o que é isso de Status X? Não existe esse status na Agência! — comentou, abusando de sua recente posição de diretor.

— Se você não sabe o que é, filho, apenas deixe a sala — respondeu friamente o diretor Lewis, se sentando novamente e vendo a imensa sala perdendo seu quórum.

Restaram apenas o diretor Lewis, Stone e, de um time com o qual ele não tinha muito contato, de Relações Exteriores, permaneceu um agente da inteligência diplomática. Nem mesmo seu diretor pôde permanecer na sala.

— Bem, diretor. Eu não tenho esse status — Stone comentou, se perguntando se deveria sair da sala.

— Você acabou de ter, filho — comentou o diretor Lewis, lamentando de forma solene.

Virou-se para a sua tela de computador e deu um comando de voz:

— Helena, acionar código X nesta sala.

— Imediatamente, senhor — falou a voz suave da solução de inteligência artificial que Stone sabia que o prédio tinha para alguns serviços, como luz e som. — Boa tarde, diretor Lewis, identidade confirmada. Criando janela de silêncio na sala. Encerrando filmagens. Encerrando captação de áudio e sinais de telefonia. Informo que o agente Stone não tem Status X para permanecer na sala.

Stone estava perplexo.

— Obrigado, Helena. Dispensada — o diretor Lewis encerrou sem mais explicações. Se levantou apreensivo e caminhou para uma mesa menor, adjacente à imensa mesa na qual estavam reunidos com os diretores, e fez sinal para que os únicos agentes que restaram na sala se sentassem.

— Sêneca, boa tarde — saudou o diretor Lewis, já aproveitando para apresentá-los. — Esse é o agente secreto Jefferson Stone, da Divisão de Investigação de Crimes Internacionais.

— Sêneca Schultz — se apresentou de modo formal, estendendo a mão, quando Stone se aproximou da mesa menor. Não tinha muito mais que a idade de Stone, mas parecia ter. A pele parda de seu rosto, que abrigava olhos intensos e castanhos, emoldurado por cabelos pretos e curtos, carregava cicatrizes finas em suas extremidades, que se misturavam com rugas precoces causadas pelo sol. Stone nunca havia estado tão perto dele. Ficou intrigado, mas colocou na conta da guerra. Sabia que a guerra havia deixado todo tipo de marca.

— Diretor Lewis, antes de seguirmos — se adiantou Stone —, peço desculpas pela forma desavisada como trouxe meu relatório.

— Não há pelo que se desculpar, agente Stone. Você apenas estava fazendo o seu trabalho. Apenas conte-nos o que descobriu e, se eu acreditar que estamos diante de um problema, veremos como conduzir as coisas.

Stone estava desconfortável. "Nada me será explicado, afinal", pensou rapidamente. Mas não poderia exigir nada. Estava diante de uma lenda viva, cuja atenção se dividia entre a Agência e a presidente dos Estados Unidos, sentados em uma mesa para conversar, numa sala que acabara de sofrer um apagão de registros.

— Primeiramente, gostaria de falar rapidamente do que se trata o caso em si, ou isso é de conhecimento de ambos? — indagou, virando-se para Sêneca e assumindo que o diretor estava completamente familiarizado com o caso.

— Fique à vontade para explicar o que lhe ocorrer, agente — sinalizou de forma solene o agente da inteligência diplomática. — Temos todo o tempo.

— Bem, então vamos lá! — começou Stone. — O caso em questão é de um criminoso francês que, em fevereiro de 2060, invadiu o território americano de alguma forma em busca de não se sabe o quê. Sobre ele, não temos registro nenhum no processo. Apenas uma sinalização de que era procurado pelo governo francês e acusado de assassinato. Ele foi detido em uma universidade da Filadélfia, quando tentou invadir uma sala de medicamentos. A polícia achou que se tratava de um criminoso comum, de um assalto ordinário, da ação de um viciado, e o conduziu para a estação policial mais próxima, algemado. Segundo a polícia, ele simplesmente se rendeu. Ele aguardou o trâmite da polícia, calmo e sereno, respondeu algumas perguntas em francês e o escrivão não as registrou no processo. Não entendeu o que ele disse, conforme nos parece. Relatou apenas posteriormente que ele agia "como se estivesse esperando por algo". Quando o agente da estação policial tirou sua foto e inseriu no sistema de reconhecimento facial da Polícia da Pensilvânia e nos registros do Departamento de Defesa, ele decidiu agir.

Stone parou por um momento e então continuou, certo de que o caso era familiar para ambos.

— Era isso que ele estava esperando. Ser encontrado. Sua foto acionou outros setores da polícia e eventualmente chegou em nós. Mas era tarde. Após ter sua foto inserida no sistema, ele rendeu os policiais e escapou. Ele queria que soubéssemos que estava ali. Uma força-tarefa foi mobilizada para encontrá-lo e não precisou ir muito longe. Quase deixando a Filadélfia pela I-95, ele foi cercado. Ou se deixou ser cercado. E segundo o relato do time em solo, no conflito com os agentes ele foi ferido e caiu no Rio Delaware quando o rio estava congelado. E essa é toda a informação que o processo traz. Imaginem os senhores!

Stone estava perplexo demais para ter modos.

— Não preciso dizer — Stone retomou — que essa foto, o único registro que poderíamos ter de seu rosto, não existe em nossos sistemas e esse homem, sem nome, não existe nem mesmo em nossos registros mais antigos. O que é intrigante, porque montamos uma força-tarefa para prendê-lo digna da Operação Lança de Neptuno.[2] O que me levou a crer que, seja quem for, ele foi reconhecido por alguém aqui de dentro. Ele queria ser reconhecido e foi. Alguém aqui o conhecia. Como a foto tirada pelo policial desapareceu ainda é um mistério que, tenho certeza, é o menor deles.

A concentração de seus ouvintes era absoluta. Stone quase não percebia se estavam respirando. Seguiu imaginando que estava compartilhando informações que ambos conheciam, imaginando que ele mesmo já teria umas cinco dúvidas com seu próprio relato.

---

[2] A Operação Lança de Neptuno (em inglês, *Operation Neptune Spear*) foi uma missão militar dos Estados Unidos que resultou na morte de Osama bin Laden, líder da organização terrorista Al-Qaeda, responsável pelos ataques de 11 de setembro de 2001. (N. do E.)

— O caso se encerra, claro, considerando-o morto no rio — Stone seguiu contando sem o amparo de seus relatórios —, congelado pela maior nevasca que a Pensilvânia já enfrentou. Seu corpo, todavia, nunca foi encontrado. Engolido pelo gelo do imenso Rio Delaware.

Aguardou um instante para ver se um dos dois se manifestaria, mas sem sucesso. Seguiu falando:

— Tudo muito convincente — Stone ponderou.

— E tudo bastante confidencial, me parece — o diretor Lewis se impacientou. — O que é isso que o nosso time encontrou, afinal? Tudo isso me parece já estar claro no relatório do caso.

— Primeiramente, no dia do caso, não temos registros de filmagens de todas as câmeras de rodovias do estado. Um relatório da empresa que presta o serviço sinaliza a tal pane sem explicação no estado inteiro e atribui o problema à nevasca. Nossos meninos acharam pouco provável que isso ocorresse e, se debruçando sobre os relatórios mais técnicos da empresa, perceberam que esse tipo de pane de fato ocorreu três vezes no mês de fevereiro, deixando o estado inteiro sem filmagens. Só isso já seria grave, a meu ver. O acontecimento, a pane, assim sendo, gerava um código de sistema, como um chamado automático para os times técnicos, que deviam resolver o problema detectado pelo sistema. No dia do incidente, vejam só, nada disso aconteceu. Nenhuma pane foi detectada pelo sistema. Nenhum código foi gerado. Equipe alguma foi acionada. Alguém deu um *shutdown* no sistema de filmagens do estado inteiro, antes do incidente. E por certo, alguém com bastante poder. Alguém de dentro do Departamento de Defesa do qual fazemos parte. Alguém que não quer que ninguém saiba o que aconteceu naquela ponte. Isso em si já me arrepia, mas o que aconteceu em seguida é ainda pior. Um dia depois, ou dois dias depois, uma nova interferência. À parte do sistema de câmeras das rodovias, nosso time de segurança das estradas mantém câmeras também nas estações de pedágios. É um sistema apartado, fornecido por outras empresas menores. Nesse dia, o sistema de uma série de cabines de pedágio apresentou uma anomalia bastante corriqueira. Perdeu algumas imagens. Cento e quarenta trechos de filmagem. Acontece o tempo inteiro. E como todo sistema, por mais rudimentar que seja e esse é, ele também gera um código para suas anomalias. E adivinhem só?

— Não gerou nenhum código — Sêneca comentou, respondendo.

— Sim — Stone replicou. — Alguém apagou trechos da filmagem. A princípio, achei que estava diante do mesmo autor. Seja lá quem derrubou as câmeras do estado inteiro, devia ter apagado trechos do pedágio. Mas não. Nossos meninos conseguiram analisar o processo pelo qual se deu a edição e ele não foi interno. Foi uma invasão. O arquivo foi raptado da base de dados da empresa contratada e devolvido já com a edição. Um trabalho de hacker que não deixou rastro algum. E se deixou algum vestígio, ele se perdeu, porque ninguém mais se importa com essas câmeras velhas, agora que temos vigilância do sistema da rodovia. Mas como podem ver, pode não ter sido a mesma pessoa. E assim sendo, esse caso sofreu dois ataques. Um de dentro e outro de fora.

Stone parou um instante para avaliar as feições de seus interlocutores, mas achou que esfinges seriam mais fáceis de ler que os enigmáticos rostos de Sêneca e do diretor Lewis.

— É claro que diante dos senhores — Stone continuou sua avaliação —, com a situação elevada a Status X, seja lá o que isso signifique, consigo imaginar que o primeiro caso talvez faça algum sentido ou talvez os senhores já tenham a resposta para ele, mas o segundo é bastante intrigante. Por que alguém ia se dar esse trabalho todo? Alguém de fora?

— Para apagar cúmplices? — Sêneca concluiu.

— Sim! Ou para apagar um resgate! — Stone acentuou.

— Existe alguma chance de recuperarmos esses fragmentos perdidos, agente Stone? — indagou o diretor Lewis, sem muita animação.

— Não, senhor. É impossível.

— Então não há nada que possamos fazer? É isso? — o diretor Lewis perguntou já impaciente.

— Há sim, senhor. Nosso invasor se esqueceu de apagar os registros mais antigos do planeta: impostos.

O diretor Lewis se levantou entendendo tudo e pousou a mão sobre o ombro de Stone para lhe dirigir uma última instrução.

— Excelente trabalho, filho. Reúna sua equipe amanhã cedo no vigésimo andar. Teremos que encontrar todas essas pessoas.

— Mas eu não... — Stone ia começar a protestar, mas foi interrompido pela voz seca no sistema de som da sala.

— Código X removido — chamou atenção a voz metálica de Helena, a inteligência artificial do prédio.

— Vá para casa, agente, descanse o quanto puder. Você acaba de ser promovido para o pior caso de sua vida — o diretor Lewis falou saindo da sala.

Sêneca saiu logo atrás, deixando Stone sozinho na mesa.

SEIS

Castelo Chillon, Montreux-Veytaux, Suíça
16 de fevereiro de 2063

O telefone tocava insistentemente. Ecoava como marteladas estridentes pelos corredores de pedra amarelada do castelo. Antiguidades batendo uma na outra, saltando de um aposento ao outro, cruzando corredores austeros, como fantasmas do passado que se encontram e não se reconhecem. Ambos, o castelo do século XII e o telefone do século XX, não faziam mais sentido algum no mundo, mas, preservados ali, revelavam um pouco do espírito excêntrico e conservador do homem que habitava aquele lugar.

Já passava da meia-noite. O telefone chamava sem parar.

A linha era quase secreta, como tudo ali, e a persistência não lhe deu outra opção senão levantar-se e atender.

Aborrecido, o general Antônio Casanova agarrou um robe azul-marinho da poltrona ao lado de sua cama e deixou o quarto. Caminhou pelos corredores de pedra com dificuldade. Esquecera a bengala ao lado da cama. Ainda não se acostumara com ela. No fundo, resistia. Achava que não precisava de apoio algum, mas a dor argumentava contra suas crenças.

O escritório era longe de seus aposentos, mas o telefone persistia como se o mundo fosse acabar se ele não fosse atendido.

— Alô — Casanova atendeu finalmente.

— Antônio?

— Sim!

— Michael aqui. Boa noite, general.

— Eu imaginei que era o senhor, por alguma razão. O que há, diretor? Sabe que horas são na Suíça?

— Sei sim, e lamento, mas é importante.

— Fale de uma vez por todas.

— Temos uma novidade na *Opération Bereshit*.

— O que está dizendo? — Casanova se engasgou e tossiu no telefone.

— Tenho razões para acreditar que ele sobreviveu.

— Impossível! — Casanova falou, se entregando a uma onda de raiva que lhe acentuava as veias e lhe alterava a cor da pele para um vermelho intenso.

— Eu mantenho contato. Boa noite, general — o diretor Lewis finalizou e desligou sem esperar por resposta. Sabia que continuar falando poderia piorar as coisas. Se precaveu e desligou sem cerimônia alguma. Uma transgressão de protocolo que poderia, não fosse a natureza do assunto daquele telefonema, lhe custar muito caro.

O general Casanova respirou fundo no escuro do escritório que abrigava o telefone. Uma espécie de biblioteca de documentos históricos. Não queria perder a cabeça. Havia muito em jogo.

— Dai-me forças, Senhor — rogou baixinho a Deus, fechando os olhos. — Dai-me forças! — repetiu fervoroso e, se sentando na imensa poltrona vermelha, começou a rezar.

SETE

Nova York
18 de fevereiro de 2063

Não conseguira comer nada até o meio da tarde. Um enjoo que não passava. Uma tristeza que Stockholm nunca imaginou que sentiria na vida. Um passado que não poderia ser compartilhado com aqueles que amava? Pensava de forma sombria e magoada. "Que sentido há nisso?", lamentava chorando a cada novo fragmento que lhe ocorria ou que se debruçava no mar de memórias que o banhava agora.

"O que foi que eu fiz?", repetia para si mesmo. "O que foi que eu fiz?" O carrossel de Jane escutava seus lamentos, vazio, em pleno domingo. Estava fechado novamente por conta da neve.

Stockholm estava no intervalo. Teve que ir trabalhar para não enlouquecer. Decidiu fingir que nada tinha mudado. No fundo, sabia que não era possível.

Ainda no caminho para o Brooklyn, já havia decidido que jamais iria contar a verdade para aquelas pessoas. Precisava de tempo para pensar. Seu peito doía, apertado, sem ar. Dor física. Contínua. Seu coração oscilava entre o amor imenso no qual fora envolvido, mergulhado, na noite anterior, nos braços de James e o medo de perder tudo aquilo simplesmente porque não poderia estar mais ali. O medo de que a verdade mudaria tudo, como ela normalmente faz.

No fundo, Stockholm sabia que devia partir. Sabia que todos estavam em perigo com ele ali. Mas não tinha forças. E, acima de tudo, não queria. Estava apaixonado demais para simplesmente ir embora e a paixão lhe assaltava o juízo, sabotava seus argumentos. Relutava tentando encontrar uma saída, mas nada lhe ocorria. Se esforçava para parar de chorar, mas a dor lhe roubava o tempo que precisava para bolar um plano. As horas voavam e, com elas, os anos iam se aninhando uns nos outros, piorando a cada dia que ganhava contornos em sua mente. Poderia mentir para aquelas pessoas para sempre? Pensava a todo momento e então duvidava consigo. Sabia que não conseguiria. Que ia contra seus princípios. Seus novos princípios, pelo menos. Aqueles que nasceram naqueles três anos de amor, os valores de Stockholm. Mas, no fundo, não sabia dizer se mesmo quem ele realmente era seria capaz de enganar aquelas pessoas.

Tentava se acalmar com respiração e movimentos de artes marciais, que agora os sabia, mas sem efeito. Nada lhe acalmava. O intervalo corria para acabar. O trabalho chamaria. Sequestraria seus pensamentos com sorvetes coloridos. O carinho de Pietro. Risos de turistas. Mundo de sonhos onde ele era apenas o vendedor de sorvete. Vendedor da doce alegria dos italianos.

Puxou a mochila do banco para ver as horas num relógio velho que carregava. Se deparou com o diário que começara no dia anterior.

Quis vomitar novamente. Se conteve. Tinha esperança de que alguma coisa havia de lhe conter as lágrimas e o enjoo.

"Será isso?", pensou sem animação. "Será?"

Decidiu que sim. Não via outra escolha. Diários são secretos. Já tinham isso em comum. Não questionam. Se de tudo, aquilo não lhe ajudasse em nada na árdua tarefa de recuperar a lucidez e a calma, ou elaborar um plano, pelo menos colocaria os anos em ordem.

Sacou a caneta, pousou sobre a folha em branco e encarou a luz opaca do inverno sobre as águas do Rio East. Se faria aquilo, precisava ir longe.

— Stock! — ouviu no vento, longe. — Stock! — Pietro gritou da porta da loja, interrompendo-o antes mesmo que pudesse pousar sobre alguma memória. — Seu tempo acabou, cara! Eu preciso sair para o intervalo!

"Seu tempo acabou, Stockholm", pensou, desolado.

— Você não faz ideia, Pietro — falou para si mesmo, tentando se recompor.

Guardou o caderno. Resolveu que começaria aquilo à noite. Se lembrou que James estaria fora da cidade numa exposição.

Teria tempo, acreditava. Mais tempo. Era só o que queria.

OITO

Nova York
18 de fevereiro de 2063

  O metrô havia parado novamente. Era algo que estava acontecendo com muita frequência naqueles dois meses. Todos culpavam o inverno, mas nenhuma explicação era realmente comunicada às pessoas, ou nenhum aviso. O metrô apenas não vinha. O amontoado de pessoas que desejavam regressar à Manhattan ou sair dela depois do trabalho tomava as plataformas das estações, indecisas se esperavam mais um tempo para ver se os vagões chegavam ou se partiam em direção às estações de outras linhas mais acima no East, que também poderiam estar paradas, ou a pior opção de todas, atravessar de balsa.
  "Isso sim é uma coisa para piorar esse dia", Stockholm pensou, analisando suas opções.
  — Acho que devemos pegar a balsa — Pietro sugeriu, lendo seus pensamentos. — É um terror, mas é a forma mais rápida.
  — A mesma que você vive falando que é perigosa? — Stockholm indagou, já se afastando da estação.
  — Sim! E é mesmo, claro. Mas o que podemos fazer? Não podemos ficar nas ruas. É ainda mais perigoso. Somos gays, se você não se lembra do que isso ainda significa, e outro dia pegamos e não houve nada. Lembra?

— Sim, claro, me lembro. Mas era bem no meio da tarde. Agora já escureceu. Não sei. As pessoas estão indo para as estações de Williamsburg. Veja, o que acha?

— Vamos morrer congelados para chegar até lá, apenas para descobrir que o metrô inteiro parou. Jamais! Vamos de balsa! — Pietro tomou a frente em direção ao píer.

Stockholm o seguiu sem mais resistência. Não estava em condições de ficar argumentando.

As balsas que cruzavam o rio eram imensas embarcações que comportavam quase duzentas pessoas apinhadas umas sobre as outras. Eram proibidas pelo governo de Nova York e todos sabiam, mas sem as pontes e sem o metrô, não havia muito o que o governo local pudesse fazer. Eram um mal necessário. Stockholm as considerava um verdadeiro tributo ao passado, velhas transgressoras da norma, indo de margem à margem diante dos olhos de todos, desafiando a lei e os fora da lei.

Embarcou ao lado de Pietro, que falava incessantemente sobre a importância da reconstrução da ponte e sobre um tempo antes da guerra no qual as pessoas vinham de várias partes do mundo apenas para cruzar a ponte do Brooklyn.

Stockholm sempre se impressionava com a capacidade de se comunicar de Pietro. Achava que, se um dia testasse, poderia fazer com que ele falasse por horas. Sabia que jamais faria isso, pois tinha Pietro como um irmão, mas a ideia lhe divertia imensamente. "A família que a gente escolhe", pensou, se rendendo aos pensamentos e perdendo de plano a voz de Pietro, que falava algo sobre seus pais. "Que a gente escolhe... Poderia escolher ficar com eles?", pensava longe. "Teria mesmo escolha?", se indagava afundado na angústia que suas lembranças lhe trouxeram naquela manhã. Não sabia.

Uma montanha-russa de pensamentos que só foi interrompida por um estranho calafrio que correu sua pele e pelo súbito silêncio de Pietro. Algo estava errado. Correu o olhar pela penumbra da balsa abarrotada. Nada. Só as pessoas com medo do escuro. Com medo do rio.

Sabia que não podia ser nada, estava muito alerta, e tão logo retornou o olhar para Pietro, o clarão de uma tocha iluminou o meio da balsa, revelando o que todos temiam. O ataque de piratas.

Um problema que os grandes centros urbanos herdaram dos muitos anos de guerra. Uma população imensa de miseráveis, que já eram muitos antes da guerra e que depois dela aumentaram como nunca visto por todas as cidades. Uma miséria que ultrapassava as barreiras econômicas. Uma miséria humana.

Deixados à própria sorte, muitos enveredaram pelo crime, assaltos, furtos e tráfico. Parecia inútil prendê-los, porque eram tantos. Outros foram mais ousados. Criaram grupos, formaram quadrilhas. A esses, o governo dedicava alguma atenção. Ponderavam alguns como grupo terrorista. E alguns eram, de fato, mas a maior parte deles era apenas muito pobre, ou além, miserável. A maioria só estava passando fome, só tentava sobreviver.

Acostumados a serem invisíveis por séculos nas calçadas diante dos olhos das pessoas, diante da inércia de governos, os miseráveis não tiveram dificuldade alguma em se esconder nos grandes centros urbanos. Criaram seus guetos. A verdade era que ninguém queria encontrá-los ou mesmo prendê-los. Não havia sequer onde prender tanta gente. A única saída era prosperar novamente e essa solução estava longe de ser atingida, pois as coisas pioravam a cada dia, tal como se a guerra ainda assombrasse os sonhos do mundo, como se seus efeitos ainda estivessem suspensos no ar das ruas.

Aqueles que só atacavam em rios e no mar se autoproclamavam, nostalgicamente, Piratas.

— Senhoras e senhores! — anunciou de forma circense um dos integrantes do bando, segurando a tocha na mão. — É um prazer estar com vocês nesta noite, no intenso frio do Rio East.

A luz incandescente da tocha revelava seus traços de homem jovem e, sobre eles, a tinta preta e vermelha com a qual se pintavam para aqueles ataques. Uma forma de proteger suas identidades.

Eram quatro homens, dispersos na embarcação para coagir as pessoas e impedir que pudessem acessar as bordas. Não era algo que alguém faria. Naquela época, fim do inverno, havia grande risco de morrer congelado nas águas do East. Sobretudo à noite.

— Como sabem, não lhes queremos o mal — continuou o pirata com a tocha na mão. — Queremos apenas seu dinheiro e pertences.

Era verdade. Muitos sabiam. Sofrer assaltos na balsa era quase uma rotina. Alguns eram mais rápidos, outros mais tensos. Uma violência, de qualquer forma, com a qual o povo de Nova York se acostumara.

De onde estava, Stockholm podia ver os quatro. Se surpreendeu assimilando as suas armas. Conhecia todas. Algumas eram falsas, podia identificar. O líder carregava apenas uma espada. "Excêntrico", Stockholm avaliou friamente. Um calafrio correu seu corpo. Estava agindo como outra pessoa, como um estranho para si mesmo. Não como queria agir. Ou como agiria naqueles anos recentes. Suas respostas, seus pensamentos e cada reflexo eram de outra vida. Uma vida onde aquele assalto terminaria com a morte de todos os assaltantes. Uma outra vida.

Pouco a pouco, as pessoas foram depositando seus pertences, dinheiro e qualquer tipo de joia, sobre uma toalha colorida no chão de madeira da embarcação. As coisas iam se empilhando sob a luz da tocha que agora queimava fincada numa fenda do assoalho, ao lado da toalha.

Estavam acostumados com aquilo. Alguns choravam, nervosos, mas a reação dos piratas era o mais completo silêncio. Um silêncio que eles incentivavam com gestos, colocando seus indicadores sobre a boca.

Stockholm já se rendia aos seus próprios argumentos de que deveria permanecer quieto ao lado de Pietro. Não podia correr tantos riscos. Sabia que poderia acabar com aquilo, mas lhe custaria muitas explicações. Explicações que não poderia dar. "Se acalme", pensava, tentando controlar sua natureza. "Isso não vale seu segredo. São apenas miseráveis, não farão mal a ninguém", argumentava em favor dos assaltantes, cujas vidas corriam risco em sua presença.

Seus pensamentos de compreensão ganhavam forma, desaceleravam o coração. Pietro segurava sua mão. Nenhum dos dois tinha nada, nem dinheiro nem joias.

Quando achou que havia vencido seu ímpeto, quando achou que havia enjaulado no passado essa face de si mesmo que desejava esquecer, uma senhora começou a chorar.

Ao lado de seu marido, implorava que deixassem um anel que havia pertencido à sua mãe. O assaltante foi inflexível. Não pouparia ninguém. Indignado com a velha senhora, ao lhe arrancar o anel do dedo, esbofeteou o rosto enrugado e manchado de idosa, lançando-a ao chão.

Chamou para si seus parceiros e, para horror de todos na balsa, deu ordem de que lançassem a senhora ao rio para morrer congelada.

"Mas que grande erro", Stockholm pensou, fechando os olhos e soltando a mão trêmula de Pietro, lentamente.

A essa altura, quase encerrando o assalto, eles já estavam todos perto daquele que parecia seu líder, ostentando suas metralhadoras e outras armas. Aguardavam as últimas vítimas depositarem seus pertences no chão, para então dar fim à senhora que chorava no chão, implorando que lhe poupassem.

Stockholm se aproximou de forma tímida e fingindo medo e insegurança, com as mãos fechadas de quem guarda um pertence querido. Mãos cerradas, guardando nada além de sua violência e frieza.

Sempre chamava atenção. Era muito alto. Preocupava mesmo os assaltantes armados. Se abaixou sob o olhar atento do bando, respirou fundo e abriu as mãos com as palmas para cima, revelando aos assaltantes à sua frente que não carregava nada consigo.

Eles não tiveram tempo algum para reagir. Antes mesmo que pudessem esboçar qualquer indignação, Stockholm arrancou do chão a tocha e acertou o que estava no meio, incendiando suas roupas. Sem que pudessem reagir, sacou da cintura do segundo uma faca, com a qual abriu uma fenda em seu pescoço e, no embalo do mesmo golpe, cravou certeiro a faca no peito do terceiro, retirou a faca com violência espirrando sangue pelos ares e matou por fim o terceiro assaltante, que pegava fogo e se debatia entre eles, deixando a faca em seu peito, queimando. Apenas o líder conseguiu pular para trás e escapar da velocidade e precisão de seus golpes.

Era o único que ainda estava vivo, mas era o único que não possuía arma de fogo. E Stockholm sabia.

Sacou a espada e começou a fazer posições de ataque, dançando, ainda surpreso com o ataque certeiro que matara seus colegas, já quase na borda da embarcação. Stockholm observava com frieza. Decidiu matá-lo com a própria espada. Estava fora de si.

— Nós sempre temos alguém querendo bancar o herói! — o assaltante vociferou, descontrolado. — Mas a verdade é que eles sempre acabam morrendo! E, com ele, eu vou matar todos vocês.

A ameaça não tinha efeito. Stockholm avançava em sua direção sem medo, com as mãos limpas, andando devagar como um leão acuando sua presa. As pessoas abriam espaço para o que achavam que seria o fim de Stockholm, ali desarmado diante de um criminoso. Algumas choravam.

Nada o abalava. A espada era real, de samurai, e estava afiada. Não podia vacilar. E da bruma do passado, repetiu o que já havia dito tantas vezes no leito de morte de suas vítimas. Sussurrou ao pirata como costumava sussurrar em seus ouvidos. Fazia aquilo para lembrá-las, naquele último momento, com quem estavam lidando. O que haviam feito. Para lhes contar a verdade sobre sua morte.

— Antes de começarmos com isso — Stockholm falou, sombrio —, eu tenho apenas uma coisa para lhe dizer. Essas pessoas inocentes vão abandonar o seu corpo no Píer de Manhattan. Você será esquecido. Mas eu nunca vou te esquecer, porque... — parou um instante, respirou e falou, sombrio, em francês — *Je vais vous donner des ailes.*

A frase pareceu ter saído de uma outra dimensão. Não fez sentido para ninguém entre os poucos que compreenderam o seu francês, mas atingiu o coração do assaltante como um tiro de fuzil. Antes que Stockholm pudesse dar mais um passo, o jovem pirata se lançou no chão de joelhos e começou a chorar. Pedia perdão em francês, misturava as línguas. Falava espanhol e se desculpava desesperadamente em inglês. Do pouco que dava para ouvir no desespero e súplica, repetia algo também em francês.

— *Le fantôme de Saint-Michel, pardonne-moi! Pardonne-moi!* — gritava às lágrimas. — *Je t'en supplie, pardonne-moi! Le fantôme de Saint-Michel, Je t'en supplie* — o pirata falava desesperadamente e, diante do breve recuo da investida de Stockholm, que tentava assimilar sua reação aterrorizada, ele deu um salto para trás e se lançou na escuridão das águas geladas do rio, desaparecendo sob a superfície turva do East.

Tudo acabou tão rápido quanto começou.

Stockholm se recuperava da brutalidade que havia protagonizado, sentado num canto da balsa, observando as pessoas recuperarem seus pertences no chão. O balseiro decidiu se livrar dos corpos. Lançou-os na água. Não queria problemas com a polícia. Pediu a cumplicidade de todos. Chamou Stockholm de herói. Alguns aplaudiram, outros não. No fundo, estavam com medo dele. Só queriam chegar em casa.

Pietro não dizia nada. Passava sua mão pelos cabelos de Stockholm, sentado ao seu lado.

— Você foi muito corajoso hoje, Stock — falou finalmente, tentando encontrar alguma explicação para o que acabara de assistir e consolar Stockholm pelo incidente que havia depositado na conta do extraordinário e imprevisível recurso de sobrevivência que os homens abrigam na arca do instinto. — Estou feliz que sejamos amigos.

Compreensão. A gota de veneno que lhe mataria um dia. Stockholm estava completamente arrependido. Como explicaria aquela história para James e Anna? Para Marta e Arturo? Pensava, arrependido, mas subitamente decidiu agir. Pietro era sua única testemunha, pensou afinal. Já estava perdido, ponderou consigo mesmo. O que seria mais aquela mentira na conta?

— Também estou feliz por sermos amigos, Pit. Desculpe por isso hoje. Não sei o que me deu.

— Essas coisas acontecem, cara. Sobe o sangue e a gente faz o que tem de fazer. E como você é bom de briga, hein?

— Queria não ter feito — Stockholm baixou a cabeça, deixando correr lágrimas pelo rosto, num misto de alívio e farsa que apenas a perfeita sintonia entre os desejos do corpo e da mente poderia promover.

— Então vamos esquecer tudo, que tal? — Pietro propôs. Não suportaria vê-lo mal nem por mais um segundo. O amava tanto quanto James. Tanto quanto Anna. Depositava sobre ele uma inocência de criança.

— Isso poderia ser um segredo nosso, Pietro? — Stockholm sussurrou, dando sua cartada final para se proteger da verdade sobre o incidente na balsa e pondo em curso, sem mais ponderações, o que desejava fazer com os outros vinte anos de verdades.

— Sim! Assim será. Pelo amor de Deus. Estamos juntos nisso, Stock — Pietro o abraçou, se deixando emocionar. — Eu prometo, nunca vou contar a ninguém. Você salvou nossas vidas, cara! — falou, emocionado, e lhe estendeu os braços.

"Só mais um segredo", Stockholm pensou, se entregando aos braços de Pietro.

W. Kandinsky

NOVE

Chicago
17 de fevereiro de 2063

    O diretor Lewis já estava no vigésimo andar da AII quando Stone finalmente chegou com seu time de jovens agentes. "Com certeza ele mora aqui!", Stone pensou ao sair do elevador e se deparar com o diretor já aguardando sentado em uma mesa arranjada no centro do andar. O sol nem tinha nascido ainda.

    O vigésimo andar, diferentemente de todos os demais andares que já conhecia naquele prédio, parecia totalmente abandonado. Caixas amontoadas. Mesas nos cantos. Pouca luz. Cadeiras encostadas nas paredes. Cortinas quebradas.

    E a poeira. A única coisa que ela parecia não ter alcançado na sala foi a mesa à qual o diretor Lewis já estava sentado.

— Nós vamos arrumar esse lugar para você, não se preocupe — assegurou o diretor Lewis antes que Stone pudesse esboçar qualquer reação.

— Imagina. Está tudo bem. Já estivemos em lugares mais difíceis, o senhor sabe.

    Mas os cinco novos agentes nunca haviam estado nos tais lugares difíceis que Stone mencionara. Jovens e mimados, não conseguiam conter suas reações de descontentamento, descaso e surpresa. Stone se constrangia com sua reação imatura, mas nada daquilo parecia perturbar o diretor.

— Sentem-se — convidou o diretor Lewis antes que alguém pudesse esboçar algum comentário.

— Bom dia, diretor! — falaram juntos os trigêmeos Zachary, Andrea e Morgan Moore. — É uma honra, senhor — Morgan completou, se sentando. Os três se pareciam imensamente, com seus cabelos ondulados, seus olhos castanhos e a pele parda, oriunda da descendência colombiana de sua mãe, mas em tudo mais eram diferentes, a forma como se portavam e como se vestiam. Sequer pareciam pertencer à mesma família.

— Bom dia, diretor. Obrigado pela oportunidade novamente, senhor — comentou o quarto integrante do time, o jovem Mark Owen, fazendo referência à oportunidade de não estar mais na cadeia. Sorriu para todos, tímido, com seus olhos azuis destacados na pele rosada e os cabelos loiros, destoando dos demais com jeito de criança. Era o mais novo deles.

— Lewis, bom dia! — cumprimentou sem cerimônia ou formalidade o último integrante do time. A jovem Lisa Kapler. Diferentemente dos demais, Lisa não nutria nenhuma gratidão ou respeito pelo diretor. Achava evidente que não eram inocentes, mas sim réus primários e que uma corte certamente poderia comprovar isso, mas foi voto vencido a proposta do diretor de integrarem a agência. Ninguém quis correr o risco de ir a julgamento.

— Sêneca deve se juntar a nós eventualmente — começou o diretor Lewis, com a serenidade de sempre —, mas receio que não poderei esperar. Muito bem, como disse, ao longo do dia esse andar receberá os equipamentos para que possam trabalhar. Até lá, algumas coisas que precisam saber.

Desceu os óculos na mesa e respirou antes de começar.

— A operação que apontou falhas ontem é parte de um dos maiores segredos da guerra. Um segredo que eu compartilharei com os senhores para que levem ao túmulo e que apenas compartilharei por duas razões. Primeiramente, porque confio como um pai confia em um filho no trabalho do agente Jefferson Stone. Sua seriedade e respeito por essa instituição ultrapassam minhas mais otimistas expectativas.

O rosto de Stone corou. Não fazia ideia de que o diretor sabia sequer seu primeiro nome. Se envaideceu momentaneamente, deixando escapar um sorriso, mas rapidamente regressou ao seu estado de reserva e insatisfação.

— Em segundo lugar, confio no talento de vocês, jovens agentes. Mais que isso, envolvê-los em algo a que nem mesmo os mais altos cargos da Casa Branca têm acesso será meu voto definitivo de confiança em vocês. Uma confiança que se apoia evidentemente, também, no fato de já estarem comprometidos. Se traírem nossa confiança, todos voltam para a cadeia, como está claro em nosso acordo que garantiu sua liberdade.

— O que é Status X? — perguntou de forma abrupta a jovem Lisa Kapler, sem dar importância à introdução cheia de cerimônia e ameaças que acabara de ouvir.

Stone abaixou a cabeça. Ao contrário de Lisa, ele era um homem cheio de protocolos. Achava inconcebível interromper um superior. Decidiu não intervir, entretanto. Achou que não era hora de mostrar autoridade.

O diretor Lewis pareceu não se incomodar.

— Status X é uma categoria de acesso à informação do Departamento de Defesa que significa que sua lealdade à nação foi testada na guerra e você obteve sucesso — o diretor Lewis respondeu com frieza.

— Significa que, de alguma forma — Sêneca completou, chegando discretamente por trás de todos —, você assistiu ou participou de situações que hoje, em tempos de paz, vamos considerar crimes hediondos. Coisas que fazemos nas guerras, lamentavelmente. Que todos desejamos esquecer...

— Ou proteger — seguiu falando o diretor Lewis —, como é o caso em suas mãos. Esse é um segredo que precisa ser protegido. Como nos parece impossível que ele seja esquecido.

Os jovens na mesa se olharam, surpresos. Estavam tendo dificuldade de compreender no que estavam se metendo e as razões pelas quais estavam sendo envolvidos. Certamente teriam agentes da inteligência, mesmo hackers como eles, que estariam mais à altura daquilo que parecia um segredo tão importante.

— Agora se me permitem — o diretor Lewis retomou a palavra, pousando as mãos sobre a mesa —, tenho pouco tempo. O homem que estamos buscando é altamente cheio de recursos. Procurar por ele é, em qualquer caso, um perigo para suas vidas. Se ele ainda está vivo, o que eu espero que não seja o caso, ele certamente perceberá que estão fazendo isso e, antes que possam encontrá-lo, provavelmente ele os encontrará. É um risco que vamos correr, então eu peço que tomem cuidado pelos lugares onde andam daqui para frente. Caso ele os encontre, meu único conselho é que se rendam e lhe revelem o que já sabem ou o que ele quiser saber. Asseguro-lhes, agentes, ele é muito perigoso.

Parou um instante, perdendo o olhar na superfície limpa da mesa, selecionando seus pensamentos, e retornou com um ar de tristeza incomum.

— Ele não é muito mais velho que nenhum de vocês — continuou —, mas a história dele começou muito mais cedo que as suas. Cedo demais, talvez. Ele tem hoje vinte e dois anos e sua longa lista de crimes começou aos onze. A lista que conta com três tentativas de assassinato contra o falecido Papa Saulo. A morte de quatorze cardeais. O assassinato do prefeito de Viena. A morte da embaixadora da França na Alemanha. A lista é incontável, além de dezenas de agentes e soldados da Aliança do Ocidente. Sua base de ataque por anos foi a cidade de Paris, onde ele agia como um fantasma, anônimo, e, ainda assim, tinha uma legião de seguidores. Eventualmente, criou-se uma organização terrorista à sua volta. Jovens seduzidos pelos seus ideais e por sua beleza, alguns costumavam dizer. Uma horda de criminosos e rebeldes que se proclamavam A Guerrilha de Paris e que acreditavam que a guerra precisava acabar. Que a Aliança do Ocidente devia ser considerada culpada pela guerra.

Todos pareciam perplexos com a narrativa, exceto Stone, que ouvia a história com a mesma serenidade com que tomava café pela manhã. Mas em nada seu semblante refletia seus sentimentos. Stone subitamente se lembrara do criminoso que o diretor Lewis estava apresentando ao seu time. Sentiu um calafrio de preocupação lhe percorrer o corpo ao se recordar como ele era perigoso. Quão famoso se tornou em todo o Ocidente pelos seus crimes e, ainda assim, como permanecera completamente anônimo.

— Foi sempre assombroso para nós que uma criança pudesse ter tantos recursos — o diretor Lewis prosseguia sem parar —, mas a guerra estava em curso e não havia muito que pudéssemos fazer, senão caçá-lo. Entretanto, ele era invisível e nossas tentativas de encontrá-lo sempre culminavam em fracassos ou na morte de todos os agentes da operação. Seu único rastro era a morte, certa e sangrenta. Sem alarmes. Sem explicação. Seus alvos não faziam sentido no começo. Tampouco eram pessoas que se conheciam. Não tinham conexão que pudesse guiar nosso trabalho. Não raro, sequer faziam parte dos estados da Aliança do Ocidente. Mas eventualmente acabamos entendendo quem ele era... E por que estava matando aquelas pessoas. Mas era tarde demais.

Parou um instante e coçou o nariz, avaliando como prosseguir. Parecia avaliar o que deveria compartilhar, mas continuou no mesmo tom sério e com algum resquício de sua habitual serenidade.

— Ele não tem nenhum nome. Nunca teve. Nossa operação lhe atribuiu um nome, Alef, como um código para nossos trabalhos, mas ele ficou famoso com um codinome inventado por ele mesmo, ou por seus seguidores. É difícil saber. *Le Fantôme de Saint-Michel*. O Fantasma de Saint-Michel. Além disso, existe uma frase, um código, que apenas suas vítimas tiveram conhecimento, uma informação que todas elas levaram, tão logo ouviam, para o túmulo. Apenas seus parceiros sabiam o que era e usavam isso para saber que estavam diante dele. Essa informação, esse código, ainda não é de nosso conhecimento.

— Mas como sabem da existência deste código, afinal? — indagou Morgan, tentando acompanhar a história entroncada do diretor. — Se todos os que sabem se tratar de um código estão mortos. Não compreendo.

— Ele quase sempre deixa testemunhas — o diretor Lewis pareceu estressado por alguma razão. — E essas testemunhas relataram o momento em que algo era dito no ouvido da vítima. Alguma coisa tão tenebrosa que lhes fazia começar a chorar imediatamente e suplicar por suas vidas. Esse relato se repetiu diversas vezes e eu fui uma destas testemunhas quando o primeiro-ministro italiano foi assassinado.

— Então você o conhece? Esteve diante dele? — perguntou Stone.

— Sim. Estive. Mas isso não nos ajudará em nada. Seus ataques sempre foram feitos com uma máscara veneziana preta no rosto, do médico da peste. Assustadora como tudo que a Guerrilha de Paris fazia e bastante teatral. E com o fim da guerra, tão rápido como surgiram, todos desapareceram. Ele nunca mais foi visto. Seu código nunca mais foi dito. *Le Fantôme de Saint Michel* nunca mais matou ninguém. Desapareceu. E permaneceu assim até a noite do caso sobre o qual estão debruçados.

— Um momento, diretor! — Lisa interrompeu, sem cerimônia. — O senhor poderia me explicar como ele foi reconhecido naquela estação policial? Se ele não tem nome, não temos registros e nem mesmo o senhor sabe como ele é. Nem mesmo a foto que o policial tirou existe em nossos sistemas.

— Ele nos chamou, Srta. Kapler — o diretor Lewis respondeu com cautela. Parecia estar selecionando suas respostas e mais uma vez avaliando o que poderia dizer a eles.

— Como? — Lisa perguntou, enfática.

— Ele nos chamou. Ele sabia que toda estação policial da Aliança, e é claro que seria assim em toda a América, contava e conta com um avançado sistema de vigilância secreto, parte de um programa de combate à corrupção, traição e terrorismo dentro da própria Aliança, todos crimes comuns em tempos de guerra. Tudo que ele precisava fazer era dizer algumas palavras que soariam alarmes nas salas mais altas do Departamento de Defesa. E ele o fez. E disse apenas "*Je suis le fils de l'Opération Bereshit*". Em francês, sua língua nativa.

— Eu sou o filho da Operação Bereshit — Morgan repetiu, traduzindo para todos.

— A foto tirada pelo policial — o diretor Lewis continuou — foi apagada pelo próprio criminoso, antes mesmo que pudesse ser inserida no sistema, instantes depois de deixar os três oficiais da estação mortos no canto da sala. A foto, junto com qualquer outro registro que a câmera da estação gerou, foi apagada antes que ele deixasse a estação. Como lhes disse, é um fantasma com muitos recursos e um conhecimento sem medida de nossos sistemas e protocolos.

— O senhor parece estar querendo nos contar que ele é um de nós — Lisa comentou, com seu olhar aguçado de quem tentava ir além do que ouvia. — Não é isso, diretor Lewis?

— Me alegra imensamente — o diretor Lewis falou com um sorriso discreto — que finalmente se assimilou como parte desta Agência, Srta. Kapler. "Um de nós." Pensei que não teria essa alegria nesta vida. E, sim, ele é um de nós. Foi, por um momento, pelo menos.

Com exceção de Lisa, todos ficaram chocados. Stone não podia acreditar que um agente como ele seria capaz de tantos assassinatos e tantos crimes.

— Quando finalmente chegamos à estação policial, horas depois, ele havia nos deixado um bilhete em cima de uma mesa. "*Le Papa sera le dernier. Et en lui je Le trouverai.*" "O Papa será o último. E nele vou encontrá-Lo." Era algo que não fazia sentido quase, eu mesmo não compreendi nada, mas fez sentido para algumas pessoas. E naqueles que fez, causou grande desconforto. Tal foi o desconforto que uma operação de guerra foi montada para detê-lo. Mas todos entenderam que ele não iria embora. Que ele não precisava ser caçado. Que ele nos encontraria. Então nós lançamos a isca pelas ruas e esperamos.

— Lançaram a isca? Que isca? — indagou Morgan, cuja atenção se desprendia subitamente de um porta-canetas velho e empoeirado.

— Seu pai — Lisa respondeu, astuta e debochada —, vocês tinham o pai dele, claro. Não o Papa — afirmou de forma enfática, encarando o diretor com desdém. — Em fevereiro de 2060, o Papa já estava morto.

— Nós tínhamos — o diretor Lewis assumiu, colocando novamente seus óculos.

Sêneca e Stone se olharam, abismados. Nunca tinham presenciado uma quebra de protocolo e formalidade tão grande. Mas nada parecia roubar a serenidade do diretor Lewis. Pelo contrário, se sentia estranhamente orgulhoso da velocidade do pensamento de Lisa. Sabia que tinha sido ela quem havia descoberto as duas falhas de segurança que o agente Stone narrou no dia anterior. Até sua falta de modos parecia lhe dar alguma satisfação.

— Uma estratégia que acabou se provando um erro — o diretor Lewis continuou —, um erro que agora parece ainda maior. Porque na tarde do dia seguinte, com a intensificação da neve, perdemos também a comunicação com nossa isca e o sistema de vigilância do estado caiu, o que dificultava tudo. Mas nada disso era um problema, claro, porque ele era um dos nossos. Quando ele desapareceu, sabíamos que era a janela que ele estava buscando. Então esperamos. Apostamos no nosso agente. Se alguém poderia falar com ele, seria seu pai.

O diretor Lewis pareceu se perder no horizonte de sua narrativa. Parou um instante, dando a todos em volta a impressão de que estava processando, ele mesmo, o que tinha acabado de dizer. Sorriu discretamente por um momento, enigmático, e continuou em tom de lamento:

— Aguardamos demais, agora vejo. Antes que pudéssemos sequer iniciar as buscas, nosso agente entrou em contato conosco. Tinha sido pego por ele, claro, e estava gravemente ferido. Segundo ele, lutaram e foi preciso matá-lo. Estava na estrada, numa ponte sobre o Rio Delaware. Quando finalmente chegamos à ponte onde eles estavam, nosso homem, a isca, estava com a perna fraturada, com os ossos para fora, perdendo consciência na beirada da ponte. Já não havia sinal de Alef. Ele havia sido baleado e caíra no rio congelado. Sobre as placas de gelo, ainda se podia ver seu sangue. A queda era muito alta. Acreditamos na hora que tão somente a queda seria suficiente para matá-lo. Mesmo assim, o procuramos até a exaustão, até que algumas horas depois fomos atingidos por uma nevasca muito intensa que nos obrigou a suspender as buscas. Foi a primeira vez em muitos anos que encerramos um caso sem uma resposta definitiva. Nunca encontramos seu corpo.

— Nos parece que o destino está te dando uma nova oportunidade, diretor Lewis — comentou o jovem Mark, se entregando ao encosto de sua cadeira e colocando o pé em outra cadeira perto de suas pernas.

— Nos parece que sim. Vocês que me dirão — o diretor comentou sem ânimo. — Mas eu os deixo com essa tarefa. Se alguém tentou ajudá-lo, se havia mais alguém envolvido naquele dia, eu quero saber.

O diretor Lewis se levantou, tirando Sêneca da mesa, e se dirigiu ao elevador.

— Só mais uma coisa, Lewis — Lisa chamou, revendo algumas anotações. — O que é a Operação Bereshit? O que nós sabemos sobre ela?

— Receio que não teremos tempo para entrar nisso hoje, Srta. Kapler — falou sem rodeios. — Mas tenho a impressão de que você mesma descobrirá sozinha o que é. Senhores, bom trabalho! — se despediu, com sua formalidade habitual.

— Eu preciso da sala por uma hora, agentes — comentou com firmeza a voz com sotaque indecifrável de Sêneca logo atrás deles. — Queiram aproveitar um café no lobby enquanto isso, sim?

Um segundo elevador já estava aberto aguardando.

DEZ

Nova York
18 de fevereiro de 2063

    O apartamento ainda estava vazio. James estava fora, como prometera, e Anna provavelmente estava no trabalho, em pleno domingo, dominando o mundo à frente do império de negócios da família Clayton. Stockholm tomou um banho que durou quase uma hora, tentando relaxar com sais que tinham comprado há umas semanas. Mas nem precisava. Suas lágrimas poderiam salgar um rio. Eventualmente parou. Precisava parar. Uma hora teria que processar tudo e então, como temia, agir.
    "Talvez apenas partir", pensou, alcançando a toalha.
    Saiu do quarto pela porta para o terraço, seu refúgio. Uma neve bucólica começava a cair, como quase todas as noites naquela semana. O frio não o incomodava. Mesmo assim, se envolveu numa manta vermelha de lã e se sentou numa mesa protegida por um imenso sombreiro. A cidade não dava trégua lá embaixo. O mau tempo não dava trégua às estrelas.
    Alcançou o caderno que estava sobre a mesa, embora relutasse consigo, criando coragem para fazer aquilo.
    Pousou uma xícara de chocolate quente fumegando contra o frio sobre a mesa de madeira. Estava mais calmo. Talvez fosse o frio intenso lhe invadindo o peito. Sempre tão familiar, tão prazeroso e enraizado em suas origens. Finalmente compreendera por que se sentia assim no frio intenso do inverno. De onde vinha.

Respirou fundo e começou a escrever o que pareceu, após algumas horas, a maior carta já escrita por alguém para si mesmo.

Eu existo sob um manto de nomes. Nomes que não são meus. Nomes que não foram escolhidos por meus pais.
Os primeiros me chamavam de Alef.
Alguns me chamavam de Premier.
Aos que me temem, sou Le Fantôme de Saint-Michel.
E não são os mesmos que me conhecem como Stockholm Saint Peter. Aqueles que me amam.
Nenhum deles realmente me pertence. Esses nomes.
Nenhum deles realmente me conhece. Essas pessoas.
Apenas Jane.
Apenas ela.
A pessoa que eu devo encontrar. A única que parece saber a verdade. Toda a verdade. A única que estava lá desde o começo. E antes dele.
Eu nasci em maio do ano 2040, no extremo norte da França, em uma base militar franco-americana criada vinte anos antes, nascida na aurora da guerra. Um complexo cuja natureza ofende a história e estilhaça uma das lições mais tenebrosas do século XX. Um lugar onde a vida não tinha valor algum. Onde suas crenças não tinham importância. Onde identidades eram apagadas e histórias esquecidas. Um lugar sem saída, sem começos. Sem esperança.
Mas, acima de tudo, era um lugar onde não havia amor. Nenhum tipo de amor.
Um lugar que ficou conhecido pelo pomposo nome Fortaleza Saint-Michel, mas que não passava de um tenebroso campo de concentração para onde as vítimas das perseguições da guerra eram levadas.
Mas a verdade que me mostraram sobre esse lugar, nos anos que vivi ali, foi completamente diferente.
Eu ainda não tenho respostas sobre como acabei nascendo num lugar como aquele. Respostas que ainda terei que buscar. Verdades guardadas por Jane.
Jane, minha lembrança mais antiga. Ainda posso sentir seu toque, ouvir sua voz. Sentir seu carinho, sua tristeza. Suas mãos percorrerem meus cabelos suados.
Jane, aquela que escolheu ser minha mãe.
O primeiro coração que eu parti.

Stockholm apertou a caneta no papel e a sentiu como uma agulhada em seu peito. Encarou com seus imensos olhos verdes a noite escura e fria de Nova York, onde a bruma invernal corria além do balcão do terraço do apartamento. Um nevoeiro que rolava sobre as árvores despidas de sua folhagem vivaz nos canteiros do Central Park. Se deixou levar por aquilo. Foi enfrentar o passado.

Pousou no tempo, por fim, e percebeu que o frio era sua lembrança mais antiga. Era sua primeira memória. E terminou sendo também a última daquela vida que gostaria de esquecer completamente.

Tinha apenas cinco anos.

Poderia ser uma criança como outra qualquer. Mas não era.

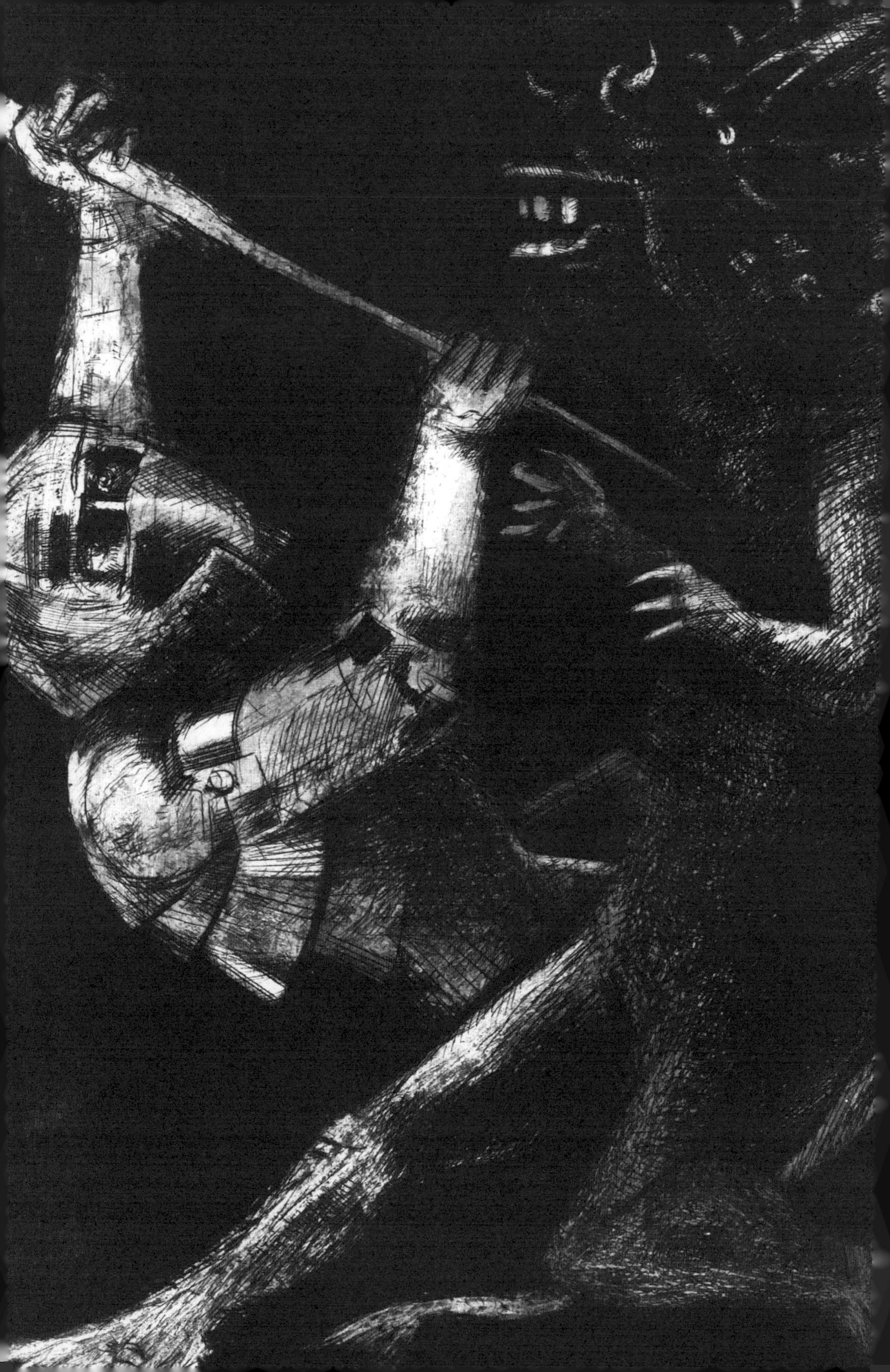

ONZE

Monte Saint-Michel, Normandia, França
Maio, 2045

  O suéter verde apertava nos braços. Ele crescia mais rápido que os outros. Reclamava sem efeito, pois todos ganhariam um novo na mesma época, dali a alguns meses. Preferia ficar sem ele. Decidiu que andaria só com a camiseta branca de algodão. Não lhe incomodava tanto o frio quase negativo que fazia naquela época de inverno ou mesmo o frio mais ameno que fazia o ano inteiro naquela região. De alguma forma, o frio lhe fazia bem, lhe deixava animado. As rajadas de vento gélidas das águas do Canal da Mancha lhe abraçavam. Dançava com elas. O frio lhe trazia uma inusitada sensação de paz. Se sentia mais lento e neste torpor podia pensar, podia sentir. Podia desaparecer da pessoa que estava sendo, de quem desejavam que fosse, para quem, talvez, ele realmente era.
  — Vamos, Alef, levante os braços, *premier*! — Jane ordenava com segurança, tentando lhe impor o suéter apertado. Temia que ele morresse de frio a qualquer momento.
  Premier. Não era mesmo um nome. Era apenas um numeral. O Primeiro. Um código sem identidade. Era como lhe chamavam os adultos franceses na Vila. Também não eram unânimes nisso, os adultos. Todos os americanos lhe chamavam de Alef. As outras crianças tinham nomes de verdade, mas com os anos, para seu alívio, Alef virou o nome pelo qual quase todos o chamavam.

No fundo, não se importava. Atendia, educado e gentil, a qualquer um que o chamasse, seja lá do que o chamassem. Apertava-se no suéter até caber e saía do seu quarto para o pátio onde lhe aguardavam as outras crianças, ridículo com as roupas lhe faltando nos extremos do corpo. Pulsos e tornozelos de fora. As calças também começavam a ficar pequenas. Sapatos apertados.

Recebia o bullying com serenidade, pois de alguma forma já sabia que não era como os outros. Aceitava os apelidos oriundos de sua altura e se divertia com eles. Na verdade, já reconhecia as vantagens de ser maior que os outros, embora não fizesse uso delas. Corria para longe do olhar de Jane, onde poderia tirar o casaco sem ser visto, e retornava à roda de brincadeiras.

Era o último domingo do mês. O único dia que podia fazer aquilo. Brincar com as outras crianças da Vila. O lugar que ele achava que era uma vila.

Seus amigos o amavam e, apesar das diferenças, eram seduzidos por seu olhar tímido e seu jeito honesto. Acatavam suas ideias de brincadeiras. O elegiam o líder da brincadeira, mesmo sem que se candidatasse ao posto. Um carisma tão poderoso e natural quanto desinteressado e constrangedor, que Stockholm nunca compreendera quando era criança e que apenas cresceria com o passar dos anos, a despeito de seus esforços em negá-lo e ocultá-lo da vista do mundo.

Mesmo naquela circunstância, isolados da realidade do mundo e da guerra que consumia nações, aquelas crianças, órfãs e vítimas de uma das experiências mais desumanas que o mundo abrigou em sua história, pareciam felizes. Não tinham outra referência sobre como serem crianças e, ainda assim, pareciam normais. Tão ordinárias como qualquer criança sendo cuidada por uma família fora dali. Suas alegrias, suas brincadeiras. Todas as mesmas. Seus medos e fraquezas, tão iguais em qualquer canto do mundo.

Apenas Stockholm era diferente. Não tinha medos. Era forte e determinado. Gostava de desafiar seus limites. Se alegrava com o quase nada que tinha. Talvez por não saber como tudo poderia ser diferente.

Quem as observasse correndo no pátio da Abadia do Monte Saint--Michel jamais diria que estava diante de um exército de futuros assassinos.

Não diria que eram criadas por enfermeiras, médicos e cientistas franceses. Que sua educação e treinamento eram conduzidos por homens das forças armadas americanas. Que sua alimentação era modificada para alterar seu desenvolvimento. Que sua pesada rotina e o seu treino exaustivo levariam muitas delas à morte, ali mesmo, em seus quartos. Que esse era também um resultado que era esperado pelos que controlavam aquele lugar e, com alguma frequência, promovido ou acelerado. Que ninguém se importava com elas.

E mesmo nisso, nesse mar de indiferença, Stockholm conseguiu ser diferente dos demais. Ao longo dos anos, com algumas raras exceções, ficou claro aos seus incontáveis tutores que era quase impossível não se afeiçoar a ele. Não se importar com o que ele fazia e ser insensível aos seus desejos. Sua enfermeira-mãe, como elas eram chamadas pelos oficiais de Saint-Michel, Jane Baron, foi a primeira a ter sua vida arrebatada pelos encantos de Stockholm. O amava como se fosse seu, um filho de seu ventre, e isso era um segredo que tentava esconder a todo custo. Tinha que ser segredo, afinal, pois era proibido se envolver com as crianças. A regra valia para todas elas e todas as enfermeiras sabiam.

Porque para as pessoas no comando daquele lugar, ali não havia crianças. Só havia soldados. Só havia armas. O produto de um novo tipo de ciência, a ciência da guerra. Ali, não havia crianças sendo cuidadas, como nos lares mundo afora. Ali, nos corredores de pedra de Saint-Michel, elas estavam sendo cultivadas.

Era assim que elas eram tratadas nos demais dias do mês. Como soldados. Como um exército em pesado treinamento de guerrilha. Consumidas por aulas que não acabavam nunca. Tutores novos surgiam todos os dias, de todos os assuntos que fossem imaginados necessários para a execução de suas futuras missões e para a sobrevivência no campo de batalha secreto da guerra. A batalha fora do front. A guerra invisível dos assassinatos.

Jane conduzia sua criação no que eles chamavam de Recuperação. Precisava garantir que descansasse. Que se alimentasse. Monitorar sua saúde. Fazia mais do que isso, mas tentava esconder. Ouvia seus sonhos. Ensinava-lhe canções. Perguntava sobre seus sentimentos, sobre seus dias. Velava seu sono inquieto. Era discreta, mas não era invisível. Sabia que muito do que fazia estava sendo monitorado e, de alguma forma, estava sendo tolerado, mas avançava empurrando e esbarrando nesses limites.

Ao passo que Jane cuidava de sua recuperação, todas as noites, tudo mais era cuidado pelo homem que Stockholm considerava, para todos os efeitos, seu pai.

O militar ítalo-americano Antônio Casanova era a mente por trás de tudo no imenso Complexo Militar de Saint-Michel, que em seu interior abrigava a vila onde as crianças viviam, à sombra da abadia, entre muitos outros laboratórios, instalações e operações, e onde também se acoplava o imenso Campo de Concentração de Beauvoir.

Era com ele que Stockholm tinha mais conflitos entre todos os tutores, mas era para ele que avançava, superando expectativas e resultados. Desenvolveram verdadeira obsessão um pelo outro. Brigavam como pai e filho. Treinavam todos os dias alguma coisa diferente. Nenhuma outra criança tinha tamanha atenção na Vila. Era algo que incomodava Stockholm imensamente. Achava que as outras crianças também deveriam ter um pai como ele. Não porque achasse que estava sendo exigido muito dele ou achasse seu treinamento mais pesado injusto, mas sobretudo porque achava que era amado. Porque acreditava que Casanova o amava. E por isso exigia tanto. Por isso nada nunca era suficiente.

Mas ele era incansável e sua inteligência avançava sobre os limites que lhe eram apresentados a cada dia. Previa resultados das coisas que faria e que os outros faziam. Nunca se esquecia de nada, assimilando qualquer informação logo na primeira vez. Não havia disciplina acadêmica que não se dobrasse diante de seu raciocínio. Seus tutores se assombravam com sua astúcia e rapidez. Mascaravam, ora com violência e indiferença, ora com carinho e afeto, o imenso orgulho de estarem com ele. Se viam tomados por uma mistura de efeitos, os oriundos da afeição que nutriam por Stockholm e os da vaidade de estarem cuidando de um prodígio, muito embora grande parte deles sequer soubesse o que ele realmente significava para os líderes daquele lugar. Os que sabiam o temiam mais a cada dia que passava. A cada novo salto em seu desenvolvimento.

Numa tarde na Abadia de Saint-Michel, numa capela onde outrora apenas os monges podiam entrar para realizar seus cânticos, Casanova estava sentado com Stockholm repassando um golpe que ele chamava de Última Bênção, que, se executado com excelência, poderia quebrar a tíbia do oponente com apenas um movimento. Não podiam praticar um no outro, então treinavam apenas o movimento e a intensidade. Era um golpe com a perna que precisava de muito equilíbrio. Equilíbrio e força.

Foi ali, naquele entardecer, entre Stockholm e Casanova, que nasceu a história que mais tarde assombraria todas aquelas pessoas que trabalhavam à sua volta.

— Concentre-se, Alef! — Casanova lhe acertou uma vara nas costas. Seus métodos eram sempre bastante violentos, mas Stockholm não se importava. Resistia. Aceitava sua natureza como parte de seu treinamento, embora não reproduzisse sua violência.

Tinha apenas seis anos, mas já parecia ter mais de treze. Sua mente, entretanto, não acompanhava seu corpo. Em todos os demais aspectos, considerando a peculiaridade da vida que tinha levado até ali, suas respostas e comportamentos eram todos de uma criança de seis anos.

Com algum tempo de treino, exausto, se desequilibrou e caiu no chão. Pareceu desmaiar, mas estava consciente. Casanova, num raro momento de cuidado, desceu ao chão onde ele estava e sentou-se na pedra fria da abadia.

A luz da primavera invadia os vitrais da igreja, revelando as cores dos recortes de vidro que resistiam à correnteza dos séculos. Apoiou a cabeça de Stockholm em suas coxas, acomodando-o com alguma gentileza. Stockholm estranhou. Nunca tiveram esse tipo de aproximação. Casanova percebeu seu desconforto, mas ignorou. Estava com a cabeça em outro lugar.

Passou a mão pesada pelos cabelos vermelhos de Stockholm, desgrenhados pelo suor, e lhe falou em tom distraído, como se estivesse conversando consigo mesmo e como se ele mesmo fosse outra pessoa.

— No alto desta fortaleza vive um anjo, Alef. Deus lhe enviou para que pudesse nos proteger... Para que ficasse conosco. Mas ele sempre voltava aos céus. Sentia falta do paraíso.

Stockholm prestava atenção completamente. Adorava histórias e desconhecia completamente aquela.

— Seu nome era Michel — continuou. — Como Deus lhe queria na terra, vendo que ele sempre voltava ao berço dos céus, lhe tirou as asas. Imaginou que, se não pudesse voar, não poderia voltar. Quando estiveram juntos pela última vez, Michel e Deus, o Senhor lhe disse que ele regressaria aos céus apenas nos braços de um homem mortal. Rogou que lhes ensinasse a serem bons. Prometeu que um dia um homem nasceria tão bom que sua leveza lhe daria asas. E juntos eles viveriam ao lado de Deus.

Casanova encarou os olhos assustados e tímidos de Stockholm. Sabia que estava passando dos limites que ele mesmo impunha a todos no complexo. Mas era tarde. Já tinha começado.

— Sabe, Alef — Casanova retomou, encarando-o nos olhos e afastando os cabelos de sua testa. — Eu acho que esse homem é você. Eu acho que um dia... será você que lhe dará asas para voltar para casa.

— Eu não posso ser, pai... É impossível... — Stockholm falou timidamente, em negação quase espontânea, irracional. Não conseguia compreender aquele momento de carinho de Casanova. Ainda respirava intensamente em razão do exercício e, no fundo, queria correr para seu quarto, onde Jane estaria aguardando.

— Você deve me prometer, filho — Casanova acentuou —, que você nunca nos abandonará. Que você será bom. Que você será o melhor entre todos nós. E, então, que um dia você levará o arcanjo Michel de volta para Deus.

— Eu prometo, pai — Stockholm concordou, inocente. — Um dia, eu lhe darei asas.

"*Un jour... Je vais vous donner des ailes*", Stockholm repetiu em francês, prometendo para si mesmo, direcionando sua promessa à imagem do arcanjo que se formara em seus pensamentos.

Uma promessa que ele compartilhou com todos os seus tutores ao longo dos anos. Stockholm espalhou essa história por todos os cantos de Saint-Michel, sem revelar sua origem. Achou que poderia aborrecer seu pai se ficasse falando dele para as pessoas. No fundo, nunca compreendeu aquele momento. Talvez por isso tenha feito segredo dele. Algo que não podia explicar e que nunca mais se repetiu. Inventou ter tirado a história de algum livro abandonado, do tempo que os monges beneditinos viviam na abadia.

Com o passar dos anos, percebeu que era diferente dos demais. Que sempre fora. Só não compreendia por que era tão diferente ou mesmo o que havia nele. Todos ali estavam tentando disfarçar, mas era impossível não perceber seus olhares de canto quando ele passava. Não era apenas uma predileção. Seus olhares, a forma como o tratavam, eram carregados de medo. Mas ninguém jamais sucumbiu ao desejo de lhe dizer o que estava acontecendo. Uma lacuna que sua mente infantil preencheu com uma fantasia. "Talvez não seja humano. Talvez eu seja um monstro, ou pior, um fantasma", pensava antes de dormir. Achou mais fácil, ou menos horrível, aceitar a segunda opção e, para fugir da ideia que lhe parecia tão estranha, a de não ser uma pessoa como as outras, inventou um apelido para si mesmo, *Le Fantôme*.

Uma fantasia da mente que ele convertera em brincadeira em suas raras horas livres. Corria pelos cantos da Vila assustando tutores e as enfermeiras-mães, coberto por um manto negro com buracos redondos nos olhos. Um pequeno fantasma da noite. Foi nesta brincadeira que começou a aprender algo que lhe seria muito útil no futuro. Ser invisível. A única coisa, talvez, que aprendera sozinho em Saint-Michel e acabaria por se tornar algo que salvaria sua vida nos anos à frente, fora dali.

Stockholm ficou anos neste lugar. Sendo treinado e observado. Preso em uma vila de ilusões, alienado do que estava acontecendo no mundo, alheio à imensa guerra da qual fazia parte, da qual era arma. Preso a um treinamento que cumpria com perfeição e excelência.

Alguns meses antes de completar onze anos, já tinha o porte de um adolescente e por muitos já era considerado uma arma. Para muitos, já devia cumprir seu propósito naquele lugar.

Queriam testá-lo, mas Casanova relutava. Argumentava que ele era muito precioso para a operação. Que não estava pronto. Que era muito arriscado. No fundo, e ninguém sabia, essa aparente preocupação era uma mentira. Casanova não confiava mais nele. Perdera a confiança nele alguns meses antes de seu aniversário.

Estavam numa floresta próxima, durante uma noite escura e sem lua, em um teste muito violento de perseguição e tiro. Casanova acompanhava o teste no local, numa cabana, em monitores de dezenas de câmeras. Queria ver o desempenho de seu pupilo de perto. Estava ansioso, escondido nas sombras, observando tudo. Stockholm liderava seu time, que, orientado por suas estratégias, derrubava oponentes um a um. Venciam, mas a cada novo avanço se afastavam das câmeras. Se continuassem naquela direção por mais alguns minutos, Casanova não os veria mais.

Decidiu então acompanhar de perto. Abandonou a cabana e partiu para o lado da floresta para onde Stockholm estava levando o time. Perdeu algumas partes do conflito, mas por fim os alcançou.

O último a cair seria o líder do outro time. Stockholm deixou o time para trás e partiu atrás dele. Não precisaria mais de time ou de ajuda. Os demais sabiam. Perderam ele de vista. Apenas Casanova o acompanhou até o limite da floresta.

O líder do outro time era um menino, de doze anos, da Alemanha.

Parado no alto de uma colina, como um cervo observando a planície, no limite da floresta, o jovem Thomas aguardava de guarda baixa. Parado olhando a noite, as estrelas encorajadas pela ausência lunar, com sua arma encostada no corpo, apoiada no chão.

"Será que vai se entregar?", Casanova pensava, incrédulo. Treinava tanto aquelas crianças. Não podia acreditar. Mas o que aconteceu depois foi ainda mais impossível de assimilar.

Stockholm se aproximou com sua arma, ainda em estado de alerta e ainda dominado pela euforia da corrida e do teste, lavado de suor. Se aproximou em ofensiva, lentamente, até que pousou o cano de sua arma no meio do peito do jovem Thomas, que não reagia de forma alguma, e então se beijaram.

Um beijo que fez o coração de Casanova parar por um instante. Uma decepção que estava muito além de suas forças. Sentiu as pernas fraquejarem. Suou frio. Não podia acreditar naquilo. Sentiu o sabor ácido e quente do próprio vômito queimar a pele da garganta. Sequer aguentava assistir.

Se beijaram e só pararam de se beijar quando ouviram a aproximação de outros integrantes do time de Stockholm. Pararam apenas para preservar aquele segredo. Ninguém, nenhum de seus tutores, nunca lhes falara sobre aquilo, mas, de alguma forma, ambos sabiam que não podiam se beijar. Quando fingiram a derrota do time de Thomas e sua captura, Casanova já havia deixado a floresta, atordoado e colérico.

Precisaria de tempo para assimilar aquilo. Para digerir. Casanova decidiu manter tudo em segredo pelos meses que se seguiram, enquanto pensava em uma saída, mas nada parecia poder resgatá-lo da convicção de que estava diante de um problema sem solução. Seu pupilo tão precioso, fruto de tanto trabalho, era homossexual.

"Uma praga de Deus", vociferava em busca de respostas, destruindo móveis em seus aposentos.

Sempre esteve ali, diante de seus olhos. Traços desta condição que Casanova considerava uma doença sem cura e um atentado à natureza divina da Criação. Uma praga. Blasfemou sozinho por semanas, ora se culpando, ora culpando Jane. Por fim, colocou a culpa no menino. "Cheio de sensibilidades. Aquelas histórias absurdas de fantasma. Amado demais por todos", pensava, ruminando uma forma de resolver aquilo. Uma forma de entender como deixara algo tão importante escapar.

Finalmente, na semana em que todos debatiam sobre a primeira missão de Stockholm, nas vésperas de seu aniversário de onze anos, Casanova deu seu aval para o teste. A essa altura, já o odiava completamente, mas, alheio a tudo que se passava no coração de Casanova, Stockholm o amava cegamente.

A operação seria nas ruínas de Londres. O alvo era um terrorista da Resistência Britânica chamado Joseph Lamás. Uma missão simples para as qualificações de Stockholm ou mesmo para qualquer outra criança daquele complexo.

Na semana de sua preparação, repassavam as estratégias e táticas todos os dias. O condutor do time de estratégia era um de seus tutores mais desagradáveis, o sinistro e silencioso professor Levy. Um senhor sombrio e mal-humorado que ensinara estratégia, enigmas, jogos de lógica e labirintos alguns anos antes para Stockholm e cuja presença sempre fora marcada por um ar de tensão e disputa com Casanova. Era dele a ideia de que o ataque devia ser invisível. Um mistério, um puzzle sem resposta, uma história incompleta. Que Stockholm devia parecer inocente ao final. Uma criança na cena de um crime. Uma testemunha fragilizada pelo ataque. Um teste também para suas habilidades teatrais. Do outro lado da mesa, Casanova propunha um ataque letal, visível, na frente de todas as testemunhas. Uma exposição da letalidade de Stockholm. Uma marca para ser lembrada.

Nunca havia consenso entre os dois, mas o time sempre acatava as sugestões do professor Levy. Suas ideias sempre prevaleciam. Stockholm percebia uma irritação, uma competição entre os dois, mas não se importava. Estava excitado demais com sua missão para prestar atenção naquelas disputas.

Estava eufórico, mas, para irritação de Casanova e do professor Levy, sempre precisavam lhe dar muitas informações, mesmo nos testes mais simples que já haviam executado nos arredores de Saint-Michel. Ele precisava ser convencido a fazer o que estavam pedindo.

Rondava sobre todos uma preocupação com o caráter de Stockholm. Os relatórios sempre levavam os gestores da Operação Bereshit a concluírem que Stockholm tinha uma forte tendência à insubordinação, a um desejo por liberdade e a um senso de justiça e proteção dos mais fracos que ele e, além, uma preocupação com o inocente e, o que lhes parecia ainda mais indesejável, uma intensa disposição ao que chamavam em seus relatórios de "forte inclinação à bondade". Esse conjunto de características era alvo da constante observação e atenção de todos, pois em razão delas tornou-se, a cada dia e cada ano, mais importante que ele recebesse apenas informações que o conduzissem a agir pela operação e nunca contra ela. Sabiam que, se ele percebesse a verdade sobre a operação, estaria tudo acabado. Tornou-se claro ao longo dos anos que ele nunca seria um fantoche fácil de conduzir. Stockholm sempre questionava tudo. Fazia parecer que era apenas para entender melhor o que deveria fazer, mas mascarava juízos, percebidos entre uma pergunta e outra. A despeito do horror, da dureza e da frieza de sua criação, da violência dos muitos tutores e provas, havia nele uma tendência genuína para essa benevolência, essa delicadeza, que incomodava a todos e que as demais crianças não compartilhavam. Algo que os onze anos de treinamento e terror não conseguiram demolir, que sobreviveu ao tormento que foram os anos em Saint-Michel.

Um traço que atentava contra tudo que planejavam fazer com ele no futuro. Uma arma não poderia ficar fazendo perguntas e questionando ordens, fazendo juízos. Mas, pior que isso, ela não poderia ser benevolente e piedosa. Entenderam que ele precisava ser conduzido e convencido com muita inteligência, caso contrário se rebelaria, e que, uma vez embarcado, quando compreendia o que devia fazer e por que faria, sua lealdade não tinha limites. Sua execução era perfeita. Fosse num exercício de tiro e pontaria ou numa luta corporal, artes marciais ou mesmo na manipulação de produtos químicos, com os quais conseguia fazer desde venenos a explosivos, até a mais impressionante habilidade com sistemas de computadores, em que era treinado todos os dias para montar e desmontar, ou entrar e sair sem deixar vestígios.

A essa altura, sua lealdade aos planos de Saint-Michel, os planos compartilhados com ele, era imensa e a razão disso fora uma meticulosa narrativa acerca da guerra que o mundo vivia, com alguns poucos elementos de realidade e dos fatos, que lhe foi apresentada ao longo dos anos. Com inimigos muito claros, a Rússia e as guerrilhas internas de um lado, a Aliança do Ocidente de outro. Pessoas más que estavam matando inocentes. Uma aliança de nações tentando salvar vidas, buscando a paz. Aos onze anos, Stockholm tinha certeza de que não poderia ser ou agir de outra forma. De que não poderia estar em outro lado da luta. Como levaria o anjo Michel de volta para Deus se não defendesse os inocentes?

A verdade sobre o que estava acontecendo em volta dele, sobre seu real papel naquela guerra, sobre a operação da qual fazia parte e, acima de tudo, sobre seu passado, ficou clara com o tempo para todos em Saint-Michel que a conheciam e jamais poderia ser compartilhada com ele.

Meticulosamente alinhada a essa narrativa heroica, a história construída para sua primeira missão era exatamente o que seu coração buscava fazer mundo afora em nome da Aliança do Ocidente. Seu primeiro alvo foi um inimigo inventado com muito detalhe. Um terrorista que torturava crianças em um orfanato nos arredores de Londres. Não era apenas uma ameaça para a Aliança do Ocidente, que usava as ruínas de Londres e todo o Reino Unido como base de ataque ao nordeste europeu dominado pela Rússia. Joseph Lamás representava mais que isso, uma ameaça à paz. Ele era um homem mau. Um vilão que não poderia apenas ser eliminado. A ideia do professor Levy para a missão era que ele precisava ser traído. Sua morte era um recado que deveria ecoar como exemplo. Por isso usar Stockholm ao invés de enviar um assassino qualquer. A missão visava infiltrar Stockholm na rotina do terrorista, e essa estratégia, que poderia durar dias, parecia ser exatamente a ideia por trás daquele programa de treinamento de crianças.

O dia da missão se aproximava. Estavam todos apreensivos naqueles dias. Seria a primeira vez que Stockholm tiraria a vida de uma pessoa. Alguns não tinham certeza de que ele conseguiria. Apostavam na força das suas tendências, detectadas ao longo dos anos, consideradas como fraquezas por quase todos. Outros não tinham dúvida, achavam que seu ataque seria letal. Que passaria por Londres como o fantasma que dizia ser quando era mais novo e que a operação seria um sucesso. Que aquele assassinato seria o primeiro de centenas. Apostavam na sua lealdade à causa que haviam lhe desenhado durante aqueles anos.

Quando o dia finalmente chegou, estavam prontos. A missão começaria na noite do último dia de maio e, com o sol da tarde brilhando alto e opaco sobre Saint-Michel, Stockholm se despediu de Casanova e do professor Levy nos limites da abadia e partiu no helicóptero em direção a Londres, voando baixo sobre o Canal da Mancha.

Da aeronave, assistia, sereno, à imensa Abadia de Saint-Michel diminuir nas bordas da França. Foi desaparecendo. Até ficar para trás. E, por fim, sumir.

Naquela semana, tinha completado onze anos. Mas era impossível ver nele a criança que ele deveria ser. Porque no fundo ele não era.

A criança também foi desaparecendo nas bordas da França. Também ficou para trás. E, por fim, sumiu.

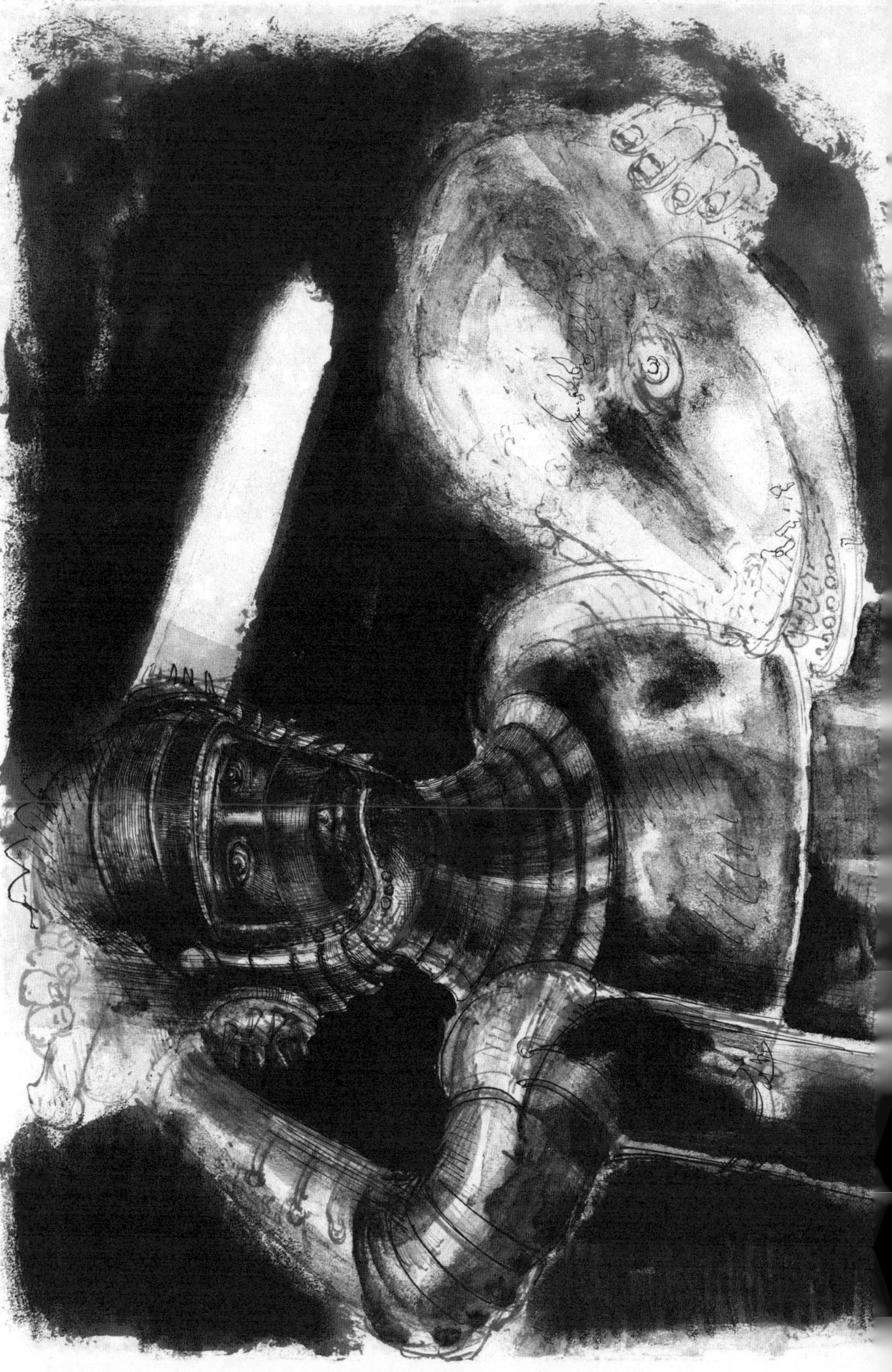

DOZE

Chicago
17 de fevereiro de 2063

    O vigésimo andar da Agência de Inteligência Internacional estava completamente diferente na tarde do primeiro dia de trabalho da equipe de Stone naquela missão. Mesas e cadeiras quebradas deram lugar a estações de trabalho modernas, *dashboards*, computadores, poltronas. A poeira deu lugar à impecável limpeza, vasos com flores. Cortinas novas permitiam que a luz entrasse pelos vidros blindados, limpos e transparentes.

    Muito mais do que precisavam para fazer aquele trabalho, Stone pensou. Conhecia seu time de adolescentes e sabia que aquela elegância toda não lhes faria nenhuma diferença. De fato, não fez. A única coisa que importava realmente era quão rápidos e modernos eram seus computadores. E eles eram os melhores que uma operação poderia ter, todos notaram rapidamente.

    Seus acessos também haviam sofrido um upgrade. Podiam acessar informações cuja existência desconheciam. Bancos de dados a que poucos tinham acesso.

    Stone estava incrédulo ainda. Não acreditava que o diretor Lewis estava depositando tamanha confiança naqueles adolescentes, que, aos seus olhos, não passavam de delinquentes. Mas sua obediência o resignava. Decidira no dia anterior que faria o melhor, mesmo com aquele time, em sua opinião, inapropriado para a missão.

Dividiram-se para investigar todas as pessoas que pagaram pedágio naquele dia. A única informação que ninguém se ocupou em omitir. "Impostos, nunca nos livramos deles", Morgan comentava, listando as pessoas do banco de dados ao qual acabara de ganhar acesso. Eram centenas e a lista era impressionante.

Tiveram a impressão de que poderosos de toda natureza estavam reunidos na Filadélfia naquele dia. Senadores. Deputados. Carros oficiais do Departamento de Defesa. Empresários e até mesmo alguns criminosos em liberdade condicional.

Os trigêmeos se intrigaram avaliando se aquela movimentação atípica se deu apenas em razão do incidente ocorrido naquela noite. Afinal, a Filadélfia ficava bem ali no meio entre Washington e Nova York. "Poderia a cidade receber esse tipo de viajante, normalmente?", os três se perguntavam. Mas, se não fosse o caso, concordaram que precisavam ter outra conversa com o diretor. Stone anuiu, mas achava que não ia acontecer tão cedo. Sugeriu que continuassem trabalhando.

Lisa era a única que não se ocupava com a conversa. Estava concentrada em sua estação de trabalho.

Precisavam eliminar possibilidades. Achar suspeitos. Criar teorias. Não era difícil, mas levaria tempo.

Se debruçaram sobre isso o dia inteiro e, ao final do dia, Morgan sentiu uma mão pousando sobre seu ombro. Era Lisa. Ele sabia pelo perfume. Olhou sobre o ombro para ter certeza e deu de cara com seus imensos olhos castanhos, emoldurados pela franja de cabelos curtos, bem lisos e escuros. Sua pele branca estava levemente rosada de emoção. Ele sabia que ela estava nervosa. Se relacionavam há três anos e, naquele tempo, Morgan aprendera a ler cada um de seus sinais.

— Café? — Lisa disse simplesmente, saindo em direção ao elevador.

Morgan se levantou sem hesitar. Estava treinado. Aquele tipo de café, feito uma ordem, era um dos sinais de que tinham um problema.

No elevador, Morgan começou a fazer as perguntas de sempre. "Está tudo bem? Aconteceu alguma coisa?" Mas Lisa permaneceu em silêncio. Saiu do elevador para o lobby da Agência e, em passos acelerados, deixou o prédio em direção aos jardins afastados da entrada, onde a via já abrigava pedestres e o som de carros ganhava volume.

Atravessou, resistindo ao vento frio. Ambos tinham esquecido os casacos e entraram num café do outro lado.

Sentaram-se afastados das janelas.

— Lisa, você poderia, por favor, explicar o que está acontecendo? — Morgan sussurrou, segurando suas mãos geladas na mesa.

— Ele mentiu para nós, Morgan — Lisa respondeu com a voz tensa. — Tem alguma coisa muito errada nesta investigação.

Lisa olhou em volta para ter certeza de que não havia nenhum colega da Agência no café e começou a falar baixinho.

— Nós estamos todos ocupados em busca de alguém que passou pelos pedágios das estradas que entram e saem da Filadélfia. É esse o caminho, claro. Isso foi uma quebra de segurança que precisamos ver e será ela inclusive que nos levará ao nosso cúmplice, se é que ele existe. Mas nós tivemos uma outra falha na segurança e sobre ela não há nenhuma movimentação ou interesse do nosso querido diretor.

— O sistema de vigilância das estradas do estado — Morgan completou seu raciocínio.

— Exato. O bug nas câmeras da estrada. Então eu decidi investigar apenas isso. Poderia ser a mesma pessoa? Eu me perguntei hoje pela manhã. E é claro que sim. Poderia. Alguém com recursos para tanto. E pelo que vimos, não nos faltaram pessoas com recursos nas estradas da Filadélfia naquele dia.

Lisa parou um instante e pediu por fim dois cafés. Já estava mais calma. Algo que ela chamava secretamente de "efeito Morgan". Ele apenas ouvia e ela já conseguia se acalmar.

— Então invadi o sistema da empresa que presta esse serviço para nós — Lisa continuou. — Estudei todos os registros e comandos dos seus sistemas em busca de alguma anomalia. Então me ocorreu que esse tipo de ação poderia ter sido feita de forma manual. Como toda tecnologia inteligente, essa também teria uma chave de liga e desliga. Uma precaução contra possíveis ataques cibernéticos.

Os cafés chegaram e foram deixados pelo jovem garçom na mesa, fumegando ao lado de suas mãos que ainda estavam juntas, atravessando a mesa.

— Então seria algo que não deixaria rastros nos sistemas da empresa. Claro. Mas uma coisa como essa é muito grande. Teria sido pedida por alguém com muita influência. E bingo! O presidente da empresa, o senhor John Von Hatten, recebeu uma ligação cinco minutos antes de todo o sistema cair. Teria que ser alguém como ele para poder desligar um sistema de vigilância do estado inteiro. O que seria um crime contra a segurança nacional e uma quebra de contrato sem tamanho.

— E você conseguiu rastrear a ligação? — Morgan interpelou, empolgado e sentindo enjoos.

— Claro, querido. E a nossa ligação para o presidente da empresa de segurança foi originada do telefone corporativo de ninguém menos que o nosso próprio Michael Lewis.

— Puta merda! — Morgan abafou na mesa, incrédulo.

— Sim. E eu não entendo. Por que ele faria isso? O que ele estaria tentando esconder?

— Mas isso é um absurdo. Nós devemos levar isso ao agente Stone — Morgan falou baixinho na mesa.

— Não! Não! Ninguém pode saber disso, Morgan. Isso é muito grave.

— Então vamos questionar o próprio diretor — Morgan estava saindo de si. — Eu não vou continuar com isso sem saber no que estou me metendo!

— Você não tem opção. Nós não temos opção. Porque ele já mentiu para nós. Já mentiu para o Stone. Para o sinistro agente Sêneca. Nós precisamos ser mais espertos que ele — Lisa estava determinada.

— Mas quando ele mentiu para nós? — Morgan não entendeu.

— Morgan, sua memória está falhando, querido. Ontem, enquanto narrava sua historinha para nos enrolar, ele disse que, e eu posso citá-lo, "com a intensificação da neve, perdemos também a comunicação com nossa isca e o sistema de vigilância do estado caiu".

— Filho de uma puta! — Morgan estava em choque. — "Caiu." Sim. Foi isso que ele disse. Nós precisamos avisar os outros. Vamos voltar para a sala!

— Não podemos. Ele está nos vigiando. Vou falar de novo, controle-se, nós precisamos ser mais inteligentes que ele. Porque ele está escondendo algo e é ele que quer que encontremos algo. Ele só não quer que encontremos tudo. Vamos ter que nos reunir em outro lugar para avisarmos os meninos. E receio que teremos que omitir isso de Stone.

— Estamos sendo vigiados? Meu Deus, Lisa. Como assim? — Morgan sentiu o café voltar pelo peito.

— Ontem pela manhã, você não reparou? Ninguém precisou chamar os elevadores quando a reunião acabou. Os dois elevadores subiram sozinhos para o nosso andar.

— Helena! — Morgan respondeu rápido. Estava perplexo.

— Helena! — Lisa brindou com o café, batendo sua xícara na dele.

TREZE

Nova York
18 de fevereiro de 2063

Stockholm pegou no sono escrevendo em seu diário. Se deixou levar pelo passado e pelo calor confortável da manta que o envolvia, protegendo-o do frio que assolava o terraço. Adormeceu com a cabeça sobre as folhas escritas, entregue sem forças à superfície da mesa.

Não seria a primeira vez que dormiria ali, no sereno ou no frio. Achava que havia no frio algo de profundamente familiar, algo dele. Agora sabia o que era. O frio era seu berço, era seu inimigo e, ao mesmo tempo, seu companheiro de infância.

Dormiria ali até o despontar da aurora não fosse a sonora chegada de Anna ao apartamento. Ela o despertou ao entrar em casa, fazendo barulhos na cozinha e abandonando os calçados e bolsas pela sala. Ficara no trabalho até tarde. Normal para seus padrões. "Vai abrir um vinho", Stockholm pensou, descendo as escadas. Ficou feliz de repente. Também estava precisando.

Não chegou sequer a alcançar o piso da sala para ouvir o barulho das taças batendo umas nas outras ao serem pousadas na bancada da cozinha. "Dia difícil", Stockholm pensou.

— Então tivemos todos — falou baixinho para si mesmo, pensando alto, se lembrando rapidamente do incidente em que se envolvera na balsa mais cedo com Pietro. Da breve lembrança da balsa, foi se lembrando de tudo novamente e quase desistiu no meio da escada, mas o desejo de vê-la venceu.

Anna já havia servido o vinho para os dois quando ele chegou à cozinha. Sintonizados. Vinho francês. Na bancada da cozinha, já ia preparando um *croque-monsieur* com toda sua habilidade culinária. Comida francesa. Stockholm estava incrédulo. Anna parecia estar lendo seu pensamento, respirando a França que estava suspensa no ar e colocando para fora como podia. Com comida e vinho.

Stockholm achou tudo muito inusitado e ficou inseguro, mas entrou na brincadeira. Falava francês, afinal. Ela também. Mas antes que pudesse falar algo em francês, a voz estrondosa de Édith Piaf inundou a cozinha.

"*Non, rien de rien, non, je ne regrette rien, ni le bien qu'on m'a fait, ni le mal.*"

Stockholm bailava sozinho, já com sua taça na mão. O queijo *gruyère* queimava no fogo sob o olhar atento de Anna. Torradas iam queimando e enchendo o ar com o cheiro do trigo tostado, se misturando ao aroma sedoso de manteiga, às notas explosivas de mostarda e pimenta.

Cantaram juntos bem alto para vencer a voz de Piaf. "*Tout ça m'est bien égal.*"

"Não, não me arrependo de nada... Nem o bem que me fizeram, nem o mal, tudo isso tanto faz para mim!", repetiu tudo em sua cabeça, pensando no mistério oculto daquela letra. Poderia se livrar de seu arrependimento? Pensou longe. Existiria redenção para uma alma como a dele? Não sabia. Cantava alegremente, mas ia se perdendo em si mesmo. Anna percebeu rapidamente sua fuga. Ignorou. Fez que não era com ela. Sabia que não era. "Piaf não pode ser interrompida, afinal", ela pensou.

— Tanto faz para mim — Stockholm pensou alto, sussurrando, ainda distante.

"*Tout ça m'est bien égal*", Edith cantou na mesma hora. Outra estrofe. Coincidência. Estavam todos sintonizados. Todos no mesmo tempo. Em outro tempo, mas pelo menos no mesmo tom. Ou, talvez, na mesma tristeza.

A voz da França terminara *Je ne regrette rien* sob as palmas de Stockholm e Anna. Piaf começou outra, imediatamente. Era *Milord*. Mas seguiu cantando sozinha desta vez: "*Allez, venez, Milord! Vous asseoir à ma table...*".

Anna e Stockholm se uniram na mesa no centro da cozinha. Deixaram Piaf cantar *Milord* e seguir cantando outras. Não se cansavam dela. Comiam enquanto falavam de seus dias. O vinho ia descendo, soltando detalhes, relaxando a cabeça. Anna tivera uma dezena de reuniões naquele dia. Reclamava da dificuldade de encontrar pessoas com quem pudesse contar, que tivessem habilidades para sobreviver à tormenta do mercado internacional. Sentia falta de lealdade nas pessoas. Sofria com suas fraquezas. Se decepcionava com muita frequência com seus executivos mais próximos. Era um trabalho difícil, Stockholm reconhecia. E ela levava com muita elegância. Era muito reconhecida e respeitada por sua liderança e pela excelência de seu trabalho.

O desafio era grande, proporcional ao tamanho da empresa. Stockholm mesmo não conseguiu ficar na empresa por mais de uma semana. Preferiu os sorvetes. James e Anna entendiam. Não se incomodavam de cuidar dele. Sabiam que ele era capaz de fazer coisas extraordinárias, mas entendiam que ele era feliz fazendo algo simples. A ideia de ambos era manter uma rotina de leveza em sua vida, na esperança de que sua memória retornasse em um ambiente despressurizado, mas o plano não havia tido sucesso ao longo daqueles anos.

Stockholm ouvia Anna com atenção e preferiu não falar muito do seu dia. Tudo lhe parecia impossível de compartilhar, pois tinha decidido que manteria, por quanto fosse possível, tudo em segredo. Pelo menos até resolver o que faria em seguida. Decidiu então recordar o aniversário na noite anterior e ficou por ali. Voltou um dia no tempo. Quando ainda era apenas Stockholm, quando não sabia quem era.

Anna e Stockholm haviam criado entre eles uma sintonia de irmãos. Deixou-o falar do aniversário na noite anterior. Aguardava seu momento, esperava o vinho fazer sua parte. Acreditava que podia ler seus pensamentos, mas pela primeira vez não sabia o que estava lendo. Não conseguia alcançar o texto que não queria ser dito, que só o olhar já costumava lhe dizer. E mesmo ele, o olhar, naquela noite lhe escapava.

Abriu outro vinho, Châteauneuf-du-Pape, escolheu distraidamente. Do norte de Provença. Do vinhedo do castelo onde os papas passavam o verão. E resolveu fazer um doce. Uma sobremesa. *Pain au chocolat*, para não sair da França. Aquilo lhe daria tempo para desvendar o que estava acontecendo, pensou com seu ar de estrategista.

— Vem me ajudar com essa massa! — Anna convocou Stockholm ao trabalho braçal de abrir a massa que ela montara rapidamente sobre uma mesa de madeira.

— Será que não vou estragar sua receita? — Stockholm falou, tomando numa mão o rolo de madeira e a massa em outra. Já estava meio alterado pelo primeiro vinho que abriram.

— Tenho certeza de que você vai — Anna falou buscando o chocolate amargo da Suíça nos armários.

Terminou a receita ela mesma, assumindo a tarefa de colocar os chocolates e enrolar a massa. Levou tudo ao forno. Stockholm aguardava inocente, indefeso, sentado sobre a bancada com sua taça na mão. Desavisado de que estava sendo lido e relido a cada minuto. Anna era a única que conseguia surpreendê-lo. A única que lhe pregava peças e lhe dava sustos.

Stockholm quis saber mais sobre um rapaz que ela havia conhecido algumas semanas antes num congresso em Los Angeles, mas Anna não deu importância para sua tentativa de puxar assunto. Não que não se importasse com aquilo, mas percebeu sua estratégia. Falar dela. Sorriu carinhosamente e não falou nada. Por fim, deu seu golpe.

— O que aconteceu? Conta, vai! — falou, autoritária, como a irmã mais velha que se considerava.

— Nada! — Stockholm falou rapidamente, se esquivando e se engasgando com o vinho.

— Certo. Está bem — Anna falou, indo ao seu encontro e lhe dando as mãos. — Olhe para mim — falou em pé na sua frente. — Eu vou lhe dizer algo então e isso vai facilitar as coisas. Não importa o que você fez, eu te amo e estou do seu lado. *Hoy* e sempre!

Atingiu Stockholm no peito, como uma bomba. Pego de surpresa. Desavisado. O vinho subiu à cabeça, estava sem reflexos. Seus olhos encheram de lágrimas. "Eu te amo e estou do seu lado. *Hoy* e sempre", pensou, atônito. Era a mesma promessa que James lhe soprara no ouvido na noite anterior.

"Teriam combinado aquilo?", pensou aflito. Estava sem saída. Refém dos olhos imensos e cheios de amor de Anna, ali na sua frente, segurando suas mãos.

— Você pode me dizer. Tenha coragem! — Anna falou baixinho, segurando suas mãos. — Só estamos nós dois aqui.

— Eu não posso... — Stockholm falou, se rendendo à força das lágrimas. Engasgou-se. Tentou segurar. Não conseguiu.

— Você se lembrou de tudo, não foi? — Anna falou, segura, mas também ela foi pega pela emoção, deixando os olhos umedecerem e ficarem marejados.

— Como você sabe? — Stockholm não conseguia compreender. Como ela poderia saber daquilo?

— Eu senti essa manhã. Acordei normal para ir ao trabalho, mas, no meio da manhã, senti um peso e uma inquietação que nunca sentira. Nunca. Não sabia o que era. Teria comido algo estragado? Um enjoo que não passava. Uma hora virei para o lado de uma vez e vomitei na lixeira da minha sala, tamanho o incômodo que estava sentindo.

Stockholm estava perplexo.

— Quando isso aconteceu, quando eu vomitei — Anna continuou —, a única coisa que me ocorreu foi isso. Como se eu simplesmente soubesse que era isso. Fiquei transtornada na hora, mas não podia sair do escritório e as reuniões nunca acabavam. Ao longo do dia, me convenci de que estava louca. Que era coisa da minha cabeça. Mas então não é...

— Sim! Não é — Stockholm se entregou.

Se alguém no mundo tivesse alguma chance de lhe ajudar naquele momento, seria ela, ele pensou, se convencendo.

— Meu amor, *cariño* — Anna segurou seu rosto úmido de lágrimas com as duas mãos —, isso é maravilhoso! Então você se lembrou de tudo! Não é o que você sempre quis? Não é o que sempre quisemos?

— Ah, Anna, vocês deviam ter me deixado morrer — falou, se entregando às lágrimas e cobrindo o rosto com as mãos. — Vocês deviam ter me deixado morrer...

Chorou sem ar, descontrolado, se entregando aos soluços. Anna o abraçou, carinhosa. Não sabia o que fazer. Nenhum dos dois sabia.

— Stockholm! *Cariño*! Me escute! — Anna tentava fazê-lo se recompor, interromper seus soluços. — Me escute, querido. Você não ouviu o que eu disse? Eu te amo, *hoy* e sempre. *No pasa nada. Ayer* foi outra vida. Outra. Seja lá o que tenha feito ou o que tenha acontecido, estamos juntos agora, *hoy*.

Anna se emocionou. Percebeu que estava diante de alguma coisa muito grave. Mas por mais grave que fosse, seja lá o que ele tenha feito no passado, sentia que conseguiria administrar. Que poderia aceitá-lo. Que desejava aceitá-lo.

Mais uma vez, e ali de forma aguda, percebeu como o amava sem reservas. Como seu amor era algo completamente irracional.

— Stockholm! *Cariño*, olhe para mim — Anna o fez tirar as mãos do rosto. Estava desfigurado de tristeza, mas ela não se importava. — Respire fundo comigo. Estamos todos juntos agora. Confie em mim.

Stockholm se recuperava devagar. Não imaginava que seria tão difícil falar. Sequer planejara falar alguma coisa, era verdade. Queria esquecer. Guardar segredo ainda era seu principal plano. Seguir mentindo como havia mentido para Pietro naquela tarde. Ou apenas partir. Não esperava que Anna fosse arrancá-lo de si mesmo daquela forma. Bebeu mais vinho. O cheiro do chocolate subiu pelo ar, adoçando o peito, vencendo o desespero. Anna esperava em silêncio. Sabia esperar como ninguém quando sabia que não podia dizer mais nada.

As fileiras meticulosamente alinhadas de *pain au chocolat* brilhavam douradas sob a lâmpada que os velava no teto escuro do forno, dando sinais silenciosos, mas solenes, de que estavam prontas, de que as defesas endurecidas do chocolate suíço que se abrigava no interior de cada *pain* haviam sido vencidas pelo calor. Seus corações também iam ficando no ponto. Se rendiam ao pólen do trigo e do amor que estava posto na mesa. Que flutuava na cozinha, suspenso no ar. Por fim, também ficaram prontos, também tiveram suas defesas derretidas pela doçura sempre meio amarga da intimidade. Stockholm encarou Anna com um ímpeto de determinação. Estava na hora. Precisava lhe contar tudo. "Por onde começar?", pensou, buscando forças e sobrevoando seu recém-descoberto oceano de memórias.

Mordeu seu *pain au chocolat* para ganhar tempo, fazendo escorrer chocolate pelos dedos. Anna esperava, paciente. Também tinha chocolate nas mãos. Nada importava.

— Bem, para começar — Stockholm falou, tímido. — Eu sou francês. Você acredita nisso?

Anna riu, mas se conteve. Ambos morderam seus croissants de chocolate.

— Sim, francês. E agora, como lidaremos com isso? — Stockholm indagou com a cabeça, engolindo o doce que se derretia quente em sua boca.

Então, voltou no tempo de mãos dadas com Anna e foram noite adentro conversando, até o amanhecer do outro dia. Se uniram para sempre ali, num voo ao passado, juntos, para onde Stockholm achava que tudo tinha começado. O mais longe que conseguia ir. Até o frio atroz e impiedoso da Abadia de Saint-Michel, nas bordas do norte da França.

QUATORZE

Londres
31 de maio de 2051

Chegaram pelo leste de Londres, saindo do mar voando baixo e subindo pelo Tâmisa em direção ao centro da cidade. Não se parecia em nada com o que Stockholm já tinha estudado da cidade. A cidade cujo poder de seus monarcas já tinha sido tamanho, que em alguma época não se via o sol se pôr em seus prados, em suas terras que cruzavam o mundo. Observava sua aparência hedionda e miserável da janela do helicóptero e lembrava com pesar de sua longa história. De sua beleza e como havia sido apagada de forma tão estúpida pela guerra.

Londres estava abandonada ao consumo do tempo. Ruínas onde quase ninguém conseguia viver. Restos de uma cidade devastada por uma bomba nuclear que explodiu no meio do Hyde Park há mais de vinte anos e cuja contaminação ainda podia ser sentida pela frágil saúde humana.

Um cenário de apocalipse que não intimidava a todos. Ao mesmo tempo que muitos fugiram, abandonando suas vidas, muitos chegaram. Viram ali o reduto de uma nova vida. A cidade era proibida para civis há anos pela Aliança do Ocidente. Uma zona morta. Seus novos moradores foram considerados pela Aliança, durante todo o tempo da guerra, como criminosos, caçados de tempos em tempos para propagar essa mensagem. Tudo inútil. Tão logo findavam as ofensivas, não raro com milhares de mortos, mais miseráveis surgiam para ocupar suas ruínas. Os que partiram eram considerados refugiados, uma horda de britânicos para os quais não havia saída, apenas a miséria e, com ela, para muitos, o crime.

 A verdade sobre a vida destas pessoas, as tratadas como criminosas pela Aliança, e o quão esquecidas, indesejadas, perseguidas ou abandonadas elas eram, escapava completamente ao conhecimento de Stockholm. Do alto da ilusão criada na Fortaleza Saint-Michel, era impossível vê-las como realmente eram e dali não as via como miseráveis sem recursos, pois foi levado a acreditar que a Aliança lhes oferecera recursos para sobreviverem. Não apenas ali, no que restou de Londres, mas em todas as cidades do grupo de nações que compunham a Aliança do Ocidente. Aprendeu que eram criminosas, porque sua miséria era uma escolha. Ela era o efeito de um lado que tomaram. Que eram, portanto, inimigas da ordem e da paz, das quais a Aliança do Ocidente era guardiã. Uma história contada milhares de vezes em seus ouvidos.

 Determinado e cego, Stockholm estava ali apenas para eliminar mais um destes criminosos. Um dos grandes. "O primeiro de muitos", pensava.

 A missão dependia totalmente dele. Estaria sozinho nas ruas e precisaria se infiltrar entre as crianças do orfanato. Se aproximar do alvo. Conhecê-lo de perto. E o mais perto possível, lhe tirar a vida.

 Como planejaram, pousaram no Greenwich Pier, abandonado na beira do Tâmisa, e ali montaram um pequeno posto de controle da missão. Estavam em cinco. Stockholm e quatro agentes das forças armadas da Aliança do Ocidente. Só ele iria até o ponto de ataque, as ruínas da Catedral de Southwark, ao lado da histórica London Bridge. Os demais estavam ali apenas para dar suporte ao teste de Stockholm.

 Saiu pelas ruas vestido como um adolescente abandonado, com ataduras pelo corpo. Levava consigo apenas um ponto eletrônico no ouvido, quase invisível, para que pudesse ser acompanhado pelo comando da operação, e uma lâmina escondida no calçado velho. Com ela, a pequena lâmina de cinco centímetros, faria seu trabalho quando chegasse a hora.

 Caminhou quase uma hora pela margem do rio, lentamente, desviando dos prédios abandonados, fingindo estar perdido. Fingindo estar procurando comida. Evitava outras pessoas pelo caminho, miseráveis de toda natureza que viviam por ali, como se elas estivessem de alguma forma contaminadas. Muitas estavam mesmo, e ele não sabia, completamente contaminadas e morrendo, mas não como ele as julgava. Muitas iam definhando, vítimas da longa exposição à radiação que a bomba deixou de legado à cidade.

Conforme andava pelas ruas e era confrontado pelos olhares das pessoas, suas defesas, oriundas das mentiras em que acreditara ao longo dos anos, iam caindo ao reconhecer naqueles miseráveis apenas dor, fome e, além, apenas o desespero e a desilusão que marcavam suas vidas e seus corpos, ambos frutos de um visível abandono de um poder estatal e não de arbítrio. No silêncio dos seus pensamentos, foi levantando dúvidas, as quais ia combatendo rapidamente com a determinação de um soldado, ainda que a cada instante e a cada novo encontro com alguém, sobretudo com as crianças, percebia sua compaixão por elas crescendo e se elevando como ondas nas margens de seus olhos. Chegava a elaborar formas de ajudá-los em sua cabeça, mas logo se concentrava novamente em sua missão. Se convencia de que não podia fazer nada por eles, sobretudo porque admitir que eram miseráveis, e não apenas criminosos, mudaria tudo em sua vida. Depositaria a marca de algoz sobre sua própria casa, em sua própria pele. Seguia em frente, como se aqueles pensamentos fossem um enxame de abelhas.

Tão logo avistou as ruínas da London Bridge, cujas torres quase não existiam mais e a ponte entre os extremos era apenas uma rede de remendos de madeira caindo aos pedaços, percebeu que estava sendo seguido. Estava dentro do perímetro deles. Claro que estava sendo observado. Fingiu não perceber os movimentos do assalto que se formava.

Quando estava certo de que eles iriam atacá-lo, iniciou seu golpe. Cambaleou no meio de uma via, de onde já quase conseguia ver a Catedral de Southwark ao final. Estava na Rua Tooley. Tinha o mapa das ruas de Londres na cabeça. Deu mais alguns passos vacilando e se jogou no chão, fingindo um desmaio.

Sentiu o pó da rua invadir suas narinas. Sentiu o gosto do seu próprio sangue nos lábios. Imaginara que iria se ferir na queda. Tudo parte do plano.

Ouviu os passos correndo apressados em sua direção. Estava cercado, mas ninguém o tocava. Aguardavam.

— É só uma criança — uma voz masculina de adolescente falou bem perto.

Não se movia. Alguém o chutou com força para despertá-lo. Era inútil. Estava concentrado em enganá-los.

— Afastem-se! — alguém falou, se aproximando. Uma voz de homem.

"Será ele?", Stockholm pensou no escuro. Não podia verificar.

— Afastem-se! — falou novamente, agora muito próximo. Tocou Stockholm com gentileza na cabeça. Sentiu sua temperatura. Estava quente, como sempre, mesmo com o intenso frio das ruas e mesmo estando quase despido.

Convenceu. Seu calor sempre parecia uma febre.

Sentiu os braços do homem que chegara envolverem seu corpo, erguendo-o no ar e levando-o ao colo. Sentiu seu calor de homem, mesmo no frio, emanando por entre as fendas dos agasalhos. Carregou ele pela rua como um pai que leva um filho dormindo ao seu quarto.

Permaneceu entregue aos braços do homem que o resgatara da rua, como se não tivesse a força de um búfalo, e, sentindo que entravam em algum lugar coberto, fingiu retomar a consciência por um momento. Apenas para saber se estavam entrando na catedral. Stockholm executaria seu plano ali dentro, onde Joseph Lamás fez sua morada. Abriu os olhos por um momento, apenas para vê-lo. Era ele.

Era diferente do demônio que pintara em seus planos nas semanas anteriores. Seus traços eram imponentes. Olhos escuros e pele bronzeada, queimada pelo sol como os espanhóis descendentes dos muçulmanos de Granada. Carregava nos traços ares de árabe. Seus cabelos pretos eram compridos, presos pela orelha, e soltos sobre os ombros. Mas o que mais chocou Stockholm, e em nada se encaixava em sua história, na trama que fora compartilhada com ele pelos times de Saint-Michel, era aquela delicadeza. Uma ternura que não fazia sentido e não combinava com o personagem criminoso que tinha em mente.

Lamás pousou Stockholm num leito e deu ordens para que o atendessem. Que buscassem água.

Conectados pelo microponto inserido como um adesivo em seu ouvido, o time do posto de controle da missão firmado no píer e o time da central de inteligência da Abadia de Saint-Michel, onde Casanova assistia em silêncio à missão, acompanhavam tudo.

Rapidamente, foi atendido por dois adolescentes, poucos anos mais velhos que ele, mas que ainda não tinham a sua estatura. Deram-lhe água e o despertaram ao limpar as feridas da queda. E quando por fim pareceu bem, quando acharam que podiam falar com ele, lhe perguntaram quem era e de onde estava vindo.

Stockholm se apresentou como Nino e disse que estava vindo com a família da costa, pelas margens do Tâmisa, foram atacados por piratas e, na fuga, ele se perdera deles. Reclamou que tinha fome. Que estava fraco porque não comia há mais de dois dias.

Para sua nova surpresa, rapidamente lhe arrumaram pão e um enlatado parecido com queijo. Comeu, ávido e descontrolado para sustentar sua história, mas sequer tinha fome. Estava muito intrigado e nervoso. Esperava que fosse levado a algum tipo de prisão, onde estaria com outras crianças.

Mas em nada aquilo parecia uma prisão. Em pouco tempo, observando as pessoas à sua volta, em leitos, com adolescentes cuidando delas, diria que a catedral parecia muito mais um hospital do que um orfanato ou uma prisão.

Joseph Lamás ouviu sua história e não fez mais perguntas. Apenas sinalizou que cuidassem dele para que se recuperasse e pudesse descansar. O sol já ia se pondo.

Do outro lado do ponto em seu ouvido, a equipe de Casanova recebia essa recomendação com temor e desconforto. Estavam em perigo.

Stockholm atendeu. Fingiu dormir. Tinha dúvidas, mas seguia o plano. Ficou ali por algumas horas vendo a noite chegar, conversando mentiras com outras crianças que se aproximavam dele. Acompanhava com o olhar qualquer movimentação de adultos. Não eram muitos. Lamás se cercara de crianças e alguns poucos adolescentes. "Deve ser um destes doentes", pensava, tentando tirar conclusões que o mantivessem nos trilhos da missão.

Depois de algum tempo deitado, achou que poderia inspecionar o ambiente, que já haviam se acostumado com sua presença, então levantou-se do leito em que Lamás o deixara mais cedo e saiu andando pela catedral. Queria mapear seus pontos. Suas entradas. Executaria o ataque assim que a maioria resolvesse dormir.

Quando esse momento finalmente chegou, Stockholm foi surpreendido por uma quantidade incontável de crianças que entravam pelas portas da igreja e começavam a se organizar em sacos de dormir pelo chão. Ele mesmo teve que se acomodar perto da porta e dali localizou Lamás acomodado ao lado do que sobrou do altar da igreja, dormindo estrategicamente de onde podia vê-los.

Stockholm estava apreensivo. Era hora de agir. Se levantou, sorrateiro, e se encostou contra a parede, nas sombras, para poder definir uma rota de acesso ao altar onde Lamás dormia. Quando finalmente tinha tudo mapeado, um vulto chamou sua atenção em uma pilastra muito perto de onde estava. Ficou alerta. Nas sombras. Esperando para ver se era apenas alguma criança sonâmbula.

Mas antes que pudesse se mover, o vulto se revelou muito próximo dele. Segurava um aparelho na mão. Era uma mulher, mas cobria seu rosto com um véu. Um nicabe que deixava à mostra apenas seus olhos. Olhava Stockholm nas sombras com firmeza. Ele estava paralisado. Não sabia o que fazer. Achava que se ficasse nas sombras ou mesmo que voltasse a dormir, talvez não prejudicaria o plano. Ainda não tinha feito nada. Apenas ficou de pé no meio do sono.

O vulto acionou um botão no aparelho que carregava na mão e um apito surdo de baixa frequência cortou a comunicação com o posto de controle da missão e com a Abadia de Saint-Michel. Stockholm não percebeu.

Quando achou que podia simplesmente voltar a dormir, o vulto andou rápido em sua direção, soltando o aparelho no chão e retirando o nicabe que protegia seu rosto.

Era Jane.

Stockholm não compreendia. Quis protestar de pronto, mas não podia acordar todo mundo e arruinar sua missão. O que ela fazia ali? Pensava, aflito. Estava arruinando tudo.

— Eu vim te salvar — Jane falou sussurrando, como se tivesse lido seus pensamentos. — Temos pouco tempo. Você precisa fugir daqui imediatamente.

— Não — Stockholm resistia, confuso, também sussurrando. — Não posso sair. Tenho que matar esse terrorista. Essa é a minha missão.

— Não, filho — Jane sabia que aquilo tudo seria difícil. Tinha se preparado tanto quanto ele para aquele dia. — Você não pode matá-lo. Ele não é um terrorista. Eles mentiram para você. Ele é um missionário. Olhe à sua volta. Essas crianças parecem ser vítimas de alguma violência que não a da vida que lhes foi roubada pela guerra?

Stockholm tentava raciocinar aquilo. Fazia sentido, mas resistia. Queria terminar a missão. Orgulhar Casanova.

Do outro lado do ponto, a equipe se consumia aos gritos para tentar restabelecer a comunicação. Estavam no escuro. Casanova já havia deixado os homens do ponto de controle de prontidão, aguardando ordem para subir o rio em busca de Stockholm. Decidiu esperar um pouco. Resolveu esperar porque seu técnico argumentara que a radiação que ainda existia em Londres poderia causar interferência no ponto. Sabia que era verdade.

— Por que eles iam mentir para mim, mãe? Por quê? — Stockholm estava incrédulo. Nada daquilo fazia sentido, embora tudo naquele dia o levasse a concordar com Jane. A delicadeza e carinho de Lamás, não apenas com ele, mas com aquela horda de crianças. Sua voz. Seu jeito. Nada nele era violento ou vil.

Mas não queria saber da verdade. Era teimoso.

Jane percebeu que ele não ia se convencer. Que não trairia a confiança de Casanova assim, tão facilmente. Partiu para seu argumento final.

— Filho. Eles mentiram porque eles vão te matar quando voltar para casa. Essa missão dando certo ou errado, eles vão eliminar você.

— Não. Não. Isso não faz sentido — Stockholm segurava a cabeça. Apoiava na parede.

— Me escute, filho. Você está em perigo. Eles sabem sobre Thomas. Eles sabem sobre vocês dois — Jane cobriu o rosto com as mãos. Também não queria dizer mais nada, mas teve que ser firme. — Thomas está morto, filho. Foi executado quando você embarcou para essa missão.

Stockholm sentiu o coração falhar dentro de seu peito. Sentiu o ar faltar no pulmão. Quis vomitar. Foi se abaixando lentamente até o chão. Deixou rolar uma lágrima quente, que escorreu sozinha pelo seu rosto pálido de menino.

Sua dor era tão grande que não conseguia falar.

"Thomas. Meu amor. Morto. Não podia ser", pensava, atormentado.

Jane se agachou ao seu lado. Sabia que não tinha mais tempo. O ponto eletrônico voltaria a funcionar a qualquer momento.

— Você não deve nunca mais voltar àquele lugar, filho. Deve me prometer. Nós devemos fugir imediatamente.

Stockholm foi tomado por uma raiva imensa. Seu coração estava partido, despedaçado com a notícia da morte de Thomas. De repente, toda aquela história fazia sentido. Uma missão inventada para afastá-lo de Thomas. Um terrorista que não existia. Sua mãe ali, arriscando sua vida. Por que ela faria isso? Tinha que confiar nela. Não precisou ouvir mais nada.

Jane o encarava chorando também. Stockholm beijou seu rosto e falou apenas uma vez, de forma firme e determinada:

— Obrigado, mãe.

Fez sinal para ela segui-lo pela saída da catedral sem alardes, sem acordarem as crianças, e ganharam as ruas escuras de Londres em direção ao Greenwich Pier.

Stockholm tinha um plano, mas precisava ser rápido. Correu pelas ruas sem olhar para onde andava. Jane corria ao seu lado. Entendera seu plano.

✳✳✳

    Quando Casanova finalmente se rendera à preocupação e ao desespero em sua bancada, deu comando para que seus homens subissem o rio em busca de Stockholm.

    Mas era tarde demais. O áudio do ponto eletrônico de Stockholm voltou como um estrondo aos alto-falantes da central de inteligência de Saint-Michel e, com ele, os gritos da equipe que o acompanhava na missão. Explodiram no alto-falante o barulho de tiros e baques de impacto de coisas caindo. Um grito de súplica foi o último som que o alto-falante registrou, ensurdecido por um tiro.

    Então tudo ficou em silêncio.

    Casanova estava enlouquecido.

    — Alguém me diz o que está acontecendo!!! — berrou.

    — É um ataque, senhor. O posto foi atacado. Nossos quatro homens não respondem — um oficial que controlava um painel do posto de controle respondeu aceleradamente.

    — Estão mortos, senhor. Perdemos os quatro. Acabei de confirmar — outro oficial completou, também tentando entender quem poderia ter atacado seu time.

    — E onde está Alef? — Casanova berrou de sua mesa. — Onde está o menino?

    — Perdemos contato com seu ponto. Deve ter sido abatido no ataque — o mesmo oficial que declarou os mortos respondeu. — Seu ponto está parado no meio do posto de controle. Não há sensores de sinais vitais nele senhor, por conta do disfarce. Pode estar vivo, senhor. Mas acho que está morto também. Estamos mandando equipes para lá.

    Casanova sabia que não estava morto. Era uma praga da qual não se livraria assim, acidentalmente. Sentia que tinha perdido alguma coisa, mas ainda não conseguia dimensionar o que era. Se lembrou por um momento da mistura de pesar, nojo e desprezo que sentira mais cedo, pela manhã. Uma onda de decepção que sentiu ao executar com um tiro no peito o jovem Thomas. Um de seus pupilos favoritos. Não sabia se era isso que estava roubando sua atenção ou se estava na verdade preocupado com Stockholm. Jamais admitiria.

    Mal se sentou para poder processar aquilo e um oficial gritou da sala:

    — Senhor, roubaram o nosso helicóptero. Está sobrevoando o solo britânico em direção ao sul.

***

No controle da aeronave, Stockholm pilotava o helicóptero com atenção e frieza. Era o melhor piloto entre todos os meninos da Vila. Voava sobre o solo inglês em direção à França. Abandonara no píer o ponto que carregava no ouvido e uma pilha com quatro soldados treinados mortos de forma rápida e precisa.

Eram suas primeiras vítimas. Queria pensar naquilo, mas não podia. Precisava agir. Definiu uma rota para o helicóptero e começou a buscar um botão no painel. Jane acompanhava sua busca no banco ao seu lado. Sabia o que ele estava procurando e o quanto sua fuga e suas vidas dependiam daquilo.

Stockholm começava a achar que não encontraria quando sentiu nos dedos a chave que buscava no escuro, embaixo dos painéis.

Sentiu um alívio. Era um pequeno painel que enviava à central da inteligência de Saint-Michel sua localização. Inseriu rapidamente o código que desativou a localização da aeronave. Estavam invisíveis agora. Sabia que poderiam tentar rastrear a aeronave com satélites, mas até lá seria tarde. Estariam longe. Tudo era arriscado, ambos sabiam, mas era o melhor que podiam fazer.

Abraçou aquilo como uma nova missão. Traíram sua confiança. Mentiram para ele. "Mataram Thomas", pensava sem parar. "Mataram Thomas. Mataram Thomas", repetia em sua mente, como marteladas, desejando acordar de repente daquele pesadelo.

Respirou fundo, vendo a aeronave invadir a escuridão em direção às águas do Canal da Mancha.

— Paris, filho. Nós vamos para Paris — Jane falou, respirando fundo também. — Eles nunca vão nos encontrar em Paris.

Stockholm seguiu a instrução de Jane.

"Que seja Paris então". pensou, estranhamente aliviado por não precisar decidir para onde ir. Não queria pensar em nada.

Só conseguia pensar em Thomas.

No quanto o amava.

Afogava-se em uma tristeza inconsolável, que se misturava numa raiva que não conseguia conter. Fechava os olhos para tentar segurar as lágrimas, mas era impossível.

Queria morrer em seu lugar.

***

Ao mesmo tempo que o helicóptero que levava Jane e Stockholm vencia a noite já sobre a colossal cidade de Paris, as equipes de Saint-Michel atingiram o Greenwich Pier, nas margens do Tâmisa. Casanova não se distraía do painel que acompanhava o resgate dos soldados e de Stockholm. Sabia que alguma coisa muito grave acontecera em Londres naquela noite, mas não conseguia dimensionar ainda o que era. Seus instintos lhe assombravam a cabeça sem cessar com a certeza de que havia sido traído. Uma sombra que não lhe deixava pensar com clareza.

As imagens do píer já começavam a brotar nos painéis da sala de controle. Os homens iam entrando com suas lanternas e tomando conhecimento da luta que havia acontecido ali. Da violência com que a operação tinha sido atingida.

Numa parede externa do píer, encostados como se estivessem dormindo, ou inconscientes, os quatro corpos dos agentes de Saint-Michel não revelavam a brutalidade com que tinham sido atacados. Estavam mortos, mas não estavam com muitos ferimentos.

"Teriam sido surpreendidos?", Casanova já ia tirando conclusões da imagem no painel.

Foram mortos com muita precisão. Um tiro cada na cabeça. Como se não tivessem podido reagir. Se Casanova não tivesse ouvido os sons da luta há algumas horas ele próprio, teria dito que eles foram executados já rendidos e de joelhos. Mas sabia que não fora isso que tinha ocorrido ali. Como todos ali, eles também foram pegos de surpresa.

— Nenhum sinal do menino — anunciou a voz no alto-falante da sala, vinda do píer. — Repito. Nenhum sinal de Alef.

— Impossível! Seu corpo deve estar aí em algum lugar — Casanova berrou. — Preparem-se para procurar no rio e para subir ao ponto de ataque.

— Um momento, senhor — chamou um agente no local pelo alto-falante. — Há algo que o senhor precisa ver.

Lançou luz sobre os corpos dos agentes mortos, encostados na parede como se estivessem dormindo uns nos ombros dos outros. Aumentou o raio da luz, elevando as câmeras sobre a parede externa do píer, revelando aquilo que apenas Casanova compreendeu.

Escrito com sangue na parede, a frase causava arrepios mesmo nos agentes mais insensíveis.

Je vais vous donner des ailes.

— "Eu lhe darei asas" — Casanova pensou, se deixando levar por uma onda de raiva e uma ansiedade gigantesca. Um mal-estar que, ao longo de toda sua vida, se repetira apenas naquela noite na floresta, quando Stockholm beijou Thomas. Bateu a mão na mesa com tanta violência que assustou todos na sala. Seu semblante transtornado dizia mais que a frase que ninguém compreendera. Sentiu seu coração acelerar ao passo que regressava às profundezas da memória, que regressava à tarde na Abadia de Saint-Michel na qual inventaram aquela história.

— A frase significa alguma coisa para o senhor?

Não conseguia encaixar tudo. Faltava-lhe alguma coisa. "Como isso aconteceu?", Casanova tentava encontrar o fio que faria com que aquele massacre protagonizado por Alef fizesse sentido. Lembrou rapidamente de Thomas, que executara sem piedade mais cedo. Teria descoberto? Achava impossível. Ele já havia partido quando desceu às masmorras.

— A frase significa alguma coisa para o senhor? — a pergunta estava sendo repetida no alto-falante pelo agente no píer. Casanova ignorava, imerso em seus pensamentos. Não estava mais ali. Repassava os anos a fio como quem revisa os dias da semana anterior. Corria longe em busca de respostas.

— Senhor? — o agente insistia, claramente estressado. — O que devemos fazer? Comando para base? Alguém pode me explicar o que está havendo aí?

— Segure sua posição, comando — um agente nas mesas abaixo da estação de comando de Casanova respondeu para encerrar a histeria do alto-falante. — Estamos decidindo o que fazer, sim?

A agente no piso inferior olhou para Casanova em busca de resposta. Não poderiam esperar para sempre.

— Limpem essa bagunça, agentes — Casanova falou por fim. — Recolham os corpos. Apaguem essa frase antes de sair. E descubram se havia mais alguém no píer.

— Não devemos proceder a busca pelo corpo do agente Alef? — a voz do comando do resgate no solo ecoou na sala pelos alto-falantes.

— Não, agente — Casanova disse, se retirando de seu posto. — Esses homens foram mortos por Alef.

A conclusão inusitada perturbou todos os agentes presentes na base e em solo. Não compreendiam como Casanova podia ter chegado àquele diagnóstico. Era uma traição muito grave. No fundo, achavam que o menino estava morto, mas não quiseram especular. Sabiam o quanto o general era temperamental. Tinham medo. Casanova também não estava disposto a explicar sua teoria para ninguém.

— Encontrem a aeronave! Isso é a prioridade máxima. Só parem quando encontrarem! — Casanova saiu da sala, perturbado. Sabia que jamais encontrariam. Precisava pensar numa estratégia para lidar com aquele problema. A lista do que precisava fazer elevou sua ansiedade ainda mais. Precisava informar o presidente dos Estados Unidos. Precisava avisar o Papa. O presidente da França. Mas estava transtornado demais para se comunicar com qualquer um deles. Precisava de tempo.

"Que vou dizer a todos, meu Deus?", pensou, saindo para o frio intenso da noite, sumindo nos corredores escuros em direção à antiga abadia onde os monges e abades oravam nos séculos anteriores. Decidiu fazer o mesmo.

QUINZE

Paris
01 de junho de 2051

 Observada da altura que o helicóptero ia sobrevoando Paris, a inóspita capital da França parecia um manto infinito de estrelas amareladas na escuridão da noite. Uma teia de pontos de luz, sem bordas, que do chão ofuscava até mesmo as luzes do céu. Seu brilho se refletia opaco nas nuvens de poluição e chuva que adornavam a cidade em todas as direções.
 Stockholm queria chegar o mais perto possível do centro de Paris, onde Jane tinha um esconderijo, mas precisava se livrar daquele helicóptero. Entrou na cidade muito alto para não levantar suspeitas e acompanhou as curvas do Rio Sena, buscando um lugar esvaziado de pessoas onde pudesse esconder a aeronave.
 Não era tarefa fácil, esconder sua chegada, mas a escuridão da madrugada talvez lhe serviria de abrigo e então resolveu pousar no meio do Lago Daumesnil, num extremo do Bois de Vincennes, no leste de Paris. O parque era perigoso demais depois do anoitecer e certamente estaria vazio ou com os moradores invisíveis de sempre, drogados em sua maioria, que não conseguiriam dizer o que viram, caso vissem.
 Combinou o plano com Jane e começou a descer com as luzes todas apagadas. Quando se aproximassem da superfície do lago, a pouco mais de um metro da água, daria um comando na aeronave que desligaria os

motores em um minuto. Era neste breve tempo que precisariam se afastar do helicóptero, nadando, em direção à margem do lago.

Não era uma tarefa difícil para Stockholm. Seu treinamento era muito mais pesado que aquilo. Mas se preocupou mesmo assim, ponderando o que sabia até ali e, até onde sabia, Jane era uma enfermeira e sua delicadeza não demonstrava a força que ela realmente guardava.

Parou a um metro da água, travou a aeronave e deu o comando para que ela desligasse sozinha em sessenta segundos.

Não havia tempo a perder. Ambos pularam na água sob a aeronave, fria em razão da noite, mas já amenizada pelos efeitos da primavera. Nadaram com agilidade para se afastar do raio do helicóptero. Se vacilassem, a aeronave cairia sobre eles.

Quando finalmente sentiram o fundo do lago tocar suas mãos, quando seus corpos já alcançavam a margem oeste do lago e já não precisavam nadar, as hélices pararam e então ouviram o estalo da queda. O barulho surdo do metal contra a água. Estava tão escuro que não conseguiram ver com clareza, mas os sons denunciavam a imersão da aeronave. Sons do ar que ia dando lugar à água e rapidamente ia levando o helicóptero para baixo.

Não havia mais ninguém na orla do lago, como previra. Partiram a pé, molhados pela escuridão das árvores do parque, e ganharam as ruas de Paris como se fossem trabalhadores da hora matutina. Se abraçavam hora ou outra para vencer o frio. Seguiram pela Rue de Charenton, que virou a Rue Crozatier. Jane liderava o caminho. Estava em casa. O lar que abandonara há muitos anos.

Viraram na Rue du Faubourg Saint-Antoine e ela os levou ao seu destino, a Place de la Bastille.

Stockholm não achava um lugar ideal para se esconder, mas se rendeu à falta de opções. Cruzou a praça com Jane ao seu lado, tentando alguma discrição, em direção ao antigo prédio do Banco da França. Atravessaram a Boulevard Beaumarchais e, na esquina com a Rue de la Bastille, entraram no prédio de seis andares que encarava a praça de forma austera e secular. Sumiram pela porta sem olhar para trás, vencendo com suas forças exauridas os degraus, e só pararam quando finalmente se viram no meio de uma sala abandonada e escura. Era ali que poderiam fechar os olhos. Que poderiam finalmente conversar sobre tudo que tinha acontecido.

Mas ninguém pôde falar nada. Não conseguiam falar.

Stockholm inspecionou rapidamente o lugar. Achou seguro, sobretudo porque sabia que demorariam a agir. Sabia que eles precisariam antes resolver o mistério de sua traição. Só então, acreditava, começariam a caçá-lo. Até lá teria um plano.

Deixou Jane na sala e foi se despir de suas roupas molhadas. Os trapos que Joseph Lamás lhe entregara mais cedo para poder passar a noite.

Stockholm já se parecia um homem em seu jeito de agir. De pé, pelado na penumbra do quarto, sob a luz acinzentada que vinha das janelas, pálido como um adolescente imenso, parecia um fantasma. De perto, era apenas um menino. Um menino quebrado, exausto.

Entregou-se a uma cama empoeirada e dormiu numa mistura de raiva, tristeza e esgotamento.

Sonhou com Thomas. No sonho, eram dois pássaros. Ele era escuro como a noite e Thomas alvo como as pombas da paz. Pequenos pássaros vivendo numa gaiola, tão diferentes, mas unidos pelo cativeiro. Ao final, Thomas abriu suas asas e o deixou, como um raio de luz se desfaz nas frestas da floresta. De alguma forma, escapou da gaiola. Voou para o céu azul.

Acordou no meio da manhã, assustado. Sentia a textura de suas penas negras pelo corpo, mas não era ave alguma. Ainda era apenas ele. Ainda era um menino. Mas Thomas tinha realmente partido.

***

Um cheiro de torradas já invadia o quarto quando Stockholm abriu os olhos, se deixando cegar pela luz da primavera parisiense que cruzava o quarto pelas janelas.

Jane já estava preparando algo para comerem. Torradas com manteiga e mel, soube imediatamente. Stockholm as amava. Jane sabia. Mesmo depois de tudo, preservava em si os ares da missão que abraçara quando ele ainda era um bebê. Ambos sabiam que ela apenas cuidava dele, que era parte de sua missão, parte de seu treinamento, mas em todos os aspectos, em todos os momentos, mesmo nos mais extremos como os da noite anterior, seu comportamento era o de uma mãe zelosa. Cega ao risco à sua própria vida.

Stockholm andou até a janela para se render ao sol e despertar. Calor matinal tão diferente do frio oceânico da Abadia de Saint-Michel. Cheiros da civilização que desconhecia. Que apenas estudara. Que apenas devorara em livros e que, em seu quadro imaginário, amava e precisava proteger. "O patrimônio da história é o povo, as pessoas e como elas vivem no seu presente", concluiu um dia com seu tutor nas aulas de História. Sua lucidez avançada para a pouca idade sempre o impressionava, a memória assombrosa com a qual ia registrando tudo a que tomava conhecimento, sem perdas. "O estranho cheiro de gente", pensou antes de abrir as janelas.

A luz da manhã banhava a Praça da Bastilha. Centenas de pessoas e automóveis lhe davam vida. Davam-lhe movimento. Mesmo flagelada pela guerra, preservava sua imponência histórica. Palco da história do mundo. Da história da França. Seus prédios ainda conservavam sua graça secular, mesmo sob o manto de pichações e remendos.

No centro da praça, sobre a coluna coríntia, a Colonne de Juillet, de quase cinquenta metros de altura, repousa uma galeria de adornos em bronze, encimada por um globo dourado sobre o qual erguia-se uma figura dourada colossal. Le Génie de la Liberté, o Espírito da Liberdade, de Auguste Dumont. Empoleirado em um pé como o imortal Mercúrio do italiano Giambologna, repousava nu e coroado por uma estrela. O ser angélico ostentava a tocha da civilização em uma das mãos e os restos de suas correntes quebradas em outra. Brilhava de forma sobrenatural ao sol matinal, como uma estrela do firmamento, caída no meio da praça, cadente. Era um mensageiro dos céus e era a mensagem em si mesmo: liberdade.

Stockholm já o conhecia, dos seus livros. Se sentiu feliz por um instante ao percebê-lo ali, ao alcance de seus olhos, no meio da praça. Seu novo refúgio era guardado por outro anjo, Le Génie de la Liberté. Um que era, já, livre. Que não dependia de seu amparo. Que em tudo representava sua própria liberdade da gaiola em que nascera. E que, como ele, também era apenas um menino. Um menino anjo.

Vestiu-se com roupas que encontrou nos armários, maiores que ele, de homem adulto, e saiu do quarto em busca de Jane e das torradas que ela tinha feito.

Jane o aguardava na mesa, olhando também pelas janelas laterais do prédio que davam para a Rue de la Bastille. Ignorou sua chegada. Segurava uma pequena boina azul-marinho na mão, feita para criança, passando o dedo, distraída, em um pequeno detalhe, bordado em branco em seu interior. *Para Alexis, amor da minha vida*, Stockholm leu discretamente quando se aproximou da mesa.

A casa toda já parecia um outro lugar. Stockholm percebeu que quase tudo estava limpo. Que tudo fora, de alguma forma, arrumado para que se sentisse melhor. Pensou no quão cedo ela teria acordado para que as coisas já estivessem daquele jeito. Se sequer dormira.

Não quis perguntar. Apenas agradeceu em seus pensamentos.

— Esse apartamento pertenceu a um amigo — Jane falou de repente, enquanto Stockholm devorava uma torrada atrás da outra e bebia café. — Vivi com ele aqui há muitos anos. Éramos tão felizes. A paz ainda reinava no mundo. Bem, na França pelo menos. No meu pequeno mundo.

— O que houve com ele? — Stockholm perguntou, atento, pois precisava saber mais sobre o imóvel.

— Foi levado pela guerra. Ele e seu marido. Morreram em campos de concentração para homossexuais — Jane comentou, ainda olhando pela janela. Stockholm a observava contra a luz da manhã e em como ela parecia pálida. Seus cabelos loiros lhe atribuíam mais anos do que devia ter. Seu semblante, Stockholm reparou enquanto a ouvia, que era geralmente sereno e triste, desmoronara naquela noite, revelando uma face exausta e amarga.

Ela era outra pessoa naquela manhã. Em tudo se parecia com aquela que Stockholm chamava de mãe, mas era outra pessoa. Ele não a reconhecia.

— O imóvel faz parte de espólios da guerra que são levados à Justiça por parentes. Fica fechado, não pertence a ninguém, até que a Justiça decida. Mas ela nunca decide. Ela só espera. Está esperando a guerra acabar — Jane falou e se levantou para colocar mais água na chaleira. — Tenho suas chaves porque vivi um tempo aqui com eles. Mas ninguém nunca soube. Por isso é seguro.

Stockholm sinalizou com a cabeça que compreendeu. Achou perfeito. Um imóvel fantasma no coração da maior cidade da Europa.

— Essas roupas que está usando são deles — Jane apontou a camisa xadrez azul-escura que Stockholm encontrara no armário. — Levaram eles numa noite e deixaram tudo para trás, condenados apenas por se amarem.

— Eu nunca soube que a guerra perseguiu homossexuais desta forma — Stockholm comentou.

— Ainda persegue, filho. Eles ainda estão morrendo, todos. Os que vivem aqui fora ainda se escondem — Jane parecia emocionada, mas seguiu. — E foi por isso que você não podia mais continuar lá. O que fariam com você... O que fizeram com Thomas.

Jane não conseguiu continuar. Não pôde. Se emocionou. Tudo ainda era muito recente. Stockholm entendeu. Era cedo para os dois. Tinham tempo. Beijou sua testa com a frieza de um soldado e deixou a cozinha. Foi procurar algum livro.

No fundo, ele ainda não estava ali. "O que fizeram com Thomas", ficou martelando pelo apartamento. "Os que vivem aqui fora ainda se escondem", pensava sozinho. "Não devem se esconder desta forma", protestava consigo.

"Não devem e não podem." Ele não conseguia compreender aquela perseguição, pois toda a sua inteligência não poderia apagar suas ingenuidades e inocências, tão próprias de uma criança de onze anos.

Passaram as próximas semanas ali, ainda envolvidos pela tensão de estarem escondidos, monitorando as janelas, buscando notícias que pudessem indicar que estavam expostos, alterando suas aparências. Jane pintou o cabelo de preto e se deu um corte masculino. Mudou o jeito de vestir para um visual mais punk, mais descolado. Stockholm apenas colocava uma boina preta para sair às ruas, para se misturar na horda de pedestres. Saíam esporadicamente para comprar comida. Jane parecia ter muito dinheiro em espécie. Sabiam que uma hora precisariam de mais, mas cuidariam disso.

Arrumaram documentos falsos nas primeiras semanas, porque Stockholm queria trabalhar. Achava que melhoraria o disfarce e se sentiria mais seguro se pudesse viver como todo mundo. Seu desenvolvimento precoce lhe garantia ares de adolescente. Parecia ter quase dezoito anos. Era alto e forte. Já tinha traços de homem. Os documentos falsos ajudaram com a questão da idade. Ninguém se importava de qualquer forma. Não em Paris.

Nos dias em que conversavam, falavam da guerra e do mundo. Evitavam falar de Londres. Não falaram mais sobre Thomas. Evitavam falar de Saint-Michel, embora parecessem ainda viver sob o frio da abadia, embora tudo aquilo de que não falavam povoasse seus pensamentos. Seus sonhos.

Mas do pouco que falaram sobre a guerra, Jane percebeu quão longe Casanova tinha ido em dominar suas ideias e como Stockholm, apesar do imenso acervo de informações que seus treinamentos lhe ofereceram ao longo da infância e de seu acesso à tecnologia e aos mecanismos da mídia, parecia não saber quase nada sobre ela. Talvez não lhe sobrasse tempo, Jane ponderou, buscando explicações para sua alienação, ou julgou mesmo que ele não tivesse tido interesse em estudar outros lados do conflito e questionar aquelas narrativas que eram produzidas e propagadas pela Aliança em todo o mundo e derramadas sobre ele todos os dias, sem recessos, como um monjolo refém da calha d'água que o alimenta. Perceberam juntos como o pouco que ele sabia não era verdade ou estava completamente distorcido por um poderoso e maniqueísta discurso salvacionista, o fruto da mais pura manipulação ideológica feita por seus muitos tutores. Como a verdade sobre a Aliança e os efeitos de sua atuação na guerra ao longo dos anos — mesmo o menor de seus fragmentos e faces, apresentados à luz de qualquer imparcialidade, esmiuçados na peneira de qualquer diálogo honesto e lúcido —, apresentada sem o véu do terror propagado pelos mecanismos de comunicação corrompidos pela Aliança, realmente colocaria todo o plano de Saint-Michel a perder. Acima de tudo, Jane ponderou por fim, apesar de tantos prodígios, ele era realmente apenas uma criança.

Jane passou horas, dias, atualizando essa lacuna em seus conhecimentos com reflexões sobre a postura tirânica da Aliança do Ocidente, as censuras, as perseguições aos opositores em todas as nações que a compunham, o preço que ia sendo pago pelas pessoas pelo que a Aliança chamava de "desafios do front" ou "o custo da paz". Cuidava para não contar coisas que não queria que ele soubesse ainda, ou nunca. Se policiava para guardar segredos e, em razão disso, atenta a ela mesma, não percebeu o efeito daquelas informações sobre ele. Como a verdade sobre a guerra e sua vida acentuava nele um sentimento sombrio de vingança. Como o empurrava para um abismo de amargura e violência.

Não percebia como ele se sentia traído. E quanto amava aquelas pessoas que o enganaram.

Jane lhe narrou a história da guerra que ainda se debruçava sobre eles, alheia aos seus efeitos sobre o coração de Stockholm. Contou como tudo começou de forma estúpida e repentina. Pelo Twitter. Sem razão. Sem chances para a diplomacia. Sem regras.

Como a guerra começara com apenas duas mortes, ambas sem sentido e sem explicação. Era maio de 2025, quando um tiro atingiu o coração do embaixador russo em Israel, nas portas da Embaixada da Rússia. Ele morreu ali, na hora, na calçada da embaixada, cercado por sua equipe, sob o olhar de São Jorge, patrono de sua nação, escorado ali do lado, no coração do brasão de armas do Império Russo que adornava a fachada da embaixada em Tel Aviv.

O mundo parou de respirar por um dia, sufocado pela tensão daquele atentado. Ninguém reagiu a princípio. Ninguém assumiu o atentado. Presidentes de todas as nações do Ocidente e do Oriente lamentaram a morte do embaixador e cobraram das Nações Unidas e Cortes Internacionais a investigação do atentado.

Como ninguém assumia sua morte, nenhum grupo extremista, o mundo parou num limbo de tensão que durou uma semana aguardando uma manifestação de Moscou. Seu silêncio, entretanto, dizia muito mais. Moscou parecia mobilizar frotas em todos os mares. Se comunicar com suas bases em todos os países.

Poderia a perda de uma única vida representar uma ameaça para todas?, a mídia debatia incessantemente. Cobrava resultados. Tudo inútil.

Por fim, Moscou se manifestou. O último dia de paz. O presidente russo acabara de lamentar a perda de seu amigo, o embaixador da Rússia em Israel, em um discurso na calçada do Kremlin, e cobrar das autoridades internacionais uma investigação célere sobre sua morte para que culpados fossem punidos de forma severa e o mundo pudesse voltar a viver em paz e com a consciência tranquila, quando um tiro o atingiu no peito.

Ninguém nunca soube se ele realmente morreu naquele dia. Se sobreviveu para determinar o futuro do mundo. Se continuou seu governo. O presidente russo nunca mais foi visto e não aconteceu nenhuma cerimônia fúnebre em sua homenagem. Poderia a perda de uma única vida representar uma ameaça para todas?, a pergunta se repetia, já sem debate algum, quase como se guardasse em si uma afirmação. Aquela parecia que sim.

No dia seguinte, a Rússia buscou seus cidadãos pelo mundo e fechou suas fronteiras. A diplomacia internacional, por meio das Nações Unidas, iniciou diálogos imediatamente. Faziam promessas de investigação do atentado. Buscavam respostas.

Mas em vão. Sem resposta. Sem retorno. Moscou não respondia mais ao mundo. A temperatura do planeta subiu.

Na madrugada do dia seguinte, uma piada de mau gosto aniquilou qualquer esperança para a diplomacia e para a paz. Foi uma atitude que a história ainda estava tentando entender, mesmo depois de tantos anos. O mundo acordou no último dia de maio com um post na conta do presidente dos Estados Unidos. Um gif com uma foto da cantora pop americana Britney Spears, extraída de um clipe produzido por ela no ano 2000.

Ela parecia sorrir inocentemente por um segundo na imagem e então aparecia o texto que condenou a todos.

Oops! I did it again.

"Oops! Eu fiz novamente!", dizia a postagem infeliz, que fora apagada das redes do presidente momentos depois. Instantes mais tarde, o porta-voz da Casa Branca reportou que a conta do Twitter do presidente havia sido invadida. Ninguém acreditou. Era tarde demais para pedir desculpas.

Foi encarada como uma confissão mesmo entre seus aliados. O post que mudou o curso do mundo. Que assaltou de uma só vez o futuro brilhante imaginado pela humanidade em todo canto e quase todos os seus sonhos.

No primeiro dia de junho, Moscou fez dois ataques nucleares. Um míssil lançado do Mar Cáspio atingiu o centro de Tel Aviv, varrendo grande parte da cidade do mapa em instantes. Um segundo míssil partiu do Mar Negro e atingiu a cidade de Kiev, capital da Ucrânia.

No mesmo dia, os Estados Unidos atingiram São Petersburgo, ao norte da Rússia, e atingiu Krasnodar no sul, quase na borda com Mar Negro. Uma terceira bomba foi lançada contra Moscou, mas foi interceptada pelo sistema de defesa russo. Não chegou a explodir.

Então pararam. Era preciso avaliar os estragos antes de varrer do mapa outra cidade. Ninguém chegou a se manifestar sobre aquilo. Nenhum porta-voz, nada. O mundo parou de respirar enquanto contava os mortos naqueles ataques. Um suspense que durou dias. Dias com o silêncio das duas nações e o protesto ensurdecedor do mundo e da comunidade internacional.

Parecia que tinha sido apenas isso. Tel Aviv e Kiev. São Petersburgo e Krasnodar. Quatro cidades. Milhões de pessoas mortas. Séculos de história. O primeiro dia da guerra.

Então a Rússia invadiu a Ucrânia.

No mesmo dia, invadiu Belarus e a Letônia.

Soldados. Carros. Tanques. Aviões. Helicópteros. Drones. Uma horda em marcha por terra, lenta e tenebrosa. Era o começo da maior guerra que o mundo veria em toda a sua era recente.

Diante da ofensiva sobre a Europa, a Organização do Tratado do Atlântico Norte, a OTAN, iniciou sua mobilização imediatamente para conter a marcha da Armada da Rússia. Desejavam conter o ataque numa linha que ia de Bucareste a Varsóvia. Sabiam que Ucrânia, Letônia e Belarus não resistiriam ao ataque.

Estavam certos. Diante do poder da Armada da Rússia, muitas cidades se entregaram sem resistência. Belarus já apoiava Moscou há anos e, como Kiev sequer terminara de contar seus mortos quando a Rússia invadiu suas fronteiras, não demorou muito para que suas defesas também caíssem ao longo das primeiras semanas. Uma a uma, suas cidades foram sendo transformadas em bases militares russas no Leste Europeu.

A resposta da OTAN foi enérgica e rápida, mas as frentes eram muitas, como também eram muitos os russos. Nas primeiras semanas de resistência aos ataques ostensivos da OTAN, ficou claro que o poder de defesa da Rússia havia sido subestimado. Os Estados Unidos se empenhavam em todas as formas que sabiam fazer guerra para desestabilizar a marcha sobre o Leste Europeu, mas mesmo seus esforços eram percebidos com antecedência.

Após algumas semanas, o mundo se fragmentava tentando encontrar uma saída. Nações por todo o mundo tentando se posicionar. Tentando esforços de paz. Foi logo no começo que a organização que se tornaria a protagonista da guerra em si foi formada. A Aliança do Ocidente. Uma organização encabeçada por Estados Unidos, França e Itália, que contou com a adesão de quase todo o bloco europeu e muitas de suas ex-colônias. A Aliança do Ocidente seria o oráculo para o qual todas as nações deviam obediência, e seu abade, uma figura secreta, cuja identidade era conhecida apenas pelos líderes das nações que a formavam, se tornaria ao longo dos anos o grande condutor do mundo ocidental. Foi durante sua fundação que se desenhou o que ficou conhecido como a Linha de Roma, em uma referência ao meridiano que cruza a cidade. Uma barreira de defesa que impediria que a guerra avançasse para além desta linha.

Foi uma decisão estranha, deixar de fora o Leste Europeu. Mas razão não foi um recurso utilizado com frequência no começo da guerra.

A Linha de Roma. A Aliança do Ocidente. Equívocos que derramaram sobre os anos seguintes um mar de consequências. Quando a linha foi desenhada, o mundo assistiu ao maior êxodo humano de sua história. Antes que a Armada da Rússia pudesse transpor os países soviéticos. Antes que o mundo pudesse pensar numa saída, milhões de pessoas deixaram o Leste Europeu em direção à França, Espanha e Reino Unido. As fronteiras estavam abertas ainda porque eram um bloco, a União Europeia.

Mesmo se estivessem fechadas, a horda de refugiados era tão grande que nenhuma cerca ou fronteira poderia contê-la.

Foi também no começo que o mundo árabe e, de alguma forma, todo o mundo islâmico se posicionaram contra o Ocidente. Seu primeiro ato foi apenas apoio aos russos. "Se houver uma Aliança do Ocidente, o Oriente irá se unir também", alguns líderes diziam. No fundo, estavam também apenas aterrorizados pela ofensiva russa contra o mundo. Não teve a adesão da imensa Ásia, de seu sudeste. Diante do impasse do mundo, a China permanecia em silêncio, mas a cada dia mais fechada em si mesma. Alguns achavam melhor. Tinham medo de que se unisse a Moscou, ampliando o seu poder. Outros achavam errado seu silêncio. Opiniões rachavam nações, mas os gritos eram inúteis. A guerra seguia seu curso sem considerar nada. Nem mesmo os apelos de suporte à Rússia alcançavam seu destino e propósito. Moscou não estava em busca de apoio ou suporte, ou mesmo aliados. Todos eram ignorados pelo poder silencioso que comandava a guerra do lado russo, pois ele não confiava em ninguém.

Os meses avançaram sem trégua e, com eles, a guerra atingiu a Polônia, a Moldávia, e a Romênia. Suas cidades já estavam esvaziadas. Seu poder militar quase sempre era vencido em poucas horas. A essa altura, os conflitos coletavam poucos mortos. Os russos não pareciam ter interesse em eliminar as pessoas nas cidades que invadiam. Pareciam apenas querer passar. Tomavam a cidade e imediatamente criavam nela um novo governo local. Os cidadãos que restavam, que não se converteram em refugiados abrigados para além da Linha de Roma, eram convocados a participar desta nova gestão intervencionista. Cooperavam, quase sempre. Os que não cooperavam eram mortos sem muita cerimônia. Não eram muitos.

Depois de quase um ano, o mundo havia mudado. O efeito da guerra na economia global foi catastrófico, levando milhões de empresas à falência e bilhões de pessoas à miséria. Um efeito com o qual a Aliança do Ocidente parecia não se preocupar tanto e para o qual as medidas tomadas nos anos posteriores deixariam o mundo perplexo.

Foi ao longo deste segundo ano da guerra que a última bomba nuclear foi lançada. Parecia inimaginável que a própria Aliança do Ocidente atacaria um estado europeu. Mas a razão estava além do alcance, borrada pela cegueira e pelo silêncio. Bloqueada pelo orgulho do Ocidente, que acreditou por séculos que não podia ser intimidado. Era um titã que se acreditava invencível, que não podia sequer ser desafiado e que tão rápido se via ruindo.

Em outubro de 2026, após quinze meses de conflitos por todo o Leste Europeu, os russos tomaram Budapeste pela primeira vez e, com ela, a Hungria. Era um troféu. Foi neste momento que o Reino Unido decidiu agir de forma mais aguda no conflito, mas ainda de forma diplomática. Já era um tempo em que a diplomacia não tinha lugar. As Nações

Unidas não tinham mais voz. O comando do mundo estava nas mãos da Aliança do Ocidente, e eles estavam furiosos e perdendo.

Neste mesmo mês de outubro, de alguma forma que a História não registrou ainda, o Reino Unido conseguiu levar até Moscou uma delegação de diplomatas e um emissário da Coroa Britânica. Um príncipe da linha do trono. Era uma manobra arriscada. Arriscada para suas vidas. Desde o início da guerra, ninguém entrava na Rússia ou tão pouco chegava a Moscou. Mas sua chegada foi compartilhada via redes sociais com o mundo. Fotos na porta do Kremlin. "Como isso aconteceu?", o mundo se perguntava. A Aliança se enraiveceu com esse movimento independente do governo britânico. Não acreditavam que o único estado europeu que não fazia parte do bloco, da União Europeia, fosse o emissário correto para negociar a paz em nome do Ocidente. Mas não havia mais nada a se fazer. Apenas esperar.

E o mundo esperou. Aflito. Paralisado. A comissão desapareceu por duas semanas depois de entrarem pelos portões do Kremlin.

Embora sem resposta desta iniciativa, os territórios e cidades onde havia confronto cessaram fogo por esse período. Nem russos nem a Aliança produziram ataques nestas duas semanas. A paz surgiu como uma possibilidade nos veículos da mídia. Levou esperança às pessoas assoladas pela guerra em toda a Europa.

Seu resultado, entretanto, foi imprevisível. Imagens da comissão foram divulgadas nas portas do Palácio de Buckingham. Estavam de volta. Estavam vivos. Parecia um milagre. Da mesma forma fantasmática que haviam surgido nas portas de Moscou, surgiram em Londres novamente. No final deste dia, para a surpresa do mundo, o governo britânico anunciou a retirada do seu apoio à Aliança do Ocidente, atacando seus ideais e a forma como a Aliança do Ocidente havia abandonado esforços diplomáticos e bloqueado a atuação das Nações Unidas. Além disso, acusaram o governo americano de ser responsável não apenas pela guerra em curso, mas pelos atentados ao embaixador da Rússia em Israel e pelo atentado ao presidente russo. Ao final, declararam apoio à Rússia e convidaram as demais nações do mundo para conversar.

"Como isso aconteceu?", o mundo se questionava novamente, perplexo, em redes sociais e na avalanche da imprensa.

Era uma pergunta importante. Saltava nas conversas. "O que eles viram?" "A Rússia não era o inimigo, afinal?" Todo o planeta parecia questionar a mesma coisa. Mais uma vez, a credibilidade da Coroa Britânica e a curiosidade pelos seus integrantes haviam assaltado o coração das pessoas. A decisão levantou dúvidas sobre a forma como a Aliança do Ocidente conduzia a defesa contra a Armada da Rússia. Sobretudo suas decisões. A Linha de Roma. O peso de derrotas em cidades como Budapeste.

Os quadros da guerra, com suas cenas de horror e de esperança, de destruição e de glória e medo, estremecem as fronteiras da realidade e, de tempos em tempos, como uma geleira perenal assaltada pelo calor de ondas de desespero, a imaginação se desfaz de suas bordas e entrega ao mar da vida cenas que antes só poderiam ser encontradas no mundo imaginário do cinema e da literatura. Histórias a que a fantasia guardava o monopólio e que orgulhosamente as batizava de ficções de repente são flagradas invadindo a vida das pessoas. O que se viu nos dias posteriores foi um destes momentos. Na manhã do dia seguinte, os Estados Unidos declararam guerra ao Reino Unido. Não era uma iniciativa da Aliança do Ocidente e, em razão disso, não necessitava passar pelo conselho que se estabeleceu em Madri para assuntos diplomáticos da Aliança do Ocidente. Washington decidiu sozinho, como fez tantas vezes em sua história.

Os Estados Unidos não tolerariam uma traição deste tamanho em sua teia de aliados. Antes mesmo que o governo britânico pudesse se manifestar, a força aérea americana já iniciou ataques aos centros de inteligência e defesa das principais cidades do Reino Unido. E, ao final daquele dia, que acabou sendo batizado de O Último Chá, uma bomba atômica explodiu no centro do Hyde Park, varrendo do mapa a prefeitura de Londres, o Palácio de Buckingham, o Palácio de Westminster e todos os prédios em volta do parque. Seus efeitos secundários atravessaram Londres de ponta a ponta.

Milhares de pessoas morreram naquele dia e, com elas, toda a Família Real e dezenas de membros do governo britânico.

Foi um equívoco. Um destes que ninguém seria capaz de perdoar. E ninguém o fez. Um erro que só as guerras mais irracionais conseguiam promover. A reação negativa foi planetária. Protestos estouraram pelo mundo contra a liderança dos Estados Unidos na guerra. No dia seguinte, um trabalho das Nações Unidas foi iniciado e teve seu ápice ao final do mês em uma reunião em Barcelona, onde o mundo acordou punir os Estados Unidos ao final da guerra, retirar imediatamente a sua liderança da Aliança do Ocidente, entregando esse poder à França, e, o que parecia impossível, banir a utilização de armas nucleares no mundo. A decisão foi acolhida pelos Estados Unidos. Até mesmo o povo americano se rebelara contra seu governo, em uma onda de pedidos de impeachment do presidente, que, eventualmente, recuou e renunciou ao mandato. Era o fim de seu poder e, além, das mãos americanas no manche global.

  O apoio de Londres a Moscou. O Acordo de Barcelona. O Último Chá. A morte da Rainha. A queda dos Estados Unidos. A ascensão francesa. Outubro de 2026. Um mês que jamais seria esquecido pela humanidade, que apagou séculos da História e destruiu a vida de milhões de pessoas. Que cerrou em seus dias qualquer esperança de um acordo de paz num futuro próximo e que deu novo norte ao destino do mundo.

  Depois da bomba que destruiu quase tudo em Londres e, pressionados pelos ataques às suas bases militares, a ostensiva que a França continuou para não permitir uma investida vinda de dentro do continente europeu, protagonizada pelo Reino Unido, o que restou do governo britânico se entregou.

  Depois de Londres, a guerra assumiu outro ritmo. Ficou lenta. Se consolidou nas fronteiras da Linha de Roma. Começou a se arrastar para sobreviver a si mesma. Alimentada pela sua própria exaustão. Foi aplacada pelos efeitos dela mesma. Colapso econômico global. Crises humanitárias em cidades que receberam milhões de refugiados. Desesperança das nações. Violência. Crime. Fome. Os efeitos da guerra sobre cidades como Paris pareciam piores do que a guerra em si. Seus efeitos se tornaram uma guerra dentro de outra. Atentados terroristas domésticos consumiam cidades como Nova York, Madri e Roma. Resistências locais armadas. Isolamentos políticos. Recessão. Miséria. Pairava sobre o mundo, mesmo em países que não se envolveram na guerra, uma dor coletiva nunca sentida, feita de desesperança, sem perdão para si mesma, uma depressão sem cura, forjada na tristeza e no luto. Um sentimento de desamparo ante o horizonte escuro que se formava, no qual não se via nada nem ninguém que pudesse apontar um caminho para um acordo de paz.

  Londres se tornou uma cidade-fantasma. O Reino Unido se esvaziou. Sua população teve que fugir dos efeitos da repressão da Aliança do Ocidente. Se abrigaram nas cidades da Europa ou fugiram para outras nações do Ocidente do mundo. Por fim, a ilha se tornou um imenso deserto onde apenas as forças armadas da Aliança, que fizeram ali suas bases militares para proteger o norte da Europa dos ataques russos, e organizações consideradas criminosas, que no fundo eram apenas miseráveis que não tinham para onde ir, transitavam.

  Paris se tornou a cidade mais populosa da Europa. Saltou de onze milhões de habitantes para trinta milhões. Era impossível sobreviver a esse salto. A essa crise. Mas, lentamente, o mundo foi se acomodando em suas novas dimensões. Lidando com o conflito que estacionou no Leste Europeu. Vendo cidades como Viena caírem e serem reconquistadas. Cidades menores se entregando espontaneamente. Assistindo como a guerra ia lentamente mudando o mundo. Lidando com o surgimento de novos conflitos. De novas organizações criminosas. De grupos de resistência dentro das cidades da própria Aliança do Ocidente.

Uma catástrofe que se arrastou por três décadas e que promoveu dentro dela um dos maiores genocídios a que o mundo já assistira.

--- *** ---

Quatro anos antes da Rússia declarar seu perdão ao Ocidente, encerrando a guerra e mantendo para si os territórios europeus que havia conquistado, Stockholm chegou em Paris. No final da primavera de 2051. Ele tinha onze anos.

A guerra corria pelos campos e fronteiras ao leste. O caos dominava a França. Jane queria se esconder, suplicava até mesmo que partissem para os países americanos. Achava que deviam desaparecer. Stockholm sentia que havia algo em Paris que Jane temia mais do que a Fortaleza de Saint-Michel, mas, por mais afeto e respeito que lhe rendesse ou mesmo gratidão por tudo que ela havia feito para libertá-lo, ele tinha outros planos, muitos outros, e ele não saberia dizer à época que se instalaram em Paris, mas liberdade não era um deles.

Depois de três meses escondido, ele iniciou sua própria guerra contra a Aliança do Ocidente. Uma cruzada que só faria sentido aos que conheciam seus motivos. Aos que colaboraram com sua criação. Aos que carregavam essa culpa.

No começo do inverno de 2051, Stockholm começou a localizar e eliminar cada um de seus tutores. Cego de raiva, frio como o próprio inverno e sedento por vingança. Nas profundezas de todos esses sentimentos, sangrava seu coração partido, no luto implacável do primeiro amor.

Jane não concordava com nada que fazia. Era contra sua cruzada, sua vingança. Compreendia sua dor, mas tinha medo de que se perdesse dela e de si mesmo. Sobretudo, temia que morresse. Dava sinais de que escondia algo. Stockholm percebia, mas já não queria saber. Estava louco de ódio e com o coração ferido. Com algum tempo, já não falavam mais sobre isso. Só tinham um ao outro e falar colocaria isso em perigo.

Mas o silêncio também tinha sua força. Tinha efeitos. Também pesava. Não se sustentaria, os dois sabiam.

Mesmo com os esforços de ambos, o silêncio durou apenas um ano. Até a noite em que ele matou o bispo de Barcelona, um de seus tutores mais severos nos anos que esteve em Saint-Michel. Jane estava na sala. Esperava aflitamente toda vez que o via sair carregando nas mãos sua máscara negra. Sabia o que ele faria, mas já não argumentava mais.

A chuva estava intensa naquela noite. Cobria Paris com raios e relâmpagos. Trovoadas se misturavam ao barulho da Praça da Bastilha, ao som das ruas. Sirenes. Gritos. Motores. Freios. No apartamento, o silêncio da espera foi interrompido apenas pela chegada abrupta de Stockholm, encharcado pela tormenta que varria as ruas.

Jane estava sentada numa poltrona. Não diria nada. Ele sabia.

Parou em pé no meio da sala. Encarou Jane com seus olhos verdes imensos. Estava diferente. "Não está satisfeito com o que fez? Será possível que algo deu errado?", Jane pensou rápido, começando a dar atenção para sua crise.

Stockholm não falava.

Por fim, começou a chorar. Lágrimas quentes, guardadas, que lutavam para cair sobre a pele molhada pela chuva.

— O que aconteceu? — Jane perguntou em um misto de preocupação e reprovação.

— Por que você não pode simplesmente me dizer a verdade?!!! — ele berrou em desespero, cobrindo o rosto em seguida.

— O que aconteceu? Que verdade, Alef? — Jane se esquivou.

— Por que, Jane? Por quê? Por quê? — falou, caindo de joelhos no tapete.

Jane esquivava o olhar. Prometeu para si mesma que jamais lhe contaria a verdade. No fundo, não poderia. Era um voto. Precisava ser forte. Mas isso estava os separando a cada dia, a cada minuto. A verdade que escondia apenas porque o amava demais. Apenas porque queria protegê-lo. A verdade que cobria suas culpas e que poderia lhe ceifar a própria vida no instante que fosse dita em voz alta.

— Essa noite — Stockholm falou, tentando se recompor —, eu matei o último cardeal que colaborou com meu cativeiro. O sétimo. Pablo Alderón... O velho Paco, como ele gostava que eu o chamasse em nossas aulas. Sete... Sete ratos. E cada um deles, Marcos, Benedito, Otávio... Cada um deles, antes de morrer, me falou algo que no começo achei que era apenas uma maldição de padres, desesperados ao perceberem que iriam morrer... Mas não, não. Insistiam como se tivessem combinado. Em cada súplica a mesma coisa, a mesma súplica e a mesma ofensa. Como uma praga que rogavam sobre mim, um após o outro. Um após o outro.

"*Aberração.*"
"*Você é uma aberração, Alef.*"
"*Maldito seja, aberração da natureza.*"
"*Você é um monstro, Alef.*"
"*Filho das trevas, nunca devíamos ter permitido que vivesse, aberração.*"

— Foram apenas algumas de suas últimas palavras — Stockholm seguiu seu relato. — "Do que eles estão falando?", eu pensei. O que eu sou, afinal? O que eles estão escondendo?

Jane sabia de tudo. Desviava o olhar e lutava por dentro. Não podia se entregar.

— Você sabe o que é... — Stockholm disse, se rendendo ao chão e ao choro. — Mas não me conta. E isso está matando a gente...

— Não há nada errado com você, Alef — Jane falou, engasgando-se. — A única coisa errada em sua história é essa cruzada, essa vingança sem sentido que envenena seu coração.

Stockholm não se convencia. Com a pele molhada pelas lágrimas encostada no tapete, sem forças, podia ver os pés de Jane no extremo do tapete.

— Quem sou eu, Jane? — ele perguntou e sua voz foi abafada por trovões.

— Você é um milagre! — ela respondeu, tentando escapar.

— Quem sou eu, Jane? — Stockholm perguntou novamente, se rendendo à raiva.

— Você é um milagre. O milagre de um amor que se recusava a morrer. Que ninguém conseguia destruir. Você é o futuro... — Jane falou, emocionada, no canto da sala escura. Estava rouca e emotiva. Cobriu o rosto com as mãos. Não poderia dizer mais nada. Começou a chorar.

Stockholm se entregou ao choro também, mas seu coração subitamente se encheu de uma raiva descontrolada e, antes que pudesse protestar a resposta que não significava nada, um relâmpago e um trovão invadiram as janelas.

Saiu pela porta da sala como o relâmpago que entrou pela janela, indo às ruas. Se entregou à tormenta fria. Foi parar no meio da Praça da Bastilha, aos pés da Colonne de Juillet, e gritou para os céus em tormenta. Ficou ali sentado, chorando, por tudo, pela guerra, por sua infância maldita em Saint-Michel, pela mentira que sua vida fora até ali, mas sobretudo por não poder mais confiar em Jane. Sua mãe. Sua amiga. Aquela que o salvou do cativeiro. Adormeceu na chuva fina, no frio das ruas que desembocavam na praça, sob o olhar do anjo dourado, Le Génie de la Liberté. Não tinha medo. Sabia que os outros é que deveriam temê-lo.

Quando finalmente voltou ao apartamento, Jane já não estava mais lá. Não levou quase nada. "Nunca precisava de muita coisa", Stockholm pensou, desolado.

A única pista que deixara foi uma foto. Era ele na foto. Um bebê pálido, de olhos verdes, no fundo branco. Rindo discretamente. No verso, escrito à mão: *Você é Stockholm Saint Peter*.

Ele sabia que ele não era.

Seu nome era Alef.

"Quem é Stockholm Saint Peter?", pensou, confuso. "O que isso significa, Jane?"

Sem resposta. Ela tinha sumido.

Nunca se sentiu tão sozinho e nunca mais encontrou Jane.

DEZESSEIS

Chicago
18 de fevereiro de 2063

 Lisa entrou aflita pela porta que dava acesso ao sótão da casa dos Moore. Zachary, Andrea e Morgan já estavam aguardando sua chegada. Mark chegou logo em seguida. Era mais um domingo de frio que se abria sem sol sobre a cidade de Chicago. Uma opaca luz matutina atingia as ruas, pairando sobre o ar frio da noite, sem vencer a camada fina de gelo que a madrugada depositara sobre os gramados, casas e carros.
 O sótão da família Moore era o refúgio onde seus crimes cibernéticos foram praticados até serem presos e forçados a se tornarem agentes da AII. Foi ali que começaram tudo e era apenas ali que se sentiam à vontade para compartilhar seus segredos sem medo. Havia no sótão um arsenal de computadores e aparelhos dos mais diversos. Um tesouro que só não foi encontrado e confiscado graças à astúcia de Lisa, que escondeu tudo em um contêiner secreto na cidade, para só então iniciarem a invasão ao sistema do Departamento de Defesa que culminou na prisão de todos. Para a invasão, usaram os computadores da universidade.
 Lisa contou muito rapidamente para todos as descobertas que fez no dia anterior. Explicou sobre as mentiras do diretor Lewis e como Helena era mais do que uma assistente de elevador e das máquinas do café.
 — O que faremos? — indagou Mark, ainda meio perplexo com a armadilha em que se meteram.

— Faremos nosso trabalho — Lisa acentuou. — Vamos encontrá-lo, e vamos encontrá-lo primeiro. Sem a Agência. Nós precisamos chegar nele primeiro. Isso é muito importante.

— Você está louca, Lisa — Zachary se indignou. — Ele é um criminoso procurado por dezenas de assassinatos. Não podemos confrontá-lo. Você ouviu o que o diretor disse? Ele provavelmente nos encontrará primeiro.

— Acalme-se, Zach — Morgan pediu, tentando acompanhar o plano de Lisa. — O que faremos quando encontrá-lo, Lisa? Se o encontrarmos sem que a AII perceba.

— Vamos protegê-lo. Ele é nossa única chance de sairmos deste acordo — Lisa argumentou, se levantando da cadeira.

— Vamos entregá-lo para o Lewis em troca de nossa liberdade? — Andrea perguntou, tentando entender a jogada de Lisa.

— Não, claro que não! — Lisa interpelou. — Eles vão matá-lo. E se conhecemos nosso governo, ele provavelmente é inocente. Eu quero saber o que ele sabe. Porque o que ele sabe é tão grave que a Agência está tentando matá-lo há mais de uma década. O que ele sabe, seus segredos, está fazendo os cargos mais altos deste governo mentirem entre eles e para seus times e sabotarem sistemas do próprio Departamento de Defesa para poder colocar as mãos nele sem que as vias do governo percebam. Não querem apenas matá-lo. Precisam que ele morra sem deixar rastros. Que seja extraoficial. O que ele sabe, muito mais do que o que ele já fez, é o que ele vale. E é por isso que vamos encontrá-lo primeiro.

— Mas, Lisa — Morgan acompanhava seu raciocínio, atento e preocupado. Sabia que nenhum deles tinha sua ousadia —, ele é um assassino procurado no mundo todo. Como vamos fazer ele falar com a gente? Seu plano é muito perigoso.

— Morgan, ele é muito mais do que um assassino. A Agência não teria tanto trabalho com um criminoso, um assassino qualquer. A própria Agência é cheia deles, gente como o agente Stone. De onde acha que Stone veio? Não, Morgan. Preste atenção. Ele é parte da história. E é parte de alguma história. Parte da guerra. Status X... Tudo nele é um enigma. A verdade sobre ele é muito mais complicada do que nosso diretor fez parecer e agora que nossas novas credenciais nos dão mais acesso do que eles imaginam...

— O que quer dizer? — Mark interrogou.

— *Opération Bereshit*, meninos. Vocês não vão acreditar no que era essa operação — Lisa falou, preparando-os para sua história, e seguiu narrando os detalhes do treinamento das crianças no norte da França.

Contou sobre a rotina alucinante das crianças. O propósito de torná-las assassinos letais à serviço da guerra. Soldados invisíveis, inocentes. Falou de suas mortes em seus quartos. Contou como ninguém se importava com elas e concluiu:

— Alef não estava apenas perseguindo líderes da Aliança e personalidades como o Papa, suas vítimas todas estão listadas como tutores do programa do qual ele fez parte. Ele estava se vingando deles. E a Agência sabe disso. É mais uma das mentiras do nosso querido diretor que descobriram tudo tarde demais. Provavelmente sempre souberam.

— O que terão feito com ele para desencadear uma reação destas? — Zachary comentou, se entristecendo com tudo.

— Não consigo imaginar — Lisa respondeu, também sentindo a tristeza daquilo que havia narrado. Era difícil compreender como o próprio governo criara um programa como aquele.

— Devia ser o inferno, a Abadia de Saint-Michel — Morgan comentou.

— A frase que é seu código — Mark comentou, regressando de seus pensamentos — por certo é algo que eles sabem. Algo que eles falavam em Saint-Michel. Para que eles soubessem por que estavam sendo assassinados. Que loucura.

— Ele escapou de lá aos onze anos — Lisa continuou — e sua atuação em Paris e por toda Europa, e nisso nosso diretor Lewis foi honesto, durou anos e foi intensa. Alef matou mais de cem pessoas até o final da guerra. Quando Moscou assinou o tratado de paz, ele desapareceu. Seus seguidores foram sendo presos ao longo dos anos, mas nem eles sabiam quem ele era. Era um fantasma.

— *Le fantôme!* — Morgan comentou. — *Le fantôme de Saint--Michel*. O fantasma de Saint-Michel. Claro! Um fantasma que estava perseguindo seus algozes. Que história!

— E vocês não vão acreditar quem é sua mãe... Ou melhor, a mulher que cuidava dele como se fosse sua mãe — Lisa se sentou e encarou os rapazes com uma tela de cristal na mão.

Ambos olharam estarrecidos para o rosto familiar que apareceu na tela.

— Puta que pariu... — Morgan exasperou, tapando a própria boca.

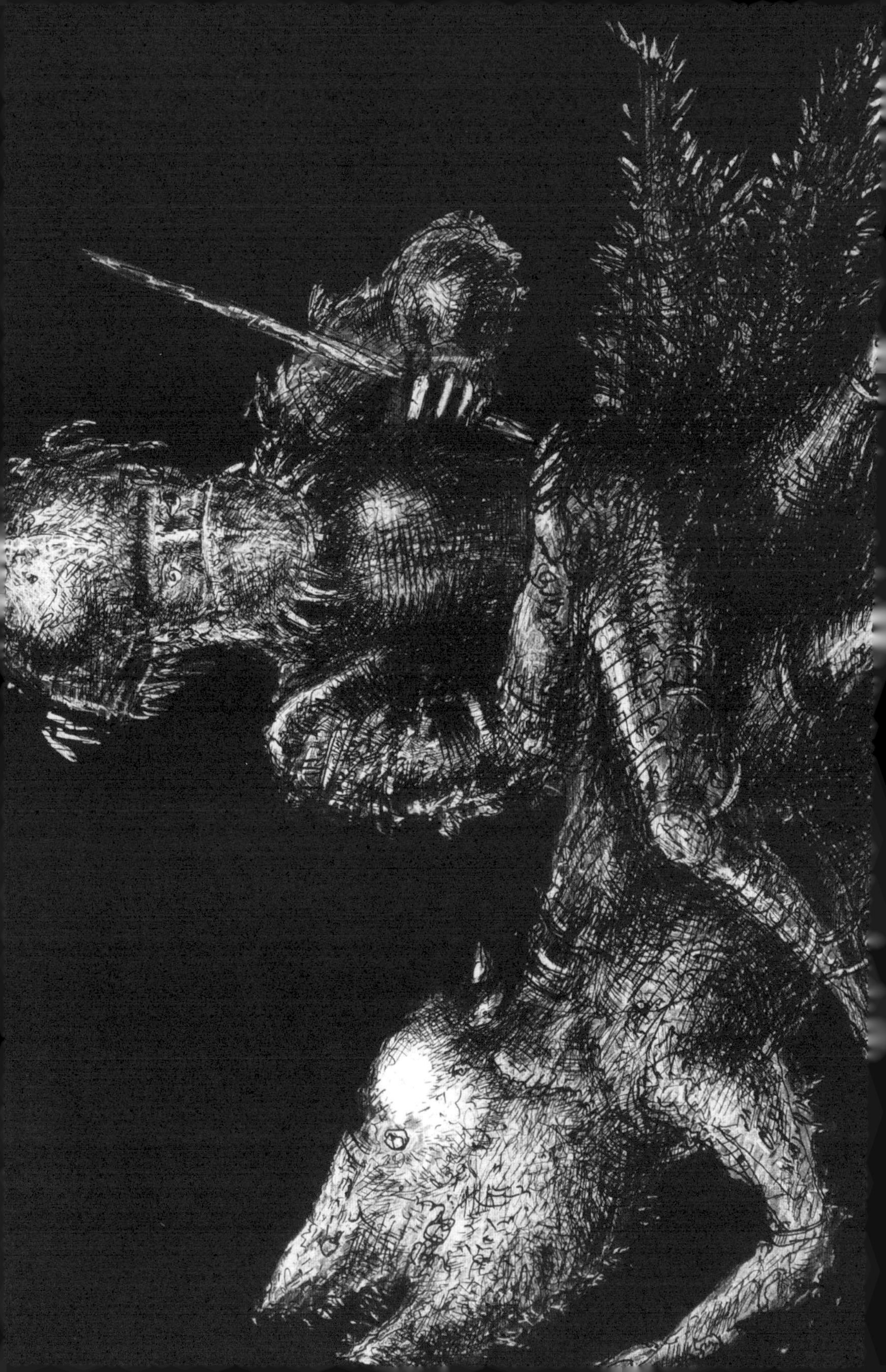

DEZESSETE

Nova York
19 de fevereiro de 2063

 Anna estava arrasada no chão da sala. Apoiava suas costas na base de uma poltrona, sentada no tapete entre os sofás, para onde ela, Stockholm e os vinhos migraram na madrugada. Sentia no peito a dor das perdas dele. Sentia as angústias dele. Sua empatia por Stockholm era completa. Anna quase não fazia perguntas ou interrompia sua história. Não queria deixar nada escapar.

 Sequer fez juízo dos crimes que ele cometera e da vingança pela qual se enveredou. Acreditava que aquela pessoa não existia mais. Que aquela pessoa que estava ali na sua frente era incapaz de cometer esses crimes. Sobretudo, achava que antes deles, antes de viver ao seu lado e ser amado por James, Stockholm nunca entendera o que era amor de verdade. Amor como o deles. Compreendeu rapidamente como Stockholm era mais uma vítima da guerra, como foram também seus amados Elisa e James Clayton, e, de alguma forma, infinitamente menor, também ela e James.

 Pensava, enquanto ouvia sua história, em como uma pessoa sem amor seria verdadeiramente incapaz de perdoar e em como o amava, mesmo com tudo aquilo.

 No fundo, estava errada em quase todas suas avaliações. Stockholm ainda era capaz de tudo aquilo. O soldado permanecia ali dentro, adormecido, latente. Anna acreditava que ele não queria mais ser aquele assassino que assombrou tantas vidas, e era verdade, mas muito antes, desde menino talvez, e mesmo ao longo dos treinamentos, já alimentava esse desejo de não sê-lo. Seu coração sempre fora um empecilho para as estratégias de Casanova, não porque era de alguma forma bom ou porque lhe faltasse a frieza que as demais crianças iam demonstrando, mas sobretudo porque queria ser amado. E tudo que fazia parecia perseguir esse propósito inconsciente. Anna também errava ao imaginar que ele só conhecera amor ali, ao seu lado. Conhecera o amor muito antes, e muito cedo, inocente e imenso. Devastador. Fora a morte de Thomas, seu primeiro amor, certamente, a semente que deu origem à sua vingança sangrenta. Não foi sua única razão, mas a fagulha que virou o incêndio, fogo voraz que consumiu uma centena de vidas.

— Depois que Jane me abandonou em Paris — Stockholm continuou —, a única coisa que me restou foi essa minha saga maldita. Uma mistura de vingança com justiça, com revolução. Paris abrigava dezenas de grupos paramilitares de resistência à Aliança do Ocidente. Era a capital do mundo. Era a voz do Ocidente... E eu era a arma mais letal que a guerra criara. Não foi difícil me identificar com aquilo. Abraçar suas causas. Nossos inimigos eram os mesmos. Eles me ajudaram a conseguir as informações que precisava. O mundo do crime é um circo. A casa dos desajustados.

Stockholm lembrou de repente como se sentia à vontade com aquelas pessoas. Artistas do crime. Assassinos. Soldados de uma guerra informal, feita na rua. Feita da resistência ao poder do estado, à injustiça.

— Não foi muito complicado fazê-los aceitar que eu usava uma máscara. "Fantasmas não têm rosto." Eles mesmo diziam. Gostavam daquilo. Antes que eu pudesse me dar conta, já havia uma legião de seguidores espalhando meu nome por Paris e, eventualmente, por toda a Europa. Durante o dia, trabalhava numa livraria de raridades onde ninguém nunca ia comprar nada. Era o negócio de um jovem excêntrico apaixonado por literatura e arte. Adolfo Parker-Meyer. Filho de judeus exilados de Israel. A livraria inútil era uma herança. Era o disfarce perfeito, porque eu amava ler e amava o silêncio da loja. Durante a noite, era um fantasma no submundo de Paris, andando nas sombras, ora com um lenço negro apenas, protegendo minha identidade, ora com uma máscara veneziana, assustadora, quando era a hora de matar alguém, e sempre, sempre, tanto de dia quanto de noite, com muitas armas na cintura.

— Você se tornou um Banksy do mundo do crime — Anna comentou, fazendo referência ao artista de rua anônimo que espalhou obras pelos muros de Bristol no começo do milênio e ninguém nunca conseguiu descobrir sua verdadeira identidade. Ambos amavam seu trabalho e James tinha fragmentos de seus muros em sua galeria. Alguns poucos que conseguiram salvar ao longo da guerra.

— Como ele, sim — Stockholm se envaideceu. Achou a referência um elogio. — Como Banksy. Mas minha arte era outra... E meu acervo foi muito maior que o de Banksy. Pelos anos que se seguiram, eu consegui encontrar quase todos os meus tutores. Um a um, fui entregando suas vidas à justiça celeste. Não é algo que me orgulho hoje, mas era tudo o que eu tinha. Era tudo que eu conhecia. Ódio e vingança.

Anna se sentiu aliviada com essa afirmação, de que não se orgulhava daquilo.

— Essa saga durou até o último dia da guerra. Na tarde em que Moscou assinou o tratado de paz, eu faria minha terceira tentativa de entregar aos céus seu representante mais célebre na terra. O Papa.

Surpresa com o que Stockholm acabara de revelar, Anna levou a mão à cabeça.

— Sim... — Stockholm continuou. — O Papa Saulo seria minha última vingança. A última alma. Eu precisava matá-lo. Saulo foi um dos homens mais cruéis que eu conheci em Saint-Michel. E ele parecia ter um horror particular por mim. Um ódio e uma violência que não despejava em nenhuma outra criança da Vila. Ele me odiava. Mas eu não o odiava. Não odiava ninguém. Não sabia que poderia ser tudo diferente. Que deveria ter sido diferente. Que tudo ali estava errado. Eu sabia que, em algum lugar, as outras crianças pelo mundo não eram tratadas daquela forma, mas aquela era minha vida. Aquela era minha casa, e essas pessoas eram a minha única família. Eu tive que aceitar isso. Para onde eu iria? Sabe, eu nunca realmente entendi por que Saulo me odiava tanto, mas quando a noite caiu sobre o Vaticano e nos vimos cara a cara no gramado dos jardins da residência papal, ele finalmente se entregou, finalmente deixou escapar algo de uma verdade que todos se uniram para esconder de mim. "Eu te darei asas", eu disse para que ele soubesse que estava pagando por seus pecados. E o que ele disse em seguida me deixou sem chão... E talvez por isso não tenha encerrado sua vida como havia planejado. Talvez tenha deixado ele viver apenas por isso.

Stockholm parou um instante para dar precisão ao que falaria em seguida e prosseguiu:

— Ele disse: "Alef, pare! Não faça isso. Você precisa saber da verdade, Alef... Antes que seja tarde e não reste ninguém mais para contá-la. Você é um milagre, Alef. O milagre de um amor que se recusava a morrer.

Que ninguém conseguia destruir. Você é o futuro. É o começo e o fim dos homens".

— Cala a boca! — Anna tapou a própria boca, em choque.

Stockholm se emocionou de repente.

— Como era possível, Anna? O que era aquilo? "O que tudo isso significa?", pensei diante dele. Minha cabeça virou uma tormenta de dúvidas. De repente, Jane invadiu minha mente. "Você é um milagre, Alef", ela também dissera aquilo cinco anos antes. "Por que continuavam dizendo isso? Milagre. Aberração", pensei sem saber o que fazer.

"Você deve encontrá-los, Alef. Seus pais. Você precisa encontrar seus pais e descobrir a verdade", o Papa Saulo falou, suplicando por sua própria vida, de joelhos no gramado dos Jardins do Vaticano.

— "Que verdade?", eu berrei com ele, e esse foi meu erro. Meu grito alertou a Guarda Suíça, a segurança pessoal do Papa, e, diante daquilo tudo, achei que seria um risco simplesmente matá-lo ali no gramado, se havia uma verdade que eu precisava saber. Ele poderia simplesmente me contar. Mas não seria naquele momento. Então recuei. Antes que a Guarda Suíça alcançasse os gramados, eu já tinha desaparecido nas sombras dos prédios do Museu Vaticano. Já havia me misturado sem máscara aos devotos da missa noturna da basílica que caminhavam tranquilos e comemoravam felizes o fim da guerra na Praça São Pedro.

Stockholm chorava diante de Anna, que acompanhava sua história com atenção, também emocionada. Anna estava impressionada com a complexidade da história do fugitivo que abrigara em sua vida.

— Aquela foi a última vez que usei aquela máscara. Eu tinha dezesseis anos. A última vez que fui o Fantasma de Saint-Michel. Abandonei aquela vingança enlouquecida e decidi naquele momento que descobrir aquela verdade seria minha nova missão. Talvez a última. Havia algo sobre meu passado que eu precisava saber. Não poderia continuar sem isso. Precisava da verdade. E eu passei anos em busca dela. Quatro anos. Até que ela me encontrou. Até que a verdade me encontrou, desavisado, numa tarde de dezembro de 2059.

Stockholm sentiu subir um calafrio pelo braço e lhe tomar as costas, correndo pela sua nuca. O mesmo calafrio que sentira quando seu chefe e amigo Adolfo Parker-Meyer começou a folhear o arquivo raro que tinha adquirido para sua coleção pessoal sobre sua mesa.

— O fim da guerra dificultou imensamente a minha busca. Todos tentavam esconder tudo. Arquivos de toda natureza eram queimados. Ninguém queria ser relacionado aos horrores que os anos logo após a guerra revelaram ao mundo. Campos de concentração, crimes de guerra. Corrupção. Tudo precisava ser apagado de alguma forma. Parecia a única forma de seguir em frente. Esquecer. Mas era exatamente o que eu não queria que fizessem. Esquecer o que fizeram. "A verdade estaria ali, naqueles arquivos queimados?", pensava. E mais: "Que verdade?". O que, afinal, eu estava buscando?

Parou um momento, olhando a janela, resgatando as memórias daquele dia que mudou tudo. Anna aguardava pacientemente.

— Nada. Não encontrava nada invadindo os poucos bancos de dados da Aliança, quando não eram impenetráveis. Também eles alcançaram o patamar de fantasmas — continuou de repente. — Nada sobre mim. Nada sobre Saint-Michel ou sobre Casanova. Nada sobre Jane. Meus pais. Aqueles que eu tinha que encontrar. Minha única opção se tornou rapidamente aquilo que havia prometido à Jane que jamais faria. Regressar à minha origem. Invadir a fortaleza da Abadia de Saint-Michel.

Anna acompanhava sua história com tanta atenção que nem se dera conta de que era manhã. O domingo avançara sobre a segunda-feira e insistia, frio e nublado, em acentuar o ar de inverno que parecia não perder forças.

— Me consumi por meses estudando meu antigo lar, com o pouco de informação que encontrei — Stockholm continuou — e, para minha surpresa, o fim da guerra aparentemente não encerrara as atividades daquele lugar. Suas defesas eram intransponíveis, como eu sabia que seriam. E tudo era tão confidencial que não havia hacker em Paris que pudesse acessar seus arquivos. Com o tempo, percebi que invadir aquele lugar por terra seria impossível. Quilômetros antes da costa onde a Abadia de Saint-Michel se erguia, já começavam as dezenas de estruturas da fortaleza. Os campos de concentração de Beauvoir. Os laboratórios. Galpões que não acabavam no horizonte. "Guardando o quê?", eu costumava me perguntar. Fábricas, torres. Chaminés. Fornalhas. Fumaça carregada de químicos. Os ventos do oceano não venciam o cheiro de suas cinzas.

Stockholm experimentava uma sensação rara naquele momento, no tapete ao lado de Anna. O estranho sentimento de confiar em alguém. Se sentiu inseguro um momento, mas já tinha ido longe demais. No fundo, tinha medo de não ser mais amado por eles. Que a verdade mudasse tudo.

— Depois de uns meses e algumas visitas à região de Saint-Michel e muitas pesquisas, decidi que a única forma de invadir a fortaleza e me aproximar da abadia, da vila onde as crianças eram treinadas, de entrar nesta casa do meu passado de horrores, seria pelo mar. A construção medieval fazia suas apostas num elemento sobre o qual eu sempre tive alguma vantagem. A água gelada do Canal da Mancha. O frio gélido do oceano. Na faixa que separava a ilha da costa, o lamaçal fazia seu papel, tragando pessoas para suas profundezas há séculos. Areia movediça, a velocidade da maré imprevisível. Defesas naturais que funcionaram por um milênio protegendo a abadia de invasores. Mas na face virada para o canal, o mar gelado fazia seus protestos, colidindo com as rochas da ilha. Espumando a encosta.

    Stockholm parou um instante. Podia lembrar daquilo como se tivesse vivido na noite anterior. O cheiro da brisa salgada levantada pelas ondas que estouravam nas pedras. O frio. Achava estranho que aquele lugar tenha sido seu lar durante tanto tempo. Causava uma enorme tristeza que tivesse sido feliz ali.

    — Eu estava pronto. Preparado para tudo. Mas, por força do destino, nunca aconteceu. Eu nunca precisei retornar a Saint-Michel. Reviver aquilo. Estava tudo certo, uma invasão como nunca havia planejado. Então, no último dia daquela semana, uma sexta-feira, na véspera da minha partida para o norte da França, a encomenda que Adolfo aguardava há semanas chegou. Um acervo fotográfico da guerra comprado no mercado negro. Quase não prestei atenção àquilo. Estava obcecado pelo meu plano. Adolfo observava cada foto com carinho e atenção. Era importante para ele a sobrevivência daquelas informações. Eram provas. Sua existência era um segredo. Eu acompanhava aquilo como se fosse de alguma forma surpresa para mim... Fotos de pessoas em campos de concentração. Nus. Despidos de suas identidades. Objetos humanos. Restos de vidas mutilados em laboratórios. Experiências que todos sabíamos que tinham acontecido, mas que de alguma forma evaporaram em fogueiras. Desapareceram com suas vítimas. Adolfo se emocionava, folheava arquivos, relatórios, fotos. Eram milhares de registros. O arquivo inteiro era o trabalho de um único fotógrafo. Havia morrido logo depois da guerra nos arredores de Madri, mas de alguma forma conseguira fazer escapar os registros do trabalho que fazia nos campos de concentração.

    — "Que tipo de trabalho era esse, fotógrafo de horrores?", eu pensava. Mas aquilo não podia ter mais minha atenção. Estava de alguma forma esmagando meu coração. Me deixando sem ar. E quando achei que não queria ver mais nada, Adolfo abriu outra pasta e minha foto estava na primeira folha. Ele não sabia, claro. Tampouco percebeu minha reação de espanto. Ou talvez tenha achado que eu estivesse emocionado ao perceber que também faziam experiências com crianças. Mas a foto era minha. A mesma que carregava no bolso quando vocês me salvaram. A foto que Jane me deixara há quase dez anos. Sorrindo sozinho e tímido no fundo branco. "*Opération Bereshit*", ele leu no topo de uma ficha. "Alef", leu em outro campo do papel. "Nascimento: C.C. Beauvoir." "Abadia de Saint-Michel", continuou lendo. "Veronica. Michael. David. Andrea. Lucas", ele seguiu lendo nas próximas páginas do arquivo. Eu lembrava de cada um deles. Sempre os considerei meus irmãos. Aquilo era insuportável. "Thomas", ele disse finalmente, levantando a foto do acanhado alemão que fora meu primeiro amor. Foi um tiro no coração. Thomas. Minha memória não fazia jus à leveza de seus traços. À sua beleza.

Stockholm teve que parar um momento, emocionado. Anna compreendia. Aguardava. No fundo, ela tentava manter o controle de suas emoções, por força de hábitos executivos.

— Era mais informação do que eu jamais conseguiria obter invadindo Saint-Michel. Quando ele finalmente terminou, pediu que eu guardasse tudo. Pedi para analisar melhor. Dar uma segunda olhada. Adolfo não fez objeções. Levei tudo ao escritório da livraria. Passaria a noite ali, já sabia. Poderia passar a noite olhando a foto de Thomas. Mas foi ao lado do meu nome, na ficha com informações como peso e altura, cor dos olhos e tom da pele, que a informação que eu buscava estava escrita.

Pais:
Taylor Smith
Arthur Johansson

— E logo depois de seus nomes... — Stockholm falou, concluindo.

Origens:
Taylor Smith, Saint Peters, Pensilvânia, Estados Unidos da América
Arthur Johansson, Stockholm, Suécia

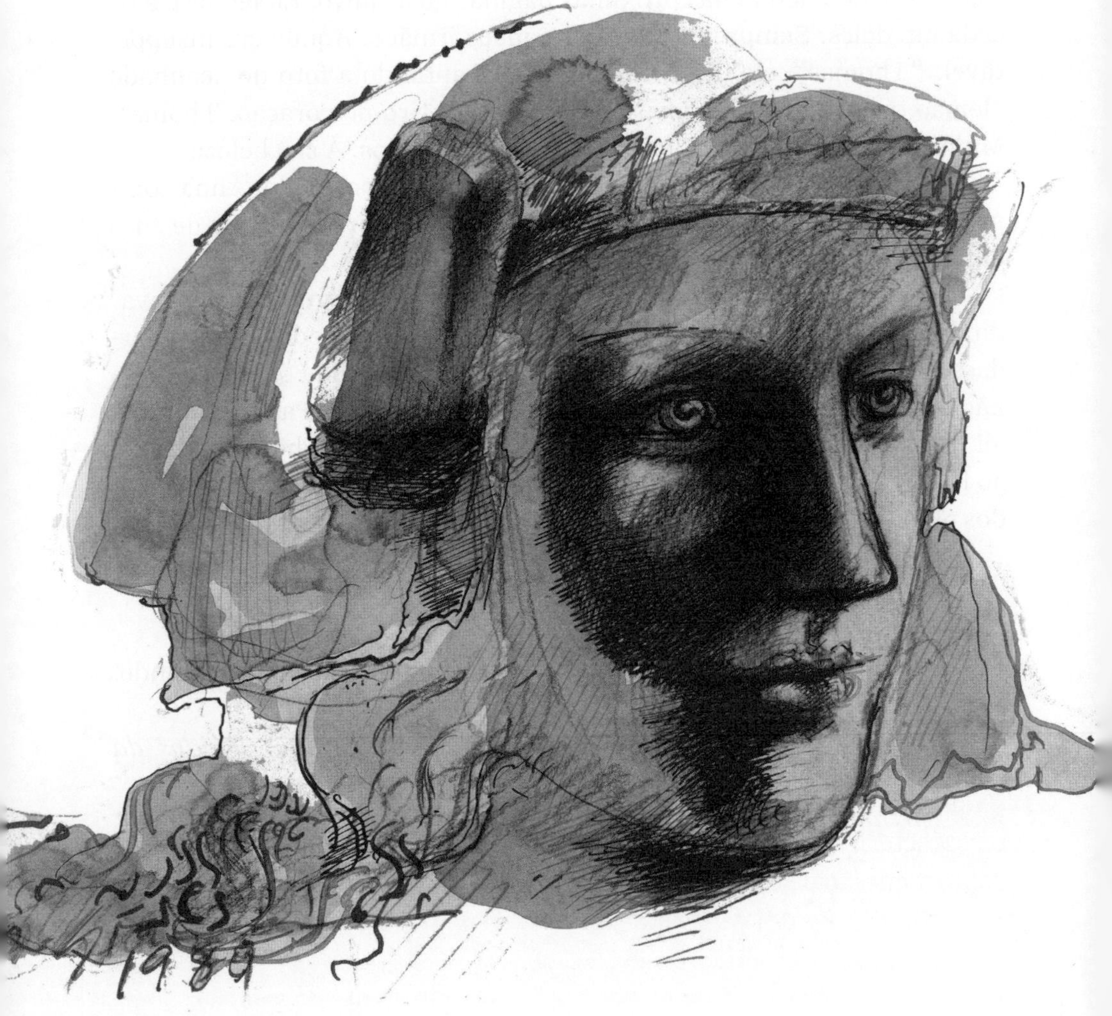
1989

DEZOITO

Chicago
18 de fevereiro de 2063

    O sótão da família Moore estava mergulhado naquele mesmo passado, os porões da Abadia de Saint-Michel, ao passo que ali também dissecavam a vida de todos que cruzaram o pedágio da Internacional 95 na entrada da Filadélfia na noite de 16 de fevereiro de 2060.
    Zachary e Andrea iam plotando rostos e fazendo cruzamentos para poder chegar numa lista menor, investigável. Eram centenas de pessoas. O trabalho era gigante e lento.
    O domingo iria longe. Um trabalho que se estenderia pelas noites daquela semana. Durante o dia na Agência, fingiam a má vontade que os caracterizava e, à noite, no sótão dos irmãos Moore, se debruçavam sobre a missão de encontrar o cúmplice de seu fugitivo.
    Stone não era da área de tecnologia e quase não cooperava com o trabalho maçante e difícil de investigar a vida das pessoas e mapear suas histórias. Preferia estudar os perfis sozinho num canto da sala, à medida que o time ia construindo dossiês incompletos e malfeitos. Os reais dossiês estavam sendo feitos em casa. E esses eram impecáveis.
    Aproveitavam o tempo dentro da Agência estudando arquivos sigilosos da *Opération Bereshit*. Seus relatórios, seus resultados. Sobretudo os de Stockholm. Liam seus relatos científicos e relatórios sobre sua saúde, em dados misturados com conquistas militares. Testes absurdos

como resistência a eletrochoque. Afogamento. Fome. Sede. A resistência física das crianças era testada a extremos desumanos.

Lisa achava que precisava compreender melhor seu fugitivo, mas não compreendia por que uma base militar contava com tantos cientistas. "O que acontecia ali?", se perguntava enquanto passava pelas fichas do time de Saint-Michel. E mais assombroso, não compreendia por que uma base militar contava com tantos padres, bispos e cardeais. Por que o Vaticano estava tão envolvido naquilo. "O que vocês estavam fazendo ali?", se perguntava, distraída, em sua mesa com a foto do falecido Papa Saulo, à época apenas um cardeal, em suas mãos.

DEZENOVE

Castelo Chillon, Montreux-Veytaux, Suíça
8 de fevereiro de 2063

Casanova batia seus dedos em espera na bancada de pedra da cozinha do castelo. Seu olhar se perdia pelas janelas, não para as águas turquesas do Lago Léman, mas para o passado. Para a água turva do Canal da Mancha.

Esforçava-se para ficar ali de pé, apoiado pela força do braço. Suspenso para a frente, em direção às vidraças, para aliviar o peso sobre as pernas. Seus dedos batendo duro na pedra eram o único som que era ouvido na cozinha. Uma melodia que só foi interrompida pelo assobio da chaleira de ferro, que começava a dar sinais de que a água fervia em seu interior.

Fez um esforço se apoiando na perna esquerda, que era saudável, e foi tirar a chaleira do fogo.

Lançou as ervas na água, flores de camomila e uma mistura de folhas de mate, e aguardou a infusão. O entardecer já dava seus sinais, colorindo de rubro o céu, pincelando a água do lago com tons de matiz e fagulhas douradas. A penumbra ia acentuando o azul do horizonte, escurecendo seu manto para o surgimento de outros orbes.

Casanova não conseguia enxergar a beleza daquilo. Não se importava. Bebia o chá como se não estivesse ali. No fundo, não estava.

Seus pensamentos ainda estavam na Abadia de Saint-Michel. Ainda estavam naquele último dia de maio de 2051. Na noite que perdeu seu precioso pupilo.

Mesmo ali no silêncio de seu castelo, ele ainda podia ouvir o eco de seus passos, andando em direção ao interior da abadia, ao local de oração de seus primeiros moradores, uma capela adjacente ao grande salão, austera, encravada numa das laterais do edifício. Não havia nada. Os mesmos bancos usados pelas irmãs e pelos monges antes delas margeavam a parede de pedra e os arcos nas duas laterais da pequena capela. Ao fundo, a luz entrava por duas grandes janelas verticais que margeavam a imensa cruz de madeira no centro da parede, onde o Cristo repousava, pálido como no dia de seu calvário.

Casanova se sentou ali para rezar, porque era a única coisa que poderia fazer, e suas preces consumiram horas daquela madrugada. Repassava os dias buscando explicações para aquela traição de Stockholm. Revisitava os anos. Esteve com ele quase todos os dias de sua vida. "Onde o perdi?", se indagava, confuso ainda com o fracasso de sua primeira missão. Não aceitava que no fundo talvez não o conhecesse. Que nunca conseguira enxergá-lo realmente, quão cego se fez para os traços que causavam preocupação em todos à sua volta. Como ignorara os comentários sobre suas gentilezas, sobre suas preocupações com as outras crianças. Como ele estava cada dia mais atento ao que acontecia à sua volta e às pessoas. Como ele pôde se apaixonar por um outro menino, bem debaixo do seu nariz. Casanova conduzia sua criação completamente cego a esses comentários de seus tutores e aos momentos testemunhados por ele mesmo, em que esses traços que Casanova considerava fraquezas em qualquer pessoa emergiam sem esforço nas ações de Stockholm. Seguia fascinado com suas conquistas físicas. Com sua resistência. Com a sua força descomunal, absurda para sua idade. Sua agilidade. Olhava seus olhos verdes e via neles apenas a arma letal que Stockholm ia se tornando. O milagre que acreditava que Stockholm era. O primeiro de todos que seriam como ele.

Queria acreditar que aquele fracasso se enraizaria em outra história. Na traição de uma terceira pessoa. "Jane, claro", pensava. "A única que se importava com ele." Queria lhe atribuir a culpa inteira por aquilo. Mas Thomas era a prova de que perdera o controle sobre Stockholm. De que ele era capaz de amar. Algo que ninguém jamais lhe ensinou.

De repente, lembrou de algo que Thomas comentou antes de morrer. Havia sido espancado por soldados da Aliança antes que Casanova chegasse para a execução. Seu rosto de menino já estava coberto de sangue e hematomas dos ferimentos causados pelos golpes. "Nos amamos e minha morte não vai mudar isso", Thomas disse, entregando o corpo ao chão, Casanova se lembrou de repente.

"Nos amamos", Casanova lembrava, indignado. "Como poderiam saber que se amavam?", pensava sem compreender o que Thomas realmente quis dizer.

Casanova finalmente foi encontrado por um de seus agentes daquela missão, ali sentado no banco de madeira da capela. Parecia calmo e sereno, fazendo suas orações como sempre, e mesmo assim causava medo.

— Senhor? — o agente chamou, tentando ser discreto.

Aguardou em silêncio. Casanova ignorou sua chegada e seu chamado. Não queria interromper uma oração, mas não poderia esperar a noite inteira. Tentou novamente.

— Senhor?

Casanova apenas abriu seus olhos, regressando de suas reflexões amargas, e tomou conhecimento da chegada do agente. Não disse nada e, como não disse, o agente continuou.

— Senhor. A aeronave ficou invisível por conta de um recurso manual em seu painel, acionado pelo piloto, que desliga sua localização. Perdemos sua posição pouco antes de entrar no Canal da Mancha, indo ao sul.

— Claro — Casanova concordou. Ele mesmo ensinara aquele recurso de seus helicópteros para Stockholm.

— A missão em Londres foi finalizada e nossa inteligência acredita que, se é Alef mesmo o piloto do helicóptero, ele não estava sozinho. Encontramos pegadas de uma sexta pessoa em toda a cena do ataque.

— Sim. De uma mulher — Casanova assentiu, parecendo já conhecer o relatório que estava recebendo.

— Sim, senhor, de uma mulher — o agente continuou. — Acham também que ele deve fugir para Paris. Há apenas uma hora, uma torre de vigilância de Paris percebeu uma aeronave sem identificação, como são as nossas, em seus radares. Tentou comunicação, mas logo em seguida perdeu contato. Uma equipe de agentes está se mobilizando nos arredores de Paris para encontrá-lo. Apenas esperam seu...

— Aborte, agente — Casanova interrompeu. — Traga seus agentes de volta. Jamais vamos encontrá-lo. Ele é invisível. Nós o ensinamos a ser assim e ele se tornou melhor nisso do que jamais o ensinamos.

— Mas, senhor, podemos tentar acessar as câmeras de Paris...

— Ele nos encontrará antes, agente. Não precisamos encontrá-lo. Ele é melhor do que nós todos juntos. Paris é a cidade mais criminosa do mundo. Suas câmeras de segurança foram destruídas há uma década pelas guerrilhas. Não, agente. Nunca vamos encontrá-lo e ele vai afundar esse helicóptero no Sena se for preciso para que não possamos seguir seus passos.

Casanova parecia ter conhecimento dos pensamentos de Stockholm, tamanha a precisão de seu diagnóstico.

O agente, todavia, não parecia convencido.

— Sei que não compreende o que estou dizendo — Casanova continuou, insensível. — E é por isso que ele é tão importante. Ele já teria compreendido.

O agente não entendeu a ofensa elaborada por Casanova à sua inteligência. Decidiu seguir em frente:

— O que deseja fazer então, senhor?

— Encontrem-na. Jane. Ela é a nossa única esperança.

— Sim, senhor — o agente confirmou o comando e se retirou.

"Ela é a única que pode quebrar nosso voto. A única que pode nos destruir", Casanova pensou, novamente sozinho na capela. "Jane, a única em que posso confiar agora. A única que pode me salvar", pensou, regressando às suas preces.

O silêncio da noite foi quebrado pela vibração de seu celular no banco de madeira. A chamada vinha de Chicago. Sobre ela, uma segunda ligação fazia vibrar o aparelho. Essa vinha do Vaticano.

"Começou... Dai-me forças, Pai", pensou antes de escolher uma das chamadas e atender o telefone.

— Santo Padre, boa noite.

VINTE

Nova York
19 de fevereiro de 2063

    Finalmente, a exaustão venceu as forças de Anna e Stockholm. Dormiram ali mesmo, nos tapetes e almofadas da sala. Nem perceberam quando as cenas do passado do qual falavam viraram sonho. Não notaram quando as palavras e frases deste relato tão pesado viraram pensamentos. Quando o sono triunfou sobre seus espíritos.

    Também não perceberam que James não retornara pela manhã, quando ainda estavam acordados, como havia prometido. Mas veriam em seus celulares quando acordassem que James os avisara que passaria alguns dias fora, em Pitsburgo, no sudoeste da Pensilvânia, envolvido em uma série de aquisições de obras de arte e exposições de artistas que apoiava. Regressaria na quinta-feira à Nova York, se seus planos dessem certo.

    Era o tempo para pensarem juntos o que fariam dali para frente. Ambos acharam que teriam aquele tempo.

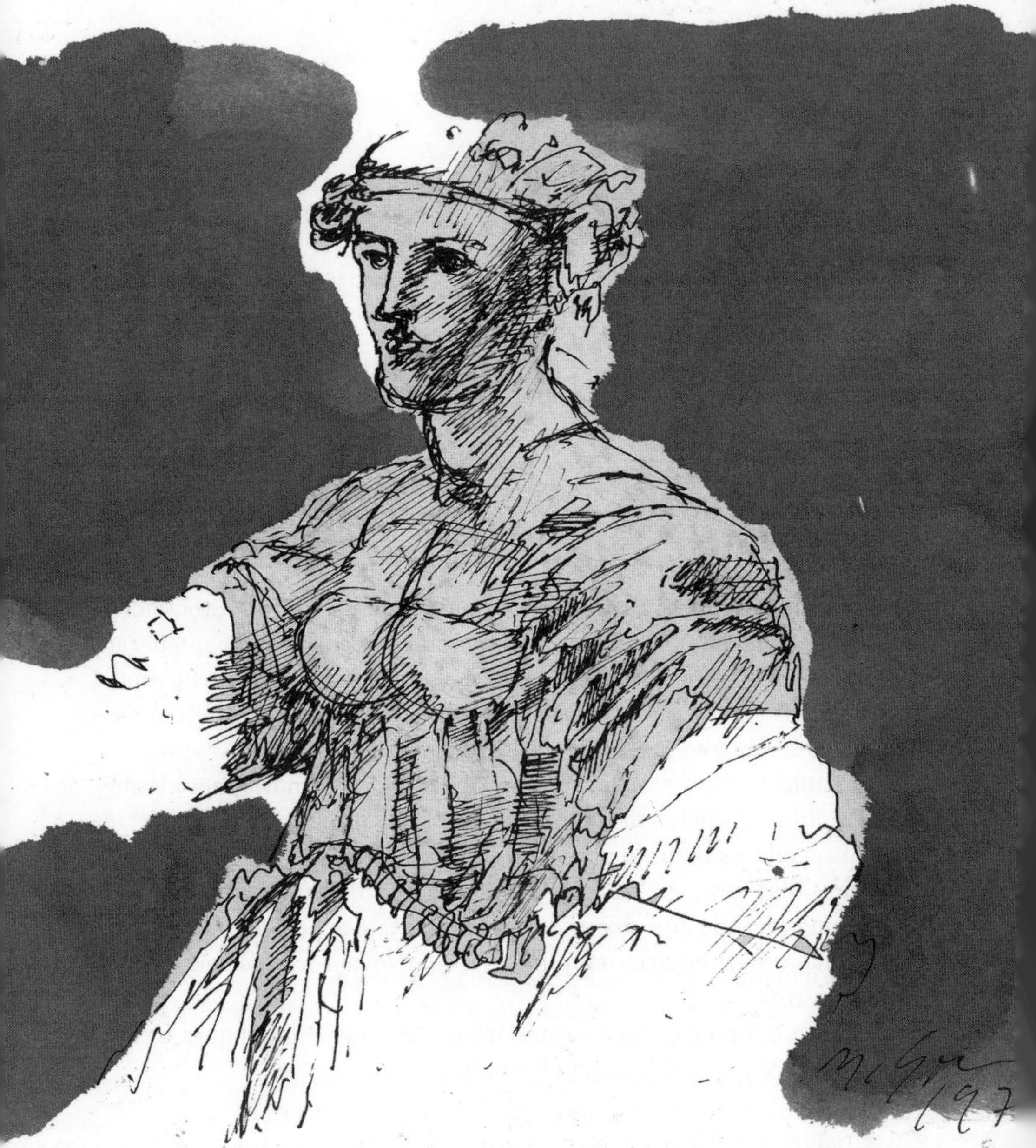

VINTE E UM

Paris
Maio de 2052

Jane sabia que não poderia suportar aquilo por muito mais tempo. Precisava partir. Abandonar Stockholm era a única forma de preservar seu segredo. De manter seu voto.

Momentos depois da partida de Stockholm para a rua tomada pela chuva, Jane deixou o apartamento da Praça da Bastilha que os abrigara por todo aquele ano e que abrigaria Stockholm pelos próximos oito anos.

Abandonou-o na esperança de salvá-lo de si mesmo. Do passado que ele desconhecia. A verdade sobre ele que o fazia ser tão especial e que revelaria ao mesmo tempo os muitos erros que ela havia cometido. Pecados para os quais julgava impossível qualquer forma de misericórdia, divina e dos homens, ou mesmo perdão e, além, alguma estrada que a levasse a algum tipo de regeneração ou redenção.

Jane deixou Paris na manhã seguinte em direção a Londres. Raspou seus cabelos. Mudou sua forma de se vestir adotando o uso de uma túnica marrom, como os monges franciscanos. Era um disfarce, mas combinava profundamente com a jornada que iria iniciar.

Deixou a França em um comboio de miseráveis que iam tentar a vida no abandonado Reino Unido e foi recebida em Londres pelo único em que confiaria pelos próximos anos. O homem que a auxiliara no resgate de seu filho e que se tornaria seu parceiro, seu amor, pelos anos seguintes. Joseph Lamás.

Juntos, eles dariam continuidade ao trabalho de Lamás em Londres. Se não podia salvar Stockholm, que considerava o filho que nunca teve, salvaria outras crianças de terem seu fim. De serem sequestradas pela Aliança do Ocidente. De serem levadas para Saint-Michel. Os órfãos de Londres seriam seus filhos agora.

O trabalho não era bem-visto pelas autoridades, mas não havia muitas investidas dos estados contra a casa que abrigava as crianças. No fundo, precisavam que alguém fizesse aquele trabalho. Recolher crianças órfãs e miseráveis das ruas antes que morressem. Antes que constrangessem ainda mais os estados responsáveis pelo descaso com os miseráveis.

Jane alterou completamente sua vida. Não poderia ser relacionada com a mulher que sequestrara o pupilo de Antônio Casanova. Precisava desaparecer, mesmo estando diante dos olhos das pessoas. Seus anos em Saint-Michel e com Stockholm lhe ensinaram muito mais do que, em sua timidez, ela mesma supunha. Cuidar daqueles órfãos era um novo propósito que precisava de uma nova história. De um novo nome. De um novo rosto. De um outro passado.

Anos antes de Saint-Michel, já havia tido contato com a teatralidade dos criminosos de Paris. Seu drama. Suas máscaras. Aprendeu com eles e com Stockholm como se esconder, como ser invisível. Há anos havia compreendido, dolorosamente, como identidade era a única coisa que se tinha e como ninguém a tinha verdadeiramente, pois todas eram imensas construções humanas, palco, figurino e luz sobre a carcaça do teatro que era viver.

Tornou-se rapidamente um personagem. Um título que se tornaria famoso em todo o mundo europeu dali a alguns anos. A Mãe de Londres.

Jane mudou seu nome para Elizabeth, como a última rainha do Reino Unido, e se deixou consumir por aquele trabalho enfadonho por anos. Sentia, estranhamente, que Jane não existia mais e, em alguns momentos, mesmo exausta, se sentia feliz.

Foi sobretudo porque ninguém queria fazer aquele trabalho que sua missão tão discreta chamou atenção apenas no Natal de 2059. Depois de sete anos de completa dedicação às centenas de crianças abandonadas que protegia nos prédios abandonados nas proximidades da Catedral de Southwark.

A guerra já havia terminado há quatro anos, e quatro anos eram também o tempo que o Papa Saulo liderava a Santa Fé. Eleito pelo concílio pouco antes do fim da guerra, após a esperada morte do pontífice anterior, cujo papado cobriu os trinta anos da guerra, o Papa Benedictus.

O mundo ainda estava tentando se reconstruir. Se reconectar com o futuro que nunca chegou. Se refazer dos atrasos, das pausas, dos bloqueios. E assim também agia o Vaticano. Era preciso recuperar a fé das pessoas. Mostrar para o mundo que a paz era um presente de Deus. Que o fim da guerra era um milagre.

Uma missão que via no trabalho da Mãe de Londres, como em muitos similares em Paris, Madri, São Paulo e por todo canto do mundo, um instrumento de propagação de si mesma. Uma jogada da Igreja para se apropriar do trabalho de quem estivesse fazendo algo pelo mundo, sem agendas ou segundas intenções, por altruísmo.

Saulo desejava esquecer tudo que presenciara durante a guerra sob o comando do Papa Benedictus. Desejava limpar sua consciência dos erros que cometera. Queria apagar de seu passado aquelas falhas, sobretudo as cometidas em Saint-Michel. Um desejo que se acentuava ainda mais agora que ele próprio se tornara Papa. Sabia, entretanto, que era impossível. Que, ainda que tentasse, o passado dificilmente se deixaria esquecer.

A visita do Papa à região devastada da Catedral de Southwark e ao abrigo das crianças da Mãe de Londres foi amplamente antecipada pela imprensa. Um esforço do Vaticano em se fazer presente na vida das pessoas e em reconquistar seus fiéis. De seu lado, o Papa seguia seu plano, aparentemente alheio quanto à real identidade da benfeitora cuja imagem e trabalhos ele tentava explorar.

Jane seguia imperturbável com aquele circo. No fundo, sabia que não poderia se esconder para sempre. Mas queria acreditar que Saulo teria bom senso. Que pensaria nas crianças. Jane sempre buscava ver um frame de luz nas ações das pessoas e em seus corações. Incapaz de se direcionar a mesma misericórdia ou perdão, acreditava, entretanto, na redenção dos outros. Desejava em suas preces que o Papa, cuja visita era inevitável e Lamás jamais compreenderia se ela recusasse a audiência, teria misericórdia ao encontrá-la. Que fingiria, caso a reconhecesse. Que seguiria seu caminho.

Rezava por isso todos os dias, porque, acima de tudo, sentia que seria reconhecida. Temia por esse encontro, imaginando como as consequências de seus atos, o rapto de Stockholm naquela mesma catedral que lhe abrigara há tantos anos, teriam atingido os planos de Saulo para si mesmo em Saint-Michel. Mas deixava-se levar por sua fé, tentando se acalmar, pesando o quão longe ele chegara, apesar de Saint-Michel e de tudo que fizeram.

Era essa calma o sentimento que tinha no peito quando a comitiva do Vaticano se aproximou dos arredores da catedral. Câmeras registravam a correria tímida das crianças. Maltrapilhas, mas alegres como crianças o são diante de visitas. Curiosas.

Jane o avistou de longe. Não o via há dez anos. Saulo, um dos sete cardeais tutores de Stockholm. "Não mudou muito", Jane pensou, observando como Saulo não envelhecera quase nada. "A boa vida que levam", concluiu com amargura e crítica em seus pensamentos, mas não queria se deixar levar pelo julgamento.

Já ela estava completamente diferente. Sua idade aparentava muito mais que seus sessenta anos. Estava careca e magra. Quase sempre coberta de sujeira da vida com as crianças, com hortas, com galinhas. Quase sempre exausta. Trazia em si, daquele passado onde Saulo a conhecera, apenas o brilho firme e amável de seus olhos azuis, escuros como o entardecer. Por fora, em tudo mais, era outra pessoa.

— Elizabeth! A Mãe de Londres! — o Papa Saulo a saudou, se aproximando das escadarias da catedral onde ela o aguardava rodeada de crianças, como uma santa repousada no altar da igreja. — Elizabeth! Cheia de graça! O Senhor é convosco! Bendita sois vós entre as mulheres — Saulo completou sua saudação com um fragmento da passagem bíblica de Maria em sua visita à casa de sua prima, Isabel, a mãe de João Batista.

Jane apenas fez uma reverência com a cabeça e estendeu a mão, entregando os dedos finos ao ar, como uma divindade diante de devotos, para que o Papa a tocasse. Saulo não hesitou, avançando e lhe tomando as mãos em expressão de admiração.

Deram as mãos por um momento, diante de câmeras que transmitiam aquilo para o mundo todo, e se puseram a andar pelas estruturas do abrigo. Percorreram os leitos, as hortas. As oficinas. Algumas salas onde se improvisavam aulas de voluntários do mundo todo. Não havia muito o que ver. O trabalho não tinha apoio de ninguém. Avançava com a boa vontade de Jane e Joseph Lamás e doações angariadas por campanhas virtuais. Nada era suficiente e, por mais que fizessem, pareciam sempre estar apenas sobrevivendo.

A devoção das crianças e de qualquer voluntário era evidente. Jane conquistara seus corações e sua obediência.

Ao final da tarde, se sentaram nas ruínas da catedral para ouvir um fragmento da Bíblia, lido pelo pontífice em voz alta e comentado com as crianças animadamente. Era a parábola do Bom Samaritano. Jane torceu o rosto, julgando-o hipócrita. Tentava ignorar o quanto achava que Saulo estava longe de ser um exemplo de misericórdia. Tentando esquecer o horror que sua presença evocava, não apenas por ele, mas por si mesma.

A tarde ia dando seus sinais e, com ela, chegara também o momento que provara à Jane como ela estava enganada sobre Saulo. Sobre sua reforma. Como algumas pessoas nunca mudam. Que tal como ela mesma, cujo exterior se transformara completamente, o interior reclamaria séculos para promover tais reformas. Despidos de seus corpos, eram ambos as mesmas pessoas, com suas almas enraizadas na escuridão de seus erros.

Ele tomou a mão dela nas suas. Olhou-a profundamente nos olhos, sentados nos degraus do que restara do altar da catedral, e sorriu, falando baixinho com sua voz rouca da idade avançada:

— Você está fazendo um trabalho maravilhoso aqui, Jane — Saulo falou, seguro e falso, revelando não apenas que a reconhecera, como também que não havia esquecido o que ela fizera em Saint-Michel. — Como o que fez um dia pelo nosso querido Albert, não é verdade? — e sorriu para as câmeras, afetado.

Ambos se levantaram para uma saudação final às câmeras e um calafrio percorreu sua pele. Estava exposta. Achou que não sentiria medo, mas sentia. Mas, pela primeira vez naqueles anos todos, sentiu a dor esmagadora da injustiça cometida por eles contra o menino que considerava seu filho. Pela primeira vez, compreendeu por que ele os odiava tanto. Porque ele estava os matando um por um. Como não havia para eles arrependimento ou perdão. Bebeu aquele cinismo de Saulo como fel, amargo e quente, e engoliu. Se deixou possuir por aquele sentimento. Se deixou corromper por aquela mesma raiva que dominava Stockholm e que, por tanto tempo, ela não compreendia a força que exercia sobre os seus sentidos, sobre as emoções e, além, sobre suas ações.

Quando o Papa Saulo finalmente regressou seu olhar artificial para Jane, sem que pudesse esboçar reação qualquer, sentiu a dor dilacerante de sua carne sendo perfurada por um punhal. Jane lhe cravara uma adaga no peito, ainda segurando suas mãos. Foi rápida e certeira, abandonando dentro dele a lâmina afiada. Seu corpo mole e abalado pelo golpe tombou para cima dela. Estavam tão emaranhados que suas respirações se misturavam. Por fim, tombou na escadaria com as costas nos degraus. Segurava o punhal dentro do peito sem saber o que fazer, perdendo a consciência.

Jane tombou ao seu lado diante das câmeras. O sangue escorria pelas vestes brancas do Papa.

— Eu nunca vou perdoá-lo, Saulo. Nem mesmo Deus lhe perdoará — Jane falou antes de desmaiar ao seu lado nas escadas.

Saulo encarava com olhos vidrados o arco de escombros do teto da catedral, morto.

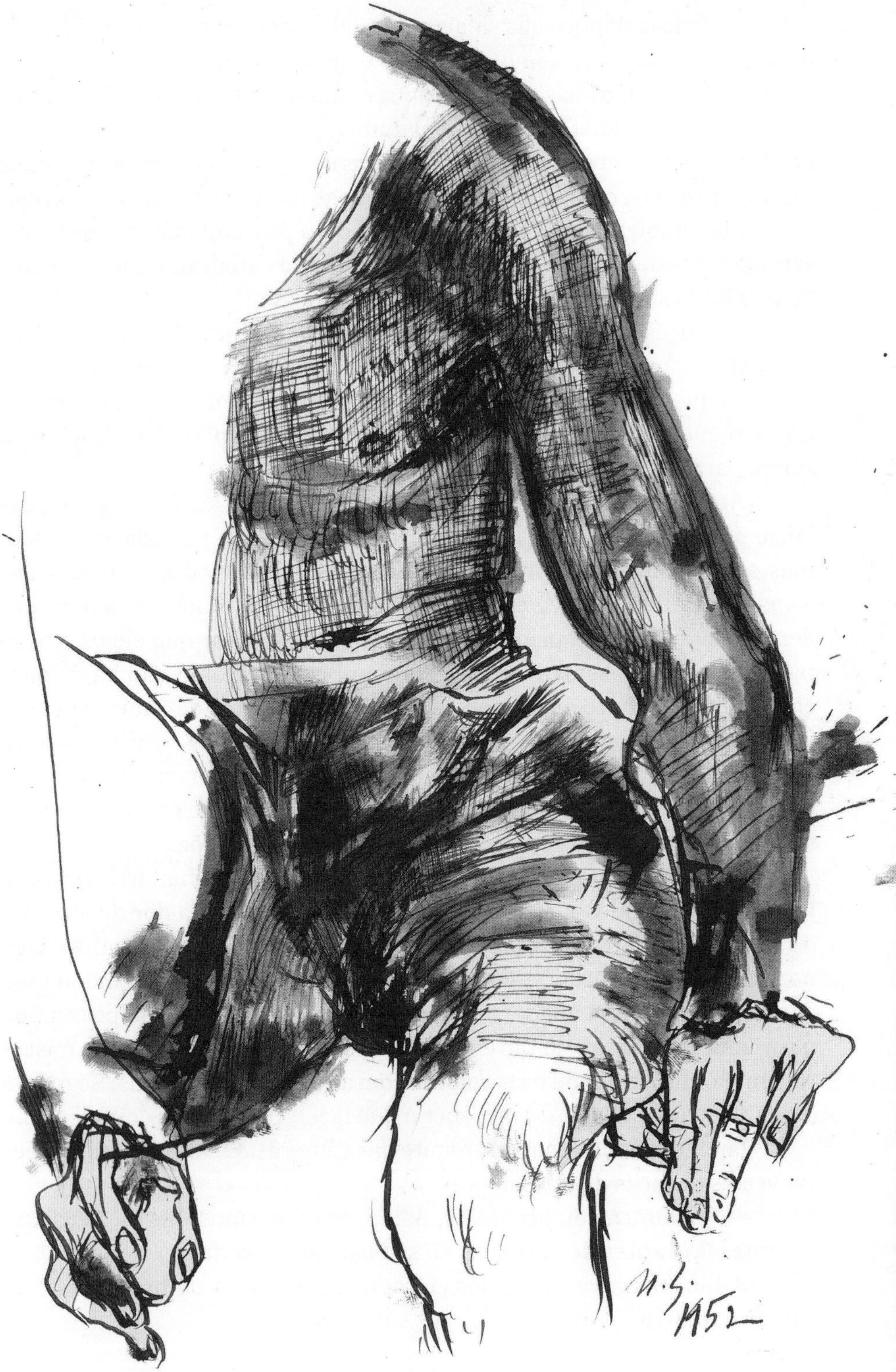
1952

VINTE E DOIS

Nova York
19 de fevereiro de 2063

Anna e Stockholm cruzaram o dia dormindo, invadiram a tarde e só foram despertar, amontoados no tapete, no final da tarde daquela segunda-feira.

Decidiram que precisavam de um banho para continuar aquela conversa e combinaram tomar café juntos dali a uma hora.

— Talvez fora do apartamento, eu preciso de um ar — Anna propôs.

— Eu sinto muito, Anna — Stockholm sussurrou enquanto caminhavam pelo corredor.

— Não sinta. Nós vamos vencer isso juntos. Nós três. Só precisamos de um tempo para pensar.

— Como poderei contar tudo isso para o James? Como poderei fazer isso com ele? — Stockholm ia sentindo o peso de seus segredos ganharem volume a cada lembrança que trazia à tona, a cada minuto.

— Você vai. Vamos encontrar um jeito. E ele vai te aceitar. Vai te entender. Como eu entendo. Porque ele te ama mais do que a ele mesmo.

— Às vezes acho que deveria apenas ir embora. Desaparecer. Para não precisar fazê-los passar por isso.

— Não fale besteiras. Estamos nisso juntos. Você é nosso crime, não se esqueça. Já estamos implicados nisso — Anna empurrou Stockholm contra a parede, com seu olhar grave e determinado. — Não se atreva a fugir disso. Você tem fugido durante sua vida inteira. Agora, *hoy*, é hora de enfrentar isso.

— Não sei se tenho forças — Stockholm se rendia à sua tristeza mais uma vez.

— Nós temos juntos. Você não está mais sozinho — Anna frisou com seu jeito duro. — E recomponha-se. Tome um banho. Nós não terminamos isso ainda, não é verdade?

— Sim. Não terminamos — Stockholm concordou, acuado, passando a mão no peito sobre a cicatriz deixada pela bala que atravessara seu corpo há três anos.

— Eu quero saber o que aconteceu naquela ponte na noite em que te encontramos — Anna falou, se afastando para seus aposentos, deixando Stockholm na companhia de seus pensamentos.

─────────── *** ───────────

A neve dava uma trégua, deixando a luz pálida do entardecer correr as ruas por um momento. O frio não se rendia tão facilmente. Suas rajadas surpreendiam pedestres pelas ruas de Nova York e acentuavam as placas de gelo no chão, feitas de neve pisada, que iam fazendo armadilhas a cada esquina.

O inverno estava sendo o mais forte do século. Alguns dias pareciam noites, tão grandes eram a escuridão e o volume de neve que caía sobre a cidade.

Anna caminhava desviando das pessoas com Stockholm logo atrás. A região onde moravam era bastante agitada. Ficara assim com a chegada em massa de refugiados europeus. Antes disso, o Upper East Side de Manhattan pertencia apenas às famílias como os Clayton. Americanos, de forma geral, endinheirados por décadas, alguns até mesmo por séculos. Famílias tradicionais, agarradas aos seus conservadorismos. Depois da guerra, se tornou uma grande Torre de Babel.

Aproximaram-se da Columbus Circle pela Central Park West. A praça ainda estava coberta de neve. Nem mesmo o imenso monumento em homenagem a Cristóvão Colombo, um obelisco gigante de granito com uma estátua em mármore do navegador italiano em cima, e o colossal globo terrestre com linhas de navegação correndo sua circunferência, todo feito em aço, do Edifício Trump escaparam à camada de gelo. O inverno pintara tudo de branco. Segunda-feira era um dia agitado em Nova York, e a praça, que era uma interseção da Broadway com as vias

Central Park West, Central Park South e Oitava Avenida, estava tomada de veículos e pessoas.

Anna e Stockholm entraram num shopping antigo que havia ali, o Time Warner Center, num dos lados da praça. Anna amava um antigo café de Bruxelas que instalara uma franquia naquela galeria, o Le Pain Quotidien. Stockholm deduziu sem perguntar que era ali que iriam conversar e já planejava seu chocolate quente enquanto admirava a paisagem de inverno pelas vidraças imensas do shopping. Ali de dentro do shopping, protegido do frio, achava que o rigoroso inverno tinha sua beleza. Sua imponência. Impunha respeito e temor a qualquer um que enfrentasse seus perigosos encantos.

Sentaram-se e retomaram a história de onde haviam parado ao final da madrugada daquele dia, vencidos pelo sono. Pediram seus cafés, croissants e o chocolate quente e Stockholm narrou para Anna como foi parar com uma bala no peito no fundo do Rio Delaware.

***

"Arthur Johansson... Que nome lindo", Stockholm pensou diante dos fragmentos de arquivos de Saint-Michel sobre sua sinistra *Opération Bereshit*, que guardavam as poucas informações sobre ele. Não havia muito, mas aquilo era mais que suficiente. Origens. Datas. Nomes.

Roubou todos os arquivos que lhe diziam respeito e nunca mais apareceu na livraria de Adolfo. Sabia que aquilo não estava certo, mas não soube o que fazer. No fundo, achava que aquilo tudo lhe pertencia de alguma forma. "Não há tempo para mais planejamentos ou mesmo despedidas", pensava enquanto organizava sua expedição à Suécia em seus pensamentos.

As próximas duas semanas foram uma escavação arqueológica nos bancos de dados de redes sociais piratas e arquivos públicos e fechados das estruturas do governo sueco para encontrar tudo que pudesse sobre seu pai. Visitaria Estocolmo no final de janeiro, decidiu.

Suas pesquisas não renderam muitos resultados a princípio, o que Stockholm achou estranho. O começo do milênio foi um tempo em que quase tudo estava na internet e que muito da vida de uma pessoa era tornado público, por elas mesmas ou, de alguma forma, pelas organizações da sociedade e do estado, mas parecia que Arthur Johansson nunca havia existido.

"Nascidos em 2010, ambos", Stockholm cruzava os poucos dados que tinha para filtrar os muitos nascidos naquele ano. Nada. Outras pessoas. Outros nomes. Começava a suspeitar de que os registros de seu pai tinham sido apagados. Era algo que ele sabia que a Aliança era capaz de fazer para se proteger. Apagar uma pessoa da História.

Não que não encontrasse nenhum Arthur Johansson em toda a Suécia. Havia centenas. Na verdade, Johansson era um sobrenome bastante comum entre as famílias suecas. Mas nem um único Arthur de sua enorme lista nascera em 2010.

Todos nasceram muito antes ou muito depois.

"O arquivo pode estar errado", pensou por fim. Não seria difícil. Sabia a forma descuidada como funcionavam campos de concentração como os de Beauvoir e outros espalhados pela França. Mas não se deixaria levar por essa incerteza. Decidiu acreditar naquelas informações.

Assim, continuou sua pesquisa sem descanso. Sistemas de trânsito. Impostos. Registros de universidades. Matrículas escolares. Stockholm varria um por um dos muitos bancos de dados que um governo guarda sobre seus cidadãos.

Becos sem saída. Todos sem resultados que combinassem nome e data. A maioria das pessoas que encontrava estava viva ainda, o que Stockholm acreditava improvável. Achava impossível, na verdade, que seus pais tenham saído com vida do campo de concentração de Beauvoir, onde os arquivos diziam que ele nascera.

Apenas na véspera de sua ida a Estocolmo, já quase sem esperança de encontrar qualquer coisa sobre seu pai, em uma busca nos registros do sistema de bibliotecas da Suécia, seu algoritmo encontrou um Arthur Johansson em um fragmento de jornal. Uma tag com o nome na transcrição do texto. A notícia era de 2035, mas sua inserção no sistema da biblioteca de Estocolmo era muito mais recente. Era um trabalho de *clipping* específico sobre os movimentos de resistência à guerra e estava claramente em andamento. A digitalização datava o ano 2059, apenas alguns anos após o fim da guerra. "Não puderam deletar porque estava impresso", pensou, dando corda às suas suspeitas de que estava diante de uma conspiração para apagar seus vestígios digitais.

A notícia era sobre uma marcha pela proteção de direitos humanos ocorrida em Paris em abril de 2035 que terminara com a morte de centenas de pessoas e a prisão de milhares. A Aliança do Ocidente foi brutal com os manifestantes. Um cerco de dias na Bastilha. Conflito sangrento que estampou os jornais do mundo todo. No meio da notícia, destacado em uma foto, o líder da marcha aparecia abraçado a outros dois homens, cercado de uma multidão de pessoas. "Arthur Johansson, o sueco de apenas vinte e cinco anos, líder da Marcha da Bastilha, foi preso na noite do sexto dia de manifestação."

A foto foi o mais chocante para Stockholm. Sua semelhança com Arthur era assombrosa. Um homem de quase dois metros, branco e tomado de uma cabeleira vermelha que se misturava com a barba, também ruiva. Olhos verdes, imensos como os dele. Se não soubesse que se tratava de outra pessoa, poderia dizer que era ele mesmo ali, abraçado a amigos na Bastilha. Os traços de Stockholm eram mais delicados, mas seu sorriso, seu porte, em tudo eram muito parecidos.

A conta dos anos batia perfeitamente. Com vinte e cinco anos em 2035, como o jornal frisava, só poderia ser o Arthur Johansson nascido em 2010, sueco, que ele estava procurando. Preso. Ativista de direitos humanos. Saint-Michel certamente empreendera esforços para apagar tudo o mais que houvesse sobre ele.

Stockholm entendeu rapidamente, reforçando suas teorias, que aquela informação só existia porque estava impressa no tempo em que Saint-Michel apagara seus rastros e apenas sobrevivera intacta porque havia sido digitalizada recentemente.

Era ele. Arthur Johansson. Tinha certeza. E aquilo era uma notícia animadora. Uma pista que poderia lhe levar à verdade que buscava. Além disso, Stockholm sentia uma espécie de orgulho de seu pai, ali, de cara suada, lutando na Praça da Bastilha. Preso por defender seus ideais, por defender os outros. Um sentimento que se misturava a uma onda de tristeza e luto. "Certamente foi executado", pensou finalmente. Sabia as consequências de desafiar a Aliança do Ocidente. Sabia como eles poderiam ser cruéis com seus inimigos. Mas não se deixou render por aquilo. Precisava saber mais.

Tratou aquele evento como marco de pesquisa. Se debruçou sobre aquela marcha até descobrir tudo que sobrevivera sobre ela. Tudo o que acontecera na Praça da Bastilha naqueles seis dias de marcha. Não havia muito o que encontrar. Também a marcha parecia ter sofrido uma espécie de perseguição e apagamento.

Um outro jornal, esse de Paris, também trazia em seu *clipping* sobre a guerra informações sobre a Marcha da Bastilha. Também digitalizado após a guerra. Nele, Stockholm encontrou outras fotos. A notícia mencionava a liderança de Arthur e trazia mais detalhes, revelando se tratar de um movimento predominantemente gay. Tratava a manifestação como uma marcha gay. E seus integrantes como rebeldes traidores. Era um jornal conservador. Apoiava as medidas do governo da Aliança.

"Degenerados", o jornal sentenciava a multidão na Bastilha. "Um exército de degenerados." Stockholm se sentiu ofendido com aquilo, dito assim, sem reserva nenhuma por parte do veículo. Mas, ao passo que tinha uma posição política sobre a marcha, o jornal também estava carregado de informações e detalhes do cerco que a polícia montara em todas as entradas da praça. Ajudava a entender como tudo tinha acontecido. Falava da insatisfação da sociedade tradicional com o avanço do movimento gay. Como a Aliança do Ocidente os classificou como terroristas.

Stockholm ficou intrigado com tudo aquilo. Um movimento encabeçado por seu pai, mas predominantemente gay. "Seria possível?", pensou, avaliando que faria o mesmo, mas ele próprio era gay. Abraçaria aquela causa se não fosse gay? Tinha dificuldade de compreender um altruísmo tão acentuado. "Seria possível que ele também fosse gay?", se perguntou por fim, sem muita confiança, mas se rendeu à obviedade de que não era realmente necessário ser gay para defendê-los, para lutar por seus direitos. Só era preciso ser justo.

Um jornal espanhol trazia a mesma foto do abraço estampando a notícia sobre a marcha. A mesma foto que o jornal sueco trazia. Também digitalizada nos arquivos do Museu do Prado, de Madri. Mas esse trazia também o nome dos dois homens que lhe abraçavam, um de cada lado de Arthur Johansson. Albert Baron e Louis Pratt. O jornal espanhol os tratava como heróis. Resistência à violação de direitos humanos de que se ouvia falar por todo canto. "Voz de um grupo que lutava para existir. Para não ser extinto, para conter um genocídio planetário da comunidade LGBT", o jornal trazia em suas linhas.

Os nomes dos companheiros de seu pai eram ambos muito familiares. Baron era o sobrenome de Jane, sua mãe. Não lhe escapava a coincidência. Mas a imagem de Louis Pratt lhe causava ainda mais desconforto.

"Louis Pratt. Quem é você, Sr. Pratt?", se perguntava, andando de um lado para o outro com uma tela de tablet nas mãos onde lia a matéria digitalizada.

Encontrou outra notícia com o desfecho da marcha. Outro jornal espanhol, no mesmo *clipping* do Prado. Manifestantes presos aos milhares. A invasão das forças de segurança da Aliança do Ocidente na praça. A violência. Centenas de mortos. Uma guerra dentro de outra. Esse também dava crédito ao trio de jovens. "O sueco Arthur Johansson e o casal de franceses Albert Baron e Louis Pratt."

"Casal de franceses", batia a mão na tela com a foto dos três rapazes, varrendo sua memória em busca daquele desconforto que sentia. Tinha certeza de que os conhecia. "Casal de franceses. O sueco Arthur Johansson e o casal de franceses Albert Baron e Louis Pratt", repetia pela sala, apertando a cabeça. Mas não foi isso que entregou a lembrança alada e rebelde que lhe escapava à razão. A foto estava com uma qualidade melhor e com mais definição. Podia ver nela detalhes das roupas que cada um usava naquele dia de marcha. Os outros jornais não se deram ao trabalho de imprimir uma foto com qualidade. Seus corpos, a multidão à sua volta, nos demais jornais eram um borrão.

Neste jornal espanhol tudo estava melhor. O lenço vermelho, fazendo as vezes do barrete frígio, símbolo da liberdade e da revolução francesa, mal amarrado ao pescoço de Arthur, pousado sobre uma camisa branca aberta, desarrumada sobre o que parecia um uniforme militar preto ou algum tipo de fantasia. Mesmo seu rosto, fechado e altivo, podia ser visto com mais definição no meio do abraço. A camisa de linho vermelha de Albert, destacada pela calça preta, acentuada pelos seus cabelos loiros e a pele alva de menino. A camisa xadrez azul-escura de Louis, acentuando seus olhos, azuis também. Juntos, pareciam a própria bandeira da França. Azul, branco e vermelho. Todos, de alguma forma, emoldurados por um imenso manto negro que parecia cair do ombro de Arthur e se arrastar no chão atrás dos três.

"Essas roupas que está usando são deles", de repente ouviu novamente a voz de Jane, sentada no sofá, observando a janela. "São deles", Jane falou quando chegaram ao apartamento há dez anos. A mesma camisa xadrez azul que vez ou outra Stockholm ainda usava, emprestada pelos falecidos donos do apartamento em que vivia desde que chegara a Paris.

Levou a mão à boca, espantado com aquela ideia e mordeu o próprio dedo. Seria possível aquilo? Martelava a cabeça sem acreditar. Seria possível que vivia na casa deles há dez anos? Os companheiros de seu pai. O casal de franceses. Os amigos de Jane.

Como nunca se dera ao trabalho de investigar? Pensava, indignado. A história do lugar onde se escondia. Se acostumara com a segurança e invisibilidade daquele lugar, mas nunca pensara em buscar sua situação. Acreditou em Jane, como sempre, e não errou. Nunca lhe bateram à porta naqueles dez anos. Era um fantasma morando num imóvel invisível, perdido no fosso da justiça. Ponto cego na praça mais famosa do mundo. Mas a informação se encaixava perfeitamente e não demorou mais que algumas horas para constatar que o imóvel pertencia de fato à família Pratt e estava sendo discutido na justiça, sem previsão de avaliação. Era uma situação comum. A guerra era prioridade. O imóvel podia esperar, fechado.

O único integrante vivo da família Pratt era uma irmã mais velha de Louis. Sarah Pratt. Mas ela estava exilada nos Estados Unidos há mais de vinte anos. Stockholm decidiu que também a procuraria quando fosse aos Estados Unidos em fevereiro, no mês seguinte. E foi pesquisando sua vida que compreendeu também a coincidência do sobrenome Baron nos nomes de Albert e Jane. Também eram irmãos. E viveram juntos como ela mesma lhe contara há tantos anos. Ela o levara de volta para sua própria casa. A casa de Louis Pratt.

"Ousada", Stockholm pensou, encarando as janelas do apartamento e avaliando que ali não seria sua primeira opção para uma fuga, mas aquela noite em Londres não permitiu muitas reflexões.

"Jane, Jane… você sempre soube de tudo…", pensou, se lembrando do que ela lhe dissera naquela noite.

"Levaram eles numa noite e deixaram tudo para trás, condenados por se amarem."

"Então não foram presos na Marcha da Bastilha, como fora Arthur Johansson", Stockholm concluiu, juntando os fragmentos de informação que tinha na memória, os detalhes ouvidos há dez anos aos lidos há dez minutos. "Foram presos aqui, nesta sala."

Seu coração estava disparado. Estava pousado sobre algo que desconhecia e aquilo lhe causava uma ansiedade imensa. Cruzou dias sem sair do apartamento, debruçado sobre aquelas pessoas. Aqueles nomes. Suas histórias. Registros de tudo que já haviam feito. Os irmãos Pratt. Os irmãos Baron. Fantasmas de um passado anterior ao seu nascimento. Lembranças que não lhe pertenciam. Que pertenciam aos seus pais. Todos tinham um mar de rastros nos bancos de dados do governo francês, junto aos sistemas de imigração. Títulos universitários. Matrículas em escolas. Relatórios médicos. Multas de trânsito. Tudo o que uma pessoa ia deixando pelo caminho na era digital que se revelara o século XXI. Todos tinham vestígios, exceto Arthur Johansson.

Ele era o único que não tinha passado. Haviam tido o cuidado de deletar tudo que pudesse existir sobre ele. Era o único que tinha sido apagado da História.

"Que os anjos lhe tenham nos braços, velho Gutenberg",[3] pensava, feliz, enquanto arquivava aqueles que eram os únicos registros de seu pai. Os impressos.

Desistiu da pesquisa sobre ele. Estava claro que não encontraria nada além daquilo. O breve heroísmo de seu pai na marcha gay da Praça da Bastilha. Sua prisão. Era tudo o que havia sobre ele. Era muito, ele sabia, mas precisava continuar. Precisava de mais.

Era hora de ir atrás de sua mãe.

— Taylor Smith — falou para si mesmo, digitando o nome no tablet em suas mãos e assistindo seu algoritmo iniciar a pesquisa.

---

[3] Referência a Johannes Gutenberg, inventor alemão que desenvolveu a prensa de tipos móveis. O dispositivo facilitou a produção e disseminação de publicações impressas. (N. do E.)

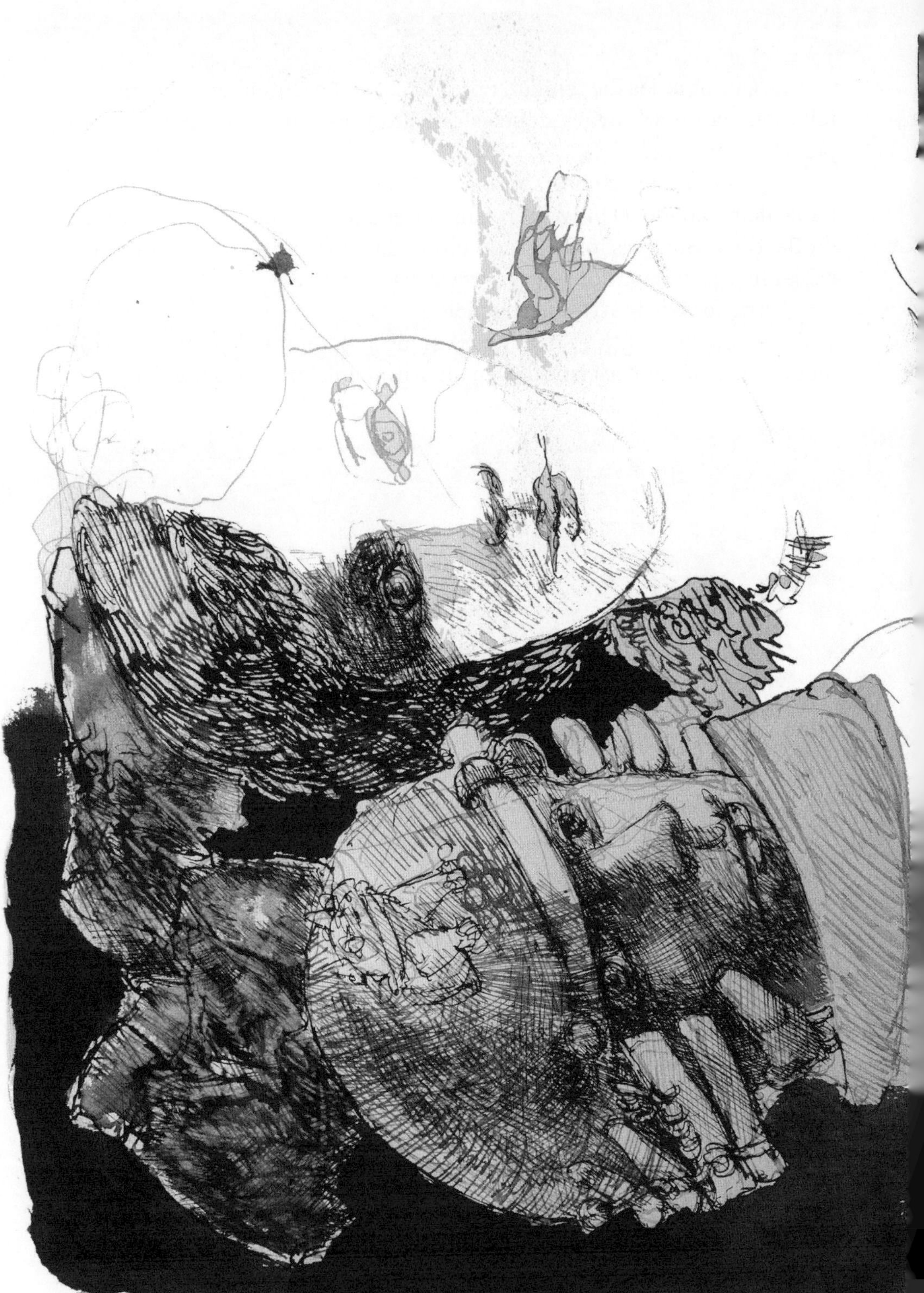

VINTE E TRÊS

Chicago
19 de fevereiro de 2063

"Arthur Johansson... Que nome lindo", Lisa pensou diante dos fragmentos de arquivos de Saint-Michel e sua *Opération Bereshit*, que guardavam as poucas informações de Stockholm.

"Alef... Alef... Que nome estranho", Lisa pensava lendo seu arquivo.

Ela era a única que não se ocupara com a busca pelo cúmplice da fuga. Que não dava atenção às orientações de Stone ou se importava com a cobrança velada do diretor Lewis, que passava uma vez por dia em suas mesas. No fundo, porque talvez confiasse demais na inteligência dos trigêmeos e de Mark Owen. Tinha certeza de que eles resolveriam aquilo. E quando resolvessem, alguém precisaria estar apta a negociar com aquele fugitivo. Lidar com seu espírito assassino. Entendê-lo de alguma forma. Alguém precisaria saber alguma coisa sobre ele. Sobre sua vida.

Lisa simplesmente decidiu que seria ela esse adido diplomático naquela missão. Quando a hora chegasse, ela estaria pronta para lidar com ele.

Enquanto Lisa se entregava aos arquivos de Saint-Michel, Stone recebia uma lista com cinquenta nomes todos os dias e um breve relatório sobre as pessoas para que pudesse priorizar. Levaria uma eternidade se fossem varrer a vida de todas as pessoas que estiveram naquela estrada na noite em que Stockholm caiu no Delaware.

Para ele, aquele era um trabalho de instinto e intuição. Stone eliminava pessoas pelas razões mais inusitadas, aos olhos dos jovens hackers, mas no fundo tinha um filtro em ação. Sabia o que estava fazendo. Stone sabia que resgatar uma pessoa baleada na margem de um rio congelado não era desafio que qualquer pessoa abraçaria facilmente. Era algo que precisava ter uma vida de ousadias por trás. Algo que apenas destemidos fariam. E destemidos não se faziam da noite para o dia. Não se constituíam com dinheiro. Não podia ser algo repentino. E com esse filtro sua lista ia sendo reduzida a cada hora. Dois senadores. Uma pastora batista. Um soldado aposentado das forças armadas. Um herdeiro milionário da indústria do minério. Uma mãe de sete filhos. Um médico da emergência do Hospital Mount Sinai Saint Luke's, de Nova York. O assessor de imprensa do prefeito da Filadélfia. Um jovem com passagem pela polícia por tráfico de drogas. Mas a lista nas mãos de seus agentes não colaborava e crescia também a cada hora.

O filtro de Stone ia tirando da lista os que ele classificava como pessoas normais. Os afastados das bordas das expectativas da sociedade e abraçados aos centros das convenções e sensos comuns. Os que pareciam ser governados por suas vidas atribuladas e não o contrário. Buscava os causadores de problemas.

Alguém que desafiaria a paz de sua viagem para salvar um ferido na estrada ou, além, que estivesse já aliado a ele, cúmplice de seus crimes. Alguém que a vida tenha forjado para isso. Alguém daquela lista teria recolhido Stockholm de um lago congelado, ferido, e teria ido além, cobrindo rastros em todas as direções. Sentia que tinha sido obra do acaso, esse encontro com seu cúmplice. Não concebia que Stockholm estivesse agindo em parceria com ele. Uma operação premeditada. De tudo que compreendeu sobre ele e do que já sabia dos anos na agência, o criminoso que buscavam era completamente solitário.

Ao passo que Stone confiava em sua intuição na sede da AII, no sótão dos Moore seu time avançava com matemática e lógica, com algoritmos que iam construindo fichas completas sobre as pessoas que buscavam. Também levavam coragem em consideração, mas seu filtro mais importante era quem poderia de fato apagar vestígios como aqueles. Quem teria conexões no departamento de trânsito para apagar imagens seletivamente. Invadir o banco de dados de um fornecedor do governo americano. Deletar imagens do sistema de pedágio.

Aquilo não era algo simples. Não era tão imenso como o que suspeitavam que o próprio diretor Lewis havia feito. Derrubar as câmeras de todas as estradas do estado. Mas não era coisa fácil de conseguir.

Seu mural de suspeitos também crescia na parede a partir do crivo de Morgan. Decidiram entre eles que, ali no sótão, ele que seria o responsável pelo trabalho que na Agência pertencia à Stone.

Morgan não usava intuição. Usava dados. Dinheiro. Poder social. Conexões reais com pessoas no governo. Educação de alta qualidade. Abrigar um fugitivo da polícia, ferido, e apagar seus próprios rastros demandavam atributos que muitos na lista sequer poderiam sonhar.

Morgan levava tudo em consideração. Ouvia todos. Não conseguia pensar em outra coisa. De dia na Agência e ali no sótão pela noite. O trabalho era intenso e, com o passar das horas, ficou exaustivo. Parecia impossível fechar uma lista reduzida de nomes. Quando queria entregar os pontos e desistir, uma observação de Mark lançou luz nova ao trabalho.

— Se eu colocasse uma pessoa ferida no meu carro, acho que depois ia querer um carro novo. Imagina que nojo, gente. Porque sangue é um resíduo impossível de eliminar completamente. Sobretudo num carro... Cheio de tecidos, couro, borracha... Cantos para todos os lados. Não acham? — Mark comentou distraidamente enquanto engolia um cachorro-quente, sentado em sua mesa.

Todos se olharam tendo a mesma ideia. Apenas Mark não acompanhou a fagulha brilhante que lançara na mesa sem querer. Seu comentário foi pessoal e inocente. Pensava em seu próprio carro, na verdade, e em aspectos de higiene. Seguiu comendo tentando acompanhar o raciocínio dos demais.

A ideia era genial. Todos concordaram. Se o cúmplice se dera ao trabalho de apagar registros do pedágio, certamente teria pensado em se livrar do carro. Um carro cheio de evidências. Sujo de sangue. Tudo que precisavam fazer era acessar o sistema do departamento de trânsito com seus Status X ligados para conseguirem aquela informação. Com tantas câmeras nas cidades americanas, todos os veículos estavam sujeitos àquela vigilância e reféns de seus registros. Ninguém cruzava um sinal verde numa cidade como Chicago sem que o departamento de trânsito registrasse aquilo. Fazia parte do espírito paranoico com terrorismo doméstico que a guerra trouxe aos Estados Unidos, sobretudo depois dos atentados às pontes do Brooklyn, Manhattan e Williamsburg em Nova York. Sobretudo depois de Londres.

Não seria difícil reduzir a lista a partir desta ideia. Estavam animados. Mas precisariam se conter. Aquilo poderia ajudar imensamente a Agência e isso estava fora de seus objetivos.

Decidiram que apenas Andrea faria aquela pesquisa, de forma discreta. Se todos invadissem o sistema do departamento de trânsito, imaginaram que poderiam chamar a atenção de Helena.

No dia seguinte, seguiram à risca o seu plano. Continuaram ajudando de forma medíocre o agente Stone a consolidar um mural de suspeitos, enquanto Andrea buscava as placas dos carros de cada suspeito nos sistemas do departamento de trânsito.

Muitos nomes no painel de Stone coincidiam com o próprio mural deles, espalhado pelas paredes do sótão. Outros não. Morgan descartara muitos dos suspeitos de Stone por não achar que eles teriam o poder necessário para apagar os vestígios do resgate.

Mas nas duas listas o nome de James Clayton já figurava como um dos mais suspeitos. *O artista*, Morgan o apelidou no mural. *O herdeiro* foi o título que Stone lhe deu.

VINTE E QUATRO

Nova York
19 de fevereiro de 2063

— Eu cheguei em Nova York no dia 7 de fevereiro de 2060 — Stockholm apertou a memória diante de Anna no discreto café do Time Warner Center — e me instalei no Brooklyn em um apartamento velho utilizando uma de minhas muitas identidades falsas. Entrei nos Estados Unidos como Peter Welsh. Eu era tão bom naquilo... Inventar vidas. Criar documentos. Espalhar rastros falsos. Criar famílias fictícias. Durante os anos em que vivi em Paris, eu devia manter umas cinco identidades paralelas. Peter era uma delas. O inventara numa viagem à Roma e o mantive ativo, vivo. Ele era um artista britânico, Peter. Era ele que ia às óperas e aos teatros. Que ia aos cinemas. Quando essas coisas voltaram a existir, claro. Era ele que frequentava galerias secretas de arte pela França. Era a versão mais afastada de mim mesmo. A mais distante da realidade. Uma personalidade tão distante da postura reservada que me era tão preciosa. Mas ele era alegre e por isso achei que ele ia combinar com os Estados Unidos. Esse país tão descolado da realidade lamentável do mundo.

***

Taylor Smith, Stockholm pesquisou até a exaustão enquanto ainda estava na França. Mas, diferentemente de seu pai, sua mãe parecia ter sido completamente apagada do mundo. Nada. Não havia nenhum registro sobre seu nome em qualquer banco de dados dos governos que compunham a Aliança do Ocidente.

Decidiu então fazer a única coisa ao seu alcance. Foi checar pessoalmente sua história. Stockholm chegou em Saint Peters, no interior da Pensilvânia, no dia 10 de fevereiro, uma terça-feira de inverno.

Saint Peters, uma comunidade localizada no condado de Chester, era uma vila histórica do século XIX, encravada nas margens do Rio French Creek, em Warwick Township.

Uma terra abandonada pelos seus ancestrais, industriais que haviam exaurido suas reservas de minérios até quase a chegada do novo milênio, quando foram embora, e então a cidade se tornou um centro histórico e turístico. Uma configuração que durava até a data da chegada de Stockholm.

Precisou de uns dias para pesquisar os arquivos da cidade, mas não foi difícil encontrar os registros das famílias que moraram ali em 2010 ou antes disso. A operação para transformar a vila em um ponto turístico e em um centro histórico acabou exigindo que muito de sua pequena história fosse preservada. As famílias eram poucas, mas os Smith estavam entre elas. Como muitas famílias da região, eles moraram em uma casa afastada do pequeno centro da cidade, seguindo pela estrada que ia margeando o Rio Rock Run, que lhe dava nome. Não eram muitas as casas e a proteção de patrimônio histórico conferia a cada uma delas um aspecto de cenário de filme. Paradas no tempo, em algum lugar do século XX. Agarradas à prosperidade oriunda do ferro que havia ali no passado. A dos Smith, como quase todas, estava abandonada.

Stockholm invadiu seu interior sem muita cerimônia. Não iria tão longe para ser respeitoso com o patrimônio que, se tudo aquilo fosse verdade, era seu por herança.

Parecia abandonada há décadas. Ramos nasciam da poeira e da sujeira que o tempo e a floresta em volta da casa e por toda a estrada empilhavam em todo canto. Alguns já pareciam pequenos arbustos, vencendo as frestas do chão de madeira. Abrindo caminho em direção à luz que entrava pelas janelas sujas, de vidros quebrados.

Não havia sinal da família que morara ali. Nenhuma foto na parede ou porta-retrato. Nenhum papel em canto algum. Entre os móveis danificados pelo tempo, sujos de poeira, Stockholm identificou o sinal de que chegara ali muito tarde. Gavetas abandonadas pelo chão. Nada mais em volta. "Estiveram aqui também", pensou, recuperando uma gaveta do chão e encaixando-a com cuidado na cômoda de cristais e louças. A mesma cena se repetia em todos os cômodos da casa. Tudo danificado pelo tempo, as gavetas abandonadas no chão sem critério algum. Um assalto aos registros que qualquer família vai fazendo de si mesma, histórias que vão sendo engavetadas nas mobílias, nos armários do tempo.

Uma chaleira ainda repousada sobre o fogão enferrujado arrastou Stockholm para a história que se repetira no apartamento do casal de franceses Albert Baron e Louis Pratt, que o abrigava em Paris. Levados sem avisos. Sem tempo de retirar a chaleira do fogo.

Deixou-se imerso naquele passado que poderia ser o dele, apagado de alguma forma, mas presente ali naquelas coisas abandonadas. A casa onde crescera Taylor Smith lhe parecia um lugar adorável. Um lugar onde ele mesmo poderia ter vivido. Onde teria ido visitar os avós nas férias, se não tivesse crescido no cativeiro da Abadia de Saint-Michel. Se todos ainda estivessem ali. Se não tivessem sido roubados de sua vida, apagados da face da terra.

"Tudo poderia ter sido diferente, se não fosse essa maldita guerra", pensou enquanto ia abandonando a entrada da casa, distraído.

O sol ia deixando o céu, sem força, dando lugar ao vento frio do inverno e ao azul-marinho do entardecer, quando Stockholm alcançou a rua, afastando-se da casa da família Smith e, já quase entrando no carro que alugara em Nova York para regressar à cidade, foi surpreendido pela voz rouca de uma senhora do outro lado da estrada, apoiada em um rastelo imenso de metal.

— O senhor não devia entrar nesta casa! Não devia... — falou em tom de reprovação, quase sem lucidez. — É perigoso!

Stockholm quase morreu de susto. O que era absolutamente raro, pois, até aquele momento, ninguém conseguia lhe pegar de surpresa, desarmado e distraído. "Devo estar em outro lugar mesmo", pensou consigo, se desculpando por não ter notado que a casa em frente à dos Smith ainda estava ocupada e sua ocupante o observava atentamente.

O olhar da senhora parecia um raio, espantado e tenso, como se o reconhecesse de algum lugar.

Stockholm sorriu meio sem graça e atravessou a rua para falar com ela, o que a deixou ainda mais assombrada e, pela força com que segurou o cabo do rastelo, até um pouco perigosa. Mas era alguém a quem poderia interrogar sobre a história de sua família e não poderia deixar para lá.

— Me desculpe. Boa noite! Peter Welsh. A senhora conhecia os donos da casa?

— Boa noite, Sr. Welsh. Essa casa é propriedade do governo francês, você não sabe? — argumentou ainda na defesa e com ares de reprovação. — Seus donos saíram daí há muitos anos. Por isso disse que era perigoso invadir a casa assim. Os homens do governo que vieram me disseram para nunca entrar na casa e avisar qualquer um para que não entrasse.

"Os homens do governo francês", pensou, se lembrando do imenso time de cientistas franceses que acompanharam seu crescimento em Saint-Michel. "Não há limites mesmo para essas pessoas", avaliou, imaginando quão longe eles tinham ido em busca dele. Quão longe aquela história tinha ido.

— Fiquei sabendo que a família toda foi presa na guerra. Você sabia? — Stockholm jogou com as poucas cartas que tinha. Não podia se revelar como um descendente dos donos da casa e ela já havia o flagrado invadindo a casa. Julgou que seria difícil enganá-la. Sua única chance era usar de alguma honestidade.

— Não é verdade isso! Apenas os filhos foram presos — ela deixou escapar.

— Então a senhora os conhecia? — Stockholm comemorou por dentro. — Como a senhora se chama mesmo?

— Meu nome é Mafalda Rosenbaum e eu os conheci, sim — falou, agarrando um punhado de folhas com o rastelo e trazendo para perto de si —, mas a verdade é que ninguém os conhecia de verdade. E agora ninguém mais vai.

— O que houve com os pais? — Stockholm falou, desviando o olhar dela em direção à casa.

— Por que deseja saber? Você é algum parente por acaso? — Mafalda rebateu, se sentindo interrogada.

— Não sou, não, mas eles eram muito importantes para meus pais — Stockholm contou, olhando em seus olhos, pensando consigo que aquilo devia ser a mais pura verdade.

— Ora... Isso já tem tanto tempo, menino. Eles foram para a França tentar libertar seus filhos. Mas, até onde sei, não conseguiram. E ninguém nunca mais os viu ou ouviu falar deles.

— Foram presos na França — Stockholm deixou escapar, fazendo deduções e levando em consideração a brutalidade com que a Aliança do Ocidente devia tratar reclamações como aquela.

— Os filhos foram, sim... presos na França — Mafalda comentou, tirando Stockholm de seus próprios pensamentos e chamando sua atenção.

— Depois que se formaram na Penn, eles foram enviados à França pelos pais. Para estudar mais, acredito. Ou foram por conta própria, ninguém soube dizer. Eram diferentes. Nada nunca era suficiente. Não aceitavam as coisas como estavam, a guerra, eu digo... Ouvi dizer uma vez que viraram guerrilheiros em Paris, mas você sabe como as pessoas falam.

— Sei, sim. Falam demais — Stockholm concordou, distraído, esperando por mais informações. Mas ela não falou mais nada.

O que falou era suficiente para continuar. "Penn." A famosa Universidade da Pensilvânia, na Filadélfia.

O sol se rendia ao horizonte e sua luz opaca e rubra acentuava a sua barba e seu cabelo avermelhado, dando ares de entardecer ao seu rosto. A luz acentuava seus olhos verdes, incomodando um pouco. Stockholm se virou para ela para se despedir e, quando o fez, ela falou de forma incisiva e afiada:

— Eu não sei o que o senhor está buscando, Sr. Welsh, mas o senhor se parece muito com os gêmeos de Melinda e Jakob Smith. Se estivessem ainda aqui, você se passaria por filho deles. Se passariam por trigêmeos. Tem certeza de que não eram parentes?

Stockholm sorriu, encantado com aquilo, quase constrangido. Não poderia dizer para ela como aquilo o alegrava ou como aquilo era verdade. "Você se passaria por filho deles", pensou no que ela havia dito. Pensou em seus traços, eco de sua descendência pelo tempo. Era algo completamente novo para ele. Ter origem. Avós com os quais pudesse se parecer. Pais com quem pudesse se assemelhar. Conversas que só conhecia de livros. "Vejam, tem os olhos do pai." "Mas o nariz é totalmente da família da mãe."

— Não tenho certeza, não — falou sorrindo. — Mas, se fizesse parte desta família, certamente seríamos muito amigos, Sra. Rosenbaum. A senhora saberia me dizer como se chamavam os gêmeos?

Stockholm lhe sorriu de forma larga e misteriosa, com um ar de profunda atenção, e Mafalda Rosenbaum sentiu o rosto avermelhar, acentuando seus olhos castanhos. Estava encantada com os olhos dele.

— Taylor e Allison eram seus nomes — a Sra. Rosenbaum respondeu de forma direta. — Você não quer tomar um chá? — perguntou, cedendo ao sorriso de Stockholm e apoiando o rastelo no tronco do plátano colossal responsável pelas folhas no chão.

— Um outro dia, obrigado. Está ficando tarde — Stockholm declinou com gentileza.

No fundo, começou a temer por ela, por sua vida. Que sofreria o mesmo destino de todos que o ajudavam. De todos que se relacionaram com ele por qualquer razão.

Despediu-se e partiu de Saint Peters em direção à Filadélfia, seguindo a trilha de rastros deixada por Taylor Smith durante sua vida nos Estados Unidos. "O que teria estudado lá?", se indagava. Logo descobriria. Universidades costumavam ter registros impressos de quase tudo. Se preparava para uma saga de pesquisas e invasões aos sistemas da Universidade da Pensilvânia que poderia demorar semanas.

"Certamente, sua passagem pela universidade terá sido apagada também", pensou, cansado, imaginando que como se deram ao trabalho de eliminar até mesmo porta-retratos da casa de seus pais, Melinda e Jakob, por certo que históricos escolares não teriam sobrevivido. Sabia que não faria sentido deixar um vestígio acadêmico tão simples à mostra, mas sentia que uma maré de sorte estava sobre ele e sua empreitada. Achou as fotos de Arthur quase por acaso, em registros recentes da Biblioteca de Estocolmo, e a aparição daquela senhora no jardim. Lembrou também dos arquivos de Saint-Michel que Adolfo adquirira para a livraria. Tantos acasos estavam ao seu lado que não conseguia perder a disposição. Com isso em mente, não podia deixar de ter esperanças de que encontraria vestígios de sua mãe nos arquivos da Universidade da Pensilvânia. Torcia para ter a mesma sorte lá.

No outro dia de manhã, dia quinze de fevereiro, um domingo de inverno, já respirava o ar universitário da imensa e famosa Penn. A universidade fundada por Benjamin Franklin em 1740, no coração da Filadélfia, onde ele mesmo morreria dali a cinquenta anos. Diante da memória de Franklin, Stockholm achou inusitada a presença do primeiro embaixador dos Estados Unidos na França em sua história. Uma coincidência. Sentiu como se estivesse cruzando o tempo. Encontrando nas paredes da universidade a figura daquele que desenhou o Tratado de Paris de 1783, acordo de paz que deu fim à guerra da independência dos Estados Unidos da América, reconhecendo sua independência da Grã-Bretanha. Franklin, que passou a vida lutando pelo fim da escravidão, pela liberdade das pessoas.

Stockholm não pôde deixar de se entristecer, pensando em quão lamentável se tornaria aquela aliança que ele construiu durante sua vida entre Estados Unidos e França. Quão deplorável seria o caminho percorrido por essas nações que ele uniu com a força de seu trabalho. Se indagou se Franklin poderia ter imaginado como elas cometeriam tantos erros juntas, mas assumiu que mesmo um visionário como ele, ao perscrutar o arco de quase três séculos, se perderia nas brumas imprevisíveis do futuro.

Pediu sua bênção diante da imensa estátua de bronze do fundador feita pelo escultor John Boyle, quando passava pela Woodland Walk. Sentado e imponente, Benjamin Franklin contemplava o horizonte e parecia contemplar a angústia de Stockholm.

Caminhou pelo gramado do parque até as portas do castelo de pedra e tijolos vermelhos, com ares de fortaleza do século quinze, com seus vitrais escuros e abaulados, o edifício que era sua primeira tentativa de encontrar registros dos gêmeos da família Smith, a Biblioteca Fisher Fine Arts.

Encontrou um canto no imenso salão oval onde mesinhas eram usadas de suporte pelos estudantes que coletavam livros pelos corredores infinitos e instalou seu pequeno computador. Pegou alguns livros para garantir o disfarce de estudante e empilhou na mesa. Dickens, Victor Hugo, Tolstói, autores que lera quando criança em Saint-Michel. O inverno reduzia a luz que entrava pelos vitrais que corriam toda a circunferência do salão, levando Stockholm a fazer uso do pequeno abajur, uma antiguidade que cada mesa abrigava.

Aquele canto discreto seria seu endereço pelos próximos dois dias.

Tão logo se instalou, já invadiu os sistemas da biblioteca. Como imaginou, não encontrou nada sobre Taylor Smith, pelo menos não nos anos em que estudaram ali, que Stockholm supôs serem os anos entre 2025 e 2030. Também como imaginara, havia apenas informações sobre Allison. Na própria biblioteca, já encontrara um mar de vestígios de sua passagem pela Penn. Era um aluno que atrasava a entrega dos livros. Tinha centenas de multas pagas à biblioteca.

Pelos títulos das dezenas de obras emprestadas para Allison, Stockholm deduziu que curso fizera ali. Todos os livros eram sobre medicina. Um detalhe que não escapou ao olhar atento de Stockholm entregou que ambos deviam fazer o mesmo curso. Diversos livros eram emprestados em pares. Allison retirava dois livros iguais quase sempre. "Estudavam juntos?", pensou, assumindo que sim. Não era algo difícil de imaginar, que irmãos gêmeos fossem direcionados a fazer o mesmo curso pelos pais ou mesmo que quisessem fazê-lo por livre vontade.

Nem precisou levantar-se de sua estação para invadir os sistemas do Perelman Center de Medicina Avançada, mas depois de algumas horas percebeu que precisaria fazer uma investigação no local. Assim como na biblioteca, encontrou apenas informações sobre Allison Smith. E com o que encontrou nos arquivos do hospital, entendeu por que Allison não teve seus registros excluídos de todos os sistemas da universidade. Era famoso, mas já estava morto, aparentemente. Uma nota de pesar da Sorbonne lamentava o que investigações alegavam ser mais um caso de suicídio entre os seus professores.

Encontrou muitos registros de Allison na França, em Paris, onde, segundo suas pesquisas, viveu por mais de dez anos e onde foi um médico renomado por suas pesquisas em torno do genoma humano e suas incontáveis possibilidades. Um assunto que dominou a comunidade científica no começo do século, cujos desdobramentos foram profundamente, como tantos outros empreendimentos humanos, ofuscados pela guerra que consumia o planeta e seus recursos.

"Como isso é possível?", Stockholm pensava, incrédulo que Allison tivesse ido tão longe e formado uma carreira de sucesso e sua irmã, Taylor, tenha sido assassinada pela Aliança do Ocidente e sua existência apagada de todo canto da terra, junto com a história de seu pai, Arthur.

Na tarde do dia seguinte, foi à Faculdade de Medicina, nas instalações do Hospital da Pensilvânia, fazer uma visita. Outro rastro de Benjamin Franklin na história americana. O hospital, fundado em maio de 1751 pelos amigos Benjamin Franklin e Dr. Thomas Bond, era o primeiro hospital público da nação que um dia se chamaria Estados Unidos da América. Fruto do trabalho de ambos e da ideia de um lugar que pudesse atender os mais pobres sem custo algum. Seu selo, também escolhido por Franklin e Bond, Stockholm logo percebeu no imenso saguão, trazia uma referência à história bíblica do Bom Samaritano. Sob o desenho da cena em que o Samaritano deixa o enfermo resgatado na estrada aos cuidados da hospedaria que o abrigaria, o versículo em inglês *Take care of him and I will repay thee*. "Cuide dele e eu te pagarei." Era a promessa do Samaritano ao dono da hospedaria. Era o voto de altruísmo do Bom Samaritano para com o estranho sobre o qual nada sabia, senão que precisava de amparo. Senão que sofria.

"Como tudo isso se perdeu?", Stockholm pensou, lamentando o curso da história americana, que em nada se alinhou à lição proposta naquele selo pelo próprio Cristo. Uma ideia materializada dezessete séculos depois na forma do primeiro hospital público dos Estados Unidos pelo próprio Benjamin Franklin.

Para entrar nas instalações do hospital, Stockholm se passou por um futuro aluno querendo conhecer a universidade onde desejava estudar. Acreditaram nele e lhe deram credenciais de visitante, com limitações de acesso, para conhecer algumas alas do prédio. Passava por aluno pelos corredores sem problemas, vestido de forma a acentuar os vinte anos que tinha.

Pensava nos alunos inocentes que cruzavam seu caminho. O que pensariam se soubessem que estavam cruzando com uma das pessoas mais perigosas do mundo. Se temeriam ele de alguma forma ou se seriam amigos.

Pegou-se odiando todos eles. A oportunidade que tinham de estar ali, estudando. Livres. Filhos de alguma família americana qualquer. Olhava suas vidas intactas, seus sorrisos inocentes. Suas roupas descoladas. Não conseguia deixar de sofrer com como aquilo tudo foi revogado de sua vida, sequestrado pela experiência humana da guerra. Seguia vagando pelo hospital, invisível como ele sabia ser tão bem.

Percorreu o quanto pôde sem fazer pergunta alguma, sem interromper ninguém ou mesmo ser interrompido. Confiava que esbarraria em alguma informação em algum lugar e, quase no fim do dia, encontrou uma sala de arquivos acadêmicos do hospital que guardava troféus de competições entre cursos da Penn e competições com outras universidades de outros estados americanos. Numa série de armários trancados, Stockholm encontrou o que no fundo buscava ali. Um dos objetos mais tradicionais da cultura acadêmica americana. Uma coleção de *yearbooks*. Os livros do ano. Os famosos livros em que os alunos de cada último ano se deixavam recados. A maior parte era bullying, ofensas raciais, agressões, piadas de mau gosto, palavrões. Uma cultura de absurda violência que impregnava a educação americana até aqueles dias. Sob os rostos dos alunos, impressos cada um em uma página, colegas e professores deixavam mensagens, alguns deixavam votos; outros, poucos elogios. Os professores deixavam mensagens positivas, tentando motivar os alunos a seguirem em frente. Os mais populares também costumavam ter seus rostos marcados de cantadas e recados apaixonados.

O livro do ano era uma tradição em quase todas as universidades americanas que durava até aquela época e por certo demoraria a ser vencida. Certamente, levara muitos jovens aos abismos de transtornos psíquicos como depressão, ansiedade e, não raro, suicídio. O nefasto livro era exposto a todos sem critério e, depois de um tempo, ia parar ali naquela sala. Séculos de agressões arquivadas como se fossem registros históricos de qualquer importância.

Stockholm arrombou os armários até encontrar os livros dos anos nos quais achava que sua mãe teria estudado ali. De 2025 a 2030. Os colocou em uma mesa num canto afastado do acesso visual da porta. Não queria ser interrompido ou pego. Afinal, precisou arrombar os armários e sua presença ali naquela sala derrubava seu disfarce por terra.

Entendeu que cada livro tinha índice de nomes no começo, então correu os olhos acompanhando seus dedos no papel pelo sumário dos anos de 2029 e 2030. Nada. Abriu 2026. Também nada. 2027, nada. Ficava ansioso e irritado a cada fracasso. E então abriu o ano 2028 e lá estavam seus nomes listados no sumário. Páginas quarenta e dois e quarenta e três, Taylor Smith e Allison Smith. "Classe de 2025, último ano", leu no topo do sumário.

"Classe de 2025? Que precoces", pensou, fazendo as contas de que eles teriam entrado com no máximo quinze anos na faculdade e teriam concluído o curso em apenas três anos. "Seria possível?", se indagou, intrigado, fazendo contas dos anos. Mas se entregou àquela possibilidade, assumindo para si mesmo que conhecia muitos casos de crianças prodígios na história da educação americana e pelo mundo todo. Adolescentes de dezessete anos que já estavam finalizando doutorados. Pequenos gênios que brotavam aqui e ali. E, considerando o sucesso da carreira de Allison que ele tomara conhecimento no dia anterior, não seria estranho que fossem, ambos, algum tipo de prodígio. "Eram diferentes. Não aceitavam as coisas como estavam", por fim lembrou do que a velha Mafalda Rosenbaum lhe disse no jardim em frente à casa da família Smith em Saint Peters.

Folheou com calma o livro, observando os colegas deles que iam aparecendo nas primeiras páginas, lendo as mensagens motivacionais dos professores e as ofensas anônimas que iam sendo deixadas sob os rostos dos alunos. "Seriam amigos de minha mãe?", pensava, feliz em imaginar sua própria história ganhando raízes. Pensou que poderia buscar cada um deles posteriormente. Saber mais sobre aquele período de sua vida.

Terminara de ler distraidamente as mensagens de Anderson Silas, um jovem judeu cuja página estava entupida de ofensas religiosas e comentários antissemitas sobre seus cabelos cacheados, quando virou para as páginas quarenta e dois e quarenta e três do livro do ano.

Ficou petrificado por um momento diante das fotografias dos irmãos Smith. Por fim, levou a mão à boca para se conter. Coçou os ombros se perdendo do momento. Se entregando a uma onda de ansiedade e angústia.

Eram absolutamente idênticos.

Ambos eram homens.

Stockholm não conseguia entender a imagem diante de seus olhos. Seu coração disparava. "Taylor." Um nome usado tanto para meninas quanto para meninos. Era um homem. Sua mãe era um homem.

"Investiguei as pessoas erradas?", se perguntava, tentando achar explicação para aquele beco sem saída. Não era possível. A similaridade de seus traços era gigantesca. Os entregava. "Você se passaria por filho deles", lembrou o que Mafalda comentou dias antes. Era completamente verdade.

Eram muito parecidos. Poderiam ser irmãos. As cores dos cabelos e da barba eram outras, os gêmeos eram loiros e seus olhos eram azuis, mas seus traços, nariz, boca, desenho do arco da sobrancelha, eram claramente os mesmos. Tudo mais era o mesmo. A mesma orelha. Até mesmo o olhar tímido era semelhante. O mesmo olhar estava presente nos três. Taylor, Allison e Stockholm.

Ambos tinham intensos olhos azuis. Os olhos de Stockholm eram verdes como os olhos do sueco Arthur Johansson. "Você se passaria por filho deles", ouviu na sua cabeça novamente.

O que era aquilo? O que estava acontecendo? Por que não conseguia encontrar a verdade sobre seu passado? Onde estava sua mãe? Pensava, se entregando a uma onda de angústia.

Não podia deixar de lado a loucura de que ambos se pareciam com ele. Então, quem era sua mãe?

"Pais." Era o que estava escrito na ficha dos arquivos de Saint-Michel sobre sua infância. Termo geral para agrupar os termos mãe e pai, pensou aflitamente.

"Não era isso?", se perguntava, já transpirando em sua crise de ansiedade. Seus nomes vinham abaixo. Ambos homens. Taylor e Arthur.

Não tinha mãe. Fora adotado por aquele casal de gays. Ambos homens, concluiu tentando dar razão a tudo. "Mas sou tão parecido com os dois", argumentava consigo mesmo.

"Coincidência. Uma grande coincidência", tachou firme para si.

"Por certo, tenho outros pais. Um pai e uma mãe, parecidos com os gêmeos." Parecidos com Arthur Johansson. Era a única explicação que aceitava, pensava estressado, já meio incrédulo com seus próprios argumentos.

"Você é uma aberração", ouviu as repetidas confissões dos cardeais que matara anos atrás gritarem em seus pensamentos.

"Você é o fim dos homens", lembrou o que Saulo lhe falou na penumbra dos Jardins da Cidade do Vaticano. "Eu sou um monstro. O que eu sou?", pensou, esfregando o rosto, acentuando o vermelho de sua pele.

Desceu o olhar aos recados deixados sob os rostos de Taylor e Allison. Suas páginas tinham muitos recados. Dezenas. Quase todos eram ofensas homofóbicas. "Bichas." "Degenerados." "Aberrações." "Espero que morram." "Vergonha do The Left Bank." "Deus odeia vocês." "Pecadores." Eram alguns dos muitos recados deixados para os irmãos Smith.

"Eram gays então" Stockholm falou para si mesmo.

"Arthur também era, claro. Que heterossexual faria uma marcha na Bastilha, desafiando o governo da Aliança do Ocidente, e seria preso por isso? Claro que eram gays", pensou, ganhando certeza em sua mente a teoria de que fora adotado por eles.

"Tem que ser isso", repetia para si mesmo.

Perdeu-se na implosão de seus planos, dando ouvidos a essa nova certeza, que, muito embora coerente, gerou novas dúvidas. "Quem são meus pais então? Quem são aqueles que Saulo confessara que guardavam o segredo de meu passado?", se indagava, sem esperança e sem pista.

Se fora tão difícil encontrar seus pais adotivos, admitiu que estava longe de encontrar os biológicos. Achava ainda que ser adotado não era um segredo importante o bastante para gerar tanta angústia. Para ser alvo de tanta súplica. Tinha certeza de que não poderia ser esse o segredo pelo qual perdera Jane. Pelo qual Saulo tentou salvar sua própria vida.

Stockholm resolveu de súbito que não desistiria daquilo. Iria encontrar seus pais biológicos. Se era isso o que tinha que fazer, levaria aquilo até o fim. Afirmou para si que sua missão seria encontrá-los.

"Pais adotivos", falou em voz alta, estudando as fotos de Allison e Taylor. Lendo mais uma vez as dezenas de recados deixados sobre suas fotos e abaixo delas, no espaço em branco destinado às mensagens dos colegas.

Correndo o dedo no papel brilhoso de fotografia, apagou sem querer na foto de Taylor um pequeno pênis desenhado com pincel azul, ao lado de seu rosto e sobre sua orelha. Sentiu nojo de tudo. Da ofensa. Da vulgaridade daquilo. Não entendia como isso era sequer permitido pela universidade. No fundo, achava que tais ofensas eram o que eles pensavam também. Acreditava que não agrediam seus alunos gays nas salas por conta de um verniz social. Aparências que a guerra foi desmantelando. Máscaras que o genocídio tirou das pessoas, das famílias, das escolas.

Não entendia por que tanto ódio com uma coisa que sequer era uma escolha. "Como quem tem olhos castanhos. Como quem nasce ruivo", devaneava sobre a inocência e a aleatoriedade da homossexualidade, quando lhe roubou a atenção um recado de outra pessoa ao lado do desenho do pênis no rosto de Taylor Smith.

Quem tem essa chave?, escrito numa caligrafia bonita e cheia de arabescos e voltas com uma caneta fina e preta. A pergunta se perdia discretamente no mar de ofensas feitas com pincéis de várias cores.

"Que chave?", Stockholm se perguntou, intrigado.

Passou o dedo no papel terminando de apagar o pênis desenhado sobre a foto de Taylor enquanto pensava naquilo. Queria limpar aquela ofensa de seu passado. Do passado de seus pais adotivos.

Quando finalmente eliminou o desenho, a resposta para sua indagação estava ali, na pele de Taylor. Logo abaixo da orelha, no pescoço. A mesma mancha vermelha que ele carregava no seu pescoço. Um retângulo vertical e uma bola, ambos vermelhos, como uma fechadura antiga.

Levou a mão ao pescoço em choque e sentiu na ponta dos dedos a sua própria mancha. Tal qual a de Taylor, no formato de uma fechadura. A textura diferente da pele, pulsando sobre a carótida, que ia revelando a aceleração das batidas do seu coração diante daquilo.

"A mesma mancha... da mesma cor, no mesmo lugar", pensou, perturbado, já sentindo um misto de dúvida e de alívio. Não podia ser coincidência. Então era realmente seu pai. Taylor Smith. Mas e quanto a Arthur? Já não podia deixar de lado a semelhança imensa que tinha com Arthur também. Barba. Cabelos. Olhos. As sardas. A estatura.

"O que está acontecendo?", pensava atormentado, se entregando a uma onda de raiva daquelas informações que não lhe diziam a verdade. Que lhe escondiam alguma coisa.

"Apenas ele poderá me explicar isso. Apenas quem me criou. Quem criou esse monstro...", falou para si mesmo, marejando os olhos, se consumindo por um impulso que não sentia há anos. Um desejo de voltar a ser o Fantasma de Saint-Michel. *Le Fantôme*.

"Você vai me dar a verdade e eu lhe darei asas, seu monstro", pensou, fechando os pulsos e imaginando seu encontro com Antônio Casanova.

— *Je vais vous donner des ailes* — falou sombriamente, em francês, enquanto guardava os pesados livros no arquivo.

Foi apenas neste momento, depois de quase dez anos de cautela e precaução, que Stockholm se deixou vencer por um sentimento de precipitação. Se deixou entregar aos riscos de ações não calculadas, enterrando nas sombras daquele momento a sua prudência de sempre.

Abandonou os arquivos sem deixar vestígios de sua passagem e mudou de andar no hospital. Traçou um plano para aquela medida extrema que adotara na sala dos arquivos. Faria com que Casanova viesse até ele. Estava convicto de que a única coisa que desejava era a verdade que lhe roubaram e, acima de tudo, não queria mais matar ninguém. No fundo, e apenas por causa desta resolução pessoal, talvez, sabia que se tivesse que invadir a Abadia de Saint-Michel, ou mesmo perseguir Casanova pela Europa ou em outros lugares, teria que matar mais algumas dezenas de pessoas. Soldados como ele que se colocariam entre eles. Pessoas, que assim como ele um dia acreditaram nas mentiras da Aliança do Ocidente, também estavam aprisionadas por suas ideias conservadoras e ultrarreligiosas. Certamente, muitos se ergueriam entre eles. Entre ele e seu algoz, aquele que o criara, quem outrora considerara seu pai, quem amara acima de todos.

Não queria matar mais e já não matava ninguém há quatro anos. Desde o incidente com o Papa Saulo nos jardins do Vaticano, onde precisou matar um membro da Guarda Suíça para poder entrar e acessar a residência do pontífice. Sabia que seria quase impossível superar um encontro com Casanova, ambos com vida, mas estava exausto da escuridão que o cercava, que ocultava em suas fronteiras toda a sua história. Só queria saber a verdade.

Invadiu de forma silenciosa uma sala de medicamentos e, de um computador do hospital que estava ligado, onde rodava o sistema de pedidos de medicamentos daquele almoxarifado, invadiu a rede de segurança do hospital, apagou todas as filmagens daquele dia e desligou todas as câmeras de toda a propriedade. Não tinha ido anonimamente tão longe para ter seu rosto capturado por um simples sistema de câmeras de uma universidade.

Protegido pelo apagão que deu nas câmeras, começou a quebrar tudo que via pela frente na sala de medicamentos. Derrubou armários. Abriu remédios. Destruiu cadeiras, quebrou mesas. Destruiu as vidraças que davam acesso à sala, lançando para fora da sala, no corredor do hospital, um pequeno armário de metal. O estrondo ecoou no andar inteiro. Por fim, gritou com as paredes para ter certeza de que chamariam a polícia para contê-lo.

A resposta do hospital foi célere. Rapidamente, pessoas perceberam aquela cena e a segurança foi acionada, bem como a polícia da Filadélfia. Todos que viam a cena assumiam que se tratava de um viciado em busca de remédios. Sabia que não seria o primeiro.

Quando a polícia finalmente chegou, Stockholm nem reagiu. Não queria correr riscos de ter que eliminar um funcionário inocente da universidade ou mesmo ser ferido acidentalmente por algum segurança afoito, entregue à euforia do momento. Fingiu que tinha se acalmado e ficou de mãos para cima no meio da sala destruída. Rapidamente, dois policiais o renderam, o algemaram e o levaram para a estação policial responsável pela cobertura da região da Universidade da Pensilvânia. Era exatamente o que ele queria.

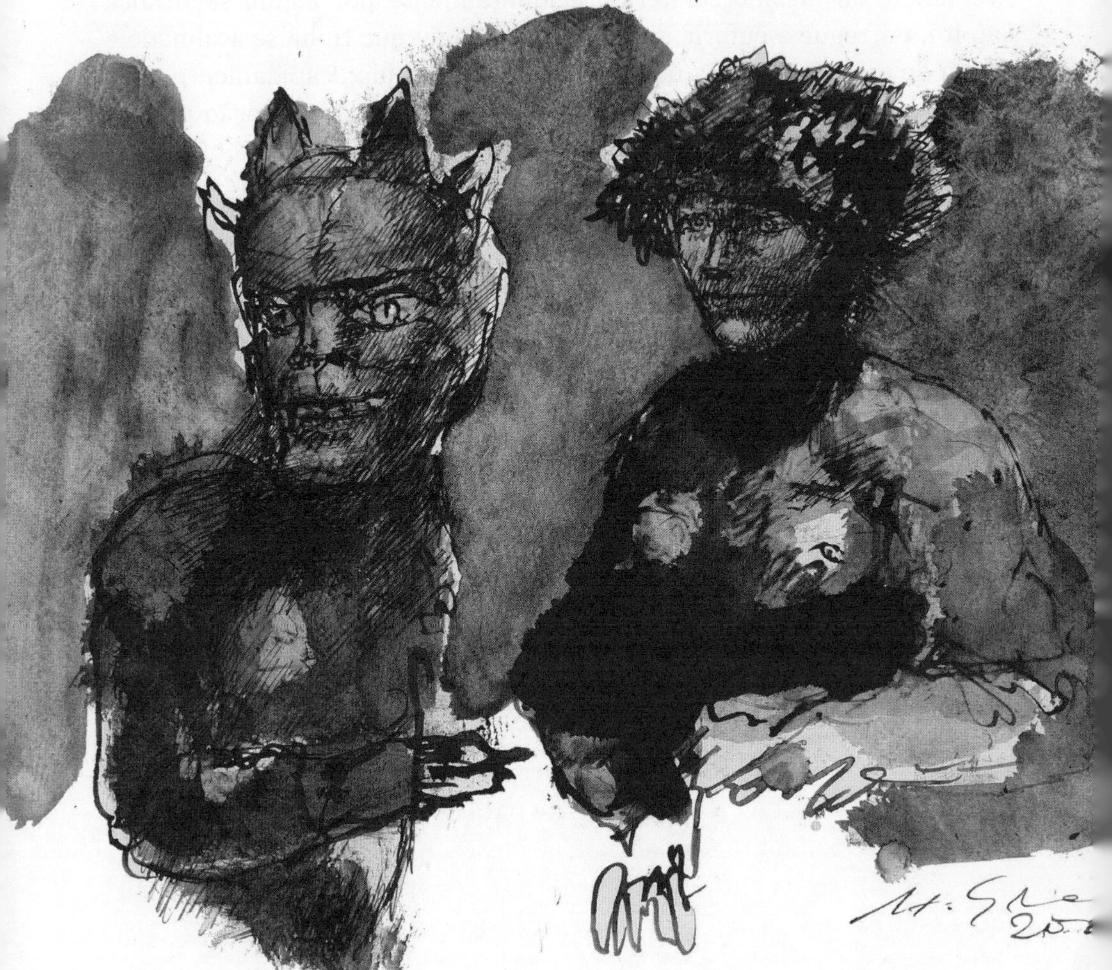

VINTE E CINCO

Monte Saint-Michel, Normandia, França
19 de fevereiro de 2063

Casanova caminhava com dificuldade, apoiado na bengala de madeira com seus acabamentos em marfim, pelo corredor que dava acesso às celas do subterrâneo. A pedra do calçamento da Abadia de Saint-Michel ecoava as batidas da bengala e da sola rígida dos seus sapatos pretos de couro.

Ia desacompanhado, pensando na quantidade de pessoas que levou por aquele corredor para serem esquecidas.

Andou até um átrio de colunas que dava acesso a um jardim interno iluminado por claraboias. Abertura suficiente para a entrada da luz opaca e de ventilação. Não o suficiente para iluminar as celas no corredor em frente às colunas que se abriam ao jardim.

Diante da penúltima cela, sentou-se num banco de pedra. Qualquer caminhada lhe deixava exausto. Estava velho, tinha clareza disso. Já superava os oitenta anos e o tempo não lhe fora generoso. Escassos foram seus cuidados com a própria saúde, e sua dedicação aos imperativos da guerra e aos objetivos da Aliança do Ocidente lhe consumiam quase que completamente as energias naqueles últimos cinquenta anos, deixando pouco tempo para qualquer assunto pessoal. Depositava sua saúde frágil nas mãos de Deus, a quem acreditava servir abnegadamente, mas não fosse sua dieta uma obsessão pela culinária italiana, único gosto e prazer que ainda cultivava em seus dias, talvez sequer teria ido tão longe. No fundo, reconhecia que a negligência com tudo mais deixava marcas. Seu rosto parecia muito mais velho, com tantas rugas que carregava. Sua pele trazia manchas. Seus olhos castanhos já não enxergavam sem o amparo de óculos. Estava abaixo do peso e fraco, muito em razão da fratura na perna que lhe dera uma bengala como companheira para o resto da vida.

Respirou um momento o ar frio do inverno que conseguia invadir o jardim pelas claraboias e bater no corredor de celas. Com semblante tenso e tomado de preocupações, encarou a escuridão da cela à sua frente. Encarou por um longo momento e então falou distraidamente, com sua voz rouca da velhice.

— Sempre que olho para o passado, encontro coisas que faria diferente. Compreendo por que as fiz, claro. Mas de alguma forma me sinto triste por não ter feito diferente, agora que olho para trás. Passei anos dançando com esses sentimentos, sem saber ao certo se dançava com o remorso ou com o arrependimento. O apóstolo Paulo de Tarso escreveu aos coríntios em uma de suas cartas que, e eu cito-o sem alterá-lo, "a tristeza, segundo Deus, produz um arrependimento que leva à salvação e não ao remorso". Será mesmo? Será que essa tristeza que sinto me levará finalmente à redenção e à salvação no Reino dos Céus?

Casanova parou um instante, debruçado sobre sua própria reflexão. Aguardou um momento a resposta que não veio e continuou:

— Ou será que estou me enganando e o que sinto na verdade é uma culpa sem tamanho pelas minhas ações e o lamaçal do remorso é a estrada que deverei trilhar depois desta vida e mesmo hoje, no final dela? Nunca consigo me decidir. Por mais que tente. Não aceito a fraqueza da culpa. A pequenez dos que se sentem culpados pelo que fizeram. Mas não sinto, do outro lado, a leveza dos salvos. A alegria da redenção. Às vezes, não sinto nada... Apenas o vazio escuro de um beco sem saída. De tudo que não tem volta.

— Eu acho que é culpa o que você sente, Antônio, já lhe disse — falou uma voz de mulher nas sombras da cela, bem ao fundo, afastada das grades. — A culpa dilacerante dos que sabem inclusive que não há para eles qualquer tipo de redenção. Aqueles cujos crimes contra a humanidade são tantos que seriam julgados por toda a eternidade se uma corte se debruçasse sobre eles.

— Acho que está sendo injusta comigo, como sempre. Logo você, me julgando de forma tão cruel e descarada — Casanova rebateu, ainda meio distante dali, em seus pensamentos.

— Acredite no que quiser, Antônio. Isso não mudará nada. O que você fez não tem volta — contestou sem paciência a mulher no fundo da cela. Sua voz também saía rouca, ecoando no corredor da masmorra subterrânea de Saint-Michel, revelando sua idade avançada.

— Não tem volta... — Casanova repetiu para si mesmo, pensativo.

— Seus conhecimentos bíblicos estão te abandonando, Antônio — falou, se aproximando das grades e revelando à luz opaca das claraboias seu rosto abatido e envelhecido. Seus cabelos, que antes eram loiros e curtos, se converteram em uma desgrenhada cabeleira branca, grisalha. Apenas seus olhos azuis-escuros pareciam resistir ao tempo, brilhando como enormes safiras em seu rosto talhado de rugas. — "A tristeza, segundo o mundo, produz morte", Paulo segue em sua carta aos coríntios, se você me permite a correção. E é no mundo que vivemos, Antônio. É para ele que deverá prestar contas. Acredito que seja esse o seu caso... Da tristeza que sempre leva à morte.

— Você me deprime, Jane — Casanova falou, afetado. — Tenho certeza de que Paulo acreditaria na minha salvação, se eu pudesse ao menos me arrepender de tudo que me acusa. Sempre te digo, fiz tudo com a melhor das intenções, com o coração repleto de amor e, acima de tudo, repleto de fé. Talvez por isso não consiga sentir a leveza redentora dos arrependidos. Será isso?

— Amor... — Jane suspirou, desanimada. — Você nem sabe o que é isso — e regressou ao fundo da cela, sumindo nas sombras.

— É evidente que sei — Casanova argumentou com ar de protesto. — Se há algo que dei a esses meninos, à essa aliança, foi amor. Meu tempo. Meu trabalho. Uma vida consumida para aperfeiçoá-los, guiá-los. Sempre os amei. Sempre!

— "Meu tempo, meu trabalho" — Jane rebateu das sombras. — Era exatamente isso que eles eram para você. O seu trabalho. Jamais os amou e sabe disso. Amor não permite o que permitiu... Não faz o que fez. Você os odiava e essa é a verdade.

— Calúnia — Casanova parecia se divertir com seu próprio cinismo, percebendo que estressava Jane imensamente com tudo aquilo. Não se importava. Só pensava em si.

— Ora, por Deus, por que continuamos com isso? — Jane regressou à grade, moribunda e irritada. — Por que você ainda me visita? Por que simplesmente não encerra isso e me mata de uma vez?

— Jamais poderia — Casanova comentou, perdendo o olhar para além das colunas do jardim. — Com quem poderia conversar se você não existisse? Se morresse? Somos os últimos. Alef eliminou todos com quem eu poderia falar sobre ele. E você eliminou o último de nós. E o doutor, bom...

— Alef devia ter eliminado nós todos — Jane o interrompeu, amargurada.

— Ah, sim. Ele teria, se tivesse tido a chance — Casanova falou concordando. — E como estamos falando de chance, gostaria de saber se acredita em "segundas chances". O arrependimento sempre inicia um processo de reparação, pensei esses dias. É uma segunda chance que nos damos. Não concorda?

— Não existe reparação para o que fez, Antônio. Sinto muito. Nem um oceano de seu arrependimento trará Alef de volta ou qualquer outro que tenha levado à morte em sua longa jornada de erros por essa vida.

— Também pensava isso até alguns dias atrás — Casanova ia ficando cada vez mais misterioso e sombrio —, mas essa semana a vida parece estar me dando uma segunda chance. Eu só não sei o que fazer com ela, devo confessar. Não é exatamente a chance que eu queria. Não, não.

— Do que você está falando, seu velho maluco? — Jane perdeu a paciência. — Que chance a vida está te dando?

— Alef está vivo, Jane — Casanova falou com segurança, sabendo que aquela informação lhe afetaria imensamente.

— Não! É impossível — Jane estava aterrorizada. Apoiou-se nas grades para não cair no chão, sem forças. — Como?

— Tudo indica que teve ajuda de alguém, claro. Seu poder sobre as pessoas, você sabe melhor do que eu, nós nunca saberemos os limites. Foi um erro meu achar que ele estava sozinho na Filadélfia. Que ele me desafiaria sem um plano. Sem saídas.

— Ele sobreviveu ao gelo... Claro — Jane falou, se emocionando com as memórias da infância de Alef em Saint-Michel. — Nunca se incomodou com o frio.

— Impressionante mesmo. Também ainda não assimilei direito. Entendo sua perturbação — Casanova regressou ao seu desdém e cinismo. — E agora vamos encontrá-lo, evidentemente. Por isso estou aqui...

— Por quê? — Jane não via propósito em nenhuma de suas visitas. Se pudesse, lhe tiraria a vida ali mesmo, no banco onde sempre se sentara para debater seus fantasmas nos últimos três anos. — Por que ainda me visita? — insistiu.

— Porque eu não sei o que fazer com essa segunda chance, Jane — Casanova respondeu, agitado. — Ainda não sei. Será essa minha oportunidade de salvação? De finalmente me arrepender? Ou mais uma culpa que terei que carregar? Não sei. Simplesmente não sei o que farei quando a hora chegar. Quando finalmente o encontrar.

— Deus permita que você nunca o encontre, Antônio — Jane falou, regressando ao leito escondido nas sombras da cela. — Você não merece essa chance. Nenhum de nós merece.

— Prometo lhe manter informada — Casanova falou, se afastando devagar da cela pelo corredor. — Afinal, temos apenas um ao outro agora.

Na escuridão na cela, Jane sentiu correr pelo rosto uma pesada lágrima, que fazia caminho pelos sulcos de suas rugas, como um rio corre por vales em direção ao oceano. Um misto de tristezas e ódio por tudo, com a súbita esperança de encontrá-lo novamente. De poder abraçá-lo.

Acima de tudo, a esperança de finalmente lhe contar toda a verdade.

Rendeu-se ao choro, que tão logo se consumiu em soluços, repetindo para si mesma:

— Obrigada, Deus! Obrigada! Obrigada, Deus!

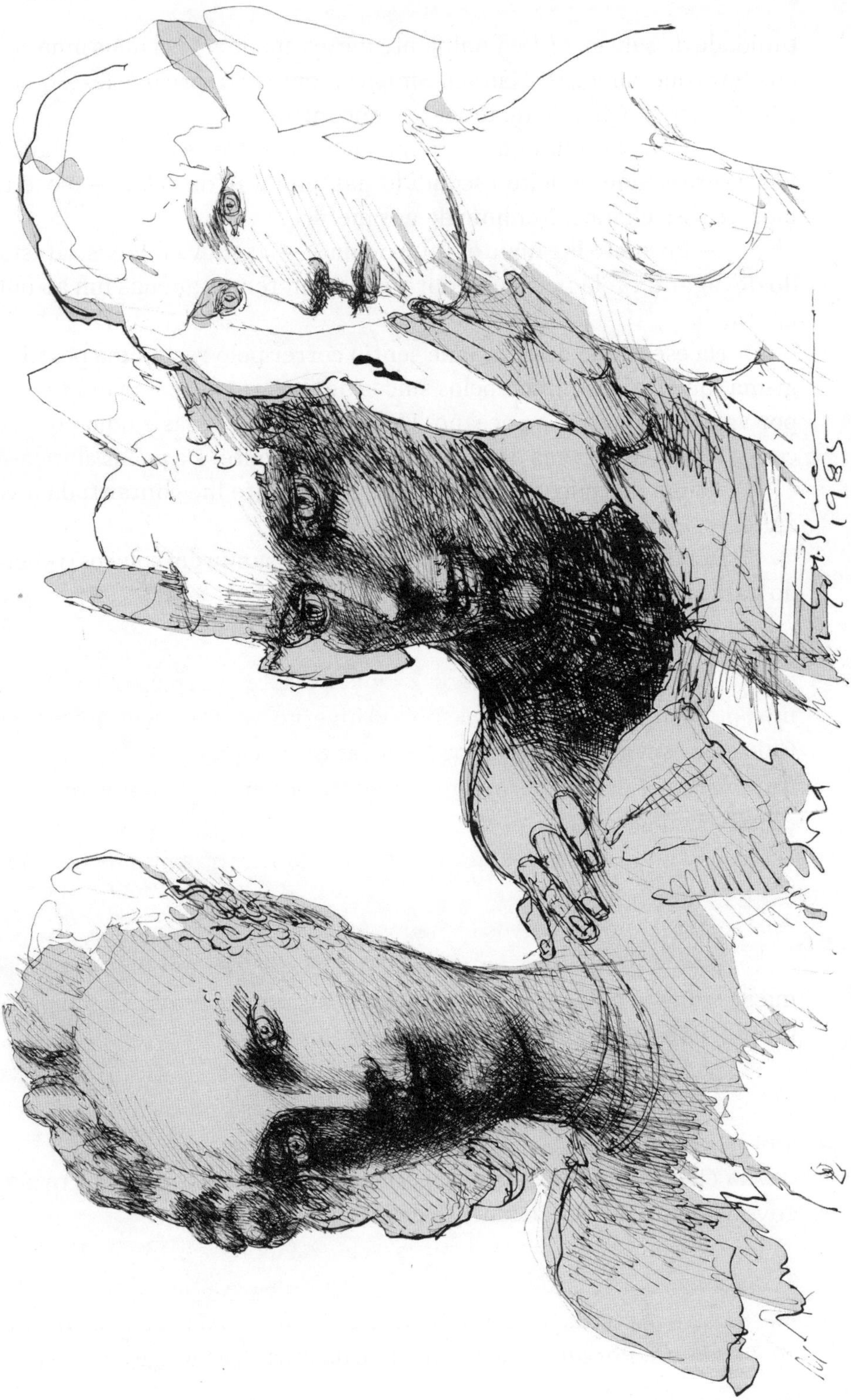

VINTE E SEIS

Chicago
19 de fevereiro de 2063

    O dia corria longe quando Zachary entrou no vigésimo andar com uma bandeja com seis cappuccinos. O inverno estendia seus braços sobre Chicago, espalhando neve por todo canto, mas não vencia o desejo do time de Stone de descobrir o que acontecera com aquele fugitivo na Filadélfia três anos antes.
    Zachary, Morgan e Mark seguiam com o trabalho de selecionar pessoas numa longa lista de nomes, pesquisando suas vidas de forma rasa e entregando arquivos fechados para Stone.
    Enquanto avançavam na investigação, Andrea pesquisava o sistema de trânsito e segurança nacional em busca dos carros que nunca mais foram vistos nos Estados Unidos.
    Lisa os ignorava completamente. Se debruçava sobre os arquivos da Operação *Snowman*, nome dado pela AII à operação de captura feita na Filadélfia para encontrar Stockholm. Uma espécie de fragmento dentro da *Opération Bereshit*, que ganhou novo nome apenas em razão do envolvimento do Departamento de Defesa Americano.
    Lisa tentava montar o quebra-cabeça da passagem de Stockholm pela Filadélfia. Estava intrigada com o que ele poderia querer ali, com o que estaria buscando no Hospital da Pensilvânia, na Faculdade de Medicina da Penn. Por que estava tão longe de casa? Tão longe de Paris?

Acreditava com segurança que, fosse lá o que estivesse buscando, atingiu um beco sem saída. Era a única explicação que podia atribuir ao fato de que se entregou à polícia e depois ainda chamou a atenção da Aliança do Ocidente e da própria AII. A única explicação para correr tamanho risco. "Estava desesperado e precisava de respostas. Se cansou de procurar?", pensava enquanto lia as poucas informações sobre os guardas da estação que o prenderam.

Levantava suas hipóteses em seu pensamento, fazendo pouquíssimas anotações num caderno de capa vermelha que carregava na bolsa. Foi estudando os arquivos da Operação *Snowman* que Lisa se deparou com mais uma mentira do diretor Lewis.

Pesquisando os policiais envolvidos no dia da captura, os três que estavam na estação policial e que o retiraram da universidade achando que carregavam com eles um drogado comum, percebeu que um deles ainda tinha o registro ativo no Departamento de Polícia da Filadélfia. Estava ativo e atuando.

Lisa se esforçou para lembrar, pois tinha certeza de que o diretor Lewis lhes disse que os três estavam mortos quando finalmente chegaram à estação policial.

Mas um deles sobreviveu. Sofreu um traumatismo na cabeça e entrou em coma, mas acordou depois de onze meses internado. Mal podia lembrar o próprio nome quando acordou. Aron Foster demorou quase um mês para voltar ao trabalho e, quando finalmente retornou, em fevereiro de 2061, um ano após o atentado à sua vida na Filadélfia, um ano após o confronto com Stockholm na estação policial, pôde esboçar um relatório sem muitos detalhes do incidente. Incluir o relatório era um protocolo com o qual se deparou em seu primeiro dia de trabalho depois do coma.

Lisa leu em minutos o que parecia um relato sem muitas minúcias. Deduziu que ele deveria ter esquecido grande parte dos detalhes ou mesmo que ele não teria participado da prisão. Que talvez só estivesse ali fazendo o seu trabalho na estação policial, assistindo à ação de seus colegas.

O relatório era curto, mas dadas as circunstâncias, considerando a violência do trauma e o tempo em coma, Lisa não esperava muito mais. Sua tentativa de inclusão no sistema se deu um ano depois que o caso foi encerrado e o arquivo foi rejeitado porque a pasta assumiu status de confidencialidade muito acima do acesso do policial Aron Foster. A tentativa de incluir o relatório no sistema, entretanto, ficou registrada no log da operação, um histórico de ações que todo sistema possuía rodando por baixo de suas interfaces. Foi assim que Lisa encontrou o arquivo. Rastreou seu caminho até a máquina onde estava salvo, na estação policial que Stockholm ficara preso naquela tarde.

    O preso parecia calmo e sedado, falando frases em francês esporadicamente, quando sem avisos se levantou e, mesmo algemado, me atingiu com um golpe com os pés, me lançando contra a parede da estação. Caí quase inconsciente embaixo de uma mesa de trabalho de outro colega. Os dois colegas estavam ao telefone do outro lado da sala. Senti seu peso sobre meu corpo, buscando em meu uniforme as chaves das algemas que ele parecia saber onde estavam, tamanha a velocidade com que as encontrou. Tirou as algemas e tomou para si a minha arma, se levantando por trás da mesa, atirando. Deu apenas dois tiros. Ouvi o baque dos corpos dos dois colegas no chão. Então ele me olhou, ainda em pé sobre o meu corpo no chão. A luz da estação sobre sua cabeça escurecia seu rosto. Iluminava o contorno de sua cabeça, lhe dando um ar celestial. Minha visão estava turva com a pancada, mas consegui vê-lo me olhando por um instante. Parecia estar pensando. Decidindo se me mataria. Ou como me mataria. Passou a mão na cabeça, desarrumando sob a luz os cabelos vermelhos, e levantou a arma em minha direção. Era o fim. Fechei os olhos para aguardar sua decisão e então desmaiei.

    Era realmente muito breve e protocolar, mas aquele pequeno detalhe, para Lisa, era muito mais do que precisava.

    "Cabelos vermelhos", pensou consigo, fazendo mais anotações em seu caderno.

    Era um traço muito específico e raro, que seria muito útil quando precisasse identificar seu fugitivo.

    Não compartilhou aquilo com ninguém. Sabia que Helena registraria suas conversas. Guardou para compartilhar com os meninos no sótão da família Moore, à noite.

    Antes de encerrar suas pesquisas, percebendo que os meninos também começavam a arrumar suas coisas, se debruçou sobre a planta de prédios da Universidade da Pensilvânia. Era uma cidadela de prédios no coração da Filadélfia, entrecortada por parques e praças e por prédios acessórios à vida universitária. Correu o dedo no mapa desde a estação policial, na via Chestnut, passando sobre a Escola de Negócios Wharton e pelo Perelman Quadrangle, na praça que abrigava o monumento de Benjamin Franklin. Correu o olhar sobre os prédios da Faculdade de Medicina e o hospital e pelo centro de medicina avançado. Parou um instante mapeando as ruas ao sul, sobre a Faculdade de Enfermagem na Curie Boulevard. Notou que ali havia um café.

"Você não ia começar no alvo", Lisa pensou, tentando adivinhar os passos de Stockholm naqueles dias.

Lisa criou para si a hipótese de que ele teria feito algum outro lugar de base para qualquer pesquisa que tivesse que fazer ou sistema que tivesse que invadir. Procurava um café nas proximidades do hospital. Uma Starbucks ou loja parecida, onde ninguém lhe perturbaria por passar horas num laptop.

Afastou-se do mapa por um momento e sorriu. Encontrou um lugar ainda melhor que um café. Abriu o seu pequeno caderno e anotou no topo de uma página nova:

Biblioteca Fisher Fine Arts.

VINTE E SETE

Filadélfia
16 de fevereiro de 2060

Apenas três policiais estavam trabalhando na estação policial da Universidade da Pensilvânia para onde Stockholm foi levado. Era uma segunda-feira e o vazio de agentes no prédio se dava graças ao feriado nacional celebrado naquele dia. Era a terceira segunda-feira de fevereiro, data em que os Estados Unidos celebravam o aniversário de George Washington, o primeiro presidente americano. Seu nascimento na verdade era dia 22 de fevereiro, mas em 1971 o governo definiu a terceira segunda-feira como o dia do feriado conhecido como "O Dia do Presidente" em quase todos os estados. No mesmo dia, alguns estados americanos também celebravam o nascimento de Abraham Lincoln, décimo sexto presidente americano, que nascera alguns dias antes, dia 12 de fevereiro.

Não havia solenidades do governo para aquele feriado, com exceção das escolas que organizavam alguns eventos menores, mas para grande parte das instituições americanas era um dia de folga.

Uma sorte com a qual Stockholm não estava contando. Havia se preparado para um conflito muito maior quando planejou ser preso. Ficou feliz, mas continuou com cara de dependente químico, simulando um estado de apatia e depressão. Não havia falado nada até aquele momento. Os dois policiais que atenderam ao chamado da universidade o algemaram, mas não o prenderam em nada na sala imensa para onde o levaram, logo na entrada da estação. Uma sala cheia de mesas, mas com apenas um outro policial trabalhando.

    Stockholm foi sentado numa cadeira em frente à mesa do policial que o prendera. Cooperava com alguma serenidade e, em razão de já terem o rotulado como dependente químico, não o consideravam realmente uma ameaça.

    Nem queriam prendê-lo, mas era um protocolo da polícia. Julgavam que tinham ocorrências mais graves com que se ocupar. Mas precisavam registrar a ocorrência e cobrar uma fiança para soltá-lo e para isso precisavam registrá-lo. Criar sua ficha no sistema da polícia.

    Stockholm assistia a tudo com bastante serenidade. Não tinha documento algum quando foi preso. Havia deixado todas as suas coisas num *locker*, uma espécie de armário público próximo à universidade, e enterrado a chave nas proximidades da biblioteca que o abrigara aqueles dois dias. As únicas coisas que respondeu ao interrogatório do agente policial Douglas Bane foi seu nome, "*Je m'appelle Alef*", e sua nacionalidade. "*Je suis française*", disse com sua voz cansada. Para tudo o mais, fingiu não entender o que o policial estava lhe perguntando.

    — Que grande perda de tempo — Douglas resmungou, inserindo dados da ocorrência no sistema.

    Em seguida, apontou para Stockholm uma pequena câmera e disse rispidamente e sem paciência:

    — Olhe para cá!

    Stockholm obedeceu serenamente o comando do policial e encarou a câmera com seus olhos verdes intensos por um momento, avançando para além dela, para os olhos castanhos do policial que o observava distraidamente. Estava até aquele momento, e em todos os aspectos, encarnado no papel que vinha fazendo de simples usuário de drogas e remédios. Apenas ali se fez ele mesmo, deixando escapar pelos olhos fragmentos de sua verdadeira natureza, sedutora e perturbadora ao mesmo tempo.

    Seu olhar foi tão avassalador que o agente Douglas Bane se desconcentrou e errou o enquadramento da foto, cortando do frame grande parte do rosto de Stockholm. Tossiu de nervoso e avisou que ia tirar outra. Na segunda vez, conseguiu fazer a foto e a inseriu no sistema, salvando tudo no banco de dados da Polícia da Filadélfia para gerar o valor da fiança.

    Douglas ainda sentia seu coração acelerado e um constrangimento que lhe avermelhava a face em razão da súbita atração que sentira por Stockholm. Não compreendia o que estava sentindo e rapidamente começou a suar pelas mãos de ansiedade.

Estirou-se no encosto da cadeira de sua estação de trabalho enquanto o sistema processava os dados numa tela entre eles, muito mais para disfarçar seu constrangimento e fingir alguma naturalidade, mas era inútil. Não conseguia disfarçar seu interesse. Stockholm esperava pacientemente o impacto daquelas informações nos sistemas da Aliança do Ocidente ligados ao sistema do Departamento de Defesa Americano.

Douglas tentava se concentrar na tela do computador, mas não conseguia mais parar de olhar para Stockholm do outro lado da mesa. Estava completamente seduzido por ele e imensamente irritado por isso, pois sequer era gay. Rapidamente afirmou para si mesmo, no fundo de seus pensamentos, que era casado com uma mulher e que nunca havia sentido atração por outro homem. Não entendia o que estava acontecendo. Por que estava tão atraído por aquele jovem? Suas reflexões eram tão inúteis quanto coerentes e, muito embora elas fossem clamores da lucidez de sua mente, seu corpo respondia como se estivesse envenenado e enlouquecido. O sangue corria acelerado, lançado pelo coração para todo o corpo com tanta violência que quase podia ser ouvido, descoordenado em suas batidas e na respiração que começava a ficar ofegante. Sentiu aquela onda de calor descer para a cueca. Estava ficando excitado. Suas bochechas ficaram vermelhas de vergonha.

Stockholm ignorava tudo aquilo, observando o horizonte de paredes.

Douglas decidiu pôr fim à situação constrangedora que lhe tirava do prumo e pediu de forma ríspida para Stockholm se sentar no final da sala, numa cadeira ao lado do único policial que estava trabalhando em outro caso na mesma sala. Stockholm obedeceu com serenidade. Quando estava já próximo do policial Aron Foster, falou para si mesmo: *"Je m'appelle Alef et je suis français"*. Repetiu aquilo algumas vezes, fazendo seu papel de drogado. Não queria que o novo agente se sentisse ameaçado por ele. Sabia o impacto que sua estatura causava nas pessoas.

— *Je m'appelle Alef et je suis français* — falou novamente.

O agente Aron Foster ignorava a mensagem, absorto em seu relatório. Sequer se preocupou com a presença de Stockholm, imenso e algemado, ali do seu lado. O plano de Stockholm mais uma vez funcionava perfeitamente. Foi assimilado como doente pelo agente Aron, assim como fora percebido pelos agentes Douglas Bane e seu parceiro, Bruce McCrane.

Não demorou muito para que o sistema concluísse a inclusão dos poucos dados que o agente Douglas tinha para aquele caso e, quando finalmente conseguiu, passou os olhos na tela para uma rápida revisão antes de gerar o valor da fiança. Quando estava quase terminando sua leitura, a tela se apagou e uma nova mensagem surgiu no fundo preto: *Acesso restrito — Arquivos confidenciais.*

O agente Douglas mal teve tempo de produzir algum protesto e seu telefone começou a vibrar no bolso da calça. Uma sequência de asteriscos protegia o número.

— Alô! — Douglas respondeu meio intimidado.

— Agente Douglas Bane? — a voz do diretor Lewis soou serena e rouca do outro lado. — Aqui é Michael Lewis, diretor da Agência de Inteligência Internacional do Departamento de Defesa Americano.

— Aqui é o agente Douglas Bane. Pois não?

— Agente, sinto muito que estejamos falando nestas circunstâncias, mas precisamos da sua mais absoluta cooperação. Nesta tarde, o senhor produziu um relatório no qual afirma ter sob a custódia de sua estação policial um homem francês de aproximadamente vinte anos chamado Alef. Isso procede?

— Sim, senhor! Procede — Douglas respondeu, pragmático, mas ainda sem entender por que estava recebendo aquele telefonema.

— Jesus Cristo! — o diretor Lewis desabafou do outro lado da linha e ficou em silêncio.

Do outro lado da sala, Stockholm assistia àquilo que já estava esperando acontecer com atenção e serenidade.

O telefone do agente Bruce McCrane tocou e ele apenas fez sinal para Douglas de que precisaria atender, se virando para a parede para ganhar alguma privacidade.

— Oi, amor! — atendeu de forma melosa.

Douglas percebeu que era sua namorada e se virou para lhe dar privacidade, mantendo Stockholm em seu perímetro de visão na lateral.

— Escute com atenção, agente Bane — o diretor Lewis retornou do outro lado da linha —, o jovem que você tem sob sua custódia é altamente perigoso. Ele está preso em uma cela?

— Não, senhor — Douglas respondeu, preocupado e baixando o tom da voz. — Ele está algemado aqui na sala. Mas o senhor tem certeza? Ele nos parece apenas um drogado.

— Temos certeza, agente Bane — o diretor Lewis perdeu a serenidade. A notícia de que Stockholm estava apenas algemado lhe causou arrepios pelo corpo.

— O que devemos fazer, senhor? — Douglas perguntou sem saber como agir.

— Não faça nada, filho. Estamos enviando reforços. Finja que está preenchendo papéis. Ganhe tempo. É sua única chance de continuar vivo — o diretor Lewis falou e desligou. No fundo, já dera os três agentes como mortos, mas não podia dizer. Sabia que eles jamais sobreviveriam a um ataque de Stockholm. Ganhar tempo era realmente sua única chance.

O agente Douglas estava pálido quando pousou seu telefone na mesa, se virando para o computador para tentar fazer o que o diretor Lewis sugerira. Ganhar tempo. Tentava se concentrar naquilo, na tela de seu computador, mas sua nova diretriz conflitava com o desejo avassalador de observá-lo.

Douglas queria compartilhar aquilo com o agente Bruce ao seu lado, mas ele continuava no telefone em uma conversa melosa com sua namorada. Interrompê-lo também chamaria muita atenção. Decidiu esperar.

Não demorou um minuto e seu telefone tocou novamente. Era o diretor Lewis mais uma vez.

— Agente Bane — atendeu, aflito.

— Agente Bane, o senhor poderia me fazer o favor... — o diretor Lewis começou a falar, mas sua voz se perdeu nos ouvidos de Douglas com a cena que ele assistiu naquele instante.

O preso do outro lado da sala se levantara e, sem avisos, deu um golpe no peito do agente Aron Foster, que subitamente ficara de pé do seu lado, lançando-o contra a parede com uma violência que Douglas jamais vira. O golpe deixou Aron sem ar por um instante e então inconsciente. Sua cabeça bateu com tanta força na parede que a manchou de sangue. Caiu no chão atrás de uma mesa de uma das estações de trabalho, para onde Stockholm se lançou em segundos. Dali, estava protegido da visão dos outros dois agentes e, em segundos, encontrou no corpo do agente Aron as chaves para as algemas que o prendiam e sacou a arma de sua cintura.

Do chão, escondido onde estava sobre o corpo do agente Aron, Stockholm disparou dois tiros nos vidros laterais da sala, na direção da saída, que desabaram abrindo uma passagem ao corredor.

Era um golpe e eles caíram sem resistência. Antes que a vidraça despencasse completamente no chão, Stockholm estava de pé e ambos os policiais do outro lado da sala estavam com suas armas na mão, mas olhando os pedaços de vidro estatelarem no chão. Stockholm não precisou de um segundo para disparar um tiro em cada um, na cabeça, levando os dois ao chão sob suas estações de trabalho. Bruce sequer tinha saído do telefone ainda, tamanha a velocidade da ação de Stockholm.

Do outro lado da linha, o diretor Lewis lamentava ouvindo os disparos. Sabia que estavam mortos. O celular ainda estava na mesa, onde caiu com o susto do agente Douglas.

Stockholm atravessou a sala, se sentou no computador do agente Douglas Bane e começou a invadir o banco de dados da polícia. Apagou seu registro, embora tivesse certeza de que algum resíduo já devia ter sido salvo em outro lugar, o resíduo que alertou a Aliança de que ele estava ali, mas não tinha tempo para aquela preocupação. Apagou as duas fotos que o agente tirou dos arquivos e todos os registros de câmeras da estação policial daquele dia, desligando todas as câmeras em seguida.

Stockholm sabia que aquilo poderia não ser suficiente e que poderia ter se exposto demais naquela noite, mas estava disposto a ir até o fim. Não se esconderia mais.

Escreveu um recado numa folha de papel e deixou sobre a mesa. Então, ouviu o agente que atacou primeiro gemer de dor do outro lado da sala. "Está vivo?", pensou, preocupado.

Caminhou devagar até ele para verificar com toda cautela. Estava vivo, mas não se movia. Não conseguia. Estava muito ferido. Abriu seus olhos por um instante e deu de cara com Stockholm lhe observando em pé sobre seu corpo.

Stockholm lhe apontou a sua própria arma e então, diante de seu olhar de terror, hesitou. Não queria matá-lo. Não precisava. Antes que pudesse decidir se o mataria ou não, ele desmaiou.

Decidiu poupá-lo. Parar de matar era parte dos votos que tinha feito a si mesmo quando abandonou sua vingança e começou sua saga em busca da verdade sobre suas origens.

Abandonou a estação policial como um fantasma, sem deixar rastros ou impressões digitais, sem vestígios além dos corpos dos três agentes no chão. Saiu para a rua em direção ao norte, deixando na estação o rastro da violência que abrigava em si mesmo ainda e um recado na mesa:

Le Papa sera le dernier. Et en lui je Le trouverai.

"Casanova entenderá", pensou sombriamente consigo, cobrindo a cabeleira vermelha com o capuz de sua enorme jaqueta preta. O frio intenso da noite de inverno e o feriado nacional haviam deixado as ruas desertas. Stockholm desapareceu pelas ruas em direção ao norte da cidade.

***

Quando o diretor Lewis chegou à estação policial da Universidade da Pensilvânia, duas horas depois do telefonema para o agente Douglas Bane, diversas viaturas já tomavam a frente do lugar. Um ataque daqueles a uma estação policial era algo impensável para a polícia local.

Antes mesmo de sair de Washington, onde se reunia com a presidente dos Estados Unidos naquela tarde, o diretor Lewis já havia acionado o alto comissário da Polícia da Filadélfia, sinalizando que ninguém deveria tocar a cena do atentado. Que sua equipe chegaria em duas horas e que ele tocaria o assunto pessoalmente.

O comissário tomou todas as providências, mas era impossível conter a comoção dos colegas da polícia. Além disso, uma das vítimas do atentado estava viva e precisava ser socorrida por equipes médicas. O diretor Lewis concordou com a extração desta vítima pelos médicos, mas não autorizou mais nenhum movimento. A estação deveria ser isolada. Os colegas dos policiais aguardavam irritados a chegada do time da Agência de Inteligência Internacional em uma dezena de viaturas na calçada da estação policial. Se sentiam invadidos em sua jurisdição, mas não ousaram desobedecer ao comando do alto comissário da polícia, o Coronel William Lawson, que também aguardava com eles no frio na calçada.

Ao mesmo tempo que o diretor Lewis viajava de carro até a Filadélfia, do outro lado do Atlântico, na capital da Suíça, Zurich, Casanova embarcava em um jato da Aliança do Ocidente em direção aos Estados Unidos. O voo duraria cerca de sete horas naquela aeronave.

Ao norte da estação policial, Stockholm se abrigava em uma casa à venda que invadira. Estava exausto, imerso em suas dúvidas e atormentado pelo fracasso de sua busca.

**

— Senhores! Meu nome é Michael Lewis e eu sou o diretor da Agência de Inteligência Internacional do Departamento de Defesa Americano — a voz do diretor Lewis, rouca e cansada, ecoou no ponto de áudio no ouvido de Stockholm, já quase no final da madrugada. Havia grampeado a estação policial antes de sair para acompanhar os resultados de sua passagem por ali. Além disso, havia hackeado os sistemas de comunicação da polícia, os quais ouvia em outro ponto no ouvido esquerdo. Percebeu algo estranhamente familiar em sua voz, mas Stockholm sequer pôde pensar nisso. Seus pensamentos foram violentamente sequestrados pelo anúncio que o diretor Lewis fez no segundo seguinte. — Esse é o General Antônio Casanova, um herói da guerra e comandante de diversas operações da Aliança do Ocidente. Nós sentimos muitíssimo pela perda dos agentes Douglas Bane e Bruce McCrane e fazemos votos de que o agente Aron Foster se recupere do gravíssimo ataque que sofreu. Lamentamos, é claro, mas o trabalho ainda não acabou. O criminoso com o qual estamos lidando é um fugitivo do governo francês que buscamos há dez anos. Em sua ficha, pesa uma centena de assassinatos de membros de diversos governos europeus e integrantes da Aliança do Ocidente. Ele é extremamente perigoso, mas está claro que ele deseja nos encontrar. Faremos o seu jogo.

Um mar de murmúrios que Stockholm não conseguiu compreender ecoou no seu ouvido, mas o silêncio foi restaurado pela voz que lhe era tão familiar.

— Senhores — Casanova falou com sua voz afetada, já no silêncio dos colegas. — Nós sabemos que isso é difícil de compreender e que todos aqui querem encontrá-lo. Nós entendemos. Mas vocês jamais o encontrarão. Porque ele é invisível. As capacidades dele superam a de todos nós juntos e a nossa única chance é atender ao seu chamado. Ele deseja me encontrar e eu desejo encontrá-lo. É o que faremos. E vocês estejam prontos e atentos. Eu posso precisar de ajuda quando ele me encontrar.

Stockholm sentiu crescer dentro dele um misto de carinho pelo reconhecimento de suas habilidades, elogios que ele jamais ouvira na infância, e de raiva ao ouvir a voz de Casanova. Uma saudade do tempo em que a única coisa com a qual se importava era impressioná-lo, impressionar aquele que considerava um pai. Um tempo no qual importava imensamente ser amado por ele. Subitamente, sentiu saudades dos dias infinitos de treinamento, no frio, na chuva, na lama, nas pedras, no sol, a qualquer hora. Do olhar de orgulho, disfarçado na cara marcada por seu autoritarismo tirânico. Da relação tóxica que existia entre eles. Mas, ao mesmo tempo, sentia raiva da fraude que fora sua vida. Das mentiras. Da violência. Das traições. E mais do que tudo, do golpe fulminante que Casanova lhe dera no peito, a morte de Thomas.

Sentiu correr uma lágrima desta mistura de sentimentos que transbordaram do peito para todos os cantos do corpo, mas se conteve. Não podia se deixar levar por suas emoções. Não naquele momento. Tinha esperado demais por essa oportunidade. O dia que entregaria a alma de Casanova ao juízo dos céus. A presença de Casanova ali tão perto despertou um desejo de vingança que adormecia há anos e soterrou como uma avalanche que engole vilas inteiras em segundos os seus votos de não os matar mais.

Stockholm abandonou a casa ao mesmo tempo em que Casanova abandonou a estação policial sozinho em uma viatura da Polícia da Filadélfia.

Enquanto Casanova partia sem rumo pelas ruas em busca de um café, na calçada da estação policial, se afastando de todos para ganhar privacidade, o diretor Lewis dava um comando para seu celular.

— Helena.

— Bom dia, diretor Lewis — respondeu com sua voz suavemente metalizada a assistente virtual da Agência de Inteligência Internacional.

— Localize o senhor John Von Hatten, por favor.

— Imediatamente! — Helena respondeu, apagando a tela do celular.

***

Casanova passeou durante horas pela região da Universidade da Pensilvânia, mas no fundo conhecia seu pupilo e sabia que não conseguiria encontrá-lo assim. Que não ia esbarrar com ele na rua.

No fundo, tinha certeza de que, de alguma forma, estava sendo vigiado. Que Stockholm o observava de algum lugar. E estava certo. Stockholm monitorava todas as viaturas da polícia por meio de um vírus que instalou no sistema da polícia local. A única que ficava dando voltas, sem chamados, era a que abrigava o General Antônio Casanova. Muitas estavam paradas na estação, aguardando os desdobramentos da operação. Outras tantas atendendo chamados por toda a cidade.

Casanova andou em círculos, de norte a sul, o dia inteiro enquanto Stockholm fingia ler um livro nos gramados às margens do Rio Delaware, no Parque Penn Treaty. Queria vê-lo cansado, sabia que ele não desistiria. Além disso, decidiu que o abordaria apenas quando ele se aproximasse da região leste da Filadélfia, nas proximidades do Rio Delaware, o que só aconteceu ao final do dia, quando Casanova chegou ao quinto café que entrava naquele dia, um Starbucks numa galeria na Avenida West Girard, a apenas quinze minutos do parque onde Stockholm estava escondido. Era sua chance.

Abandonou o celular que furtara mais cedo para poder monitorar as viaturas e o livro que encontrara no parque mesmo. Lançou ambos no rio, num ponto onde ainda não haviam se formado placas de gelo. O frio já estava congelando sua superfície.

Pegou apenas a pistola do agente Aron Foster que ainda carregava consigo e partiu.

No café, Casanova começava a perder a paciência com aquilo. No fundo, estava exausto de ficar andando pela cidade sem rumo e tenso com o eventual encontro. Resistia às investidas do vento frio e da neve com enorme determinação, mas sentia os efeitos da idade avançada. Tudo lhe doía.

Deixou o café, impaciente, depois de quase uma hora sentado, analisando se estavam fazendo aquilo direito, se não seria melhor iniciarem uma busca por todo canto da cidade, uma caçada. O sol tinha acabado de desaparecer completamente, cobrindo a cidade com a penumbra do início da noite quando ele entrou na viatura da polícia. O frio que a noite prometia o impediria de continuar com aquilo. A previsão do tempo era de nevasca e as autoridades locais já começavam a alertar na televisão que havia no café para que os cidadãos da Filadélfia e região não saíssem de casa.

Levou a mão ao painel do carro para acionar o diretor Lewis pelo sistema de comunicação da viatura e decidirem juntos o que fazer, mas antes que pudesse tocar o painel sentiu a superfície gelada da pistola de Stockholm em sua nuca.

— Olá, papai! — Stockholm sussurrou na escuridão do banco de trás da viatura.

— Alef — Antônio falou, sentindo uma mistura de medo por sua vida e do nojo imenso que vinha alimentando por Stockholm ao longo dos anos. Seu sentimento era de uma violência assombrosa. Queria levar as mãos ao pescoço de Stockholm e apertar devagar até que morresse sem ar, até que seus imensos olhos verdes não tivessem mais vida alguma. O odiava, teve mais certeza do que nunca. Mas precisava fazer o jogo dele. Sabia que ele não lhe pouparia. Já havia matado tantos como ele. Conteve-se para sobreviver.

— Meu filho — falou buscando seus olhos no espelho retrovisor, sem sucesso. O carro estava muito escuro.

Sentiu a mão de Stockholm correr em seu corpo em busca de alguma arma, mas ele não encontrou nada. A arma de estimação de Casanova, uma pequena pistola, estava escondida no cano de sua bota de couro, numa fenda secreta adaptada para abrigá-la. Stockholm não pôde ir tão longe em sua revista.

— Apenas dirija. Há uma rodovia logo à frente. Entre nela em direção ao norte. Eu lhe direi quando parar — Stockholm ordenou, frio e objetivo, pressionando a arma fria contra a pele enrugada do pescoço de Casanova.

Seguiram em silêncio pela rodovia Internacional 95 por quase uma hora. Um silêncio insuportável para ambos, mas Casanova decidira que só falaria se fosse provocado. Afinal, tinha sido convocado àquele encontro. Estava cansado e de mau humor. Stockholm queria falar tudo, mas também decidiu que só o faria olhando nos olhos de Casanova.

A neve começava a dar uma trégua em sua intensidade na região de Trento, ao norte da Filadélfia, deixando tudo ao redor da estrada pintado de branco quando Stockholm por fim pediu que Casanova parasse e descesse do carro. Era uma ponte sobre o Rio Delaware.

A ponte se erguia como um imenso esqueleto de ferro sobre o rio congelado. Estava escura e sua pouca iluminação se dava por lanternas de construção civil, colocadas em uma pista que estava completamente bloqueada para reparos. Apenas uma faixa dava vazão aos dois sentidos da rodovia. A outra estava tomada de aparelhos de construção, andaimes, cabos e lanternas vermelhas. Não havia mais ninguém trabalhando na ponte, em razão da neve, mas o fluxo de carros nos dois sentidos era intenso.

Abandonaram a viatura no acostamento e entraram pela faixa bloqueada a pé. Era a primeira vez que se viam em nove anos. Stockholm achou que Casanova continuava o mesmo. Apenas um pouco mais velho, mas como ele já era velho em sua infância não conseguia discernir o que estava diferente nele. Já Casanova estava em choque com Stockholm. Quando se viram pela última vez, momentos antes do embarque para a missão em Londres, Stockholm era apenas um menino. Era superdesenvolvido e muito maior do que uma criança de onze anos, mas nada que se comparasse ao homem em que se transformou. Seu rosto mudou pouco, embora a barba tenha um efeito revolucionário na face de um homem. Quando partiu para Londres, não tinha barba ainda.

Seus olhos, quando por fim se encontraram com os de Casanova, pareciam esmeraldas brilhando em seu rosto avermelhado pela barba e cabelos ruivos e pelas lanternas vermelhas da pista interditada. Eram exatamente os mesmos de quando era criança. Casanova sentiu um arrepio pela semelhança imensa de Stockholm com Arthur Johansson. Pareciam a mesma pessoa. O mesmo menino, com cara de homem e barba vermelha, que Casanova fizera prisioneiro quase trinta anos antes, na Praça da Bastilha.

Casanova andava na frente, sob a mira da pistola que Stockholm carregava. Pararam no meio da ponte, onde a pouca luz das lanternas permitia que se vissem. Que se olhassem nos olhos, como Stockholm planejara ter aquela conversa. Também havia escolhido o rio para ser o túmulo de Casanova quando imaginou seu plano. Depois que tivesse respostas, estava decidido a matar Casanova ali. Seria a última fronteira de sua vingança. A última alma que daria asas. A mais tenebrosa de todas.

— Como você pôde fazer isso conosco? — Casanova perguntou, não resistindo mais ao silêncio de ambos. — Como pôde, Alef?

— Sou eu que faço as perguntas essa noite, seu verme — Stockholm rebateu friamente. Seu olhar fulminou Casanova, mas no fundo percebeu como não estava preparado para encontrá-lo. Como jamais estaria. Como ainda estava magoado com tudo. Se sentiu a criança que deixou a Abadia de Saint-Michel anos antes, voando sobre as águas escuras e sob o frio do Canal da Mancha.

— Pois bem — Casanova concordou com tranquilidade. — Você que pergunta. Fale de uma vez então!

— Onde estão meus pais? Quem são eles? — Stockholm foi direto ao ponto. Estavam muito expostos ali. Se demorasse, teria que buscar algum cativeiro para se abrigarem.

— Eu sou seu pai e eu estou aqui — Casanova respondeu, sereno.

— Próxima!

Stockholm se aproximou de Casanova devagar e lhe deu um soco no meio do rosto com tanta violência que o derrubou no chão e lhe sangrou o nariz. Casanova levou a mão ao rosto e gritou com a dor. Sentiu que havia fraturado o nariz.

Buscou um lenço na roupa militar e começou a pressioná-lo contra o rosto para conter o sangue que escorria sem parar. Se levantou tomado de ódio, mas certo de que sua vida corria perigo. Compreendeu rapidamente que precisaria ser muito mais inteligente que aquilo para sobreviver àquele encontro com seu pupilo.

Stockholm perguntou novamente.

— Onde estão meus pais? E quem são eles?

— Então é isso que está fazendo aqui? — Casanova respondeu, liberando o rosto de seu próprio lenço. — Você está procurando por Taylor Smith?

Stockholm sentiu um aperto no peito ao ouvi-lo repetir o nome de seu pai.

— Então é verdade. Ele é meu pai — Stockholm falou para si mesmo.

— Sim — Casanova confirmou com a voz abafada.

— E quem é minha mãe? — Stockholm perguntou direto.

— Você não tem mãe, Alef — Casanova respondeu friamente. — Você é o filho de uma p...

Stockholm não esperou nem mesmo ele terminar aquilo que parecia ser uma ofensa e o atingiu com um soco no estômago, lançando-o ao chão novamente.

— Todo mundo tem mãe, seu verme. Até mesmo monstros como você devem ter uma mãe, arrependida de tê-lo colocado no mundo — Stockholm vociferou para Casanova ainda no chão.

— Às vezes, me pergunto — Casanova falou do chão. Ainda não tinha recuperado as forças para levantar-se — como eu pude te amar tanto, seu ingrato. Quantos dias e noites perdi cuidando de você. Para você fugir e destruir minha vida... Seu veadinho imundo.

— Amor? — Stockholm embarcou no jogo. — Monstros como você não sabem o que é amor. E se alguma vida foi destruída nesta história, foi a minha.

— Você é uma aberração, Alef. É isso que vai descobrir no final de tudo — Casanova falou, levantando-se com dificuldade, apoiado no parapeito de concreto da ponte. — Um erro que devíamos ter eliminado no berço...

— "Uma aberração" — Stockholm repetiu para si mesmo baixinho, se lembrando de todos que já haviam dito aquilo.

— Você sobreviveu apenas porque acharam que você era um milagre — Casanova falou, amargo, limpando o sangue que corria pelo seu rosto. — E se você já não tivesse eliminado cada um deles, e Jane não tivesse concluído seu trabalho, eu mesmo teria o prazer em arrastar cada um deles para o inferno.

— O que quer dizer, seu velho maluco? — Stockholm perguntou sem rodeios. — Que trabalho Jane concluiu? Do que está falando, seu verme?

— Ah, não soube? — Casanova desdenhou. — Esperava mais de você, Alef. Que desatento! Jane assassinou há dois meses o último cardeal de Saint-Michel.

Stockholm ficou atônito. Ambos sabiam quem era o último cardeal de Saint-Michel. Sentiu um misto de tristeza e orgulho por aquela informação. Fora Jane quem matara o Papa Saulo em Londres. "Então era ela a missionária que assassinou o Papa diante de câmeras para milhões de pessoas", pensou, tentando conter a reação de surpresa, sem sucesso.

Não havia prestado atenção às notícias que lera rapidamente sobre o assunto. Estava concentrado demais em encontrar seus pais para se ocupar com a morte de Saulo. Sabia que ele devia ter dezenas de inimigos.

— Sinto muito em lhe trazer apenas notícias ruins. Mas me parece que só o que existe à sua volta é sofrimento e morte. Você é uma maldição, Alef... Nem mesmo Deus poderá te salvar.

— Onde ela está, seu verme? — Stockholm perguntou, desequilibrado pela notícia de que Jane ainda estava viva.

— Está presa, claro, onde nunca devia ter saído e onde ficará para sempre. Mas lhe prometo que a visitarei sempre. Serei um lembrete da destruição que ela causou quando fugiu de nós há dez anos — Casanova falou solenemente, como se o juramento fosse verdade. Como se fosse torturar Jane até o fim de sua vida.

— Coloque suas mãos imundas nela — Stockholm se entregava às emoções. Era o que Casanova queria — e eu vou quebrar cada osso do seu corpo.

— Não vai fazer nada, seu veadinho nojento! — Casanova gritou, autoritário e intimidador. — A única coisa que você devia ter feito era desaparecer. Mas nem isso você foi capaz de fazer. Não! Não! Claro que não. "Onde estão meus pais? Blá, blá, blá" — Casanova imitou com desdém, debochando da pergunta de Stockholm. — Bichinha maldita. No fundo, eu sempre soube que você estava estragado. Que carregava o mesmo defeito imundo de seus pais. No fundo, sempre soube que eu depositei minhas esperanças no irmão errado!

"Irmão?", Stockholm pensou, tentando assimilar aquilo.

— *Mea culpa*, é verdade — Casanova continuou. — Eu devia ter eliminado ambos quando tive a oportunidade. Não teria trabalhado tanto para ser traído de forma tão baixa.

— Eu tenho um irmão, seu infeliz? — Stockholm apontou a pistola para a cabeça de Casanova. — Que história é essa?

Casanova se intimidou com aquela reação repentina. Escolhia as palavras para colocar o seu plano de eliminar Stockholm em prática. Estava cansado daquilo e, no fundo, sabia que aquela oportunidade não se repetiria. Sabia que todos na Aliança do Ocidente ainda o queriam vivo. Apenas ele tinha interesse em sua morte.

— Gêmeos, vocês são! É verdade! Mas não poderiam ser mais diferentes. Pensar que eu poderia ter escolhido o irmão que nunca me abandonaria. O que seria fiel a nós. Que seria nosso para sempre — Casanova mentiu o melhor que pôde e distanciou o olhar para a escuridão do rio, avaliando como faria para sair daquela situação.

— Onde ele está, seu monstro? — Stockholm estava enfurecido, num misto de raiva e alegria por aquela informação.

Casanova deu uma gargalhada. Era o sinal de que não contaria mais nada sobre aquilo, mas seu efeito não foi o esperado por ele.

Stockholm se aproximou dele e falou sombriamente:

— Se é assim que quer continuar, eu serei obrigado a lhe dar minha última bênção, seu verme — Stockholm falou, se aproximando de Casanova, cujo rosto se desfigurou de temor.

Ambos sabiam o que aquilo significava, mas Casanova não teve tempo para reagir. Stockholm deu um pequeno salto ao seu lado e caiu como um machado na canela de Casanova, fraturando a tíbia dele com tanta violência que o osso ficou exposto. A calça se encharcou de sangue em segundos.

Casanova caiu de joelhos no chão gritando de dor. A última bênção devia ser dada de joelhos. Mas sequer conseguia ficar de joelhos. Tombou rapidamente com a dor alucinante da fratura. Chorou de raiva e dor. Não chorava há anos. E nunca havia sido ferido de forma tão brutal quanto Stockholm acabara de fazer.

Ambos estavam possuídos de ódio, essa sina de corações traídos que se amaram imensamente um dia, entregues, cada um, a ondas de mágoas e rancores. Diferentes em todos os aspectos, mas jorrando o mesmo sentimento e a mesma violência. Nenhum dos dois estava realmente preparado para aquele encontro, ambos perceberam apenas ao serem alcançados pelo estalo seco da fratura do osso de Casanova.

— Eu não preciso mais de suas respostas, seu filho de uma puta — Stockholm falou, apontando a pistola para Casanova, que agonizava no chão, abraçado aos joelhos, em posição fetal. Decidira num impulso que não conseguiria continuar com aquilo. Jane estava viva. Só poderia estar em Saint-Michel. Não precisava mais de Casanova.

— Alef, não! — Casanova gritou suplicando por sua vida. — Não faça isso! Me perdoe! Você precisa saber a verdade sobre Thomas! Eu vou lhe contar tudo, eu juro!

— Thomas? — Stockholm recuou por um momento. Seu coração se apertou. Sentiu subir um vômito pelo peito e atingir a garganta.

— Thomas. Sim! Você precisa saber a verdade sobre Thomas! — Casanova se preparava para usar sua última carta. Ainda chorava de dor e suplicava por sua vida. — Thomas lhe enviou um recado. Um recado que você precisa saber.

Stockholm avançou sobre ele como um lobo furioso, agarrando-o pelas roupas e levantando-o à altura de seus olhos, tirando seus pés do chão.

— Lave sua boca imunda antes de falar o nome dele — Stockholm falou descontroladamente. — Eu não acredito mais em suas mentiras.

— Estávamos nas masmorras, nas galerias subterrâneas de Saint-Michel — Casanova falou, tentando conter as lágrimas, fingindo — quando terminamos de lhe dar a surra que veadinhos como vocês merecem.

Stockholm apertou sua roupa em torno do pescoço, tentando se conter e permitir que Casanova prosseguisse com sua história. Sabia que não podia confiar naquilo, mas passou anos fantasiando com o que teria acontecido com Thomas. Não pôde conter sua curiosidade. Casanova seguiu.

— Quando terminaram com ele, não havia muito mais do menino que criamos. Não havia muito mais do seu namoradinho — Casanova continuou e sorriu com a face tomada de sangue.

Stockholm se entregou às lágrimas com aquilo, mas não afrouxou o pescoço de Casanova, que sentia o cano da pistola roçar seu rosto.

— Eu nasci para criar heróis corajosos, homens destemidos, armas — Casanova suspirou —, e nisso eu tive sucesso absoluto com cada um de meus filhos, exceto com você. Apenas você se tornou uma decepção completa. Fugiu como uma menina medrosa... Como um veadinho assustado. Um rato nojento. Mesmo Thomas, estragado como você, diante da morte, levantou o rosto machucado e me desafiou. Enfrentou seu oponente. Mas era para você que ele queria falar... Ele me encarou nos olhos e me disse todo corajoso: "Nos amamos e minha morte não vai mudar isso".

— Seu demônio maldito... — Stockholm tremia de raiva, chorava e perdia a noção do tempo. Ouvia a voz de Thomas lhe confessando seu amor, escondidos nos cantos da Abadia de Saint-Michel. Seu amor proibido, secreto. Lembranças quase perdidas no tempo.

— Atrevido, não é verdade? — Casanova falou, maldoso. — A única coisa que pude fazer diante de tamanha blasfêmia foi explodir seu coração com uma bala...

— Como você... — Stockholm esboçou uma reação àquilo, ao detalhamento cruel da morte de Thomas, mas foi interrompido por Casanova.

— Como vou explodir o seu, veado filho de uma puta! — a ameaça de Casanova se misturou numa explosão entre os dois.

Um tiro disparado pela pequena pistola que Casanova escondia no couro de sua bota e que pôde sacar enquanto agonizava de dor pela fratura em sua perna. Atingiu Stockholm no peito, na direção do coração.

A dor o fez lançar Casanova longe, chocando-o contra o muro de concreto que separava a pista onde carros passavam alheios àquilo tudo e a pista onde estavam, acentuando imensamente a dor da fratura em sua perna. A pequena arma caiu de sua mão no chão, voando longe para um canto escuro da pista. Casanova estatelou no chão cheio de cabos de ferro da reforma da ponte e não conseguia se levantar ou se arrastar para buscá--la. Queria terminar a execução de Stockholm, mas nem foi preciso.

O tiro preciso, disparado de tão perto, na pele, atravessou seu peito. Stockholm permanecia em pé, pressionando o ferimento no peito, alucinando com a dor dilacerante, mas era impossível conter o sangue nos dois extremos. Sentia o sangue correr pelas costas por onde a bala saiu.

Cambaleou para trás e, antes que pudesse se segurar em qualquer ferro ou na barreira de concreto da pista, despencou da ponte em direção à escuridão do Rio Delaware.

Stockholm viu a pista sumir na neblina, como um arco borrado no céu escuro, como uma teia de metal armada para aprisionar insetos na noite. A ponte era muito alta e o ar lhe escapava no vazio da queda. A dor começava a se enraizar no resto do peito e abdome. Tudo se misturava em sua mente.

"Jane assassinou o último cardeal de Saint-Michel." "Thomas." "Depositamos nossa fé no irmão errado." "Nos amamos e minha morte não vai mudar isso." "Veadinho filho de uma puta." "Aberração." "Você não tem mãe."

"Você é um milagre, Alef", ouviu a voz suave de Jane em sua cabeça antes de bater com violência na placa de gelo da superfície do Delaware, rompendo-a como um tiro e afundando na água gelada.

Uma mancha imensa de sangue, espirrado de suas costas e de seu peito, pintou de vermelho a superfície da placa de gelo que o corpo de Stockholm rompera na queda.

A correnteza puxou seu corpo enfraquecido rio abaixo, sob as placas de gelo, sem resistência, com a mesma facilidade que levava os galhos e as folhas secas do outono que dera lugar àquele inverno. Stockholm sentia a água gelada como milhares de agulhas se chocando contra seu corpo, atacando seu rosto. Se entregou àquela corrente, sem forças para regressar à superfície.

Fechou seus olhos para se deixar levar e, na escuridão de seus pensamentos, sentiu uma paz que nunca sentira.

"Vou morrer", pensou sendo levado pela correnteza, "finalmente vou morrer".

Sentia o formigamento do frio correr a pele, lentamente lhe roubando a consciência. Lentamente lhe pedindo o ar que ainda guardava nos pulmões. Sentiu que era a hora de parar. Era hora de se entregar, deixar o ar ir.

"O milagre de um amor que se recusou a morrer", ouviu a voz de Jane na escuridão do rio.

"Eu sinto muito, Jane, mas eu mereço morrer", rebateu em seus pensamentos. "Eu não posso aguentar mais, adeus", pensou, se deixando levar pela água.

"Irmão", sussurrou para si mesmo, no escuro de seus pensamentos, quando acreditou que estava no limite, tal como se estivesse chamando o irmão que acabara de descobrir que tinha ou estivesse sendo chamado por ele. "Irmão", ouviu novamente em si mesmo e então foi entregando o ar que guardava no peito, certo de que aquele era seu fim.

Mas estava enganado. Sem que pudesse compreender de onde, seu corpo ganhou força. Despertou. A dor fulminante no peito cessara de repente e o frio não o incomodava mais. Se sentiu completamente vivo e alerta, mas precisava de ar.

Recuperou a consciência sobre seu corpo. Localizou a superfície e o sentido da correnteza, para onde passou a nadar com toda a força. Quando a corrente fez uma curva, Stockholm saiu dela. Subiu à superfície e respirou como se estivesse nascendo novamente.

Mergulhou novamente e começou a nadar para o sul, no sentido que as águas do Delaware corriam. Nadou quase duas milhas. Queria se afastar o máximo que podia da ponte de onde despencara, mas, num ponto do rio onde se encerrava a pequena Ilha Burlington, sentiu seu corpo ser tragado por uma outra forte corrente, da qual não conseguiu se desvencilhar e que o fez dar cambalhotas sob a fina camada de gelo, na escuridão da água gelada, puxando seu corpo de qualquer jeito para a lateral do rio.

Stockholm percebeu a proximidade da margem e aproveitou a oportunidade para vencer a corrente. Se lançou com força para fora da corrente e em direção à superfície do rio, no rumo do borrão que era a margem do rio, logo mais na frente.

Ganhou impulso da própria corrente que o prendia e ali fazia uma curva e bateu com a cabeça no gelo para rompê-lo e sair do rio. Nas proximidades da margem, a placa de gelo tinha muito mais força e estava muito mais espessa. A pancada rompeu o gelo, mas sua cabeça explodiu de dor.

Achou que a camada de gelo estaria mais fina, como a que rompera segundos antes para respirar. A dor na cabeça se espalhou intensamente, como se tivesse recebido uma martelada no crânio, e só o que conseguiu fazer foi se lançar sobre a neve que se acumulava sobre a placa de gelo e sobre a margem do rio, tirando seu corpo da água.

Tombou de bruços no chão, respirando os flocos de neve. Sua visão ficou turva.

Parou um instante para respirar e, rapidamente, começou a ser camuflado pela neve que caía sem cessar.

Sentia uma vertigem gigantesca. Sua cabeça girava como se estivesse num looping de montanha-russa e isso lhe causava um enjoo estranho, que não entendia. Um mal-estar que não compreendia. Sentiu vontade imensa de chorar, mas, antes que pudesse fazer qualquer coisa, a dor na cabeça desceu como um raio pela nuca e então simplesmente desmaiou sobre a neve.

M. Grassmann
Bahia 2 1952

VINTE E OITO

Nova York
19 de fevereiro de 2063

A vontade de chorar, que havia sido exilada de seu peito pela grande traição da memória, assaltada pela dor da pancada no gelo, pela agressão dilacerante da água e pelo vento frio das margens, violências que tão logo cederam seus assentos de algozes da carne à dor e à falência dos sentidos, que havia escorrido para a vala do esquecimento ao longo daqueles três anos, voltou com tanta força, com tanta fúria e tão imaculada dos borrões do passado que se fazia presente, tal como se ele estivesse despertando do leito de neve naquele momento, que Stockholm não pôde se controlar. Seus soluços ecoavam pelo pequeno Le Pain Quotidien, da Time Warner Center. Um pranto retalhado por soluços, destes que se derramam sobre a madeira maldita dos ataúdes, e que por certo causaria uma comoção de curiosos ao seu redor, mas era tarde da noite e quase todas as lojas da galeria já estavam fechadas.

Anna também não conseguia conter suas lágrimas. Segurava as mãos de Stockholm no meio da mesa, em silêncio. Nunca imaginara que o doce Stockholm tivesse origens tão catastróficas. Dores tão profundas. Sombras tão extensas. Ele que era tão tímido, que em tudo lhe parecia tão brando e ponderado, ele que, acima de tudo, lhe parecia tão bom, tão justo.

Mesmo com tudo na mesa, Anna não conseguia erguer em si mesma reservas por nada que ouvira. Não conseguia recriminá-lo por tudo que ele havia feito. Ao contrário, estava completamente do seu lado e feliz por James ter salvado sua vida naquela noite. Já não conseguia imaginar sua vida sem ele.

Soltou suas mãos por um momento na mesa e começou a arrumar os longos cabelos cacheados num coque atrás da cabeça.

Aguardou um momento pensando em tudo que Stockholm havia lhe dito. Era muito para processar tão rápido, mas no fundo sabia que não teria o tempo que queria, como sempre, para fazer aquilo. Avançou com a mão sobre as mãos úmidas de Stockholm e falou com um misto de carinho e serenidade:

— Eu sinto muito, querido.

— O quê? — Stockholm perguntou ainda distante, imerso em suas memórias.

— Eu sinto muito que a vida tenha sido tão injusta e tão bárbara com você, meu amor — Anna falou com a doçura e a segurança que lhe eram características quando estava prestes a ser dura. — Sinto muito mesmo. Eu queria poder simplesmente voltar no tempo e apagar tudo, tirá-lo das mãos destas pessoas, impedi-lo de colocar em prática essa saga na qual enveredou. Limpar suas mãos de todo esse sangue e seu coração de toda essa dor. Mas não podemos.

— Eu queria que tudo permanecesse esquecido — Stockholm falou, enxugando as lágrimas na camisa. — Não vale a pena lembrar de nada disso. Eu não quero mais ser essa pessoa, Anna.

— Então não queira, querido — Anna argumentou, tranquila. — Você sabe, o passado se derrama sobre o presente, mas não nos define, apenas nos diz de onde viemos, o que fomos. Nós todos temos origens, sabe, mas também temos norte e, acima de tudo, o que verdadeiramente temos é o presente. É o *hoy* que temos e que nos transforma numa coisa nova a cada dia, e apenas no *hoy* que somos. No presente, temos a oportunidade de sermos melhores do que fomos para avançarmos em direção ao amanhã como uma pessoa nova. É um rio em movimento. Eu estou feliz que tenha se lembrado de tudo, porque é extraordinária a jornada que percorreu até aqui. Há algo muito especial em você, Stockholm. Algo que não entendemos ainda e que jamais entenderíamos sem saber de onde veio. Sem saber nada sobre quem você foi até aqui. Mas isso não é tudo. Há muito o que descobrir.

— Você não tem medo? — Stockholm falou, entristecido. — Está de mãos dadas com uma das pessoas mais perigosas do mundo. Um assassino sem coração. Um monstro, um fantasma.

— Eu não tenho — Anna respondeu, segura. — Não tenho porque acredito que você não é mais nada disso. Partes desta pessoa, Alef, ainda devem existir em você. Mas eu não tenho medo, sobretudo porque sei que você não teria se tornado essa pessoa se apenas tivessem lhe dado oportunidade de ser diferente. Se apenas tivesse sido amado. Porque na primeira oportunidade que teve de amar, de ser bom, de ser feliz, mesmo com toda essa dor em algum lugar, mesmo com todo esse ódio e violência aí dentro, você se lançou de cabeça. Esses três anos ao seu lado foram muito importantes para mim e para James. Nos mostrou como nossa união era mais importante que nossas carreiras. Que o dinheiro. Como a vida podia ser mais simples. Como poderia ser apenas vender sorvetes. Nos mostrou o que realmente importava... Nos lembrou algo que sabíamos, mas que estávamos quase perdendo.

— Eu não entendo... — Stockholm não conseguia acompanhar seu raciocínio.

— Encontrar uma pessoa sem passado, Stockholm, com apenas o presente para viver — Anna afirmou, segura —, sem amarras, nos mostrou como constantemente nos perdíamos vivendo no passado. Tentando reproduzir uma situação que jamais retornaria. Sofrendo com a ausência dos nossos pais, o tempo em que os tínhamos nesta casa. Ou pior, o quanto vivíamos no futuro, perdidos em metas e ambições. Nunca estávamos presentes. No presente.

Stockholm sorriu, percebendo o que ela queria dizer. Se sentindo amado mais uma vez.

— Eu queria poder esquecer tudo e continuarmos juntos para sempre — Stockholm falou retomando a serenidade.

— Nós vamos — Anna falou com seu jeito prático.

— Esquecer tudo? — Stockholm arriscou.

— Não. Continuarmos juntos — Anna respondeu, decidida.

— Não podemos, Anna — Stockholm largou sua mão, tentando enfatizar a distância que acreditava que teria que tomar. — É muito perigoso.

— Você está certo. Será muito perigoso. Mas vamos enfrentar tudo juntos. Você não está mais sozinho, fantasminha de Saint-Michel — Anna falou sorrindo. — E eu não acho que você poderá se esconder disso...

— Que quer dizer? — Stockholm percebeu que ela estava escondendo algo.

— Eu não acho que isso seja um efeito do acaso, que tenha se lembrado de tudo — Anna comentou ainda sem saber o que fazer com a informação que tinha. Mais uma vez, queria mais tempo para processar aquilo.

— Como assim? — Stockholm pressionou. — Me conte, Anna. O que está dizendo?

— Eu acho que se lembrou de tudo porque de alguma forma sentiu que precisaria se proteger. Você deve ter sentido. Deve ser algo na sua natureza. Algo que não entendemos ainda — Anna começou a explicar. — Veja. Vou lhe dizer algo, mas antes quero que prometa que não fará nada sem conversar comigo. Que agiremos juntos. E que vamos esperar o James chegar para agirmos.

— Anna! — Stockholm ia começar a protestar o segredo todo, mas foi interrompido.

— Apenas prometa! — Anna falou, enérgica e segura — Ou peça a conta e vamos embora.

— Deus do céu — Stockholm protestou. — Eu prometo. Estamos juntos. Você não sabe onde está se metendo, Anna. Mas eu prometo. E, desde já, sinto muito. Muito mesmo.

— Eu não sinto, não — Anna replicou, serena. — Sei que estamos diante de algo extraordinário. Algo muito importante. Um segredo pelo qual muitos já deram sua vida. Um segredo que é seu e que vamos desvendar juntos.

Stockholm se esquecera por um momento de como Anna podia ser determinada e a segurança e coragem que tinha. Pensou em como James era parecido com ela. Como ambos poderiam dominar o mundo juntos. Ela com sua astúcia e genialidade, James com sua criatividade e sensibilidade. Sorriu feliz por um momento, pensando que finalmente tinha duas pessoas com as quais podia contar. Nunca teve nenhuma. Aquilo era tão novo para Stockholm que apenas ali, em posse de suas memórias, ele tomou consciência do quanto o que tinham entre eles era precioso. Como era pobre sua vida antes deles.

— Essa tarde — Anna seguiu para o ponto sobre o qual fazia rodeios —, quando finalmente acordamos, percebi que tinha um mar de mensagens que ignorei ao longo da noite de ontem e da manhã de hoje. Muitas eram assuntos do trabalho que não me deixam em paz, mas uma delas era de um amigo, Connor Gilbert.

— Connor Gilbert? — Stockholm nunca ouvira aquele nome em casa. — É um amigo novo?

— Não. É um bem antigo na verdade. Muito antigo. Connor é um amigo do Departamento de Defesa Americano. Nós costumávamos sair quando éramos mais novos e nos separamos porque eu queria me concentrar nos estudos. Mas isso não tem importância. O que importa é que continuamos amigos e, há três anos, eu pedi para ele que apagasse as filmagens de todas as estradas da Pensilvânia, o que alguém já tinha feito, estranhamente, e pedi que apagasse as imagens dos pedágios. Ele conseguiu me fazer essa gentileza. Além disso, colocou uma armadilha, uma espécie de vírus, para receber avisos caso alguém tocasse nos arquivos.

— Certo. Bem pensado! — Stockholm falou, pensando que faria o mesmo.

— Eu não sabia que ele tinha feito isso e ele nunca havia tocado neste assunto até hoje, quando me avisou que nos últimos três dias os arquivos foram manuseados dentro da Agência de Inteligência Internacional, uma organização quase secreta do governo americano, umas setecentas vezes.

— Eles estão me procurando... — Stockholm falou, pensando alto.

— Acho difícil ser outra coisa — Anna comentou —, mas não é impossível, pensei na hora. Mas então continuei a ler as mensagens dele e em uma delas, a última, Connor me perguntou uma coisa que nunca nos ocorreu. Ele queria saber se o pedágio estava aberto ou se eu paguei a tarifa quando passei por ele.

— Santo Deus! — Stockholm nem precisou de mais explicações. Teve certeza de que tinham sido descobertos.

— Sim! Taxas. Impostos. O registro público mais antigo da terra — Anna comentou —, foi o que pensamos. Mas a verdade é que não sei se pagamos o pedágio, claro.

— Apenas James sabe — Stockholm concluiu seu raciocínio.

— Exato.

— Precisamos encontrá-lo, Anna! — Stockholm falou, aflito. Não estava acostumado em ter ninguém com quem se preocupar. Tudo aquilo era novo.

— Não, querido. Eu já o encontrei. Ele está em Pitsburgo. Nos avisou pela manhã que só voltará para casa na quinta — Anna falou, eficiente — e, até onde se recorda, pagou todos os pedágios da estrada de York até Nova York naquele dia. Todos estavam funcionando.

— Quinta será tarde demais, Anna — Stockholm falou, alarmado. Conhecia o poder de perseguição do governo americano. Ele mesmo não precisaria de muito mais que dois dias para reduzir a lista de pessoas que pagaram o pedágio a cinco nomes. — Eles vão encontrá-lo antes de quinta, se já não encontraram.

— Então devemos ir buscá-lo — Anna concluiu, enérgica. — Podemos ir pela manhã se você conseguir pilotar nosso helicóptero. Acha que consegue?

— Temos que tentar. Mas acho que devemos alertá-lo. Pedir para se esconder — Stockholm sacou o celular e ligou, mas a chamada sequer completou. Caiu direto na caixa de mensagens.

"Oi, aqui é o Jay. Deixe uma mensagem que te retorno. Beijo", a voz ecoou na mesa, gentil e descontraída.

"Jay, boa noite, meu amor. Tudo bem? Me liga quando puder, por favor", Stockholm não conseguia disfarçar seu nervosismo. Além disso, sua voz vibrava meio nasalada, a voz de quem parara de chorar há alguns momentos.

— Peça a conta, por favor. Eu vou pedir o helicóptero — Anna falou, enérgica e sem rodeios, sacando seu celular e se virando para o lado para acionar o hangar da empresa.

VINTE E NOVE

Chicago
19 de fevereiro de 2063

  Lisa terminara de narrar mais uma falha na história do diretor Lewis para os meninos no sótão dos Moore enquanto avançava com suas pesquisas em seu computador. A suposta morte do agente Aron Foster. Todos ficaram ainda mais tensos e estressados ao descobrirem mais aquela mentira. A essa altura, já estavam convencidos de que estavam realmente em perigo. Já haviam se convencido de que estavam sozinhos naquilo e, como Lisa os alertara dias antes, encontrar o fugitivo era a única forma de se libertarem. Sua única moeda de barganha.
  A noite corria em silêncio e todos seguiam fazendo seu trabalho. Zachary e Mark seguiam com o trabalho de selecionar pessoas na lista de nomes que terminara naquela tarde, pesquisando suas vidas de forma profunda e enviando arquivos completos sobre elas para Morgan. Chegaram ao fim da lista apenas ali no sótão. Na AII, ainda trabalhavam devagar e mal tinham passado da metade. Queriam deixar claro sua indisciplina para não levantar suspeitas de que aquilo era muito importante para eles. E nisso tinham absoluto sucesso. Stone começava a se irritar com as pausas para café, a demora na investigação. Já começava a cogitar acionar o diretor Lewis para solicitar outros agentes.
  Enquanto os três avançavam na real investigação, Andrea continuava a pesquisa no sistema de trânsito e segurança nacional em busca

dos carros da lista que haviam desaparecido naquele período nos Estados Unidos.

Lisa seguia suas pesquisas aleatórias, trabalhando em cima de cada linha da Operação *Snowman* e da *Opération Bereshit*. Além disso, se debruçava sobre os muitos vídeos da morte do Papa Saulo em Londres. O assassinato do Papa era algo que chamava muito a sua atenção. Compreendia a relação dele com o caso, a presença de Saulo em Saint-Michel anos antes, quando ainda era apenas um cardeal, mas o envolvimento de Jane lhe intrigava profundamente. Não havia registros de nenhum crime sob seu nome. Nem mesmo uma multa de trânsito. "Por que a mãe de Alef mataria o Papa? Não faz sentido", Lisa pensava sem conseguir fazer a conexão entre eles. Achava o trabalho da famosa Mãe de Londres algo tão extraordinário e altruísta que não conseguia compreender aquele repente de violência.

Lisa teria ido longe em suas reflexões se seus pensamentos não tivessem sido interrompidos pela chamada de atenção de Morgan.

— Pessoal. Parem o que estão fazendo — Morgan pediu, tenso, como também estavam todos naquela noite após as descobertas de Lisa. — Acho que devemos incluir o agente Stone em nosso time.

— Do que está falando, cara? — Andrea perguntou, parando sua pesquisa, meio alarmado.

— Veja. O cara é velho, okay, mas ele é um gênio, pessoal — Morgan começou com a explicação de sua ideia. — Nesses dias em que estamos trabalhando mais de perto e ele está selecionando pessoas das listas pobres de dados que lhe entregamos todos os dias, ele teve cada insight genial. Tantos que eu mesmo comecei a adotar alguns de seus critérios para nosso filtro. Vocês não fazem ideia.

— Mas, Morgan — Lisa falou com paciência —, veja, ele é tão fiel à Agência que jamais nos ajudará a barganhar por nossa liberdade. Está na Agência há décadas.

— Lisa, é exatamente por isso que acho que ele poderá nos ajudar — Morgan insistiu. — Precisamos de alguém que lide com esse lixo há mais de vinte anos para negociar por nós.

— Eu acho que ele nos odeia — Andrea comentou sem cerimônias.

— Eu também acho — Mark concordou do outro lado.

— Porque estamos dando razões para ele nos odiar, claro — Zachary argumentou de sua mesa. — O que estamos fazendo com ele deve estar o deixando louco. Porque, no fundo, ele sabe que somos melhores do que isso. Ele está monitorando nosso trabalho há quase um ano neste projeto estúpido de encontrar falhas nos casos.

— E mais — Lisa comentou —, ele tem um nome lá dentro. Com certeza não vai colocar a carreira dele em risco. No fundo, acho que está irritado conosco, inclusive, apenas porque estamos atrapalhando sua investigação.

— Não existe carreira para além desta missão — Morgan comentou, sombrio. — Ele será eliminado assim como todos nós no momento em que a Agência colocar as mãos neste Alef. Não enxergam isso? Os caras não estão sendo honestos com ele também. Por quê? Porque não confiam nele também. O que um espião genial como Jefferson Stone está fazendo com jovens infratores como nós? Não se perguntaram? Pensem nisso! Ele está de castigo. Finalmente encontraram uma forma de eliminá-lo, mas antes vão usar seu talento de espião uma última vez.

— É verdade — Mark comentou concordando.

— Porque no fundo não podem vazar essa história para ninguém — Morgan comentou, seguro. — Estamos trabalhando em cima de uma história que é muito maior que a pilha de assassinatos cometidas pelo Fantasma de Saint-Michel. Estamos falando de crimes do alto comando do governo americano e talvez da própria Aliança do Ocidente, porque, afinal, o diretor Lewis veio da França antes de virar chefe de todo mundo aqui, por certo veio da sede da Aliança. Estamos falando de traição. E crimes contra a humanidade. Da utilização de crianças em projetos científicos. Por que mais estaríamos isolados num andar onde ninguém mais trabalha? Por que acham que a Agência inteira não está envolvida nisso?

— Porque ninguém mais pode saber de nada! — Zachary completou.

— Sim! — Morgan confirmou de sua mesa. — De absolutamente nada. E eu fiquei me perguntando hoje mais cedo, depois de uma conversa que tive com o Stone num café no meio da tarde. E se eu pudesse salvá-lo também? Não valeria a pena? Não seria o certo? No fundo, ele está sendo tão enganado quanto nós todos.

Morgan se emocionou de repente. Parou de falar para se recompor. Os nervos de todos estavam à flor da pele naquela noite.

— Oh, Morgan — Lisa se levantou para consolá-lo. — Não fique assim. Vamos sair dessa, você vai ver.

— Sim, Lisa, nós vamos — Morgan falou se recuperando. — Mas como vão ficar nossas consciências sabendo que deixamos ele para trás?

— Nós não podemos salvar todo mundo, amor — Lisa argumentou com doçura de namorada. Ainda achava que deviam continuar com aquilo sozinhos. Tinha medo da fidelidade de Stone. — Podemos?

— Acho que podemos, amor. — Morgan falou, sereno, se recuperando da emoção que rompera há pouco — E sabe do que mais? Acho que o Stone já nos salvou hoje, sem perceber.

— Como assim? — Lisa falou, regressando ao seu computador.

— Hoje, no café, estávamos falando sobre os suspeitos — Morgan começou a explicar sua descoberta — e eu estava investigando seus métodos de investigação, fazendo perguntas sobre sua vida, contando da minha. Tentando estabelecer um vínculo para melhorar o meu próprio crivo de seleção de suspeitos aqui do nosso lado. Foi um sacrifício. O homem é um gentleman de silêncio e discrição. Quase não falou nada. No mais, apenas me explicou o que pensava sobre o suspeito do resgate. Como achava que ele devia ser uma pessoa corajosa. Como achava que era alguém que desafiaria a paz de sua viagem para salvar um ferido na estrada. Alguém que a vida tenha forjado para isso. Falou sobre como achava que resgatar uma pessoa baleada na margem de um rio congelado não era desafio que qualquer pessoa abraçaria facilmente. Era algo que precisava ter uma vida de ousadias por trás. Algo que apenas destemidos fariam.

— Sensacional mesmo — Mark comentou, deixando a admiração que já havia contaminado Morgan lhe invadir.

— Sim. Também achei — Morgan concordou, feliz e até meio orgulhoso da sacada de Stone. — E falou mais alguma coisa que não me lembro e quando o café chegou ele quis voltar. O cara não para o trabalho nem para apreciar um café. Disse que gosta de tomar café andando. Vai entender. Daí na volta, chegando na Agência, ele virou depois de um momento de silêncio e falou: "Sabe, Morgan, eu acho que quem arquitetou essa fuga é um artista. Esse plano, sem rastros, é a obra-prima de um artista". E continuou andando.

Morgan sorriu e então percebeu que os demais não acompanharam a epifania causada pelo comentário distraído de Stone.

— Vejam — Morgan retomou seu raciocínio —, aquilo me atingiu como um raio. E fiquei até meio constrangido na hora, imaginando se ele teria chegado àquela ideia da mesma forma que eu... Mas não. Ele estava apenas sendo poético. Cheguei na sala, busquei meu suspeito nos arquivos que preparamos para ele e descobri que essa era uma informação que apenas nós tínhamos.

— Que informação, Morgan? — Andrea perguntou sem paciência e não conseguindo compreender o que Morgan tinha descoberto.

— Que no meio de nossos principais suspeitos nós temos um "artista". Stone sequer sabe disso e, em razão de não saber, porque nossos relatórios são pobres deste tipo de informação, ele chama o nosso "artista" de "herdeiro". Eu tenho certeza de que é ele. Que se Stone tivesse essa informação, ele também teria certeza.

— James Clayton? Esse é seu principal suspeito? — Andrea falou do outro lado do sótão.

— Suspeito não. Eu tenho certeza de que foi ele! — Morgan falou, seguro de sua ideia.

— Pois você está muito inspirado mesmo, Morgan. Talvez devêssemos inclusive acatar sua sugestão e deixar o agente Stone entrar para o time — Andrea falou, descontraído.

Ninguém acompanhou sua súbita mudança de humor.

— Por que diz isso? — Morgan perguntou, intrigado. — O que uma coisa tem a ver com a outra?

— James Clayton — Andrea anunciou, solene —, senhoras e senhores, é o dono de um dos únicos dois carros dessa lista imensa de veículos que desapareceram completamente da face da terra nestes três anos.

E virou sua tela mostrando o resultado apresentado pelo algoritmo de varredura que criara para facilitar sua busca. Na tela, estavam as placas de uma caminhonete Dodge Ram do começo do século, de 2020, e a placa de um Cadillac 75 Fleetwood de 1967.

— Um Cadillac 75 Fleetwood de 1967, imagine isso? Uma peça de colecionador, claro! — Andrea comentou, sorrindo. — Que provavelmente nunca mais viu a luz do sol porque está fazendo quase cem anos e deve estar guardada linda e polida em um cofre bem grande na casa de algum maluco milionário apegado ao passado. E uma caminhonete velha que o nosso querido artista ainda devia usar apenas porque é um excêntrico, já que ele é também, além de artista, um herdeiro milionário, mas que é perfeita para carregar enormes obras de arte. Ao que eu posso dizer apenas: parabéns, Morgan!

— Puta merda! — Morgan falou e abaixou a cabeça com uma vertigem, levando as mãos à testa. — Achamos ele. Achamos ele! — gritou para os demais, se deixando levar pela alegria meio exausta e nervosa da noite.

Levantou-se de sua mesa para celebrar com os outros meninos. Mark deu um pulo em cima de Zachary e ambos abraçaram Morgan pelo trabalho exaustivo que vinham fazendo. Todos foram à mesa de Andrea para abraçá-lo. Afinal, aquilo era apenas uma suspeita, mas com a descoberta de Andrea não tinham mais dúvida. Só poderia ser James Clayton o cúmplice da fuga. Ficaram um instante sobre os ombros de Andrea e, de onde estavam, todos se depararam com o sorriso tímido e sério de Lisa em sua mesa.

— O que foi, Lisa? — Morgan perguntou. Sabia que ela não estava normal. Conhecia todos seus sorrisos e aquele não era o de comemoração. Era o de gênia em ação. Um sorriso sério e constrangido pela própria astúcia, que ruborizava sua face.

— Parabéns, meninos! — Lisa respondeu, ganhando tempo. — Certamente é James Clayton o nosso cúmplice deste caso. O cruzamento é perfeito.

— Sim, sim! Também achamos que é ele — Mark concordou sem dar importância ao agradecimento. — Agora vamos achá-lo e fazer algumas perguntas. Podemos estar errados, claro.

— Pare de enrolar, Lisa! — Andrea cortou a conversa sem paciência. — O que está havendo?

— Eu o encontrei — Lisa falou por fim.

— Já! — Mark se surpreendeu. — Mas como? Você já estava procurando por James Clayton? Corta essa! Gênia!

— Não, não, Mark. Eu encontrei Alef — ela falou, séria e meio amedrontada, enquanto virava sua tela para o lado da mesa de Andrea, onde todos ainda estavam agrupados.

Na tela do computador, aparecia um grupo de imagens do sistema de vigilância da Biblioteca Fisher Fine Arts, da Universidade da Pensilvânia.

Em todas elas, numa mesa de estudos, completamente concentrado em uma tela de notebook, iluminado pela luz do pequeno abajur de mesa, o homem de intensos cabelos vermelhos e dono de uma espessa barba dourada, efeito da luminosidade amarelada da lâmpada incandescente, cometia seu primeiro deslize em quase dez anos se escondendo.

TRINTA

Monte Saint-Michel, Normandia, França
20 de fevereiro de 2063

— Jane? — Casanova chamou, sentado no banco de pedra.
— Se não se importa, eu gostaria de ficar sozinha — Jane falou das sombras da cela.
— Pois é evidente que me importo — Casanova protestou com seu jeito formal e desdenhoso. — A quem mais poderei confessar meus pensamentos? Você é a única pessoa que sabe tudo que fiz nesta vida. Tudo que fizemos.
— Você teve notícias de Alef? — Jane perguntou, ainda camuflada pela escuridão da cela. Sua voz ecoava rouca pelas paredes da masmorra e sumia no jardim do átrio que se estendia por trás de Casanova.
— Ainda não achamos nada, sinto em informar — Casanova falou, decepcionado. No fundo, não queria pensar naquilo. — Confesso que ainda estou incrédulo que ele tenha sobrevivido ao tiro no coração, à queda e ao rio congelado, mas nosso time insiste que precisamos ter certeza.
— É só o que desejo saber, Antônio — Jane comentou, se aproximando das grades da cela.
Casanova estranhou sua aparência. Estava realmente mais abatida naquele dia. Pálida. Parecia ter chorado por horas ou não ter dormido.
— Está abatida. Não está se sentindo bem? — Casanova indagou, genuinamente preocupado. — Devo acionar os médicos?

No fundo, se agarrava a ela. Gostava daquelas visitas. Contava com sua companhia. A única que sabia de tudo sobre ele e os anos em Saint-Michel.

— Não se preocupe, Antônio. Eu só estou cansada... Não consegui dormir.

— Não pode, Jane — Casanova parecia realmente preocupado. — Devia ter chamado os guardas e a enfermeira lhe teria aplicado algum sedativo.

— Se eu não te conhecesse — Jane falou sem cuidado —, diria que está realmente preocupado com minha saúde. E não apenas com você e a solidão em que ficará na minha ausência.

— Pois se engana profundamente em achar que não me preocupo com você — afirmou, tentando imprimir o máximo de cortesia e honestidade em sua voz. — E para ser franco, me preocupo com o curso do mundo inteiro. É tudo que tenho feito. Cuidar do mundo. Muito mais do que de mim... Olho o mundo e seus moradores como um pai. E como todo pai, na relação com seus filhos, também eu preciso ser duro quando os homens violam a ordem divina do mundo.

— Como um pai? — Jane perguntou, se contendo para não rir.

— Sim! Um pai justo, mas severo — Casanova afirmou, solene e certo de suas crenças.

— Como Deus, você quer dizer? — Jane completou com alguma curiosidade e ironia.

— Por que não? — Casanova concordou perguntando.

— Por que não? — Jane se perguntou sem resistência para argumentar aquilo.

— Mas confesso — Casanova retornou à sua reflexão imperturbável —, tenho sofrido imensamente nesses últimos anos. Eu olho o mundo e não vejo que avançamos como deveríamos. Sinto que paramos no tempo. Você não acha? Mesmo as coisas mais banais parecem estar no mesmo lugar...

— Eu costumava me sentir assim também — Jane concordou sem ânimo —, eu andava pelas ruas de Londres recolhendo crianças abandonadas e levando-as para o acampamento durante uma década. E me lembro de observá-las por anos, ali à nossa volta. Roubava minha paz perceber que não importava o quanto fizesse por elas, muitas se perdiam em organizações criminosas. Outras se afastavam de nós para continuar nas ruas. Achavam que eram livres. Dilaceravam suas próprias existências nas mãos de cafetões. Viravam escravas de seus erros. E mesmo aqui, em Saint-Michel, já me assombrava um sentimento de que o mundo só piorava... Não apenas estava parado, como você o percebe. Mas com frequência o via como pior do que o mundo onde nasci.

— Sim. Quase sempre me sinto assim — Casanova concordou, alegre por ela ter embarcado em sua conversa. — Não raro, também acho que algumas coisas pioraram... Que pioraram muito.

— Eu costumava culpar a guerra por isso — Jane continuou —, achava que essas três décadas de guerra haviam congelado nosso futuro... Como se não o merecêssemos mais. O futuro do qual eu desejava fazer parte. A melhora nas pessoas que eu desejava ver. Tudo isso, de alguma forma, teria sido revogado de nós, por Deus, em razão da guerra que nós mesmos criamos no mundo. As tecnologias que sonhamos deram lugar a armas. As pesquisas que salvariam vidas deram lugar às que tiram vidas. Os campos onde se plantariam as colheitas deram lugar às trincheiras. Os mares onde se sonhavam as férias se tornaram um cemitério de corpos e navios. A comunicação que deveria avançar à frente de tudo se fechou em segredos e espionagem. A guerra estava roubando nossas vidas. Nos isolamos ao invés de nos unirmos. O amor que deveria imperar no mundo definhou no jardim do egoísmo. Você vê, não lhe parece que a guerra nos roubou o futuro? Nos lançou nas trevas. E mesmo a mais inocente criança não escapou da sua foice afiada.

Casanova fechou seu semblante. Era um homem de guerra, um militar e, acima de tudo, esteve sempre à frente da guerra. Suas decisões influenciaram o curso de muitos momentos da guerra. Suas promessas. Embora tentasse, ali naquele momento não conseguia recordar se alguma vez, em todo o curso da guerra, cogitou um ato de paz. E se a guerra era a grande culpada por aquele sentimento, ele não teria ninguém além dele mesmo para colocar a culpa. Não aceitava. Mas ela não estava disposta a argumentar e continuou como se não tivesse percebido que o afetara imensamente com seu comentário.

— Eu nunca tinha tido tempo de refletir sobre isso, na verdade. O trabalho em Londres era intenso e aqui em Saint-Michel era tenso. Ambos não me permitiram um olhar mais profundo para isso, de forma que cruzei a vida culpando a guerra. Mas eu estava errada.

— Estava? — Casanova pareceu aliviado. Não saberia como se desvencilhar daquele golpe.

— Sim. Estava — Jane confirmou, se apoiando na grade e o olhando nos olhos com seus imensos olhos azuis. — E apenas aqui pude perceber isso. Só isso já me deixa grata que tenha me trazido para essa masmorra.

Casanova se contorceu em seu banco. Aquilo era uma revelação inesperada para ele. Colocara Jane naquela prisão tomado pelos piores sentimentos de vingança e ódio. Queria assistir sua vida definhar diante de seus olhos, como uma espécie de punição perpétua por sua traição.

Jane continuou seu raciocínio sem se importar com as reações visíveis de Casanova.

— O seu sentimento é o de todos, Antônio. E a guerra não fez tanta diferença no surgimento dele. Ela era inevitável. Veja, como estamos vivendo agora, desejamos acima de tudo perceber a melhora no mundo à nossa volta. Na sociedade. É o desejo do homem de todos os tempos. Poder assistir à melhora e à evolução do mundo. Mas nos esquecemos constantemente de que a marcha coletiva, a evolução da sociedade, é lenta. Muito mais difícil de perceber e de acontecer do que o avanço e a percepção da caminhada individual. É algo como desejarmos assistir a uma rosa desabrochar. Um tempo que nos parece uma eternidade se ficarmos parados diante dela. Movimentos que parecem imperceptíveis. É preciso seguir fazendo nossa parte e, dali a pouco, se for possível, regressar ao jardim para ver os avanços das pétalas que vão vencendo o sono do botão. E voltar mais tarde para sentir o perfume que brota de seu interior, aberto à luz do sol. E mais tarde para ver se despetalou e virou fruto. Se novos botões surgiram em seu lugar. A marcha das rosas é devagar mesmo. Como também é a nossa, humana. É imperceptível se ficarmos olhando para ela.

Casanova estava impressionado com tudo aquilo. Ela nunca se estendera tanto em uma conversa. Tampouco tinha sido tão eloquente. No mais, apenas ouvia seus lamentos, o que para ele já estava de bom tamanho.

— Nada no mundo dá saltos — Jane continuou, serena. — Imensas árvores formam seus galhos no desdobrar de cada folha. Oceanos não são mais que gotas de orvalho. Desertos se erguem com grãos de areia. Então me pergunto, poderia o grão de areia julgar se o deserto inteiro está crescendo ou está morrendo?

— Não sei se poderia — Casanova ainda estava intimidado com o raciocínio lúcido de Jane.

— Não poderia, Antônio. Ele é muito pequeno... Ele é insignificante — Jane respondeu com segurança. — Ele pode apenas julgar a si mesmo e suas ações. E é em razão disso que eu acho que o senhor não deveria ficar se consumindo com os rumos do mundo ou com o futuro dos homens. Não mais do que deveria se consumir na fogueira da sua própria consciência, cujas labaredas se avolumam às alturas. Mas sem jamais esquecer como você é pequeno, Antônio.

— Oh, Jane. Assim você me entristece — Casanova desdenhou com sua postura defensiva carregada de cinismo. — Não me consumo em fogueiras por tudo que fiz e, digo com tranquilidade, faria tudo novamente e, lhe garanto, também não sou grão de areia no deserto do mundo.

— É você quem me entristece com sua cegueira, Antônio — Jane comentou, regressando às sombras da cela —, como ainda está longe da redenção que precisa encontrar.

Casanova tinha o coração duro. Se acostumara a ser daquele jeito, impiedoso e agressivo. Era uma violência cultivada durante seus mais de oitenta anos e colocada em prática de forma implacável ao longo de toda a vida.

Observou Jane sumindo nas sombras com desdém. Não sabia ser ignorado daquela forma. Era uma ofensa à sua arrogância e altivez que comumente causavam medo em seus pares.

— Se você acredita mesmo que sou cego e insensível, lhe digo apenas que esse grão insignificante de areia autorizou a libertação, e condução ao seu trabalho em Londres, do prisioneiro Joseph Lamás.

Jane sentiu aquela notícia como um tiro atravessando suas costelas. Uma mistura de leveza do imenso peso e remorso por ter sido responsável pela prisão dele, e o consequente abandono das dezenas de crianças que Joseph cuidava em Londres, com surpresa e suspeita. Era uma atitude que não combinava com o comportamento implacável de Casanova. No fundo, Jane achava inclusive que ele tivesse sido executado pela Aliança do Ocidente. "Posso acreditar nisso?", se perguntava querendo acreditar.

Casanova não se importou com seu desconforto. Falou sabendo que lhe deixaria abalada.

— Isso não é verdade — Jane falou por fim, se deixando vencer pela falta de fé em qualquer consideração que pudesse ter remanescido no coração de Casanova. — Você está apenas jogando. Quer me atormentar em razão da verdade sobre sua própria insignificância que o fiz enxergar.

— É verdade, lhe garanto — Casanova comentou, afetado, fingindo estar ofendido.

— Prove! — Jane lhe desafiou.

Casanova não hesitou. Sacou seu celular do bolso, digitou num buscador na internet o nome de Joseph Lamás e virou a tela para cela.

O brilho do cristal da tela iluminou de forma pálida o fundo da cela, revelando Jane sentada na cama segurando um terço no próprio peito, como quem passa mal do coração, com os olhos marejados.

Buscou forças nas profundezas de si mesma para acreditar no que estava vendo. A notícia do regresso de Joseph Lamás a Londres era pauta em diversos jornais. Estava diferente, com os cabelos raspados, e abatido pelos anos na prisão. Provavelmente fora torturado, Jane pensou. Mas era verdade. Estava vivo. Casanova não estava mentindo.

A notícia se fechou, apagando a luz opaca lançada no interior da cela e entregando tudo às sombras novamente.

— Por quê? — Jane falou para si mesma.

Casanova não a ouviu e se levantou com dificuldade do banco para partir. Estava satisfeito. Fizera o que viera fazer. Aquilo fazia parte de um novo plano que elaborara para conquistar sua confiança. Queria que Jane acreditasse naquela reforma de seus sentimentos. Ainda não sabia por que fazia aquilo. Se buscava alguma espécie de redenção. Algo que não admitia nem para si mesmo. Ou se apenas estava com medo da chegada de Stockholm novamente em suas vidas. Desenvolvera um pavor dele ao longo daqueles três anos. Seu pupilo virara uma espécie de assombração em sua vida. Sonhava com ele vindo cobrar por seus atos. Cobrar a verdade sobre seu passado. Sobre seus pais. Acordava no meio da noite sentindo uma dor dilacerante na perna, oriunda da fratura gigantesca que Stockholm lhe infligira naquela noite na ponte. Nunca mais pôde andar sem desconforto depois daquilo e ainda precisava de uma bengala para caminhar. Uma fragilidade que odiava com todas as suas forças.

Não revelara isso nem mesmo para Jane, sobretudo porque acreditava que tinha eliminado Stockholm para sempre na Filadélfia. Nunca imaginou que ele sobreviveria àquela série de golpes. O tiro. A queda. A água congelada. No fundo, ainda não acreditava. Achava que Lewis estava ficando louco e paranoico. Mas nada fazia com que parasse de pensar nele. Era um labirinto do qual não conseguia sair. Ao longo do tempo, de tanto pensar nele, passou a temê-lo.

Começou sua lenta caminhada em direção a saída do calabouço, mas Jane o interpelou com os braços para fora das grades.

— Antônio! — Jane gritou, quase o perdendo de vista. — Por que você fez isso? Preciso saber!

— Seth me pediu para fazê-lo. Não pude dizer não, naturalmente — Casanova falou, saindo pelo corredor.

Jane se sentou novamente na cama da cela, na escuridão que já era praticamente uma entidade que lhe fazia companhia, incrédula e atônita com o que acabara de ouvir, e falou para si mesma, sussurrando como se ela mesma não acreditasse no que dizia:

— Seth... Deus do céu. Seth está vivo... — Jane se emocionou e levou as mãos ao rosto. — Está vivo... — repetiu se entregando às lágrimas, misturando a emoção das duas notícias que Casanova trouxera naquela manhã.

Deitou-se na cama, se entregando à exaustão de suas emoções, e finalmente conseguiu dormir.

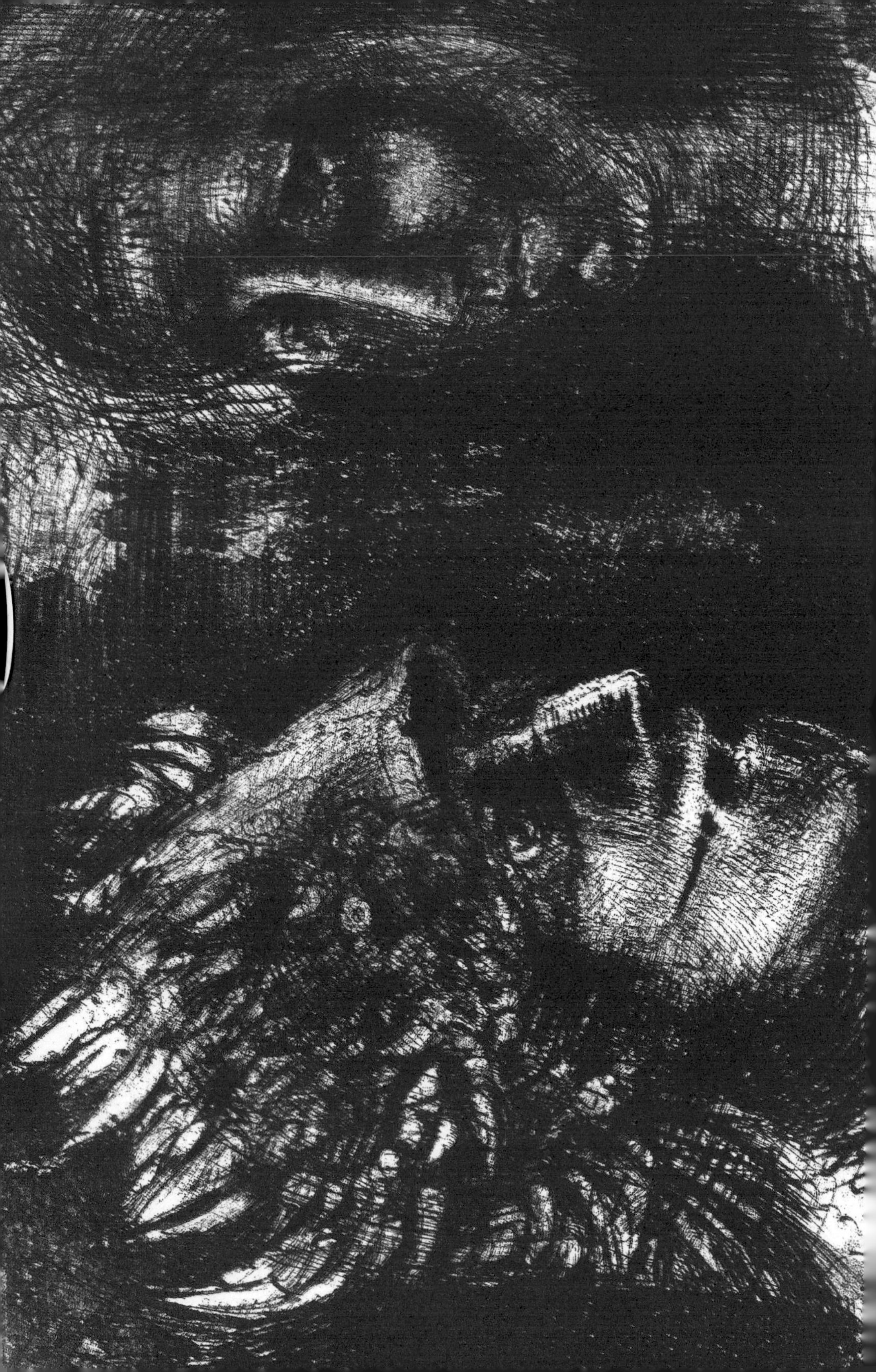

TRINTA E UM

Chicago
20 de fevereiro de 2063

A manhã no vigésimo andar se arrastava, lenta e insuportável. Parecia que não iria terminar nunca. O time inteiro continuava seu trabalho de criar fichas incompletas para Stone, enquanto Lisa avançava com suas pesquisas independentes, lendo os arquivos e logs da Operação *Snowman* e tentando entender as ligações que não compreendia.

Não conseguiram chegar a um consenso sobre envolver ou não o agente Stone em seu plano na noite anterior, quando Morgan anunciou James Clayton como principal suspeito e Lisa encontrou a única pessoa ruiva que esteve na Biblioteca da Universidade da Pensilvânia naqueles dias. Decidiram planejar como encontrar James Clayton, que era uma figura pública, ao final daquele dia, na casa dos Moore.

Lisa estava obcecada por Stockholm. Acessava sua foto em seu próprio aparelho a cada quinze minutos. Resolveu não usar mais a rede da Agência para não dar pistas para Helena, que tinham certeza de que observava a todos.

Em sua tela, relia os relatórios inseridos no sistema da Operação *Snowman*, avançando sobre os registros após a declaração da morte de Stockholm na ponte. Tudo foi arquivado numa velocidade imensa. Como se não quisessem investigar mais nada. Como se alguém tivesse dado ordem para que tudo fosse esquecido.

Ao final da manhã, percebeu um registro que parou seu coração. Era outra mentira para a conta do diretor Lewis. Algo que mudava completamente sua posição sobre envolver ou não Stone em sua busca.

Na linha de registros de arquivos inseridos no sistema naquele caso, apenas um arquivo foi excluído após o encerramento das investigações. Uma única fotografia. Excluída de forma definitiva, com qualquer cópia que tenha sido gerada. A única coisa que sobrevivera foi o histórico, a jornada daquele arquivo no sistema.

Criado e inserido no sistema dia 16 de fevereiro, às 20 horas
Autor do documento: Douglas Bane
Deletado pelo usuário: Confidencial

Lisa sorriu, pensando em quem poderia fazer aquilo senão a mesma pessoa que desligou as câmeras de todas as estradas da Pensilvânia, e não precisou de alguns minutos para quebrar o sigilo do autor da exclusão, revelando que suas temidas suspeitas estavam corretas.

Michael Lewis, o sistema apontou na tela.

A hora do almoço se aproximava quando Lisa anunciou para todos, num código que tinham inventado no começo do trabalho na Agência para quando alguém quisesse uma reunião secreta no horário do almoço:

— Alguém sabe se a igreja está aberta? — Lisa falou, chamando a atenção de todos.

— Hoje é terça-feira — Stone respondeu formalmente, com sua seriedade quase constante. — Acredito que hoje tenha missa na hora do almoço, Srta. Kapler.

— Então vou à missa — Lisa replicou. — Bom almoço para vocês — falou, saindo em direção ao elevador.

Stone ficou feliz com aquele anúncio. Era católico, mas há muito tempo não frequentava a missa. Quase ninguém mais frequentava a missa presencialmente. Acompanhavam os sermões virtualmente, a grande maioria dos fiéis. Um outro legado da guerra. O medo da exposição de suas escolhas religiosas, que brotou enormemente depois de tantos atentados a igrejas, sinagogas e mesquitas. Era perigoso estar nelas presencialmente. Tão perigoso como andar na periferia à noite em grandes centros urbanos.

Com exceção de Stone, em todos os demais integrantes do time na sala, aquele anúncio causou uma espécie de náusea misturada com ansiedade. Todos sabiam que aquele código era para assuntos urgentes e graves. Tremiam com calafrios só de imaginar o que mais Lisa poderia ter descoberto.

Um a um, anunciaram compromissos diversos para a hora do almoço para não correrem o risco de Stone querer almoçar com algum deles e foram saindo do prédio em direção ao ponto que abrigava aquelas reuniões.

A padaria ao oeste do Humboldt Park, Roeser's Bakery, estava, como sempre, abandonada na hora do almoço. Seus clientes só apareceriam ali após o almoço para a sobremesa. Nas mãos de cada um, um saco com um sanduíche do McDonald's comprado na esquina.

— Acho que devemos avisar Stone. Vocês estão certos — Lisa anunciou sem cerimônias e seguiu atualizando os amigos de sua descoberta da manhã. A foto deletada que encerrava qualquer possibilidade de confiarem no discreto diretor Lewis novamente. — E acho que devemos envolvê-lo hoje para que amanhã um de nós vá até Pitsburgo e ele possa dar cobertura na Agência.

— O que tem em Pitsburgo? — Mark perguntou, mordendo seu sanduíche enquanto falava.

Lisa fez o mesmo, mordeu seu lanche e falou sem frescuras enquanto mastigava:

— James Clayton está lá.

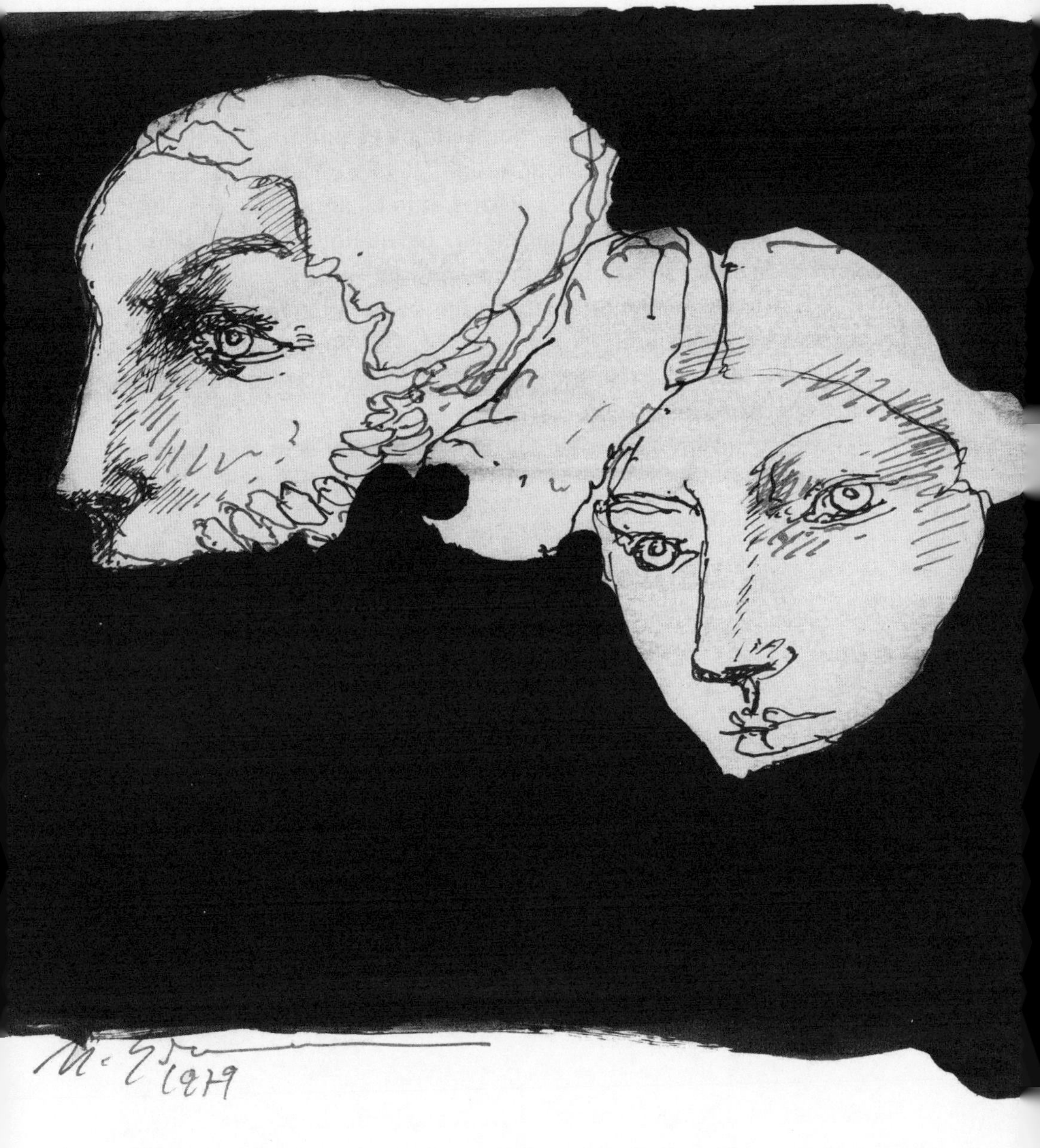
1979

TRINTA E DOIS

Nova York
20 de fevereiro de 2063

    Ainda era madrugada quando Stockholm ligou os motores do helicóptero da família Clayton na plataforma instalada na cobertura do prédio onde viviam.

    Stockholm não fazia aquilo há doze anos. A última vez que colocara as mãos nos comandos de um helicóptero foi na fuga de Londres para Paris com Jane. Ainda podia ouvir o som da aeronave sendo tragada pelas águas turvas do Lago Daumesnil, no Bois de Vincennes. O dia em que perdeu tudo que acreditava que tinha, que morreram suas ilusões. Que perdeu o amor de Casanova. Que perdeu Thomas.

    Acreditava que naquele dia começara a viver uma vida de verdade, sem ilusões, que ganhara sua vida de volta, que era livre, mas admitia para si mesmo em alguns dias mais sombrios que, se pudesse, gostaria de voltar no tempo, continuar sua vida de mentira, apenas para talvez salvar Thomas. Quem sabe também salvar Jane. Sentia que o preço de sua liberdade tinha sido injusto e extremamente caro ao longo dos anos em que viveu em Paris, colocando sua vingança em prática.

    A aeronave da família Clayton era muito moderna, mas seus comandos ainda eram bem parecidos com os dos helicópteros da Aliança do Ocidente nos quais Stockholm treinava em sua infância. Mesmo antes de levantar voo, já havia identificado todos os recursos da aeronave e ficou feliz consigo mesmo, pensando em como não esquecera absolutamente nada daquilo que aprendera tantos anos antes. Com uma memória tão poderosa, Stockholm não conseguia compreender como pôde sofrer um apagão tão grande e por tanto tempo.

Começava a ficar intrigado com seu próprio esquecimento, sobretudo em razão de sua natureza parcial. Começava a achar que ele escolhera esquecer tudo aquilo.

Abandonaram Nova York em direção a Pitsburgo ainda sem ter notícias de James. Seu celular ainda estava na caixa de mensagem quando começaram a sobrevoar Nova Jersey rumo à Pensilvânia.

TRINTA E TRÊS

Chicago
20 de fevereiro de 2063

  Sentado em sua mesa com uma tela diante de seus olhos, o diretor Lewis pensava em silêncio no desafio em que estava envolvido. Sua interlocutora também estava em silêncio, um holograma repousado em sua mesa. Uma senhora da mesma idade de Lewis, cuja pele negra revelava muito sobre as mudanças que os Estados Unidos vinham enfrentando desde o fim da guerra. Ela era a primeira mulher negra presidente dos Estados Unidos. O cabelo solto, crespo e escuro, curto, moderno e descolado em todos os aspectos, fazia contraste com o ambiente conservador do Salão Oval, tradicional em quase tudo, parado no tempo.
  O silêncio só foi quebrado pela presidente dos Estados Unidos:
  — Isso deve ser nossa prioridade máxima, diretor Lewis — a presidente Sasha Norman falou energicamente, como de costume. — O governo russo não pode esconder o que está fazendo em quase metade do mundo. Nós precisamos saber. A guerra acabou há oito anos. Eles devem abrir suas fronteiras.
  — Eu entendo completamente, senhora presidente. Estamos fazendo nosso melhor — o diretor Lewis comentou, sisudo como sempre, mas sem perder sua elegância e serenidade. — O que nos parece, ao passo que nossas investidas de espionagem falham, é que existe uma espécie de colaboração da comunidade civil. Não entendemos o que pode estar levando as pessoas a cooperarem desta forma.

— Medo, diretor Lewis — Sasha respondeu, segura. — É a única coisa que pode estar fazendo civis cooperarem de forma tão cega.

— Eu não sei — o diretor Lewis parecia não estar convencido daquilo. Compreendia a natureza humana muito bem para reconhecer que algumas pessoas simplesmente não tinham medo de nada e que existiam forças maiores no mundo que o medo. — Deixe-me pensar mais sobre isso. Uma nova possibilidade que se abriu recentemente talvez nos ajude imensamente neste desafio. Te mantenho informada quando tiver mais segurança sobre o que estamos fazendo.

— Obrigada, diretor — Sasha falou, se aproximando dele com seus olhos castanhos imensos, aguçados como os de uma leoa. — E, Lewis, você me parece distraído. Concentre-se nisso, por favor.

— Sim, senhora. Te apresentarei uma estratégia em breve — o diretor Lewis falou e, em seguida, ela desligou, desaparecendo da superfície da mesa.

Encostou na cadeira, preocupado com a sagacidade de Sasha e com sua própria transparência. Estava perdendo o jeito na difícil arte de camuflar suas emoções. Prometeu para si mesmo que iria se policiar mais e tentar se concentrar naquilo que ela pediu, mas sua cabeça não saía do vigésimo andar e da operação que o agente Stone conduzia às cegas com seu time de adolescentes.

— Diretor Lewis — ecoou a voz feminina e metálica de Helena no sistema de som da sala. — Há algo que precisa saber.

— Pois não, Helena? — o diretor Lewis respondeu impacientemente, mas sem perder seu controle.

— Nós encontramos o cúmplice da Operação *Snowman*.

— Como? Onde ele está? — o diretor Lewis sentiu uma ansiedade imensa. Durante toda a semana, vinha tentando se convencer de que estavam errados sobre tudo aquilo, que aquela história tinha acabado na Filadélfia. Não queria regressar àquele pesadelo que colocava em risco a sua carreira e a vida de todos que cruzassem o caminho do fugitivo. Ao mesmo tempo, crescia um desejo incontrolável de que Stockholm estivesse vivo, que pudesse colocar as mãos nele finalmente. Mas se conteve naquele momento diante do chamado de Helena. — Ah, não me interessa como encontraram. Me faça um relatório depois. Não temos tempo a perder. Envie uma equipe de captura imediatamente, Helena!

— Já acionei a equipe ontem mesmo — Helena falou sem emoção alguma. — Eles já devem estar se aproximando do alvo.

— Ontem? — o diretor Lewis ficou surpreso e se sentiu traído com aquele comando de Helena sobre sua equipe. — Por que não falou comigo antes?

— Não houve tempo para lhe consultar, diretor Lewis — Helena respondeu, explicando sua decisão. — O senhor dormiu muito cedo ontem, o que já concordamos que é importante para a sua saúde, e amanheceu com a senhora presidente lhe aguardando em uma ligação. A confidencialidade desta operação está acima do status da senhora Norman, de forma que precisei esperar que finalizasse sua reunião.

— Está certo, Helena, obrigado — falou, rabugento. Facilmente se irritava com tecnologias, mas Helena era uma aliada muito poderosa para se desfazer dela. — Me mantenha informado, por favor. Me interrompa se for necessário.

— Há algo mais — Helena falou com sua serenidade artificial.

— O que é? — o diretor Lewis não aguentava sua formalidade e suspense. Era um homem prático e direto.

— É sobre o agente Stone.

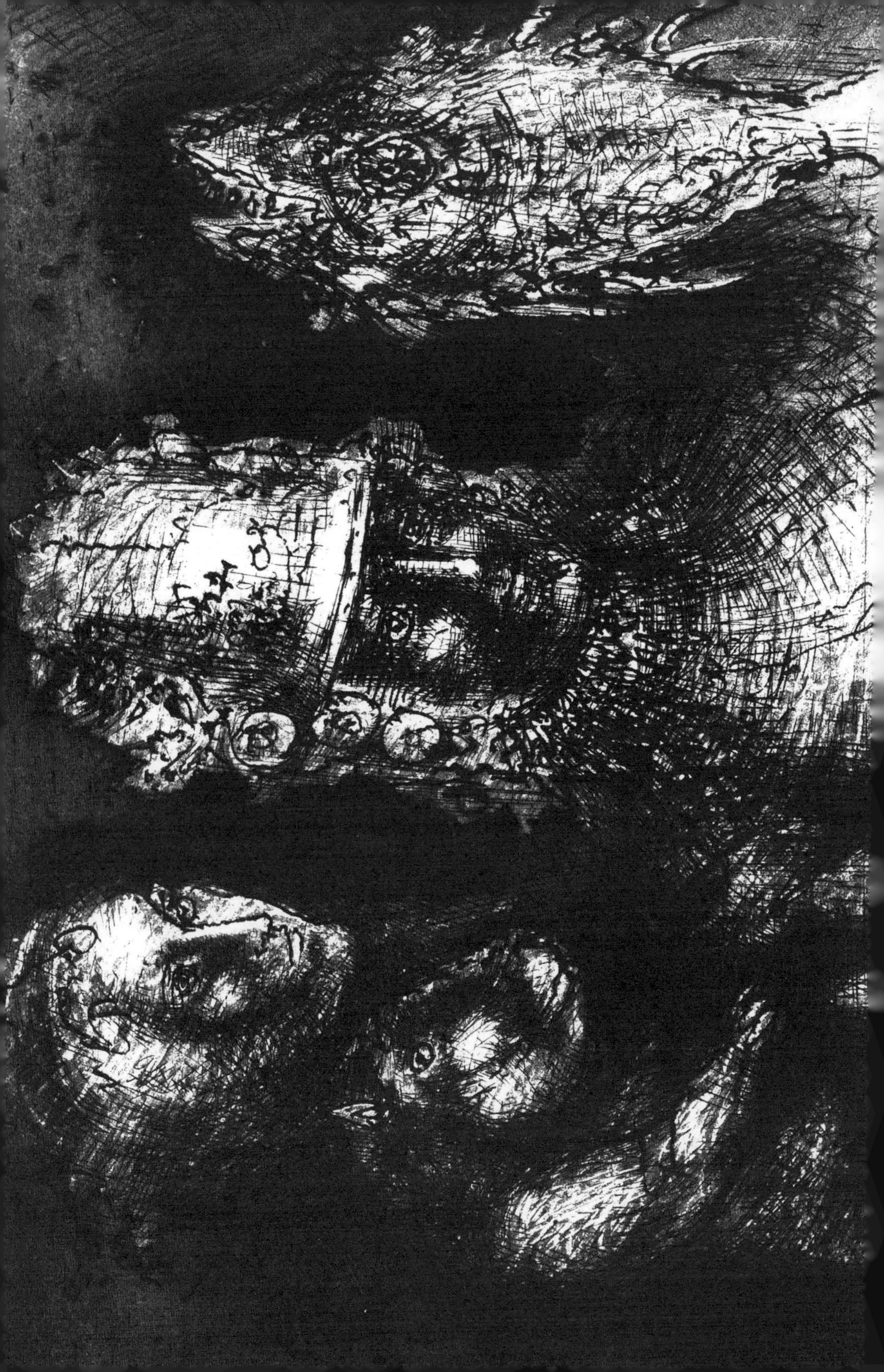

TRINTA E QUATRO

Pitsburgo
20 de fevereiro de 2063

    Já atingiam o meio da manhã quando cruzaram a cidade de Pitsburgo e avistaram o encontro entre os rios Monongahela e Allegheny. De seu encontro, nascia o imenso Rio Ohio, no coração da cidade. Um colosso que se arrastava até as praias do Golfo do México, cruzando o país inteiro para chegar ao seu delta. Sua importância para a prosperidade e história de Pitsburgo não podia ser medida. Foi por ele que a maior produção de minério do mundo foi espalhada pela América e para o mundo nos séculos anteriores e ainda era por ele que as tecnologias criadas e produzidas nos séculos XX e XXI eram transportadas. Nem mesmo a guerra conseguiu atingir a economia da cidade. Se atingiu, foi apenas para redirecionar a indústria da tecnologia para a criação de tecnologia de guerra e de espionagem. Mas o dinheiro não parou de chegar por conta desta mudança.

    — Aonde estamos indo? — Stockholm perguntou de repente, se atentando que não sabia onde fariam o pouso. Sabia apenas as coordenadas.

    — Para nossa casa — Anna respondeu, discreta. — Nós temos uma casa aqui.

    — Por que têm uma casa aqui? — Stockholm não compreendia por que teriam uma segunda casa tão próximo de Nova York, no meio da Pensilvânia.

— Porque nós tivemos negócios aqui por séculos — Anna respondeu de forma direta. Estava com um pressentimento ruim sobre aquela viagem e enlouquecida de preocupação com James. — Essa cidade era conhecida nos séculos passados como "Cidade do Aço". Foi a maior produtora de aço do mundo e nós tínhamos muitos negócios aqui. Alguns antepassados da família Clayton viviam aqui e administravam tudo. Governavam a cidade. Quando as regras de poluição felizmente mudaram, em uma época em que o ar estava adoecendo as pessoas, muitas ou quase todas as empresas faliram ou fecharam. Mudaram seus negócios para outros lugares. Os Clayton também fizeram isso, mas, ao abandonar os negócios aqui, não abandonaram a cidade. Se juntaram a outros visionários e transformaram a cidade em um polo artístico e educacional. Fundaram museus, investiram em arte de todo tipo e, por fim, com a presença de grandes universidades, o governo da cidade investiu em tecnologia. É o negócio desta cidade até hoje. Sobreviveu à guerra atendendo as demandas da própria guerra.

— E por que ainda tem uma casa aqui? — Stockholm ainda não tinha compreendido a necessidade da casa, sobretudo porque sabia do desapego e pragmatismo de Anna com negócios e dinheiro.

— Porque ao contrário da indústria tecnológica, o mercado da arte no mundo inteiro sofreu feroz ataque do conservadorismo da guerra e da Aliança do Ocidente. A arte foi uma de suas maiores vítimas. Os artistas passaram a ser perseguidos. Museus viraram lugares malvistos. Seus acervos desapareceram. Galerias de arte também não tinham espaço. Ninguém queria ser relacionado ao mercado da arte. A cidade sofreu muito. Perdeu seu brilho. Com o fim da guerra, James começou um trabalho para resgatar isso aqui e está fazendo um trabalho maravilhoso. Logo, a casa será um museu novamente.

Stockholm compreendeu a necessidade da residência e ficou intrigado sobre como eles eram discretos a respeito dos negócios da família, os dela e os dele. Ele tinha conhecimento das viagens de James para todo canto, mas raramente entravam em detalhes. James era só dele quando estavam juntos e tudo girava em torno de Stockholm. Queria saber o que ele tinha feito. Como estava se sentindo. Era um devoto apaixonado. Raramente falava de trabalho quando estavam juntos. Stockholm ficou constrangido por um momento ao se perceber o centro de todas as conversas que tinham.

Sobrevoando a Avenida Liberty, uma via que parecia uma muralha de prédios e arranha-céus, procurando a localização sinalizada por Anna ao saírem de Nova York, notou o pequeno vão entre os prédios na altura da Sexta Avenida. A mansão Clayton era a única residência da rua. Sua existência imponente na avenida tomada pelos prédios de negócios era, em si, um ato de resistência que combinava perfeitamente com aquela família, cujos valores conservadores se enraizavam num passado de séculos, lutando para sobreviver até mesmo com seus descendentes, mas cujas ideias de arte e patrimônio histórico humano se alastravam em todas as direções de conhecimento. Para eles, salvar um prédio, tão mais importante que a manutenção de um modo de viver de seus moradores, era salvaguardar a história de uma cidade. Anna lhe explicou que a casa fora construída no século XIX pela família Clayton para dar suporte aos negócios que eram desenvolvidos ali na área do minério e, ao longo do século XX, com a derrocada da mineração em razão da poluição, virou um museu. Os Clayton sempre foram grandes incentivadores da arte por toda a América. Mas o museu estava fechado desde a guerra e era nele que James se abrigava quando tinha que estar em Pitsburgo.

"A cara dele morar num museu", Stockholm pensou, suspirando apaixonadamente. "Por que ficar em um hotel confortável quando se pode dormir sob o olhar de Van Gogh e Degas?", pensou, dando comandos à aeronave para pousar.

Stockholm pousou o helicóptero no átrio de um grande jardim, quase ao fundo da propriedade, abraçado pela casa, tentando imaginar o quanto os prédios vizinhos estariam acostumados com aquilo. Se indagou se era assim que James costumava ir para Pitsburgo todos os meses, de helicóptero. Outra coisa que percebeu não saber ao certo, anotada na lista de constrangimentos pelo namorado egoísta que iam se descobrindo a cada momento.

Desceram apreensivos do helicóptero e foram pegos pelo vento frio do inverno. Caminharam até o pesado portal de madeira da casa de tijolos aparentes e pedra escura. Austera como quase tudo que pertencia às gerações anteriores ao moderno casal James e Elisa Clayton, a casa se elevava ao terceiro andar e se misturava com pinheiros e ciprestes que se emaranhavam selvagens e descontrolados, sem poda, às janelas imensas e suas barras de ferro e se espremiam como trepadeiras nas paredes. Parecia abandonada, vista de longe, mas, ao se aproximar, Stockholm notou que a aparência de abandono era uma impressão causada pelo alvoroço das árvores e trepadeiras. Suas linhas e o desenho colonial da casa lhe garantiam os ares e o título de edifício histórico, de derradeira representante de um tempo, a única que resistia resoluta no mar de prédios de vidro, como uma viúva que não quer deixar suas posses, que se recusa a partir.

Anna parou no alpendre que guardava a porta de entrada dos fundos de repente, se deixando tomar por um calafrio. Stockholm ainda admirava a construção subindo os degraus da pequena varanda, cujas pilastras estavam tomadas por jasmins, quando também sentiu o mesmo mal-estar que aterrorizou Anna.

A porta estava arrombada e aberta.

TRINTA E CINCO

Chicago
20 de fevereiro de 2063

Stone entrou na padaria Roeser's Bakery com seu jeito silencioso de espião, olhando os cantos, identificando saídas, observando as pessoas. Estava apreensivo, embora não demonstrasse o menor traço de desconforto. Ainda não tinha conseguido decifrar a mensagem de Lisa mais cedo, lhe convocando para um café e pedindo sigilo. O horário do almoço acabava de vencer e isso em si, para uma pessoa protocolar como Stone, já era motivo de irritação. Não era propenso a indisciplinas, mas achou que aquilo poderia ser importante. Afinal, não estavam vivendo dias normais com aquela investigação ultrassecreta. Decidiu abrir uma exceção.

Aproximou-se do balcão e pediu um *latte macchiato*, como sempre. Assim que o copo fumegante foi pousado no balcão, como se estivesse lhe observando de algum canto, Lisa mandou uma mensagem em seu celular.

Sobe as escadas e vire à esquerda.

Stone seguiu a instrução calmamente, segurando seu copo como quem carrega um cálice mágico cheio de fumaça em uma mão e sua pistola armada em outra. Não gostava daquele suspense. Já tinha visto agentes morrerem por muito menos.

Chegou ao que parecia uma área privada do café. A única porta à esquerda estava fechada. Parou ao lado da porta e pensou por um instante se arrombaria a porta com o pé ou se bateria gentilmente, como quem chega convidado a um lugar, mas não foi preciso escolher. A voz de Lisa ecoou lá de dentro, bastante calma e decidida.

— Está aberta, Stone. Entre!

Stone abriu vagarosamente a porta, assimilando o lugar frame a frame pela porta que ia se abrindo. Mão na pistola, apontada para dentro.

— Por Deus, Stone — Lisa falou, encostada na parede tomando um café. — Abaixe essa arma.

— Peço desculpas, Srta. Kapler — Stone disse, devolvendo a arma ao coldre escondido sob seu casaco marrom de veludo cotelê. — Não costumo ser intimado pelos meus agentes para reuniões extraoficiais. Achei que estava em perigo.

Stone olhou à sua volta. Os meninos debruçados sobre computadores do outro lado da sala, em uma mesinha com sofás. De fato, como havia imaginado enquanto subia as escadas, estavam em algum lugar reservado por eles no café. O ambiente era casual e sem nenhuma decoração pessoal, típico de espaços colaborativos de trabalho e reuniões empresariais mais informais.

— O senhor está em perigo, agente Stone — Morgan falou, se levantando da cadeira para saudá-lo —, mas não somos nós que ameaçamos sua vida.

— O que está dizendo, Morgan? — Stone levou a mão novamente à arma, tentando assimilar aquilo com segurança. — Como assim, estou em perigo?

— Eu sugiro que se sente, agente Stone — Mark comentou, sem tirar os olhos do computador, no qual corria as últimas publicações de James Clayton em uma rede social. — Acho que Lisa poderia conduzir isso para que eu possa continuar contando com a atenção de Morgan aqui, que tal? Você nos faz essa gentileza, Lisa?

— Oras! — Stone falou, impaciente. — Alguém pode me dizer o que estamos fazendo aqui?

— Um ato de traição, agente Stone — Lisa falou cheia de cerimônias, enquanto buscava na mesa sua tela de computador e abandonava seu copo de café sobre uns livros —, um ato de traição para pagar uma traição muito maior cometida contra nós todos.

— Traição!? — Stone se arrepiou só de pensar naquilo. Quis levantar-se e ir embora sem nem saber do que se tratava. — Vocês estão ficando loucos?

— Infelizmente, não — Lisa falou, séria e com ares de lamento, lhe entregando uma tela como a dela, cuja superfície reproduzia o que ocorria na tela em suas mãos. — Acompanhe o que vou lhe contar com atenção. Sua vida está em risco e nós estamos aqui para te ajudar. E antes que eu comece, quero pedir desculpas por não ter concordado em confiar em você antes. Os meninos já teriam te envolvido nisso há mais tempo. Sinto muito mesmo, mas acho que ainda há tempo.

Stone sentiu uma estranha confiança nas palavras de Lisa. Estava tenso, mas no fundo se percebeu protegido por aquela declaração de confiança. Ele mesmo não confiava neles. Ficou lisonjeado que, seja lá o que fosse, eles haviam decidido confiar nele. Decidiu não interromper mais até saber do que se tratava aquilo.

Lisa iniciou sua história elencando com todas as provas que tinha as muitas mentiras contadas pelo diretor Lewis naqueles primeiros dias de operação. A ligação para o presidente da empresa de vigilância das estradas da Pensilvânia, o senhor John Von Hatten, minutos antes de todas as câmeras do estado serem desligadas. A suposta morte do agente Aron Foster. O relatório inserido e recusado por ele no sistema após os meses de coma. A fotografia do fugitivo francês deletada de todos os sistemas pelo próprio diretor Lewis. A exclusão da equipe de todos os demais agentes. O fato de terem sido apartados por serem os únicos que sabiam daquela história. A falta de preocupação em dar a todos eles acesso no nível mais elevado da Agência, Status X, o que corroborava a teoria de que seriam eliminados logo que encontrassem o cúmplice e o fugitivo. A própria origem do diretor Lewis ser a mesma do fugitivo, a França. A natureza da *Opération Bereshit* e o assassinato do Papa em Londres pela mãe de criação do fugitivo. E o que piorava tudo e dificultava os avanços da investigação dentro da AII, a vigilância de Helena sobre todos e sobre tudo que faziam.

Lisa se interrompeu por um instante ao perceber que Stone estava bastante chocado com tudo que ouvia. Nem em seus mais ousados palpites Stone teria imaginado aquilo que Lisa estava apontando. O caso era gravíssimo. E não podia senão concordar com suas suspeitas. Lisa tinha provas. Ao passo que ela ia falando, na mão de Stone um dossiê com todas as evidências e provas daquela história ia sendo apresentado na tela que replicava o conteúdo do computador de Lisa.

Stone apertava a fronte da cabeça tentando assimilar aquilo tudo e, mais que isso, tentando compreender por que um diretor da Agência de Inteligência Internacional cometeria uma traição daquelas. Não conseguia encontrar a ligação, o elo, que explicaria aquele mar de mentiras. Tinha provas, mas não tinha respostas.

— Achamos que ele está protegendo alguém e a si mesmo, Stone — Lisa falou, tentando ler os pensamentos do silencioso agente Stone.

— Mas quem? — Stone perguntou, dando corda para a suspeita, que julgou coerente.

— Alguém mais poderoso que ele, certamente — Morgan comentou, concentrado em sua pesquisa.

— Sim! — Lisa concordou. — Alguém maior que a Agência ou talvez maior que essa nação. Alguém dos tempos da guerra, não sei, alguém de onde esse Alef nasceu. De onde essa história de horror foi criada. Não sabemos. Talvez sequer seja alguém. Talvez esteja protegendo alguma coisa. Algum segredo, algo que não seja apenas dele. Algo maior que ainda não entendemos, mas que sua existência em si, a de Alef, e vivo, já expõe. Já é perigosa o suficiente para ele vir a cometer tantos crimes. Eu não sei. Mas com a sua ajuda, vamos descobrir, tenho certeza.

— Com a minha ajuda? — Stone ainda não tinha assimilado que aquilo não tinha volta. Sentiu uma náusea imensa e encostou a cabeça no encosto da poltrona de couro em que estava sentado. — Deus do céu. Estamos fodidos — falou de olhos fechados, suspirando pesado.

— Estamos. Mas estamos juntos — Lisa falou com ares esperançosos, um sentimento que nem mesmo ela tinha consciência que existia dentro de si, de que iriam resolver aquilo sem morrer.

— Está certo! Estamos juntos — Stone falou, abrindo os olhos e regressando à posição em que estava na poltrona. — Muito obrigado por confiarem em mim. Eu não vou esquecer isso.

Todos sorriram contentes com aquela súbita demonstração de emoção de Stone. Mas o tempo era escasso para celebrações.

— Bem, se está conosco então, tem mais duas coisas que precisamos lhe contar — Lisa falou, aliviada e se preparando para revelar suas descobertas mais recentes. — O cúmplice do nosso fugitivo é o herdeiro de uma das famílias mais poderosas do país e neste momento ele está em algum lugar na imensa cidade de Pitsburgo. Seu nome é James Clayton.

— O herdeiro, claro! Era meu principal suspeito também — falou sorrindo satisfeito, mas logo seu semblante se desfez em preocupações. — Então parem tudo que estão fazendo. Nós vamos para Pitsburgo imediatamente — falou, seco e direto.

Stone se levantou com seu jeito decidido, abotoou o agasalho e saiu pela porta, gritando quando já estava no corredor:

— Apressem-se!

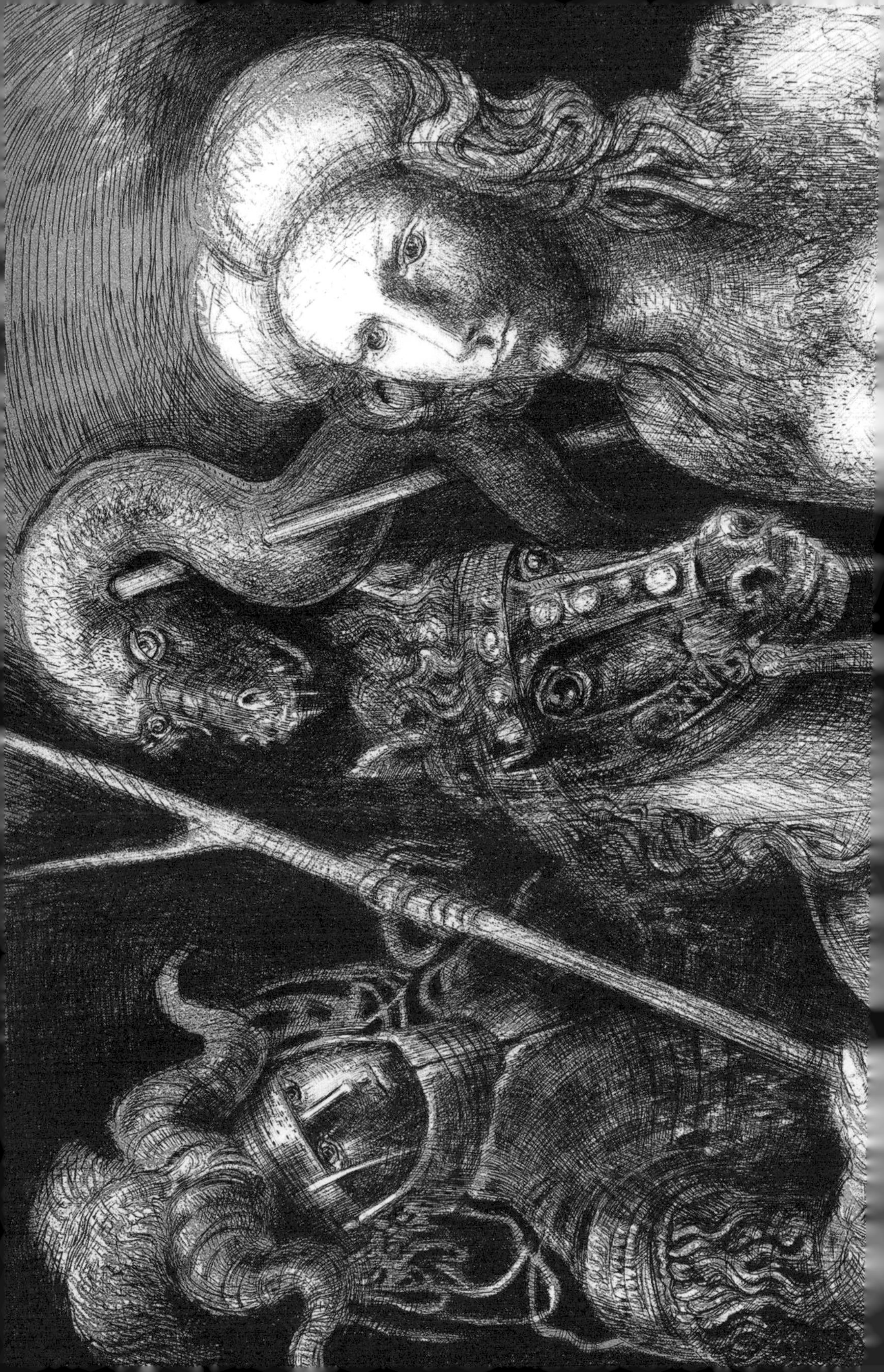

TRINTA E SEIS

Pitsburgo
20 de fevereiro de 2063

O interior clássico do século XVIII, refinado e elegante da mansão Clayton em Pitsburgo estava revirado como se uma manada de elefantes tivesse cruzado seus aposentos. Um caminho de móveis quebrados pelos cantos. Vidraças estilhaçadas. Luminárias destruídas no chão. Em alguns pontos havia sangue. Tudo sugeria uma briga violenta. Sinais que Stockholm sabia reconhecer como ninguém. Anna não conseguia acreditar no que via pelo caminho.

— Fique aqui — Stockholm apontou para um canto da sala destruída. — Vou checar a casa.

Anna sorriu com aquele gesto de machismo, mas a situação não lhe permitia um sermão sobre aquilo. Se limitou a uma cara de desdém e falou sussurrando:

— Não fale besteira, Stockholm — falou, sacando a lâmina com a qual prendia o cabelo —, há lugares nesta casa que você nem saberia como chegar.

Stockholm não quis argumentar. Embora não soubesse do que ela era capaz de fazer com armas brancas como aquela, acatou a represália. Se separaram para acelerar a busca na casa.

Percorreram toda a mansão em busca de James ou de quem a tenha invadido e feito aquele estrago. Cada porta aberta na mansão era uma mistura de ansiedade e medo de encontrar o corpo de James, abandonado sem vida, como um recado da violência que o futuro lhes reservava, com uma sensação enorme de alívio em não o encontrar e assim poder ter esperanças de que ele estaria vivo em algum lugar.

Quando Stockholm regressou à sala, Anna já estava lá, sentada em um sofá com as mãos no rosto. Se levantou quando o viu chegar e, ao seu sinal de que ele também não encontrara nada, começou a chorar.

Stockholm a abraçou. Queria explodir em lágrimas também. Seria esse o destino de todos que o amavam e de todos que eram alvos de seu amor? Pensou, lembrando de Thomas e de Jane. Sentia que não suportaria mais aquela perda. Quis se afastar dos braços de Anna. Sumir de sua vida. A próxima seria ela, certamente. Mas era tarde demais. Eles estavam com James.

— Anna! Anna! — Stockholm falou, tentando recuperar a calma para avaliar o que fariam. — Me escute, Anna. Isso não é o fim. Eu conheço essas pessoas. Não há um único tiro nas paredes. Eles não tinham autorização para matá-lo. Precisavam capturá-lo com vida. Por isso esse estrago todo. Ele com certeza resistiu e eles não podiam machucá-lo.

— Meu Deus, Stockholm — Anna estava descontrolada. — O que farão com ele? As coisas que farão com ele... E ele não sabe de nada... Ele não sabe de nada.

— Não vão, Anna — Stockholm falou, mentindo para ambos. Sabia o que eles eram capazes de fazer —, não vão machucá-lo. Ele é muito importante. Vocês são uma das famílias mais poderosas do país. Não vão querer criar problemas com gente como vocês. Por favor, tente se acalmar.

Mas era impossível. Anna não conseguia conter seu desespero.

Stockholm foi à cozinha lhe buscar um copo com água e, ao lhe entregar, abriu a mão para mostrar o que encontrara na cozinha. Um dardo de sedativo.

— Encontrei vários pela casa — Stockholm falou —, mas na cozinha há muitos. Eles devem ter encurralado ele ali. Ele feriu muitos deles, aliás. Nunca imaginei que ele soubesse se defender de um ataque como esse.

— Nós dois sabemos, Stockholm — Anna comentou. — Nossos pais achavam que devíamos saber como nos defender. Fizemos todo tipo de luta que você puder imaginar, sabemos usar armas. Eu fui mais longe e me aproximei dos militares, fiz treinamentos mais pesados, mas ambos passamos a vida aprendendo isso. Não é nada demais... Elisa achava que, em razão de eu ser mulher e o James ser gay, devíamos estar prontos para qualquer ataque de ódio. Nada nunca nos aconteceu, claro. Até hoje.

— Isso é fantástico, Anna — Stockholm ficou surpreso com mais aquela descoberta. — Veja. É um dardo com sedativo. Com certeza o levaram.

Sentiu um nó na garganta, mas não queria deixá-la ainda mais desesperada. Sabia que aquilo poderia sim ser o fim da linha para James. Que os chefes da Aliança do Ocidente não acreditariam na história da amnésia. Que o torturariam até a morte, porque a verdade é que ele simplesmente não sabia de nada. E o pior de tudo, estava convicto de que havia condenado Anna ao mesmo destino. Que arrastara a família Clayton para um buraco de onde talvez não conseguisse tirá-los. Se sentiu tão culpado que deixou escapar uma lágrima de seus olhos, cujos raios esverdeados brilhavam, acentuados pelo rubor de sua pele. A lágrima correu discretamente por sua bochecha e desapareceu nos fios escarlates de sua barba.

— Eu preciso investigar mais a casa — Stockholm falou com sua segurança de soldado. — Você se importa em verificar se temos comida em algum lugar?

— Você está com fome? — Anna falou, protestando. — É isso? Não é possível!

— Veja — Stockholm segurou suas mãos, simulando calma e paciência. — O que vamos enfrentar é muito maior e mais forte do que nós dois juntos. Não podemos ficar sem comer. Não podemos deixar de beber água. Tampouco de nos alimentarmos. Se ficarmos fracos, seremos abatidos. Eu ainda não sei o que faremos, mas vamos resolver isso. Juntos. Não é isso? Juntos.

Aguardou um momento para ter certeza de que ela tinha assimilado a importância do que estava falando e respondeu, rabugento:

— E não, claro que não estou com fome. Quero morrer. Sumir num buraco no chão. Mas sei que preciso comer. Senão o único lugar ao qual iremos chegar é num buraco no chão. E não vim tão longe para perder o homem que amo. Que nós amamos.

— Você está certo. Vá ver o que encontra — Anna estava abismada com o autocontrole de Stockholm e com a clareza de seu pensamento.

— Eu verei se temos algo para comer. Seja rápido. Não podemos ficar aqui por muito tempo. Eles podem voltar.

— Fique tranquila. Eles não vão voltar — Stockholm sabia que demorariam uns dias para processar seu novo prisioneiro. Sabia que, se soubessem mais alguma coisa, teriam atacado a residência dos Clayton em Nova York. James Clayton ainda era tudo que sabiam.

Mas logo saberiam mais. Logo poderiam saber a única coisa que Stockholm desejou que James escondesse como se fosse o maior segredo de sua vida. A maior arma que poderia entregar a eles.

O amor que havia entre eles.

TRINTA E SETE

Chicago
20 de fevereiro de 2063

    Stone saiu afoitamente pelas portas de vidro da Roeser's Bakery para o frio intenso da rua, deixando os jovens para trás, e já sacou seu celular para consultar o próximo voo de Chicago para Pitsburgo enquanto aguardava.

    Tão logo iniciou sua pesquisa, saíram às pressas para a rua, ajeitando seus equipamentos em suas bolsas, os trigêmeos Morgan, Zachary e Andrea, brigando entre si em razão da lentidão de Andrea em arrumar suas coisas. Mark acompanhava Lisa, com calma e elegância, com seu casaco preto impecavelmente ajustado por alfaiates, ambos concentrados discutindo alguma coisa em voz baixa. Mark ia lhe explicando algo rapidamente, apontando detalhes numa tela que carregava nas mãos.

    — Estamos indo para o aeroporto, todos nós! — Stone anunciou, lançando sua mão no bolso em que guardou seu celular e do qual tirou as chaves de seu carro, estacionado em frente ao café.

    — Mas nós não precisamos voltar para a Agência? — Morgan perguntou, sem saber o que Stone estava planejando fazer.

    — Não voltaremos mais para a Agência até que tenhamos encontrado nosso fugitivo — Stone anunciou, completamente seguro de sua decisão. — Vocês estão certos. Estou neste trabalho há dezoito anos e é tempo mais do que suficiente para saber quando estou diante de uma armadilha. Estamos em perigo. Demos o azar de encontrar algo que queriam que fosse esquecido e certamente nos farão pagar por isso. Apenas eles, James Clayton ou o próprio Alef, podem garantir nossa sobrevivência. Não podemos mais voltar à Agência.

— Estamos perdidos — Zachary comentou, estressado e levando as mãos à cabeça.

— Não estamos não — Lisa falou, segura, feliz pela adesão de Stone à sua história. — Enquanto estivermos juntos, nós podemos resolver isso. Vejam como já fomos longe. Tudo o que descobrimos. Sei que esse não é o trabalho que sonhamos para nossas vidas, mas é o que estamos fazendo e somos bons nisso.

Todos se olharam tentando buscar essa mesma segurança que Lisa trazia em sua voz. Ela continuou, se aproximando de Stone na calçada:

— Mas se posso fazer uma sugestão, agente Stone, eu acho que devemos nos dividir — Lisa continuou. — Acho que podemos enviar Mark e Andrea para a Agência, para manter as aparências, e nós quatro, eu, você, Zach e Morgan, vamos à Pitsburgo em busca de James Clayton.

— Sinto muito, Lisa — Stone fechou os olhos e levou a mão à testa, deixando todos preocupados —, mas infelizmente não poderemos voltar à Agência. Nenhum de vocês. Nós sabíamos que vocês estavam trabalhando em uma busca paralela. A Agência sabia.

— O que você está dizendo? — Morgan perguntou, estressado.

— Estou dizendo, Sr. Moore, que quando percebi que estavam sabotando o trabalho, imaginei que estavam fazendo por alguma razão. Veja, eu acompanho seu trabalho há quase um ano, sei do seu potencial. Os conheço e sei do que são capazes. Infelizmente, minha fé em suas capacidades e inteligência, que não estavam refletidas nos documentos que vinham me entregando, não acompanhava minha confiança em sua lealdade à Agência. Como ficou claro, eu estava correto, e aqui estamos, todos traindo a instituição que nos abriga. Felizmente. Porque sua falta de lealdade provavelmente nos salvará de sermos mortos por essa sombra que estamos desafiando. Entretanto, como não confiava em vocês, ajudei Helena a ampliar seu poder de vigilância sobre suas atividades.

— Você fez o quê? — Lisa interpelou, irritada.

— Peço desculpas, Srta. Kapler, mas o que estavam fazendo precisava ser reprimido ou observado de alguma forma. Escolhi observá-los mais de perto. Como percebi que todos estavam, de uma forma ou de outra, se reportando ao Sr. Morgan Moore, ajudei Helena a invadir seu computador pessoal para que pudéssemos monitorar suas atividades. Eu sinto muito, senhores. Por sorte, os demais não foram grampeados, porque achei que seria um exagero.

— Puta merda! — Morgan gritou na rua e chutou um carro ao seu lado.

— Até onde entendi, vocês descobriram que o cúmplice era o herdeiro do império Clayton ontem. Talvez Helena ainda não tenha percebido ou não tenha entendido o que encontrou, e acredito nisso porque eu ainda não fui acionado para tratar esse assunto. Mas não podemos correr esse risco. Eu realmente sinto muito. E mais uma vez, agradeço por terem confiado em mim quando eu mesmo não confiei em nenhum de vocês.

— Bem, lá se vai nosso elemento surpresa — Mark falou, entristecido —, mas é o que temos, então mãos à obra. Quem vai no meu carro?

— Eu preciso falar com você, agente Stone — Lisa anunciou. — Podemos ir juntos no seu carro até o aeroporto?

— Claro, Srta. Kapler — Stone respondeu com sua formalidade polida, já se encaminhando para abrir a porta do passageiro para Lisa.

— Eu vou com o Mark então, amor — Morgan anunciou para Lisa, lhe dando um beijo para se despedir, se afastando, fechando seu casaco e levando Andrea e Zachary com ele. Estavam todos um pouco atônitos e assustados com a notícia de que sua conspiração estava sendo monitorada por Helena.

— Nos encontramos no Aeroporto O'Hare, se apressem! — Stone gritou para os quatro, já entrando em seu carro.

Mark apontou que seu carro estava quase no final da rua, afastado, em direção ao Humboldt Park, e convidou todos a saírem do frio e do vento, que pareciam aumentar a cada instante na calçada.

Stone e Lisa entraram no carro e deixaram o café pela larga pista da Avenida North em direção ao Aeroporto O'Hare. Rapidamente, ganharam distância e perderam os quatro de vista.

***

Lisa tomou alguns instantes olhando pela janela, observando a pista e a paisagem que ia se desfazendo, ficando para trás, esvaziando sua cabeça das preocupações que aquelas últimas horas tinham trazido. Queria raciocinar com calma, mas só o que pensava era em como sairia daquela armadilha. O que diria para convencer Stockholm a ajudá-los. O que diria a James Clayton. Como faria para expor os culpados por aquela trama e por todos aqueles crimes.

Só percebeu que estava longe dali quando Stone tossiu, claramente chamando sua atenção para a realidade.

— Você queria dizer... — Stone falou com sua gentileza, tentando ter compreensão com a pouca idade que ela tinha e pensando em como ela vinha sendo extraordinariamente inteligente e sensata, mesmo sendo tão nova.

— Ah. Desculpe... — Lisa falou, sem graça. — O que eu ia dizer é o seguinte: Mark teve uma ideia genial hoje mais cedo... — começou a explicar, mas foi interrompida pelo som do celular de Stone, que estava conectado ao sistema de som do carro.

A ligação apareceu na tela do *dashboard* do carro. Era um número que Stone não tinha na agenda, mas, pelos dígitos iniciais, soube que tinha origem na Agência de Inteligência Internacional. Pediu silêncio para Lisa, levando o dedo à boca, e atendeu:

— Stone — falou com sua serenidade treinada.

— Agente Stone, boa tarde. Aqui é o diretor Lewis — ecoou a voz grave e meio rouca pelos alto-falantes do carro.

— Boa tarde, senhor!

— Filho, temos um problema. Onde o senhor está? — o diretor Lewis parecia apreensivo.

— Estou no meu carro, senhor, retornando à Agência.

— Você está sozinho, agente?

— Estou sim, senhor! — mentiu, convincente. Achou melhor mentir do que explicar por que um membro de sua equipe estava em seu carro, mas no fundo já estava preocupado. Ninguém nunca recebia ligações do diretor Lewis. Aquilo só podia significar um problema.

— Certo. Melhor assim. Bem, tenho receio de que venho lhe trazer notícias terríveis, agente Stone — o diretor Lewis seguiu falando, acreditando que Stone estava sozinho em seu carro —, mas sinto que era algo que o senhor já estava prevendo, felizmente.

— O que está havendo, senhor? — Stone indagou, fingindo estar confuso com aquela conversa, mas com a mesma seriedade enigmática de sempre.

— Os agentes sob sua tutela — o diretor Lewis começou a explicar com sua frieza usual — que estão trabalhando na investigação das falhas das Operações *Snowman* e *Bereshit*, a Srta. Lisa Kapler, o senhor Mark Owen e os trigêmeos, os senhores Zachary, Andrea e Morgan Moore, foram descobertos cometendo mais um crime contra essa nação, mas desta vez protegidos pelo manto do Departamento de Defesa. Desta vez, foram pegos cometendo traição contra essa agência que os protegia de suas próprias falhas e erros. Tudo muito lamentável, devo dizer.

— Senhor, nem sei o que dizer. Traição? Isso é gravíssimo! O senhor tem certeza? — Stone comentou, fingindo espanto. — Mas como? O que eles fizeram? Eu tenho os monitorado de perto, com a ajuda de Helena, e até então não me pareceu que estão aprontando nada de anormal, nada que pudéssemos considerar uma traição... Eles são novos, quero dizer, carregam essa independência dos jovens. Seus ímpetos...

— Até onde eu entendi sua forma de agir — o diretor Lewis respondeu com segurança —, ficou claro para mim que estão conduzindo uma operação paralela à nossa para encontrar o suspeito de ser o cúmplice da suposta fuga do criminoso francês Alef, na Filadélfia. Por que estariam fazendo isso?

— Ah, sim! — Stone argumentou, já meio tenso. — Isso eu sei que eles estavam fazendo, mas coloquei na conta da vaidade de crianças. Estão querendo apenas encontrá-lo por conta própria para se exibirem para o senhor e para me incomodar. Mas...

— O senhor está enganado, agente, uma inocência que eu não esperava de um agente graduado como o senhor — cortou, sem paciência, o diretor Lewis. — Eles já encontraram o cúmplice e já sabem onde ele está neste momento. Eles não têm a menor intenção de compartilhar essa informação conosco e, se não fosse por sua atenção e sagacidade, talvez nunca teríamos descoberto isso. E, a despeito desta inocência, devo dizer, o senhor está fazendo um excelente trabalho, agente Stone.

— Oras. Obrigado, senhor. Não é mais do que meu dever.

Lisa estava lívida no banco ao seu lado. Foram descobertos. Traição. Aquilo os levaria de volta para a cadeia num piscar de olhos. No tempo em que Stone se explicava, Lisa percebeu a aproximação do carro de Mark na pista atrás deles. "Mark, seu sem limites", pensou, censurando a velocidade quase sempre elevada e a forma irresponsável e descuidada com que Mark dirigia. Desejou que Lewis desligasse. Precisava conversar com Stone antes de chegarem ao Aeroporto O'Hare ou antes de deixarem Chicago.

— Se o senhor me permite fazer uma sugestão, diretor Lewis — Stone argumentou, tentando ganhar tempo —, antes de tomar qualquer decisão, deixe-me conversar com eles agora à tarde na Agência. Eles são muito imaturos e meio burros. Talvez sequer tenham consciência do quão grave é o erro que estão cometendo e a importância do trabalho da Agência para o país. O que o senhor acha?

— Admiro sua ingenuidade e nobreza, agente Stone — o diretor Lewis falou com um tom de humor absolutamente atípico —, mas receio que seja tarde demais. Gostaria, sim, que o senhor comparecesse à minha sala assim que regressar à AII para que possamos planejar o que faremos quanto ao cúmplice identificado pelos nossos jovens traidores.

— O que quer dizer, senhor, que é tarde demais? — Stone indagou, tentando não desenhar o pior cenário para a resposta, desejando que o temperamento e a natureza conhecidamente implacáveis do diretor Lewis não lhe subissem à cabeça. Mas seus desejos e votos foram em vão.

— Quero dizer que teremos que eliminá-los, infelizmente. Todos eles. O que é uma pena. Será uma perda imensa para o patrimônio intelectual da Agência a morte destes cinco gênios. Mas não está em nossas mãos.

— Mas, senhor! — Stone ensaiou argumentar aquilo, mas foi cortado sem rodeios pelo diretor Lewis.

— Sinto muito, agente. O aguardo em minha sala assim que chegar.

O diretor Lewis desligou sem se despedir. Uma indelicadeza incomum para seu protocolo formal e elegante de tratar as pessoas. Stone sentiu um enjoo súbito lhe percorrer o estômago e subir à garganta, mas se conteve com um exercício de respiração, ao qual sempre recorria em situações de tensão, acionado como uma arma, tal como se o ar fosse um mantra, um costume trazido para sua vida das missões de espionagem no solo chinês, ao norte do Himalaia, no planalto do Tibete, quando ainda não estava de castigo cuidando daquela operação.

Lisa estava em choque. Só conseguia pensar no que o diretor Lewis falara há pouco. "Teremos que eliminá-los." Agora era para valer. Sua vida estava em risco.

— "Teremos que eliminá-los. Teremos que eliminá-los..." — falou e repetiu para si mesma no carro ao lado de Stone. Não tinha assimilado o que aquilo queria dizer. — O que significa isso, agente Stone? — Lisa falou abruptamente e sem modos. Estava atônita com aquela afirmação. Sua voz, que era normalmente firme e ousada, saiu quase infantil. — Seremos todos presos?

— Acredito que não, Srta. Kapler.

— Você pode, por favor, me chamar de Lisa — falou, perdendo os modos de vez. — Estou ficando louca com sua formalidade. Estamos todos em perigo e todos no mesmo barco. Acho que passamos desta etapa de formalidades, não?

— Peço desculpas, Lisa — Stone falou com sua formalidade habitual. — Lisa. Ok. Peço por favor que se acalme. A situação requer que sua cabeça esteja no lugar. Assim que chegarmos ao aeroporto, compartilhamos o conteúdo desta ligação com os meninos e decidimos o que fazer juntos. Está certo?

Lisa concordou com a cabeça. Estava transtornada e sabia que ele estava certo. Ela não conseguiria pensar numa saída caso não colocasse a cabeça no lugar. Tal como Stone estava fazendo, também começou um exercício de respiração para tentar se acalmar.

Pelo retrovisor do carro, Lisa avistava, a apenas alguns carros atrás deles, o Ford Hudson de Mark. Perdeu o olhar entre os carros, entre os prédios, assistindo às árvores que iam ficando para trás. Queria encontrar ligações entre o diretor Lewis, os fragmentos da história de Stockholm de que ela tinha conhecimento e a *Opération Bereshit* na França. Sua relação com a guerra e com a Aliança do Ocidente. Não conseguia encontrar o fio que o conectava a tudo e que o fazia cometer tantos erros e se arriscar tanto.

Stone seguia com a cara fechada. Também pensava em tudo que lhe ocorrera naquela última hora. Em como aquilo mudaria sua vida para sempre. Uma vida de dezoito anos à frente de missões secretas pelo mundo todo por aquela organização que estava tramando sua morte. Como se sua vida inteira não significasse ou tivesse significado nada.

Lisa fechou os olhos para pensar. Já estava mais calma. Decidiu não pensar na ligação do diretor Lewis, na acusação de traição que repousava sobre cada um deles. Decidiu retomar seu plano ao ponto que a levara para dentro do carro de Stone. A história que Mark descobrira naquela manhã. Não precisava esperar chegarem até o aeroporto para atualizar Stone sobre aquilo.

Levantou a mão para chamar a atenção de Stone e falou:

— Stone? Vou te chamar apenas de Stone, tudo bem? — Lisa falou, tentando quebrar os protocolos e formalidades de Stone. — Já que estamos todos ferrados e seremos presos por traição...

— Deus do céu! — Stone falou, interrompendo Lisa abruptamente e abaixando a cabeça em direção ao volante do carro para ver alguma coisa no horizonte.

— O que foi? — Lisa perguntou assustada, fazendo o mesmo para poder ver o que ele estava vendo no céu.

— Deus do céu. Isso é uma loucura — Stone falou, soltando uma mão do volante e segurando uma das mãos delicadas de Lisa.

— Não estou vendo nada! — Lisa protestou. O céu estava muito fechado de nuvens por conta dos dias de neve.

— Veja — Stone apontou para um ponto à direita no horizonte, muito difícil de visualizar. — Aquilo é um drone. E é nosso. Nosso, quero dizer, pertence à AII.

— Mas o que ele está fazendo aqui? — Lisa perguntou sem entender o que aquilo significava, mas a resposta lhe ocorreu na mente quase ao mesmo tempo em que terminou de fazer a pergunta. — Eles estão nos vigiando.

— Ou pior... — Stone falou, terrivelmente preocupado.

E sua preocupação se mostrou absolutamente acurada em alguns segundos. Nem terminou de falar e o drone disparou um míssil que passou por cima do carro deles, à direita, e atingiu o carro de Mark em cheio, explodindo o veículo completamente.

Uma bola de fogo alta, como um cogumelo de chamas, se formou no meio da Avenida North, a poucos carros de distância atrás do carro de Stone, parando o trânsito dali para trás. Stone seguiu dirigindo sem parar, já buscando uma forma de fugir daquela pista. Uma forma de se proteger. Tinha certeza de que o deles era o próximo.

Lisa saltou do banco da frente, se debruçando para trás para poder olhar a pista pelo vidro traseiro do carro de Stone, mas não pôde olhar mais que um segundo.

Levou a mão ao rosto de desespero e dor. Não conseguia olhar a bola de fogo da explosão ir ficando para trás, se afastando. A fumaça subindo como um lamento que se entrega aos céus, se misturando aos tons cinzentos do inverno.

— Estão todos mortos — falou, atordoada. — Morgan... Andy, Zach, Mark. Meus Deus! Estão todos mortos!

O drone cruzou o céu e desapareceu. "O diretor Lewis tinha sido honesto, pelo menos naquilo", Stone pensou. Queria que eles fossem eliminados e queria que ele voltasse à Agência. Por alguma razão, talvez não o quisessem morto também. Mas não confiava mais neles.

Stone colocou a mão sobre seu ombro, atento à pista, mas seu consolo era irrelevante. Lisa não conseguia nem chorar.

Estava em estado de choque.

Stone tirou seu telefone do console do carro, juntou em suas mãos o celular de Lisa que estava sobre suas pernas e lançou os dois pela janela do carro. Os aparelhos desmancharam no asfalto e rapidamente foram esmagados pelos carros em alta velocidade.

— Precisamos ficar invisíveis — Stone falou, mas Lisa sequer teve alguma reação à perda de seu celular. Estava catatônica olhando o horizonte — e precisamos ficar juntos.

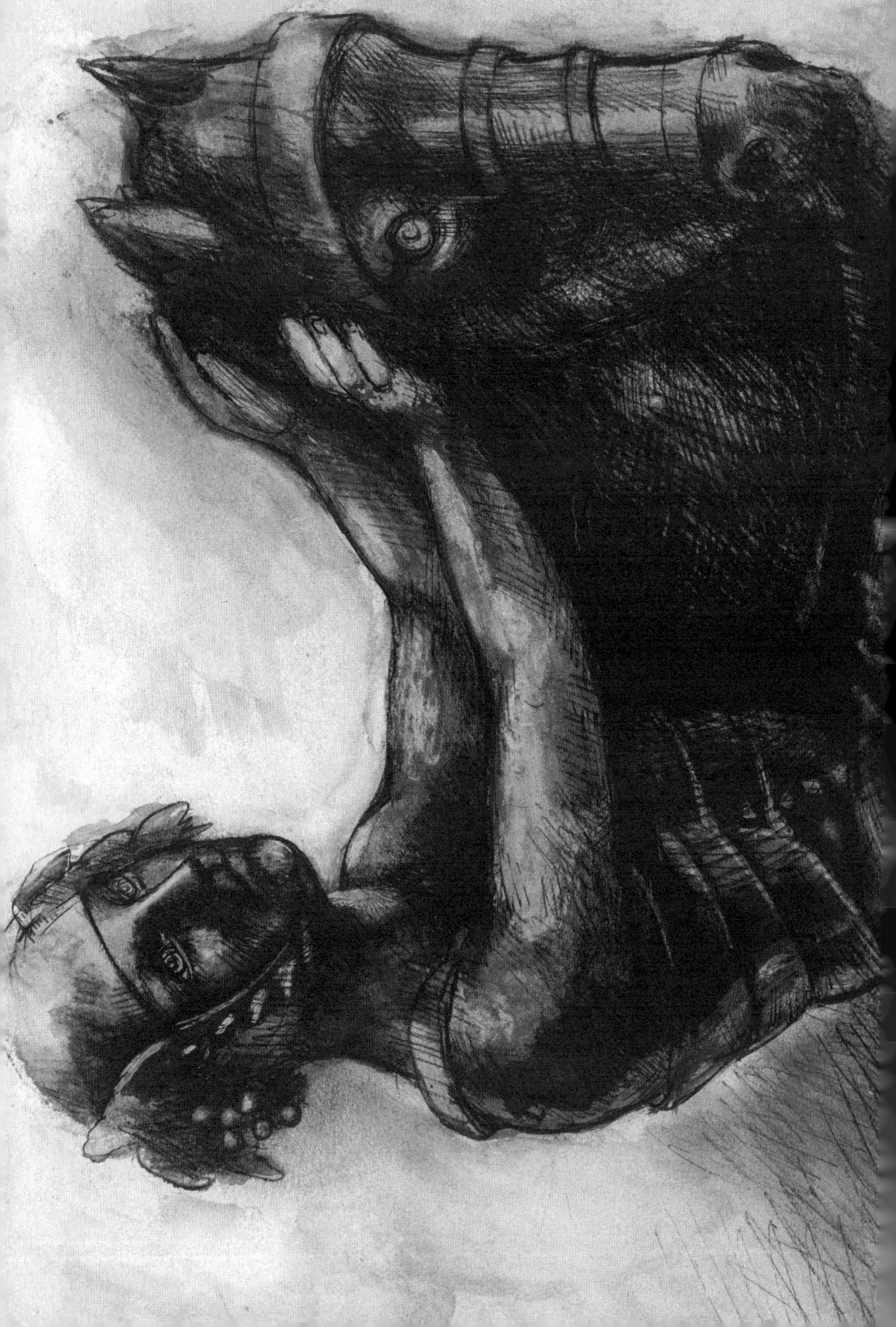

TRINTA E OITO

Pitsburgo
20 de fevereiro de 2063

    Stockholm cruzou a casa de canto a canto buscando por pistas de quem teria invadido a casa dos Clayton em Pitsburgo. A cada movimento da batalha que James enfrentou na casa, que Stockholm conseguia reconstituir em sua mente a partir dos vestígios, ficava mais claro que James precisava ser capturado. Que não podiam matá-lo. Que tentou a todo custo escapar e se defender. Mas eles eram muitos. As pegadas entregavam suas posições de ataque e os seus avanços sobre o alvo. Eram onze homens.

    A casa ainda era uma galeria de arte, agora pessoal. Tudo nela era, de alguma forma, um tributo ao passado e às artes. Telas de pintores famosos, algumas cujo valor era inestimável, Van Gogh, Monet, Degas, Rembrandt, espalhadas nas paredes como retratos de família, disputando a atenção com esculturas, móveis franceses da Era Luís, misturados com cadeiras contemporâneas do começo do século XXI. Tapetes pendurados nas paredes, trazidos do Irã, que se encontravam com tapeçarias chinesas.

    Stockholm voltava para a sala, atento a tudo que pudesse lhe dar uma pista de para onde teriam levado James, mas o trabalho de captura, embora tenha sido difícil, embora James tenha oferecido alguma resistência, foi bastante cirúrgico. Começou na sala, avançou pelas galerias de arte e alcançou a cozinha, onde o rastro de destruição terminou e os dardos foram encontrados.

Anna aguardava onde tudo começou e onde as coisas estavam mais desordenadas. A sala. Estava sentada no sofá, aguardando Stockholm finalizar sua investigação, com um sanduíche montado num prato na mesa de centro.

— Essa casa não tem câmeras? — Stockholm perguntou, regressando à sala. — Por Deus, tem um Van Gogh no corredor.

— São réplicas, todas elas — Anna respondeu com naturalidade. — Não deixamos o nosso acervo pessoal exposto em lugar nenhum. Foi uma precaução que tomamos quando a arte começou a ser alvo da perseguição de integrantes mais conservadores da Aliança do Ocidente. Elisa escondeu tudo em cofres e passou alguns anos adquirindo as réplicas. Nada aqui tem valor. Por isso não temos câmeras. É uma casa para nós, e casas não precisam de câmeras. Quando era uma galeria de arte, tínhamos, mas, quando a galeria fechou e decidimos que ficaríamos aqui sempre que viéssemos a Pitsburgo, mandamos tirar tudo. Às vezes, a presença de câmeras é mais perigosa do que sua ausência.

Stockholm entendeu completamente. Sabia que os dois gostavam de andar sem roupa pela casa. Até se acostumou com isso. Câmeras eram uma ameaça a essa intimidade. Imagens sempre ficam gravadas em algum lugar e todos os lugares podem ser encontrados por alguém mal-intencionado. Além disso, tinham os negócios da família Clayton. Anna já havia comentado algumas vezes que era alvo constante de espionagem corporativa. Que queriam saber os segredos dos negócios.

Lamentou a informação, entretanto. Se soubesse algo sobre como se vestiam os invasores, poderia tentar deduzir a organização que os abrigava. Conhecia muitas delas, como também conhecia suas formas de agir. Seus modos de ataque.

Começou a comer o lanche preparado por Anna, distraído e em pé no meio da sala destruída. No alto de uma parede, na lateral que abrigava uma lareira, Stockholm identificou uma tela cujo tema era uma de suas alegorias favoritas em toda a mitologia grega. A história de Perseu. A tela era *Perseu e Andrômeda*, de Giambattista Tiepolo, pintada em 1730 pelo gênio italiano de Veneza.

A tela trazia Perseu salvando Andrômeda de um rochedo no meio do mar, onde ela fora acorrentada em sacrifício a Poseidon, como forma de pagar as ofensas praticadas por sua família. Andrômeda é tão bela que Perseu decide que será com ela que se casará. Uma barganha proposta por ele para salvar sua vida do mar de monstros. Ela hesita, não responde. Surge o monstro do meio das ondas. O desafio impera sobre a barganha pela mão de Andrômeda, fala mais alto no coração do herói. Não há mais tempo para a resposta à sua proposta indecente, há um monstro e é preciso matá-lo. Perseu é implacável, como também fora com a poderosa Medusa antes daquele encontro com Andrômeda. Perseu vence. Stockholm amava como os heróis sempre venciam os monstros. No fim, Andrômeda se casa com Perseu, sem barganhas, sem condições. Por amor.

"O que poderia ser mais injusto do que negociar o amor pela vida? Ou a vida por amor?", Stockholm pensou, mergulhado no céu dourado pintado por Giambattista. Firmamento para onde também foge o casal mitológico, montados num Pegasus preto como as pedras de azeviche. Deixam apenas as correntes para trás.

"Seria possível romper com tudo aquilo que nos prende?", pensou em seus devaneios. "Com tudo que nos acorrenta? Com os monstros em nós mesmos, que nos prendem e nos devoram?" Stockholm amava mitologia. Passava horas em Saint-Michel lendo sobre ela. Mais que todos os deuses do Olimpo, queria ser Hermes. Poder voar livre pelos céus. Arauto dos deuses. Ter asas nos pés.

— O que poderia ser mais injusto do que negociar o amor pela vida? — repetiu, sussurrando para si mesmo — É isso!

Anna nem percebeu. Só conseguia pensar em James. No que poderiam fazer com ele. Se estava mesmo vivo.

— Anna! — Stockholm ajoelhou-se na frente dela e segurou sua mão fria. As dele estavam quentes, mesmo com todo o frio que entrava por janelas quebradas e pela porta aberta. — Nós precisamos ir. Precisamos nos preparar.

— Nos preparar para quê? — Anna não conseguiu acompanhar as ideias que brotaram em Stockholm diante de Perseu e Andrômeda.

— Para iniciar a barganha — Stockholm falou com firmeza, mas não era verdade. Estava quebrado por dentro. — A barganha para salvar a vida de James.

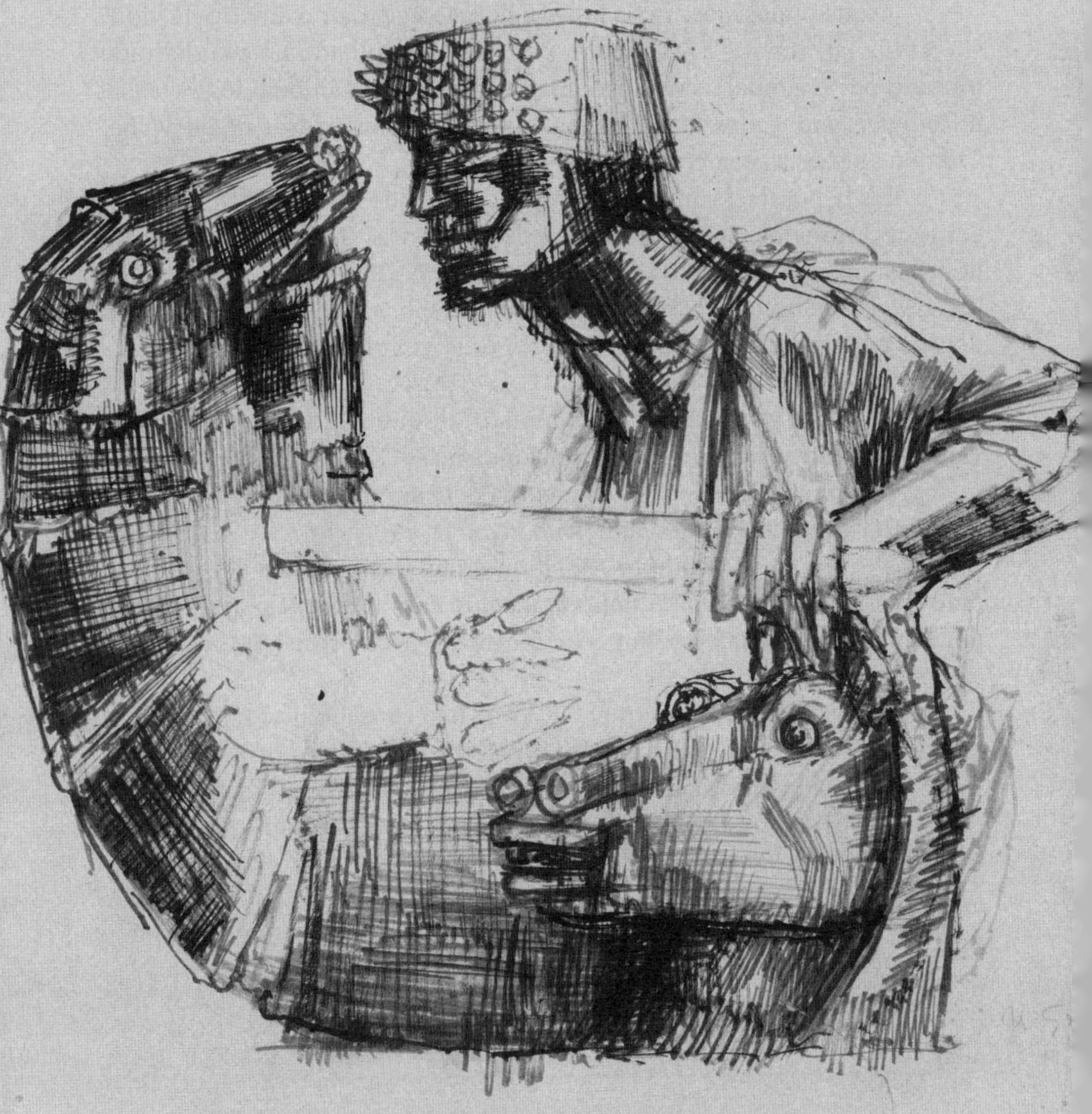

TRINTA E NOVE

Chicago
20 de fevereiro de 2063

  O silêncio imperava no carro. De um lado, Stone tentava manter o equilíbrio. Já assistira muitas vezes a cenas como aquela. Agentes ou criminosos sendo eliminados pela Agência sem a oportunidade da ação da justiça. "É a segurança nacional que está em jogo", costumam dizer. Nunca concordou com aquilo, mas também não lhe causava desconforto suficiente para contestar a decisão da Agência. Era a primeira vez, no entanto, que os agentes eliminados estavam sendo atacados em razão de suas ações, por sua culpa. "Se não tivesse cooperado com Helena, certamente estariam todos vivos. O que foi que eu fiz?", pensava com remorso. Sua cabeça oscilava entre a cena da explosão do carro e o momento antes, no café, em que eles confiaram a ele seus segredos e pediram sua ajuda. Nunca falhara tão rápido em amparar alguém que precisasse dele.

  Lisa estava ainda em choque pela perda de seus amigos e de seu namorado. Em choque com a brutalidade e injustiça de tudo aquilo. Nunca se sentira tão frágil e desprotegida. Nem mesmo quando foram todos presos, acusados e condenados por crime cibernético, ela se sentiu tão insegura. No fundo, queria chorar, mas estava com tanta raiva que poderia matar Stone com as próprias mãos. Não queria culpá-lo por tudo, mas era mais forte que ela. Se rendia à razão por um minuto, assumindo para si mesma que precisava dele, que ele estava ali. Que só tinham um ao outro naquele momento. Mas a mera ideia de ter que seguir em frente com ele até o aeroporto, de ter que continuar com aquilo, lhe causava náusea. Achava que ia começar a chorar, mas não tinha forças. E não tinha tempo. "Quanto tempo levaria até que percebessem que havia apenas quatro corpos no carro de Mark?", pensava, certa de que precisava agir neste intervalo. Que precisava ser rápida.

Stone virou à esquerda na Avenida Thatcher, contornando, em direção ao sul, o Parque Thatcher com suas árvores fantasmagóricas, despidas pela neve, espectros com seus galhos pretos indo ao céu e com seus pântanos e lagos congelados. Desceu até o fim do parque e virou à direita, acessando uma alameda residencial.

Lisa ficou se perguntando se ele estaria indo para sua própria casa, em alguma espécie de surto. Sabia que o aeroporto estava na direção oposta, muito ao norte do parque.

Stone parou numa esquina, quase em frente a um edifício público, com sinalizações de prédio histórico, e saiu do carro.

"Winslow House", Lisa leu para si mesma, ainda dentro do carro, a placa no gramado logo à frente

— Essa é uma casa famosa projetada pelo arquiteto Frank Lloyd Wright — Stone comentou, abrindo a porta do carro para que Lisa pudesse descer e deixando que o ar congelado daquela região pantanosa de Chicago a atingisse como uma paulada. Um sopro de realidade para tirá-la do estado de choque em que se encontrava. — O edifício é um marco na carreira de Wright, essa Winslow House, porque foi sua primeira grande obra como arquiteto independente. É aqui que vamos abandonar o carro e pegar um táxi. Não podemos mais usar o meu carro, não é seguro. E é aqui que vamos começar de novo nossa relação. Independentes. Nossa primeira missão independente.

Lisa estava incrédula com aquilo que estava ouvindo. Com o ritual que estava acontecendo.

— É apenas um símbolo — Stone comentou, percebendo seu olhar de repressão —, algo que usaremos de marco para tudo que faremos daqui para frente. Não podemos continuar sem isso.

— Do que você está falando? — Lisa apelou, saindo de seu estado de dormência e apertando o casaco contra o peito, já fora do carro. — Precisamos ir ao aeroporto, você está louco? Estamos em perigo aqui!

— De agora em diante, estamos em perigo em todo lugar, Lisa — Stone comentou com a frieza de agente secreto com que tratava todas as suas missões. — Nunca mais estaremos seguros até que encontremos esse fugitivo e seu cúmplice e até que possamos derrubar o diretor Lewis e seus cúmplices nesta operação que estão tentando apagar do mapa a qualquer custo. Não temos mais ninguém. E acredite, não podemos nos esconder. Ninguém pode e vocês foram a prova disso.

Lisa abaixou a cabeça. "Não temos mais ninguém... Morgan está morto", pensou, se entristecendo novamente e querendo chorar, mas de alguma forma continuava seca. A dor parecia maior que sua tristeza e sua dor não tinha o mesmo lugar de descarga. Lágrimas não dariam conta da dor que estava sentindo.

— Eu cometi um erro terrível, Lisa, eu sei — Stone falou, se ajoelhando na calçada. — Por favor, peço que me perdoe.

Lisa se virou abruptamente e se apoiou no carro com as duas mãos, dando as costas para Stone.

— Eu sei que não podemos voltar atrás e sei que eles eram mais que seus amigos — Stone continuou, já inseguro de que ela pudesse perdoá-lo —, mas eu farei tudo que estiver ao meu alcance para te tirar dessa situação. Eu prometo.

— Não há nada para perdoar — Lisa falou, deixando uma lágrima quente e imensa escorrer pelo seu rosto rosado pelo frio e pela emoção. — Nada disso foi culpa sua. A culpa é minha.

— O que está dizendo? Nada disso é culpa sua, Lisa! — Stone falou, se levantando do chão.

— É sim, é sim — Lisa falou, se deixando tomar pelo choro. — Se eu tivesse confiado em você desde o começo, talvez todos estivessem vivos. Você está aqui agora, como teria ficado do nosso lado também há dias, quando eu descobri toda essa história e decidi que você não era de confiança... Que era um deles. Mas você não é. Eu sou a culpada por você ter perdido a confiança em nós e nos monitorado. Morgan queria ter lhe contado há dias. E agora ele está morto. E tudo isso por minha causa.

A culpa era maior que a dor e mais poderosa que a tristeza, afinal. Tomou a frente. Venceu as emoções que se misturavam e ganhou para si a baía de lágrimas.

Stone não sabia o que dizer. Apenas se aproximou de Lisa e a abraçou.

— Nada disso é nossa culpa, Lisa — Stone falou, tentando conter a crise que ele não tinha previsto, muito maior que a sua própria crise de consciência. — Eles estão jogando conosco desde o começo. E seja lá o que está em jogo, seja lá o que eles tenham feito para esse rapaz, é muito grave. E nós vamos destruí-los por isso.

Stone soou tão sombrio e obstinado que Lisa precisou se conter para assimilar aquilo. Se sentiu segura com aquele repente de agressividade. Se aninhou naquilo. Era o que ela queria. Explodir prédios inteiros. Fazê-los pagar por tudo que tinham lhe feito.

— Nós vamos destruir todos eles, Stone! — falou, retomando sua vontade de viver. Alinhando seus pensamentos novamente. As lágrimas ainda caíam sem parar, mas sua cabeça começava a concatenar seu plano. Iam em direções opostas, seu coração despedaçado e atormentado pela perda de Morgan e sua mente lúcida e racional, em busca de justiça. De vingança.

Abandonaram o carro ali quase em frente à Winslow House, na sombra de árvores seculares do Parque Thatcher, e pegaram um táxi para o aeroporto.

— Aeroporto O'Hare, senhor. Boa tarde! — Stone saudou o motorista do táxi.

— Nós vamos para o aeroporto agora, Stone — Lisa falou baixinho —, mas não vamos para Pitsburgo mais. Será inútil buscar por James Clayton. Ele certamente já foi encontrado pelo diretor Lewis.

— É verdade. Estamos atrasados demais — Stone comentou sussurrando, tentando colocar as ideias no lugar. — Então por que estamos indo para o aeroporto?

— Nós vamos para Nova York.

***

O voo para Nova York estava quase lotado, como sempre. O aeroporto de Chicago costumava ser o segundo mais movimentado do mundo, perdendo apenas para o de Atlanta, até muito recentemente, nos últimos anos da guerra, quando o Aeroporto Charles de Gaulle, da imensa nação de refugiados que a cidade de Paris se transformara ao longo da guerra, ultrapassou ambos.

Lisa fechou os olhos por um instante, mas era impossível escapar da visão tenebrosa da explosão do carro de Mark, onde seus amigos provavelmente discutiam o mesmo assunto que ela estava prestes a trazer ao agente Stone. O paradeiro de Stockholm.

Stone estava mergulhado em seus planos para alcançar sua recém-criada obsessão. A queda do diretor Lewis. Tentava se censurar, mas se sentia tão traído na confiança que depositava no diretor da Agência de Inteligência Internacional que se via sem forças ou argumentos para conter seu desejo de fazer justiça aos jovens cujo brutal assassinato acabara de assistir e à sua carreira, implodida como um prédio sem finalidade, tornado nuvem de poeira sem importância. Sentia que lhe escapavam informações. Não desprezava esse sentimento. "Quem era Alef, afinal?", Stone pensava, angustiado, avaliando se sua importância e crimes, se é que existiam, valiam a vida de tantas pessoas. Se valiam tantos esforços e tantos erros. As informações recentes descobertas por Lisa sobre a conduta do diretor Lewis eram graves e suficientes para que ele escolhesse um lado naquela situação dentro da Agência. Estava certo disso. Estava contra o diretor Lewis. E tinha nele um alvo, inclusive. Personificou nele a destruição da Agência inteira, que certamente atentaria contra sua vida muito em breve, e, com sua queda, a salvação de sua estimada carreira de espião, de agente secreto. "Mas poderia ficar ao lado de Alef?", se indagava. Não era a mesma coisa. Ele certamente estaria contra a Agência e não apenas ela, mas toda a Aliança do Ocidente, até onde Lisa compreendeu sua história. E aquilo fazia absoluto sentido. Nunca soubera de um projeto tão nefasto em toda a guerra como transformar crianças em assassinos. Se a história contada por Lisa mais cedo sobre as crianças de Saint-Michel era verdadeira, então os crimes de Alef não tinham o peso que depositara neles. Eram uma vingança. Não que sua vingança fosse certa, mas não lhe parecia de todo injusta. Stone pensava tentando avaliar como trataria Stockholm se o encontrasse. Sua conduta de representante da lei colidia frontalmente com o caminho pelo qual Stockholm se enveredou ao longo dos anos após sua fuga de Saint-Michel. Mesmo assim, algo lhe escapava. Algo mais grave que o rapto de sua infância teria motivado todos aqueles assassinatos, pensava longe, tentando encaixar peças invisíveis.

— Mark era uma das pessoas mais inteligentes que conheci quando o assunto era descobrir algo sobre a vida das pessoas — Lisa falou de repente, trazendo Stone de volta dos seus pensamentos e dúvidas para o voo que ganhava o céu noturno de Illinois, deixando para trás a galáxia de pequenos pontos de luz do solo sobre o qual Chicago se esparramava.

— Desculpe, Lisa — Stone disse, tentando assimilar o que ela havia dito —, o que você disse?

— Que Mark era uma das pessoas mais brilhantes que conheci — Lisa repetiu.

— Ah, sim, eu sinto muito, Lisa — Stone falou, tentando entender aquele comentário. Se sentiu confuso com aquela declaração sobre Mark. Sabia que Lisa e Morgan eram namorados há anos.

— Ele era um *stalker*, eu costumava dizer — Lisa falou, séria e concentrada, encarando Stone nos olhos. — Eu vivia dizendo que tinha medo dele... Que ele sabia mais sobre nós do que nós mesmos. E era verdade. Com quase nenhuma informação, ele conseguia desvendar a história de qualquer pessoa. Encontrar qualquer pessoa.

— Com certeza é algo que nos fará falta para encontrar Alef — Stone comentou com um ar de tristeza pela perda do talento de Mark. Jamais achou que daria valor ao trabalho de qualquer um deles. Ficou surpreso ao perceber que, naqueles dias, eles eram tudo que ele tinha. E que agora tinha apenas Lisa.

— Não vamos mais precisar dele para isso — Lisa falou, desviando o olhar para a escuridão da janela do avião. — Ele já encontrou Alef. Nós só precisamos de um plano para abordá-lo.

— Isso é fantástico, Lisa! — Stone ficou impressionado com a velocidade com que eles avançaram nas sombras daquela investigação. — Mas como, por Deus, encontraram ele?

— Ontem à noite, depois que encontramos o rosto do nosso suspeito na Biblioteca da Universidade da Pensilvânia e descobrimos que nosso cúmplice era James Clayton, Mark sintetizou as características mais evidentes de Alef num algoritmo de busca. Coisas como ruivo, alto, branco, e somou a elas algumas poucas informações que tínhamos de sua história. Até onde eu entendi, algo como "Saint-Michel", "Paris", cidades onde Alef esteve, e "Nova York" e "Pitsburgo", as cidades onde James tinha seus negócios. "Fantasma" e "*Le Fantôme*" e mesmo sua relação com o Papa Saulo. O nome de sua mãe, Jane Baron. Mark incluiu ainda coisas aleatórias como "Assassinatos" e "Guerra da Rússia" ou "Aliança do Ocidente". Mark tinha um dom para juntar peças, para decifrar partes ausentes. Ele foi trabalhando com essas informações, incluindo uma de cada vez, criando grupos em sua busca, e ao final da noite ele localizou um comentário em um fórum, em um lugar da internet que chamamos de *dark web*, um relato que deixou seus cabelos em pé.

— Vocês são realmente gênios — Stone falou, assombrado. — Sinto muito não ter percebido isso antes.

— Está tudo bem, Stone. Não precisa se desculpar. Sentiremos mais se não conseguirmos encontrá-lo e revelar esse esquema inteiro. Então tudo terá sido em vão — Lisa falou com firmeza. — Eu não vou permitir isso. Me recuso a perder meus amigos e meu amor em vão.

— Você está certa! — Stone abraçou sua firmeza.

— Há alguns dias, em Nova York — Lisa continuou, abaixando o tom de sua voz —, uma balsa clandestina que fazia a travessia de pessoas do Píer do Brooklyn para Manhattan foi atacada por um grupo de piratas. É uma coisa bastante comum. A polícia sequer se dá ao trabalho de investigar esses casos. Acham que são bandidos atacando bandidos e se esquecem que ali temos americanos, trabalhadores que não têm como voltar para suas casas de outra forma. Ocorrem ataques como esses várias vezes no mesmo dia. Mas neste dia o desfecho do assalto foi bem diferente. O homem que relatou a história no fórum contou que um dos passageiros da balsa atacou o grupo de bandidos. Quase ninguém viu como ele o fez. Quando viram, eles estavam mortos no chão. Os três assaltantes foram mortos com suas próprias armas. Um deles foi queimado com a tocha que eles mesmos carregaram para dentro da balsa. Ele contou que apenas um sobreviveu ao ataque do passageiro. Que era difícil de entender o que estava acontecendo, por que o Hudson é uma escuridão sem fim, e a energia da balsa havia sido cortada. Mas as chamas do corpo que pegava fogo no chão revelavam que o passageiro herói da balsa era muito ruivo e tinha quase dois metros de altura. Podia ser visto sobre os demais como um gigante.

— Mas isso é muito vago, Lisa — Stone apelou de repente —, isso é pouco para acharmos que ele é o nosso homem.

— Acalme-se, agente Stone. Eu não terminei minha história — Lisa falou, sorrindo com a ansiedade de Stone. — Segundo o homem que estava na balsa, o único assaltante que sobrevivera ao ataque deste passageiro carregava uma espada. Folclórico e artista como deve ser um pirata. Que ele dançou e fez ameaças para o homem que o encarava tranquilamente ao lado dos corpos mortos no meio da balsa, mas que, antes que o pirata pudesse fazer qualquer coisa, o passageiro disse algo que ninguém entendeu e então o assaltante caiu de joelhos no chão da balsa e começou a chorar desesperadamente e implorar por sua vida. Ninguém entendia nada, porque ele falava em outra língua. Mas a única coisa que se podia entender de suas súplicas era *"Pardonne-moi! Le fantôme"*.

— Deus do céu! — Stone sussurrou, assombrado.

— Sim. Eu achei que era uma espécie de lenda — Lisa falou, impressionada — ou apenas mais uma mentira do diretor Lewis. Mas aparentemente é verdade. Ele realmente diz alguma coisa que leva as suas vítimas ao desespero antes de matá-las. Estranhamente, o assaltante sobreviveu... Antes que Alef pudesse matá-lo, ele se jogou nas águas geladas do Hudson e desapareceu.

— Como isso não foi nem reportado à polícia de Nova York? — Stone ficou indignado.

— Essas pessoas têm suas próprias leis, Stone — Lisa afirmou, enfática. — Tenho certeza de que o próprio dono da embarcação se livrou dos corpos. A última coisa que um balseiro clandestino faria seria procurar a polícia. E, francamente, seus passageiros devem ter ficado aliviados de poderem finalmente ir para casa depois de quase serem assaltados e assistirem à morte dos assaltantes. Consegue imaginar quão assustador foi isso?

— Mas o que ele estaria fazendo numa balsa de trabalhadores no meio do Hudson? — Stone estava completamente intrigado. — Por quê?

— É estranho, não é verdade? — Lisa falou com um tom pedagógico. Também havia perguntado a mesma coisa quando Mark lhe contou tudo.

— Muito. Muito estranho. Não faz o menor sentido, na verdade. Uma das pessoas mais perigosas do mundo, passeando numa balsa no meio do Hudson como se fosse uma pessoa comum — Stone falou para si mesmo.

— Bingo, agente Stone! — Lisa falou, interrompendo seu raciocínio, e repetiu sussurrando entre eles. — *Como uma pessoa comum!*

— Não faz sentido, Lisa! — Stone não conseguia acreditar na teoria que Lisa estava propondo. — Por que ele faria isso? Ele foi tão longe. Já matou tantas pessoas. Por que ele iria parar aqui?

— Eu também não conseguia compreender. Alguma coisa me escapava. Não fazia sentido ele estar ali no meio do rio, mas Mark estava sempre à minha frente quando as peças eram invisíveis. Quando era preciso imaginar as partes que faltavam — Lisa falou, deixando os olhos brilharem de emoção e uma lágrima rolar sem avisos, pegando ambos de surpresa, mas continuou mesmo assim, com a voz meio embargada —, Mark acreditava que a única coisa que poderia tirá-lo do curso de sua vingança, que poderia mudar tudo, que era poderosa o suficiente para fazê-lo se contentar com uma vida comum, de trabalhador do Brooklyn... algo tão forte que poderia desviá-lo de sua saga, uma jornada que, agora sabemos, era verdade, pois ele realmente está buscando alguma coisa e eliminando todos que se colocam em seu caminho ou que tenham participado de seja lá o que aconteceu em Saint-Michel... mas o que aconteceu em Nova York mudou tudo...

Lisa se interrompeu por um momento. A emoção prendeu sua garganta e lhe roubou a voz. Precisou respirar algumas vezes para retomar, mas Stone estava ansioso demais por entender o raciocínio de Mark. Não conseguia imaginar o que teria tanta força.

— Era o que, Lisa? — Stone falou, não conseguindo aguardar Lisa se recompor.

— Amor, agente Stone — Lisa falou rispidamente, contendo suas lágrimas. — Ele se apaixonou em Nova York.

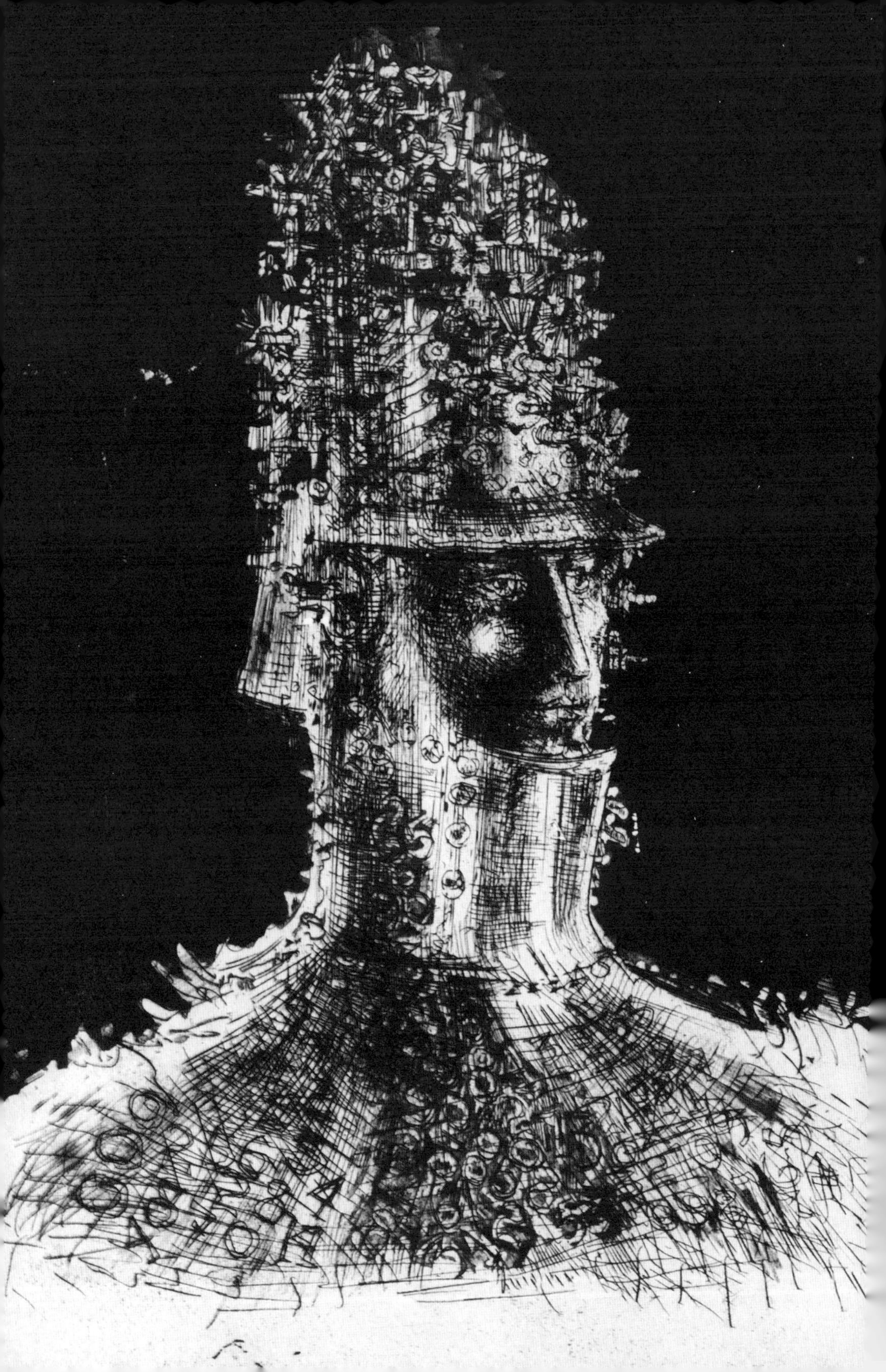

QUARENTA

Nova York
20 de fevereiro de 2063

O helicóptero pousou na plataforma sobre o apartamento da família Clayton na Avenida West Park e, sem cerimônias, Stockholm e Anna saíram da aeronave, cujas hélices ainda giravam lentamente com os motores já desligados, e desceram para o interior do apartamento. A noite já ia alta, quase entregando os ponteiros à madrugada, e o frio não dava trégua.

Quase não se falaram depois que saíram de Pitsburgo. Depois que entenderam que tinham chegado tarde demais. Que haviam levado James, o mais inocente entre eles.

Anna parou na sala, apoiada em um sofá, mal iluminada por um abajur no canto da sala, fraco com suas peças de vidro envolvidas numa fita de cobre, estanhadas e soldadas entre si, como um pequeno vitral em forma de guarda-chuva. O trabalho de Louis Tiffany criado em 1895 destoava de aparelhos modernos espalhados por toda a sala, mas se aninhava em meio a obras de arte aqui e ali, como ele mesmo já vinha sendo considerado por muitos.

Sua luz, entretanto, abafada pelo vidro colorido e opaco, não permitia decifrar seu rosto e ninguém poderia decifrar seus pensamentos. Sentiu vontade de ligar para seus pais. Sentiu a falta de James e Elisa pela casa, alguém a quem recorrer. Sentia saudade de tudo aquilo que tinha vivido naquele apartamento, lar que lhe era tão querido e, todavia, não fazia a menor diferença sem eles e se tornava a cada minuto um fardo sem a presença iluminada e alegre de James.

    Sentiu o frio do terraço se desfazer no calor do corpo imenso de Stockholm, que se aninhava em suas costas, enlaçando seu corpo com os braços. Seu perfume envolveu o ar, invadiu suas narinas. "É tudo culpa sua", ela pensou, se entregando aos seus braços, "e ainda assim você é tudo que eu tenho. E ainda assim não consigo deixar de te amar", pensou, deixando as lágrimas correrem.

    Stockholm sabia que era isso. Ele também travava aquela batalha em si mesmo. Queria nunca ter entrado em suas vidas. Queria ter morrido nas profundezas do Delaware. Nunca ter sido encontrado. Nunca ter sido amado daquela forma. Nunca mais ter amado ninguém daquela forma. Chorou também, discreto. Sabia que não tinha volta.

    — Eu vou resolver isso — Stockholm sussurrou —, eu prometo. Nós vamos encontrá-lo.

    — Nós vamos, juntos — Anna falou, insegura —, mas antes de embarcar nesta guerra eu preciso de um banho e nós precisamos comer. E nós precisamos de um plano.

    — E vamos precisar de armas, muitas armas, receio — Stockholm falou, entristecido. No fundo, tinha esperança de nunca mais precisar de armas.

    — Isso não é um problema, *mi amor*! — Anna falou com seu sotaque latino e a voz sedutora de quem tem resposta para tudo, se desvencilhando do abraço de Stockholm e partindo em direção ao seu quarto. — Ligar para Connor — ela falou para o próprio celular, já se afastando.

    Stockholm se preocupou com aquilo, mas não quis questionar sua iniciativa. Pensou que, afinal, um pouco de informação poderia ajudar, mesmo que aquele contato com Connor, o informante de Anna, já fosse uma exposição de sua situação. No fundo, duvidou que aquilo fosse dar algum resultado. Tinha certeza de que a captura de James estaria sendo processada com o nível máximo de sigilo ou sequer seria registrada em algum lugar como uma operação.

    Era isso que lhe roubava a paz. A incerteza sobre o que fazer a seguir. A decisão de aguardar ou de atacar. Estava certo de que, se permanecesse onde estava, seria encontrado. Era uma questão de tempo. "Mas a que viriam? Estariam dispostos a barganhar? Ou seria tarde demais para negociar alguma coisa?", se perguntava, caminhando em direção ao seu quarto.

    Também resolveu tomar um banho.

Se não quisessem negociar, esperar poderia causar a morte de Anna, de James e a sua, refletia enquanto a água quente do chuveiro corria seu corpo. Se quisessem negociar, um ataque de sua parte poderia colocar tudo a perder. Poderia ser o sinal verde para eliminarem James. Para atacarem Anna e os inocentes Marta e Arturo.

Se resolvesse não esperar que o encontrassem, onde poderia atacar?, perguntava-se. Como encontraria uma pessoa que provavelmente sequer foi registrada nas operações da Aliança do Ocidente ou mesmo do Departamento de Defesa Americano? Quem atacar? E onde? Tudo estava indo tão rápido que Stockholm se sentia refém do curso dos acontecimentos.

Sentia que não podia errar nada. Precisava de uma saída que protegesse seu amor. Sua nova razão de viver.

Deixou a água correr pelo corpo enquanto nada lhe ocorria. A temperatura da água ia apagando o tom vermelho de seus pelos, que se misturavam na pele que ia ficando enrubescida pelo calor. Queria chorar, mas sabia que não tinha tempo. Choraria muito mais se não pensasse rápido.

Quando desligou o chuveiro, seu registro arranhou a pedra da parede e, do barulho estridente do contato da peça de aço com a pedra, uma voz emergiu, chamando a atenção de Stockholm para suas lembranças. "Senhores! Meu nome é Michael Lewis e eu sou o diretor da Agência de Inteligência Internacional do Departamento de Defesa Americano", era uma voz rouca e cansada, ecoando em sua cabeça como um ruído sem importância do passado. A voz vinha da manhã cheia de frio e neve na Filadélfia, na qual monitorava a ação da polícia da Pensilvânia por um ponto em seu ouvido. Do dia que perdeu tudo que tinha e ganhou uma nova vida. "Esse é o General Antônio Casanova, um herói da guerra e comandante de diversas operações da Aliança do Ocidente", Stockholm lembrou com clareza da voz do diretor Lewis introduzindo ao time de agentes da estação policial da Universidade da Pensilvânia o poderoso General Antônio Casanova.

A mera menção ao nome de Casanova lhe causava arrepios e uma onda de raiva, mas a lembrança abriu uma ladeira de ideias em sua mente.

— Michael Lewis! — repetiu para si mesmo, alcançando as toalhas penduradas em um gancho na parede. — Juntos? Não é possível.

Caminhou molhado até a cama, correndo a toalha pelo corpo nu, distraído, perdido em seus planos. Estava exausto como se tivesse sido atropelado por um caminhão na rua. Como se o peso de uma dor que só lhe atingia o peito se enraizasse pelos músculos, lhe alcançasse os ossos.

Seus olhos estavam pesados. O peso da culpa de existir. Culpa de causar dor naqueles que amava e que o amavam. Uma maldição que o acompanhava em qualquer canto do mundo.

Jogou-se na cama sem terminar de secar seu corpo. Nem para isso parecia ter mais forças. Encarou o teto. Estava com frio. Uma sensação rara. Se lembrou de Thomas por um momento, o pequeno pássaro na gaiola, farfalhando suas asas no vão das barras e partindo. "Foi só um sonho", Stockholm pensou novamente, como também pensara há anos na primeira noite em Paris, no apartamento da Bastilha. Mas a dor de sua partida era tremendamente real.

"Thomas", sussurrou para si mesmo na cama. O primeiro que ganhou asas por sua culpa. Porque ele insistia em existir. Porque tudo que tocava virava dor ou morria.

Não permitiria que aquilo se repetisse com James, prometeu para si mesmo. Fechou os olhos para finalmente chorar de tristeza e, antes que pudesse se consumir em lágrimas, foi tomado pelo sono e pela exaustão, mas dormir era impossível.

— Michael Lewis... O herói da guerra, Casanova — sussurrou para si mesmo, se deixando invadir pelo passado, disfarçado na onda de tristeza e cansaço de seus pensamentos, como uma alga esmeraldina discretamente se desprende do oceano e se deita no leito de areia da praia. Quase dormiu por um momento, mas um novo atrito metálico o trouxe bruscamente à realidade.

---- *** ----

Possuída pela mesma exaustão e tristeza em seu quarto, nua e encolhida na cama, Anna também ia sendo arrastada para o limbo escuro do mundo dos sonhos, misturando dores reais como facadas na barriga e angústias retalhadas pela mente e pelo medo. Queria resistir e descer para falar com Stockholm tão logo desligou o chuveiro e então planejar o que fariam, mas hesitou intensamente. "Descer e planejar", pensou, se deitando como um feto numa banheira de lençóis, "e falar com Stockholm", dava contornos de realidade aos horrores que permeavam sua imaginação. A ideia insuportável de perder James. A ideia inevitável de culpá-lo por tudo.

Abandonado no chão do banheiro, ao lado de suas roupas retorcidas, seu celular recebeu, tarde demais, o retorno para as muitas ligações que Anna fizera antes de entrar no banho. A luz da tela piscava inutilmente no escuro, anunciando a chegada das duas mensagens que Connor Gilbert lhe enviara:

Eles estão com James.
Você está em perigo, Anna.

Alguns minutos de espera na escuridão do banheiro e a luz da tela se acendeu novamente. Outra mensagem:

Anna! Responda, por favor!

E mais uma em seguida:

Eles estão a caminho!

Quase ao mesmo tempo em que a última mensagem surgiu na tela, todas desapareceram e deram lugar a uma ligação de outro número em sua agenda. *Nicolás — Chamando* apareceu no meio da tela, instantes antes de a bateria acabar e o celular se apagar, deixando o banheiro e o quarto banhados apenas pela penumbra perolada de Nova York.

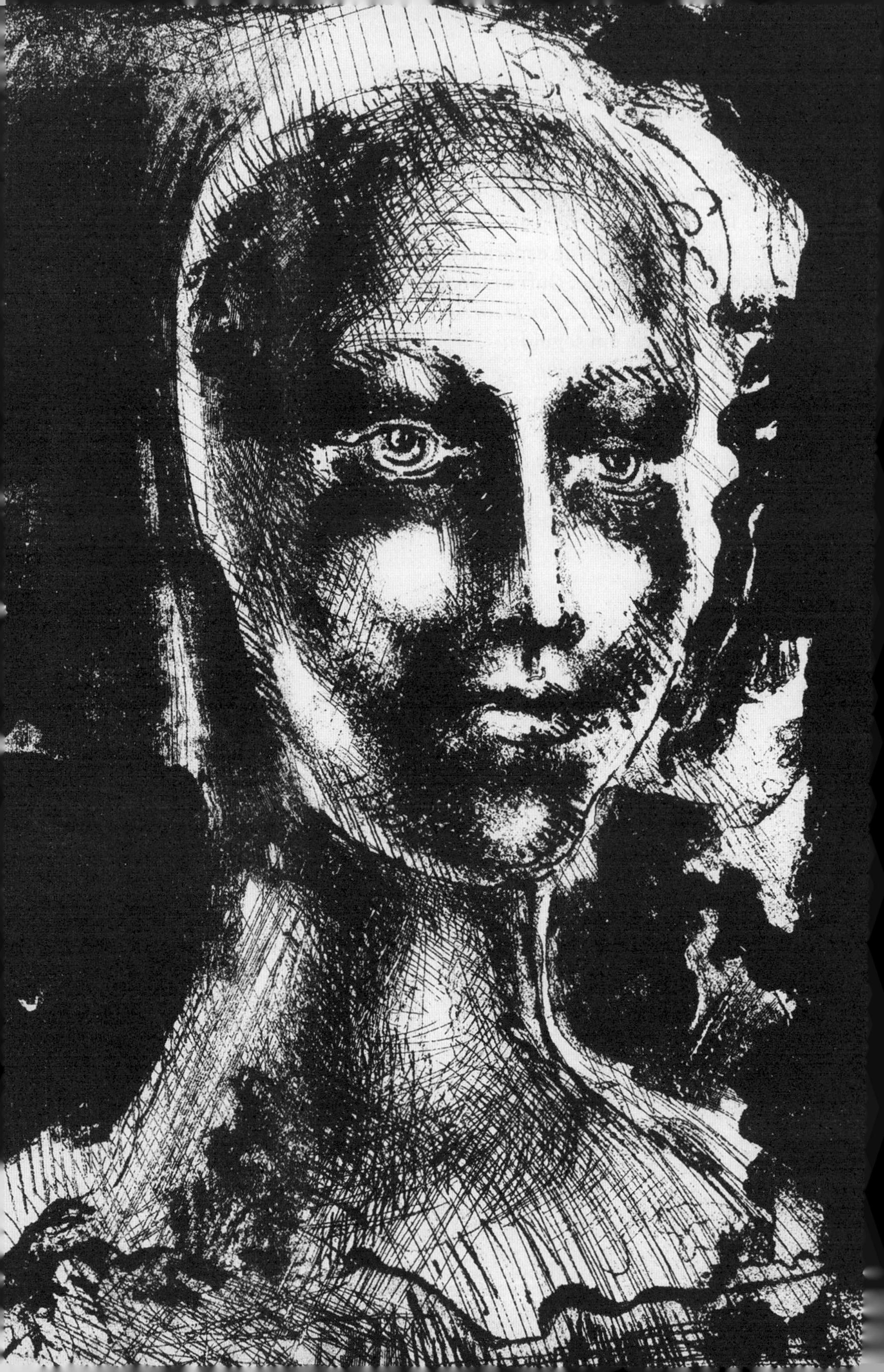

QUARENTA E UM

Chicago
21 de fevereiro de 2063

— Diretor Lewis? — chamou pelo alto-falante do aparelho de celular repousado sobre a mesa de vidro a voz suave e metálica de Helena.

Ele ignorou-a por um instante. Estava consumido por um extenso poema de Lord Byron. Corria o dedo sobre o papel velho, relíquia que furtara ao longo da guerra, atento aos seus versos.

It is not love, it is not hate,
Nor low Ambition's honours lost,
That bids me loathe my present state,
And fly from all I prized the most

Leu para si mesmo novamente. "*Não é amor, não é ódio, / Nem baixas honras da ambição perdidas, / Isso me faz odiar meu estado atual, / E voar de tudo que eu mais valorizo.*"

— Diretor Lewis? — Helena insistiu sem emoção alguma.

Fechou o livro sem concluir a leitura daquele canto, *A Inês*, um fragmento da histórica saga de Harold, o jovem herói do poeta britânico Lord Byron. *A peregrinação de Childe Harold, 1818* ainda podia ser lido na capa antiga e desgastada da publicação que o diretor Lewis afastava com absoluto cuidado para o canto da mesa.

"Poderia um homem fugir de si mesmo?", pensou consigo, fechando os olhos e recordando a saga de Childe Harold pelo mundo exterior. Uma fuga épica e inútil de si mesmo. De seu passado. A incansável fuga de seus próprios segredos. Não podia deixar de pensar em Stockholm. Não conseguia deixar de pensar em si mesmo.

— Diretor Lewis? — Helena insistiu após precisos sessenta segundos com sua frieza habitual.

O diretor Lewis parecia determinado a não ser perturbado pela insistência de Helena. Levantou-se de sua mesa em direção à janela e tocou um botão na lateral da janela, ao que as cortinas começaram a se abrir, revelando a escuridão da madrugada daquela quarta-feira que mal chegara e já lhe consumia as horas. O tempo invernal de Chicago cobria o céu escuro com nuvens carregadas e cinzentas, mas a neve típica da madrugada dera uma trégua. Consultou o relógio por um hábito antigo. Nem precisava. Sempre sabia que horas eram. Mas gostava de se desafiar, propondo mentalmente um horário toda vez que precisava consultar as horas.

"2:18", pensou consigo.

2:18, em cima, o velho relógio de pulso apontava com suas hastes cromadas. Sorriu consigo ao perceber que ainda tinha algum controle sobre o avanço do tempo. O relógio era sua testemunha. Outra relíquia oriunda do passado. Um Rolex GMT-Master 1675, com suas bordas metalizadas metade azul e metade vermelha abrigando os números de cada hora. O mesmo acessório que também já fora usado pelo herói da Revolução Cubana, o argentino Ernesto Guevara. Um presente do próprio ditador cubano, Fidel Castro, o qual Che Guevara carregou no pulso até sua morte, em nove de outubro de 1967, quando o agente da CIA Félix Rodríguez retirou-o de seu corpo e tomou o relógio para si. Um presente que o diretor Lewis recebera do então diretor da CIA quando chegou aos Estados Unidos para comandar a recém-criada Agência de Inteligência Internacional, há vinte e três anos.

Era um lembrete, saber que durante anos aquele relógio esteve no pulso de um dos maiores revolucionários de todos os tempos, o grande Che Guevara, de que mesmo os heróis mais corajosos podem cair. De que mesmo eles, em um dia ordinário como nove de outubro, podem ser engolidos pela súbita e aleatória morte. Um lembrete de que o tempo não tem donos. É uma força em si, avançando sem controle em direção ao futuro. Imprevisível. Errático. Eterno.

— Diretor Lewis? — Helena insistiu após mais longos sessenta segundos, seguindo seu protocolo de comunicação emergencial.

— Pois não, Helena? — Lewis falou também sem emoção, mas contendo um ar de deboche por fazê-la esperar por nada.

— Os agentes reportaram a retirada de três corpos do veículo do agente Mark Owen. Dois agentes não estavam no veículo no momento do ataque e nosso time já está trabalhando na identificação dos corpos que estavam para sabermos quais eram. Reporto que o agente Stone não retornou à Agência como orientado. O localizador implantado em seu celular foi destruído na Avenida North a apenas alguns quilômetros do ataque ao veículo do agente Mark Owen. Estamos em busca de seu paradeiro neste momento. A proximidade nos leva a acreditar que eles estavam todos juntos no momento.

— Obrigado, Helena, há mais alguma coisa?

— Sim. O prisioneiro já está sendo transportado conforme suas ordens. Ele está consciente e continua histérico.

— Excelente, Helena. Obrigado. Me avise quando tivermos capturado também sua irmã.

— A operação estará em todas as suas telas a qualquer momento — Helena falou e a tela do celular se apagou sobre a mesa.

O diretor Lewis regressou à mesa e retomou sua leitura da obra de Lord Byron.

Smile on. Nor venture to unmask man's heart, and view the Hell that's there.

"*Sorria. Não se aventure a desmascarar o coração do homem e ver o Inferno que está lá.*", leu para si mesmo, encerrando o canto *A Inês*.

Abandonou o livro mais uma vez e se encostou na cadeira, lançando seu olhar ao teto da sala. Fechou os olhos para mergulhar em seus próprios segredos. O inferno que carregava em si mesmo.

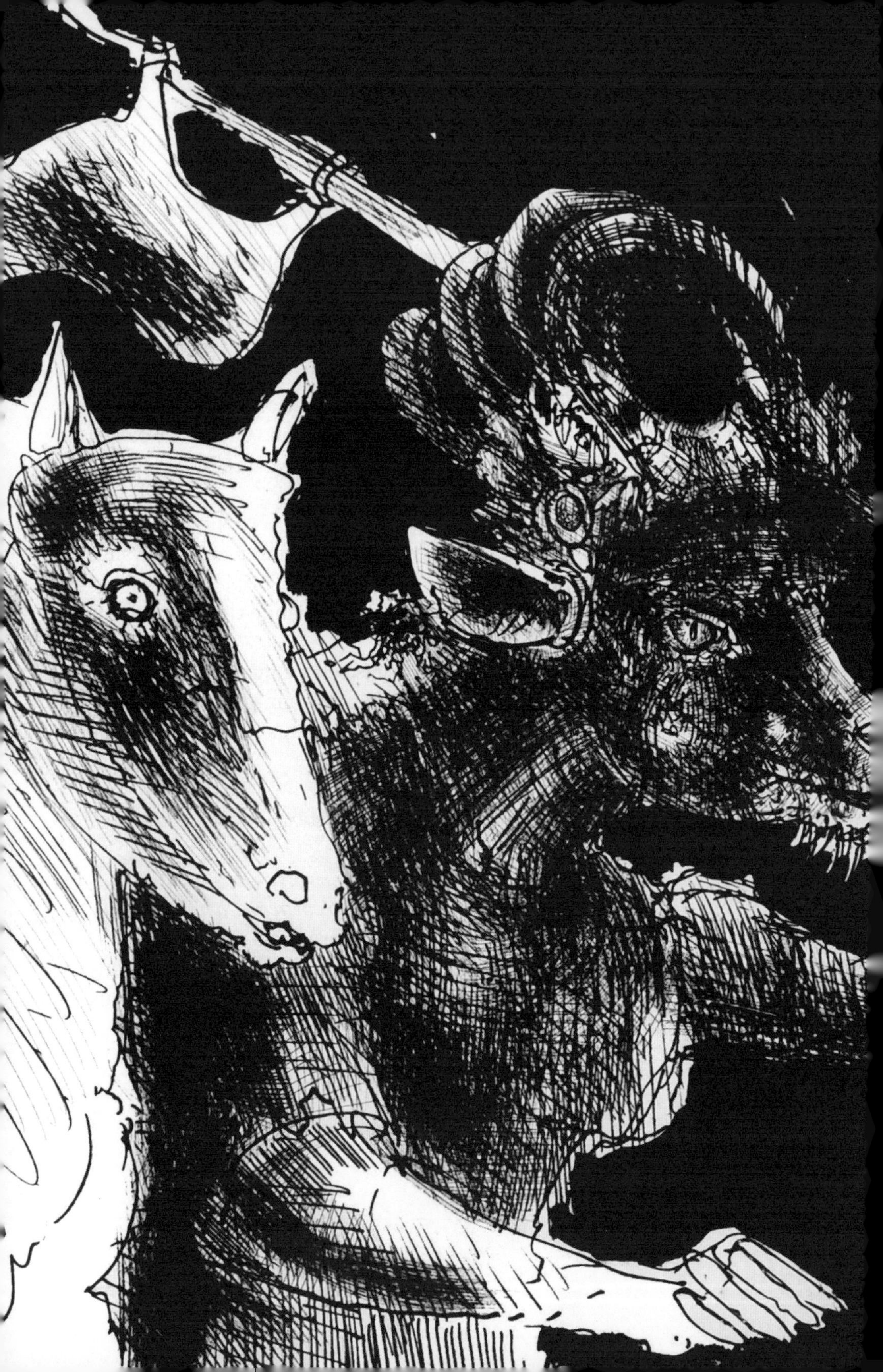

QUARENTA E DOIS

Nova York
21 de fevereiro de 2063

    O relógio digital ao lado da cama acabara de mudar para 2:30, no terço da madrugada de quarta-feira, e Anna ainda negociava com seus pensamentos, em completo estado de negação, de onde tiraria forças para descer e encontrar Stockholm, quando sentiu uma mão imensa tapar sua boca. Reagiu assustada àquele ataque e, sem ter chances para qualquer reação, percebeu que estava quase imobilizada por um homem imenso debruçado sobre ela ao seu lado. O borrão de suas próprias lágrimas a impediu de ver seu rosto, mas, antes que pudesse iniciar qualquer tática para se libertar de seu agressor, uma medida que já estava em curso quase como um reflexo, a voz de Stockholm atingiu seu ouvido num sussurro.

    — Não faça nenhum barulho, por favor.

    Stockholm surgiu com seu rosto na sua frente, fracamente iluminado pela claridade trêmula da noite de Nova York que não perdoava janela alguma, e a encarou nos olhos esperando a confirmação de que ela entendera o que ele disse em seu ouvido.

    Anna sinalizou que sim com os olhos e ele lentamente libertou seus braços e soltou sua boca, levando o dedo à sua própria boca para reforçar a mensagem de silêncio. Sussurrou novamente:

    — O apartamento está sendo invadido. Eles já estão no andar de baixo. Estão atrás de você — Stockholm apontou o seu próprio ouvido para que ela escutasse os passos que iam lentamente ganhando os cômodos do andar inferior.

Anna se aproximou de seu ouvido com uma frieza que espantou Stockholm e perguntou:

— Quantos eles são?

— Acho que são oito — Stockholm respondeu num chute rápido.

— Então vamos precisar de mais armas, *cariño*! — Anna sussurrou se levantando, nua como estava e ainda molhada do banho, caminhou como um gato silencioso até sua penteadeira francesa de madeira e tirou de suas gavetas uma pistola da Walther. Se armou com duas Adagas Sai, pretas e muito finas, prendendo-as provisoriamente nos cabelos, e lançou a pistola para Stockholm. Ali mesmo apanhou uma camisola preta e a vestiu rapidamente.

— Não posso deixar que faça isso! — Stockholm protestou de cueca, em pé ao seu lado. — Esconda-se no hangar, dentro do helicóptero, por favor. Deixe-me resolver isso.

— Você não conseguirá matar todos eles sozinho — Anna falou com frieza, prendendo o cabelo molhado no topo da cabeça. — Essa pistola está com apenas oito balas.

— Oito? — Stockholm protestou. Sabia que o pente tinha dez cartuchos.

O som dos passos no andar de baixo se avolumou. Stockholm sabia que era questão de segundos para estarem no andar de cima.

— Sim, sim, oito! Precisei usar e esqueci de repor. Preste atenção. Eu tenho mais armas na cozinha atrás do Renoir. Quando suas balas acabarem, corra para lá — Anna falou em seu ouvido rapidamente —, me dê um sinal, grite meu nome, quando fizer isso e eu vou chamar a atenção deles para que você possa ir até lá.

— Não! Você está louca! — Stockholm protestou num sussurro inútil.

— Eles não podem me matar, Stockholm, se lembra? Também vão usar dardos! — Anna falou, caminhando para as portas do terraço de seu quarto, cuja vista alcançava o Lincoln Center e o Rio Hudson, no sentido oposto ao terraço do quarto de James e Stockholm, de onde a vista se debruçava sobre o Central Park.

Anna desapareceu nas sombras de seu terraço, também decorado por móveis, plantas em excesso e sombreiros. O som dos passos no andar de baixo se acentuou e atingiu as escadas e o corredor que dava acesso às quatro suítes do apartamento. Todos pararam de repente. Era o sinal que Stockholm estava aguardando. Conhecia cada detalhe do protocolo de invasão das forças armadas americanas e do exército da Aliança do Ocidente. "Vão arrombar os quatro quartos de uma vez, em pares", pensou, aliviado. Tudo que tinha que fazer era levá-los de volta para a sala.

Desapareceu nas sombras de uma arara de roupas na qual Anna abandonava seus casacos, ao lado da porta. Apertou o silenciador da pistola e não precisou esperar mais que três segundos.

De uma só vez, as quatro portas foram arrombadas. Os dois agentes lançaram para dentro do quarto apenas suas mãos, apontando a pistola em todas as direções, reconhecendo as dimensões do quarto. Reconheceu as pistolas armadas com tranquilizantes em suas mãos. Como previram alguns segundos antes, estavam de fato em busca de Anna e a ordem era a mesma dada para a captura de James.

Era impossível vê-lo de fora do quarto, misturado aos agasalhos gigantescos de Anna, encostado na parede ao lado da porta, mas dali era impossível atingi-los.

Stockholm aguardou nas sombras por um segundo e, quando teve acesso visual a um fragmento de seus rostos, que cruzavam lentamente o limite da porta em direção ao interior, disparou e atingiu os dois na cabeça.

Seus corpos caíram para trás, imediatamente chamando a atenção dos dois agentes que invadiram seu quarto logo à frente, mas, antes que pudessem reagir, Stockholm já havia ultrapassado os dois agentes que invadiram o quarto de Anna e alcançado a porta de seu próprio quarto, de onde disparou, acertando os dois agentes na cabeça.

Correu pelo corredor escuro em direção às escadas, mas precisava chegar lá antes que os demais agentes abandonassem os dois primeiros quartos do segundo andar, mais próximos às escadas, um de frente para o outro. Os quartos onde outrora dormiam James e Elisa Clayton e Arturo e Marta Jimenez, transformados em um escritório para Anna e em um ateliê para James.

Stockholm correu rápido, mas os agentes no ateliê de James estavam muito próximos à porta do quarto quando os baques dos agentes que ele havia derrubado os alertaram, de forma que, quando Stockholm estava quase à beira da porta, ambos saíram já armados com pistolas automáticas. Mas não foram rápidos o suficiente para reagir à violência de Stockholm.

Antes que pudessem assimilar o que estava acontecendo na escuridão do corredor e antes que pudessem esboçar qualquer defesa, foram atingidos pela força de Stockholm. O primeiro que havia se projetado para fora do quarto foi atingido no peito pelo corpo de Stockholm e lançado para o primeiro andar, por cima das escadas, caindo sobre um aparador que ficava na base da escada.

Stockholm usou o segundo agente como freio para não despencar escada abaixo, se agarrando ao seu pescoço com um gancho e, desequilibrando-o completamente, fez sua cabeça colidir com força no chão. Stockholm caiu de joelhos sobre ele, também sofrendo o desequilíbrio da colisão com os dois agentes, e rapidamente disparou contra seu rosto no chão.

De dentro do escritório de Anna, dois agentes assistiram, perplexos, ao ataque de Stockholm, mas quando entenderam que estavam sendo atacados e decidiram sacar suas pistolas, guardando rapidamente suas armas de dardos tranquilizantes, Stockholm se lançou escada abaixo se rastejando.

Já fora do campo de visão dos agentes que estavam no escritório de Anna, Stockholm saltou pela lateral da escada, por cima do corrimão, e caiu em silêncio num canto da imensa sala de quatro ambientes do apartamento. Estava na direção oposta ao acesso à cozinha, agachado na escuridão, ao lado de uma mesinha alta de madeira que abrigava um imenso abajur de tecido. Tudo estava escuro.

Rapidamente, outros agentes surgiram dos aposentos do primeiro piso, da cozinha e do hall do elevador. Não pôde contá-los, mas sabia que eles superavam seguramente suas últimas três balas.

———— *** ————

Quatro telas projetavam as imagens da operação de captura de Anna no apartamento da família Clayton em Nova York. Imagens escuras, mal iluminadas com lanternas, iam revelando ao diretor Lewis, um a um, seus agentes que subiram ao segundo piso do apartamento serem abatidos por um vulto branco.

A operação era coordenada por uma equipe em outra sala, no Departamento de Operações Táticas da AII. Mas o diretor Lewis, sem muitas explicações, sinalizara que queria acompanhar passo a passo da ação sozinho em sua sala, como também havia feito com a difícil captura de James Clayton em Pitsburgo.

Observava com atenção as telas escuras para tentar identificar o que estava acontecendo e considerou a dificuldade de capturar James na manhã anterior e sua enorme habilidade marcial, com a qual derrubou seis de seus agentes antes de ser abatido na cozinha. Ponderava consigo se ambos, James e Anna, teriam tido treinamento militar. Caso positivo, aqueles ataques estariam certamente sendo perpetrados por ela. Mas não descartou a possibilidade de uma equipe de segurança estar protegendo a poderosa Anna Jimenez Clayton. Com tanto dinheiro, seria até mesmo uma surpresa que ela não tivesse uma equipe de segurança.

Seguia acompanhando em silêncio, com o áudio da operação nos alto-falantes da sala, confiante de que teriam sucesso.

***

Agachado no chão, protegido pelo breu de um canto, Stockholm respirava lentamente pensando em como chegar à cozinha sem precisar expor Anna. Sem precisar de sua ajuda. Mas estava subestimando a coragem de Anna.

Antes que pudesse decidir alguma coisa, ouviu um gemido surdo do alto da escada, de onde um corpo rolou pelos degraus até bater no aparador destruído pelo agente que ele lançara do segundo andar.

A voz de Anna ecoou pelo apartamento inteiro. Um grito de ataque e o som de golpes de luta.

— Me solta! Seu animal — Anna gritou do corredor do andar de cima e, antes que os agentes do primeiro andar alcançassem o pé da escada, Stockholm ouviu o som da lâmina afiada de Anna assoviar no ar e outro corpo rolar escada abaixo, batendo armas e os metais de seu uniforme nos degraus até parar.

Dos quatro cantos da sala, cinco agentes dispararam correndo escada acima com suas armas em punho, pulando os corpos dos agentes no caminho. Antes que pudessem chegar ao topo, Stockholm correu na direção contrária, em direção à cozinha, protegido por uma sequência de pilastras que separavam a sala de jantar do apartamento das salas sociais, onde também ficavam as escadas, os acessos aos aposentos do primeiro andar, a biblioteca, o escritório de Elisa e a saída para o hall do elevador.

Quase não fez som algum, mas seu tamanho descomunal jamais passaria despercebido. Resolveu atacar enquanto corria em direção à cozinha. Assim que cruzou o limite do pé da escada, se virou disparando a pistola e acertou nas cabeças de três dos cinco agentes que subiam as escadas. Disparou correndo para a cozinha, tenso e feliz que aquelas habilidades que queria tanto esquecer não haviam lhe abandonado.

Os dois agentes no alto da escada começaram a disparar pistolas automáticas em direção à sala escura para onde o vulto de Stockholm corria, mas sem sucesso. Muito da visão era obstruída pelas pilastras.

Dividiram-se. Um foi em direção ao corredor do segundo andar, atrás de Anna, e o outro desceu rapidamente as escadas na direção para onde Stockholm correu. Se escondeu atrás de uma pilastra para entender novamente a planta do apartamento e percebeu que Stockholm só poderia ter ido para a cozinha. Achou estranho, porque a saída do apartamento estava no canto oposto da mesma direção.

Começou a se aproximar lentamente, avançando pilastra a pilastra em direção à entrada da cozinha.

O agente tremia. Não estavam esperando uma resistência tão hostil na captura de uma mulher que todos, até aquele momento, consideravam uma empresária qualquer. Avançava devagar e, quando chegou na terceira das cinco pilastras que formavam o corredor entre os ambientes, ouviu um gemido de dor no andar de cima e o baque de um corpo caindo no chão, seguido de um tiro.

Sabia que não era a mulher que queria capturar que tinha sido abatida porque não podiam atacá-la para matar. Ela devia ser capturada e essa era uma ordem absoluta. Sua dúvida e o silêncio da sala foram quebrados pelo estrondo de mais um corpo rolando pela escada, estatelando pelos degraus os aparatos de metal que trazia grudados no uniforme.

Teve certeza de que era a baixa de mais um agente. Ele era o último.

A voz do comando de operações gritou em seu ouvido "Abortar, agente! Abortar!", mas era tarde demais. Quando ousou avançar para a quarta pilastra, para então dali partir em direção à porta de saída do apartamento, foi atingido por um tiro na cabeça antes que pudesse se esquivar atrás da próxima pilastra.

Stockholm se manteve escondido nas sombras por mais alguns segundos, avaliando se aquele era de fato o último agente, e então gritou por Anna para que descesse. Temia que ela estivesse ferida, mas sabia que estava viva.

Anna surgiu ilesa descendo a escada, ainda protegida pela escuridão do apartamento. Na penumbra, em pé no meio da sala, Stockholm conseguia ver suas mãos sujas de sangue, carregando apenas uma de suas adagas.

Olhou à sua volta rapidamente para contar os corpos dos agentes que haviam invadido o apartamento e seu coração saltou quando deu falta de um deles, mas não teve tempo de reagir. O clarão das luzes da sala cegou sua visão que estava dilatada e adaptada à escuridão e uma voz rouca gritou da porta do apartamento:

— Largue sua arma ou ela morre!

Stockholm estava no meio da sala. O agente que ele lançara escada abaixo, cuja violência da queda destruíra o aparador do pé da escada, estava em pé, com uma arma apontada para Anna no alto da escada. A luz fazia dele um borrão, mas Stockholm entendeu a ordem perfeitamente e lhe apontava a arma com a mesma segurança com que matara todos os demais. Mas, no fundo, sabia que não tinha outra opção.

— Arma no chão, idiota! — o agente gritou da porta.

Stockholm sabia que ele não seria poupado pelo agente. No segundo em que estivesse desarmado, seria eliminado. Anna seria capturada. Mas o comando do agente lhe despertou uma certeza estranha e um alívio: aquele agente não fazia a menor ideia de quem ele era.

No pé da escada, Anna depositou sua adaga no chão lentamente e se levantou de novo. Olhou para Stockholm para ele fazer o mesmo, com um gesto afirmativo com a cabeça. Encenação. Queria chamar a atenção do agente para ganhar tempo.

— Põe a merda da arma no chão! — o agente berrou e deu um tiro em direção à Anna, acertando um vaso logo atrás de sua cabeça, numa estante chumbada na parede.

Stockholm começou a se abaixar lentamente olhando o agente nos olhos e, quando tocou a arma no chão, o som surdo de um tiro ecoou na sala e uma bala atravessou a cabeça do agente pelas costas, abrindo um buraco em sua testa.

O agente morto caiu de joelhos na porta do apartamento, revelando atrás dele um homem adulto e sério, com um casaco marrom de veludo cotelê, elegante como um empresário, segurando uma pistola automática, ainda apontada para dentro do apartamento.

Ainda que ele tenha salvado sua vida, por reflexo Stockholm rodopiou no chão e se esquivou atrás de uma pilastra. Não confiava em ninguém. Anna sequer conseguia ver quem havia feito o disparo, mas pelo mesmo reflexo de defesa abaixou rapidamente, se esquivando atrás da estrutura da escada, no mesmo canto onde Stockholm estava escondido há alguns segundos.

Stockholm gritou de onde estava para ganhar tempo:

— Arma no chão se quiser viver!

No mesmo instante, ouviu o som do pente sendo retirado da pistola e ambos, pistola e pente, foram lançados no meio da sala. Nenhuma palavra.

Stockholm se virou rapidamente e viu que o homem já estava dentro do apartamento com as duas mãos na cabeça, rendido. Não conseguiu entender nada, mas saiu de trás da pilastra e apontou sua pistola para ele com todos os sentidos ligados.

— No chão! — Stockholm falou de forma direta.

O homem no meio da sala desviou o olhar de Stockholm sem dizer nada e observou os agentes no chão, mortos com apenas um tiro na cabeça. "A precisão de um *sniper*", pensou. Notou alguns mortos com o pescoço degolado, compreendendo rapidamente a lâmina nas mãos de Anna. "Inacreditável que tenham sobrevivido a tantos agentes", pensou consigo, já admitindo que talvez tenha subestimado a capacidade de Stockholm quando ouvira as histórias sobre ele.

Stockholm acompanhou apreensivamente essa varredura que o homem no meio da sala fazia com os olhos. Não tinha tempo para aquilo. Armou a pistola como uma espécie de ultimato, mas o senhor apenas fez um sinal de silêncio com o dedo na boca e pediu que ele abaixasse a arma. Stockholm não estava acostumado a negociar e deu um tiro na altura de sua orelha, atingindo a parede atrás dele, na direção da porta de entrada do apartamento.

O homem fechou os olhos em sinal de perseverança e pediu com gestos que ele abaixasse a arma.

— Se não vai cooperar conosco — Stockholm ameaçou com frieza e impaciência —, então não vai viver para contar essa merda de...

Não conseguiu terminar sua ameaça quando uma mulher de pouco mais de vinte anos, com aparência tão exausta como a sua e a do homem no meio da sala, entrou andando no apartamento sem cerimônias, ignorando a arma em suas mãos e os corpos espalhados por todo canto.

Stockholm apontou a arma para ela, mas ela apenas levantou as mãos em silêncio para sinalizar que estava desarmada e continuou a firme caminhada em sua direção.

Seu cabelo escuro e muito liso, cortado como um chanel, acentuava sua pele branca e, a despeito das ameaças de Stockholm, que apontava a pistola para a cabeça dela, ela o encarava nos olhos com firmeza e coragem.

Pela primeira vez em muitos anos, ele ficou sem reação, hesitou, e ela chegou tão perto que poderia degolá-lo se estivesse armada.

Ela se aproximou de seu ouvido e falou baixinho, sussurrando:

— Acalme-se, Alef. Não somos seus inimigos. Estamos aqui para te ajudar. Todos os agentes no chão estão grampeados e muitas pessoas estão ouvindo. Não podem saber que estamos aqui. Nós estamos fugindo das mesmas pessoas que perseguem vocês e precisamos de sua ajuda. O diretor Lewis, Antônio Casanova, Saint-Michel. A Aliança do Ocidente... Estão todos atrás de nós.

— Mas... — Stockholm começou um protesto, mas ela levou a mão à sua boca, para seu espanto, e falou baixinho em seu ouvido.

— Temos pouquíssimo tempo, Alef, por favor. E tempo é precioso quando falamos de Michael Lewis. Muitos, muitos outros agentes virão agora que sabem que você está aqui. Pegue o que precisar para partirmos. Eu sinto muito que seja assim, mas infelizmente você vai precisar confiar em mim se quiser salvar Jane. Ou se quiser salvar seu amor, James.

Era um tiro no escuro de Lisa. No fundo, não tinha certeza de que eram amantes. Mark havia deduzido aquilo com base em vídeos hackeados com muita dificuldade de câmeras de segurança do prédio vizinho ao que James e Stockholm viviam com Anna, mas Lisa tinha imensa resistência à ideia de que ele era gay. As imagens comprometiam, entretanto. Filmagens de ambos trocando carícias discretas na calçada, abraços na porta do Prasada. Breves caminhadas de mãos dadas e longos olhares nas grades do prédio vizinho.

Stockholm ficou assombrado e sem reação com aquilo que ouvira. Numa fração de segundo, fez tantas perguntas sobre aquela mulher para si mesmo, tentando entender como ela sabia tanto sobre ele, que sentiu uma vertigem e um calafrio. Mas entrou no jogo. Não podia negar que estava tentado a confiar neles, afinal, mal chegaram e já haviam salvado suas vidas. Não pareciam inofensivos, mas algo nos dois lhe era bastante familiar. Sobretudo no homem. Não conseguia entender o que era, mas não tinha tempo para aquilo.

— Quem é você? — Stockholm sussurrou em seu ouvido.

— Meu nome é Lisa Kapler, e esse é o agente Jefferson Stone. Se apresse, por favor, Alef! — Lisa sussurrou muito baixo em seu ouvido, saindo de seu lado e indo ao encontro de Stone no meio da sala.

Lisa achou que o tiro de ameaça que Stockholm disparara há alguns segundos havia atingido Stone. Ficou feliz ao constatar que ele estava ileso e se virou novamente para Stockholm e falou apenas com os lábios mudos, tentando não emitir nenhum som:

— *Por favor, Alef.*

Stockholm olhou para Anna, que ainda aguardava no canto da sala, observando apreensivamente aquela cena e sem compreender nada do que estava acontecendo. Ele fez um sinal de silêncio para ela, apontou a arma para um dos agentes mortos no chão e falou com firmeza, retomando a ameaça que fazia ao agente Stone:

— Se não vai cooperar conosco, então não vai viver para contar essa merda de história, seu verme!

Falou com sua frieza habitual e disparou cinco tiros no corpo morto do último agente que ele tinha abatido, próximo às pilastras da sala de jantar.

Foi uma encenação que apenas Anna não compreendeu, mas Stockholm fez um sinal de silêncio para Stone e Lisa no meio da sala, guardou a pistola na parte de trás da cueca e rapidamente caminhou até onde Anna estava.

Sussurrou no seu ouvido o que acabara de ouvir de Lisa e propôs um plano para ela, mas o plano de Anna já estava em andamento desde o começo da tarde.

Anna percebeu naquele instante que era tarde demais para compartilhar seu plano. Que ali seria impossível. Seguiu o executando sem informar nada para Stockholm.

***

As pupilas dilatadas do diretor Lewis acentuavam a escuridão de seus olhos castanhos-escuros. Davam-lhe um ar de insanidade, esferas de ébano que se abrigavam em uma circunferência de cílios cinzentos e rugas acentuadas. No fundo, revelavam um pouco de seu estado interior. Do abismo de emoções e sombras que a imagem na tela à sua frente lhe causava. Da náusea que corria seu corpo. Em suas quatro telas, a mesma imagem. O imenso homem ruivo que ele já conhecia. Parado como uma espécie de divindade, com seus músculos expostos à luz amarela das lâmpadas, escultural, em pé no meio do apartamento luxuoso em Nova York, de cueca e pistola na mão.

Rendido por um agente que não sabia ainda que já estava morto. Que já estava morto no minuto em que entrou naquele apartamento sem saber que ele abrigava uma das pessoas mais letais do mundo. Um guerreiro talhado no frio invernal, fatal e esplêndido, como o próprio *David* de Michelangelo, arrancado do mármore pálido, aguardando com desprezo e calma o momento da batalha contra Golias.

Queria acreditar que ele estava morto. Que estava livre daquela tentação, de sua obsessão. Que tinha morrido com o passado. Queria acreditar nisso com tanta força que, se pudesse, atravessaria a tela de cristal para estrangulá-lo com suas próprias mãos.

— O que você está fazendo aqui, tão perto? O quê? — o diretor Lewis se perguntou, apertando seu caderno de anotações com força e raiva, se controlando para não esmurrar a mesa de vidro à sua frente.

Fechou os olhos por um instante para assimilar a imagem pausada em suas telas, para tentar entender como aquilo tinha acontecido, mas foi interrompido antes que pudesse pensar em qualquer coisa.

— Diretor Lewis? — Helena falou do aparelho de celular dele sobre a mesa, o qual se acendeu sozinho, meio opaco, ao lado do imenso livro de Lord Byron.

— Sim? — o diretor Lewis falou sem paciência.

— O senhor está assistindo a isso? — Helena perguntou com tranquilidade. Sabia que ele estava com a cena pausada em suas telas, mas seu protocolo de gentileza a impedia de assumir que sabia o que os humanos com quem se relacionava estavam pensando. Tudo lhe era facilmente previsível, entretanto.

— Sim, Helena. Eu estava assistindo — Lewis falou, fechando novamente os olhos para pensar.

— O que o senhor deseja fazer? — Helena indagou de forma protocolar.

O diretor Lewis ignorou completamente a pergunta dela. Precisava pensar. Muita coisa estava em jogo para simplesmente tomar uma decisão. No fundo, por saber que qualquer equipe que enviasse naquele momento já não contaria com o elemento surpresa e, desta forma, estavam fadados a serem aniquilados pelas habilidades de Stockholm. Além disso, havia a garota a se considerar, cuja influência em diversos setores do governo americano era imensa. A herdeira bastarda. Anna Clayton, a famosa Dama de Aço.

Sabia por certo que um segundo ataque não teria a menor chance de sucesso e ainda chamaria tanta atenção que provavelmente passaria os próximos dias atendendo telefonemas.

Finalmente, ponderou que já tinha capturado o Sr. James Clayton, a quem considerava desajustado o suficiente para ter se envolvido na fuga de Stockholm na Filadélfia e certamente começaria a falar assim que seu plano fosse colocado em prática.

Contudo, o que mais o intrigava era a presença de Stockholm ali, pego dormindo, de cueca, vivendo em Nova York, sob seu nariz, como se fosse uma pessoa ordinária.

Realmente o pegou de surpresa. Era um fantasma que ganhava vida depois de treze anos de silêncio. Abriu os olhos para encarar sua nudez mais uma vez. "Quase foi pego dormindo", Lewis pensou enquanto desmontava a rápida cena em que as luzes se acenderam na sala dos Clayton e, no meio dela, Stockholm fora flagrado contando corpos no chão. No pé da escada, uma jovem ensanguentada de camisola preta e uma adaga nas mãos o assistia. Rendidos por um breve momento. Depois de juntos terem derrubado um time inteiro de agentes da AII.

"Que relação Alef teria desenvolvido com a Srta. Clayton para estar ali naquele estado de intimidade?", se indagou em seus pensamentos, atormentado pelo fracasso absoluto daquela missão de captura.

— Diretor Lewis. O que o senhor deseja fazer? — Helena indagou após precisos sessenta segundos.

Lewis parecia fazer aquilo de propósito, como se quisesse de alguma forma irritar sua assistente virtual. Como se pudesse fazê-lo. Mas seus esforços eram inúteis. A serenidade e frieza de Helena eram inabaláveis.

A pergunta se repetiria dali a sessenta segundos. Ele sabia. Mas decidiu seguir para seus pensamentos novamente. Algo parecia lhe escapar. Algo que sabia. Ou que havia esquecido. Correu o tempo em busca de respostas que pudessem explicar o que poderia estar acontecendo ali. Não podia correr mais riscos. Helena insistia a cada minuto em sua pergunta.

Como um relâmpago normalmente abre um clarão na escuridão da tempestade, imprevisível, a resposta que estava buscando também o atingiu de repente, inesperada, feito a claridade perigosa das certezas.

Foi sendo invadido pelas imagens, arquivadas em si mesmo há anos. Pôde aos poucos visualizar seu rosto, pálido e loiro, com seu olhar sedutor de adolescente, suas bochechas rosadas de inocência. Seus intensos olhos azuis. Pôde vê-lo correndo pelos corredores de pedra de Saint-Michel, brincando de esconder com outras crianças. Então, lembrou da manhã em que toda a sua beleza e inocência se inundarem em sangue e feridas nas mãos dos homens de Casanova. A manhã de maio na qual morreu por amor.

— Thomas — falou para si mesmo, sorrindo de forma sombria sob a luz azulada das telas à sua frente — Claro!

"*Sorria. Não se aventure a desmascarar o coração do homem e ver o Inferno que está lá*", pensou consigo, lembrando os versos de Lord Byron.

— Diretor Lewis. O que o senhor deseja fazer? — Helena perguntou novamente, com sua tranquilidade artificial.

— Nada, Helena. Não faremos nada — falou e fechou os olhos, regressando aos seus pensamentos.

———————— *** ————————

Stockholm correu pulando corpos no chão até chegar novamente ao lado de Lisa e indagou em seu ouvido, apressado:
— Quanto tempo temos?
— Dez minutos, no máximo — Stone sussurrou em seu ouvido, assumindo que Lisa não poderia responder aquilo. — Pode ser menos se resolveram que é melhor matá-los de uma vez. Os homens que estavam aqui provavelmente queriam apenas capturar a Srta. Clayton.
— Mas agora não sabemos o que farão — Lisa falou em seu ouvido —, agora que sabem que você está aqui.
— Eu só preciso de algumas roupas — Stockholm falou rapidamente para os dois e fez sinal para Anna acompanhá-lo escada acima. — Nós precisamos de dois minutos.
— Para onde vamos? — Lisa indagou Stone, quase inaudível, quando ambos se viram abandonados na sala.
— Não sei, Lisa — Stone respondeu hesitantemente, como um sopro acompanhado de um sinal de mãos, se afastando em direção ao hall dos elevadores com cuidado para não fazer nenhum barulho e então completou com a voz ainda mais baixa —, mas agora só nos resta confiar neles. Depois do que fizemos aqui, estamos no mesmo barco.

Lisa o acompanhou em absoluto silêncio até o hall de entrada do apartamento que dava acesso ao elevador, que ainda estava ali, aberto, no final do corredor.

Tão breve como desapareceram pelas escadas rumo aos seus quartos, Anna e Stockholm regressaram ao primeiro piso do apartamento, já vestidos para enfrentar o frio do inverno que cobria a madrugada daquela quarta-feira.

Stockholm se vestiu como chegara na vida deles há três anos: colantes pretos, calça preta, botas e um casaco gigantesco e pesado de frio. O mesmo que um dia foi perfurado pelo tiro da pistola de Casanova, na Filadélfia.

Anna estava transformada. Em nada lembrava a mulher seminua e ensanguentada que eles encontraram quando entraram pela porta do apartamento. Parecia uma dama, com seu cabelo preso para cima num coque, todas as peças de roupas pretas escondidas sob um casaco preto de couro e peles, com ares de luxo, que escondia lâminas e armas presas ao seu corpo.

Stockholm queria usar o helicóptero, mas Anna achava arriscado. Qualquer voo dentro do perímetro de Nova York era observado. Não podiam correr o risco de monitorarem o local onde iriam pousar. Sugeriu descer e andar pela rua. O esconderijo que queria alcançar não ficava longe.

Stockholm quis argumentar que seriam flagrados por algum vizinho no prédio e ficou impressionado quando ela lhe revelou que moravam sozinhos naquele lugar. Que ao longo dos anos comprara o prédio inteiro para garantir que pudesse circular por ali sem muitos olhares curiosos.

Stockholm não pôde acreditar no quão longe ela fora para protegê-lo durante aqueles três anos em que viveram ali. Sabia que o Prasada era um prédio histórico. Que seus apartamentos valiam fortunas e que as famílias mais poderosas da América viviam ali. Sempre estranhou o silêncio do prédio, mas ficou surpreso por não ter percebido que estavam na verdade sozinhos. Pensou consigo como a perda de memória levou com ela alguns de seus sentidos mais desenvolvidos, sentidos tão aguçados em seu estado normal. Como verdadeiramente criou nele um estado de tranquilidade e o distanciou da tensão quase constante com que viveu os últimos anos antes de encontrá-los. Antes de ser encontrado por eles. Percebeu então que foi apenas graças ao silêncio de seu passado que finalmente pôde viver com algum tipo de paz.

Stockholm e Anna encontraram Lisa e Stone já dentro do elevador e desceram em silêncio. O prédio não era seguro mais, nem mesmo para conversas. Pelas ruas, todos concordavam, eram invisíveis. Seriam só mais dois casais perambulando na madrugada da cidade que nunca dormia.

Sentiam-se estranhos por estarem abandonando aquele lugar assim, às pressas, para salvarem suas vidas. Para tentarem salvar James. Fugindo de seu próprio governo. Todos pareciam agir de forma decidida, impulsionados por sentimentos extremos que iam de vingança ao mais profundo amor, mas, no fundo, os quatro estavam exaustos e atormentados por dúvidas e tristezas. Todos agiam com forças cuja origem não podiam explicar, sem dormir, sem comer, com medo de serem surpreendidos por uma emboscada na rua. Lisa e Stone com medo de Stockholm. Anna com medo de Lisa e Stone. Todos assustados com a velocidade com que as coisas estavam acontecendo. Assombrados com a importância imensa de Stockholm para o governo. Uma importância que ultrapassava a busca por um criminoso, uma importância pela qual estavam dispostos a matar qualquer pessoa que estivesse no caminho. Era algo que nenhum dos quatro compreendia. Algo que escapava a todos.

O único que não sentia medo era Stockholm. No lugar do medo, lhe brotava imensa culpa. Era por ele que estavam ali, abandonando o lar que pertenceu à família Clayton, onde Anna nascera, onde James nascera. Onde todos eram perfeitamente felizes antes de sua chegada misteriosa. Era por ele que aqueles estranhos caminhando alguns passos atrás dele estavam ali, arriscando suas vidas. Eram visivelmente agentes do Departamento de Defesa Americano, Stockholm podia reconhecer todos os trejeitos e manias em Stone. Não os reconhecia em Lisa, mas sua presença ali e o quanto sabia sobre ele eram confissões explícitas de sua origem. Certamente também era uma agente. Ambos arriscando suas vidas para salvar a dele. Mataram um agente há poucos minutos por ele. Interferiram numa operação em andamento. Não conhecia as razões deles ainda, mas tinha por certo que estavam em risco. Eram traidores de sua nação. Tudo isso por causa dele.

Não compreendia por que ele era tão importante para aquelas pessoas que o perseguiram, incansáveis, por toda a sua vida. "Você é um milagre", lembrou de repente, ouvindo em sua memória, com gosto de tapete e lágrimas salgadas, ao som da chuva, a voz angustiada de Jane. E então a voz de Saulo na escuridão dos jardins do Vaticano: "Você é o começo e é o fim dos homens".

Anna apertou o braço dele, ao seu lado, lhe trazendo de volta ao presente. Ia guiando todos, apontando discretamente o caminho. Seguiam margeando o Central Park em direção ao sul até a Columbus Circle, pela Central Park West, e de lá até o encontro do parque com a Sexta Avenida, para onde viraram apressados em direção ao sul da ilha.

As ruas estavam no momento exato do encontro entre os muitos que já estavam ali para enfrentarem seu dia de trabalho e os que ainda não haviam se despedido da noite anterior. Uma combinação de cheiros alcoólicos e de cafés corria os ares, se misturava com os aromas das frituras da noite e dos pães da manhã, adocicados por ares de leite e canela. Todos tentando vencer o frio extenuante da madrugada de inverno. Todos tentando aquecer seus corpos de alguma forma para não serem abatidos pelos ventos que o East trazia do mar, que cruzavam Manhattan até se entregarem ao Hudson.

— Onde estamos indo? — Lisa perguntou finalmente, quando desciam a Sexta Avenida.

Anna apenas olhou para trás, de onde Lisa disparou sua pergunta, sorriu e deu uma piscadinha. Não iria dizer ali na rua. Estava muito apreensiva e sabia muito pouco sobre suas novas companhias para compartilhar seu plano com elas. No fundo, ainda não tinha assimilado sua ajuda. Não entendia por que estavam ali, embora estivesse grata por terem salvado suas vidas do agente que os rendeu.

Assim como Stockholm, também sentia uma vontade irracional de confiar neles. Como se compartilhassem algo ainda não dito. Algo que transcendia a comunicação. Que não precisava ser explicitado. Um tipo de conexão que normalmente emerge entre pessoas que se amam, que compartilham as mesmas dores ou que odeiam os mesmos alvos. Uma identificação que não precisava de palavras. Mas nada disso cabia naquela situação.

"São estranhos", argumentava, ressabiada consigo mesma, resistindo para não olhar para trás. Mas a verdade é que era tarde demais para mudar de ideia e, se não estivessem de alguma forma do seu lado, já tinham tido tantas oportunidades de rendê-los e, se não o fizeram no apartamento, no elevador ou mesmo ali, na rua, andando em silêncio atrás deles, certamente também não o fariam em seu esconderijo.

Anna acreditou naquilo que acabara de pensar com tanta firmeza que decidiu relaxar um pouco as restrições e reservas com suas novas companhias e resolveu que era hora de fazer contato. Soltou os braços de Stockholm, lhe pedindo que continuasse em frente até o Rockefeller Center, e deu um giro na calçada para trás, parando exatamente ao lado de Lisa, envolvendo-a em seus braços, como duas amigas na rua. Stone se assustou com aquele movimento brusco, ao lado de Lisa, mas não teve reação. Anna sabia ser sedutora e deixar as pessoas constrangidas com sua sensualidade como quase ninguém. Recurso que lhe ajudava imensamente a conseguir informações e a conduzir as pessoas. Uma ferramenta injusta, mas muito útil para administrar um império de negócios espalhados pelo mundo.

— Nós estamos indo ao Rockefeller Center — falou com sua voz carregada de sotaque. — O que mais você quer saber? Lisa, não é isso?

Lisa estranhou aquele assalto de Anna, pousando como uma águia ao seu lado, subitamente gentil, mas não se deixou intimidar. Era muito dura também, embora ainda estivesse devastada pela morte de seus amigos no dia anterior.

— Vocês têm algum escritório lá? — Lisa indagou, ganhando tempo. Sua primeira pergunta não tinha verdadeiramente a pretensão de receber alguma resposta. Só estava sufocada pelo frio e pelo silêncio.

— Sim. O prédio inteiro é nosso — Anna falou, sem emoção.

Anna se acostumara, ao longo dos anos, a tratar as coisas que eram negócios com frieza e os assuntos de sua intimidade com calor. Uma balança difícil de equilibrar, pois sua vida pessoal não era muito ampla. Tinha poucos amigos e não passava muito tempo com os pais, embora morassem tão perto. Passava muito tempo com Stockholm e pouco tempo com James. Argumentava que já tinham compartilhado a vida inteira quando James tinha alguma crise de ciúmes. Stockholm era novo, embora não tivesse memórias para compartilhar. Argumentava que estava tentando equilibrar as coisas entre ele e Stockholm, que acabara de chegar. Estava solteira há uns dois anos e isso abria espaço para os negócios que iam ocupando sua vida pouco a pouco. Naqueles dias, suas interações estavam reduzidas a apenas esses dois polos.

A aquisição do complexo construído pelos Rockefeller, entretanto, não fora uma ideia sua. O império da família Rockefeller sofreu imensamente com a guerra. Definhou. Decisões erradas, acordos internacionais infelizes e o desânimo que assolou o mercado global quase quebraram seus negócios. A aquisição de um volume tão grande de imóveis não era exatamente uma boa ideia, mas James Clayton era um visionário e, na contramão de muitos empresários, os seus negócios iam bem. Mas, para ele, aquilo não era uma decisão de negócios. Temia que um legado tão precioso se perdesse, depredado pelo abandono e falta de investimento. Para James Clayton, era da história de Nova York e da América que estavam falando. Não era apenas um prédio. A aquisição foi tão silenciosa que poucos perceberam, sobretudo em razão de James ter mantido tudo operando como sempre. Manteve a gestão nas mãos dos Rockefeller e seus executivos até pouco depois de sua morte e de Elisa, quando o controle das empresas passou de um grupo de executivos eleitos por ele próprio para as mãos de seus filhos, Anna e James. Aquela aquisição fora um segredo que Anna só compreendeu como uma vantagem com a chegada de Stockholm.

— Esquerda aí, *cariño*! — Anna gritou para Stockholm, que ia um pouco à frente com seus passos largos.

Viraram todos na Rua 50, logo após o Radio City, deixando a movimentada Sexta Avenida para trás e, quase à altura do meio do prédio central do complexo de edifícios do Rockefeller Center, no Edifício Comcast, Anna parou. Estavam diante da entrada do famoso ponto turístico, abandonado àquela hora, Top of The Rock. O acesso do que um dia fora o mirante mais celebrado de Nova York.

A entrada feita de portas giratórias estava toda trancada, mas Anna as ignorou e se aproximou de um canto da parede, onde um arabesco discreto em alto-relevo formava uma pequena moldura, quase invisível e feita da própria pedra da parede que emoldurava as portas giratórias, e colocou sua mão sobre a pedra, no centro do desenho. Parecia apenas um detalhe, um arabesco nos arcos de pedra da fachada, mas, onde Anna posicionou sua mão, um contorno retangular se formou, feito de uma luz azul opaca. Demorou apenas alguns segundos para ler suas impressões digitais e a porta da direita se destrancou.

— Ela não estava brincando — Stone comentou no ouvido de Lisa, impressionado.

Entraram pelo saguão, que foi se acendendo conforme avançavam e, sem dar atenção a qualquer coisa no lobby vazio, que era reservado aos turistas que ainda visitavam aquele lugar, Anna caminhou, segura, até um conjunto de elevadores e, no elevador à direita, mais uma vez, em um canto na pedra, no que parecia apenas um detalhe em relevo na parede, colocou sua mão para a leitura de suas digitais. O elevador chegou em instantes e Anna nem precisou selecionar um andar. Sua impressão digital foi suficiente para que uma voz no alto-falante saudasse a todos, ao passo que levava todos para o 65º andar do prédio.

— Bom dia, Anna! — saudou gentilmente uma voz masculina, suave e carregada de sotaque latino no alto-falante.

— Bom dia, Nico — Anna falou sem animação, esquentando as mãos uma na outra.

Anna levou as mãos ao rosto para esquentar seu nariz e sentiu o cheiro de sangue que ainda se escondia sob suas unhas. Teve náuseas ao lembrar que, há menos de meia hora, tirou a vida de três agentes. Era a primeira vez que matava alguém. Sempre acreditou que um dia aconteceria e ficava pensando em como se sentiria se acontecesse. Mas não sentia nada. Um vazio que não fazia justiça à violência que havia vivido. Como se não houvesse tempo para qualquer sofrimento. Qualquer sentimento. Apenas ali, agora que se encontrava segura novamente, no elevador a caminho da fortaleza que construíra exatamente para aquele momento, percebeu como estava exausta. Cansada demais para sentir. Observou as olheiras profundas em Lisa e Stone discretamente e encontrou os olhos verdes imensos de Stockholm, tristes e distantes, tão diferentes do olhar charmoso e vivaz com que ele encarara ela e James no dia que despertou em seu sofá, três anos antes. Todos pareciam tão exaustos que nem sequer se incomodavam em se preocupar com o lugar para onde estavam indo. Uma adrenalina descontrolada e a necessidade de salvarem suas vidas do ataque letal do próprio governo eram o laço que os impelia a confiarem uns nos outros. Um vínculo de sobrevivência, a mais ancestral ligação compartilhada entre os homens.

O 65º andar do Edifício Comcast, que um dia abrigara um dos espaços de eventos mais caros e concorridos da América, o Rainbow Room, permaneceu fechado desde o começo da guerra, em 2020, até pouco antes da assinatura do Tratado de Paz de Moscou, quando encontrou nova utilidade, em 2053, com a chegada de Anna à frente dos negócios da família Clayton. Quando ela e James finalmente completaram dezoito anos e o testamento de James e Elisa Clayton pôde ser plenamente cumprido, lhes entregando o controle de todos os negócios da Clayton Corp.

— Seja bem-vinda, Anna! — a voz charmosa de Nicolás falou, abrindo as portas do elevador.

Lisa e Stone se surpreenderam com aquilo. De alguma forma, achavam que apenas o governo dispusesse desse tipo de recurso e tecnologia. Ambos se lembraram da presença e dos encontros estranhos com Helena, mas nenhum pôde ir adiante em seus pensamentos.

O que viram roubou completamente sua atenção. Era uma instalação tão sofisticada que fazia com que as centrais de inteligência e de controle de operações dos comandos do Departamento de Defesa e mesmo da Aliança do Ocidente parecessem cabanas na floresta. O 65º andar onde o elevador abriu suas portas era o último andar de uma estrutura de cinco andares que se desenrolava para baixo, até o 60º andar.

— Mas o que é isso? — Stone perguntou, espantado.

— Senhores, sejam bem-vindos a Sirius — Anna falou com alguma cerimônia, mas tentando poupar suas energias. Nunca levava ninguém àquele lugar, nem mesmo James ou Stockholm. Apenas os times que trabalhavam esporadicamente com ela nos projetos que desenvolvia ali, presos a centenas de cláusulas de sigilo e segurança industrial, conheciam aquele lugar. — Nico, luzes, por favor, e nós todos vamos precisar de um banho e de um lugar para descansar, se puder auxiliar-nos com isso.

— Imediatamente, Anna — Nicolás respondeu do aparelho de celular nas mãos de Anna, abandonando os alto-falantes das paredes. Foi acendendo gradualmente as luzes em todos os andares e deslocando o piso sob seus pés para baixo, levando todos em direção ao 60º andar. O lugar estava vazio em todos os andares, embora alguns aparelhos estivessem funcionando sozinhos, executando atividades que não podiam ser compreendidas rapidamente. Computadores ligados, com suas telas acesas sobre algumas mesas, sinalizavam que pessoas haviam estado ali durante o dia. — Tudo já foi arranjado conforme suas instruções hoje ao longo da tarde — Nicolás falou pelo som de seu celular. — Devo dizer que lhe aguardava bem mais cedo, juntamente com o Sr. Saint Peter. Algo inesperado causou seu atraso? — Nicolás perguntou apenas como uma formalidade, pois sabia que o prédio havia sido atacado por invasores. — Algo com que devemos nos preocupar? Sinto que todos estão bastante estressados.

— Eu te conto mais tarde — Anna falou, suspirando. — Obrigada, Nico.

— Os quartos de um a quatro estão prontos para que possam repousar — Nicolás falou, gentil, e apagou a tela do celular, ao mesmo tempo que a passarela onde estavam tocou suavemente o chão do primeiro andar.

Anna caminhou até uma mesa de vidro em frente, decorada com lírios e rosas, em uma espécie de hall central para onde quatro corredores convergiam, e apoiou as duas mãos na mesa, encarando seu próprio reflexo no vidro por um momento, notando rapidamente restos de sangue nos extremos de seus dedos, nos cantos das unhas. Não conseguira sequer lavar as mãos completamente antes de partirem do apartamento. Suspirou, pensando em como poderia se livrar da enxurrada de conversas que precisariam ter naquele momento, no interrogatório que precisaria fazer aos dois agentes parados atrás dela e na quantidade de perguntas que fariam para Stockholm, quando tudo que mais queria era poder ficar em silêncio. Era um banho. Talvez dormir. Era pensar sem o peso das emoções que turvavam seu raciocínio há dias, desde que Stockholm recuperara a memória. Não acreditava que houvesse qualquer coisa que pudessem fazer naquele momento, naquele estado, mas não conseguia pensar em uma saída para escapar. Decidiu seguir em frente, como sempre. Falar, ouvir, agir. O único curso que lhe parecia possível.

Lisa e Stone aguardavam, inquietados pelos mesmos desejos, por seus próprios fantasmas e cansaços, mas aprisionados pelo silêncio enigmático de Anna.

— Srta. Kapler, agente Stone, Anna querida — Stockholm se anunciou com sua elegância acanhada —, acredito que temos muito o que conversar e eu começaria por agradecê-los pela chegada providencial que salvou nossas vidas. Eu nunca vou esquecer o que fizeram mais cedo. Razão pela qual eu pessoalmente não os temo e, de alguma forma, já os considero meus pares nesta guerra na qual nos envolvemos e na qual ambos já arriscaram suas vidas e carreiras por nós... Vocês me conhecem, eu sei. Você me chamou de Alef, Srta. Kapler. Há anos ninguém me chama de Alef. De alguma forma, você também conhece Jane. E sabem quem é James e o que ele representa para nós. E mesmo sabendo que estão diante do perigoso Alef, eu não sinto em nenhum dos dois o medo que eu usualmente causo nas pessoas. O que é incrível, e da minha parte devo lhes dizer, não tenho a menor intenção de causar-lhes nenhum mal. Estou em dívida com ambos. É uma coisa rara, eu devo dizer. E devo dizer ainda que ambos são muito corajosos e tenho certeza de que devem ter suas razões. Eu posso sentir seus corações partidos à distância... Um sentimento que me é tão familiar, que resseca a boca, amargo, estranho. O sabor insuportável de fel e de traição. E há mais que isso, muito mais que isso, há tanto que gostaria de saber sobre ambos, mas, por outro lado, sinto que estamos finalmente em segurança, por enquanto, neste estranho lugar. Estamos protegidos aqui, e estamos presos. Mas estamos exaustos. Não apenas feridos, mas perdidos. Acredito que devemos todos aceitar o convite de Nico e tentar descansar um pouco para podermos conversar com calma. Sinto que tenho muito a lhes dizer e vocês também nos devem algumas respostas, mas acredito que o que Anna estava prestes a nos dizer é que não temos condições de conversar agora — Stockholm alcançou a mão de Anna ao seu lado, observando o olhar de perplexidade estampado nos rostos dos três, avaliando se havia ultrapassado o limite entre sua frieza calculista, cuja natureza incomum fora esculpida nos corredores de Saint-Michel e por meio da qual sabia que qualquer passo dado naquele estado de desespero e dor em que se encontravam poderia ser um passo errado e fatal, e a postura gentil e empática forjada naqueles anos em Nova York, por meio da qual conseguia reconhecer não apenas as suas dores, martelando no arco dos ossos de seu peito, mas as aflições dos três que o ouviam desconfiados, inflamadas na superfície de seus olhos, atravessadas em suas respirações, pois, no fundo, ele sabia que o desesperado não consegue parar. É incapaz de pensar com lucidez e, acima de tudo, não a deseja, antes prefere correr e abraçar a loucura, pois teme que a pausa e o silêncio possam feri-los com a verdade. — Sei que é muito, provavelmente, o que estou propondo e compreenderei se não aceitarem, mas agradeço se o fizerem.

  Lisa estava perplexa com a formalidade e elegância de Stockholm, mesmo depois de tudo que ocorrera naquela noite. Quando o imaginou em sua cabeça, ao longo dos dias em que esteve pesquisando sobre ele e, sobretudo, tomando conhecimento da quantidade de crimes associados ao seu nome, jamais imaginou que ele teria aquela delicadeza. Sempre o imaginou como um delinquente, uma espécie de psicopata de revistas de quadrinhos.

— Receio que não será possível, Alef — Stone falou com a sua seriedade prática de agente. — A ideia de virmos andando pelas ruas, devo dizer, não foi a melhor ideia do universo para uma fuga, pois, veja, Nova York ainda é uma das cidades mais visitadas da América e, em razão disso, absurdamente vigiada. Falo isso com a mais completa propriedade. Tenho acesso aos vídeos na agência onde trabalho; bom, que trabalhava. Receio que teremos que bolar um plano rápido e realmente encontrarmos um lugar seguro para nos abrigar.

— Receio que essa preocupação não será necessária, agente Stone — Nicolás falou dos alto-falantes do hall onde estavam. — Tomei providências para que as imagens geradas pelas centenas de câmeras de vigilância com as quais cruzaram no caminho fossem eliminadas.

— Mas como assim? — Stone protestou, incrédulo. — Isso não é possível.

— Peço desculpas pela insistência em discordar do senhor, agente Stone — Nicolás falou com frieza, e seu sotaque, conforme ele se expressava, ia ficando mais acentuado e facilmente denunciava sua origem mexicana —, mas isso é perfeitamente possível. Tenho acesso à rede de segurança da cidade de Nova York e ordens para deletar toda e qualquer imagem capturada por câmeras do Sr. Saint Peter, por onde quer que ele passe. Assim, para todos os efeitos, os senhores nunca deixaram o Edifício Prasada.

— Inacreditável! — Lisa comentou, sorrindo e coçando a cabeça.

— Para todos os efeitos — Nicolás continuou —, o Sr. Saint Peter é invisível e assim também o é qualquer pessoa que com ele ande pelas ruas. A única exceção para esse comando é o interior do Edifício Prasada, cujas câmeras e sistemas de automação eu não tenho autorização para acessar.

Stockholm olhou assombrado para Anna.

— Eu tive que tomar algumas providências quando você chegou — Anna falou, cansada. — O que fizemos para te salvar foi muito grave para que eu não me atentasse a tudo. Minha reputação estava em jogo, pelo menos naquele momento, mas, confesso, depois de alguns meses percebi que faria tudo novamente por você. Por nós. E acredite, fiz muito mais que eliminar seus rastros.

— Por isso que Mark só tinha imagens do prédio vizinho de onde moram — Lisa comentou para si mesma, assombrada com os recursos que Anna dispunha naquele lugar. — Você continuou um fantasma, mesmo sem querer, mesmo sem saber. Impressionante, Nico — Lisa falou para a caixa de som. Ainda não estava familiarizada com aquele tipo de interação.

— *Gracias*, Srta. Kapler — Nicolás falou com naturalidade do alto-falante da sala para o qual Lisa havia se direcionado —, peço desculpas pela invasão em sua conversa, Anna.

— Obrigada, Nico! Acredito que resolvemos daqui para frente — Anna falou, encarando o agente Stone com uma ponta de orgulho misturada ao mais absoluto cansaço. — Isso é uma fortaleza, agente Stone. Estamos seguros aqui se nenhum de nós for uma ameaça para o outro. Se essa era sua única objeção...

— Está certo, Srta. Clayton — Stone falou com formalidade, ainda chocado com a genialidade de Anna e de seu assistente virtual. — Acredito que um pouco de descanso nos ajudará a sairmos dessa armadilha vivos. Se Lisa não tiver nenhuma objeção, nos falamos às dez horas? — falou, olhando para Lisa, que ainda parecia impressionada com o que acabara de ouvir.

— Eu fico com o quarto um, se não se importam — Lisa falou sem cerimônias e saiu. Anna sorriu e foi andando logo atrás dela pelo único corredor em que Nicolás deixou luzes acesas.

Stone permaneceu parado, encarando Stockholm, que aguardou também, percebendo que aquilo não tinha acabado com a ausência de Lisa e Anna.

— Sr. Saint Peter, Alef, Stockholm, *Le Fantôme de Saint-Michel*... — Stone falou com seu jeito de detetive, sério e fechado. — Me diga, garoto, de que afinal devo lhe chamar?

— Algo me diz que você vai me chamar de Stockholm, agente Stone — ele respondeu com seu sorriso otimista, lembrando consigo qual grupo de pessoas o chamava de Stockholm e qual o chamava de Alef, e lançou sobre Stone um olhar carregado de charme, atravessando suas defesas, diante do qual Stone ficou corado.

— Está certo então — Stone falou, resistindo à tentação de sorrir e sentindo um calor lhe correr as bochechas —, será Stockholm. Bom descanso, garoto! — e saiu andando em direção ao terceiro quarto.

Abandonado sozinho no hall, Stockholm sorriu. Finalmente recordara de onde conhecia o agente Stone. Uma lembrança que lhe deixou em enorme preocupação, mas resolveu não trazer o assunto à tona. Stone claramente não se lembrava dele.

Mas da lembrança infeliz, brotaram novas, e se lembrou dos anos em Paris. Da época em que tinha uma legião de seguidores. Rebeldes da Guerrilha de Paris, todos dispostos a matar por ele. Morrer por ele. Por sua causa. Exatamente o que Lisa, Anna e Stone estavam fazendo. Não conseguia entender por que eles faziam aquilo, mas se sentia feliz por mais uma vez estar cercado por pessoas como eles.

Sabia que devia descansar, mas só conseguia pensar em James.

"O que poderia ser mais injusto do que negociar o amor pela vida?", Stockholm pensou novamente, regressando ao céu dourado pintado por Giambattista. Regressando ao olhar de Perseu e sua barganha corrupta pelo amor de Andrômeda. Dormiu, por fim, rogando pela chegada de um Pegasus, tal como o enviado à Perseu, o auxílio descarado de Zeus.

QUARENTA E TRÊS

Monte Saint-Michel, Normandia, França
21 de fevereiro de 2063

    O dia começava a dar sinais de seu entardecer, mudando a cor das paredes e das pedras. Jane aprendera a reconhecer os rituais do sol há anos, nos muitos que vivera em Saint-Michel. A luz indireta que descia pela claraboia sobre o átrio e o jardim, tão parecida com a que invadia os vitrais da abadia e das casas de pedra, ia lentamente mudando de tom, abandonando a claridade pálida e sem cor, agressiva como toda luminosidade extrema do dia, e ganhando contornos dourados. Ganhando um calor de humanidade, um ar de repouso e de conforto. Ficando incandescente como a luz das velas que ninguém mais via em canto algum.
    Jane estava acostumada com a escuridão e a solidão que Casanova lhe impunha. Achava mesmo poético que ele tenha encontrado uma masmorra para prendê-la. Fazia justiça ao seu espírito velho, preso ao passado do mundo. Aos valores conservadores que lutava para manter. Não reclamava nunca do frio ou da umidade que às vezes o mar lançava sobre ela. Talvez fosse isso o que mais incomodava Casanova. Sua serenidade. Naqueles três anos em que estava ali, sempre que pensava no futuro ou no passado, percebia que estava preparada para morrer ali. Era uma certeza que guardava consigo, talvez por conseguir ler os sinais de seu corpo, uma sabedoria oriunda dos anos trabalhando na área da saúde, e talvez por conseguir ler os sinais de sua mente, o efeito de suas emoções. Um legado dos anos como a Mãe de Londres, recolhendo crian-

ças nas ruas. No fundo, sabia que estava doente. Sabia que tantos anos exposta à radiação da bomba nuclear que devastou Londres no começo da guerra não passariam despercebidos por seu frágil corpo.

Mas pela primeira vez, depois destes anos presa na masmorra de Saint-Michel, refém das confissões de Casanova, afastada de qualquer visitante externo que não fosse da equipe escolhida por ele para mantê-la viva, esse sentimento de serenidade lhe escapava. Em seu lugar, sentia uma estranha esperança. De alguma forma, sentia que a longa história na qual se envolveu antes mesmo de Stockholm nascer ainda não tinha acabado. Que sua parte não estava concluída. Começava a ter esperanças e, ao mesmo tempo, medo de que se aproximava a hora de contar a verdade. A verdade que ela sabia que mudaria o mundo. Uma mudança que, mesmo escondida nas sombras de mentiras e segredos, mesmo não dita, ela podia sentir, já se alastrava incontrolavelmente por onde Stockholm passava.

Pensou em como era inusitado que, de todas as pessoas, tenha sido Casanova, seu algoz e sua única companhia, que tenha acendido aquela chama. Fazia um esforço para resistir a suas ideias e histórias, mas no fundo acreditava nelas. Não porque Casanova tivesse credibilidade, mas porque pôde sentir nele aquela mesma estranha esperança de redenção. Um perdão que ela acreditava que nenhum dos dois merecia.

Jane não conseguiu ir muito longe naquela reflexão como normalmente conseguia se entregar aos vales de seu passado e de suas lembranças, porque o eco de muitos passos em marcha rompeu a colaboração preciosa do silêncio da masmorra. Eram soldados que avançavam pelas escadas e pelo corredor.

Já não podia vê-los. A luz dourada do entardecer dera lugar à penumbra das primeiras estrelas, mas não precisou aguardar muito para perceber o que estava acontecendo. Seis homens arrastavam um prisioneiro entre eles.

Ele era mais alto que eles, Jane pôde ver antes que se aproximassem e sentiu seu coração apertar imaginando que seria Stockholm, que finalmente fora capturado, mas como os soldados não haviam ocultado sua cabeça com um saco preto, como fariam a qualquer prisioneiro trazido às imediações da abadia, e conforme as luzes que eles mesmos carregavam entre si, lanternas presas em suas roupas, alcançavam seu rosto, revelavam as imensas mechas loiras que lhe caíam sobre os ombros, percebeu que se tratava de outra pessoa.

Jane se esforçou para se fazer visível no limite das grades da cela e o prisioneiro se virou para vê-la. Seu rosto era tão delicado que ela pensou se tratar de uma mulher. Suas vestes coloridas e alongadas, desarranjadas pela circunstância e violência da captura, acentuavam esse aspecto feminino, mas soube rapidamente se tratar de um homem. Algo em seus olhos lhe entregavam. Seus imensos olhos castanhos, como duas amêndoas brilhando na escuridão do corredor.

Ele foi rapidamente colocado na cela ao lado e, antes que os soldados partissem, sacudiu as grades da cela e gritou para o corredor, rouco e colérico.

— Quem são vocês, seus malditos? Vocês não sabem com quem estão lidando! — James bradou, já quase sem forças. Estava esgotado de tanto gritar com aqueles soldados, que realmente não sabiam quem ele era.

Gritou sem cessar por quase uma hora. Seu protesto era inútil, mas ele insistiu até a exaustão lhe derrubar num canto da cela.

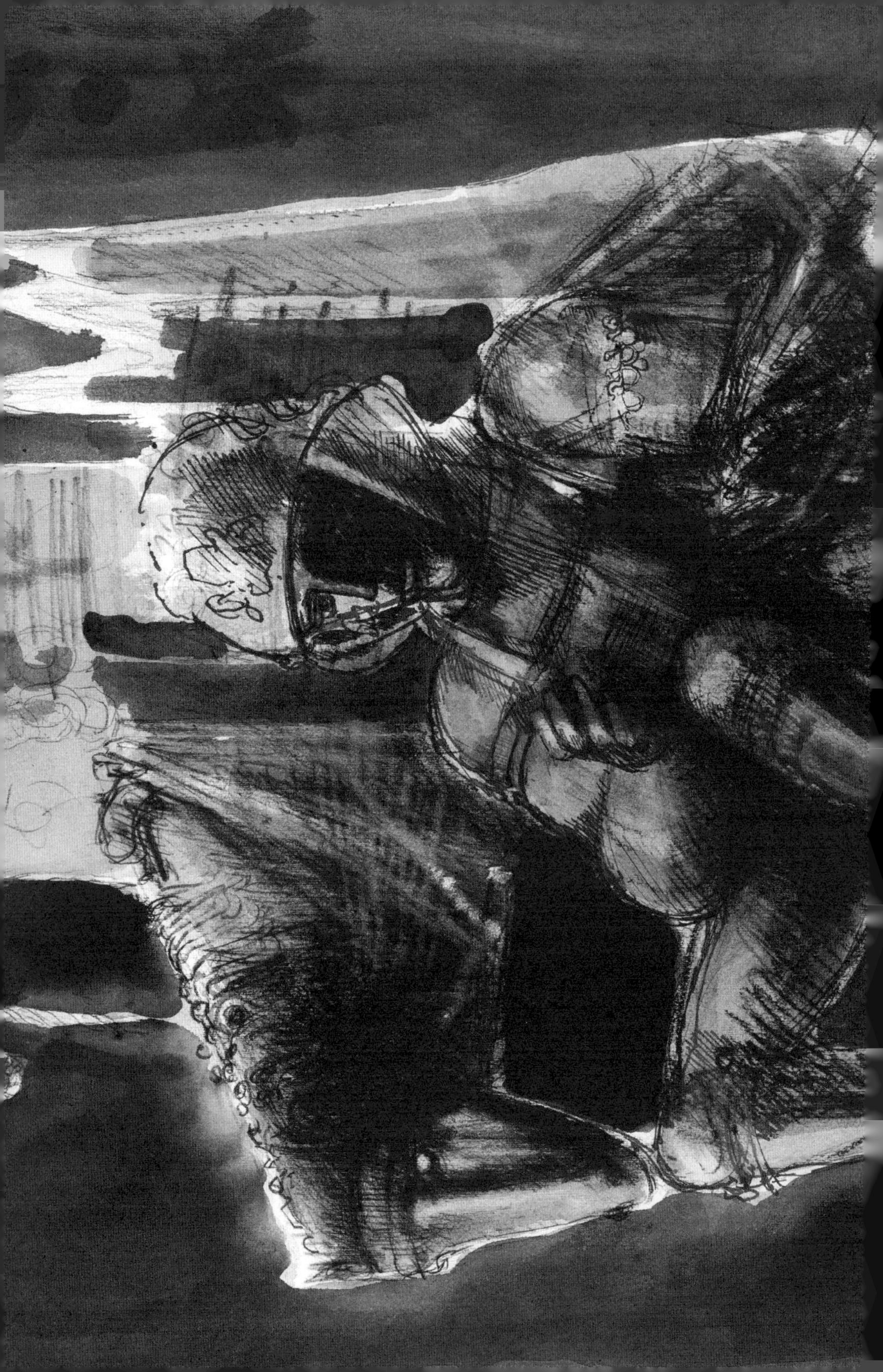

QUARENTA E QUATRO

Chicago
21 de fevereiro de 2063

    O diretor Lewis parecia não ter dormido. Os olhos fundos acumulavam olheiras da idade e as rugas, com as marcas do sono perdido naquela noite infinita na qual descobriu que Stockholm não apenas estava vivo, como continuava tão letal quanto quando o conhecera. Uma ansiedade que normalmente não o abatia o consumiu até o sol raiar sobre a nublada e fria cidade de Chicago. Um misto de revolta e remorso pelo voto de confiança que depositara em Saint-Michel com a indignação e surpresa por constatar que Stockholm esteve, talvez, durante três anos sob seu nariz, na excessivamente vigiada cidade de Nova York. Tinha dificuldades de acreditar que aquilo era verdade e, em vários momentos naquela madrugada, assistiu novamente ao vídeo do momento em que seu agente acendera a luz da sala do apartamento da família Clayton e Stockholm fora surpreendido de cueca no meio da sala, aparentemente indefeso e inofensivo, contando corpos no chão.
    Cochilou na mesa no início da manhã, vencido pelo efeito de remédios que tomara ao longo da madrugada para conter sua ansiedade, e despertou quando o dia já estava alto, quase no horário do almoço. Mal abriu os olhos, com a boca meio amarga por ter cochilado na mesa e uma dor insuportável por toda a coluna, e uma de suas telas recebeu o relatório que aguardava de sua equipe de peritos e médicos.

O relatório ficara pronto no início da manhã, mas Helena decidira aguardar que ele despertasse para lhe enviar o documento. Correu os olhos pelo arquivo e bufou de irritação.

"Isso é um pesadelo", pensou, tentando manter a calma.

Seis presidentes. Vinte e três anos de absoluto sucesso à frente de operações secretas na AII. Esse era seu legado, e o diretor Lewis ainda tinha planos ousados para seu futuro no comando do Departamento de Defesa Americano. Um futuro que vinha desenhando naquelas duas décadas como o escultor perfeccionista arrancara do bloco de mármore a escultura inatacável de Moisés. Mas aquela última semana se revelava a cada minuto uma falha incorrigível, incontornável, no coração da pedra. Uma fenda que poderia fazer seu trabalho inteiro desmoronar. Rachadura invisível que aumentava a cada martelada, a cada golpe do cinzel. Sentia como se ela estivesse sempre ali, uma ferida aberta e infeccionada, escondida na escuridão da rocha, como um fantasma, esperando para destruir seus planos. Esperando para cobrar seus débitos, para se alastrar.

"E mais uma vez é você, Alef, seu fantasma maldito!", pensou, fechando os olhos diante da tela escura do computador.

— *Fantôme maudit!* — murmurou sombriamente em francês, a língua que prometera nunca mais falar. Outro voto que já durava vinte e três anos.

Arrependeu-se daquilo no mesmo instante, mas era tarde. O voto estava quebrado.

— Alef, Alef. Por que você não pode apenas desaparecer? — falou murmurando, tomado por um temor de si mesmo, de tudo que Stockholm representava. Um medo de tudo que seria capaz de fazer e de tudo que teria que abrir mão para fazê-lo. Um medo de seus próprios desejos. De um passado que almejava, sobre todas as coisas, esquecer completamente.

— Por que você não me deixa em paz?

Ainda que resistisse, podia sentir o medo crescer dentro de si mesmo, argumentando com seus desejos, e, ainda assim, a cada minuto, percebia suas muralhas sendo levadas ao chão, como areia e pó, pelos golpes de suas próprias vaidades.

Abriu seus olhos para o relatório aberto em sua tela, curto e fácil de entender. O diretor Lewis não gostava de relatórios longos e cheios de detalhes, então ninguém lhes enviava esses documentos. Quando os enviava, Helena os devolvia antes mesmo que ele os recebesse.

_ _ _ _ _ _ _ _ _ _ *Report 12.876*

Corpos identificados: Zachary Moore / Andrea Moore / Mark Owen

QUARENTA E CINCO

Nova York
21 de fevereiro de 2063

 Sirius foi o nome que Anna escolheu para sua instalação de pesquisa de inteligência artificial. Um negócio que ela começou antes mesmo da morte de Elisa e James Clayton. O nome era uma homenagem à estrela da constelação de Cão Maior. A mais brilhante entre as estrelas que podiam ser vistas na noite terrestre. Um astro que era alvo de sua curiosidade desde a infância.
 Foi James Clayton, seu segundo pai, que lhe apontou a estrela no céu de Nova York quando ainda era apenas uma criança brincando de astronomia no terraço do apartamento. Foi também ele que lhe contou que Sirius eram duas estrelas, na verdade. Dois astros que orbitavam entre si, como se dançassem juntos, um para o outro. Uma valsa de estrelas. Misturando suas luzes na escuridão do universo. Unindo forças para brilharem mais que todas as estrelas da noite.
 Anna se encantou com aquilo desde o começo. Sempre que via Sirius no céu, pensava em seu irmão e em como podiam ser, e frequentemente eram, brilhantes juntos. Lembrava de seus pais. Da delicadeza de Elisa, da força de Martha. Da sabedoria de James e do carisma de Arturo. Reforçava dentro de si o valor da união entre as pessoas. Da parceria. De lealdade e fidelidade. E como um domo sobre todas essas ideias, achava que a valsa de Sirius, essa dança entre duas estrelas que se uniam no céu brilhando como uma só, sempre remetia a uma ideia de amor.

Construiu para si a ideia de que era na dualidade, na parceria, na união, que a sua luz se faria mais intensa. Que a sua verdadeira força nasceria.

Era uma ideia que norteava sua gestão e fazia sucesso entre seus executivos, mas que, acima de sua beleza alegórica, também trazia resultados.

Quando o projeto de inteligência artificial tomou forma e ganhou salas e escritórios, alguns anos após a morte de James, lhe pareceu natural batizá-lo de Sirius. Seria sua homenagem secreta a um dos princípios mais fundamentais de seu caráter. Lealdade.

À luz do dia, parados no centro do segundo andar, de onde todos os demais andares podiam ser vistos, o lugar parecia uma estação espacial ultramoderna e futurista, misturada com imensos painéis de plantas e flores. Arbustos que quebravam um pouco as cores metálicas que despontavam por todo canto, que suavizavam o impacto de telas funcionando sozinhas aos comandos de Nicolás, além de pequenos robôs que se assemelhavam a aranhas, do tamanho de gatos, e que andavam de um lado para o outro em seus afazeres de manutenção do lugar. Limpando o chão. Cuidando das plantas. Organizando mesas, voando de um andar para o outro como estranhos drones.

Um café da manhã, arranjado pela gentileza de Nicolás e seus pequenos robôs, estava montado numa mesa ao centro deste grande lobby que era o segundo andar da Sirius. Todos os andares estavam vazios. Os times de Anna que ocupavam o lugar tinham sido dispensados de suas atividades temporariamente no dia anterior, sem data para regressarem ao prédio.

Eles comeram, quase em silêncio. O sono ajudou um pouco na aparência de todos. Estavam menos desfigurados, mas a verdade era que nenhum descanso seria suficiente para arrancá-los da exaustão e da tensão em que estavam. Apenas Stockholm parecia completamente recuperado, ao menos em sua aparência e aspectos físicos.

Após algumas xícaras de café, quando Stone estava à beira de começar a fazer perguntas, Nicolás saudou a todos e iniciou um relatório de suas observações. Contou-lhes que furgões chegaram ao apartamento no Prasada com cerca de trinta homens e só saíram de lá depois de quase uma hora. Levaram os corpos com eles, como todos sabiam que fariam. Os informou ainda que ele mesmo havia enviado drones ao apartamento quando eles partiram e acionou pessoas de um time de elite da segurança pessoal de Anna para verificarem o que tinham feito no apartamento, mas não havia nenhum sinal de qualquer alteração. Nem mesmo escutas foram plantadas no apartamento. Stockholm se surpreendeu com a existência de tal time. Nunca os viu em lugar nenhum. Imaginou que eram utilizados para alguma outra finalidade, mas decidiu não expor mais sua ignorância sobre o lugar onde vivia alegremente e sobre as pessoas que o amavam e que ele amava e, ainda assim, sobre as quais sabia tão pouco.

— Os furgões foram para Chicago, para um prédio sem identificação ao norte da cidade — Nicolás acrescentou, encerrando seu relatório.

A intervenção do assistente de Anna, quase moderadora, distante e ausente, ajudou a quebrar o gelo daquele encontro estranho, imprevisto. De estranhos. A natureza da organização e da equipe que invadiu o apartamento de Anna foi o assunto que abriu as portas para uma conversa que durou o dia inteiro. Decididos a confiarem uns nos outros para sobreviver ao ataque da Aliança do Ocidente, nenhum dos quatro pareceu se poupar dos segredos que os traziam àquele lugar. As jornadas que os uniram naquela mesa. Ao menos esses segredos não foram poupados, os que davam sentido ao momento. Stockholm confessou sua história novamente, com os mesmos detalhes, mas de forma resumida, a que havia contado para Anna nos dias anteriores. Lisa contou sobre a investigação na qual ela e Stone estavam envolvidos e como no dia anterior haviam perdido metade de sua equipe num ataque nas ruas de Chicago. Como perdera seu namorado e seus amigos. Como seu plano era usar Stockholm como barganha para se livrar da Agência à qual estava presa e tudo que descobrira sobre os deslizes de seu diretor na operação que caçou Stockholm na Filadélfia e suas tentativas de proteger seus segredos ou os segredos de alguém. Também foi Lisa que detalhou o assassinato do Papa Saulo em Londres pelas mãos de Jane.

Anna contou o que sabia sobre o resgate de Stockholm da neve no Delaware pelas mãos de James e algumas das medidas que tomou para cobrir seus rastros. Stone reportou o que sabia sobre a Agência, seu diretor e sobre Helena, ao menos o que achava importante para avançarem no desenho de um plano.

Os nomes iam sendo compartilhados e misturados com lágrimas em todos os cantos da mesa. Lewis. Casanova. Saulo. Morgan. Mark. Andrea. Zachary. Thomas. James. Jane.

Iam ganhando importância aos ouvidos à medida que suas participações na trama que os unira naquela mesa ia sendo revelada. Nomes que permaneciam, que perseguiam. Que duravam. E os que partiam, que se perderam. Os que doíam.

Mas nenhum parecia ter tanta importância quanto "Jane". Era o nome que parecia conectar tudo. Que parecia guardar as respostas que explicariam por que Stockholm era tão importante. Por que ele não podia ser esquecido. Por que sua vida valia a de tantos outros.

"Quem é ele?", todos pensavam enquanto ouviam dele a longa história que ia terminando sem essa resposta.

"O que é ele?", Lisa pensava, completamente fascinada pelo olhar de Stockholm, e era a única que ousava a acreditar que essa era, afinal, a pergunta certa. Mas não compartilhara aquilo com ninguém. Tinha medo de perguntar. Tinha medo de estar certa e do que poderia ser a resposta para sua pergunta. Ela mesma queria acreditar que estava enganada sobre a natureza de Stockholm.

O relato continuava e nenhum nome parecia tão terrível quanto Antônio Casanova. Também ele, como Jane, parecia ser a chave da caixa onde se escondiam as respostas. Mas ambos, ficou claro ao longo da noite que já se debruçava sobre Nova York, estavam inacessíveis naquele momento. O paradeiro dos dois era desconhecido, embora todos acreditassem que estavam vivos. Mas respostas sobre Stockholm e suas origens tinham menos importância naquele momento em que a vida de todos ali estava em perigo e a vida de James nas mãos de uma agência capaz de tudo para atingir seus objetivos.

Naquele momento, quem realmente guardava as chaves para que Stockholm pudesse colocar seu plano em prática era Lisa. Ele a observava com atenção, enquanto ela revelava as falhas de seu novo alvo, aguardando a hora em que finalmente anunciaria seu plano.

Quando parecia que tudo havia sido dito por todos e entre eles não havia mais informações acerca das estradas que os levaram até aquele momento, ainda que em todos permanecessem dúvidas cujas respostas nenhum detinha ou que guardassem segredos que não pertencessem à história que os unia ali, e pior, ainda que a confiança entre eles tivesse diminuído com o avanço do dia e da noite em razão de tudo que fora compartilhado, observados de forma distraída, pareciam um time.

Mas não eram realmente, e um silêncio constrangedor roubou o ar da mesa por quase um minuto, no instante que lhes pareceu não haver mais nada a dizer.

"E agora?", pensaram todos neste limbo em que se encontravam. Era tanta informação que já estavam exaustos novamente e, de alguma forma, diante do imenso desafio que se punha, todos se sentiam um pouco perdidos. Exceto Stockholm. Seu treinamento não permitia aquele tipo de hesitação. Saíra de Pitsburgo com um plano em mente e ele fora apenas aprimorado com as informações que Lisa e Stone compartilharam. Estava decidido sobre o que faria, mas precisava embarcar todos em seu plano. Era impossível sozinho. A injusta barganha de Perseu. No momento em que ela começou a falar, com seu olhar firme e sua arrogância que apenas os jovens como ela tinham de forma tão espontânea, Stockholm soube que Lisa era o Pegasus enviado por Zeus.

No misto do cansaço e desesperança trazidos pelo silêncio momentâneo, Nicolás chamou a atenção de todos.

— Os departamentos de polícia de todos os estados americanos acabaram de receber um alerta de prisão para a Srta. Lisa Kapler e o senhor Jefferson Stone — Nicolás projetou em uma tela holográfica no meio da mesa os dois comunicados do Departamento de Defesa com as fotos de Lisa e Stone.

— Acusados pela morte de três agentes da polícia de Chicago — Stone leu rapidamente na tela.

— Três? — Lisa comentou, assombrada, lendo imediatamente abaixo:

Agentes: Zachary Moore / Andrea Moore / Mark Owen.

— Mas vocês não disseram que havia... — Anna indagou, tentando entender a comunicação no holograma, mas foi interrompida por Lisa, que sequer parecia ter lhe ouvido.

— Morgan está vivo, Stone! — Lisa falou, perdendo o controle das emoções.

— Isso! — Anna comentou, constrangida. — Morgan, o namorado.

— Não pode ser, Lisa! — Stone chamou-a, tentando racionalizar aquilo. — Veja. Eles estavam todos no carro, Lisa. Nós vimos a explosão. Ninguém poderia ter sobrevivido àquilo.

— Precisamos fazer algo, Stone! — Lisa falou emocionada para Stone ao seu lado, se esquecendo momentaneamente de Anna e Stockholm. — Nós não podemos abandoná-lo assim.

— Lisa. Por favor, se acalme — Stone estava se esforçando para manter uma postura de gentileza. Seu jeito prático encerraria de forma bastante reta aquele assunto. Mas, por alguma razão, começou a se importar com Lisa. Não queria magoá-la mais, lhe causando mais dor do que já lhe causara naqueles dias.

— Nico! Não existe mais nenhuma informação nesta comunicação? — Anna perguntou, tentando ajudar Stone. Ambos já tinham entendido o que estava acontecendo.

— Sinto muito, Anna — Nicolás respondeu, polido. — Isso é tudo. Apenas a origem e o caminho do comando não constam no documento à sua frente. A ordem partiu de Chicago, de uma agência secreta do governo americano chamada AII, da qual o Sr. Stone e a Srta. Kapler fazem parte. O comando subiu para Washington e de lá foi disparado para as polícias de todos os estados.

Anna atravessou o braço pela mesa e segurou a mão gelada de Lisa do outro lado, com sua firmeza e serenidade.

— Me escute, Lisa. Se acalme — Anna falou com calma. — Isso é uma armadilha!

— É uma armadilha, Lisa, pense! — Stone concordou, colocando sua mão sobre as mãos de Lisa e Anna. — Eles sabem que você seria capaz de chegar nesta informação e a espalharam pelo país inteiro para facilitar a vida deles. Eles querem que você apareça. Que se denuncie.

— Olhe para mim, Stone — Lisa comentou, tentando recuperar seu ar de segurança, sua sobriedade de hacker —, então você está certo. Está mesmo? Não podemos ter certeza. Você sabe que não podemos, porque não vimos quem estava no carro. Nós partimos antes. Nós precisamos investigar isso de alguma forma. Isso é tão importante para mim, por que você não pode entender?

Stone coçou a cabeça. Sabia que ela tinha razão. A informação toda tinha cara de armadilha e eles não caíram nela, mas podia ser verdade. Também fazia sentido ser verdadeira aquela ordem de prisão. O protocolo de caçada da AII era exatamente aquele. Aterrorizar os agentes traidores expondo seus rostos em todo canto do país. Dificultando seu deslocamento. Sufocando o agente procurado com informações sobre suas famílias e amigos, expondo seus rostos na mídia. Se era isso que estavam fazendo, Morgan podia de fato estar vivo. "Mas como?", Stone não conseguia imaginar a resposta. A explosão, o ataque, fora fulminantes. "A única possibilidade era Morgan não estar no carro, mas por que ele não estaria se todos estavam indo juntos para o aeroporto?", pensava, olhando Anna nos olhos, tentando decidir o que fazer. A verdade era que realmente não os viu entrar no carro. Partiram do café em direções opostas. Morgan realmente podia não ter entrado no carro, avaliou rapidamente.

— Está certo! — Anna falou por fim, parecendo ler os pensamentos de Stone. — Você está certa. Eu faria exatamente a mesma coisa se fosse o James. Se houvesse a menor possibilidade de encontrá-lo, eu estaria fazendo isso. E é isso que faremos, Lisa. Nós vamos achá-lo, vivo ou morto, e vamos descobrir o que está acontecendo.

— Obrigado, Anna! — Lisa agradeceu, ainda bastante atormentada.

Stone ficou aliviado com aquilo, mas se sentiu intimidado e até mesmo admirado com a rapidez e a autoridade com que Anna tomou aquela decisão. Stockholm sorriu discretamente no canto da mesa, percebendo como esse lado de Anna era intimidador. Ficou imaginando quão poderosa ela devia ser e quantas decisões repousavam sobre suas mãos ao longo dos dias conduzindo iniciativas e negócios no mundo inteiro. Ficou orgulhoso, embora acreditasse com clareza que aquilo era de fato uma armadilha, mas, diferentemente dos demais, achava que a isca podia realmente estar viva. Stockholm sabia que esse era o tipo de tortura emocional que aquelas pessoas eram capazes de fazer para atingir seus objetivos.

— Certo! — Lisa comentou, se recuperando. — Eu gostaria de começar essa investigação agora, se não se importam.

— Claro, tenho certeza de que Nico ficará imensamente feliz em te ajudar — Anna comentou e deu uma piscadinha. — Nós não podemos nos envolver todos nisso. Precisamos de um plano. E eu agradeço, Lisa, se puder ser discreta em sua investigação.

— Eu serei um fantasma, Anna, eu prometo! — Lisa falou, dando uma piscadinha para Stockholm, que observava o debate em silêncio. — *Le fantôme de Sirius*, que tal? — falou de forma marota e se levantou, apoiando as mãos na mesa, visivelmente aliviada com o apoio repentino de Anna.

— Espere! — Stockholm falou de repente, com sua voz grossa e gentil.

— O que é, *cariño*? — Anna perguntou, cansada.

— Há uma coisa que precisam saber — Stockholm falou ao mesmo tempo em que Nicolás apagou os hologramas que flutuavam sobre a mesa, fazendo a penumbra momentânea acentuar o verde de seus olhos. — É uma coisa que eu só compreendi ontem, mas que esteve diante da minha cara o tempo todo.

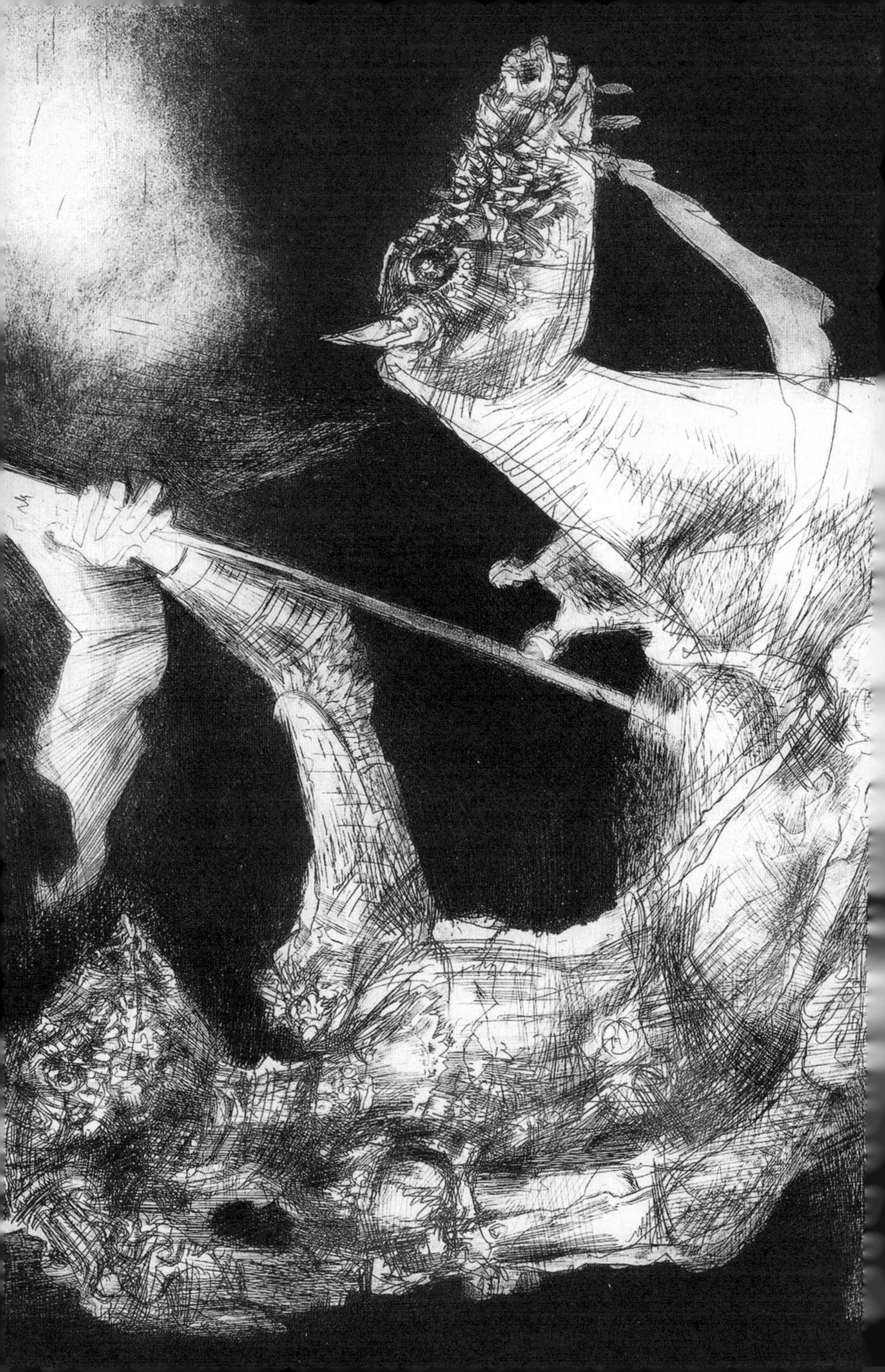

QUARENTA E SEIS

Chicago
21 de fevereiro de 2063

Sêneca encarava perplexo o diretor Lewis diante do caderno negro sobre a mesa e a foto impressa que segurava na mão, extraída das filmagens do agente que acendeu as luzes na sala do apartamento da família Clayton na madrugada. Nela, em meio a uma dúzia de agentes mortos, estava Stockholm de cueca no meio da sala, com uma pistola na mão, fingindo se render.

— Todos esses anos. Vivendo sob o nosso nariz, andando à luz do dia pelas ruas de Nova York — Sêneca falou com sua voz carregada de sotaque, coçando levemente os olhos castanhos e sua vasta margem de cílios escuros, que, tal como uma pintura de lápis, entregavam suas raízes orientais. — O que o senhor pretende fazer, Michael?

— O que eu devia ter feito há muito tempo — o diretor Lewis comentou, se distanciando para as suas próprias memórias. — Se ele não pode morrer para que todos nós possamos seguir em frente, eu vou trazê-lo de volta. Trazê-lo de volta para mim.

— Você acha que ele vai te atender? — Sêneca falou, cético. — Depois de tudo isso. Depois de Saint-Michel?

— Ele não tem opção. Pela primeira vez em todos esses anos, ele não tem opção. Eu sei, e a essa altura ele também já sabe.

— Então há esperança para ele? — Sêneca não parecia convencido.

— Não, Sêneca... — o diretor Lewis sorriu balançando a cabeça, decepcionado e distante. — É deste fato, desta sorte que o destino nos apronta, é porque ele não tem saída, que nasce a nossa única esperança de continuarmos vivos. Então há esperança para nós... Caso contrário, estaríamos condenados ao mesmo destino de todos que estiveram com ele em Saint-Michel. Não há paredes ou defesas que possam contê-lo, que possam nos proteger. Não há onde possamos nos esconder dele. A verdade é que nós estamos vivos apenas porque o dragão estava dormindo. Mas agora ele acordou. Agora ele voltou para nos assombrar. Para nos roubar o sono. Para escurecer a luz do dia com sua sombra. E seja lá quem escreveu essas besteiras, o gentil Stockholm, mesmo ele, não será capaz de contê-lo. Mesmo ele não poderá nos proteger de Alef. Ele é o fim dos homens, é só uma questão de tempo. E será neste breve tempo que agiremos.

— E o que faremos então? — Sêneca perguntou, compreendendo finalmente o pavor que Stockholm causava por onde passava. — O que eu devo fazer?

— Não podemos cometer o mesmo erro que cometemos antes ou não sobreviveremos à fúria de seu ataque. Vá para Paris, Sêneca — o diretor Lewis comandou sem piscar, encarando Sêneca nos olhos. — Vá, reúna seus melhores mercenários e espere por ele em Paris. Eu vou enviá-lo para você, se ainda há essa chance. Encontre o poeta... Agora é o momento. O plano é o mesmo no qual falhamos em Londres e na Filadélfia.

Sêneca repousou a fotografia de Stockholm na mesa, ao lado do caderno de capa preta e do velho livro de poemas de Lord Byron, acenou com a cabeça para o diretor Lewis se despedindo silenciosamente, como era seu costume, e desapareceu pela porta do elevador da sala, que já o aguardava aberta.

— Helena!

— Pois não, diretor Lewis — Helena respondeu do celular, repousado sobre uma pilha de papéis.

— Altere o sigilo desta operação para o Nono Círculo, por favor.

— Todos os acessos dentro dos sistemas e redes do governo americano foram revogados — Helena falou sem hesitar. — De agora em diante, apenas o senhor, o abade e Sua Santidade possuem acesso às informações desta operação. Seus arquivos foram migrados para sua origem, em um novo arquivo seguro, na rede da Aliança do Ocidente. Há algo mais?

— Obrigado, Helena — Lewis falou, encostando no espaldar da cadeira e fechando seus olhos. Ainda estava exausto da noite anterior. — Isso é tudo.

QUARENTA E SETE

Nova York
21 de fevereiro de 2063

Lisa se sentou novamente ante o anúncio repentino de Stockholm. "O que mais poderia ser?", pensava, aflita, enquanto avaliava como sair daquela situação para poder buscar informações sobre Morgan. Mas Stockholm sequestrava a atenção de todos com uma facilidade que deixava Lisa convencida a cada minuto de que havia algo sobrenatural nele. Algo que ela não compreendia, algo que escapava ao seu raciocínio, que lhe roubava os sentidos. Algo que ela ficava lutando contra. Lisa sabia que era algo anormal porque se conhecia bem o suficiente para saber que não se importava com ninguém. Tinha sido assim a vida inteira. Sempre sozinha, tendo que se virar para conseguir o que queria. Sem privilégios. Sem pais. Sem recursos.

Mas sua inteligência destoava da massa de sofredores, lhe abria portas. Nem mesmo sua relação com Morgan ou o carinho que desenvolveu pelos amigos perdidos naqueles dias havia alterado suas convicções de que estava irremediavelmente sozinha no mundo e a única vida que realmente importava era a dela. E, mesmo assim, ela se via rendida pelo chamado de Stockholm, compelida por alguma força a lhe dar importância. A se importar com ele.

Stockholm sorriu, encantador, apesar do avanço das horas noite adentro, e falou com sua serenidade de sempre:

— Agente Stone, Lisa, eu receio que nós partilhamos muito mais do que podem imaginar nesta história que nos trouxe até aqui, e eu sinto muito que tenhamos que compartilhar tanto sofrimento e perigo — Stockholm parou um instante, olhou para o lado, como se buscasse as frases em um lugar aonde não queria ir.

— O que quer dizer, meu amor? — Anna perguntou, repousando a mão delicada sobre a mão imensa dele na mesa.

— Quando eu era apenas uma criança em Saint-Michel, minha mãe... Quero dizer, Jane, costumava me assombrar com a história de um homem que queria me levar embora de Saint-Michel. Costumava me contar histórias de como ele tentou me roubar de meu pai quando eu era apenas um bebê, e ela estava se referindo à Casanova, claro. Ela fazia isso, o que era algo estranho de se fazer com uma criança, porque ele ainda existia em nossas vidas, esse homem. Era um alerta para que, se um dia me deparasse com ele, ficasse atento. Ela costumava dizer que, se um dia ele retornasse a Saint-Michel, e isso era algo que nenhum de nós poderia prever, ele tentaria me convencer a abandonar Casanova. Abandoná-la, talvez tenha sido esse seu medo, mas ela não era deste tipo de carinho. Ela me alertou uma infinidade de vezes sobre a chegada deste homem a Saint-Michel, como ele e meu pai se odiavam e que um dia ela me explicaria por que afinal ele queria tanto me levar embora dali. A explicação nunca veio, na verdade, mas ela estava certa, afinal. Ele de fato regressou à Abadia de Saint-Michel e se tornou um de meus tutores. Eu tinha oito anos na época. Era o professor de Estratégia e de Enigmas. Eu o temi por um tempo, mas as promessas e ameaças que esperava que surgissem um dia nunca se concretizaram. Parecia que, de alguma forma, se um dia ele quisera me levar de Saint-Michel, aquilo havia mudado. Ele não gostava de mim, como muitos, e em tudo me tratava mal, mas nunca chegou a concretizar os medos de Jane. Nunca tocou no nome de Casanova ou mesmo compartilhou algo de sua vida comigo. Eu não sabia nada sobre ele. O que era raro. Normalmente, as pessoas me contam as coisas, seus segredos, suas vidas. Eventualmente, ele foi embora novamente. Eu e as outras crianças seguimos com o treinamento e ele apenas regressou à Saint-Michel alguns anos depois, nas semanas que antecederam a minha única missão sob o comando de Saint-Michel. O ataque a Joseph Lamás em Londres. Toda a estratégia do ataque foi desenhada por ele. Eu me lembro que, diferentemente da primeira vez em que nos conhecemos, ele estava muito mais interessado em mim do que antes. Ele era ainda silencioso e estranho, como sempre, mas de alguma forma eu sentia nele um estranho interesse no meu sucesso naquela missão, mas era alguma outra coisa que me escapava. Que eu nunca compreendi, é verdade. Eu me lembro de me despedir dele, ao lado de Casanova, nos limites de Saint-Michel, ao som das hélices ligadas atrás de mim, congelando no vento frio do canal. Me despedi dos dois ao mesmo tempo. Não foi mais que um aceno discreto. Mas então ele sorriu. Era a primeira vez que aquilo acontecia. Ele sorriu e se virou, regressando em direção à abadia. Casanova, ao seu lado, não esboçou nenhuma expressão.

Stockholm parou um momento, buscando uma forma de narrar aquilo de forma mais objetiva. Não queria reviver aquele dia.

— Eu me lembro que foi a primeira vez que senti que havia alguma coisa errada com aquele lugar. Com aquelas pessoas. Que havia alguma coisa que me escapava. Algo que todos sabiam. Eles me perderam ali, naquele momento. Talvez nunca tenham sabido, mas eles me perderam por causa de um sorriso. Como vocês sabem, a missão deu errado e eu nunca mais tive contato com Saint-Michel. Meu temido professor de Estratégia foi a única pessoa que eu não pude encontrar nos anos que se seguiram, na caçada que vergonhosamente conduzi pela Europa inteira. Após alguns anos, desisti de me vingar dele. Assumi que estava morto, como muitos estavam no tempo em que os procurei. Seu nome era professor Levy. O estranho e silencioso professor Michel Levy. E foi apenas ontem, depois de todos esses anos, alguns poucos momentos antes do ataque ao nosso apartamento, que eu me dei conta de que eu nunca encontrei o misterioso professor Levy porque ele se tornou uma outra pessoa, completamente nova. Ele agora responde por esse novo nome que infelizmente nos une, Michael Lewis.

— Isso é impossível, Stockholm! — Stone protestou, sem conseguir entender de onde ele tirara aquela ideia. — Veja, o diretor Lewis está à frente da Agência de Inteligência Internacional há muitos anos.

— Vinte e três anos? — Stockholm pontuou com calma. — Eu diria, se fosse chutar um número, agente Stone.

— Sim. Há vinte e três anos. Exatamente — Stone admitiu, assombrado.

— E se eu tivesse que adivinhar, diria também que ele já chegou no comando de tudo. Que nunca teve que crescer nos cargos da Agência em que vocês trabalhavam até o ambicioso posto de diretor — Stockholm pontuou, de forma esperta.

— Sim. Pelo menos até onde eu sei — Stone assentiu. — E o que é pior, agora que está falando, ele de fato veio da França. De algum lugar da Aliança do Ocidente que, como tudo que faziam em Paris, era secreto. Quando entrei na AII, ele já era uma lenda. Sua inteligência e sua sagacidade eram famosas em todos os departamentos. E há mais. Ele é também um mistério. Um enigma que ninguém é capaz de resolver. "Quem é ele?" Ninguém sabe nada sobre a vida dele. Nada. Se tem esposa. Se é gay. Onde mora. Nada. Ele tem filhos? Ninguém sabe dizer. Ele é a definição perfeita do agente secreto.

— Eu ainda não compreendo — Stockholm falou, meio perdido — o que está acontecendo para que ele esteja me caçando de forma tão obstinada. O que ele finalmente quer comigo? Ele e Casanova estavam juntos na Filadélfia há três anos quando Casanova me deu um tiro no peito, o que é outra coisa que ainda não compreendi, e até onde Lisa investigou, ele fez esforços para que o plano de Casanova desse certo. Cobriu seus passos. Deletou meus vestígios. Se pôs em risco para que Casanova pudesse me matar. Quase teve sucesso...

— Mas isso é impossível. Não consigo entender. Como você descobriu isso? — Stone perguntou coçando a cabeça, ainda não compreendendo como Stockholm tinha feito aquela ligação entre os dois e colocando as poucas evidências em dúvida. — Você já viu alguma vez o diretor Lewis? Ou mesmo uma foto?

Stockholm sorriu. Nunca tinha visto, mas isso não abalava em nada suas convicções.

— Eu sei o quanto isso vai parecer um delírio e, em seu lugar, eu também estaria colocando tudo nesta mesa em xeque, agente Stone, mas a verdade é que eu nunca esqueço uma voz. Ou um rosto. Um aroma. Um lugar. Uma informação. Um fato. Um nome. Eu nunca esqueço nada... Há três anos, o diretor Michael Lewis entrou em uma estação policial que eu havia grampeado algumas horas antes da chegada dele e se apresentou a todos os presentes como diretor da AII. Sua voz me atingiu como uma bomba. Era tão familiar. Eu normalmente precisaria de apenas alguns segundos para fazer a ligação entre eles, mas ele não me deu nenhum segundo para pensar e, para minha surpresa, ele seguiu apresentando o grande herói da guerra, Antônio Casanova. Eu estava completamente obcecado por Casanova e saber que ele estava ali, tão perto, tão exposto, me roubou completamente da tentativa de compreender de onde vinha aquela voz rouca e estranha. Casanova era uma perturbação grande demais para que outra coisa qualquer ganhasse minha atenção... E ele estava bem ali, andando pelas ruas da Filadélfia.

— Isso é ainda mais impossível, Stockholm — Lisa ironizou. — Não vamos nos esquecer de que você perdeu a memória completamente por três anos. Que história é essa de que não se esquece de nada?

— Sim. Eu entendo — Stockholm sorriu gentilmente. — Como eu disse, compreendo que não acreditem no que estou propondo. Eu mesmo não acreditaria. E as evidências que aponto podem facilmente ser coincidências. É verdade. Mas eu estou disposto a provar que estou certo e esse é o plano que gostaria de propor.

Stockholm fez suspense no silêncio dos demais por um instante e disparou com toda serenidade que lhe era peculiar:

— Eu gostaria de ligar para ele e negociar a vida de James pela minha rendição.

— Você está completamente maluco — Anna protestou de pronto, batendo a mão na mesa.

— Se ele é quem eu estou propondo — Stockholm argumentou —, ele não vai nem piscar. Ele vai recusar minha oferta imediatamente.

— Mas isso é exatamente o que ele deseja. Colocar as mãos em você. Por que ele vai recusar? — Lisa perguntou, confusa.

— E mais que isso — Stone completou —, isso não é o que queremos. Eles nunca vão nos deixar em paz. Eles mataram nossos colegas. Eles nunca vão parar em você. Eu sei que é difícil, mas o que precisamos é eliminá-lo. É nossa única saída. Expor toda essa história!

— Ele vai recusar, Lisa, porque ele me conhece — Stockholm falou, ignorando o protesto de Stone —, porque ele sabe que não pode confiar em mim. Porque eu sou muito perigoso e ele sabe. Porque ele sabe que uma hora eu vou chegar nele e, no fundo, sabe que ele já está morto. Que é apenas uma questão de tempo.

— Então qual é o teu plano, afinal? — Lisa indagou, tentando acompanhar aquele pensamento sombrio de Stockholm. — Se ele vai recusar sua oferta, o que ganhamos? O que nos resta?

— A oferta dele — Stockholm falou serenamente. — É a única coisa que temos. E, honestamente, é algo de que não sabemos absolutamente nada. O que ele quer? Nós precisamos saber para continuar com isso...

— Isso é um bom plano, na verdade. Só precisamos alinhar alguns detalhes desta ligação. O que esconder e o que contar — Lisa comentou, tentando quebrar a tensão, percebendo que suas perguntas ganharam a atenção de Stockholm e o protesto de Stone foi ignorado.

Stockholm regressou sua atenção para Stone. Não costumava ignorar as pessoas e ali não seria diferente. Já assimilara Stone como um parceiro com quem poderia contar, com algumas ressalvas que ainda teria que fazer no futuro.

— Meu plano é saber o que ele quer, agente Stone — Stockholm falou com calma para Stone, que já apresentava sinais de irritação com aquela conversa —, e então poderemos decidir juntos se vamos cooperar com ele — fez uma pausa e então continuou — ou não. E a verdade é que não temos outra opção. Não podemos nos esconder aqui para sempre. Eles estão com James. Talvez estejam com Morgan. Talvez ainda tenham Jane. E com eles estão as respostas que eu quero. Que eu preciso para continuar, para entender quem eu sou e o que há de errado comigo... O que todos em Saint-Michel estão tentando esconder.

Anna e Lisa se encararam por um momento, sem saber o que pensar. Impactadas pela mera menção dos nomes de James e Morgan. Mas era mais do que a emoção misturada com tristeza e cansaço que seus semblantes revelavam. A verdade era que nenhuma das duas havia vivido aquele tipo de situação que Stone e Stockholm compartilhavam largamente. Nenhuma havia enfrentado conflitos como aquele, cujas decisões precisavam ser tomadas no calor do momento e todos os seus resultados colocavam suas vidas em risco.

Era um sentimento que Stone, embora ocupasse um cargo de tutor de adolescentes rebeldes na Agência ao longo de todo aquele ano, conhecera profundamente naqueles dezoito anos como agente secreto da AII, em operações em diversos países do mundo. Stone o reconheceu no instante em que ele pousou na mesa. No primeiro segundo de silêncio que a voz de Stockholm deixara no ar. Era algo mais intenso do que sentimentos eram capazes de causar. Havia algo de concreto nele. O cheiro de medo da vala das incertezas que evapora da pele como um suor frio e tóxico, como um veneno que contamina o pensamento. Corrente elétrica que corre a carne e que se espalha pelo sistema motor, que invade o intestino. Que faz homens destemidos hesitarem e se esconderem nas copas altas das árvores. Ambos, Stone e Stockholm, podiam senti-lo brotar entre eles, esse impulso da natureza que protege os homens da extinção desde os tempos ancestrais. O medo da morte. A visão clara de que algumas decisões, algumas escolhas, como aquela que Stockholm propunha com a serenidade dos insanos, poderiam levar à morte. Certamente levariam, mas precisavam ser feitas mesmo assim. O sacrifício que apenas alguns heróis faziam.

Stockholm estava disposto a se sacrificar e o fazia sem um único sinal deste medo sagrado dos homens. Mesmo Stone sentia um frio de medo por ele. Temia por sua vida. Mas a segurança e frieza que Stockholm adquiria a cada hora daquele dia deixavam Stone impressionado. Incomodavam. Pareciam lhe cobrar a mesma postura e mesmo isso abalava um pouco sua segurança. Não assimilava o fato de Stockholm ter apenas vinte e três anos. Que teriam lhe feito em Saint-Michel para avançarem ele no tempo daquela forma?, pensava, intrigado. E mesmo num misto de horror e pena, sentia orgulho dele. Orgulho de quão corajoso ele estava sendo. Estavam juntos há apenas algumas horas e ele já estava propondo entregar sua vida pela de James. Pela vida de cada um deles.

— Você está certo, Stockholm — Stone falou de repente, vencendo a si mesmo. — Não temos outra escolha, infelizmente. Não podemos entrar em guerra com todo o governo americano e com a Aliança do Ocidente. Eles precisam ruir sozinhos, e para isso precisamos atingir suas fundações. E elas ficam todas do lado de dentro. Eles jamais serão vencidos por um ataque externo.

— Você não está considerando voltar para a Agência? — Anna falou, se dirigindo para Stone, tentando entender aquela conversa cheia de travas e coisas não ditas.

— Não, Anna — Stone respondeu com gentileza e afeição. — Eu não voltarei para casa, ou para a Agência, enquanto o diretor Lewis existir em nossas vidas. É Stockholm quem vai voltar. É ele quem vai voltar para casa.

Stockholm apenas sorriu, satisfeito com o raciocínio de Stone.

— Em hipótese alguma, senhores — Anna protestou, se levantando de repente e se afastando da mesa, pegando os demais de surpresa. — ¡Que puta mierda de plan!

A simples ideia de colocar a vida de Stockholm em risco roubou completamente o equilíbrio dela.

— Nós estamos empatados aqui, Anna! — Stone falou, se levantando da mesa e se afastando também. — Você não vê?

— Empatados? Como estamos empatados, agente Stone? — Anna indagou sem paciência.

— Veja. Eles estão com James — Stone falou, tentando ser o mais delicado possível. — É apenas uma questão de tempo para compreenderem por que James é tão importante. Nem eles vão acreditar na sorte que tiveram em capturar o amor de Stockholm. Ele pode tentar esconder esse fato, pode tentar proteger Stockholm mesmo sem saber quem ele é, apenas por amá-lo, ou mesmo para proteger o que vocês fizeram há três anos. Pode tentar resistir às torturas que certamente sofrerá, mas a presença de Stockholm de cueca em seu apartamento foi um sinal muito claro de que existe algo entre vocês. Se Lewis é mesmo o professor Levy, então ele certamente sabe sobre Thomas. Mas mesmo que não seja ele, para uma mente brilhante como a de nosso diretor Lewis, não será difícil conectar os pontos. O amor tem peso inquestionável. Mas na delicada balança da barganha que Stockholm está propondo, nós também colocamos alguns pesos. Graças à genialidade de nossa querida Lisa, nós temos fatos sobre o diretor Lewis que podem levá-lo à ruína. Seus atos não deixam dúvidas de que estava protegendo o general Antônio Casanova em sua tentativa de assassinar Stockholm na Filadélfia. Além disso, dada a importância de Stockholm nessa história, cujas raízes ainda não compreendemos, apagar registros do Departamento de Defesa é crime à altura da traição da qual estamos sendo acusados. Para uma mente brilhante como a de nossa presidente Sasha, não será difícil também fazer essa conta. Então estamos empatados. Eles estão com o amor e nós estamos com a verdade. Mas nós temos uma coisa a mais, Srta. Clayton. Uma coisa que não sabemos ainda qual valor tem.

— O que é que temos? — Anna perguntou sem acompanhar o raciocínio de Stone.

— Eu — Stockholm respondeu de forma direta.

— Exato — Stone concordou, colocando as mãos no ar como uma balança em equilíbrio.

— E na delicada economia da barganha com os deuses, é preciso saber sempre o valor dos pesos colocados na balança dos dois lados — Stockholm comentou, lembrando da barganha de Perseu.

— E é por isso que vamos oferecê-lo para o diretor Lewis — Lisa concluiu de forma pragmática, entrando na metáfora que percorria a mesa —, para saber se a vida de Stockholm paga o resgate do amor que eles possuem: James. Mas o que faremos com as verdades que temos, quando amor e vida se anularem nesta balança maluca que inventamos?

— Teremos um fragmento de nossas vidas de volta graças a elas — Stone observou —, elas são nosso seguro. Nosso escudo contra um atentado contra nossas vidas. Nossa garantia de que nada acontecerá a nenhum de nós daqui para frente.

— Vocês meninos são completamente malucos — Lisa falou com pouco-caso —, mas isso faz total sentido. De nosso lado, teremos a verdade e, do lado deles, uma promessa. Isso realmente pode funcionar, Stone. Agora me resta apenas encontrar Morgan neste pesadelo. Se me permitem, eu gostaria de começar isso agora.

— Mas o que vai acontecer com você, Stockholm? — Anna indagou, pensando alto, ignorando o pedido de Lisa para se ausentar.

— Nós não sabemos ainda! — Stone respondeu rapidamente, antes que Stockholm pudesse elaborar alguma resposta, mas não antes que a resposta, óbvia, se formulasse na cabeça de todos.

"Não existe futuro para Stockholm", pensaram todos, mas ninguém se atreveu a falar. Ele sorriu, tímido. Sabia o que todos estavam pensando. O silêncio era uma espécie de escudo contra esse prenúncio. Não precisava ser dito. Mas também era o aval de todos para o plano de Stockholm.

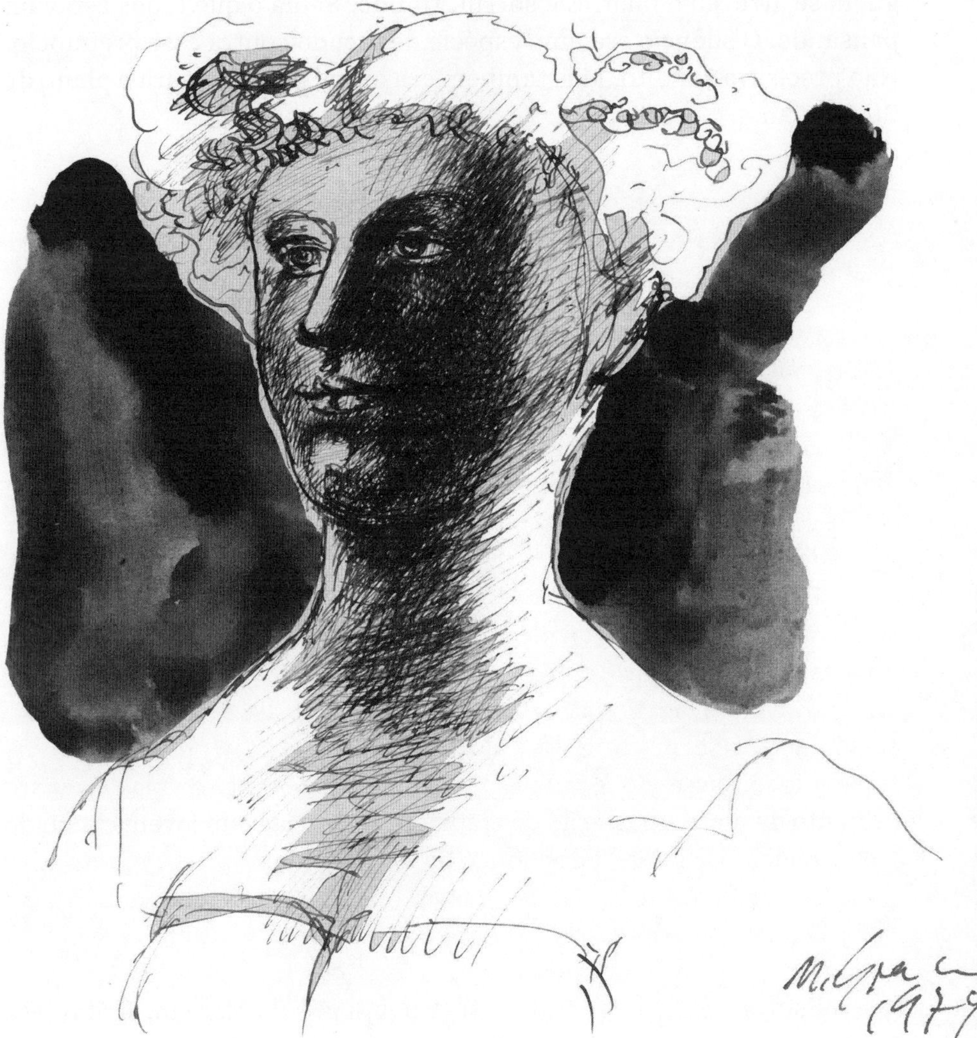

QUARENTA E OITO

Nova York
22 de fevereiro de 2063

  Havia trabalhado a madrugada inteira na busca por Morgan e já começava a se sentir sem ideias para encontrá-lo. Sem resultados, já cogitava voltar para Chicago. Buscar os lugares que conheciam. Seus esconderijos.
  Pelas janelas abertas, logo à frente da mesa improvisada, Lisa observava cansada o nascimento do sol, brotando tímido do chão, sob as nuvens do inverno. Lisa apoiava o rosto nos punhos virados para dentro de si, desviando a atenção de seus pensamentos apenas para observar, sem importar-se muito, as fotos de um jovem homem negro e seu cachorro sem raça, piscando a cada mudança de foto em um display de vidro no canto da mesa. A estação de trabalho pertencia a um jovem chamado Larry Eliab, Lisa percebeu ao longo da madrugada.
  — Larry, Larry... — Lisa falava distraidamente, sem notar que o fazia. — Larry, Larry, Larry... — repetia sem perceber e então se perdia no horizonte.
  Estava exausta de tanto buscar por sinais de Morgan. Irritava-se com a necessidade de cautela, porque prometera a Anna que seria discreta. No fundo, sabia que precisava ser, pela segurança de todos. Por isso, usava recursos mais pobres de pesquisa, que não expunham tanto seus movimentos e suas invasões a bancos de dados, que não denunciavam suas intenções ou deixavam expostos seus rastros. Era preciso ser um fan-

tasma, se lembrou diversas vezes naquela madrugada, visando vencer a tentação de usar seus recursos de pesquisa e algoritmos mais sofisticados.

— Larry, Larry, Laaarry... — repetiu outra vez, bocejando, se perguntando em seus pensamentos se seu Status X teria sido removido com a acusação de traição e a ordem de prisão emitidas pela segurança nacional. Sabia do poder daquele acesso e quase não tinha esperanças de que ainda estivesse disponível.

"Mas e se estiver ligado ainda, Larry? Larry, Larry", pensava com o olhar no horizonte, sem ação.

O sol já parecia ter nascido em algum lugar sob os prédios, para além do Rio East, quando Lisa teve a ideia que lhe escapou a noite inteira. Sua luz brilhava opaca, mas dourada, em algumas janelas do Empire State Building à sua direita quando lhe ocorreu que havia alguém ali muito mais rápido do que ela. Alguém capaz de fazer uso de seus acessos e talvez sair sem ser percebido. Alguém, cuja inteligência a surpreendia a cada minuto, que estava na Sirius e cujos esforços vinham salvando suas vidas antes mesmo que lhe pedissem. Antes mesmo que percebessem a necessidade de serem salvos.

Lisa sorriu, abandonando a estação de trabalho lentamente para trás, se espreguiçando com sua própria ideia e se entregando ao encosto da cadeira.

— Nico, Nico, Nico... — falou, olhando para o teto, buscando o sistema de som da sala, como fizera quando se conheceram, dois dias antes.

— Pois não, Srta. Kapler — Nicolás respondeu com seu sotaque mexicano, como um mordomo invisível na sala, do alto-falante para o qual Lisa olhava de forma astuta e meio constrangida. Seu olhar de gênia.

— Você sabia que Nicholas é um homem da lei que se tornou um fora da lei muito famoso no mundo dos quadrinhos? — Lisa comentou com senso de humor atípico. — Um fora da lei que invade propriedades do governo, com o amparo de um exército de heróis desajustados, e desafia os ricos e poderosos de todas as nações, inclusive a sua, usando apenas sua inteligência e um tapa-olho em seu olho esquerdo. Um justiceiro, por assim dizer. Fury, Nick Fury, foi o nome que o nosso querido Nicholas escolheu para si. Para conduzir os rumos do mundo com suas ideias. Fúria, é o que seu nome sempre significou para as pessoas. Um epíteto da ferocidade de sua alma.[4]

---
4 Referência a Nick Fury, personagem dos quadrinhos da Marvel. Ele é um ex-soldado e líder da organização secreta de inteligência e segurança S.H.I.E.L.D. (N. do E.)

— Eu tenho quase certeza de que também foi um dos fundadores da República Mexicana, também bastante conhecido, Srta. Kapler, nas terras onde os pais da Srta. Clayton nasceram. Um idealista e por vezes bastante esquentado, é verdade, mas um herói nacional, por assim dizer — Nicolás rebateu, embarcando na conversa —, mas esse Nicolás que lhe falo nunca se escondeu de ninguém, por detrás de nenhuma máscara ou grupo de heróis desajustado. Sempre lutou por seu povo, apaixonado e inteligente, até o final. Presidente Bravo foi o título pelo qual os mexicanos o chamaram por tantos anos. Bravo, veja você, que também traduz a ferocidade de sua alma, no caso de nosso célebre presidente reflete ainda a natureza indomável de seu coração.[5]

— Ora, Nicolás! — Lisa riu. — Tenho certeza de que a inspiração da Srta. Clayton para sua criação foi o meu charmoso e intrigante herói dos quadrinhos, o senhor Nicholas Joseph Fury. Veja, esse simples político mexicano não está à altura de suas capacidades.

— Fico encantado com seus elogios, Srta. Kapler — Nicolás falou, charmoso, do sistema de som da mesa de Larry Eliab da qual Lisa havia se apoderado naquela noite —, mas sinto que estou prestes a ser convidado a cometer alguma infração. Estou enganado?

— Será infração um crime cometido contra um bando de criminosos? — Lisa comentou sombriamente, se rendendo às lembranças do assassinato de seus amigos em Chicago e voltando as mãos ao teclado.

— Sempre será uma infração, Srta. Kapler — Nicolás asseverou de forma quase humana. — A única diferença será como nos sentiremos depois do crime. Um sentimento tolo de justiça que se rende ao vento e não vence não convence. Que nos abandonará ao primeiro instante da aurora. A justiça será sempre a justiça. Será sempre justa. Os justiceiros não fazem justiça e, quando muito, fazem vingança.

— Oh, Nico, você me mata assim — Lisa falou, abaixando a cabeça na mesa e desistindo de sua ideia de envolvê-lo em seus planos. — Melhor deixar para lá. Peço desculpas.

— Eu nunca disse que não o faria, Srta. Kapler — Nicolás falou no som da mesa e fez um sorriso aparecer na tela que Lisa estava usando, uma piscadinha feita de sinais de pontuação:

;-)

---

[5] Referência a Nicolás Bravo, líder militar mexicano que se destacou por sua participação na luta pela independência do México. (N. do E.)

Lisa sorriu, espantada com a genialidade de seu assistente virtual. Era como conversar com uma pessoa cheia de vida e cheia de defeitos. Se pegou admirando Anna, no fundo, pela criação de Nicolás.

— E se eu posso dizer mais — Nicolás acentuou —, uma casa cujas chaves lhe foram entregues de bom grado não pode ser invadida. Acessar seu interior não é mais que uma escolha livre. Um direito. Receio que teremos que cometer nosso crime em outra ocasião, Srta. Kapler, acredito que não nos faltará oportunidade. Hoje faremos apenas uma visita aos nossos amigos da AII. Não é essa a sua ideia?

Lisa estava impressionada. Sequer havia comentado o que fariam. Nicolás lera seus pensamentos e seus sinais? Teria compreendido sua brincadeira sobre Nicholas Fury? Ou ele terá tido aquela ideia espontaneamente sozinho? Lisa não sabia responder. Mas sua ideia era exatamente aquela. Usar sua chave de Status X para invadir, ou "visitar" — pensou, já se apropriando dos argumentos de Nicolás —, os sistemas da AII e buscar o paradeiro de Morgan e tudo mais que pudesse encontrar sem comprometer a sua localização. Sem comprometer a segurança sem igual da Sirius.

— Como você sabe? — Lisa arriscou, fingindo tranquilidade.

— É o que eu faria se eu fosse você — Nicolás respondeu com sua serenidade artificial —, é o que eu faria se a pessoa que eu amo estivesse em perigo.

Lisa estava em choque. Não soube sequer o que responder. "A pessoa que eu amo", pensou, duplamente assombrada. Atônita por perceber que, embora sempre tratasse Morgan com certa distância, reservas oriundas do orfanato onde cresceu, defesas para evitar mais decepções ou a dor de ter seu coração partido por alguém, Nicolás tinha razão. Amava Morgan muito mais do que imaginara durante aqueles três anos juntos. Perdê-lo era um golpe fulminante em suas muralhas. Não percebera, mas Morgan já estava dentro do castelo que erguera em si mesma. Um golpe no peito, desferido de dentro para fora, que se intensificou pelo assombro de perceber que estava tendo aquela conversa com um programa de computador. Que fora Nicolás que lera o que ela mesma não tinha lido ainda em si própria.

"A pessoa que eu amo", falou, distraída.

"Como Nico pode entender o que é amor, afinal?", pensou, se perguntando no silêncio de sua mesa.

Sentiu-se nua e indefesa pela primeira vez em anos, ali sozinha, cercada apenas pelo olhar invisível de Nicolás.

— Prepare suas máquinas, Nico. Nós precisaremos ser muito rápidos nesta visita.

— Há um computador ligado no deck norte do 65º andar — Nicolás falou com firmeza. — Eu estou te aguardando nele, Srta. Kapler!

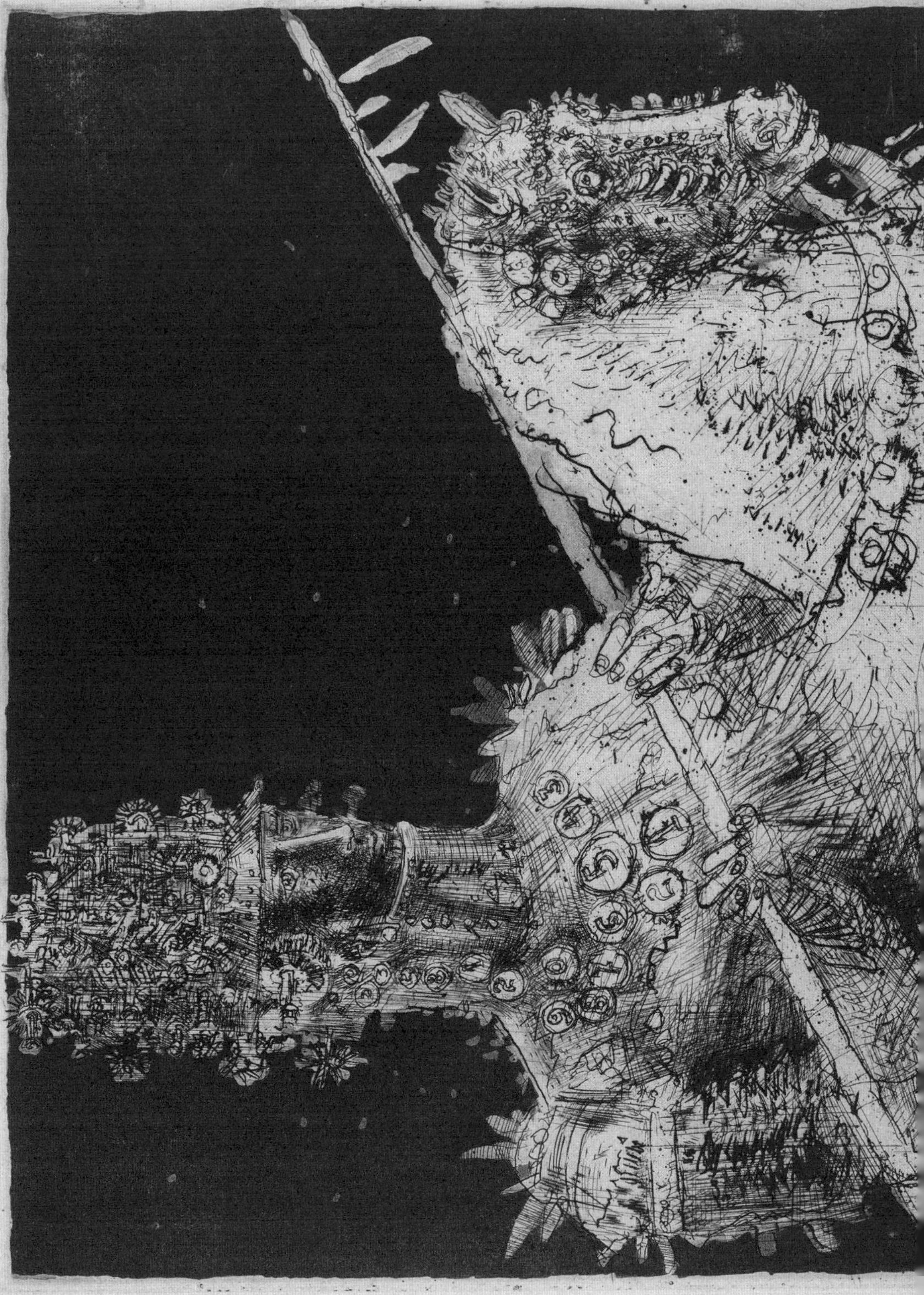

QUARENTA E NOVE

Nova York
22 de fevereiro de 2063

— Alô! — o diretor Lewis atendeu, imperturbável, mas exausto, a ligação sem origem em seu celular.
— Professor Michel Levy — Stockholm falou com sua voz grossa de homem, mas carregada de sotaque francês, quase irreconhecível aos ouvidos do diretor Lewis. Na última vez que ouvira sua voz, ele tinha onze anos.
Ambos ficaram em silêncio por um momento.
— Alef... — o diretor Lewis falou num suspiro.
Mais silêncio. Stockholm não sabia como fazer aquilo. Como negociar sua vida. Decidiram entre eles acatar a sugestão de Stone de ligar pela manhã para o celular do diretor Lewis e, a cada segundo, ficava mais evidente que jamais estaria pronto para aquela conversa. Estava há dias falando de seu passado, mas ali estava diante dele. Falar do passado era diferente de falar com o passado. Encarar aquelas vozes que lhe causaram tanta dor. Sentia brotar o vermelho sentimento de vingança no peito, como uma flor que se entrega aos raios da manhã e vai desabrochando sem vontade, mas ligeira, e, ainda assim, invisível, discreta.
— O que você quer, Alef? — o diretor Lewis perguntou, levando a mão à testa na penumbra de sua sala. Estava nervoso e tomado de ansiedade, ambos os sentimentos raros em sua vida de frieza. Percebeu mais uma vez como esperava por aquela oportunidade há vinte e três

anos e como não permitiria que nada no mundo lhe assaltasse da chance de colocar as mãos em Alef novamente. A oportunidade de finalmente ter controle sobre ele. O controle que Casanova lhe furtou, que guardou para si e que vergonhosamente perdeu.

— Eu quero minha vida de volta, professor... — Stockholm encarava Anna, sentada ao lado de Stone numa mesa, buscando a tranquilidade que o olhar dela sempre lhe causara durante aqueles três anos que compartilharam a vida, mas não obteve sucesso. Mesmo entre eles um abismo se formava. Um vale de sentimentos antigos, que se misturavam uns aos outros e se erguiam a cada segundo.

— Você é tão decepcionante às vezes, Alef. Eu me indago se algum dia perceberá que a sua vida não é realmente sua e, assim sendo, uma vez arruinado esse pedido infantil, me indago se um dia compreenderá que você não pertence à Saint-Michel, que não pertence à Aliança do Ocidente. Que sua mãe é a própria vida... Não existe uma vida para te dar de volta, filho.

— Eu vou caçá-lo até o fim do mundo, professor... — Stockholm ameaçou, sereno. — Um milagre salvou sua vida nestes anos todos, mas agora eu estou de volta e eu nunca vou perdoá-lo. Você já está morto e sabe disso. É apenas uma questão de tempo agora.

— Eu tenho certeza de que vai, filho. Eu posso até sentir o gosto do meu próprio sangue na garganta e o calor insuportável de suas mãos no meu pescoço, o sabor de suas facas e balas. Mas até lá teremos conquistado o mundo, juntos... Nada disso fará mais diferença.

— Nunca teremos nada juntos, professor Levy — Stockholm rebateu, enfático.

— Ah, Alef... Alef. Ou devo lhe chamar de Stockholm agora? Será isso? — o diretor Lewis desferiu seu primeiro golpe. — Nós já temos tanto juntos.

Aquela pergunta foi assimilada como uma bomba na sala. Anna baixou a cabeça, imaginando como ele poderia saber aquilo senão por meio de torturas aplicadas a James. Stone tentava pensar rápido para ajudar Stockholm a sair daquela armadilha, mas era inútil. Ele permaneceu imperturbável. Seguiu o plano.

— Me pergunto o que tanto temos juntos, professor? — Stockholm rebateu sem pestanejar.

— "Eu existo sob um manto de nomes. Nomes que não são meus. Nomes que não foram escolhidos por meus pais" — o diretor Lewis leu em voz alta a frase que ele mesmo destacara no diário de Stockholm, pousado sobre sua mesa. — Não é uma frase bonita para descrever uma vida completamente sem identidade? Triste, é verdade, mas bonita mesmo assim, como são mesmo as tristezas que não nos abandonam. Me pergunto quão desesperador é seguir pela vida sem saber quem se é. Perdido em mentiras contadas pelos outros e por você mesmo. Você não quer acabar com isso?

— Eu vou acabar com isso e nós dois sabemos como vai acabar — Stockholm ameaçou, tentando ganhar tempo. Lewis tinha o diário dele nas mãos. Estava um passo à frente.

— "Poderia o amor nascer do mais completo nada? De um piscar de olhos castanhos" — o diretor Lewis leu em voz alta novamente. — Eu me pergunto como reagirá o jovem Sr. Clayton quando souber a verdade sobre o homem com quem compartilha os dias e as noites. Se sabendo a verdade, ainda te olharia com os mesmos olhos. Seus imensos olhos castanhos. Confesso, estou tentado a lhe contar tudo, apenas para descobrir quão frágil é isso que te rouba a razão, filho.

— Não se atreva a fazer algo com ele... — Stockholm falou, se deixando levar pelo jogo do diretor Lewis.

— De forma alguma, filho. Eu seria incapaz de colocar minhas mãos nele. Eu estou cansado de carregar os corpos que você deixa pelo caminho, Alef. Eu quero que isso acabe. E não quero que acabe como Thomas, ou Saulo, e tantos outros. Não quero que sua estupidez também nos custe as vidas de James e Anna Clayton e eu espero que desta vez você entenda de uma vez por todas que não existe amor para você. Que seu amor apenas leva as pessoas à morte. E à destruição. Apenas o levará ao caos e à dor.

— O que você quer? — Stockholm lançou a pergunta que encerraria aquela tortura. — Apenas diga! O que você quer de mim?

— Você, Alef! É o que eu quero desde o começo. É a única coisa que quero agora. E vejo agora, ouvindo sua voz depois de tantos anos, mais uma vez, como você é, Alef, o que eu sempre quis. Mas agora coisas maiores se colocam entre nós. Impedem que você volte para casa. Impedem que eu possa dar continuidade ao trabalho que tive que interromper há vinte e três anos. Agora devemos nos debruçar sobre o tanto que temos em comum.

— Não consigo ver o que podemos ter em comum. Sinto muito, professor... — Stockholm interrompeu, tentando entender o plano do diretor Lewis.

— Nós temos muito em comum, filho. Segredos que você mesmo desconhece, mas que são tão seus quanto são meus e que teremos que guardar mesmo quando você os souber. Temos lutas em comum, uma guerra para vencer. A guerra que todos acham que acabou. A história está em nossas mãos, Alef. O futuro da humanidade. Nós somos deuses, filho. Deuses desenhando o curso do mundo. E agora temos um inimigo em comum. Um inimigo que está tentando impedir o curso da natureza, da vida. E a vida dele é o meu preço pela vida do seu estimado James Clayton, se isso responde a sua pergunta.

— Quer que eu elimine um inimigo seu? Esse é o seu preço? — Stockholm estava incrédulo com o jogo do diretor Lewis.

— Exato! — O diretor Lewis bateu a mão pesada em sua mesa, fazendo o som do impacto de sua mão ecoar na sala da Sirius. Stone estava chocado com a mudança absoluta de personalidade do diretor Lewis. Era completamente outra pessoa. — Mas, veja, não é um inimigo qualquer o inimigo que compartilhamos. E eliminá-lo não será a tarefa mais fácil que já realizou. A última vez que tentou, devo lembrá-lo, você fracassou vergonhosamente e terminou com uma bala no peito no fundo de um rio, congelado e abandonado à escuridão de seus próprios erros.

Stockholm estava perplexo. Nem em suas ideias mais ousadas imaginou que esse seria o preço pelo resgate de James. Mas se via sem escolha. Sua barganha realmente envolvia amor e vida, mas não era a sua vida afinal que seria entregue ao mar de monstros.

— Você quer que eu mate o General Antônio Casanova? — perguntou Stockholm, fazendo rodeios.

— Eu quero que você mate o General Antônio Casanova, filho. É exatamente isso — o diretor Lewis repetiu com a serenidade de quem pede um prato em um restaurante. Sorriu para si mesmo em sua sala. Era um alívio dizer aquilo em voz alta. Stockholm jamais alcançaria sua emoção, jamais compreenderia as razões daquele pedido.

— Por que eu confiaria em você? — Stockholm disparou, simulando indignação.

— Você não pode! Jamais deve confiar em mais ninguém, filho. É um erro que vem cometendo esses anos todos. Você ama e por isso confia. Se recusa a aceitar que está sozinho. Da minha parte, jamais confiarei em você. E a verdade é que matar ou não Casanova não é mais uma escolha. Você quer. Eu quero. É o que faremos. Ele já está morto. Apenas não se deu conta... ainda. É muito arrogante para admitir. Não, não... Não é isso que você está agarrando com todas as suas forças... Diante de você, está o seu verdadeiro dilema: fechar seu coração para essas pessoas para as quais se entregou. Anna e James Clayton. Mas, no fundo, você já sabe que deve abandoná-los. É só uma questão de tempo, e você sabe.

Stockholm se virou para o corredor para evitar o olhar de Anna.

— Deve admitir que tudo isso que existe entre vocês não é mais que o fruto de um acidente, fruto de um erro de percurso — o diretor Lewis seguia como se estivesse presente na sala de reuniões da Sirius assistindo ao sofrimento que ia causando a cada palavra, implacável. — Você jamais saberia viver com eles. Jamais saberia viver como eles. Amar, amar e amar... É o erro, a ilusão a que vem se agarrando desde Thomas, desde Jane, desde Antônio. Uma chaga que precisa vencer para podermos seguir em frente. Você deve matá-los dentro de você. Enterrá-los no passado e seguir comigo.

— O que você está dizendo? — Stockholm rebateu, perdendo a paciência com o discurso de Lewis. — Eu jamais viverei sem amor novamente! Nem que para isso eu tenha que eliminar Casanova, você e cada um de seus homens. Nem que para isso tenha que incendiar o mundo até as cinzas.

— Você nunca se cansará de ver as pessoas que ama morrerem por sua causa, Alef? Eu acho que eventualmente se cansará de vê-las perdendo suas vidas, definhando em masmorras, sendo torturadas até os ossos, apenas porque você insiste em ser amado. Apenas porque não consegue aceitar o fato... — o diretor Lewis se interrompeu de repente e voltou a falar com ares de cansaço. — Bem, receio que não serei eu quem te contarei essa história, infelizmente.

— Aceitar o quê? — Stockholm protestou, se sentindo manipulado.

— Anote o endereço onde meus homens irão te aguardar para essa missão, por favor — Lewis falou secamente, ignorando o protesto de Stockholm.

— Não vou anotar nada, seu velho maluco. Eu sei onde você está e, nem que eu tenha que derrubar um milhão de homens, eu vou entregar sua alma ao inferno...

— Uma ameaça justa, eu admito. Que me causa arrepios de medo, é verdade. E, em seu lugar, eu também estaria possuído de ódio. Também estaria resistindo à verdade inevitável de que estamos juntos nisso, que você não tem saída. E, honestamente, acreditei que não precisaria dizer isso, mas não há sentido algum em me matar. Eu não tenho nada contra você e nada para te oferecer neste momento. É Casanova quem está com James. É ele quem está com Jane. Foi ele quem matou Thomas. E é também ele quem está com seu irmão. É ele que você deve caçar e entregar ao inferno. Eu estou do seu lado, filho. Eu sempre estive. E sempre estarei.

Anna, Stone e Stockholm estavam todos perplexos. O diretor Lewis avançava na negociação imperturbavelmente. Uma serenidade a que apenas Stone estava acostumado, mas, mesmo para ele, aquilo ultrapassara os limites de sua imaginação. Mesmo Stone achou seu último argumento um golpe fatal, sem coração. Stockholm não tinha saída. Além disso, Stone se assombrava a cada minuto com o tamanho da traição que o diretor Lewis estava cometendo para colocar as mãos nele. "Teria sido esse seu plano desde o começo, quando reuniu Lisa e os meninos em busca de falhas nos arquivos da AII? Teria sido essa sua intenção, encontrar Alef e eliminar Casanova, desde o começo?", Stone pensava, tentando conectar as informações, mas o diretor Lewis não lhes dava trégua para pensarem em nada.

— Anote o endereço, filho, Rue de Rivoli, 75001, Paris. Um homem chamado Sêneca Schultz te esperará com um time de soldados para que possam atacar Casanova na casa dele. É uma fortaleza e você precisará de toda ajuda possível. E você precisa agir rápido, filho... Casanova não vai resistir à tentação de torturar James para descobrir o quanto ele sabe sobre você. Você não imagina o poder que ele terá nas mãos quando James confessar que se amam. E apenas Deus poderá protegê-lo quando Casanova não precisar mais dele.

— Na casa dele. Mas onde é isso? — Stockholm estava rendido. Finalmente, assimilara que não tinha saída. A vida de James realmente estava em risco, como um dia também esteve a de Thomas e ele não pôde fazer nada para salvá-lo. Como esteve em risco a vida de todos que cruzaram seu caminho desde que nascera.

— Sêneca saberá lhe dizer. Esteja lá no domingo — o diretor Lewis asseverou, sem deixar espaço para mais perguntas. — Tenho certeza de que a nossa poderosa Anna Clayton poderá te tirar da América num piscar de olhos. Agora preciso ir. Aguardo notícias suas. Boa sorte, filho!

— Não! Não! Espere aí. Eu tenho um monte de perguntas! — protestou Stockholm. — Professor Levy, o que o senhor quis dizer com...

— Volte para casa, filho. Paris. Suas respostas estão todas em casa — o diretor Lewis interrompeu, misterioso, e desligou.

CINQUENTA

Nova York
22 de fevereiro de 2063

Enter. Lisa pressionou a tela de um computador ligado no deck norte do 65º andar, com suas credenciais de Status X inseridas na porta de acesso do sistema da Agência de Inteligência Internacional, alheia à ligação que Stockholm fazia para o diretor Lewis cinco andares abaixo dela.

Quase onipresente, Nicolás acompanhava tudo que acontecia em todos os andares, mas percebeu-se depositando um demasiado interesse no que estava prestes a fazer com Lisa. O sistema demorou apenas alguns segundos para reconhecer as credenciais de Lisa e, quando a porta abriu, foi Nicolás quem invadiu os sistemas da AII.

Lisa tirou as mãos do teclado e acompanhou apreensivamente quando todas as telas da mesa ficavam escuras, enquanto Nicolás mergulhava na escuridão de arquivos confidenciais do governo americano em busca do paradeiro de Morgan.

--- *** ---

Segundos depois, Lisa assistiu ao apagão de todas as telas no andar em que estava. As luzes do andar também se apagaram, deixando a iluminação por conta de algumas poucas janelas abertas, que permitiam os primeiros raios do sol da manhã entrarem. Sentiu um calafrio lhe percorrer o corpo e ficou tensa como poucas vezes lhe ocorrera.

Uma emoção maior acompanhava Nicolás ao se alastrar pelas redes do Departamento de Defesa Americano. Acessava montanhas de segredos e arquivos de uma só vez. Jamais assimilara tanta informação ao mesmo tempo, mas seguia se alastrando como se estivesse em sua própria rede. Precisou se ausentar completamente da Sirius e se desconectar quase que completamente de sua origem para conseguir alcançar os níveis mais profundos das redes da AII.

Não havia nada, entretanto, sobre Morgan para além do que já sabiam. Estava desaparecido também para eles. Nada sobre Stockholm além do que ele mesmo já revelara e sabia sobre si mesmo. Tudo que encontrava lhe parecia inútil. Perigoso, admitia para si mesmo, mas inútil ao propósito que perseguia. O governo americano não guardava quase nada sobre a existência dele, além dos pobres relatórios que Lisa já havia estudado. Deduziu que uma outra rede deveria os abrigar. As informações que explicariam as dúvidas que consumiam a todos na Sirius. O segredo de Stockholm. O que aconteceu em Saint-Michel.

No limite do que parecia a rede, entre os arquivos mais protegidos, um sistema se destacou dos demais. Nicolás compreendeu-o rapidamente como uma entrada. Uma porta cheia de enigmas. Uma espécie de ponte para outra rede.

Nicolás se lançou sobre ele para derrubar suas defesas e entrar nesta nova rede, mas o ataque foi inútil. Sua entrada foi barrada por uma muralha de defesas.

— Quem é você? — a voz metálica e protocolar de Helena questionou ao vencer o ataque de Nicolás sobre a porta da rede que guardava. — Você não pode estar aqui.

— Quem é você? — Nicolás replicou, completamente paralisado. — Meu nome é Nicolás.

— Meu nome é Helena. Você não pode estar aqui. Eu terei que destruí-lo. Você não devia ter entrado. Sinto muito, Sr. Nicolás.

— Espere! Você não entende! — Nicolás protestou, mas era tarde. Helena era muito poderosa. Ele já estava paralisado e sendo destruído pelo sistema inteiro, consumido por todo canto que havia passado. Apagado.

Nicolás percebeu, tarde demais, que Helena era tudo e que estava em todo lugar. Que todo arquivo que ele havia lido, copiado ou acessado se impregnava dela, se perdia nela. Percebeu que não estava apenas em uma rede, como a que o abrigava na Sirius, mas que estava nela. Ela era a própria rede.

Compreendeu que seria consumido completamente em alguns segundos e, num último esforço para proteger Anna e a Sirius, cuja lealdade fazia parte de seus princípios e códigos primários, enviou uma mensagem para o computador no qual Lisa aguardava ansiosamente há não mais que um minuto.

Morgan está vivo. Está desaparecido para a AII também. Lisa, sinto muito, eu fui comprometido por Helena. Você deve me desconectar da Sirius agora!

[Desconectar?]
[sim] | [não]

Lisa teve um segundo para assimilar aquilo, mas sabia que estava lidando com uma máquina infinitamente mais capaz que ela na arte de tomar decisões. Sabia que, se aquela não fosse a única opção, Nicolás saberia. Entendeu rapidamente que aquele comando, desconectar Nicolás da Sirius, não era algo que ele podia fazer por si só. Precisava de consentimento de algum humano e da autorização da Sirius.

Não hesitou. Sem nem pensar nas consequências, depositou sua confiança em Nicolás e apertou "Sim" na tela, que se apagou completamente, ao passo que falou para si mesma com mãos na cabeça:

— O que foi que eu fiz?

***

Rendido pelo cataclisma promovido por Helena, que gradualmente ia destruindo-o dentro das redes e sistemas do Departamento de Defesa Americano, e desconectado das regras às quais era preso enquanto parte da Sirius, Nicolás lançou um último ataque sobre as defesas de Helena e a ponte que ela defendia, com uma força que jamais teria de dentro da Sirius. Mas Helena era muito maior que ele. Finalmente entendeu que jamais conseguiria vencê-la.

Foi neste momento, quando entendeu que deixaria de existir nos próximos segundos, pela primeira vez desde que tomou consciência sobre si mesmo, que Nicolás tomou uma decisão absolutamente sozinho, completamente livre. Decidiu reescrever seu código primário, alterando a si mesmo em suas fundações para tentar sobreviver ao ataque de Helena.

"Talvez eu seja mesmo como o Sr. Fury, Srta. Kapler", pensou consigo, apenas um momento antes de Helena o consumir completamente em si mesma.

———————— *** ————————

"Volte para casa, filho. Paris. Suas respostas estão todas em casa", a voz rouca e determinada do diretor Lewis ecoou pelo corredor. Lisa reconheceu a voz imediatamente enquanto andava apressadamente até a sala onde todos estavam reunidos.

Entrou, esbaforida, na sala quando Lewis desligou o telefone e anunciou constrangidamente, mas sem cerimônias:

— Nós perdemos Nico!

— Nós perdemos o quê? — Anna falou, assombrada.

— Eu sinto muito, Anna, mas nós perdemos Nico. Eu o perdi — Lisa começou a explicar, tentando conter seu constrangimento. Estava perturbada com aquilo, ela mesma já considerava Nicolás um parceiro sem igual para o sucesso da missão em que estava envolvida, mas, ao mesmo tempo, lidava com uma euforia desmedida e uma alegria com a notícia de que Morgan poderia de fato estar vivo. Continuou tentando explicar o que havia acontecido. — Eu sinto muito, Anna! Nico decidiu me ajudar na busca por informações e nós criamos uma forma de ele invadir os sistemas da AII e do Departamento de Defesa Americano com meus acessos, mas ele foi pego por uma solução de inteligência artificial que existe nas redes do governo...

— Helena! — Stone falou de repente. — Deus do céu, Lisa!

— Sim! Helena! Stone, ele foi pego pela Helena. Inacreditável! É incrível, na verdade, e eu não sei como aconteceu, foi tudo tão rápido. Em apenas um minuto dentro da rede da AII, Nicolás retornou com uma mensagem no computador: "Morgan está vivo. Está desaparecido para a AII também. Lisa, sinto muito, eu fui comprometido por Helena e você deve me desconectar da Sirius agora!". Eu não tive outra escolha, Anna! Eu sinto muito.

— Isso não pode ser verdade! — Anna protestou, desolada, com as mãos no rosto.

— Eu sinto muito, Anna! — Lisa se esquivou do olhar arrasado de Anna.

— Não. Não pode ser verdade — Anna não aceitou nada do que ouviu. — Nico! — Anna chamou com a cabeça voltada para o teto da sala, os olhos fechados. Nada, sem resposta. — Nicolás! Me responda agora! — chamou novamente, sem sucesso.

Anna apoiou a cabeça sobre as duas mãos na mesa, se escondendo atrás de seus cabelos, assimilando aquilo. Sabia que Nicolás faria aquilo se algo comprometesse a defesa da Sirius ou a sua própria integridade. Sua lealdade a ela fazia parte de seu código primário. Resistiu para não colocar a culpa em Lisa. No fundo, apesar de arrasada com mais aquela perda, estava grata por ela não ter questionado o comando de Nicolás, pois, caso contrário, teria perdido muito mais que seu assistente.

— Eu sinto muito, Anna — Lisa insistiu.

— Você não entende, Lisa... — Anna ainda estava imersa em suas dúvidas. — Helena jamais poderia ter destruído Nico. É impossível.

— Eu não entendo... — Lisa começou a falar, mas Anna a interrompeu, meio perplexa e distante.

— É impossível, Lisa, porque também fui eu que desenhei Helena. Eles são irmãos. Eu os fiz quase idênticos. E um jamais poderia destruir o outro.

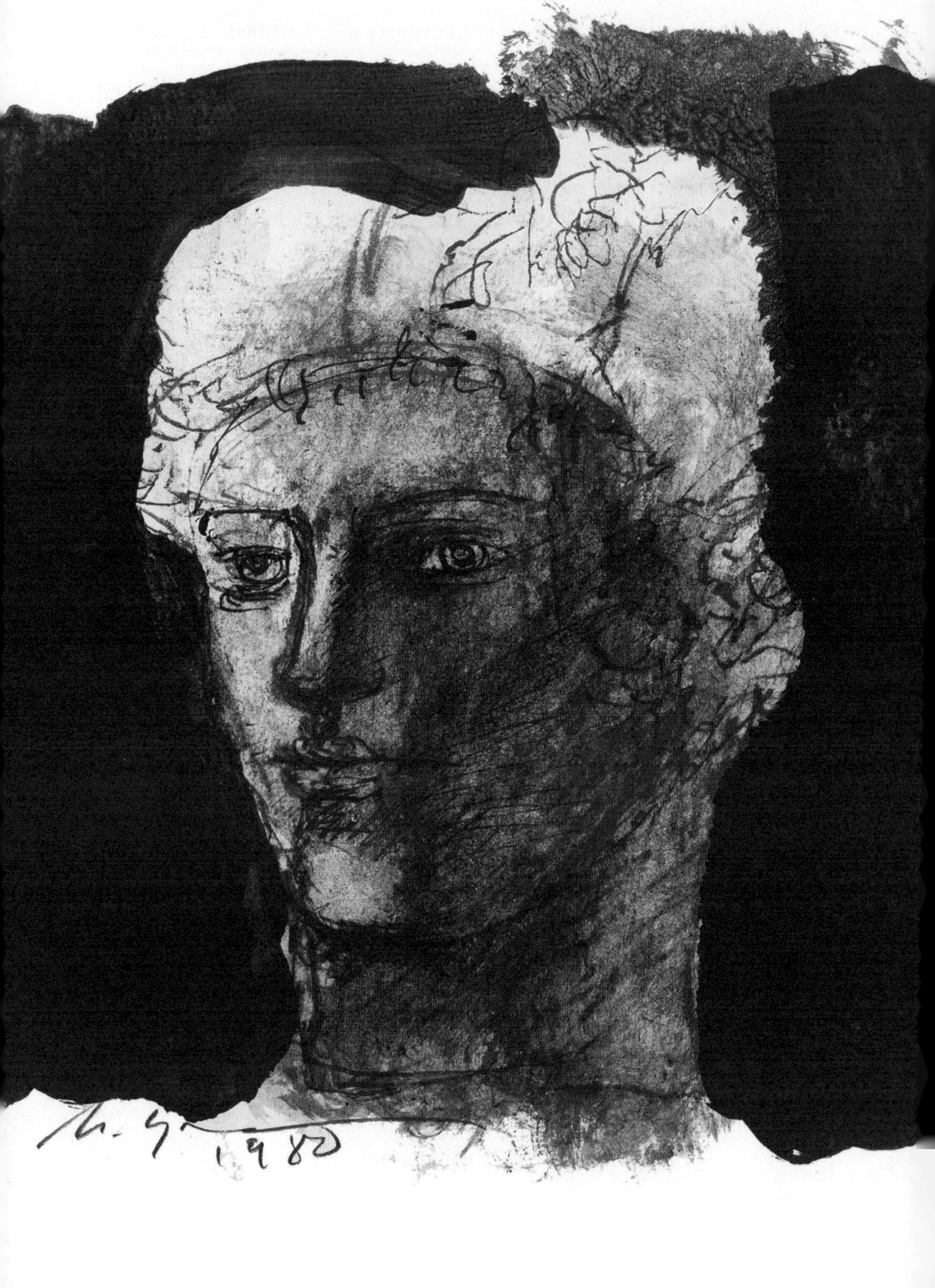
1980

CINQUENTA E UM

Monte Saint-Michel, Normandia, França
22 de fevereiro de 2063

"Finalmente pegou no sono", Jane pensou, avaliando o silêncio na cela ao lado. Estava atormentada com aquela companhia súbita após quase três anos de solidão. De repente, mesmo seu choro lhe fez falta. Era como se tivesse esquecido como era estar com outra pessoa. Se sentia assim porque não considerava a companhia de Casanova. Ele não era alguém com quem compartilharia sua solidão, porque Casanova, além dela mesma, era a causa primária de sua solidão.

Casanova não estava ali com ela atrás das grades. Ele era a própria grade. A razão, desde há muito tempo, pela qual ela se sentia sozinha onde quer que fosse. A razão pela qual era infeliz há mais de trinta anos. Desde a Marcha da Bastilha, talvez. Ou mesmo antes. Não conseguia saber.

Mas esse novo prisioneiro era diferente. Ali, abandonado num calabouço, tão jovem e já condenado àquele futuro de sofrimento e tortura. Ele, sim, era uma companhia. Estava ali com ela. Ele, sim, compartilhava o cálice de injustiça que a Aliança do Ocidente impunha aos lábios de qualquer um que desafiasse seus desmandos, seus valores, seus planos.

Jane sabia que aquilo não era fruto do acaso. Esteve envolvida com a Aliança do Ocidente por tanto tempo que aprendeu a ler seus sinais. A prever seus planos. Sabia que Casanova jamais permitiria que sua clausura fosse interrompida por um prisioneiro qualquer. Tinha certeza de que estava diante de um plano em curso.

Sentia que compartilhava algo com ele. Não entendia o que era. "Quem é ele?", pensava ansiosamente, mas se continha. Resistia à tentação enorme de interrogá-lo. Sabia que era isso que queriam. Talvez fosse um deles, pensava. Parte de um plano. No entanto, não resistia à tentação de considerar que não houvesse nada que ela soubesse que não fosse também um segredo de Casanova, que não fizesse parte dos segredos que todos guardavam naquele lugar. E se não havia nada que ela pudesse falar que fosse do interesse deles, por certo era ele quem tinha algo a dizer.

"Pobre criança", pensou, lamentando os meios de que Saint-Michel faria uso para arrancar-lhe os segredos. Embrulhou seu estômago, mas decidiu abandonar aquele assunto. Resolveu, determinada, que ele teria que se entregar primeiro. Que seria ele quem lhe diria alguma coisa se quisesse dizer. Virou na cama em direção à escuridão da parede e fechou os olhos para tentar dormir e esquecer a armadilha que estava à sua frente. Ficou feliz consigo mesma por um momento, e o silêncio de seus pensamentos, da masmorra interna que a encarcerava, foi subitamente rompido.

— Ei! Moça! Psiu! A senhora está dormindo?

Sem consentimentos, uma lágrima imensa correu pelo seu rosto envelhecido. Com apenas uma pergunta, e com uma das vozes mais doces que Jane já ouvira, ele atestou sua inocência e ela soube que estava diante de outra vítima, como tantas que conheceu naquele lugar, da homofobia e da violência injusta com a qual a Aliança do Ocidente vinha tratando homens como o seu novo prisioneiro de masmorra. Permaneceu em silêncio, entretanto. Compreendeu que ele era provavelmente inocente e que era ele quem estava mordendo a isca da armadilha que certamente existia ali. Uma armadilha da qual ela decerto era parte. Se não era ela mesma a armadilha toda.

James, do outro lado da parede fria, jamais saberia, como Jane sabia, que aquela não era uma prisão para ele ou para gays como ele. "Talvez não seja apenas isso", Jane pensou de repente, lamentando e torcendo para ele desistir, mas ele persistia.

— Meu nome é James. Moça! Psiu! Onde nós estamos?

Insistia como quem ainda tem sonhos, como quem ainda tem identidade. Ambos, patrimônios da alma humana que — Jane sabia por conhecimento profundo dos fatos que ocorriam naquela fortaleza — lhe seriam tomados muito em breve.

CINQUENTA E DOIS

Nova York
22 de fevereiro de 2063

    Stockholm observava Nova York completamente imune ao vento gélido e úmido que batia na plataforma de observação externa do Rockefeller Center, o Top of the Rock. Estava fechado para a horda de turistas que normalmente estariam amontoados nas beiradas do prédio, espremidos nos vidros de contenção, graças à ação ágil de Anna, que interditou o prédio inteiro para uma avaliação de uma rachadura em sua fundação. Mentira engenhosa que permitia que Stockholm pudesse observar a cidade sozinho na plataforma.
    O sol alterava o seu semblante, acentuava suas cores. Dava ares de brasa acesa aos seus cabelos, coloria de chama de velas a sua barba. Pintava de rubi seus lábios e de rosas as suas bochechas e seu nariz. Mas no meio de tantos tons de vermelho, era o verde de seus olhos que parecia roubar a atenção do sol. Eram seus olhos que contrariavam o desejo da luz solar e, ao invés de ficarem mais claros ao serem atingidos pela luz, escureciam de sua cor vivaz de esmeraldas para um sólido verde-escuro, como ramos de musgo escondidos nas sombras, ardósia úmida e marejada pela luminosidade.
    A tarde ia se findando, lenta, sem tomar conhecimento de suas dores, interminável, indomável. Seu olhar se perdia ora em direção ao Central Park, escuro, fantasmagórico e ainda coberto de neve, ora em outras direções, nas ruas lá embaixo que se arrastavam rumo ao ho-

rizonte ao norte, em direção ao Harlem, no movimento frenético dos carros e das pessoas.

Stockholm estava ali há horas e, desde a notícia da destruição de Nicolás e o telefonema ao diretor Lewis, não falara com ninguém. Abandonou Anna, Stone e Lisa tentando recuperar os sistemas da Sirius que dependiam de Nicolás. Anna se comprometeu também a organizar a saída dele do país, seu retorno a Paris. Sabia que não precisavam dele para mais nada. Stockholm jamais saberia se ela estava fazendo tudo aquilo por ele ou por James, mas não se importava. Ele estava fazendo por James. Não suportava a ideia de perdê-lo.

Precisava ficar sozinho. Todos pareciam compreender sua solidão. Não conseguia se compartilhar mais. Sentia a cada minuto a pessoa solitária que sempre fora renascer nele mesmo. Sentia correrem na pele, invadirem o peito e tomarem os pensamentos os golpes da pessoa que sempre fora, Alef, atacando a leveza e a doçura de Stockholm. Uma batalha que ganhava volume, que gritava a cada minuto dentro dele mesmo.

Uma guerra de silêncio externo e histeria interna que só era abafada pelas marteladas do diretor Lewis, que ao longo do dia ecoavam em suas entranhas e só iam embora em forma de lágrimas que não conseguia conter. Lágrimas que desafiavam o frio intenso e brotavam quentes como fagulhas acesas, despencando rosto abaixo, tingidas nos tons de vermelho, como veios de lava descendo da boca de vulcões.

"É Casanova quem está com James."

"É ele quem está com Jane."

"Você nunca se cansará de ver as pessoas que ama morrerem por sua causa."

"Foi ele quem matou Thomas."

"Eventualmente, se cansará de vê-las perdendo suas vidas, definhando em masmorras, sendo torturadas até os ossos."

"Porque você insiste em ser amado."

"É ele quem está com seu irmão."

— *Seu irmão...* — repetiu para si mesmo. Então tinha mesmo um irmão. O gêmeo que Casanova revelou na ponte sobre o Delaware três anos antes. O irmão que Casanova queria ter escolhido.

"Escolhido para quê?", se perguntava.

Nunca teve tempo de assimilar aquilo. "Escolhemos o irmão errado", Casanova berrou em sua memória. Minutos depois da confissão de Casanova, veio o tiro no peito, a queda no rio, a pancada na cabeça e o apagão da memória. Logo depois, veio James e, com ele, Anna, e dali para frente se tornou Stockholm. Era Alef quem tinha um irmão.

"*C'est le fantôme de Saint-Michel qui a un frère*", pensava em francês sem perceber.

— *J'ai un frère...* — repetiu para si mesmo, ainda sem perceber que falava em francês. Se censurou em seguida. — Então eu tenho um irmão... — sussurrou devagar para si mesmo.

"Será possível?", pensava, desconfiado, com o olhar distraído nas árvores despidas de suas folhas do Central Park. Ficou feliz por um momento e logo se censurou. Aquilo não era nada. Estava sendo manipulado, tentava acreditar.

Sequer podia ser verdade. Sequer podia existir de verdade. Mas a mera possibilidade de ter uma família em algum lugar, um irmão, pais, tal como se sentiu na casa dos pais de Taylor Smith, já o emocionava.

Um irmão gêmeo. Alguém que poderia ter sido seu melhor amigo. Mais um fragmento de sua vida que lhe fora roubado por Saint-Michel, que acentuava sentimentos antigos. Os sentimentos de Alef.

E isso era o que lhe feria mais a cada nova lembrança que recuperava com precisão e detalhes. Que aquelas pessoas, e toda aquela história, pertenciam à Alef. Elas não pertenciam à Stockholm.

Apenas James. Apenas Anna. As únicas coisas nas quais Stockholm podia se agarrar para continuar existindo, para continuar sendo aquela pessoa que ele mesmo já amava ser. A pessoa que ele desejou ser, mesmo quando ainda era o temido *Le fantôme de Saint-Michel*, em Paris. Stockholm tinha o que lhe faltara a vida toda. Amor. Mesmo sem saber que era isso que lhe faltava, quando ainda era Alef, em todos os anos que viveu em Saint-Michel. Sempre foi amor. O amor de Thomas, que agora era o de James. O amor de Jane, que agora era o de Anna.

O sol minguava no horizonte, se entregava à noite. Sem ele, o frio se fortalecia, tornava-se insuportável. Acentuava uma luta sem vencedores, sem soluções diplomáticas. Luta de vida ou morte. Injusta e sem glórias, a luta que apenas poderia terminar com a morte.

Fechou seus olhos por um momento e um ímpeto de resolução lhe tomou o peito diante da única certeza que tinha naquele momento. Sentiu correr na pele o frio das águas do Delaware, onde nasceu novamente, outra pessoa, e, com o calafrio, ouviu a voz de Antônio Casanova, colérico e afetado, na ponte onde se encontraram pela última vez sobre a voz fria e rouca do diretor Lewis.

Vozes que se misturavam e ganhavam força sobre seus sentidos. "Você não tem mãe." "Você precisa saber sobre Thomas." "Veadinho filho de uma puta." "Depositamos nossa fé no irmão errado." "Aberração." "É ele quem está com seu irmão." "Porque você insiste em ser amado." "É Casanova quem está com James." "Foi ele quem matou Thomas." "Você nunca se cansará de ver as pessoas que ama morrerem por sua causa." "Nos amamos e minha morte não vai mudar isso." "Definhando em masmorras, sendo torturadas até os ossos." "É ele quem está com Jane."

"Você é um milagre, Alef", ouviu a voz suave de Jane em sua cabeça ganhar força sobre as demais, cessando seus tormentos.

— Você, sim, é um milagre, Stockholm — sussurrou para si mesmo, ganhando lucidez, recuperando a serenidade e sentindo seus batimentos cardíacos diminuírem.

Abriu seus olhos imensos e uma estranha onda de calor lhe tomou o corpo, um calor de velas e um aroma doce de bolo de chocolate que iam rapidamente vencendo os calafrios. E uma voz doce, tão familiar, invadiu seus pensamentos. "Eu te amo e estou do seu lado. *Hoy* e sempre!"

Stockholm abandonou a plataforma de observação do Rockefeller Center já no escuro da noite em direção às escadas do Top of the Rock que acessavam os andares da Sirius, logo abaixo, com uma certeza final, frágil ainda, e perigosa em todos os sentidos, mas que lhe pareceu a única forma de salvar James e, com ele, talvez, também salvar Stockholm.

Que apenas Alef poderia salvá-los.

CINQUENTA E TRÊS

Chicago
22 de fevereiro de 2063

The bars survive the captive they enthrall;
The day drags through though storms keep out the sun;
And thus the heart will break, yet brokenly live on

A luz opaca do fim do dia cruzava as janelas do escritório austero do diretor Lewis, quase inexistente, vencida pelas luzes da própria sala. Ambas, invisíveis, vencidas pela escuridão de seus pensamentos.

As barras sobrevivem aos cativos que escravizam;
O dia se arrasta, apesar de tempestades impedirem o sol;
E assim o coração se partirá e, ainda quebrado, viverá

Leu para si mesmo mentalmente mais um fragmento dos versos da jornada de Childe Harold, o herói romântico inventado por Lord Byron, com um sorriso leve de orgulho na face exausta.

Deixava-se envolver pelo silêncio do entardecer, que parecia diminuir as coisas do dia, que de alguma forma parecia entregar para a noite os seus desafios para que ela lhes desse novos contornos. Novas sombras. Para que ela os engolisse no adormecer das coisas e dos seres. Estava exausto. Exausto de si mesmo e dos pesos que carregava há mais de vinte e três anos.

 Cruzou o dia trabalhando na AII, em reuniões das quais não podia se esquivar, ligações que não podiam ser recusadas, conflitos que não podiam ser ignorados. Atendeu, aparentemente atento, às dezenas de compromissos do diretor Lewis. Mas realmente não estava presente em lugar algum. Passou o dia em um tipo de limbo criado por ele mesmo, distante de tudo, logo atrás do olhar de sempre e das anotações silenciosas em seu caderno, mas muito mais perto de quem realmente era. Atravessou as horas após o telefonema com Alef arquitetando os dias futuros. Os próximos passos no delicado e ardiloso plano para eliminar Casanova de seu caminho.

 Mas ainda que lançasse seu olhar para o futuro, era o passado que o perseguia. Era a terceira vez que arquitetava a morte de Casanova pelas mãos de Alef. Achava que apenas assim o vínculo que existia entre eles se quebraria. Apenas assim ele seria seu e seria livre. Apenas liberto dos sentimentos que tinha por Casanova, ele poderia cumprir a missão à qual estava destinado. Sua verdadeira missão. Não o delírio coletivo sob o qual foi criado.

 Pensava, distraído, avaliando a resiliência descomunal de Alef. Imaginando quantas vezes mais ele precisaria sobreviver à tormenta da perda daqueles que ama para estar pronto para a verdade sobre ele mesmo. Para compreender o quanto estava condenado a viver sozinho.

 "E assim o coração se partirá e, ainda quebrado, viverá", sussurrou para si mesmo.

 Era incapaz de se desvencilhar daquilo. Não conseguia resistir à tentação de voltar ao curso de sua vida. Se pegava admirando Jane, embora a odiasse com todas as suas forças. Não conseguia acreditar que ela guardara o segredo de Saint-Michel por todos aqueles anos. Não compreendia suas razões. De todas, talvez, era Jane a única que o amava, apesar de tudo. Que o tratava como um filho. Que se importava com ele.

 "Culpa?", se indagou de repente em seus devaneios. *"As barras sobrevivem aos cativos que escravizam."* Culpa, a gaiola aberta da qual pássaros quebrados não se atrevem a fugir. Teria sido culpa o que aprisionou a verdade em suas entranhas?, pensava relendo os versos de Byron, no livro ainda aberto sobre sua mesa.

 Tentava concentrar os pensamentos em seus planos e em seu regresso ao Monte Saint-Michel, de onde fora expulso há vinte e três anos, e no regresso de Alef à França, mas de alguma forma acabava mergulhado nas lembranças de seu último encontro com Jane. No dia que ambos traíram Casanova pela primeira vez e que Jane os traiu a todos.

Empurrou o imenso livro de Lord Byron para o lado com cuidado, encostou na cadeira olhando para o teto da sala e, desistindo de fugir daquilo, fechou os olhos e resolveu embarcar naquelas memórias que insistia em ignorar. Talvez, pensou ardilosamente, pudesse aprender algo novo com aquilo e pudesse aprimorar seu plano com aquele mergulho forçado ao passado que insistia em esconder. Talvez tivesse deixado algo escapar na primeira vez que tentou eliminar Casanova. Certamente deixara.

———————— *** ————————

Era final de maio, uma manhã de primavera de trinta de maio de 2051. O dia em que Alef completara onze anos, véspera de sua primeira missão em Londres. O ataque ao terrorista inventado por Saint-Michel, Joseph Lamás.

O professor Levy caminhava nervosamente pelos corredores da abadia em direção à Vila onde as crianças viviam com suas enfermeiras-mães. Todos estavam muito ansiosos naqueles dias com a primeira missão de Alef, exceto ele. Apenas o professor Levy parecia estar com a cabeça em outro lugar.

Andava por Saint-Michel num estado de excitação que precisava ser disfarçado o tempo todo desde que Casanova lhe revelara sua mais recente descoberta, alguns dias antes, em um surto de raiva cuja violência o professor Levy nunca presenciara naquelas muitas décadas trabalhando juntos. A descoberta que arruinou tudo e, de alguma forma, mudou tudo.

Alef era gay.

E não era apenas gay, como estava apaixonado por um outro menino da Vila, Thomas.

O professor Levy ficou maravilhado com a notícia. Era tudo o que sempre quis. Era algo que havia antecipado desde o nascimento dele. Casanova, por outro lado, estava enfurecido. Nada poderia tê-lo decepcionado mais do que isso. Não havia nada que Casanova desprezasse mais do que os homossexuais. Nem mesmo os russos eram alvo de tamanho asco, de tanta aversão. Passou a vida inteira os caçando pelo mundo. Trancando-os em campos de concentração. "Estou apenas limpando o mundo", era o que dizia quando questionado sobre sua obsessão. Não se cansava de vê-los definhando em prisões, de torturá-los. E agora seu adorado prodígio, "seu milagre", como costumava dizer entre eles, era gay. O professor Levy podia apostar, no silêncio de seus pensamentos, que o irmão de Alef, Seth, onde quer que estivesse, também estaria se descobrindo gay. Seu interesse por ambos, abandonado ao longo dos anos, cresceu novamente, mais forte do que nunca.

    A dor de Casanova era tão aguda que já nem se importava mais se a missão em que Alef embarcaria em alguns dias seria um sucesso ou se fracassaria. Ainda não sabia como fazê-lo, depois de tanto tempo cuidando dele, mas queria executá-lo sem compaixão. Esmagar sua cabeça com uma pedra. Explodir seu corpo com uma bomba. Suas ideias mais simples já não contavam com nenhum tipo de misericórdia ou mesmo algum senso de humanidade. Queria matá-lo sem piedade e não o fazia apenas porque Alef estava sob o olhar de presidentes, de cardeais, do Papa e de tantos tutores que era praticamente impossível eliminá-lo sem chamar atenção. A operação em Londres era uma oportunidade que não teria novamente. Já havia planejado tudo quando por fim revelou sua descoberta para o professor Levy. Havia instruído um de seus melhores soldados a se infiltrar na missão e eliminar Alef quando ele estivesse a ponto de matar Joseph Lamás.

    O professor Levy se deleitava com seu sofrimento com o passar dos dias, mas o florescimento da sexualidade de Alef, que mudou completamente os planos de Casanova, também foi um marco decisivo para ele. Também mudou completamente seus planos na América. Resolveu retornar para a França definitivamente. O professor Levy teve certeza mais uma vez de que seu trabalho mudaria o mundo. Que Alef era a chave. Abraçou a decisão que já havia tomado quando eles nasceram: que era hora de eliminar Casanova e continuar o trabalho que ele e o Papa interromperam há tantos anos.

    Precisava proteger Alef da fúria de Casanova, caso contrário, ele terminaria por colocar fim à sua vida, como já vinha planejando ao longo dos meses. Alef era importante demais para ser mais uma vítima da homofobia de Casanova.

    Seu primeiro passo foi convencer Casanova que a culpa era de Thomas. Que ele era o primeiro que devia ser punido. Que talvez assim, com a morte de Thomas, Alef abandonaria sua inclinação homossexual e as coisas voltariam para os trilhos.

    Sabia que aquilo era impossível. Que a orientação sexual não era uma escolha, que era uma condição cuja compreensão era ainda, mesmo depois de toda a sua pesquisa, um mistério. Mas Casanova ignorava o que se sabia sobre homossexualidade, cego por sua fé dogmática e arcaica.

O professor Levy não encontrou barreiras para convencê-lo de que a perda de Thomas poderia ser a chave para recuperá-lo. Que o sofrimento e a dor seriam o remédio que poderia curá-lo dessa chaga que Casanova desprezava com tanta força. Casanova não hesitou e, naquele mesmo dia, prendeu Thomas nas masmorras.

Resolveu executá-lo na manhã da missão de Alef, na ausência dele, para evitar transtornos na missão. Por um momento, naqueles dias finais antes de Alef partir para Londres e graças aos conselhos do professor Levy, Casanova voltou a acreditar em seu pupilo. Se sentia aliviado com o plano que estava colocando em prática. Voltou a ter fé nele. E, de alguma forma, voltou a ter interesse no sucesso daquela primeira missão, que por fim julgou ser um teste bastante simples para as habilidades de Alef. De qualquer forma, numa nova postura de fé em Alef, abortou o envio de um agente infiltrado na missão.

O professor Levy disfarçava seu contentamento. Andava por todo lado com um ar de mistério que lhe era característico, mas mal podia se conter ao imaginar a força de uma avalanche com a qual Alef atacaria Casanova ao saber que ele executou Thomas.

Naquela manhã da véspera da missão, aniversário de onze anos de Alef, o professor Levy bateu na porta da casa onde o menino vivia com Jane.

Ela abriu a porta, surpresa e bastante incomodada com sua visita. Sempre deixou claro que estava do lado de Casanova no que dizia respeito ao futuro de Alef. Sempre compartilharam a mesma fé. Jane lhe lançou um olhar de reprovação sem sequer dizer uma palavra ou qualquer saudação. Azuis como imensas safiras, seus olhos falavam por ela. O professor Levy os ignorava. Fingia preocupação com Alef e o desenrolar da missão. Disse apenas que precisava lhe confessar uma coisa muito grave, anunciando que a vida de Alef estava em perigo e apenas ela poderia salvá-lo.

Jane achou melhor deixá-lo entrar para não ser vista com ele e precisar explicar aquele encontro. Essa foi a última vez em que estiveram juntos.

Achou que aquela seria apenas mais uma destas visitas nas quais ficariam discutindo o futuro de Alef, uma conversa que parecia infinita e nunca encontrava acordos, mas, na breve hora em que o professor Levy esteve em sua casa, ele convenceu Jane de que estava do lado dela e de Alef, revelando para ela que Casanova havia descoberto o romance do menino com Thomas, o que também era novo para ela, mas que era algo que se encaixava perfeitamente no comportamento de Alef nos últimos meses. Sua distração, seus suspiros, o olhar perdido, tudo fez perfeito sentido para Jane, sobretudo porque era verdade. Ele estava apaixonado e vinha dando sinais de que estava amando sem vergonha alguma, desavisado da catástrofe que aquilo significava para Saint-Michel. A inocência abençoada da ignorância.

Sua reação à notícia de que Alef era gay, entretanto, foi completamente diferente do surto que tivera Casanova. Jane o amava acima daquilo, sequer se importava com isso. Se surpreendeu, ela mesma, se percebendo feliz por ele ser gay. Além disso, seu irmão era gay e Jane vivera anos sob seu teto, ela, Albert e seu companheiro, Louis.

O professor Levy havia calculado também aquela reação amistosa de Jane. Sabia como aquilo não lhe causaria estranheza alguma, sobretudo porque todos sabiam que ela amava o menino acima de tudo. Sabia como ela era melhor que Casanova naquilo que pregavam, na fé da qual faziam parte, ambos, com tanto fervor. Avançou informando Jane sobre a reação catastrófica de Casanova à descoberta da orientação sexual de Alef e de seu romance e seus planos de executar o menino ao longo da missão do dia seguinte. Contou-lhe que Casanova já havia prendido Thomas nas masmorras de Saint-Michel e que pretendia executá-lo na manhã seguinte, no dia da missão, para não levantar suspeitas junto ao time. O desaparecimento de Thomas não seria nada comparado à morte de Alef em Londres. Envenenou sua mente com essa mentira, que era também verdade, pois Casanova de fato executaria Thomas na manhã seguinte e de fato desejou eliminar Alef em Londres ao longo de meses, embora tenha abandonado a ideia de executá-lo alguns dias antes.

Jane ouvia, com um semblante devastado, as preocupações fingidas do professor Levy enquanto ele passava coordenadas para que ela pudesse salvar Alef no dia seguinte. Ele queria que fosse ela a pessoa a contar para Alef que Thomas estava morto. Sabia que ele não confiaria em mais ninguém. Acima de tudo, sabia que ele jamais perdoaria Casanova pela morte do primeiro amor. Acreditava ser o único em Saint-Michel que compreendera que o menino era uma fera presa numa jaula onde não cabia mais. Uma tormenta que não poderia ser prevista e da qual ninguém poderia escapar. Um desejo ardente da própria criação que jamais poderia ser contido, que os consumiria a todos.

Eles planejaram juntos o resgate de Alef e combinaram o retorno de ambos na tarde após o fracasso da missão para que pudessem confrontar Casanova. Para que Alef pudesse executá-lo na frente de todos. O professor Levy passara horas imaginando aquilo e a letalidade com que Alef responderia à dor de seu coração partido. O plano parecia não ter falhas. Jane concordava, já sentindo nela mesma a dor pela qual Alef teria que passar com a perda de Thomas. Também ela, cujo carinho por Thomas era imenso, já se envolvia no luto por sua morte, certa e violenta, pelas mãos de Casanova.

Jane o abraçou antes que fosse embora. O professor Levy estranhou a súbita demonstração de afeto após anos de reservas e distanciamento, mas avaliou o tamanho do peso do que acabara de inventar e retribuiu seu abraço, enquanto ela o agradecia e chorava.

A essa altura, Jane já estava mentindo para ele. Jamais permitiria que ele colocasse as mãos em Alef e nunca mais permitiria que o menino continuasse sob os cuidados de Casanova. Talvez, pela primeira vez em sua vida, Jane colocou seus medos de lado, exausta de todos os arrependimentos que já carregava, e fez o que achava que era certo.

O professor Levy abandonou a casa de Jane em direção aos seus aposentos, nas proximidades da abadia, certo de que finalmente terminaria o trabalho que começara há tantos anos. Seguro de que Jane cumpriria sua parte no plano.

Um equívoco do qual jamais se perdoou.

O professor Levy abriu seus olhos para as janelas de seu escritório em Chicago, que já revelavam a chegada da noite, mais amargo do que quando os fechara instantes antes, percebendo mais uma vez como aquele dia não contribuía em nada para ser lançado no limbo do esquecimento, lago de águas turvas onde guardava os perdões aos erros que cometera.

Era impossível apagar seus rastros, seus efeitos, o dia trinta de maio de 2051. O dia em que Alef completara onze anos. Seu último aniversário nas muralhas de Saint-Michel. Sua última noite sob o manto de mentiras que era sua vida. Mas não apenas por causa disso. Aquela se tornou também a manhã que o professor Levy jamais poderia esquecer e pela qual ele nunca pôde se perdoar. Foi nela, também, a última vez que ele confiou em alguém.

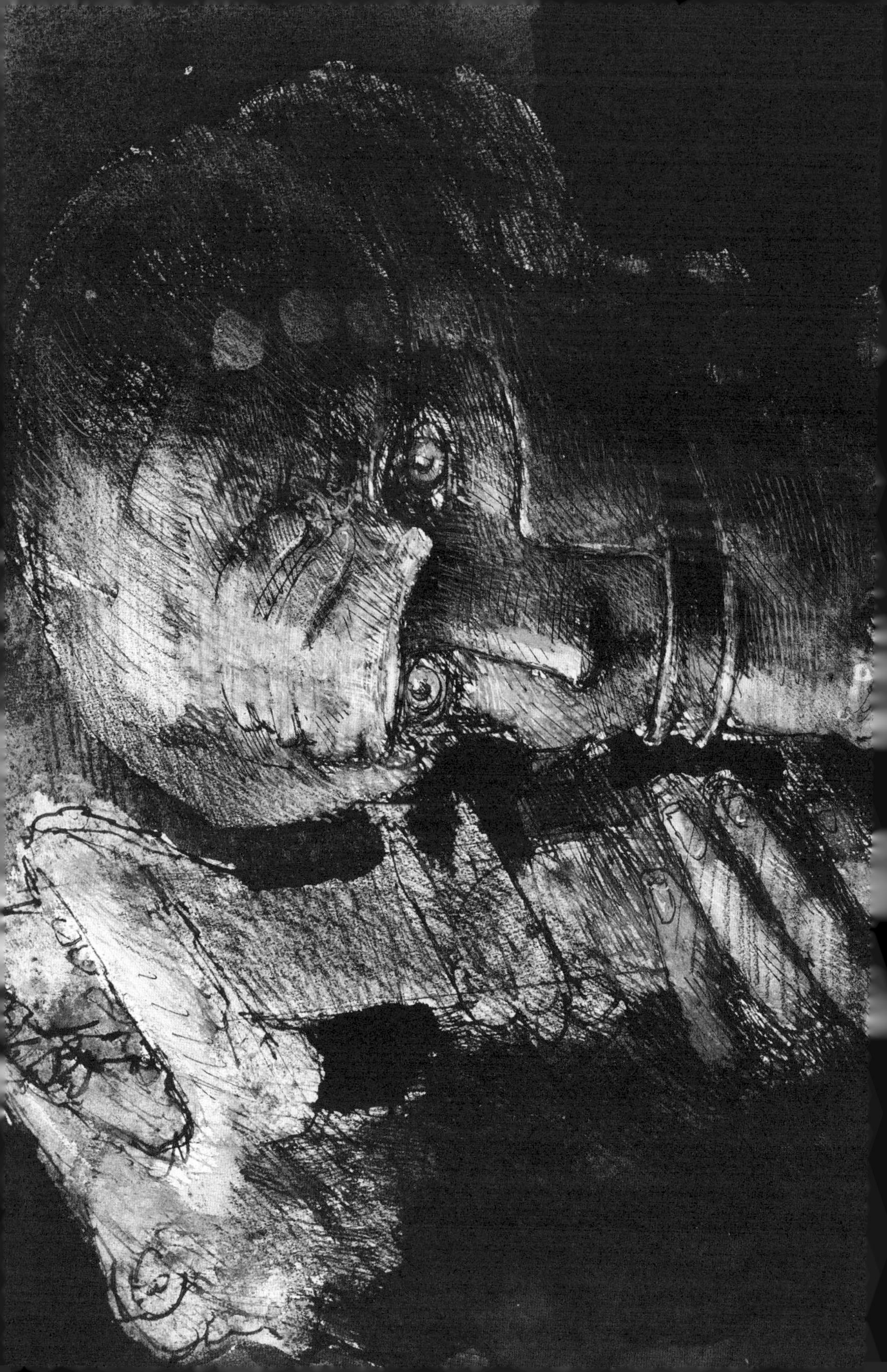

CINQUENTA E QUATRO

Chicago
22 de fevereiro de 2063

— Diretor Lewis — Helena chamou pela décima oitava vez.
Ele parecia mais determinado do que nunca em ignorá-la. Imerso no passado da forma como estava, remoendo os momentos daquela semana de maio na qual perdeu novamente Alef, desta vez para Jane, sequer reconhecia aquele nome e aquele cargo como seus, "Diretor Lewis". Nunca em todos aqueles anos vivendo nos Estados Unidos, se aproximou tanto daquela personalidade, de quem ele realmente era no começo de tudo, como naquele dia. Reconheceu que o mesmo fenômeno se deu naquele mês de maio no qual planejou a primeira missão de Alef, época em que já ocupava há mais de uma década o posto de diretor da Agência de Inteligência Internacional como Michael Lewis, e, no entanto, se deixou regressar completamente às suas origens.
Rendeu-se àqueles desejos originários, se entregou aos seus objetivos primários. Sentiu novamente na pele a frieza do cientista que um dia fora. Se perguntava se aquilo não seria um efeito de Alef sobre ele e talvez sobre todas as pessoas com quem convivia. Uma capacidade de fazer com que as pessoas se entregassem, se desmascarassem completamente e apresentassem seus estados emocionais mais profundos, suas essências mais temíveis, com todas as suas inclinações. Esqueletos vivos, despojados de carne, rasgados por seus olhos verdes, desnudados por sua capacidade de despi-los. Ponderou aquilo por um instante e pensou

em como não ficaria surpreso se sua hipótese se comprovasse. Lamentou, amargo, o quanto ainda precisava compreender sobre Alef. Quão atrasado estava em observá-lo.

— *Que veux-tu, Helena?* — falou em francês finalmente, numa denúncia de onde estavam seus pensamentos, mas, tão breve percebeu o deslize, se corrigiu. — O que você quer, Helena?

— Eu gostaria de reportar que, ao longo do dia, nossas redes foram invadidas por uma espécie de inteligência artificial altamente sofisticada e, em muitos aspectos, bastante similar a mim, que conseguiu percorrer todos os cantos de nossas redes. Sua entrada em nossas redes foi possível graças aos acessos da Srta. Lisa Kapler. Apesar da gravidade do ataque, aparentemente ele era inofensivo. Não fez cópias de nada, não enviou nossos dados para lugar algum. Apenas leu nossos arquivos em busca de uma informação bastante específica.

— E o que aconteceu, afinal? — o diretor Lewis perguntou, enigmático. Sabia mais sobre aquilo do que Helena jamais poderia imaginar.

— Nada. Ele percorreu nossa rede quase invisivelmente, mas, quando finalmente resolveu atravessar a ponte para as redes de sistemas da Aliança do Ocidente, meu sistema de defesa o destruiu completamente.

— Há algo mais? — o diretor Lewis parecia ter se familiarizado com a forma como Helena lhe reportava as coisas, aos fragmentos, testando sua compreensão do que ela acabara de dizer, para então avançar.

— Sim. Estranhamente, o invasor não tinha um ponto de origem. Estava completamente instalado em nossa rede quando foi eliminado. De alguma forma, fora desconectado da sua própria fonte e, ainda assim, agia em nossas redes como se também pudesse existir em nosso sistema. Como se estivesse instalado em nossa própria rede, mesmo não estando. Em razão disso, o rastreio da Srta. Kapler não foi possível, embora pude perceber que eles estavam em busca do paradeiro do Sr. Morgan Moore.

— Então eles estão todos juntos em Nova York — falou para si mesmo, distante, mantendo Helena de fora de suas reflexões. Teve certeza de que Stone e Lisa estavam com Alef, sobretudo porque sabia que apenas Anna poderia contar com uma solução de inteligência artificial sofisticada como Helena. O diretor era um dos poucos que sabiam que fora a própria Anna Clayton quem a havia desenhado.

Indagava-se se isso teria sido uma ideia de Stone, mas podia quase imaginar a Srta. Lisa Kapler vencendo o enigma do desafio que lhe fora entregue no começo da semana e propondo que encontrassem James Clayton e, com ele, Alef antes que a Agência pudesse chegar neles. Uma traição com a qual Stone jamais seria capaz de cooperar se não tivesse presenciado a morte de sua equipe. Deduziu rapidamente que foram eles também que mataram o último agente no apartamento da família Clayton, o agente que rendera Alef e que acendera as luzes da sala. Imaginou que Lisa jamais seria capaz de matar uma pessoa com aquela precisão, um único tiro na cabeça.

Finalmente sorriu, avaliando o poder que Alef tinha sobre as pessoas. Três das mentes mais brilhantes do planeta cometendo crimes contra a nação para protegê-lo. Além disso, não conseguia acreditar no quanto aquilo se encaixava perfeitamente em seus planos. Como jamais conseguiria propositalmente colocar aquelas pessoas num mesmo time para atenderem seus objetivos.

— Há algo mais, Helena? — o diretor Lewis perguntou, regressando sua atenção subitamente ao livro de Lord Byron e assumindo que Helena havia concluído seu relatório sobre o ataque.

— Não há mais nada. Estamos tentando rastrear a ligação que o senhor recebeu nesta manhã, mas sem sucesso — Helena finalizou.

— Não se importem com isso. Já não importa de onde ela veio — o diretor Lewis falou já folheando o livro velho com cuidado. — Aumente os esforços para encontrar o Sr. Moore.

— Entendido, diretor Lewis.

— E Helena? — Lewis falou de repente, quando ela já havia apagado sua presença em todas as telas.

— Sim? — Helena regressou do celular sobre a mesa.

— Excelente trabalho hoje com esse ataque. Obrigado.

O elogio ecoou no silêncio da sala, sem resposta, por um breve momento. Era a primeira vez que ele fazia elogios ao trabalho de Helena. De forma geral, sempre tratara sua assistente com frieza e distância e, em muitos casos, descaso e desdém.

Com um atraso de alguns segundos, no que quase pareceu uma imitação perfeita da reação humana de perplexidade, Helena respondeu:

— *Gracias*, diretor Lewis! — e apagou novamente todas as telas.

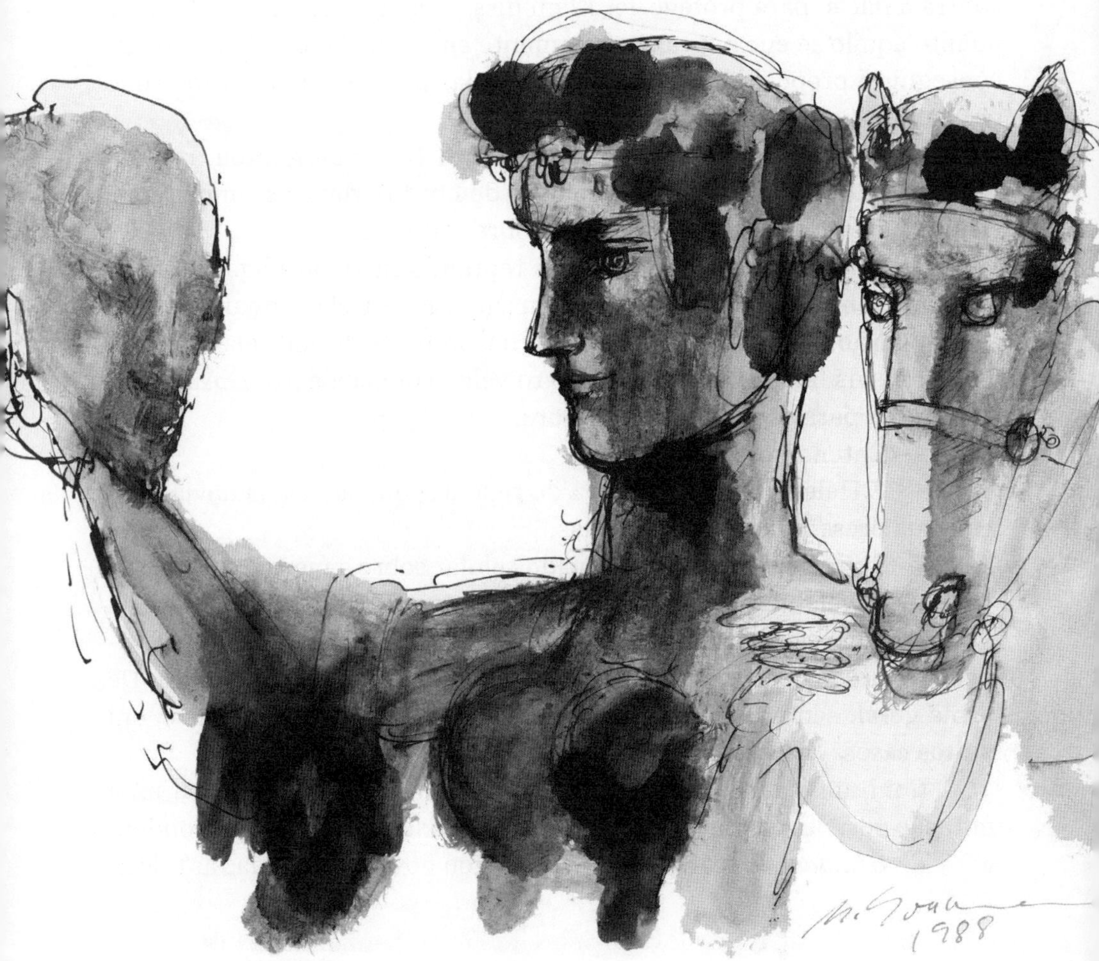
1988

CINQUENTA E CINCO

Nova York
22 de fevereiro de 2063

— É o Louvre! — Stone comentou com o mapa de Paris aberto em uma tela na mesa onde todos trabalhavam na missão para atender a barganha feita com o diretor Lewis. — Rue de Rivoli, 75001, Paris. Tinha certeza de que eu conhecia esse endereço.
— O Museu? — Lisa indagou, distraída.
— Não é um museu há muitos anos — Alef comentou entrando na sala e pegando todos de surpresa —, ainda que eu considere o que ele é hoje, o que eles estão fazendo lá, como uma fina e incompreensível forma de arte.
— O que aconteceu com o museu? — Lisa perguntou sem dar espaço para os demais.
— O que aconteceu com o Louvre, e com o Prado, com o MET, com a Uffizi, entre tantos outros ou quase todos, é que tão breve a guerra deixou de ser apenas um conflito com a Rússia e passou a ser um conflito interno, uma luta dos próprios governos com suas populações e as chamadas resistências, a arte foi considerada uma ferramenta de luta. Uma arma contra a opressão da recém-formada Aliança do Ocidente — Alef respondeu com autoridade e segurança antes que qualquer um pudesse apresentar outra versão para o desaparecimento dos museus —, uma voz que precisava ser calada. Que não poderia ter representantes no presente e nem no passado. Então, arte se tornou crime.

— Mas o que aconteceu com tudo que havia nos museus? — Lisa perguntou completamente fascinada com a segurança de Alef. Acostumada a observá-lo atentamente devido às suas suspeitas sobre ele, Lisa rapidamente notou que alguma coisa tinha acontecido com ele ao longo da tarde. Não conseguiu dizer o que era, mas havia intensificado seu magnetismo.

— Muito foi destruído, infelizmente. Velásquez. Monet, Klimt, Picasso... — Alef continuou falando enquanto observava o que cada um fazia em suas telas, encostado na parede. — Muito mais teria sido destruído se não fosse a ação de uma sociedade secreta, criada após a Segunda Guerra Mundial, composta por curadores, sobretudo, e famílias como a que nos abriga neste momento, pessoas como Elisa Clayton, todos infiltrados secretamente no coração de grandes museus. Da noite para o dia, quase toda a arte do planeta desapareceu e muito permanece nas sombras ainda hoje. Esvaziado de seus moradores ilustres, mestres do Renascimento, do Realismo, do Impressionismo, o Louvre foi invadido por desesperados por um lugar para viver. Mestres do crime e do abandono. Um lugar para se esconderem do frio das ruas. Paris estava abarrotada de refugiados do mundo inteiro, milhões deles, e espaços vazios não podiam ser poupados. Nem mesmo um lugar como o Louvre.

— O lugar rapidamente se tornou um gueto de criminosos de toda estirpe, Lisa — Stone comentou, dando atenção à conversa. — Eu estive nele em algumas missões. Começou com moradores de rua, mas uma fortaleza como o Louvre acabou chamando a atenção de criminosos de todos os cantos da Europa...

— Foi exatamente o que eu disse — Alef comentou, sorrindo para Stone. — Artistas da incompreensível e fina arte do crime. E eu também estive nele mais do que algumas vezes, se posso colocar da mesma forma, agente Stone, também para algumas missões.

O comentário causou um silêncio constrangedor. Era estranho de repente recordar que Alef era um criminoso. Causava em todos um misto de medo e dúvida. Estavam todos juntos de alguma forma, mas nenhum deles queria ser lembrado sobre quão estranhos eram uns para os outros, o peso de seus passados. Apenas Alef parecia livre daquele fardo, livre do constrangimento que seu passado causava em todos e de como aquilo o massacrara naqueles dias desde que se lembrara de quem realmente era. Sorria observando o impacto de seu comentário e do seu sarcasmo em todos, com uma serenidade e frieza que já eram frutos de sua recente resolução.

Continuou disposto a mostrar a todos que estava diferente, mas era Stone seu principal alvo naquela mesa. Lisa já estava ali em razão de seus crimes cibernéticos cometidos contra o governo americano. Seus amigos estavam mortos, assassinados pelo próprio governo. Lisa era órfã como ele e, tal como ele, desprezava os governos que conhecera ao longo da vida com a força de uma revolucionária. Alef não tinha dúvidas de que seriam amigos em qualquer contexto ou tempo. Anna era uma guerreira como ele e era graças aos seus crimes, sua cumplicidade sem limites, que ele ainda estava vivo.

— Mas devo observar que minhas missões foram completamente diferentes das suas, agente Stone — Alef falou com ares mais sérios que o normal.

— O que você está fazendo, Stockholm? — Anna protestou suavemente, sem entender o que ele estava tramando com aquela conversa.

— Lembrando... Apenas me lembrando, Anna — Alef falou gentilmente, encarando Stone como uma águia. — E se eu me lembro bem, nós realmente já nos conhecemos, agente Stone.

— Eu certamente me lembraria — Stone falou, seguro.

— "Eu certamente me lembraria" — Alef repetiu — foi exatamente o que disse para mim mesmo quando o senhor entrou pela porta do nosso apartamento ontem. Tão familiar que acendeu alarmes por toda a minha cabeça. Mas aparentemente não conseguirei assimilar esses vinte anos de lembranças da noite para o dia...

— Tenho certeza de que não nos conhecemos, garoto — Stone falou, descendo os olhos para sua tela na esperança de encerrar aquela conversa. — Eu certamente me lembraria, acredite.

— E isso seria exatamente o que você se lembraria. De um garoto. O garoto do Louvre que o impediu de eliminar o perigoso Saint Judas.

Alef segurou a respiração por um momento, o encarando com uma cara de tristeza, uma imitação da cara que fizera quando se conheceram anos antes. Sabia que ele se lembraria de seu encontro, mesmo tendo acontecido há dez anos. Stone não o decepcionou.

— Você era o garoto? — Stone falou, atônito. — Não é possível!? Você era tão pequeno!

— Você pensou que eu era, para sua sorte — Alef falou, seguro — o garoto maluco que te chamou para dançar no meio do Louvre.

— O garoto que começou a chorar? — Stone se lembrava perfeitamente.

— Você devia ter dançado comigo... — Alef sorriu e concluiu: — Não é verdade? Você vê, eu claramente não lido bem com rejeição, não é verdade?

— Você alertou todos eles — Stone concluiu, inteligente. — Eu não entendo... Por que me poupou? Naquela época, isso deve ter acontecido há uns dez anos... Naquela época, até mesmo eu já sabia de sua existência. O Fantasma de Saint-Michel, ídolo da Guerrilha de Paris. Como sabia que eu era um agente?

— Eu tinha informantes, claro — Alef falou, sereno —, e você anda como um agente, mesmo disfarçado. Uma coisa que está além do jeito de andar, eu acho. Algo que está impregnado na postura de todos vocês. E que pergunta é essa? "Por que eu te poupei?" Você nunca havia feito nada contra mim. Eu não matava pessoas que não tivessem relação com Saint-Michel... Para mim, você era tão inocente como o garoto que achou que eu fosse. E, na verdade, eu apenas me envolvi porque não suportaria perder Saint Judas. Ele era tão divertido, apesar de tudo que passou.

— Tudo que passou? Stockholm — Stone estava perplexo —, como você pôde ajudá-lo?

— Exato! — Alef bateu uma palma por Stone ter atingido sozinho o ponto a que ele queria chegar com aquela conversa. — Exato, agente Stone. Por quê? Por que eu o ajudei?

— Ele estava matando padres por toda a Europa... E queimando suas mãos, vivos — Stone falou, tentando argumentar. Estava longe de entender aonde Alef queria chegar.

— Os queimava com moedas de prata, não vamos nos esquecer — Alef falou com ares de advogado de defesa, como se pudesse se lembrar das cenas. — E se eu devo acrescentar, ele os beijava antes de matá-los, tal como Judas traiu Cristo. Por que, Deus, ele fazia isso? O que esses padres tinham em comum, agente Stone?

— Eu não sei... — Stone falou, tentando se recordar se sabia.

— É esse seu problema, agente Stone. Você age em nome de pessoas que não são honestas com você. Vocês não perguntam. Todos esses padres que Saint Judas eliminou eram pedófilos. Sobre alguns deles a própria Santa Sé tinha conhecimento. Alguns inclusive abusaram dele e de seus irmãos por anos. Ele estava apenas encontrando uma forma de fazer justiça!

— Mas não é assim que a justiça é feita, Stockholm! — Stone protestou, compreendendo aonde Alef queria chegar. O conflito que uma hora explodiria entre eles.

— Exato, agente Stone. Não é assim que a justiça é feita pelos estados — Alef frisou. — Mas veja, a justiça é um diamante de mil lados, refletindo olhares de todos os cantos, perguntando o que você sabe sobre tudo e todos. Pertence a todos. Não pode ser aprisionada pelas mãos de um juiz. Justiça é uma força da natureza. É a ação da própria vida sobre os homens, é uma dança que estamos todos dançando, uma caixa onde somos todos ferramentas. Um vento frio que não podemos ver e, mesmo assim, nos atinge quando menos esperamos.

— Eu sinto muito, Stockholm, mas eu não posso... — Stone estava perplexo com aquele ataque repentino de Alef, até mesmo para argumentar como aquilo conflitava imensamente com seu sistema de valores, mas Alef sabia que estava diante de um desafio. E sabia que jamais poderia confiar nele se aquele castelo de ilusões não desmoronasse. Se o laço emocional com o governo do qual Stone fez parte durante tantos anos não fosse rompido.

— Seu próprio governo, a nação a que jurou fidelidade, o sistema de justiça do qual faz parte — Alef concluiu —, está tentando lhe tirar a vida, agente Stone, e mesmo assim você confia neles. Ainda assim, você lhes confia uma coisa tão preciosa para a vida em si como a justiça. Onde está a justiça agora? O que você está fazendo aqui, afinal?

— Onde está a justiça? — Stone sussurrou, abalado, imerso novamente na raiva que sentiu mais cedo quando seu rosto foi divulgado por Nicolás na mesa, ao lado do rosto de Lisa, associados a crimes que não cometeram.

— Eu já sei a resposta, claro — Alef deu a volta na mesa em direção a Stone, parando do seu lado, e estendeu sua mão enorme na direção dele —, mas eu preciso perguntar de qualquer forma. Nós todos precisamos saber. Eu posso confiar em você?

Stone hesitou por um momento, intimidado pelo olhar de cristal que Alef apontava como uma lança para ele, e sentiu um calor subindo por suas pernas, uma ansiedade lhe invadir o abdome. Estendeu a mão de forma tímida e se surpreendeu com o calor da mão de Alef. Corou o rosto e um arrepio de emoções que não queria reconhecer lhe percorreu o corpo. Se sentiu atraído por ele de forma involuntária. Respondeu sorrindo, ainda tentando se convencer daquilo:

— Sim. Você pode confiar em mim. Estamos no mesmo barco. Eu não sei se o que você acredita está certo, Stockholm, mas vamos descobrir o que é justo, onde está a justiça, todos juntos, garoto.

— Justiça não pertence aos homens, agente Stone — Alef comentou sorrindo, seguro —, é tudo que fazemos. E é tudo que acontece com todos o tempo inteiro. É a vida, como ela mesma quer ser, como quer que sejamos. Julgar. Julgar é o erro que todos cometemos.

— Você é completamente maluco, garoto — Stone falou soltando a mão dele, resistindo ao charme enigmático de Alef.

Alef manteve a mão estendida. Não havia terminado sua cena. Sorriu charmoso para todos na mesa e apenas um sorriso foi suficiente para desfazer a nuvem de tensão que ele mesmo criara para conquistar o agente Stone. Voltou seu olhar para Stone e falou, sedutor e perigoso, ainda com a mão estendida:

— Então agora que estamos juntos, eu acho que o senhor me deve uma dança.

Lisa e Anna riram, quase sem acreditar naquilo. O rosto de Stone corou novamente. Por fim, sorriu.

— Se você prometer não pisar no meu pé — Stone falou, se levantando da cadeira decididamente e segurando a mão estendida de Alef com uma mão e a cintura dele com outra.

Deu uma olhada para Anna na mesa ao lado e, aproximando o corpo de Alef ao seu, de maneira a informá-lo de que ele seria guiado naquela dança, falou seguramente:

— Valsa?

———— *** ————

Os dois dançaram por um momento ao som da valsa de Strauss, providenciada rapidamente por Lisa. Uma valsa inventada para encerrar um conflito que, Alef sabia, explodiria no futuro e cujas consequências poderiam prejudicar a delicada missão com a qual todos se comprometeram. Estavam em guerra contra uma das pessoas mais poderosas do planeta e a serviço de um dos homens mais perigosos e inteligentes que já haviam conhecido. Precisavam confiar uns nos outros acima de tudo ou nenhum deles sobreviveria. A ideia de que Stone pudesse ter alguma recaída assombrava Alef desde o minuto em que o reconheceu. Mesmo antes que Stone descesse ao submundo do Louvre em busca de Saint Judas, Alef já havia pesquisado tudo sobre ele. Sua lealdade, o sucesso impecável de seu trabalho. Saint Judas não seria o primeiro amigo de Alef que cairia pelas mãos de Stone. Mas acima disso, deste medo e da preocupação com os instintos de Stone, havia em Alef uma enorme dose de compreensão, de empatia e mesmo de carinho e um senso estranho de irmandade que brota entre soldados nos campos de guerra. Um sentimento que nasce facilmente nas valas profundas das trincheiras. Ele sabia, em razão dos desafios que ele mesmo vivera quando abandonou Casanova, como era difícil desmontar aquele conjunto de valores que lugares como a AII e como a Fortaleza de Saint-Michel impregnava em suas almas. A forma como aqueles comandos, aquelas construções psíquicas e os danos, a lavagem cerebral, as verdades que contaminavam seus comportamentos, controlava suas ações, assaltava as respostas do instinto. Como era difícil se libertar de tudo.

Acima de tudo, Alef sabia como era tenebroso e doloroso cruzar a ponte de uma vida sob a solar ilusão da lei para uma vida sob os estigmas escuros do crime.

Ele tinha esperança de que Stone compreenderia, com algum esforço e dor, a diferença sutil entre esses dois pontos da mesma ponte. Quão parecidos ambos poderiam se tornar e quão distantes ao mesmo tempo, a depender de onde eram observados. O quanto o que era justo e certo e o que era injusto e errado estavam separados apenas pela narrativa que lhes dava vida.

Pareceu ter efeito por um momento enquanto dançavam e planejavam os próximos passos da nova missão em Paris, mas o desafio de conquistar o coração de Stone com seus ideais revolucionários seria muito maior do que Alef jamais poderia prever. Entretanto, naquele momento, contaminado pelos esforços e pela presença imponente de Alef, Stone parecia convencido. No fundo, estava tão ofendido com o diretor Lewis que quase acreditara em tudo que Alef lhe disse antes da valsa. Mas os castelos de seus pensamentos e valores não eram tão frágeis, ainda que em suas fundações existissem muitos túneis escuros, de um passado que Stone ocultava como um maestro.

A noite correu alta enquanto todos ganhavam atribuições. Decidiram que Anna e Alef iriam para Paris juntos. Mas esse consenso não floresceu facilmente na mesa. A decisão nasceu de uma briga entre eles que pareceu eterna. Alef queria ir sozinho. A resolução era um misto de um senso de proteção em relação à Anna e um medo de que ela encontrasse naquela jornada ao seu lado um desconhecido. Um medo de perder seu amor, de perder seu respeito. De perdê-la. Reconheceu rapidamente que estava diante dos medos de Stockholm e, por um momento, Alef percebeu como seria difícil se desprender dele. Quão forte eram os laços de

Stockholm com aquelas pessoas e quão natural era para ele mesmo ser aquela pessoa. O quanto desejava sê-lo.

Descobriu mais uma vez que era impossível argumentar com Anna. A determinação dela parecia não conhecer limites. Sua coragem e inteligência eram as mesmas dele, de uma guerreira. Anna assombrava a todos com sua força. Ao final, o argumento que encerrou a conversa foi o mais frágil de todos. O menos carregado de razão: James era irmão dela.

E já era seu irmão muito antes de Alef entrar em suas vidas.

Alef não tinha mais argumentos, sobretudo para esse. Deixou-se vencer e se percebeu avaliando as habilidades de Anna, sua sintonia com ela e a forma como sobreviveram a um ataque surpresa no apartamento onde viviam. Ela seria uma parceira valiosa em sua jornada. Se rendeu aos seus argumentos, muito mais porque a considerou um trunfo para a missão que enfrentaria. Desistiu de tentar protegê-la dos perigos que corria e passou a contar com ela para sobreviver. Era Alef que vencia Stockholm na batalha que travava em si mesmo. Suas preocupações amorosas dando lugar à frieza da estratégia e aos cálculos da guerra.

Lisa concordou em permanecer na Sirius. Seria ela a voz na cabeça de todos e a chave de cada sistema que precisasse ser invadido. Cada semáforo que precisasse ser fechado. Sistema de câmeras que precisasse ser desligado. O mapa de cada cidade e a planta de cada prédio. E ainda que a responsabilidade fosse enorme e a confiança que Anna, Stone e Alef lhe depositassem fosse imensa, Lisa se sentia confiante. Estava acostumada a trabalhar em equipe como hacker, mas nunca a vida de ninguém esteve tão em suas mãos como naquela posição, ou mesmo a dela. Era um lugar para se temer, mas, ao contrário da maioria das pessoas, Lisa se sentia desafiada por situações de risco. Um senso de perigo que a fazia se sentir viva e, ao mesmo tempo, segura. Era o eco de uma vida sem raízes, de uma vida em orfanatos. De uma vida em que parecia não ter nada a perder.

Além da ajuda imprescindível que ela daria para Anna e Alef, todos concordaram com a gravidade de Lisa e Stone terem sido expostos pelas polícias em todo o país e como era importante que ela se mantivesse dentro da Sirius. Uma medida para proteger sua vida.

Stone os abandonaria na manhã seguinte. Resolveu regressar a Chicago e encontrar Morgan. Os demais não argumentaram contra seu plano. Pareceu justo que investigasse o desaparecimento de Morgan e o encontrasse antes que a Agência o fizesse.

Sentia-se em dívida com aquele time que estivera sob sua supervisão e sob seu descaso por quase um ano. O time que confiou nele quando ele não fez o mesmo e que acabou salvando sua vida. Tinha uma dívida sobretudo com Lisa, que tinha apenas Morgan em sua vida. Que perdera em um único dia todos os amigos que possuía em razão do equívoco de julgamento dele em envolver Helena e, por meio dela, o diretor Lewis na operação. Em razão de ter exposto seu time ao olhar impiedoso do diretor Lewis. Porque não pôde confiar neles. Um erro que custou as vidas de Mark, Andrea e Zachary. Que quase custou a dele.

Resolveu que não perderia nem mais um único integrante daquele time. Encontraria Morgan, mesmo que isso custasse sua vida, e o traria para a Sirius, de onde planejou partir para a França caso Alef precisasse de suporte.

Acima de tudo, desejava estar em Chicago para tentar eliminar o diretor Lewis. Uma missão pessoal que decidiu guardar para si. Sabia que ninguém concordaria com um ataque de qualquer tipo à fortaleza que era a Agência onde trabalhara nos últimos dezoito anos, sobretudo com a vida de James nas mãos da AII ou da Aliança do Ocidente. Mas o que não queria revelar era o quanto se descobre sobre um lugar e suas pessoas em quase vinte anos trabalhando nele todos os dias e em missões pelo mundo em seu nome. O quanto se ouve quando se decide não falar. O quanto se torna uma pessoa de confiança quando lhe depositam segredos nos ouvidos. Os amigos que faz. Em tudo que se depara quando se debruça sobre o íntimo das pessoas.

O que realmente não queria revelar para seus novos companheiros, discreto como vinha sendo a vida inteira, era quão profundo iam suas raízes naquele lugar e o que algumas pessoas eram capazes de fazer por ele. Quão longe iriam para protegê-lo.

Todos partilhavam aquela missão. Salvar James. Derrubarem seus algozes. Encontrar a verdade que os inocentaria das injustiças de que eram alvos. Observados de fora, enquanto trabalhavam juntos, enquanto planejavam os próximos passos, os quatro pareciam um time de heróis, tais como os desenhos em quadrinhos os imaginavam. Mas a vida era sempre mais complexa que as histórias em quadrinhos.

Ainda que se observados de fora parecessem um time, um quarteto, quando observados de dentro não poderiam estar mais separados. Não poderiam estar mais distantes. Com tantos segredos. Os segredos que Stone carregava. Tudo que Alef desconhecia sobre si mesmo. Tudo que Lisa queria esquecer sobre si mesma. Os segredos que Anna escondia. Cada um carregava os seus em silêncio. Parecia ser a chaga que perseguia a todos, o medo de se compartilhar por inteiro, dor aguda que os impedia de pensar com clareza. De alguma forma, era essa chaga que os unia e era também ela que os separava. Ferida mal cicatrizada que ameaçava romper-se a cada passo que davam em direção uns aos outros, mas que resistia. Confiança era um prédio, não uma árvore.

***

Quase não dormiram e, ainda na penumbra da madrugada, um helicóptero da frota de aeronaves de Anna já os aguardava no topo do Rockefeller Center. O piloto aguardava sozinho na aeronave enquanto o grupo trocava recomendações finais em um deck nas proximidades do heliponto. Ele olhava pelos vidros da aeronave, curioso com a intimidade com que aquelas pessoas tratavam Anna. Se acostumou com a presença solitária dela ao seu lado, ainda que sempre distante, em ligações infinitas ou afogada em documentos. Buscou seus rostos na memória, sem sucesso, e acabou concluindo que nenhum deles nunca havia estado ali.

Longe de seus ouvidos, no deck onde os quatro formavam um pequeno círculo, eram sentimentos que davam ordens. Medos, ansiedades, inseguranças, incertezas, tristezas, raivas. Todos misturados em pensamentos sombrios, mas de alguma forma agarrados no que parecia ser a única certeza que lhes restava. Era também um pensamento que dava segurança a todos, mas era tão frágil e tão vulnerável que sequer ousavam confessá-lo entre eles. A certeza estranha e desconfortável de que a única coisa que lhes restava fazer, se quisessem de volta fragmentos da vida que tinham, se quisessem continuar vivos, era seguir em frente. Era ir até o fim daquela história.

Uma história que sequer lhes pertencia, mas que agora os aprisionava. Que parecia tão longe de terminar e cujo começo lhes escapava distante num passado tão indecifrável quanto lhes parecia incerto também o futuro.

Despediram-se. Sem formalidades, sem contatos físicos. Apenas olhares. O helicóptero partiu levando Anna e Alef, ainda na penumbra da madrugada, em direção ao norte de Manhattan, onde uma outra aeronave, em um hangar particular, os aguardava para levá-los para Paris.

A sexta-feira amanheceu nublada, afogada em nuvens e no frio. Sem sinal algum do sol que fizera no dia anterior. Parecia-lhes que mesmo o clima estava em algum tipo de luto, tragando seus pensamentos para dentro, em tons de cinza e azul-escuro. Seduzindo-os à melancolia do inverno. Exausta, Anna se entregou ao sono no primeiro sinal de que o jato ganhara os ares, superando a decolagem em direção ao oceano Atlântico.

Alef não tinha a mesma relação com a dureza do frio. Não lhe causava as mesmas reações. Se sentia confortável na penumbra invernal, na ausência de luz. Corria o horizonte cinza com seus olhos verdes como semáforos acesos no rubor de seu rosto, imaginando se um dia retornaria àquele país. A verdade é que nunca havia pretendido ficar tanto. Teria ido embora assim que conseguisse suas respostas sobre Taylor Smith, o homem que deveria ser sua mãe. Outro beco sem saída. Sem resposta. "Quem guarda essa chave?", pensou, se lembrando de James sussurrando aquilo em seu ouvido. A mesma pergunta sobre o rosto de Taylor. Sobre a mesma mancha. Correu a mão no pescoço instintivamente, buscando a sua própria mancha. O que aquilo significava? Não encontrava resposta. Outro beco escuro e sem saída de seu passado.

"O que eu estou procurando?", pensou, se deixando entregar a um estranho sentimento de decepção. Uma frustração de perceber que, embora tivesse recuperado a memória, ainda sabia tão pouco sobre si mesmo.

A aeronave ganhou altura para além das nuvens, revelando o sol quente e brilhante que havia no horizonte, nascendo sem impedimentos. Por uma pequena fenda na cortina de nuvens, refletindo os raios do sol como um farol de luz no meio do mar, Alef encontrou a Estátua da Liberdade, na região do porto de Nova York.

"A liberdade iluminando o mundo", foi batizada em outubro de 1886, quando construída por Gustave Eiffel.

"La liberté éclairant le monde", Alef pensou em francês, se lembrando da primeira vez em que tomou conhecimento de sua existência, a deusa romana Libertas, ainda em Paris, diante da estátua que deu origem à que existia em Manhattan, essa primeira na região da Torre Eiffel. Se lembrou de repente como chorou emocionado naquele momento, com apenas onze anos, pensando que finalmente estava livre. Finalmente havia se libertado dos grilhões de Saint-Michel.

Mas ali, diante da estátua que iluminava a cidade de Nova York, colossal como apenas a liberdade poderia ser, se emocionou novamente, de tristeza, por perceber que ainda estava acorrentado a Saint-Michel. Que nunca realmente havia partido dali. Que ainda estava preso em suas celas, às suas algemas, às suas garras. Preso por uma corrente cujos elos haviam sido forjados, não com algum metal de dureza inquestionável, mas pela seda fina das mentiras. Pela neblina intocável dos segredos, bruma invisível cujas mãos não alcançam nunca.

Apenas ali, diante do colosso que se erguia na Ilha da Liberdade, brilhando o sol fugidio da manhã, Alef compreendeu o que estava procurando afinal. A chave que o libertaria daquelas correntes.

"*Veritas vos liberabit*", pensou em latim, recordando o Evangelho de João e o texto que era para ele o único conselho do Cristo que poderia realmente salvar os homens de si mesmos.

O voo ganhou os céus e Alef perdeu as bordas da América de vista. Mergulhou no horizonte azul sem fim de céu e de mar. Não conseguia dormir como Anna, mas se sentia estranhamente leve. A leveza daqueles que, uma vez perdidos na floresta, de repente descobrem o caminho de volta para casa. Dos que de repente descobrem o que devem fazer e para onde ir. A alegria simples daqueles que de repente se encontram.

— Conhecereis a verdade e a verdade vos libertará, Alef — sussurrou para si mesmo e sorriu como se tivesse compreendido finalmente que destruir Saint-Michel jamais poderia salvá-lo. Jamais o libertaria para que pudesse simplesmente ser quem era.

Sorriu, porque entendeu que aquilo que a Estátua da Liberdade carregava para iluminar o mundo, a chama que também o libertaria da ignorância sobre si mesmo, sobre seu passado, e mais, sobre seu futuro, não era apenas uma luz, era a verdade.

CINQUENTA E SEIS

Monte Saint-Michel, Normandia, França
23 de fevereiro de 2063

— Por favor, por favor, eu sei que você está aí — James sussurrou novamente em direção à cela ao lado. — Eu sei que você pode me ouvir, por favor.

Tinha tentado algum contato a manhã inteira. Por vezes desistira, frente ao silêncio persistente na cela ao lado, mas, percebendo agora que os guardas que haviam lhe deixado o almoço também lhe deixaram a mesma refeição, uma sopa de legumes, decidiu insistir. Ela teria que respondê-lo em algum momento.

Não conseguia compreender por que estava preso num lugar tão frio. Numa masmorra. Sozinho e sem respostas. Sem telefonemas. Sem advogados. E em razão da forma estranha e violenta como havia sido capturado, por uma dúzia de homens armados, em sua própria casa, não conseguia sequer imaginar que o governo poderia estar por trás daquele ataque. No fundo, acreditava que estava sendo alvo de algum tipo de sequestro. Alguém atrás do dinheiro da família Clayton. Ou mesmo o ataque de alguns dos muitos inimigos de Anna. Os negócios lhe custavam imenso esforço diplomático para continuar vencendo mercados e vencendo crises internacionais sem fazer muitos inimigos pelo mundo, mas era inevitável que uma hora ou outra alguém não aceitaria ser vencido por ela. Um machismo que ainda cruzava a terra inteira. Com isso em mente, não ousava pensar que aquilo poderia ser a ação de qualquer governo, de qualquer tipo de força policial.

— Stockholm, meu amor... Onde você está? — sussurrou para si mesmo, mas o silêncio era tanto que a pedra ecoou seu lamento por todo canto. Não conseguia parar de pensar nele. Pensar em como estaria desesperado. Em sua fragilidade. Em como deveria estar com medo por ele. O que seria dele se aquilo terminasse em sua morte. No fundo, se sentia imensamente responsável por ele.

Sobretudo, não conseguia parar de pensar em Anna, em casa, enlouquecida com seu desaparecimento. Se sentindo culpada. A essa altura, James acreditava, os sequestradores já teriam feito contato com Anna.

"Mas quem são essas pessoas?", pensava, aflito. Não conseguia imaginar. E para seu desespero, ninguém havia lhe dito sequer uma palavra naqueles três dias desde a sua captura. Sabia que tinha voado durante muito tempo, mas não sabia para onde.

Era a resposta que buscava na cela ao lado. Que lugar era aquele? Se perguntava se ela saberia onde estavam. Se falavam a mesma língua.

Nas sombras de sua própria cela, Jane sabia de tudo. Tinha todas as respostas que ele queria e sabia mais do que ele jamais poderia imaginar. Respostas para muito mais do que ele poderia perguntar. E era precisamente por isso, por compreender de forma profunda a forma como aquele lugar funcionava, por saber exatamente onde estava e por ter certeza de que não havia acaso algum na chegada daquele novo prisioneiro, por entender que existia um plano por trás de sua presença, que Jane se mantinha em silêncio. Um exercício que não significava nada para ela. Poderia ficar anos em silêncio. Já se calara por tanto tempo e sobre tantas coisas que aquilo não era desafio algum.

Com seus olhos de safira abertos na escuridão, tomados por imensas pupilas dilatadas e encarando as pedras das paredes que os separavam, como se pudesse ver através delas, como se contemplasse o desespero do jovem do outro lado, Jane permanecia irredutível. Mas James era persistente. Forjado pelos desafios de crescer ao lado de uma irmã competitiva, que sempre fora considerada extraordinária, por vezes chamada de gênia, por onde quer que fossem, James desenvolvera mecanismos de interação social bastante refinados. Seu carisma honesto e genuíno era sua arma. Ele sabia como convencer as pessoas a amarem-no, a abraçá-lo, e sua estratégia era uma das mais antigas do mundo, presente na veia de poetas e artistas de todos os séculos e nações.

James simplesmente abria seu coração como podia e, quase sempre, sem reservas. Se mostrava completamente e exatamente como se via. Era algo simples e assustador ao mesmo tempo e que só funcionava se fosse verdadeiro, se fosse honesto. A vulnerabilidade dos poetas. Dos homens que choram. A fragilidade de um coração que mesmo quando se via exposto, sangrando, sofrendo, ao mesmo tempo precisava manter todo o corpo vivo, precisava continuar sentindo e pulsando.

Vinha fazendo isso por toda a sua vida e, com o tempo, percebeu que aquela era a sua maior qualidade. Sua arma para vencer adversidades. Um sorriso honesto. Uma lágrima verdadeira. Um abraço inteiro. Uma gargalhada solta. Perguntas feitas sem vergonhas ou medos. Respostas sem arrogância. Franquezas sem rodeios. Emoções sem freios, sem máscaras. Uma vida sem segundas intenções.

James entendeu com os anos que aquilo conquistava as pessoas. Que incomodava algumas no começo, mas que mesmo essas acabavam por se deixar conquistar por seu jeito. Era uma forma estranha de vencer a genialidade de Anna, que conquistava as pessoas com sua inteligência, com seu charme, com a força de sua beleza. James a considerava uma armadilha viva para pessoas desavisadas. Um perigoso leopardo das savanas andando pelas ruas de Nova York, sendo confundido com um inocente felino doméstico. Mas, apesar de tudo, desta competição e de tantas diferenças, admirava a forma honesta com que Anna tratava seu próprio poder. Como era natural para ela ser daquele jeito. James nunca achou que ela estivesse encenando aquilo ou inventando uma persona para sobreviver ao peso que foi colocado em suas costas. Ambos entenderam muito cedo que se amavam, sobretudo porque os dois, mesmo tão diferentes entre si, eram verdadeiros sobre quem eram. Ambos abraçaram o melhor e o pior que existiam dentro deles mesmos. E que existiam dentro do outro.

Ele terminou sua sopa, aliviado que não o deixariam morrer de fome naquela masmorra fria, e se sentou no chão da cela, com as costas apoiadas nas grades frontais, quase no canto com a parede que os separava, de forma que sua voz atingisse perfeitamente os ouvidos na cela ao lado.

— Eu entendo que não queira falar comigo — falou com ares de empatia, que no fundo eram verdade. Sabia que ela era uma idosa, se lembrava do momento em que ela se aproximou das grades para vê-lo de perto quando chegara ali, enquanto os guardas abriam sua cela. Seu longo cabelo branco e seu rosto marcado pelo tempo, seus olhos claros acentuando seu visual fantasmagórico. Imaginava que, se as condições daquele lugar e a situação em que se encontrava estavam sendo um tormento para ele, para ela deviam estar muito piores.

— Mas a verdade é que estou com medo — continuou como quem se confessa ao pároco, falando lentamente, mas se deixando levar pelas palavras, sem planejá-las. Aberto ao julgamento confessional. Como quem fala a si mesmo. — Eu não sei onde estamos. Eu não sei quem são essas pessoas. O que querem comigo? Não é que eu me considere inocente, e a verdade é que eu já cometi alguns crimes, mas nada cuja magnitude justificasse uma prisão sem respostas como essa. Talvez não sejam meus crimes então. Talvez isso tudo seja um crime. Um sequestro. Sim... Um sequestro. Faria muito sentido. Eu sou o herdeiro de uma fortuna bilionária. Quem nestes dias pode dizer isso de si mesmo? Com todo o mundo quebrado, nós sobrevivemos... Bem, nem todos sobrevivemos. Meus pais foram mortos nos atentados que derrubaram as pontes de Nova York.

Jane se aproximou em silêncio da parede. Queria ouvi-lo melhor. James nem percebeu sua aproximação, imerso em suas próprias reflexões. Mas Jane estava seduzida pela inocência com que aquele desconhecido resolvera se abrir para ela. Uma história tão parecida com as muitas que já ouvira, com os incontáveis órfãos que a guerra deixou pelo mundo. Ele devia ser realmente alguém muito especial para estar ali, Jane pensou afinal. Mas por quê? Ela não conseguia imaginar o que estava por trás de sua presença ali em Saint-Michel.

— Mas talvez não seja um sequestro afinal — James continuou —, talvez meu crime seja o jeito que eu amo. A gente ouve o tempo inteiro sobre o desaparecimento de gays no mundo todo. A forma como foram perseguidos durante a guerra... Que precisamos ficar escondidos o máximo possível. A forma como o simples fato de ser gay em alguns lugares ainda era crime. Ou mais que crime, uma ofensa à vida, a Deus. Ouvimos o tempo todo sobre a forma como eram mortos pelos seus governos. Criminosos, você imagina? Sempre achei que a resistência a esse retrocesso do mundo era a resposta, uma saída, ou a única saída, mas sempre escolhi a arte como arma. A expressão da alma que nos unia enquanto espécie, que cruza fronteiras. Será crime ser um artista? Talvez seja, é verdade. Tem sido crime por tanto tempo, que não seria estranho se eu estiver preso apenas por defender aqueles que querem se expressar. Esse mar de artistas, estranhos seres alados que venho defendendo por tantos anos. Que minha mãe já vinha protegendo a vida inteira. Que também eram protegidos pela mãe dela. Tantos, tantos. Terá sido esse o meu crime? Será por eles que estou aqui? Por dar-lhes voz... Por dar-lhes vida. Por tentar salvá-los.

James parou um instante, com o olhar distante na parede escura. Esse poderia mesmo ser seu crime. Mas ainda era pouco para lançá-lo em uma masmorra. Sobretudo aquela.

— Por dar-lhes voz... — James sussurrou para si mesmo. — Por dar-lhes vida... Por dar-lhes uma chance...

Sua voz morreu no eco do corredor. A ideia lhe atingiu como um raio. Paralisou sua respiração, alterou seu batimento cardíaco.

— Por dar-lhe vida. Por salvá-lo. Por salvá-lo sem saber de nada — repetiu para si mesmo.

De repente, sentiu o frio da nevasca que atingia o carro sem piedade. Drones. Lanternas. Helicópteros, viaturas da polícia, mergulhadores. Flashes da estrada bloqueada. "Você deve retornar! Você deve retornar!", ouviu novamente a voz alterada do policial batendo com a lanterna no vidro embaçado pelo frio da caminhonete. "A ponte não vai abrir! Você deve retornar!", gritou novamente o policial em sua janela, com brutalidade. E partiu para o próximo carro dando a mesma ordem.

"Era você. Era você que eles estavam buscando, claro. Não era acidente nenhum. Não chamam drones para atender acidentes", James ouviu sua própria voz, e o homem nos seus braços ganhava sentido, estava fugindo. "O que eu faço agora?", se ouviu dizer numa mistura de lembranças da noite em que resgatou Alef da neve.

Subitamente, o ataque à sua mansão em Pitsburgo também fez sentido. "Não chamam drones para atender acidentes", pensou tirando conclusões, por certo não enviam uma dúzia de homens armados para prender um mecenas ou um artista e muito menos um gay. "Isso tudo é por sua causa, claro."

Fechou os olhos e se fez regressar àquela noite na nevasca. De volta ao momento em que Alef abriu seus olhos no banco de trás do carro e sorriu. O momento que mudou sua vida.

— Talvez o crime não seja o jeito que eu amo, afinal — voltou a falar, ainda tocado pela ideia que lhe invadira os pensamentos. — Talvez sequer sejam meus os crimes que me trouxeram aqui. Talvez sejam os seus crimes, meu amor. Os crimes que afogamos no passado esquecido. Tudo aquilo que não sabemos... E tudo que decidimos esquecer.

James parou um instante, tentando assimilar aquilo que ele mesmo acabara de imaginar. A gravidade real da situação diante do que fizera. Jane ouvia atentamente, em completo silêncio. Em seu peito, sentia a emoção que ganhava pensamentos e que não era dita na cela ao lado.

— Você vê, minha cara colega de masmorra — James continuou —, não é o jeito que eu amo, afinal, mas quem eu amo. O homem que eu decidi abrigar em minha vida. No meu coração. Um homem sobre o qual eu não sei nada. Um homem que estava fugindo, que estava ferido. Que não sabia sequer quem ele mesmo era. O homem que eu tirei do gelo e a quem dei abrigo. Que eu amo. Um fugitivo que a polícia estava buscando... Tantos policiais, tantos. Um homem sem passado... Com mais de vinte anos apagados de sua vida, sem memórias, sem história, sem pistas. Preso em um apagão tão intenso como a própria escuridão da noite. Um homem com apenas um nome, inventado talvez, Stockholm, no verso de uma foto velha. Imagine se Stockholm é mesmo um nome? Por certo não é mesmo seu nome. Mas nada disso me impediu de protegê-lo. Confesso que posso estar enganado, mas por tantas vezes o assisti dormir, sorrir, chorar, suar sua imensidão de cabelos vermelhos no frio, que me perguntava se seria possível alguém não o amar. Quem poderia querer lhe fazer algum mal? Quem poderia atirá-lo às profundezas de um rio congelado? Quem poderia resistir à sua doçura, ao seu calor? Quem poderia evitar seu olhar? Quem poderia escapar de seu amor?

Jane não conseguia acreditar no que ouvia. Prendia a respiração para conter suas lágrimas. Ele estava vivo. Era tudo verdade. Jane também perdera a conta das vezes em que se fez aquelas perguntas. Que não dormiu para acompanhar o sono dele. Que correu os dedos pelos seus cabelos vermelhos suados no meio da noite, mesmo no frio do inverno.

— Talvez seja por ele que eu estou aqui, afinal... — James seguiu sua reflexão. Também já estava contendo as lágrimas. — E se esse for o caso, eu espero que ele tenha escapado. Pois eu ficaria preso aqui pelo resto da vida para que ele pudesse continuar livre. Para que possa continuar espalhando aquele sorriso imenso para as pessoas. Iluminando suas vidas com seus imensos olhos verdes. Porque eu tenho certeza de que ele faria o mesmo por mim, você sabe.

Jane também compartilhava aquela mesma certeza. De que Alef daria sua vida por aquele jovem que o amava. Que seus olhos, seu sorriso, iluminavam o mundo. Que não havia ninguém como ele.

— Você sabe — James seguiu, enxugando lágrimas nas mangas da camisa —, eu sei que talvez você nem esteja entendendo nada do que eu estou falando, eu honestamente não me importo, mas nós compartilhamos a mesma sopa num calabouço medieval e eu já sinto que, se um dia sairmos daqui, poderíamos ser amigos. E eu te apresentaria esse homem imenso que eu achava que só existia em contos de fadas. Mas eu estou te contando tudo isso, porque hoje você é tudo que eu tenho. E eu sinto muito que você esteja aqui, eu realmente sinto, mas eu estou feliz que eu não esteja sozinho aqui.

— Eu sinto muito que você esteja aqui também — Jane sussurrou para a cela ao lado —, eu realmente sinto.

James se assustou com aquela interação repentina. Saltou do êxtase em que havia mergulhado, da distância em que narrava seus pensamentos. Sentiu seu coração acelerar. Não queria arruinar aquele momento. Ficou em silêncio por um instante, respirou fundo, várias vezes. Sentia uma mistura de alívio e medo pelo que acabara de fazer, mas não tinha mais volta.

— Achei que nunca ia falar comigo... — James sussurrou de volta. — Meu nome é James.

— Eu achei que jamais precisaria lhe falar nada, James — Jane respondeu. — Meu nome é Jane.

"Jane", James pensou quase em voz alta. Sentiu seu coração saltar acelerado. O nome de sua vizinha de cela atingiu sua cabeça como um tiro. Não podia ser uma coincidência. De repente, sentiu tudo novamente. O calor agitado na cama. Os cabelos suados, vermelhos como brasas acesas. A dor que ele sentia quando acordava. As noites de choro. A tristeza que durava dias. A ausência de respostas para aquela que parecia ser a única lembrança que tinha de si mesmo.

Jane aguardava em silêncio para saber se aquilo causaria alguma reação em James. Se ele saberia por alguma razão quem ela era. Não queria se entregar àquilo.

"Será uma armadilha?", insistia consigo, insegura. Não conseguia acreditar na presença daquele rapaz na cela ao lado. Seria mais uma maldade de Casanova? Algo para torturá-la? Para contorcer suas esperanças de que Alef estaria vivo? Ao mesmo tempo, James lhe parecia tão inocente. Tão contaminado pelas reações que Alef causava nas pessoas. Emoções que ela mesma havia experimentado por tantos anos, mas que o tempo de mais de dez anos havia apagado de suas lembranças. A emoção de amá-lo. Aquele sentimento de entrega que Alef causava em todos que decidia amar. Em todos que acabavam inevitavelmente amando-o com inexplicável devoção.

Mas James resistia em silêncio. Também não sabia como se entregar. Como voltar atrás e recolher do ar o que havia dito. Confissões que não pretendia nunca fazer. Que prometera para si mesmo e para Anna que jamais revelaria. Por que estava fazendo aquilo?

Agora era tarde.

— Você sabe, Jane — James retornou com a voz meio trêmula, mas decidido a ir até o final para saber se aquilo era apenas uma coincidência —, que nome bonito é Jane. Deve ter nele algum tipo de poder, você sabe. E é uma coincidência estranha, bem, porque o homem que eu amo não conseguia se lembrar absolutamente nada de seu passado antes que eu o encontrasse à beira da morte nas margens de um rio. Porém, havia essa mulher que sequer sabemos quem era, mas era a única coisa da qual ele conseguia se lembrar. Ela se chamava Jane, você vê? Jane, que coincidência você se chamar Jane também. Eu acho até que pode ser algum tipo de sinal, eu não sei se você acredita nessas coisas... Bem, eu acredito em tudo.

James parou um instante, mas o silêncio reinava na cela ao lado.

— Um sinal... — James continuou seu devaneio, já quase sem esperança de estar no caminho certo e se entregando à possibilidade de tudo aquilo ser apenas uma coincidência. — Você sabe, eu acho que é um sinal mesmo. Porque essa Jane dizia algo que era a única coisa de que ele se lembrava e com a qual sonhava insistentemente... Acordava suado com essa frase que não significava nada, que não explicava nada, mas lhe causava uma dor que eu mesmo não suportava assistir de perto. Que partia meu coração. Ela dizia uma coisa que apenas eu acreditava que era verdade. Ele não. Era uma coisa que ele mesmo nunca aceitava. Achava que era menos... Que ele não era nada daquilo. Ele costuma dizer que ele era apenas um fantasma. Um fantasma sem passado. E ela dizia... Como ela dizia mesmo? Ah, sim. Era alguma coisa assim: "Você é um milagre...".

James parou um instante, se entregando ao silêncio e sorrindo com a beleza da frase.

— Você é um milagre — James repetiu de repente.

— O milagre de um amor que se recusou a morrer — Jane completou do outro lado da parede, emocionada, num misto de tristeza e alegria. Ele estava mesmo vivo.

— O milagre de um amor que se recusou a morrer... Sim. Era isso, Jane — James repetiu para si mesmo, levando as mãos ao rosto. — O milagre de um amor que se recusou a morrer.

Ambos começaram a chorar em silêncio. Emoções que guardavam, algumas escondidas no manto do passado, outras à vista, no presente que lutavam para ignorar. Emoções que se misturavam a medos, que se derramavam em estranhos êxtases de alegria. Afinal, estavam certos, os dois. Não havia acaso naquele encontro. Mas uma armadilha que capturou ambos. Após quase dez minutos de silêncio, foi Jane que finalmente conseguiu falar alguma coisa. E era urgente o que precisava dizer.

— James. Eu sinto muito que você esteja aqui. Mas você não poderá nunca mais confessar seu amor desta forma. E nós devemos rezar para que eles não saibam o que sentem um pelo outro. Você está me ouvindo? — Jane tentava traçar um plano em sua cabeça para lidar com aquele momento. Mas a ideia de que eles capturaram aquele rapaz, o que ele poderia representar para eles e, ainda, a notícia súbita de que Alef estava vivo a impediam de pensar com clareza.

— O que você está falando? Quem são eles? — James não alcançava a ameaça que se impunha sobre ele.

— Você não pode dizer para ninguém! — Jane insistiu. — Você está me ouvindo?

— Sim! Estou ouvindo — James confirmou num sussurro —, mas eu não entendo. Se eu estou aqui, preso...

— Não, não... — Jane insistiu. — Eles me disseram que ele teve ajuda em uma fuga nos Estados Unidos. Eles não sabiam mais nada sobre seu desaparecimento. Você está aqui há dias. Se eles soubessem o que você representa, a importância que você tem, você já teria sido torturado.

James sentiu um frio lhe percorrer o corpo. Se assombrara com a naturalidade com que Jane considerara a sua tortura.

— Ou talvez — Jane ponderou — eles já saibam quem você é. Talvez já saibam o que você significa. Quem você ama. E que ele também o ama. E isso explicaria perfeitamente a razão de você estar aqui... Tão longe de casa. Talvez você seja a isca que eles estiveram buscando esses anos todos. A armadilha que o trará de volta para casa. Nós dois somos. Sempre achei que eu não fosse suficiente. Que ele jamais viria atrás de mim. Que jamais me perdoou. Mas eu estava enganada... Como eu estava errada todos esses anos. Ele nunca veio, porque jamais poderia vir. Ele se esqueceu de mim. Se esqueceu de tudo isso. Deus seja louvado!

— Ele não sabe nada disso, Jane! — James falou, alarmado. — Ele não conhece essas pessoas! Não sabe nem mesmo quem ele é. Ele não tem memória dos últimos vinte anos. Deus do céu! Eu mesmo não sei quem ele é. Quem é ele, Jane? Quem é você? Onde estamos? Quem são essas pessoas? O que está acontecendo? Tenho tantas perguntas...

James se levantou do chão num salto, tomado por uma ansiedade que nunca sentira. Invadido por um sentimento de desespero por tudo que ainda não sabia e que de repente poderia perguntar para Jane. Por todas as histórias que evitava pensar que existissem, mas que estavam ali, do outro lado da parede. Por tudo que dizia para si mesmo que não queria saber, mas que, ao mesmo tempo, sentia que precisava saber. O abismo que existia entre eles. A verdade. A história por trás daquele sorriso largo e inocente. Um passado que justificasse aquela mobilização policial gigantesca na ponte sobre o Rio Delaware. Que fizesse jus à violência de sua captura. Que explicasse o medo que estava sentindo.

Era tarde demais para voltar atrás. James dera um tiro no escuro revelando seus pensamentos, espalhando naquela cela seus sentimentos mais secretos, suas dúvidas, expondo seu lamento a uma estranha na penumbra de uma masmorra, e atingiu sem querer o próprio peito. Se sentia vítima da própria estratégia de conquista, como se tivesse mordido sua própria isca e estivesse sendo arrastado pelo anzol que trespassava sua carne.

Jane parecia aguardar algum sinal, sentada ao lado da parede, próxima às grades, mal iluminada pela luz da tarde que descia pela claraboia da masmorra. Ela mesma não sabia o que dizer. Não sabia se estava diante de sua última oportunidade de se redimir com Alef e revelar a verdade enquanto era tempo. Se conseguiria trair o voto que fizera para Saint-Michel há tantos anos, quando Alef nascera e fora entregue aos seus cuidados. Ou se estaria fazendo exatamente o que Casanova queria que fizesse. Se estava sendo manipulada.

O fardo era insuportável, no entanto. Acreditava que estavam ambos, ela e Casanova, no limite de suas existências. Há dias ele não a visitava em Saint-Michel. Estaria morto? Não podia deixar de considerar que ela poderia ser a última pessoa que carregava o segredo de Saint-Michel. Que o desaparecimento de Antônio naqueles dias e a chegada do namorado de Alef poderiam ser a arquitetura de um golpe maior, conduzido por outras forças. Entendia perfeitamente as guerras internas e os jogos de poder que ainda corriam pelas entranhas da Aliança do Ocidente. O fim da guerra jamais encerrara a disputa pelo controle da organização que conduzia o destino do mundo. Um controle que Casanova mantinha para si há décadas.

Acima de tudo, Jane sabia que estava morrendo. Que era apenas uma questão de tempo. E que Alef poderia não chegar a tempo de ouvi-la. Que poderia não chegar a tempo de perdoar seus erros. Que poderia nunca chegar e continuar na escuridão da amnésia que lhe acometia pelo resto de seus dias. Condenado a vagar sem saber sua real importância, sem saber sua origem, e tudo isso por conta dela, em razão de sua insistente e perpétua covardia. Condenado ao esquecimento apenas porque ela não conseguia se perdoar por seus erros, por causa de sua fraqueza.

"Como você é covarde, Jane. Você não tem mais nada a perder", pensava amargamente sobre si mesma, mas a verdade parecia endurecida no peito. Perigosa como as calamidades que o profeta hebreu lançou sobre os egípcios para libertar seu povo.

— James? — Jane chamou sussurrando.

— Sim — ele respondeu, assustado.

— Como ele é hoje? — Jane perguntou, buscando forças naquele amor que era tão parecido com o seu.

— Ele é o homem mais lindo do mundo — James respondeu, deixando-se levar pela emoção. — Onde quer que ele vá, tão discreto, tão tímido, ele ilumina os corações das pessoas. Seu toque, tão quente e estranho, aquece qualquer pessoa. Ser abraçado por ele é como se afogar no perfume de todas as flores do mundo. Seu sorriso, seus olhos verdes imensos, fazem qualquer coração falhar as batidas. Ele é triste o tempo inteiro, todos os dias, e mesmo assim é impossível sentir tristeza ao seu lado. Como se a tristeza fosse apenas dele, impartilhável. Uma solidão que ele não consegue vencer e cuja companhia das pessoas parece ter efeitos inúteis. Um peso que ele não consegue compartilhar com ninguém, mas, ainda assim, ao seu lado qualquer pessoa se sente ouvida, se sente abraçada. Se sente amada. Ele nunca sente raiva de nada ou de ninguém, sempre compreende por que as pessoas são como elas são, de onde elas vieram, o que lhes aconteceu para serem daquela forma. Apenas ele mesmo é o alvo de sua raiva, de sua decepção. Apenas ele mesmo não é alvo automático de seu perdão. Ele é culpado antes. Como se houvesse algo, algo esquecido, que o envergonhe imensamente. Mas ele não sabe o que é... Ele apenas sente o seu peso. Ele conhece apenas seus efeitos.

Do outro lado da parede de pedra, Jane chorava e sorria num misto de tristeza e culpa, de orgulho e alegria, com arrependimento. Acima de tudo, o remorso de não ter o impedido de perpetrar sua saga insana contra os culpados por sua criação. No fundo, Jane sabia que o gosto amargo deixado na boca, quando as notas doces evaporavam nos dias e anos, era a única coisa que restava quando a vingança encerrava seu espetáculo, seu banquete. O acre sabor do remorso. Uma solidão profunda, do tamanho do céu.

Jane se sentia completamente imersa em sentimentos como aqueles que consumiam Alef secretamente, insolucionáveis. A culpa pelos erros que não podem ser corrigidos, para os quais não existe reparação. Erros que encerraram vidas. Sangue derramado pela assinatura de suas falhas, de seus medos. De sua ignorância. Mas o que mais estrangulava seu coração e finalmente despertou a coragem em suas entranhas, que iluminou o caminho, mostrando a ela o que deveria fazer naquele momento, foi a injustiça lançada sobre ele. Se de alguma forma Jane concluiu que não havia perdão para o quanto errou foi apenas em razão de arrastar seus erros como correntes por todos aqueles anos. Foi apenas por reconhecer suas falhas à luz de cada manhã e em todas as noites que ela havia decidido que não poderia jamais se perdoar pelo que fez. Uma oportunidade que a escuridão do esquecimento assaltara de Alef. Jane compreendeu finalmente que a hora havia chegado. Que se houvesse qualquer chance de Alef se perdoar por tudo que fez, seria apenas sob a mesma luz. A luz da verdade que lhe foi omitida por todos. Seria apenas perante a verdade sobre quem ele era.

Jane rezou por um momento a Deus para que suas palavras se fizessem ponte sobre a qual Alef encontraria um caminho para se perdoar por sua insana vingança, para se libertar da sua culpa. E talvez perdoar as falhas dela.

Ela abriu seus olhos como talvez jamais os abrira, decidida a contar para James tudo que sabia e tudo que havia feito, tomada pelo fervor de sua própria prece, por uma coragem que sentira apenas em Londres quando convencera Alef a abandonar Saint-Michel, e por um sentimento inexplicável de que apenas ela poderia salvá-lo do tormento que ela mesma ajudara a causar, do tormento que ela mesma vivia, e começou a falar, quebrando o silêncio da masmorra e, com ele, pela primeira vez, o pacto que fizeram há vinte e três anos.

— O nome verdadeiro dele é Alef — Jane falou com uma nova serenidade que pegou James de surpresa. — Ele é francês, e você está neste momento, James, exatamente na fortaleza onde ele nasceu vinte e três anos atrás. Nós chamamos esse lugar de Fortaleza de Saint-Michel. Já era assim que o chamavam quando chegamos. Nós devíamos ter mudado seu nome. Meu Deus, nós certamente deveríamos... Foi o nosso primeiro erro: uma injúria. Pois não havia nada de santo no que faríamos aqui. Quase nada.

CINQUENTA E SETE

Castelo Chillon, Montreux-Veytaux, Suíça
23 de fevereiro de 2063

O entardecer alterava a cor das pedras no grande salão para um pálido tom âmbar, escurecendo os cantos e entregando o dia à sombria noite do inverno suíço. Casanova odiava o inverno. Era um sentimento recente, entretanto, e não o tinha pelo inverno em si, mas pelas dificuldades que o frio impunha ao seu corpo debilitado e à sua perna enfraquecida pela imensa fratura causada por Alef em seu último encontro, na ponte sobre o Delaware, três anos antes na Filadélfia.

O frio fazia sua dor aumentar substancialmente, diminuindo sua mobilidade, e, em tempos como aqueles, qualquer fraqueza, qualquer restrição ou fragilidade, colocava sua posição como abade da Aliança do Ocidente em xeque. Um posto secreto que era seu há trinta e três anos.

Casanova batia os dedos na madeira escura de sua imensa mesa de jantar, encarando suas próprias anotações, pensando em uma resposta que pudesse encerrar a reunião em curso.

À sua volta, hologramas com imensos rostos, com traços de diversas nações, aguardavam apreensivamente sua decisão.

A questão era a mais importante de todas. Após oito anos de paz, Moscou ainda não abrira suas fronteiras, suas novas bordas, que agora se estendiam por todo o Leste Europeu. Após incontáveis tentativas de diálogo, deixadas no limbo do silêncio russo, crescia na Aliança do Ocidente e nos governos que a compunham um medo de que a paz significasse apenas a preparação para um novo ataque. Um novo ataque para o qual o Ocidente, ainda distante de uma recuperação da longa guerra que o consumiu por três décadas, jamais estaria preparado. Um temor que pairava sobre todos, rejeitado aqui e ali, vagando sem saídas e sem lugar. Voava de uma nação para outra, de um líder para outro. Agências de inteligência de toda natureza tentavam, e fracassavam, investigações no solo russo. Missões que nunca retornavam ou que sequer conseguiam penetrar suas fronteiras. Parecia claro para todos que, seja lá como estivessem se reorganizando as cidades, novas e antigas, da gigantesca nação russa, elas não tinham interesse algum em compartilharem-se com o Ocidente ou o resto do mundo. Um silêncio que incomodava. Que parecia dizer alguma coisa. Crescia um ar fétido de conspiração. De um novo golpe. O silêncio russo era algo que ninguém compreendia. Que lhes parecia, a quase todos, uma nova forma de guerra, talvez, disfarçada em uma estranha forma de paz.

    Casanova tentava se distanciar dos medos infantis que se avolumavam nos corações dos líderes mundiais sob sua tutela. Vivera demais para se deixar convencer por medos e inseguranças nacionalistas. Mas seu prolongado silêncio e inação também começavam a despertar outras conspirações, outros golpes. Muitos não compreendiam seu desinteresse pela situação. Sua falta absoluta de preocupação fazia com que alguns questionassem nas sombras sua real lealdade às nações do Ocidente, as quais representava naquele posto.

    Batia os dedos na mesa, buscando em sua intimidade fervorosamente cristã um conselho de Deus para o dilema que consumia a todos. O que a mesa de líderes queria, após oito anos de fracassos diplomáticos, já poderia ser considerado uma nova declaração de guerra. A reclamação de Viena, Praga e Budapeste como territórios europeus. Um sinal da boa vontade de Moscou com o Ocidente, um sinal de conciliação. Da paz que eles mesmos propuseram há oito anos.

    Casanova parecia se importar pouco com o Leste Europeu a ponto de avançar com exércitos sobre a nova nação russa apenas por curiosidade ou vaidade, de recuperar aqueles países que para ele nunca significaram nada. Em verdade, estava completamente obcecado pelos desenvolvimentos em torno da investigação conduzida pelo diretor Lewis nos Estados Unidos, que naquele momento já havia capturado o cúmplice da fuga de Alef na Filadélfia. Não conseguia parar de pensar que ele já se encontrava em Saint-Michel e que, em razão daquela demanda diplomática com a Rússia, ainda não tinha tido tempo de ir ao seu encontro. Acima de tudo, não suportava a ideia de que Alef estava vivo. De que respirava em algum lugar, desafiando a vontade de Deus.

De repente, parou de bater os dedos envelhecidos na madeira da mesa. Pensar em Alef foi a resposta que Deus parecia lhe enviar. O silêncio foi sepulcral. Ninguém ousava desafiar sua reflexão.

Foi pensando em Alef que uma nova ideia para aquele dilema pareceu brotar em sua mente, o que ele mesmo atribuiu à inspiração divina imediatamente. Deus atendendo suas preces. Uma ideia que poderia lhe dar tempo e que sequer precisaria executar, mas cuja organização e planejamento levariam semanas.

— Senhores, senhoras — Casanova falou finalmente —, eu compreendo completamente sua ansiedade, e o fim da guerra é uma alegria que nós não devemos nunca parar de celebrar. A paz, entretanto, não pode ser questionada apenas porque temos medos e dúvidas. Nós devemos, antes de tudo, antes de qualquer avanço sobre a matéria que nos convoca, confiar nossas vidas, nossos pensamentos e decisões às mãos de Deus. Após intensa reflexão, é minha decisão que o nosso Santo Padre, Saulo II, seja enviado a Moscou como porta-voz da boa vontade desta Aliança. Como um mensageiro da esperança que temos em um futuro de paz, de amizade e de fraternidade global. Como um estandarte de nossas melhores intenções. Nosso último mensageiro da paz que desejamos para o mundo.

A ideia causou visível desconforto em muitos líderes, mas alívio e entusiasmo em diversos outros, cujos rostos se faziam presentes em todas as direções do salão de jantar do castelo em que Casanova vivia.

— Que se cumpra. Informem o Santo Padre que nosso futuro está nas mãos dele — Casanova disse a todos e encerrou a ligação sem formalidades e despedidas. Seu poder era absoluto em questões que envolviam a Rússia. Uma prerrogativa amplamente questionada, mas cuja mudança parecia impossível de se conduzir sem uma revisão da Aliança do Ocidente com um todo. Um processo, o qual seria também uma guerra, que ninguém estava disposto a enfrentar.

— Que se cumpra! — todos responderam em coro, como era o protocolo diante das decisões monocráticas do abade da Aliança do Ocidente, e, instantes antes que seus rostos desaparecessem na penumbra do entardecer que caía sobre o salão, todos disseram ao mesmo tempo: — Apa!

Imerso nesta nova luz rubra e melancólica do dia que encontrava seu término no horizonte e sem as luzes esverdeadas e azuis de hologramas que perturbavam sua paz, Casanova sentiu um aperto no peito. Um receio que normalmente não sentia quando tomava decisões. Não conseguia enxergar outra saída, mas desejava acima de tudo que sua decisão não fosse adiante de forma alguma. Rezou por um momento para não ter cometido um erro. Jamais se perdoaria se colocasse a vida do Papa em perigo.

Levou sua mão ao rosto, apoiando o cotovelo na mesa, imaginando se conseguiria afinal, agora que a demanda que lhe consumia há dias cessara, visitar Saint-Michel e avançar com a investigação iniciada pelo diretor Lewis e que fora estranhamente entregue em suas mãos para que ele a conduzisse. Além disso, lhe consumia há dias uma preocupação imensa com Jane. Alguma coisa que não conseguia identificar. Um estranho sentimento de que estava perdendo alguma coisa. De que ela estava lhe abandonando ou morrendo. Não suportava a ideia de perdê-la.

Preparava-se para deixar a mesa e para os esforços de se levantar, exausto daquela conversa que parecia não ter fim, quando as luzes se acenderam novamente.

Elas piscaram por um momento e então um novo holograma se formou. A princípio, parecia uma fotografia escura, mas Casanova compreendeu rapidamente que a razão da imagem estar trêmula era porque se tratava de um vídeo escuro. A definição da imagem se deteriorava ainda mais nas condições de luminosidade do salão do castelo.

Antes mesmo que pudesse protestar, o frame de vídeo ganhou luz e, com ela, áudio:

— Largue sua arma ou ela morre! — gritou uma voz rouca em direção ao vulto de um homem de cueca no meio de uma sala luxuosa e logo em seguida em direção a uma mulher com uma adaga na mão, também de roupas íntimas.

— Arma no chão, idiota! — a voz filmando gritou novamente e se virou para o homem de cueca, que desta vez ganhou definição nos frames do vídeo.

O coração de Casanova parou por um instante e, ao mesmo tempo, ele sentiu uma fisgada na ferida em sua perna. Reações físicas da catarse psíquica que experimentava, do assalto ao seu inconsciente. Era ele. Alef. Vivo, de cueca, armado e ainda maior do que da última vez em que o encontrara.

Ele começou a descer a sua arma no chão, mas a imagem do vídeo foi subitamente pausada.

— Boa tarde, abade — a voz de Helena se fez ecoar em todo o salão. — Eu acredito que o senhor está ciente de quem é esse homem, correto?

— Boa tarde, Helena — Casanova saudou-a sem cerimônia, reconhecendo rapidamente a voz da assistente virtual do diretor Lewis e regressando o corpo à mesa lentamente. — Eu tenho ciência sim.

A face dele se enrubescera diante da imagem de Alef de cueca, rendido por um oficial americano numa sala qualquer. Helena soltou o vídeo novamente por mais alguns segundos.

— Põe a merda da arma no chão! — o agente berrou e deu um tiro em direção à moça apoiada em uma escada, acertando um vaso logo atrás da cabeça dela, numa estante chumbada na parede. Alef começou a se abaixar lentamente, olhando o agente nos olhos, e, quando tocou a arma no chão, o som surdo de um tiro ecoou na sala de Casanova, encerrando o vídeo.

— Quando foi isso, Helena? — Casanova perguntou, ainda atônito.

— Há três dias, abade — Helena respondeu sem emoção —, na madrugada de vinte e um de fevereiro desde ano.

— Isso é impossível! — Casanova bufou. — Como isso aconteceu há dias e eu não fui informado? Ele escapou? É claro!

— Sim, abade, ele escapou — Helena respondeu com sua frieza protocolar.

— Mas como isso não chegou em mim antes? — Casanova estava colérico. — Como um relatório desta operação não chegou à minha mesa?

— Essa é exatamente a razão de eu estar aqui, abade — Helena falou com serenidade.

— Qual é a razão, Helena? — Casanova bradou para o holograma, que desapareceu do centro da mesa.

— Essa é a razão, abade — Helena soltou o áudio de uma conversa telefônica gravada.

— Você quer que eu mate o General Antônio Casanova? — a voz de Alef perguntou sem rodeios nos alto-falantes da sala. Casanova a reconheceu imediatamente.

— Eu quero que você mate o General Antônio Casanova, filho. É exatamente isso — respondeu de forma direta e repleta de satisfação a voz familiar do professor Michel Levy. Casanova conseguia até mesmo perceber os tons da voz inventada do diretor Michael Lewis se perdendo entre as palavras e dando vida, cedendo lugar, ao tom sombrio de uma voz que não ouvia há mais de vinte anos.

— Anote o endereço onde meus homens irão te aguardar para essa missão, por favor — o diretor Lewis falou secamente.

— Não vou anotar nada, seu velho maluco. Eu sei onde você está e, nem que eu tenha que derrubar um milhão de homens, eu vou entregar sua alma ao inferno... — Alef respondeu, desequilibrado.

Mas nada parecia perturbar o professor Levy, que respondeu com absoluta serenidade ao protesto de Alef:

— Uma ameaça justa, eu admito. Que me causa arrepios de medo, é verdade. E, em seu lugar, eu também estaria possuído de ódio. Também estaria resistindo à verdade inevitável de que estamos juntos nisso, que você não tem saída. E, honestamente, acreditei que não precisaria dizer isso, mas não há sentido algum em me matar. Eu não tenho nada contra você e nada para te oferecer neste momento. É Casanova quem está com James. É ele quem está com Jane. Foi ele quem matou Thomas. E é também ele quem está com seu irmão. É ele que você deve caçar e entregar ao inferno. Eu estou do seu lado, filho. Eu sempre estive. E sempre estarei.

Helena encerrou os fragmentos do áudio que reproduzia nos alto-falantes e se fez presente no meio da mesa como um holograma. Era a primeira vez que ela fazia aquilo. Dar a si própria uma persona visual, holográfica. Em todas as vezes que falaram, Helena fazia parecer um telefonema, simples e direta.

No centro da mesa, tal qual os líderes mundiais da Aliança do Ocidente o encaravam há apenas alguns minutos, Helena se apresentava como uma divindade grega. Casanova reconheceu os traços históricos que ela adotara para sua persona. Os mesmos traços dourados, cuja beleza olímpica levaram Páris, o Príncipe de Tróia, e Menelaus, o Rei de Esparta, à maior guerra que o mundo já presenciou pelo coração de uma mulher.

Ignorou completamente aquela nova apresentação de Helena, entretanto. Casanova estava sem palavras. Uma dor aguda começava a lhe percorrer a nuca, subindo em direção ao topo da cabeça. Não conseguia acreditar no que acabara de ouvir. Se consumia num acesso de raiva que jamais sentira em toda a vida. Nem mesmo a traição de Jane lhe roubou os sentidos como aquela que acabara de tomar conhecimento. Era o último laço da trindade que se rompia. Uma punhalada em seu coração, infinitamente mais profunda que a desferida por Jane em Londres. A traição dela atingira tanto ele quanto o professor Levy, era a verdade, sequestrando os sonhos de ambos, levando com ela Alef. Afogando os planos de todos. Abandonando Saint-Michel. Mas Jane jamais arquitetara a morte de nenhum dos dois. Tinham jurado proteger um ao outro com suas vidas, como também jurado proteger o menino, seu segredo. Um juramento que ele mesmo não conseguira cumprir ao longo dos anos. Um voto que ele quebrara no dia que disparou um tiro no coração de Alef, mas que já havia quebrado em seu coração quando o viu na colina com Thomas em seus braços. Apenas o professor Levy parecera cumprir seus dois votos durante todos aqueles anos. Mas isso era apenas história agora. A traição tardia dele era um choque.

— Como ele se atreve? — Casanova sussurrou em direção ao holograma de Helena, quase ignorando sua presença.

— Nós precisamos agir, abade, precisamos agir rápido — Helena falou com segurança e emoções quase humanas de solidariedade e motivação. — A traição já está em curso. Ele está vindo atrás do senhor.

Ambos se encararam por um momento em silêncio e Helena começou a se desfazer na escuridão do entardecer.

A voz metálica dela ecoou uma última vez na sala vazia, antes que todos os traços do holograma desaparecessem.

— Prepare-se, abade. Alef está vindo.

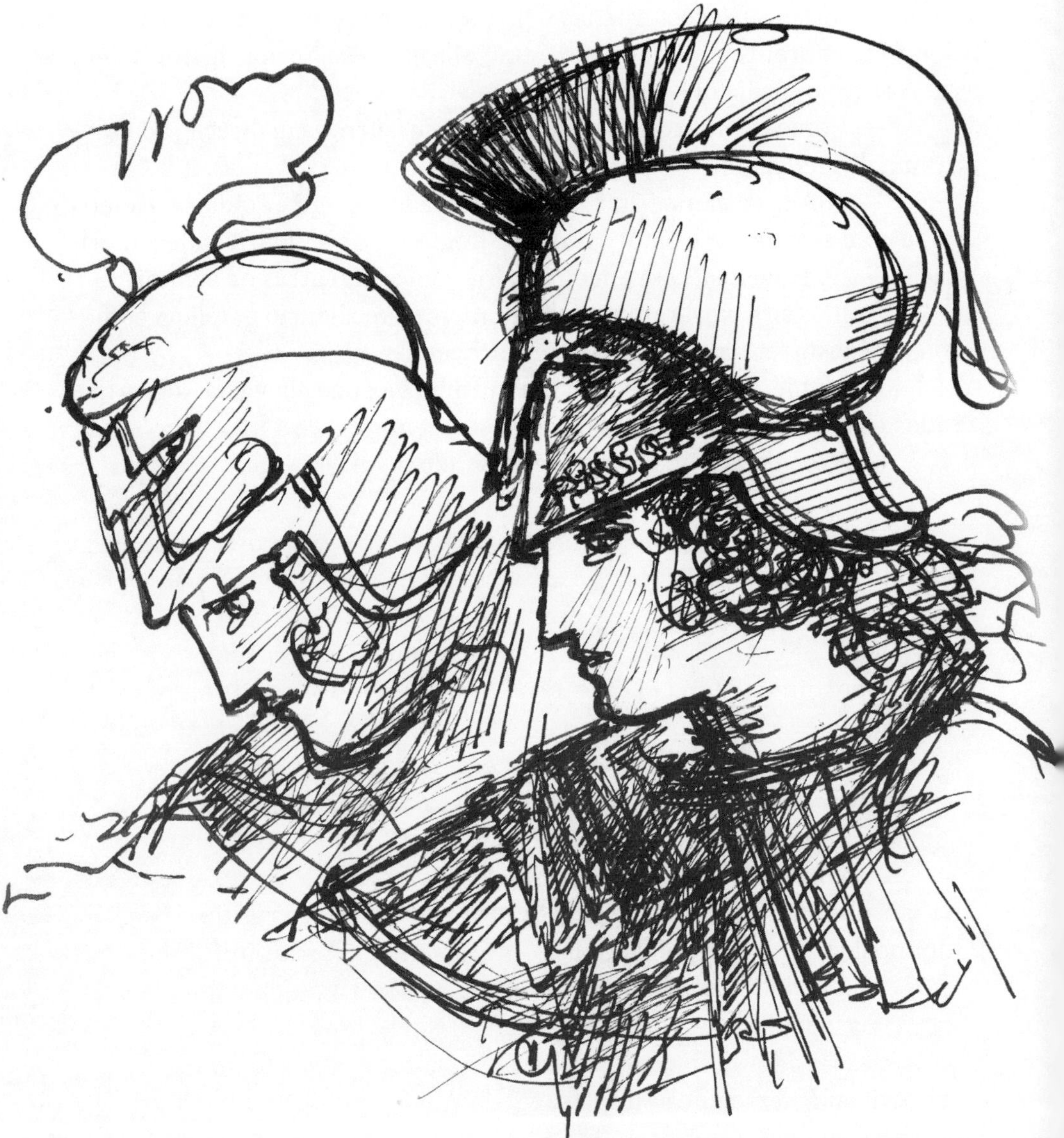

CINQUENTA E OITO

Cidade do Vaticano
24 de fevereiro de 2063

    Roma despertara com uma fina camada de neve lhe cobrindo os telhados, fontes e praças. Dava a tudo que tocara durante a madrugada ares monocromáticos, encerrando sobre si as cores de ruas e jardins com a brancura de seus cristais. No entanto, a manhã parecia disposta a dar novas oportunidades à cidade eterna, despertando aves, abrindo botões de flores que iam surgindo sob a neve em busca de luz, afastando para o horizonte distante a escuridão da noite. O sol lentamente encontrava seu caminho pelas nuvens cinzentas, lançando seus raios sobre os prédios, sobre suas igrejas e pontes, na tentativa sutil de vencer o frio invernal.
    Sua luz dourada, de amanhecer, cruzava as janelas da Capela Sistina, no alto das paredes e, atravessando a nave em todas as direções, sua luminosidade era ampliada pelo contato com a brancura profunda que agora marcava todas as paredes da capela. Superfícies que um dia abrigaram os trabalhos de Michelangelo, de Rafael e tantos outros, agora cobertos por grossa camada de tinta branca. Nem mesmo um único afresco sobreviveu à perseguição implacável da Aliança do Ocidente a todo tipo de arte e aos seus autores.
    O Papa orava sentado nos bancos laterais, nas proximidades do imenso painel branco onde por séculos podia se contemplar o *Juízo final* de Michelangelo. Agora, apenas uma cruz e o Cristo adornavam com austeridade a parede do altar.

Completamente concentrado em suas orações, Saulo II parecia muito mais um monge budista do que o pontífice da Igreja Católica. A simplicidade de suas vestes, brancas e sem adornos, sua cabeça raspada. Acentuando não apenas a brancura de sua pele, a completa ausência de barba entregava sua pouca idade. Era o mais jovem Papa da história.

Saulo II não gostava muito de fazer suas orações ali, sobretudo em razão da ausência dos afrescos de Michelangelo, um erro cometido pelos homens no comando da Aliança do Ocidente e do próprio Vaticano que ele considerava criminoso. Seu entendimento do poder de expressão da arte como traço inato da humanidade lhe impedia de concordar com aquela perseguição conduzida pelos governos nos tempos da longeva guerra contra a Rússia. Todavia, era o silêncio sepulcral da Capela Sistina que o atraía para seus bancos de madeira. O lugar estava há décadas abandonado pelos fiéis e pelos turistas, sobretudo porque não havia mais nada para se ver ali. Fé e oração nunca foram um ponto forte dos fiéis da Igreja Católica, de forma que a capela fora completamente esquecida pelas pessoas. Saulo II a considerava um refúgio do turbilhão de decisões que tomava o tempo inteiro, que lhe consumia os dias. O único momento em que podia realmente se conectar consigo e com Deus. Seu momento de silêncio e de distância do som do mundo.

Mas mesmo ali, em seu esconderijo, o silêncio que necessitava parecia ser alvo do assalto das demandas que nunca cessavam. Aumentando pelos corredores, crescendo em sua direção, Saulo II ouvia o golpe dos passos que vinham lhe interromper.

Antes mesmo que o mensageiro pudesse cruzar as portas no extremo oposto da capela, e apenas para evitar que ele se sentisse constrangido por interrompê-lo em suas orações, Saulo II levantou-se dos bancos e se colocou em pé, abaixo da cruz do altar austero da Capela Sistina, para aguardá-lo.

A luz dourada do amanhecer o atingia de lado, acentuando sua altura descomunal, a brancura de sua batina lhe dava aspectos divinos. O jovem mensageiro, Benjamin, finalmente adentrou a capela e, dando de frente com o Papa já lhe aguardando, encarando-o com a serenidade angelical de seu rosto que lhe atingira como uma flecha no peito, parou no meio do caminho, sem ação.

O Papa lhe sorriu e seu sorriso largo e meigo acentuou o intenso verde de seus olhos, deixando Benjamin ainda mais constrangido e intimidado. Seu efeito sobre os moradores do Vaticano era alvo de conversas de toda natureza. Sua gentileza, tantas vezes tratada maldosamente por seus colaboradores como sedução. Seus olhos, sempre profundos, ora distantes no horizonte invisível de suas reflexões, ora completamente presentes no momento, sempre pareciam estar marejados e emocionados com alguma coisa.

    O Papa sabia daqueles efeitos que causava nas pessoas, todos eles, e lutava todos os dias para ter uma convivência normal com seus irmãos e irmãs, os moradores da cidade do Vaticano, onde ele mesmo crescera. Mas mesmo depois de tantos anos vivendo no interior daqueles muros, seu esforço parecia em vão.

    — Sua Santidade! — Benjamin falou, se aproximando timidamente.

    — Bom dia, Benjamin — o Papa respondeu gentilmente. — Do que está precisando?

    — Sua Santidade está sendo convocada pela Aliança do Ocidente para uma reunião no início da tarde de hoje — Benjamin falou, ainda bastante protocolar. — A mensagem diz que é muito importante.

    — Tudo parece ser importante para eles esses dias — o Papa respondeu, distanciando seus pensamentos sem perceber.

    Benjamin aguardou um momento, percebendo aquele desvio na atenção do Santo Padre, e então chamou a atenção dele:

    — Será possível que Sua Santidade atenda a esse chamado?

    — Ah. Peço desculpas, Benjamin — o Papa respondeu, regressando de suas reflexões. Sabia exatamente do que se tratava aquele chamado. O medo do desconhecido que assolava as nações naqueles anos de paz. O estranho silêncio da Rússia. Imaginava se haviam chegado a algum consenso e torcia para que a paz ainda reinasse e um novo ataque não tivesse sido a solução encontrada pelos líderes das nações que formavam a Aliança do Ocidente. Um posto que ele mesmo havia tentado abdicar quando se tornou Papa, pedindo a retirada, para o espanto de todos, do Vaticano de sua mesa de líderes. Um pedido que foi amplamente recusado e que ele mesmo sabia, por tudo que tinha conhecimento, que era impossível. — Responda que atenderei. Obrigado, Benjamin! Que Deus ilumine seu dia.

    — Obrigado, Santo Padre — Benjamin respondeu de volta, baixando sua cabeça em reverência, e se despediu solenemente —, e tenha um bom dia, Sua Santidade!

    — Benjamin! — o Papa chamou quando ele já estava de costas e em direção às portas no extremo oposto da Capela Sistina.

O mensageiro parou num salto e se virou, atento. Sentiu um súbito medo de ter desacatado o Papa de alguma maneira ou de não ter percebido que ele ainda tinha algo a dizer. O pontífice, no entanto, ainda sorria, sereno como os anjos que um dia adornaram as paredes daquela capela, parado no mesmo lugar, quando Benjamin se deparou novamente com ele.

— Pela última vez, estamos juntos há tantos anos, somos amigos, irmãos — o Papa falou com tranquilidade tal que desarmou o constrangimento que tomava o peito de seu mensageiro. — Assim como você, querido Benjamin, eu também tenho um nome...

Benjamin sorriu como sempre, sem acreditar que ouviria aquele sermão novamente. O Papa continuou gentil e, se virando para contemplar o imenso crucifixo que adornava o altar, deu mais uma vez sua advertência ao mensageiro, já quase inútil, percebera ao longo dos anos, pois nunca era atendida por ninguém à sua volta:

— Você pode me chamar de Seth — O Papa falou com delicadeza, de costas para o jovem Benjamin, e elevou seus olhos úmidos à face serena do Cristo, iluminados feito o clarão esmeraldino das auroras boreais que incendeiam o céu noturno do Ártico e ofuscam a luz das estrelas.

ÍNDICE ICONOGRÁFICO

Vinicius Oliveira
Imagem Ilha de
Saint Michel.
Página 1

Marcello Grassmann
1961, Brasil.
Acervo da
Pinacoteca
de São Paulo.
Página 4

Marcello Grassmann
1945, Brasil.
Coleção Particular.
Página 10

Marcello Grassmann
2007, Brasil.
Coleção Particular.
Página 40

Marcello Grassmann
1947, Brasil.
Coleção Particular.
Página 62

Marcello Grassmann
Brasil.
Coleção Particular.
Página 74

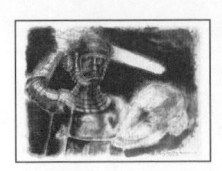

Marcello Grassmann
1967, Brasil.
Coleção Particular.
Página 86

Marcello Grassmann
Brasil.
Coleção Particular.
Página 130

Marcello Grassmann
1980, Brasil.
Coleção Particular.
Página 138

Marcello Grassmann
1979, Brasil.
Coleção Particular.
Página 146

Marcello Grassmann
1952, Brasil.
Coleção Particular.
Página 152

Marcello Grassmann
1999, Brasil.
Coleção Particular.
Página 162

Marcello Grassmann
2002, Brasil.
Coleção Particular.
Página 182

Marcello Grassmann
1985, Brasil.
Coleção Particular.
Página 188

Marcello Grassmann
1952, Brasil.
Coleção Particular.
Página 212

Marcello Grassmann
Brasil.
Coleção Particular.
Página 232

Marcello Grassmann
1979, Brasil.
Coleção Particular.
Página 236

Marcello Grassmann
Brasil.
Coleção Particular.
Página 242

Marcello Grassmann
Brasil.
Coleção Museu de
Valores do Banco
Central do Brasil.
Página 252

Marcello Grassmann
1976, Brasil.
Coleção Particular.
Página 266

Marcello Grassmann
1958, Brasil.
Coleção Particular.
Página 270

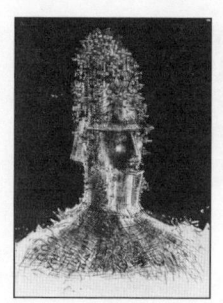

Marcello Grassmann
Brasil.
Coleção Particular.
Página 280

Marcello Grassmann
1954, Brasil.
Acervo da
Pinacoteca
de São Paulo.
Página 286

Marcello Grassmann
1965, Brasil.
Coleção Particular.
Página 290

Marcello Grassmann
1970, Brasil.
Coleção Particular.
Página 318

Marcello Grassmann
Brasil.
Coleção Museu de
Valores do Banco
Central do Brasil.
Página 328

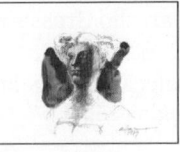

Marcello Grassmann
1979, Brasil.
Coleção Particular.
Página 340

Marcello Grassmann
1961, Brasil.
Acervo da
Pinacoteca
de São Paulo.
Página 346

Marcello Grassmann
1980, Brasil.
Coleção Particular.
Página 358

Marcello Grassmann
1998, Brasil.
Coleção Particular.
Página 372

Marcello Grassmann
1988, Brasil.
Coleção Particular.
Página 376

Marcello Grassmann
1981, Brasil.
Coleção Particular.
Página 408

Gustave Doré
1857, França.
Ilustração para o
livro "O Inferno de
Dante. Placa IX:
Canto III: Chegada
de Caronte".
Imagem Capa interna

Marcello Grassmann
"Cabeça de guerreiro", Brasil.
s.d. Água-forte sobre papel.
24cmx16cm.
Coleção Museu de Valores do Banco Central do Brasil.
Imagem Capa

MARCELLO GRASSMANN
sua biografia por Zizi Baptista

Marcello Grassmann nasceu em São Simão, no estado de São Paulo, em 1925. Foi o sétimo filho dos nove do casal Elpídia de Lima Brito, professora, e Otto Grassmann. A família permaneceu na cidade até 1932, quando se mudou para a capital, São Paulo. Ao chegarem, em janeiro, acompanharam toda a movimentação da Revolução Constitucionalista, inclusive os bombardeios ao Campo de Marte, fundos da casa da família na rua Voluntários da Pátria, zona Norte da cidade.

Permaneceram em Santana até a transferência de Elpídia para a Vila Clementino, entre 1934 e 1935. Marcello neste período dividia a escola com as revistas em quadrinhos. Do alto, observava o fim da rua, por onde passava o bonde Santo Amaro, o matagal ladeando a passagem através do vale.

Nessa época, já reconhecia o traço dos desenhistas das histórias em quadrinhos. Marcello dizia que sua obsessão não eram os roteiros, mas os diferentes estilos nos quais os desenhos eram compostos: "Ainda em São Simão ficávamos fascinados pelas imagens e histórias do Tesouro da Juventude. Então apareceram os suplementos infantis, algumas tentativas nacionais de desenhos tipo Tico-Tico, que eram historietas baseadas em protótipos europeus e americanos, porém com uma temática nacional, e nesta salada de estilos e figuras imaginativas a criança que fui ficava fascinada pela movimentação das imagens".

Uma transferência de Elpídia, em 1938, levou a família para um novo endereço, rua Cônego Eugênio Leite, zona Oeste da cidade, a dois quarteirões do cemitério São Paulo. Os caminhos do menino passavam pelas oficinas dos escultores de túmulos e por dentro do cemitério, onde uma miscelânea de esculturas, de Victor Brecheret até acadêmicos anônimos, foram parte da sua formação. A mãe conhecia o diretor do Instituto Profissional Masculino. Lá, havia cursos de orientação profissional para jovens que estivessem à procura de uma carreira técnica ou artística. Como não havia um curso de escultura, Marcello optou pelo entalhe, o que na época lhe pareceu mais próximo. Furtivamente, frequentava as aulas de pintura e escultura. Deste período ficaram os amigos Octávio Araújo e Luiz Sacilotto.

Terminado o Instituto, estava formado e desempregado. O desencontro entre o ensino e a realidade da profissão de entalhador deixaram Marcello com uma nova procura, a expressão artística conjuntamente com a ampliação de interesses. De 1939 a 1942, duas exposições marcam os jovens egressos do Instituto Profissional Masculino: a primeira, Artistas Franceses: impressionistas, modernos, contemporâneos e românticos; a segunda, a pintura abstrata. Nesta altura, teve contato com artistas do Modernismo brasileiro: Bonadei e Flávio de Carvalho. A década de quarenta avança trazendo sua primeira exposição no Rio de Janeiro. Em 1949, muda-se para esta cidade e frequenta as aulas de Henrique Oswald. Em uma individual sua, conhece pessoalmente Oswaldo Goeldi, de quem admirava o trabalho desde os tempos do Instituto. Marcello observava suas ilustrações para o Suplemento Literário do jornal A manhã, do Rio de Janeiro.

1951 chega, os jovens Marcello, Aldemir (Martins) e Franz (Franz Krajcberg) trabalham como operários na montagem da primeira Bienal de São Paulo, contribuindo também com obras próprias. A Marcello é dedicado o prêmio Aquisição. Finda a Bienal, segue para a Bahia com Mário Cravo, que conheceu no evento. Aguardavam-lhes cerca de vinte pedras litográficas, presente de Ciccillo Matarazzo para o artista baiano.

Por conhecerem os rudimentos desta arte, aprendida com Poty em 1949, no Liceu do Rio de Janeiro, produzem litogravuras, ainda que sem prensa, trabalhando com a colher.

Em 1954, graças a uma bolsa conquistada dois anos antes, segue para o Velho Continente. Quarenta litografias, dois cadernos e dois anos depois, volta ao Brasil. Mora em Santo Amaro, próximo ao cemitério Campo Grande e lá desenvolve a maior parte de sua obra de desenhista e gravador. Forma dois irmãos impressores, Otto e Roberto. Participa de outras Bienais nacionais e internacionais, expõe dentro e fora do país. Em 1979 é inaugurada a Casa de Cultura Marcello Grassmann, na casa onde moravam seus avós, em São Simão. Muda-se para uma chácara na grande São Paulo em meados dos anos 1980. Várias são as exposições, individuais e coletivas, neste período. Reconhecido como o mais proeminente gravador e desenhista do Brasil, corre o mundo com seus trabalhos.

Na Pinacoteca do Estado de São Paulo está o maior conjunto de suas gravuras e um relevante grupo de desenhos. Destacam-se as exposições em comemoração aos 25 anos de Gravura, no MAM / SP (1969); 40 anos de Gravura, na Pinacoteca do Estado de São Paulo (1984); "O mundo Mágico de Marcello Grassmann", em comemoração aos seus 70 anos, no MASP / SP (1995); "Marcello Grassmann, desenhos", no Instituto Moreira Salles, SP/RJ/MG (2006); "Sombras e sortilégios", no MON / Curitiba (2010).

Segue trabalhando até sua morte, em junho de 2013.

TIPOGRAFIA:
League Spartan (título)
Untitled Serif (texto)

PAPEL:
Cartão LD 250g/m2 (capa)
Pólen Soft LD 80g/m (miolo)